Zu diesem Buch

«Zwischen Moor und Heide, in der reizvollen Schwarzsee-Landschaft, liegen Schloß und Dorf Moorburg. Einst ein prachtvoller Besitz, steht das Schloßgut im Jahre 1833 vor dem Zusammenbruch. Als Retter in der Not tritt der junge Herr von Pogwisch auf den Plan. Er verliebt sich in Charlotte von Wasmer, Tochter der verwitweten Herrin auf Moorburg. Eine Heirat mit dem wohlhabenden Hinrich Pogwisch könnte Moorburg vor dem Konkurs bewahren. In diese Zeit fällt für Hinrich ein unauslöschliches Erlebnis: Am Schwarzsee begegnet er einer zauberhaften Frau. Doch bald muß er erkennen, daß es für sie beide keine Zukunft gibt. In der Ehe mit der sympathischen Charlotte findet er Freude und Befriedigung. Es folgen arbeitsreiche Jahre mit politischen Stürmen – die Herzogtümer Schleswig und Holstein kämpfen um ihre Unabhängigkeit von Dänemark –, auf Moorburg wächst eine neue Generation heran. Doch die Vergangenheit wirft ihre Schatten. Der Begegnung am Schwarzsee ist ein Sohn entsprossen, den Charlotte und Jürgen, ihr Ältester, als Bedrohung empfinden und der für ungeahnte Verwicklungen sorgt. Das Leben geht weiter, die Jungen rücken nach, und Jürgen wird der Erbe von Moorburg. – Die Autorin versteht es, Schicksale aus der Vergangenheit lebendig zu machen. Ein Heimatroman, gewiß – aber gekennzeichnet von der Liebe zur Heimat und erfüllt von der Atmosphäre, die Schleswig-Holstein heißt» («Lübecker Nachrichten»).

Erika Petersen, geboren 1913 in Borby bei Eckernförde als Tochter eines Hamburger Kaufmanns und Gutsbesitzers, absolvierte nach einer Haushaltslehre in der Landwirtschaft eine Ausbildung als Sportlehrerin und Krankengymnastin. In den fünfziger Jahre lebte sie mit ihrem Mann, einem Flugtechniker, einige Jahre in Brasilien, wo ihr auch die Idee zu diesem schleswig-holsteinischen Familienroman kam. «Ich glaube, daß es diese Ausflüge mit Pferd und Hund, durch Felsgebirge und unberührte Landschaft waren, die mich an meine Schleswiger Heimat denken ließen.» Ihrem vorliegenden ersten Roman, der sofort ein Erfolg wurde, folgten «Die Erben von Moorburg» (1978) und «Die Frauen auf Moorburg» (1979). Erika Petersen lebt jetzt mit ihrer Familie in einem alten Bauernhaus in Hohenfelde bei Ahrensburg.

Erika Petersen

Die Herren auf Moorburg

Ein Familienroman

rororo

Rowohlt

Veröffentlicht im Rowohlt Taschenbuch Verlag GmbH,
Reinbek bei Hamburg, März 1980

Umschlagentwurf Detlev Nitschke
Satz Aldus (Linotron 404)
Gesamtherstellung Clausen & Bosse, Leck
Printed in Germany
780-ISBN 3 499 14498 0

Erster Teil

Die Brüder

1

Auf der ausgedörrten Landstraße wirbelte Staub empor und setzte sich gemächlich auf Nesseln und anderem Unkraut am Feldrand nieder. Über ihnen wölbte sich ein lichtblauer Sommermorgenhimmel, und ein leichter Wind strich von der Ostsee herüber. Als nun die Straße bergan kletterte, ließen die Reiter die Pferde im Schritt gehen. Der vorn reitende junge Herr trug eine braune Wildlederweste, die den schlanken Oberkörper glatt umschloß, die naturfarbene Lederhose zeigte jünglingshafte Hüften. Strohfarbenes Haar bauschte sich unter der Kappe hervor auf den Hemdkragen.

Der Bediente hinter ihm schmunzelte: Welch ein stattlicher Mann war doch aus dem verwöhnten, zarten Knaben geworden, den er einstmals auf sein Pony gehoben hatte! Und der Goldfuchs, den der Jungherr sich mitgebracht hatte, war erstklassig.

Die Zügel etwas anziehend, wandte Herr von Pogwisch sich um. Sein ausgeprägtes Profil mit der vorspringenden, ein wenig gebogenen Nase hob sich scharf vom Himmel ab. Die blauen Augen blickten in die Ebene hinunter, die sie zusammen durchritten hatten. Am Horizont ragten noch die sieben Turmspitzen der Hansestadt Lübeck auf. Über der grüngoldenen Landschaft davor kreiste ein Seeadler mit gewaltigen Schwingen.

«Warum bist du eigentlich kein Pferdeknecht mehr, Tische?» Der junge Mann hatte den Diener herangewinkt und erfuhr, daß Christian Jensens Frau und Sohn vor zwei Jahren an Scharlach gestorben waren. Bald darauf war der Knecht durch den Huftritt eines Pferds am Bein schwer verletzt worden. Da hatte der Gutsherr ihn ins Haus genommen. «Eure liebe Frau Mama hat mich dann gesundgepflegt; denn dafür war ja nun niemand mehr da. Und dann bin ich Herrn Wulfs Diener geworden. Aber jetzt seid Ihr wieder da, Jungherr!» schloß Christian Jensen.

Sie hielten nebeneinander und sahen sich an. Pogwisch legte dem Diener die Hand auf die Schulter. «Mein armer Tische, du hast inzwischen Schweres durchgemacht. Und nun möchtest du mir dienen? Willst bei mir bleiben in Freud und Leid, in Gehorsam und Treue mit mir gehen?»

«Ja, Herr, das will ich!» Sie reichten sich fest die Hände und ritten darauf weiter in eine Ulmenallee ein. Diese endete auf einem Dorfplatz.

Nach einem Erfrischungstrunk in der Gastwirtschaft ritten sie an den Gehöften des in einem flachen Tal gelegenen Dorfs vorbei. Rauch kräuselte bei einigen Häusern durch die halbgeöffneten Dielentüren hinaus, Hühner scharrten in Misthaufen. Gänse und Enten schnatterten auf dem Dorfteich, ein Storchenpaar klapperte auf einem der strohgedeckten Häuser in seinem Nest, und ein Hund verfolgte kläffend die trabenden Pferdebeine. Hinter dem Dorf bogen die Reiter in einen Weg ein, der durch gelbe Kornfelder führte. Zwischen den hohen Wallhecken, den Knicks, brütete die Hitze. Roß und Reiter waren naß von Schweiß, und Staub hüllte sie ein.

«Hoffentlich ist mein Gepäck in Polzin eingetroffen», der junge Herr wischte sich das Gesicht ab, «ich sehne mich nach einem frischen Hemd.»

Endlich nahm ein schattiger Wald sie auf, und der junge Pogwisch setzte seine Mirza in Galopp, um schnell ans Ziel zu gelangen. Am Ausgang des Waldwegs sahen sie Polzin vor sich liegen, das Gut von Hinrichs Onkel Peter. Umgeben von fast reifen Kornfeldern lag es in der Mittagssonne. Eine Pappelallee führte in den Wirtschaftshof mit neuen Scheunen und Stallungen hinauf. Die Reiter verharrten einen Augenblick, um dieses friedlich-freundliche Bild zu genießen. Aber die Pferde drängten vorwärts, als ob sie den Stall oder frisches Gras witterten.

Klappernd störten die Hufe auf den Steinen vor den Ställen die Mittagsruhe des Hofs. Aber da kam schon ein Knecht gelaufen und nahm die Pferde in Empfang. Die Herrschaften seien im Garten vor dem Haus, gab er Herrn von Pogwisch Bescheid. Das Polziner Haus war ein neuer im klassizistischen Stil errichteter einstöckiger Bau mit Giebeln. Die breite Haustür stand offen, und als der junge Pogwisch in die kleine Diele eintrat, kam ihm schon der Hausherr aus dem Sommerzimmer entgegen.

«Hinrich, mein Junge, endlich bist du da», rief er und drückte beide Hände seines Neffen. «Welch eine Freude für uns, daß du doch noch den Weg zu uns Alten gefunden hast!»

«Peter-Ohm, ich habe mich auch auf euch gefreut, und wie schön wohnt ihr hier!» Der junge Mann zog seine Stulpenhandschuhe aus, nahm seine Kappe ab und warf beides auf eine Truhe. «Zuerst möchte ich mich waschen, Ohm, denn so verschmutzt mag ich Tante Caroline nicht unter die Augen kommen.»

Doch diese kam bereits aus dem Garten durch das Zimmer mit schnellen Schrittchen auf ihn zu, fiel dem Neffen einfach um den Hals und küßte ihn auf beide verstaubte Wangen.

«Tante Caroline, Sie machen sich schmutzig», rief er lachend und befreite sich aus der molligen Umarmung.

«Ach was! Wenn man so lieben, seltenen Besuch bekommt, schadet das nichts, mein Hinrich.»

Da erschien Tische, der bei den Pferden geholfen hatte, in der Tür. Sein Herr führte ihn mit den Worten ein: «Das ist mein treuer Eckehard und Diener Christian Jensen, den Mutter mir aus Grevenslund mit Pferd entgegenschickte, damit ich heil nach Hause komme, nachdem ich vier Jahre lang unbeschädigt umhergestrolcht bin.»

«Typisch meine Schwester Tilly Pogwisch.» Herr von Motz lachte. «Was bist du bloß für ein stattlicher Mann inzwischen geworden, Hinrich!»

«Werde noch stattlicher sein, wenn ich ordentlich im Wasser planschen kann, Ohm.»

Als er dann zwei Stunden später noch mit nassen Haaren, aber von Kopf bis Fuß frisch gewaschen und gekleidet mit seinem Oheim in der Lindenlaube saß und sich satt und zufrieden im Gartenstuhl rekelte, verkündete er, daß er sich in den ganzen vier Reisejahren nie so wohl gefühlt habe wie eben jetzt.

«Ja, mein Lieber, das macht das Klima hier am Schwarzsee; uns ging es ebenso, als wir herkamen in diese liebliche Luft. Ich weiß auch nicht, woran das liegt.»

Nachher schlenderten sie durch die Felder und Weiden.

Vor einem Schlag Wintergerste blieb Herr von Motz stehen, schob den Strohhut in den Nacken, wischte sich mit dem Taschentuch Stirn und Wangen und deutete dann über das wogende goldene Meer hin. «Der Schlag müßte eigentlich schon gemäht sein; aber diese verdammte Trockenheit und Hitze seit sechs Wochen läßt das Korn nicht ausreifen.»

Hinrich von Pogwisch langte nach einer Ähre, pflückte ein Korn heraus, versuchte es über den Daumennagel zu brechen und ließ es dann fallen.

«Siehst du, sie sind noch zu weich, Hinrich. Ist nicht viel mit der Ernte los. Schon im Frühjahr zu wenig Regen. Auch die Winterkartoffeln taugen nicht viel. Steckrüben sind einigermaßen, die halten mit ihrem Blattwerk ja den Boden kühl.»

«Und das Heu?»

«Schlecht, viel zu kurz und wenig. Wird diesen Winter alles knapp werden.» Peter-Ohm sah mit seinen wasserblauen kleinen Augen zu seinem langen Neffen auf. Er war in den letzten Jahren etwas füllig geworden, und die Nase hatte eine blaurote Farbe angenommen, durchzogen von winzigen Adern. «Sag mal, Junge, willst du nun auf deinen Hof Ellerby ziehen? Du verstehst doch etwas von Ackerbau und Viehzucht, bist doch auf Grevenslund in guter Lehre beim alten Kruse gewesen, viel länger als Wulf, wie mir deine Mutter geschrieben hat.»

Hinrich umging die Frage und lachte. Wulf wolle mit der Viehwirtschaft möglichst nichts zu tun haben, ausgenommen natürlich das Wild. Die Jagd sei nun mal seine einzige Liebe, und irgend etwas zum Lieben müsse wohl jeder Mensch haben.

«Da hast du recht, Hinrich. Aber wie steht es denn da mit dir?» In diesem Moment kam Tische Jensen aus dem Gartentor auf sie zu. «Herr, ich habe nun das schmutzige Zeug saubergemacht. Soll ich den anderen Koffer noch auspacken, da wir doch wohl bald wieder abreisen?»

Pogwisch winkte ab. «Die Sachen laß nur im Koffer.»

Befriedigt zog sich der Diener zurück.

«Tische!» sagte Peter-Ohm. «Wie kommt er zu dem verrückten Namen?»

«Gar nicht verrückt! Bei uns in der Landschaft Schwansen ist das ein Kosename für Christian, Mutter ruft ihn auch so.»

Sie gingen zu dem kräftigen Angliter Rindvieh hinüber, das gerade gemolken wurde.

Erst am Abend, als sie in dem dunkel getäfelten Zimmer des Hausherrn mit Tante Caroline beim Rotwein um den Eichentisch saßen, wurde die Frage nach Hinrichs Zukunft neu aufgeworfen. Dieses Mal von der Tante, die ihre Stickerei entschlossen auf den Tisch legte und den Neffen über den Brillenrand anblickte.

«Du hast bestimmt eine interessante Reise gemacht, von der wir eigentlich noch wenig gehört haben. Und was gedenkst du nun zu tun?»

Der junge Herr von Pogwisch, der gerade eine Meerschaumpfeife aus des Oheims Tabakskasten stopfte, ließ sich mit der Antwort Zeit. Da die Fenster geöffnet waren, hörte man in der Stille die Grillen im Garten zirpen. Hinrich entzündete seine Pfeife mit einem Fidibus, dann sah er die Tante lächelnd an.

«Sie haben ja recht, Tante, wenn Sie den maulfaulen Kerl in Trab setzen wollen. Bedenken Sie aber, daß ich vier Jahre lang ununterbrochen habe Konversation machen müssen!»

«Du Aufschneider!» Herr von Motz paffte nun seinen Tabakrauch gegen das Fenster, denn die Mücken sirrten herein. Dann hob er sein Glas gegen das Licht, so daß es blutrot leuchtete. «Auf deine Zukunft, mein Hinrich!» Und er trank mit Genuß.

Artig verneigte sich der Neffe und hob sein Glas der Tante entgegen. – *«A votre santé, ma chère Tante Caroline!»* –, trank und stellte das Glas hin.

«Und jetzt geht es los, da wir gerade beim Französischen sind: Mit dem alten Rathlow, den sie in diplomatischer Mission nach Paris schickten, bin ich in seiner bequemen Reisekutsche gefahren. Er kam von Kopenhagen und sammelte mich verabredungsgemäß in Schleswig auf. Es war eine anstrengende Fahrt nach Frankreich, aber unser alter Gutsnachbar konnte so interessant erzählen, daß es nicht langweilig wurde. Er brachte mich in Paris bei dem jungen Dänen Jörgensen unter, wo es sich angenehm wohnen ließ. Er studierte die Malkunst, ich sog Weisheit aus der Universität. Hauptsächlich Jura. Ein halbes Jahr blieb ich dort. War das ein buntes Leben! Paris ist eine wunderbare Stadt. Doch eines Tages hatte ich genug davon und zog nach Heidelberg weiter, machte mit anderen Studenten Wanderungen am Neckar, am Rhein und durch den Odenwald und studierte weiter Jura und Philosophie. Nach einer mißlichen Angelegenheit mit einem Kommilitonen bei einer Mensur war mir der Aufenthalt dort verleidet, und ich reiste nach Tübingen, wo es mir sehr gefiel. In Süddeutschland gibt es herrliche alte Bauten und Kunstwerke in jeder kleinen Stadt. Und ich sah mir dort viel Schönes an. So blieb ich fast ein Jahr.»

«Gib dein Glas rüber, mein Junge», unterbrach ihn Herr von Motz und schenkte ein. «Und was hat dich aus Tübingen vertrieben?»

«Peter-Ohm, du ahnst es. Ich sehe es deinem vergnügten Augenzwinkern an. Ja, Tante, Sie drohen mit dem Finger und haben Grund dazu. Mir half nichts als die Flucht. Man wollte mich mit Gewalt verheiraten. Die Schwiegermama in spe wartete schon mit offenem Klappaltar.»

Peter von Motz lachte auf und verschluckte sich an seinem Pfeifenrauch. Seine Frau klopfte ihm den Rücken. Dann wischte er sich den Schnurrbart und meinte: «Ja, die Schwiegermütter liegen immer auf der Lauer, das kann ich dir sagen! Deswegen habe ich ja auch ein Waisenkind genommen, haha. – Aber sag mal, war denn gar nichts Ernsthaftes, ich meine auch für das Herz, unter deinen Damenbekanntschaften dabei?»

«Doch, doch! In Potsdam zum Beispiel bei Luise im Haus lernte ich sehr wohlerzogene Damen kennen, auch hübsch und gescheit. Aber soll ich so etwas nach Ellerby verpflanzen, sozusagen ans Ende der Welt auf einen kleinen Besitz von zweihundert Hektar? Da hause ich lieber allein mit Tische und der alten Mumm und vielleicht noch einem oder zwei Hunden.»

«So, das hast du also vor?» fragte die Tante.

«Vielleicht. Denn bei Wulf – und wenn wir uns auch noch so gut verstehen – auf die Dauer Grevenslund bewirtschaften, nee, das ist nichts Gescheites. Da bin ich gar nicht für geeignet. Der hat seinen tüchtigen Inspektor Ziese.»

«Und was ist mit der Juristerei? Kannst du die nicht verwenden? Diplomatische Laufbahn oder so?» fragte der Oheim.

Hinrich hob die Hände. «Das ist für den Hausgebrauch. In der Stadt, eventuell in Hofluft leben? Das ist nichts für mich.» Er trank nachdenklich einen Schluck Wein, dann richtete er sich auf. «Eine Aufgabe brauche ich, eine schwierige Aufgabe. Etwas zu schaffen, was mir zu schaffen macht. Und ich habe das Gefühl, das wird an mich herantreten.» Er ging zu dem offenen Fenster und sah in die sternfunkelnde Nacht hinaus. «Diese Jahre in der Fremde waren nicht umsonst, ich habe vieles gelernt, vor allem weiß ich heute, wie sehr ich unser meerumschlungenes Land, diese alten Herzogtümer Schleswig und Holstein, liebe. Es ist mir so gegangen wie den meisten Schleswig-Holsteinern. In der Jugend ziehen sie aus, um die Welt kennenzulernen, und in reifen Jahren kehren sie heim und sind zufrieden.»

«Da hast du völlig recht, lieber Hinrich. Noch etwas Schönes hast du von deiner Reise mitgebracht: deine edle Fuchsstute.»

«Ja, meine schöne Mirza! Vier Jahre ist sie erst alt. Ich habe sie von dem alten Merkenthin in Mecklenburg, wo ich vierzehn Tage zu Gast war, fast geschenkt bekommen. Er mit seiner Kürassierfigur ist viel zu schwer für die Stute. Außerdem war er wohl mit der Trense zu hart gewesen, sie war störrisch geworden und riß den Kopf zwischen die Beine. Nach acht Tagen Zügelführung mit ganz leichter Hand hatte ich sie davon kuriert. Ich war froh, ein Pferd zu haben, denn ich hatte eine entsetzliche Reise von Berlin her gehabt. Ein wahrer Marterkasten von Postkutsche auf den Mecklenburger Wegen! Und da beschloß ich, fortan in frischer Luft zu reiten. Das schrieb ich Mutter, und sie schickte mir Tische bis Lübeck entgegen.»

Zwei Tage später kam Friedrich Testorp, ein junger Getreidehändler aus Lübeck, zu Besuch und lud die Polziner zu seinem Hochzeitsfest auf das Nachbargut Karlshöhe ein. Tische Jensen, der gerade am Buffet Gläser auf ein Tablett stellte, wandte sich um und sah seinen Herrn warnend an. Der grinste zurück und rief dem Diener zu: «Na, Tische, denn helpt dat allens nich, dann pack mal in den nächsten Tagen den großen Koffer aus und lüfte meine höchsten Federn.»

2

Die höchsten Federn erwiesen sich als lavendelfarbener Frack, der so weit ausgeschnitten war, daß er eine mit *petits points* bestickte Weste sehen ließ. Darüber war ein mit Spitzen gesäumter Plastron gefaltet und mit einer Saphirspange befestigt. Die engen Beinkleider hatten etwa die Farbe der Haare ihres Trägers.

Als Tante Caroline, in fliederfarbene Seide gehüllt, den Neffen so angetan die Treppe herabkommen sah, stürzte sie gleich auf seine Weste los. «Ist das entzückend gemacht. Das Mädchen muß dich aber sehr geliebt haben! Welch eine Pularbeit.» Und neugierig flüsterte sie: «Wer war es denn, Hinrich?»

Er neigte sich zu ihren Granatohrringen hinab und flüsterte: «Ich liebe sie auch sehr, meine Schwester Luischen in Potsdam!»

«Caroline, bist du noch nicht fertig?» dröhnte Herrn von Motz' Stimme von der Haustür her, wo er schon im langen schwarzen Rock, der recht stramm über dem Magen saß, und mit hohem Zylinder abfahrtbereit stand.

Weil der Weg über Gnissen zu staubig war, fuhr der Kutscher um das Moor herum, zumeist auf Torfboden, der jetzt so trocken war, daß der Wagen nur leicht federte. Es war ein prachtvoller Julitag des Jahres 1833. Lerchen trillerten über dem weiten Moor, dazwischen hörte man die Goldammer in den Birken.

Hinrich von Pogwisch genoß diese Fahrt und sog die Stimmung der Heidelandschaft in sich hinein. Es war in diesen Tagen bei den liebevollen Verwandten und in der Polziner Ruhe manch Beunruhigendes von ihm abgefallen, so daß er sorglos-heiter dem Fest entgegensehen konnte. Die beiden Apfelschimmel bogen in eine von Linden beschattete Dorfstraße ein, rechts lag eine romantische Kirche inmitten des ansteigenden Friedhofs. Die Räder rumpelten über Katzenkopfpflaster und hielten dann linker Hand vor der Gastwirtschaft, wo schon viele Wagen standen. Als sie ausstiegen, hörten sie die Glocke läuten. Einige Menschen eilten noch zur Kirche hinauf. Herr von Motz deutete eine uralte Lindenallee hinunter, die auf einer Holzbrücke endete. Dahinter sah man ein breit hingelagertes Torhaus in Backstein und Fachwerk.

«Was ist denn das?» fragte Hinrich von Pogwisch.

«Moorburg ist das», antwortete sein Onkel, «aber nun komm schnell!»

Als sie das Kirchenschiff betraten, begann die Orgel zu spielen. In dem Augenblick, da sie den Polziner Kirchenstuhl erreicht hatten, kam der Brautzug durch das rundbogige Portal herein. Voran schritt der alte, würdige Pastor, dahinter Friedrich Testorp mit Friederike von Trappen, deren lange weiße Atlasschleppe zwei kleine Pagen trugen. Brautjungfern und Brautführer folgten in Festkleidung. Als der Zug im Chor Platz genommen hatte, ließ Pogwisch seine Augen erstaunt über das reichgeschnitzte Inventar der kleinen Kirche gleiten, das seine schönheitsdurstigen Augen erfreute. Das sollte eine Dorfkirche sein? Gewiß, die alten Kirchen seiner Heimat hatten auch viel an Malerei und Schnitzwerk aufzuweisen. Aber diese hier war ein Schmuckstück.

Eine merkwürdig feierlich-frohe Gemütsbewegung bemächtigte sich des jungen Mannes, etwa so, als sei seine Reise hier und jetzt zu Ende.

Zusammen mit der Orgel setzte nun eine Geige ein, und eine glasklare Stimme sang: «Ich und mein Haus, wir sind bereit . . .»

Tante Caroline flüsterte ihrem Peter zu: «Das ist bestimmt Charlotte!»

Nach der kirchlichen Feier fuhr eine lange Wagenreihe am Nordufer des Schwarzsees entlang zum Karlshöher Gutshaus hinauf. «Wie schön, Peter-Ohm!» rief Hinrich und blickte über den in der Sonne glitzernden See zu den ihn dunkel säumenden Nadelwäldern des Südufers hinüber.

«Dahinter liegt Polzin, hinter dem Tannenwald, aber ein Stück landeinwärts.» Herr von Motz deutete hinüber. «Und nun fahren wir ein Stück andersherum, Karlshöhe liegt im Westen. Hier bei der Wassermühle links hört Moorburg auf, und Karlshöhe beginnt. Siehst du, jetzt fahren wir über den Lachsenbach, der die Mühle treibt, der ist die Grenze.»

Das Dach des Karlshöher Hauses ragte rot und hoch über junge Baumanpflanzungen. Es war ein stattliches, weißverputztes Haus mit zwei Geschossen, erst zehn Jahre alt. Auch Scheunen und Ställe waren neu und geräumig.

Das Brautpaar kam auf die Terrasse heraus. Riekchen, die Braut, trat zu Hinrich Pogwisch und legte ihm die Hand auf den Arm. «Wir freuen uns, daß Sie gekommen sind. Ich möchte Ihnen sehr herzlich für die schöne Potpourrivase danken, mit der ich schon einmal geliebäugelt habe. Sie stand bei Warta in Lübeck im Schaufenster, nicht wahr? Die werde ich mit Rosenblättern füllen. Aber nun kommen Sie mit! Vater möchte sich mit Ihnen unterhalten.»

Hinrich sah lächelnd in das helle vom Spitzenschleier umgebene Gesicht der zierlichen Braut und half ihr galant, die Schleppe aufzunehmen, als sie in den Garten hinunterstiegen.

Nun mußte er Mutter, für die jene Stockelsdorfer Vase als Mitbringsel gedacht war, etwas anderes kaufen, vielleicht in Kiel, überlegte er, während sie über den Rasen auf einen großen Tisch zuschritten, an dem das Ehepaar Trappen stand und mit Feldherrnblicken die schon schmausende Gästeschar musterte.

«Sie sind nicht der Pogwisch von Grevenslund», sagte der Karlshöher, als sie einander gegenüber Platz genommen hatten. «Den habe ich einmal bei einer Jagd in der Eutiner Ecke kennengelernt.» Das sei sein Bruder Wulf gewesen, gab Pogwisch Bescheid.

«War Ihr Stammsitz nicht Rentorff?»

«Ganz recht; dort haben die Pogwischs über zweihundert Jahre gesessen, bis der Dänenkönig es ihnen fortnahm.»

«Ihr Schleswiger habt es dort im Norden immer schwer gehabt. Denn die Dänen werden den Kampf um Schleswig bis zur Eiderlinie nicht aufgeben. Hier in Holstein sitzt man sicherer.» Herr von Trappen sah über die Baumwipfel. «Eben ist ruhige Zeit. Aber wir wollen den Tag nicht vor dem Abend loben. König Frederik VI. ist alt und hat keinen Sohn. Wer weiß, was ein Thronwechsel bringen wird?»

«Nun vergeßt nicht das leibliche Wohl!» rief Frau von Trappen und reichte Hinrich die Kuchenplatte.

Dieser legte sich ein Tortenstück auf den Teller und trank einen Schluck Kaffee. Dabei betrachtete er den markanten Kopf Karl von Trappens. Ihre Augen hielten einander fest, und der Holsteiner streckte seine Hand über den Tisch, als der Schleswiger die Tasse absetzte. «Schleswig und Holstein, mein lieber Pogwisch, bleiben ‹up ewig ungedeelt›, wie es im 15. Jahrhundert im Vertrag zu Ripen festgelegt worden ist.»

Sie drückten sich kräftig die Hände. «Das walte Gott», sagte Pogwisch.

«Bravo!» rief der alte Lübecker Handelsherr, der neben Frau von Trappen saß. «Leider ist es aber so, daß seit Ripen schon ein paarmal die Herzogtümer auseinandergerissen wurden; ohne Hilfe könnt ihr das gar nicht verhindern, wenn die Großmächte so was wieder vorhaben.»

«Johann, du vergißt, daß ihr Lübecker auch einige Male gewaltig von den Dänen was auf den Zopf bekommen habt!» rief Trappen lachend.

Herr Testorp strich durch seinen grauen Bart. «Gewiß, aber wir haben es dem Inselvolk auch wiedergegeben.»

Riekchen rief nun vom oberen Tischende herüber: «Mutter, bringst du bitte die Politik zum Schweigen, denn ich glaube, da vorn tut sich was!» Sie deutete zum Haus hinüber.

«Sind Sie alle fertig, oder möchte noch jemand Kaffee?» wandte sich die Hausfrau an die Gäste. «Ja? Dann bitte ich Sie etwas vorzurücken, damit Sie besser sehen können.»

Auch die anderen Gäste rückten zur Terrasse vor. Musik kam näher, und um die Hausecke erschien ein Zug mit Blasmusik an der Spitze. Junge Männer und junge Mädchen, in die alte heimische Tracht gekleidet, marschierten paarweise auf dem Rasen auf. Die ersten verneigten sich vor dem Brautpaar, und das Mädchen sprach ein Glückwunschgedicht. Dann überreichte sie der jungen Frau ein hübsch geschnitztes Brotbrett, und Herr Testorp bekam von ihrem Begleiter eine lange Pfeife mit grüner Troddel.

Die Musikanten spielten alte plattdeutsche Volkstänze, und die Mädchen schwenkten die selbstgewebten Beiderwandröcke mit den bunten Streifen, die jungen Männer klatschten in die Hände und sangen den Text dazu. So brachten sie drei verschiedene Tänze dar. Das junge Paar dankte jedem einzelnen, dann zog der Zug unter großem Beifall ab.

Man wollte sich schon wieder an die Tische setzen, da schien sich an der Treppe noch etwas anzubahnen. Ein Bedienter stellte dort einen Ständer nieder, an dem eine aufgerollte Landkarte hing. Einige riefen fröhlich: «Aha! Riekchen und Fritz, jetzt kommt es heraus.» Man holte sich die Stühle heran, und das junge Paar setzte sich ganz vorn hin. Friedrich Testorp winkte Hinrich heran. «Geben Sie acht, Bester, wie wir nun hergenommen werden!»

Aus der geöffneten Glastür drang leises Kichern. Ein alter, verwahrloster Mann mit einem Leierkasten, wehendem Graubart, verbeultem Hut und schwarzem Pflaster auf einem Auge schritt mühsam die Treppe herab. Ihm folgte eine junge Frau in rotem Kopftuch, Samtmieder und geflicktem Rock, die einen Stock trug. Es war ganz still, so daß man das Singen einer Amsel hören konnte. Als die Frau die Verschnürung der Rolle löste und die Leinwand abrollte, die sich als Bilderbogen erwies, brachen die Zuschauer in schallendes Gelächter aus. Zurufe wurden laut, bis der Alte die eine Hand hob und mit der anderen seine Orgel zu drehen begann. Eine bekannte Volksweise *In Martills zerfallener Hütte* erklang. Die junge Frau – oder war es ein Mädchen? – sang Verse zur Leier und zeigte mit ihrem Stock auf die dazugehörigen Bilder. Sie wurde oftmals von Applaus und Gelächter unterbrochen, diese Sängerin mit dem glasklaren Sopran.

Dieselbe Stimme, die er in der Kirche gehört hatte, stellte Hinrich fest.

Auf einem der Bilder war ein Jüngling zu sehen, der auf einem Schwein ritt. Der Vers dazu besagte, daß es in Lübeck üblich sei, den Reitunterricht auf einem Eber zu beginnen, damit man beim ersten Sturz nicht zu tief falle.

Auf einem anderen Gemälde hing ein Mädchen schreiend am Ast eines Kirschbaums. Die Leiter hatte ein fortspringender Ziegenbock umgerissen. Der Vers meldete, dies sei die Strafe dafür, daß man heimlich die Kirschen in Nachbars Garten pflücke.

Zwölf dieser witzigen Bilder besang die junge Mädchen-Frau mit ausdrucksvollem Mienenspiel. Hinrich von Pogwisch ließ kein Auge von ihren glänzenden nußbraunen Augen unter den schwarzen, hochgewölbten Brauen. Riekchen sah zu ihm auf, als er am Schluß wie toll klatschte. Große Heiterkeit hatte sich ausgebreitet und wurde noch lebhafter, als der alte Orgeldreher die ihm am nächsten stehende junge Dame umarmte und auf den Mund küßte. Die aber gab ihm eine Ohrfeige, wobei sie den Bart und seine Perücke abriß und ein wahrhaft schöner Männerkopf plötzlich unter den Lumpen sichtbar wurde. «Der

Moorburger!» rief es ringsumher lachend. Friederike Testorp machte ihren jungen Gemahl mit den Augen auf Hinrich Pogwisch aufmerksam. Der starrte dem roten Kopftuch nach, das eben hinter der Glastür im Gartensaal verschwand. Sie flüsterte mit Testorp, und er nickte lächelnd.

«Wem gehört die klare Stimme?» wandte sich Pogwisch fragend an Testorp.

Der Lübecker zog die Schultern hoch. «Irgendeiner Jahrmarktsvagabundin, die dort wohl Couplets singt oder so was.»

Sein Riekchen nahm die Schleppe auf und machte sich schleunigst davon. Sie müsse mal nachschauen, wo der Portwein bleibe.

Karl Ludwig von Trappen, Riekchens Bruder, dirigierte Hinrich zu seinem Platz an der Festtafel. «Charlotte, darf ich dir deinen Tischherrn, Herrn von Pogwisch, vorstellen?» sagte von Trappen. «Und hier ist die Nachtigall vom Schwarzsee, Fräulein von Wasmer aus Moorburg.» Damit entfernte er sich.

Pogwisch sah sich einer jungen Dame gegenüber, die ein seegrünes Ballkleid trug. Es war so weit ausgeschnitten, daß es die weißen Schultern freiließ. Um den schlanken Hals trug die Moorburgerin ein Perlenkollier. Sie amüsierte sich offensichtlich über den nicht gerade geistreichen Ausdruck in Hinrichs Gesicht, als sie ihm die Hand reichte. Er beugte sich darüber, rückte ihr dann den Stuhl zurecht und setzte sich verwirrt neben sie.

Die Suppe wurde gereicht, und Hinrich fand die Sprache wieder. «Sie scheinen recht vielseitig zu sein, Fräulein von Wasmer. Zuerst Kirchengesang und dann diese köstlichen Moritaten. Respekt!»

«Man tut, was man kann, aber für mein Riekchen war mir keine Mühe zuviel. Die Gemälde allerdings hätte ich ohne Hilfe meines Bruders nicht fertigbekommen.»

«War Ihr Herr Bruder der Leiermann?»

«Ja, so eine kleine Komödie ist ganz sein Fall, besonders der Schlußakt. Schauen Sie, da drüben sitzt er mit seiner Partnerin.» Sie deutete zu einem Paar hinüber, das sich eifrig unterhielt. Herr von Wasmer war wirklich ein eleganter Mann.

Die Teller wurden gewechselt, und Herr von Trappen klopfte an sein Weinglas.

Vor lauter lukullischen Genüssen und Tischreden kamen sie nicht dazu, sich länger zu unterhalten. Als einmal ihre Gläser aneinander klangen und sie sich über dem Wein in die Augen blickten, bemerkte Hinrich, daß Charlotte von Wasmer im Detail nicht so gut aussah wie im Ganzen. Ihre Nase war zwar oben schmal, aber am Ende zu fleischig. Als sie lächelte, stellte er fest, daß ihre Zähne etwas schief standen. Doch die

Augen, ja, die waren sehr schön unter der hohen Stirn, ebenso ihr reiches kastanienbraunes Haar, das in dicken Locken auf die Schultern herabhing.

Nach dem Essen spielten Musikanten aus Alberg. Es gab eine lange Polonaise durch den ganzen Garten, auch über die Gemüsebeete. Dazu schien der halbe Mond über die Buchengipfel des Waldes.

Später wurde in der Halle getanzt: Quadrille, Lancier, Mazurka, auch Menuett, das Hinrich von Pogwisch mit Friederike tanzte. Sie sah müde aus, und das war auch ihr letzter Tanz; danach war das Brautpaar verschwunden. «Sie fahren nach Travemünde», sagte Charlotte zu Hinrich, als sie Hand in Hand einen Reigen schritten, «dort haben Testorps ein Sommerhaus. Friedrich Testorp hat noch vier Wochen Zeit, dann strömt der goldene Segen in die Testorpschen Kassen, und er muß im Kontor sein.»

Es war schon nach Mitternacht, als Herr von Motz seinem Neffen von der Tür aus zuwinkte. Der tanzte gerade mit seiner Tischnachbarin zur Rechten, einer lustigen Rotblonden.

«Die Tante ist müde und möchte nach Hause, Hinnerk», sagte er. «Ich will eben Bescheid sagen, daß angespannt wird.»

«Schade, Ohm, aber wenn ihr loswollt, fahren wir!»

Der Onkel legte ihm die Hand auf die Schulter. «Es freut mich, daß du dich so gut unterhältst. Man soll aber immer aufhören, wenn es am schönsten ist. Ich habe auch genug.» Er schmunzelte. «Karl Trappen hatte schon immer einen guten Weinkeller. Übrigens hat Frau von Wasmer uns für einen der nächsten Tage nach Moorburg eingeladen.»

«Waaas, ist die auch hier?» entfuhr es Hinrich.

Der Oheim lachte. Dann, ernst werdend, antwortete er: «Darüber können wir morgen mal sprechen, mein Junge.» Er winkte einem Bedienten zu, der mit einem Tablett voller Gläser durch die Halle kam. «Sagen Sie Vokuhl Bescheid, daß er anspannt, Eckers!» Sie gingen in das Gartenzimmer. Tante Caroline kam ihnen entgegen. Neben ihr schritt leichtfüßig eine zierliche, ältere Dame mit leichtend weißem Haar und lebhaften, dunklen Augen. Sie trug eine pompöse Robe aus rosenholzfarbenem Damast, reich mit Spitzen verziert. Herr von Motz machte sie mit seinem Neffen bekannt.

Frau von Wasmer reichte Hinrich die Hand zum Kuß. *«Bon soir, Monsieur!»* Er sah nur ein Geriesel von Spitzen, klirrenden Armspangen und Edelsteingefunkel, als er sich über diese schon etwas welke Hand beugte. Höflich erwiderte er ihren französischen Gruß, und sie fuhr fort zu parlieren. Sie habe gehört, er habe an der Sorbonne studiert. Ob er ihr die Freude machen wolle, ihr eingehend von ihrem geliebten Paris zu erzählen, das sie lange Jahre nicht mehr gesehen hatte?

Hinrich sah, wie seine Tante, die schon ganz kleine Augen hatte, verstohlen hinter ihrem Fächer gähnte.

«Ich habe vor, noch in dieser Woche abzureisen», sagte Hinrich auf französisch.

«Wir hatten verabredet, übermorgen zum Nachmittag nach Moorburg zu fahren», wandte sich Peter-Ohm an den Neffen.

«Ich muß leider passen, liebe Frau von Wasmer, es ist derart viel Beerenobst zu verarbeiten, daß ich unmöglich fort kann, leider!» bemerkte Tante Caroline auf deutsch.

Die Herrin von Moorburg sprach ein Wort des Bedauerns und fragte Hinrich, ob er ihre Tochter nicht gesehen habe?

Nein, erwiderte er, aber er könne auf der Terrasse nachsehen.

«Das ist sehr freundlich. Würden Sie ihr bitte bestellen, daß unser Wagen gleich vorfährt?»

Er hatte Fräulein von Wasmer vor seinem letzten Tanz mit der Rotblonden durch das Gartenzimmer ziemlich hastig auf die Terrassentür zugehen sehen. Aber dort war sie nicht zwischen den Gästen, die sich eben voneinander verabschiedeten. Auf dem Rasen wandelten noch zwei junge Paare auf und ab. Keine Charlotte! Er ging bis ans Ende der Grasfläche und rief gedämpft: «Fräulein von Wasmer!»

Als er einen Gartenstieg entlangschritt und etwas lauter «Charlotte» rief, antwortete sie dicht neben ihm. Hinter einem Jasminbusch fand er sie zusammengesunken auf einem Gartenstühlchen. «Was ist Ihnen zugestoßen, liebes Fräulein von Wasmer?» Hinrich war erschrocken, als er in dieses bekümmerte, vom Mondlicht bestrahlte Antlitz blickte.

Charlotte erhob sich von ihrem niedrigen Sitz. «Ach, ich hatte mit meinem Bruder eine Auseinandersetzung», sagte sie mit fester Stimme, ihr Gesicht wurde hart.

Wie sie sich zusammenreißt, dachte Hinrich. Er bemerkte ihre feuchten Augen. Mitleidig schaute er sie an. «War es denn so schlimm?»

Sie nickte und schauerte ein wenig.

«Sie frieren ja. Kommen Sie! Ihre Mutter wartet, der Wagen ist vorgefahren.» Er legte den Arm um ihre bloßen Schultern und fühlte, wie sie zitterte. «Charlotte, kann ich Ihnen irgendwie helfen?»

«Ja, lassen Sie mich einen Augenblick bei Ihnen ausruhen. Sie haben so einen offenen Blick und sind ehrlich, lieber Pogwisch, und verschwiegen.»

Er zog sie sanft an sich, streichelte ihren Rücken. Die Moorburgerin weinte an seiner Schulter. Er fragte nicht, ließ sie weinen. Ein Kauz rief dicht hinter ihnen aus den Buchen, die Blätter regten sich im Nachtwind.

Charlotte hob den Kopf, zog ihr Tüchlein aus dem Dekolleté und lächelte zu ihm auf, während sie sich die Tränen abwischte. «Ich danke Ihnen. Vergessen Sie den dummen Auftritt, der einen traurigen Abschluß dieses schönen Festes bildet. Verzeihen Sie mir?» Statt einer Antwort zog er sie nochmals an sich und küßte sie auf die Stirn. Dann gingen sie rasch dem Haus zu.

«Wie lange bleiben Sie noch hier?» fragte Charlotte, als sie auf der Terrasse standen.

«Nicht mehr lange, aber übermorgen kommen mein Oheim und ich zu Ihnen nach Moorburg, Charlotte. Vielleicht vertrauen Sie mir dann Ihre Sorgen an, und wir sprechen mal in Ruhe darüber.»

«Sieh, da sind sie ja», rief Herr von Trappen und trat auf sie zu. Charlotte drehte sich zur Seite, um ihr verweintes Gesicht im Schatten zu bergen.

«Man wartet schon im Wagen auf euch. Was ist denn mit dir los, Charlotte?»

Sie parierte sofort. «Ich trauere meinem Riekchen nach, Onkel Karl. Nun bin ich allein.»

«Komm her, Deern, gräm dich doch nicht!» Er nahm sie in die Arme, küßte sie auf beide Wangen und bedankte sich für die viele Mühe, die sie sich gemacht hatte, um das Fest zu verschönen. Vor der Haustür reichte er Hinrich von Pogwisch die Hand. «Wir werden uns wiedersehen, lieber Pogwisch, irgendwo einmal. Mein Haus steht Ihnen immer offen!»

Am nächsten Tag, am Sonntagmorgen, verschliefen die Polziner den Kirchgang. Sie seien ja gestern erst in der Kirche gewesen, brummte Peter-Ohm beim Mittagessen. Er hatte seinen Kater schon auf einem Spazierritt ausgelüftet.

«Wollen uns mal die Pfeifen anzünden, komm in meine Stube, Hinnerk. Ich möchte dir gern einiges über Moorburg erklären.» Als die Pfeifen qualmten, sah der Oheim den Neffen prüfend an. «Hinrich, sag mal, man machte gestern abend schon ganz offen Bemerkungen über dich und Charlotte. Hast du Absichten . . .?»

Belustigt warf Pogwisch dazwischen: «Du meinst wegen des Klappaltars, Peter-Ohm?»

Dieser nickte. «Gleich vorweg, Junge, lat de Finger davon! Das ist nichts für dich.»

«Charlotte?»

«Gegen Charlotte läßt sich nichts sagen, die ist früher, als unsere Grete noch hier war, oft bei uns gewesen, obgleich sie jünger ist. Sie ist zwar etwas unbedacht, recht lebenslustig und kann das Geld nicht zusammenhalten, doch sonst ein anständiger Mensch. Hier geht es aber um Moorburg und seine verlotterte Franzosenwirtschaft.»

«Frau von Wasmer ist Französin?»

«Ja, eine geborene Marquise de Beauchamp. Ihre Altern waren während der Französischen Revolution nach Hamburg geflohen, mit anderen Emigranten zusammen. Dann sind sie wohl nach Emkendorf zu Friedrich und Julie Reventlow gekommen. Die Gräfin hatte damals ja das Haus voller Flüchtlinge. Nun, dort hat Georg Wasmer von Moorburg die junge Germaine Beauchamp kennengelernt und sie vom Fleck weg geheiratet. Sie war damals noch keine zwanzig Jahre und Georg Wasmer gewiß zwanzig Jahre älter. Er hatte seine erste Frau im ersten Kindbett mitsamt einem Jungen verloren und danach ein tolles Leben geführt, wohl um sich über den Schmerz hinwegzubringen. Er soll in Saus und Braus gelebt haben. Alte Leute erzählen, auf Moorburg sei ein Luxus getrieben worden wie auf wenigen anderen großen Gütern. Und nun brachte er also Germaine mitsamt ihren Eltern nach Moorburg, das damals noch ein Riesenbesitz war und etwas aushalten konnte.»

Herr von Motz unterbrach seine Erzählung und zündete sich die Pfeife neu an. Eine Weile sog er heftig an seinem Rohr, stieß große Wolken von sich und fuhr dann fort:

«Die bettelarmen Beauchamps wurden verhätschelt, gewöhnten sich an den Luxus, praßten mit . . . Ja, und dann kam die Not. Du, mein Hinrich, warst damals noch klein und weißt nichts mehr von dieser Zeit, als die wilden Horden unser schönes Schleswig-Holstein verwüsteten. Was ist hier alles durchgezogen: Schweden, Polen, Kosaken, Preußen; die Alliierten, die Napoleon bei Leipzig geschlagen hatten, wollten die Dänen fertigmachen, die auf Napoleons Seite standen. Dahinter saß der Franzose Bernadotte, der als schwedischer Kronprinz den Dänen Norwegen abjagen wollte, das ja zum dänischen Königreich gehörte. Na, das hast du wohl in der Schule gelernt, was?»

«Nicht nur in der Schule, die Eltern haben oft von der schrecklichen Zeit gesprochen.»

«Ja, und wir armen Schleswig-Holsteiner, die der ganze Kram gar nichts anging, mußten auch noch mit den Dänen kämpfen, mußten mitziehen gegen den tapferen Schill. Aber weiter zu Moorburg! Ich habe mir sagen lassen, daß die Kosaken hier ganz besonders wüst gehaust haben. Das Korn haben sie ja überall weggeschleppt, besonders natürlich Hafer. Zwei von den alten großen Scheunen sind abgebrannt. Und dann im Schloß! Wasmers waren zu Bekannten ins Stormarnsche geflohen. Die Kerle haben die kostbaren Möbel herausgeschleppt und Feuerchen damit gemacht, denn es war ein kalter Winter. Das Vieh wurde geschlachtet. Als sie abzogen, kamen andere und rissen Moorburg weiter ein. Tja, und davon hat es sich nicht mehr erholen können. Andere Gutsbesitzer haben gleiches hinnehmen müssen, auch bei euch im

Schleswigschen. Aber die meisten haben vernünftig gewirtschaftet und sind wieder auf die Füße gekommen, so *peu à peu*. Sie hatten mitunter auch Rücklagen. Doch hier hat man nur Flickwerk geleistet. Als die erste Not überwunden war, erholten sich die Beauchamps auf Reisen. Napoleon war erledigt, da mußte man sich in Paris wieder zeigen. Und das kostete! Die alten Beauchamps kamen nicht zurück, die hat dort irgendeine Seuche hingerafft. Aber Germaine und ihre beiden Kinder kamen wieder. Nun wollte die Dame nur noch Pariser Toiletten tragen. Was soll ich weiter reden? 1818 war der Konkurs da.»

Peter-Ohm stand auf, ging zu einem Schrank, holte eine Karte heraus und breitete sie auf dem Tisch aus. «Nun komm her, Hinrich, damit ich dir zeigen kann, was aus diesem prächtigen Besitz geworden ist.»

Sie beugten sich über die große alte Landkarte, und Herr von Motz deutete mit der Spitze eines Brieföffners etwa in die Mitte. «Hier ist also das Dorf Moorburg.» Dann führte er im großen Bogen den Brieföffner fast an den Kanten der Karte entlang. «Und das gehörte einstmals alles dazu. Hier, bei Moorburg, ist der Schwarzsee. Hier, südlich davon, liegt Polzin; du siehst, ein verhältnismäßig kleines Stück, das ich mir Anno achtzehn aus der großen Torte geschnitten habe, siebenhundertfünfzig Hektar. Hier anschließend im Westen hat sich Karl von Trappen ein größeres Stück gekauft, ungefähr neunhundert Hektar, allerdings viel Wald dabei. Hier im Nordwesten haben Gnissener Bauern zusammen etwa zweihundert Hektar herausgerissen. Und im Osten ist das Moor. Dahinter liegt noch ein Hof, etwa hundert Hektar, den hat ein Dabelstein gekauft. Die Töchter waren gestern auch in Karlshöhe.»

«Und wieviel hat Moorburg behalten?»

«Der Stammhof ist immer noch das größte Stück. Hier, das Stück etwa in der Mitte. Aber das große Moor und der See bringen ja nichts, die wollte natürlich niemand haben. Das ist außer der Torfgewinnung und dem Fischfang totes Areal. Tausend Hektar dürfte das alles zusammen sein, grob geschätzt.»

Hinrich hatte sich ziemlich erschüttert hingesetzt und fragte, wer denn nun diesen Resthof bewirtschafte.

«Da liegt eben der Hase im Pfeffer, mein Junge. Seit der alte Wasmer Anno vierundzwanzig gestorben ist, schleifen die Zügel noch mehr. Er hat sich vor seinem Tode redlich bemüht, noch etwas zu retten. Es war aber zu spät. – Jetzt? Die Verwalter wechseln häufig, weil die Moorburger Gnädige ungnädig wird, wenn nicht genug Geld für ihre Bedürfnisse hereinkommt, vielmehr für die Abzahlung der Schulden, die der Filius laufend macht.»

«Aha!» sagte Hinrich und dachte an die weinende Charlotte.

«Das kann ich dir sagen, der versetzt Moorburg noch den Todesstoß! Der ist alle Augenblick in Paris und führt dort ein lustiges Leben. Kommt nur zurück, wenn das Geld alle ist wie eben jetzt mal wieder. Du hast den Komödianten ja gestern erlebt als Leiermann. Der steckt so voller Dummheiten wie der Esel voll grauer Haare. Gestern abend ist er wieder mit einem ordentlichen Mädchen davongeritten, um sie zu verführen, wie mir Trappen sagte. Er mußte den Moorburgern zwei Pferde leihen, damit sie nach Hause fahren konnten, weil der junge Wasmer die Moorburger Kutschpferde heimlich im Stall mit zwei Karlshöher Sätteln belegt hatte und mit dem Mädchen verschwunden ist. Dabei ist er schon siebenundzwanzig, aber die Mutter hat einen Narren an dem Bengel gefressen.»

«Die amüsiert sich wohl noch über seine Streiche, wie?» fragte Hinrich. «Und Charlotte?»

«Die versteht sich gut mit ihrem Bruder, aber schlimme Sachen hört man nicht von ihr.» Herr von Motz ging mit auf dem Rücken verschlungenen Händen im Zimmer auf und ab. Dann blieb er vor Hinrich stehen. «Bist du in Charlotte verliebt, Hinrich?»

Der junge Mann machte ein verschlossenes Gesicht. «Oheim, das kann ich dir beim besten Willen nicht sagen. Wenn ich ein Mädchen heiraten will, muß sie eben mit meinem kleinen Ellerby vorliebnehmen.»

«Aber du hast doch etwas Vermögen, Junge.»

«Darüber hat Wulf vorläufig zu bestimmen, und da ist es gut aufgehoben. Vater hat wohl gewußt, warum er diese Klausel in sein Testament setzte.»

«Vernünftig gesprochen! Dein Vater war ein Ehrenmann. Und du wirst schon keine Dummheiten machen, mein Lieber, dafür bist du zu klug.»

«Ach, Oheim, man weiß nie, was man von seinen Ahnen ererbt hat. Unter den Pogwischs sind sehr wilde Gesellen gewesen», schloß er lächelnd.

Am nächsten Tag ritt Hinrich allein am Moor entlang, ohne den Oheim; denn diesen plagte das Zipperlein im Bein, und außerdem war ein Viehhändler erschienen, der ihm junge Stiere abkaufen wollte. Hinrich hatte gemeint, das Zipperlein und der Viehhöker wären dem Oheim gerade recht gekommen. Der hatte erwidert, er könne seine Zeit besser zubringen als in Madames Salon beim Parlieren. Das dachte Pogwisch eine Stunde später auch.

Vorerst ritt er freudig unter dem hohen Himmel dahin, unter Lerchentriller und Grillenkonzert. Kleine blaue Glockenblumen säumten den Weg. Zwar blühten Erika noch nicht, doch stiegen warme, herb-süße Düfte aus dem Moor auf.

Er ritt in den Schatten der Dorfallee ein. Er sah halbzerfallene Katen, windschief, mit Löchern im Strohdach, die meisten schienen unbewohnt. Fast alle Stroh- oder Reetdächer, auch die der bewohnten Häuser, waren defekt. Einige waren zwar frisch geflickt, doch machte das Dorf Moorburg einen jämmerlichen Eindruck auf ihn, der von seinen heimatlichen Gütern Sauberkeit und Ordnung kannte.

Langsam ritt er an ein paar Frauen vorbei die alte Lindenallee hinunter. Auch sie wies Lücken auf. Baumstümpfe standen zwischen den knorrigen Stämmen. In den Kronen brauste ein Bienenschwarm. Die Hufe polterten über die Eichenbohlenbrücke, deren Geländer auf einer Seite zerbrochen war. Breit und schlammig zog sich der Graben an dem langen Torhaus hin. Hinrich spähte zu dem Turm hinauf, der das Tor krönte. Dort war ein Wappen eingelassen, völlig verwittert und teilweise von Moos überwuchert. Auf den Katzenkopfsteinen im Torweg klapperten die Hufe seiner Mirza. Hinrich klopfte ihr den Hals, als er sie anhielt. «Mein Mädchen, auf was für ein Abenteuer lassen wir uns hier ein.» Er überblickte den weiten Hofplatz. Rechter Hand lag ein riesiger alter Kuhstall, der mit Reet gedeckt war, linker Hand eine neue Scheune. Daneben hatte man einen Bretterverschlag als Hühnerstall hingesetzt. Hühner scharrten davor im Sand.

Geradeaus vor ihm, auf einem Hügel, erhob sich das Moorburger Schloß mit seinem mächtigen Walmdach. Es war in Backstein erbaut. Die Front wurde von Pilastern mit ironischen Kapitellen gegliedert, die wohl einmal weiß gewesen waren, jetzt aber grau und schmutzig aussahen. Die lange Reihe der hohen Fenster im Erdgeschoß zeigte eine schöne Steinmetzarbeit. Die darüberliegende Fensterreihe war etwas niedriger. Hinrich hatte seine Freude an diesem harmonischen Gebäude, dessen Hauptzier das Portal bildete. Es hatte hohe Steinsäulen und ein pomphaftes Bekrönungswerk mit zwei in Halbrelief gearbeiteten Wappenschildern.

Der junge Mann ritt um einen verwahrlosten Rasen herum auf das Portal zu, als ein Diener in Livree den Torflügel öffnete, ihm entgegeneilte und dabei scharf durch die Zähne pfiff. Aus dem Pferdestall kam ein Knecht und nahm Mirza in Empfang.

Hinrich stieg vor dem Diener zum Portal hinauf und klopfte sich den Staub von den Hosen. Sogleich sprang der Bediente mit einer Bürste herzu und reinigte Rock und Hose, während Hinrich die großartige Eingangshalle betrachtete: Zwei breite und geschwungene Barocktreppen führten in den ersten Stock hinauf. Die Halle war zwei Stockwerk hoch, ihre Wände mit Jagdtrophäen bedeckt. Der Diener stand wartend. «Wen darf ich melden?» Hinrich griff in die Westentasche, gab dem Bedienten ein Geldstück und sagte: «Von Pogwisch.» Gleich darauf wurde der Gast durch ein helles Gartenzimmer in einen Salon mit Rokokomöbeln geführt.

Licht flutete durch die hohen Fenster herein, die Seidenbezüge der zierlichen Möbel waren hell, und eine Kaskade französischer Zwitscherlaute perlte vom Fenster zu ihm herüber. Unter Frau von Wasmers Teetisch kam ein kläffender Mops hervorgewatschelt, als Hinrich die Hausfrau begrüßte. Sie war wieder pompös gekleidet, und die Haube, mit Spitzen und Bändern verziert, stand ihr vorzüglich.

Auch die eben eintretende Charlotte war in ihrem weitausschwingenden Rock lieblich anzusehen. Sie trug eine Porzellanschale mit fremdartigen Blumen, die sie auf den schön gedeckten Tisch stellte.

«Willkommen in Moorburg, Herr von Pogwisch», rief sie heiter, «sind Sie allein hergeritten?»

Hinrich küßte ihre Hand und brachte dann die Gründe vor, weswegen Herr von Motz verhindert sei. Charlotte nahm den noch immer kläffenden Mops auf den Arm und trug ihn hinaus. Sie zog neben der Tür den gestickten Klingelzug. Pogwisch mußte neben Frau von Wasmer Platz nehmen. «Erzählen Sie mir von Paris!» Sie sprach weiter Französisch. Der Diener brachte Tee und Gebäck an den Tisch und goß das Getränk in hauchdünne chinesische Tassen.

«Mama, nun wollen wir erst einmal Tee trinken! Herr von Pogwisch wird nach seinem Ritt durstig sein.» Charlotte zwinkerte Hinrich verschmitzt zu und sagte, zum Diener gewandt: «Pierre, nehmen Sie diese beiden Gedecke fort.»

«Ist Herr von Wasmer nicht hier?» erkundigte sich Pogwisch.

«Mein Sohn ist nach Karlshöhe geritten, um etwas Geliehenes zurückzugeben. Aber er kommt heute wieder nach Hause und bringt einige junge Gäste mit zum Abendessen», sagte Frau von Wasmer. «Sie bleiben doch auch zum Essen hier?»

Hinrich sah Charlotte an. Sie hielt die Augen auf ihren Teller gesenkt. «Vielen Dank, Frau von Wasmer, das wird nicht gehen. Meine Verwandten erwarten mich zum Abendbrot.»

«Wie schade! Es wird sicher sehr amüsant werden. Ach, ich liebe Geselligkeiten!»

Kann denn diese Dame gar kein Deutsch, fragte sich Hinrich und quälte sich weiter ab, ihre vielen Fragen nach dem gegenwärtigen Pariser Leben auf französisch zu beantworten. Fürchterlich ist das! dachte er.

Charlotte, die wortkarg dabeisaß und ihn von der Seite betrachtete, sagte, als sie mit dem Tee fertig waren: «Haben Sie schon einmal aus dem Fenster geschaut, Herr von Pogwisch?»

Dazu sei er bisher noch nicht gekommen, antwortete er lakonisch und reckte den Hals. «Oh, welch eine Blumenpracht! Darf man sich die einmal näher ansehen?»

Frau von Wasmer zog enttäuscht die Augenbrauen hoch, als Hinrich mit ihrer Tochter in den Garten entschwand. Sie raffte ihren Rock und trippelte in das Nebengemach. Dort hockte ein grasgrüner Papagei auf einer Stange am Fenster. «Voltaire», redete sie ihn an und kraulte ihm den Kopf, «*je suis très malheureuse*. Niemand will mit mir französisch sprechen, nicht einmal mein Bruder Etienne, dieser Eremit. Ist das nicht schlimm?»

Der große Vogel kratzte sich hinter seinem unsichtbaren Ohr. «*Oui!*» krächzte er.

Hinrich Pogwisch blieb betroffen mitten im Gartensaal stehen und sah auf den Intarsienfußboden hinab. «Welch barbarische Schändung!»

Charlotte stand in der geöffneten Tür und deutete auf einen schweren, geschnitzten Barockschrank. «Den haben die Kosaken nicht hinausschleifen können, um Feuer damit zu machen. Kommen Sie, das alles ist traurig. Mein Vater soll geweint haben, als er sein Moorburg wiedersah. Wir haben derweil bei unserem ehemaligen Förster im entlegenen Waldwinkel gewohnt. Aber ich erinnere mich an nichts mehr, ich war zu klein.»

Der große Raum war bis auf den Schrank und ein paar Stühle an den Wänden kahl. Nur am Fenster standen ein Cembalo und ein Notenständer. Die Supraporten über den geschweiften Türenflügeln wiesen verblaßte Gemälde auf. In einer Ecke stand ein runder bemalter Ofen mit Vasenbekrönung, in der anderen ein Kamin. Charlottes zierliche Gestalt hob sich vor dem lichtüberfluteten Garten ab. Hinrich ging auf sie zu, nahm ihre Hand und führte sie auf die breite Terrasse hinaus. Die Steintreppe zum Garten war an den Geländern mit tiefblauem Klematis überrankt.

Die grellen Farben der Beete blendeten fast. Der Garten hatte die klassische Anordnung von Blumenparterre und Bosketts. Das fehlende Waldquartier war durch einige Gruppen ausländischer Bäume ersetzt. Sie ließen den Durchblick auf den Schwarzsee frei. Ein paar Männer arbeiteten kniend in den Teppichbeeten.

«Herrlich, herrlich!» rief der junge Mann aus und schritt langsam mit dem Mädchen durch diese Pracht.

«Mama legt Wert darauf, daß immer blühende Blumen in den Beeten sind», sagte Charlotte, «bis in den Herbst hinein. Sehen Sie hier, die Anemonen de Cayenne, sind die nicht lieb?»

«Woher bekommen Sie die?»

«Aus Frankreich die Samen. Unser Gärtner zieht sie auf und pflanzt sie im Sommer aus. Gehen wir in die Gewächshäuser?»

«Nein, Charlotte, setzen wir uns lieber an den See!» Dort war eine kleine Landzunge, auf der unter einer Trauerweide eine Bank stand.

Hinrich blickte, als sie Platz genommen hatten, über das Seepanorama hin. Eben kam eine Schwanenfamilie um das Rohr herum in Sicht. Natürlich, die gehörte auch dazu. Er sah Charlotte an, die mit halbgeschlossenen Augen vor sich hin träumte.

«Der Garten ist wohl das Steckenpferd Ihrer Frau Mama?»

Charlotte nickte. Das sei eines von mehreren. Ob er denn nicht wunderhübsch sei?

«Doch, eine Augenweide! Aber Gärtner, Treibhäuser, ausländische Pflanzen, im Herbst wahrscheinlich Hunderte von holländischen Zwiebeln . . . Stimmt es?»

«Natürlich! Mama liebt das alles und will es so erhalten, wie es früher war, als mein Vater noch lebte. Lieben Sie so etwas Schönes nicht?»

Hinrich lachte kurz auf. «Das kann ich Ihnen sagen, daß ich alles Schöne liebe! Nur braucht es nicht immer so kostspielig zu sein, Charlotte. Finden Sie den Karlshöher Garten etwa nicht schön mit seinen Stauden, die jedes Jahr wieder blühen?»

«Bäurisch!»

Nun, er habe immer schon alte Bauerngärten schön gefunden. Charlotte stieß mit der Fußspitze unwillig einen Stein fort. «Sie haben mir die Freude, Ihnen Moorburgs Schönheit zu zeigen, ganz verdorben. Bauerngärten passen zu Bauernfrauen, die nach Buttermilch riechen, zu Holzschuhen, plumpen Beiderwandröcken und schwarzen Nägeln.»

Er lachte. Schwarze Nägel habe er bei Riekchen von Trappen im Staudengarten gar nicht bemerkt. Außerdem sei das keine Schande. Er habe beim Arbeiten auf seines Vaters Gut manchmal auch schwarze Nägel bekommen.

«Was, Sie arbeiten doch wohl nicht auf dem Hof mit?»

«Aber sicher. Ich habe die Landwirtschaft schon früh in der Praxis gelernt. Pflügen, Säen, Mähen, Hocken setzen und so weiter.»

«Haben Sie etwa auch die Schweineställe ausgemistet?»

«Nein, das ist nicht nötig, wenn man später ein Gut bewirtschaften muß, aber man sollte dann wissen, wie groß das Stück Land ist, das ein gesunder Mann an einem Tag abmähen kann.»

«Warum sagen Sie mir das alles, Herr von Pogwisch?» Charlotte blickte ihn verdrießlich an. Sie hatte sich diesen Nachmittag ganz anders vorgestellt.

Er legte den Arm hinter sie auf die Banklehne.

«Wollten wir nicht über Ihre Sorgen sprechen?»

«Sorgen? Ich habe keine Sorgen.» Sie sah hocherhobenen Hauptes auf den See hinaus.

Hinrich gewahrte es lächelnd. «Das freut mich außerordentlich, Fräulein von Wasmer. Hm . . . Ich nehme an, daß Ihr Bruder heute die geliehenen Sättel nach Karlshöhe zurückgebracht hat?»

Sie fuhr zu ihm herum. «Was wissen Sie denn davon?»

«Alles», er schaute sie fest an, «und noch mehr.»

Sie errötete wie eine Pfingstrose und senkte den Kopf.

Hinrich verließ die Bank und ging langsam am Saum des Wassers entlang bis zu der Schneise, die den Blick auf das Schloß freigab. Gebannt blieb er stehen. Es lag etwas erhöht im vollen Licht der Nachmittagssonne, gleichsam über der bunten Blumenpracht schwebend, umrahmt von der Baumkulisse. Und jetzt erst bemerkte der junge Mann die beiden kurzen, aber breiten Seitenflügel, die rechtwinklig zum Haupthaus den oberen Teil des Gartens umfaßten. Rechter Hand sah er durch Gebüsch am Ende des linken Flügels graues Gemäuer schimmern. Da hörte er hinter sich einen Schreckenslaut. Charlotte stand da und starrte mit aufgerissenen Augen in den Himmel. Zwei mächtige schwarze Vögel kamen vom Moor hergeflogen und begannen über dem Dach zu kreisen. «Nicht, nicht!» stöhnte Charlotte und hielt eine Faust vor den Mund.

«Was ist denn, Charlotte?» rief Hinrich. «Was ist mit denen da?» Er hob den Arm.

Da verschwanden die Raben hinter dem Dach nach dem Hofplatz zu. Charlotte ließ erleichtert die Hand vom Mund fallen und erzählte dem jungen Pogwisch, daß diese Raben zum Schloß kämen, sooft Moorburg Unglück drohe. Wenn sie sich auf das Dach setzten, sei schon immer Schreckliches passiert.

«Ach, das ist Aberglaube», meinte Hinrich. «Warum soll so ein Paar Kolkraben sich nicht auf ein Dach setzen? Allerdings ist das selten, denn sie sind scheu.»

«Nein, kein Aberglaube! Oheim Didi hat mir erzählt, daß sie im Kosakenwinter, bevor die Horden kamen, auch dort auf dem Dach saßen. Er und Vater wollten gerade mit dem Schlitten nach Alberg fahren, da sah Vater die beiden und rannte, so schnell er konnte, ins Haus zurück, um ein Gewehr zu holen. Einen hat er heruntergeschossen, der andere ist fortgeflogen. Bald darauf kam das Unglück, und wir mußten fliehen.»

«Ist so etwas schon öfter geschehen?»

«Auch bevor der Rauhgraf im See ertrank, haben sie dort gesessen. Er war Besitzer von Moorburg. Aber da war es noch eine Wasserburg.»

«Und nun glauben Sie, daß Moorburg Gefahr droht?»

«Die Raben haben mir bestätigt, was ich schon lange ahne», sagte Fräulein von Wasmer leise, «und Sie wissen es vermutlich auch?» Hinrich neigte den Kopf. «Immerhin, sie haben sich nicht niedergelassen, die Unglücksvögel.» Er sah ihr herzlich in die Augen. «Sie lieben Ihre schöne Heimat und möchten sie nicht verlassen müssen, Charlotte? Auch nicht unter den Umständen, wie Friederike von Trappen ihr Karlshöhe verlassen hat?»

Sie war noch blaß von dem Schreck, und ihre Hand, die eine Haarsträhne zurückstrich, zitterte ein wenig.

«Doch, was mein Riekchen kann, werde ich auch können, wenn es sein muß. Es wäre nicht so schlimm, als wenn Moorburg ganz verlorenginge.»

Er sah nachdenklich auf sie herunter. «Mich wundert nur, daß so ein anmutiges Mädchen wie Sie nicht schon ein Häubchen auf den Locken trägt, Charlotte.»

«Es wundert Sie nicht im geringsten, lieber Pogwisch, wenn Sie, wie Sie behaupten, alles wissen – vermutlich von Ihrem Oheim in Polzin. Sie sind nicht der erste und werden auch nicht der letzte sein, den man über die Moorburger Verhältnisse aufklärt», gab Charlotte zurück. Dann legte sie ihm die Hand auf den Arm. «Jetzt will ich Ihnen die Überreste der alten Moorburg zeigen.»

Sie gingen um ein Gebüsch herum, vor dem eine ziemlich demolierte Marmorfigur mit offenen Augen träumte, und standen vor einem wuchtigen, runden Turm. Er war aus behauenen Feldsteinen gemauert und hatte ein paar kleine Fenster nach dem Schwarzsee zu, aber keine Verbindung zu dem angrenzenden neueren Seitenflügel.

«Onkel Didi hat einmal versucht, sich vom Keller drüben durch einen Gang hierher durchzuzwängen. Aber es ging nicht, denn der Durchgang ist 1730, als das neue Schloß erbaut wurde, wohl verschüttet worden. Vom Verlies aus kann man den Anfang des Ganges noch finden.»

«Also steht das Haus auf den Fundamenten der Wasserburg, wie es ja oft vorkommt?»

«Ja, wir haben noch alte Stiche von der Burg, die lag aber damals ganz im Wasser.»

«Ist noch etwas da drinnen?»

«Altes Gerümpel, verrostete Helme, Marterwerkzeuge und so etwas, was unten im Verlies des Kellers lag. Schrecklich unheimlich, dieser Feldsteinkeller da unten. Huh!»

Pogwisch stützte seine sehnige Rechte gegen das Gemäuer und schaute an dem Riesen hinauf. Er hatte kein Dach, es mochte wohl eine Plattform da oben gewesen sein, aber die Mauerkrone war lückenhaft. «Das muß seine vierhundert bis fünfhundert Jahre auf dem Buckel haben, um die Zeit baute man mit diesen Steinen.»

Charlotte sagte nichts und schaute ihn mit brennenden Augen an, wie er dastand, als stütze er mit seiner jungen Kraft den Überrest der alten Moorburg. Zwei Dohlen flogen vom Turm auf, strichen über die Bäume am See hinweg.

Hinrich wandte sich der stillen Charlotte zu und trat dicht vor sie hin. «Und nun möchte ich wissen, warum Sie mich heute abend bei Ihrem Fest nicht haben wollen?»

Charlotte legte ihre Hände auf seine Brust. «Weil Sie mir zu wertvoll dafür sind. Es sind junge, leichtlebige Mädchen, die mein Bruder Georg herbringt. Wenn Mama nicht dabei wäre, würden sie es noch ärger treiben. Sie aber sind – wie soll ich sagen? – zu erwachsen für diese Kindereien. Oder möchten Sie dabei sein?»

«Um Himmels willen, nein! Doch wird es Zeit, daß ich aufbreche. Ich wollte zum Abendessen in Polzin sein.» Er nahm ihre beiden Hände von seiner Brust und küßte ihre Finger. «Viel Spaß heute abend, Charlotte!»

«Nein, ich will das gar nicht mitmachen. Ach, Pogwisch, was soll ich denn nur tun, um diesen langsamen Niedergang aufzuhalten?» brach es aus ihr hervor. Sie ballte die Fäuste. «Ich will nicht, daß sie Moorburg verkaufen. Und das will Georg! Mama will es Vaters wegen nicht. Aber sie sehnt sich fortwährend nach Frankreich; und Georg wird sie überreden. Vorgestern abend, als ich ihn davon abhalten wollte, mit Elisabeth fortzureiten, hat er mir gesagt, daß das ewige Eingesperrtsein hier bald ein Ende habe. Er hätte einen Interessenten für unser Moorburg!»

«Das war es also. Arme Charlotte!» Er zog sie an sich, und sie preßte ihre Wangen an die seine. Hinrich spürte ihr hastiges Atmen und hielt sie ein Weilchen fest im Arm. «Wenn ich Ihnen doch helfen könnte!» murmelte er. «Aber ich muß in den nächsten Tagen nun wirklich zurück nach Grevenslund, meine Mutter wartet so sehnsüchtig auf mich.»

Charlotte machte sich frei. «Wissen Sie, daß ich Sie sehr ungern scheiden sehe? Aber man darf nicht immer nur an sich denken, an die eigenen Nöte. Da ist eine Mutter, die Sie auch lieb hat . . .» Sie wandte sich dem Garten zu. «Reiten Sie, Pogwisch. Reiten Sie zurück in Ihre Heimat und vergessen Sie Moorburg und Charlotte Wasmer!»

«Die mich auch lieb hat?» Hinrich von Pogwisch faßte nach ihrem Arm und drehte sie zu sich herum. Ihre Lippen zitterten, als sie nickte. «Behalt mich lieb, Charlotte!» Dann küßte er sie.

«Kommst du noch einmal zum Abschied her, eh du abreist?» fragte Charlotte.

Ja, das werde er ganz bestimmt tun, versprach er.

Frau von Wasmer stand bei den Blumenkübeln auf der Terrasse. «Es ist Zeit, daß du dich umkleidest, Charlotte, die Gäste werden gleich hiersein.»

Hinrich wechselte mit ihr noch einige französische Sätze und verabschiedete sich rasch. Ja, er werde noch einmal kommen. Aber nun müsse er schleunigst fort.

Es war schon dunkel, als Herr von Pogwisch auf Polzin eintraf. Der Mond leuchtete durch die Stämme, und der Waldkauz trieb sein Wesen in den Kronen. Tische nahm ihm im Hof das Pferd ab. Die Herrschaften hätten lange mit dem Abendbrot auf den jungen Herrn gewartet, meinte er vorwurfsvoll.

«Ja, min leeve Tische», sagte Hinrich mit hohler Stimme, «ich bin auch pünktlich um halb sieben losgeritten, aber da traf ich den Moorgeist, und der hat mich den Nebeljungfern vorgestellt. Ja, Mensch, da war es um mich geschehen. Und nun ist es halb elf. Sieh du zu, daß noch was auf den Tisch kommt.»

«Tünkram!» Kopfschüttelnd zog Christian Jensen Mirza in den Stall.

Als der junge Mann, nachdem er sich gewaschen und die Stiefel gewechselt hatte, ins Eßzimmer trat, kam ihm sein Oheim humpelnd entgegen.

«Wir dachten, du hättest auf Moorburg Wurzeln geschlagen. Deine Tante ist schon ins Bett gegangen, war müde von der Einmacherei. Nun iß aber erst mal was!»

Nachdem Tische Bier eingeschenkt hatte, verschwand er, und der Oheim fragte mit dem nachsichtigen Ton Erwachsener den Neffen, was das für ein Moorgeist gewesen sei, von dem Christian berichtet habe.

Hinrich legte sich eine Scheibe Mettwurst auf sein Schwarzbrot und sagte: «Der Moorgeist? Ja, den habe ich schon vor dem Moorburger Schloß getroffen.» Er biß in sein Brot.

Peter-Ohm ließ ihn essen und trinken und brummte nur, in Moorburg habe er anscheinend nichts Gescheites zwischen die Zähne bekommen. Schließlich riß ihm die Geduld. «Was hältst du denn nun von Moorburg?»

«Eine ganze Menge, Peter-Ohm. Es ist eines der schönsten Güter, die ich kenne. Möchte sagen, das schönste! Es ist alles da, was das Herz begehrt: ein Idyll, Landschaft und Gut, das wundervolle Schloß mitsamt dem Garten . . . und das Mädchen Charlotte, ein lieber, anständiger Mensch.»

«Du siehst nur die Schokoladenseite, mein lieber Hinnerk.»

«Ich bin ja noch nicht fertig, Peter-Ohm. Töv man, das dicke Ende kommt gleich!» Er nahm einen großen Schluck aus dem Krug und wischte sich den Mund, dann holte er seine Pfeife.

Unruhig sah ihm der alte Mann zu. «Bring mir meine Piep auch her, Junge.» Und als sich ihre Tabakswolken vermischten, fragte er: «Was ist das denn mit dem Moorgeist, du Tünbüdel?»

«Der Moorgeist ist mit mir ins Moor geritten, aber mitten hindurch, rechts und links standen Wacholdersträucher im Mondlicht, Nebelschleier tanzten vor uns her. Ein Fuchs bellte in den Brombeerbüschen. Wir ritten lautlos, es war eine verzauberte Nacht. Der Moorgeist ist ein famoser und sehr gescheiter alter Herr, ein völlig mit der Natur vertrauter Mensch und heißt Etienne Marquis de Beauchamp, von Charlotte Didi-Ohm genannt.»

Herr von Motz lachte. «Moorgeist ist gut für den alten Hagestolz. Ich kenne ihn nur flüchtig. Er mag aber viel Gutes tun, wie man so hört.»

«Er hat Medizin studiert, mußte aber damit aufhören, als die Notzeit begann, da Herr von Wasmer in Geldschwierigkeiten geriet. Er hat durch das Studium der Naturwissenschaften ein großes Wissen erlangt und ist in die Geheimnisse des Lebens eingedrungen; er kennt viele Mittel, Kranken zu helfen. Ein enormes Wissen im Pflanzenbereich! Er hat mir da im Mondschein vieles gezeigt, wovon ich keine Ahnung hatte. Kurzum, dann kamen wir auf Charlotte zu sprechen, die er sehr liebt. Er hatte uns im Garten zusammen gesehen. Und da hat er mir also, bevor ich, wie er sagte, etwas Unbedachtes tun würde, ganz offen Moorburgs bedenkliche Lage erklärt.»

«So, das war anständig!»

«Finde ich auch. Er trägt nicht nur den Titel Marquis, er ist auch als Mensch ein Edelmann. Ja, Peter-Ohm, da sieht es finster aus! Das Gut ist derart verschuldet, daß der, der es übernehmen wollte, schon sehr vermögend sein müßte, nur um die Hypotheken abzulösen. Auf meine Frage, ob es denn nicht am besten wäre, Moorburg einem zahlungskräftigen Interessenten zu verkaufen, sagte er, der müsse erst einmal gefunden werden. Der hätte ja nicht nur den Kaufpreis zu erlegen und die Schulden samt Zinsen zu bezahlen, sondern große Summen aufzuwenden, um das Gut wieder in annehmbaren Zustand zu versetzen. Dafür sei seit dem Tod seines Schwagers nämlich nie Geld dagewesen. Ob ich nicht das Dorf gesehen habe, das den Wasmers gehört? Und nicht nur das, die Hofgebäude seien ebenso schlimm dran. Kurz, seine Schwester sei nie sonderlich gescheit gewesen, ihr dürfe man gar nicht damit kommen, daß sie sich, samt Sohn Georg, einzuschränken habe, um den Besitz überhaupt halten zu können.»

«Ich habe neulich in Alberg gehört, daß tatsächlich ein Interessent aufgetaucht ist, der Moorburg kaufen möchte, Hinrich.»

Hinrich lehnte sich zurück und grinste seinen Oheim an. «Der bekommt es aber nicht, und wenn er noch soviel Geld hat!»

«Aber warum denn nicht, wäre doch die beste Lösung. Dann kann die geborene Marquise Schönfeld doch endlich mit ihren Kindern nach Paris ziehen, dem Ziel ihrer Träume, wo allerdings das Geld dann bald verbraucht sein dürfte. Ergo!»

«Auf Gut und Dorf liegt ein Fideikommiß, Oheim. Es ist also ein unverkäufliches und unteilbares Erbgut.»

Herr von Motz legte seine Pfeife auf den Tisch. «Donnerwetter! Das wußte ich nicht. Seit wann denn?»

«Seit Herrn von Wasmers Tod. Denn er hat ja vorher verkauft. Aber er wollte das Restgut seinen Nachkommen erhalten. Kannte seinen Filius wohl allzu gut. Ja, und Madame und ihr Sohn wissen das gar nicht. Man hat ihr wohl das Testament vorgelesen, aber sie hat offensichtlich nicht kapiert, was es mit einem Fideikommiß auf sich hat! Ihr Bruder ist erst kürzlich, als er irgendwelche Akten hervorsuchte, darauf gestoßen. Er wird sie im geeigneten Augenblick darüber aufklären müssen. Vorläufig will sie gar nicht verkaufen, wie ich hörte.»

Peter-Ohm kratzte sich den Kopf. «Hinrich, du bist ja Jurist. Was geschieht, wenn die Moorburger eines Tages völlig pleite sind? Und das wird ja eintreten; denn die diesjährige Ernte kann sie nicht mehr retten, die ist bei ihnen noch kümmerlicher als anderswo.»

«Dann können sie mit einer Reisetasche in der Hand zu Fuß vom Hof gehen.»

«Ich freue mich nur, daß du von kompetenter Seite über die Moorburger Misere aufgeklärt worden bist und nun beruhigt heimziehen kannst. Oder ist was mit Charlotte Wasmer?»

Pogwisch reckte sich auf seinem Stuhl. «Beruhigt ist gut!» Er erhob sich und sah auf seinen Onkel herab. «Ich muß das alles erst mal in Ruhe überlegen, Oheim. Und nun will ich mich schlafen legen.» Er reichte ihm die Hand, und Peter-Ohm hielt sie fest.

«Hilf mir mal auf! Das Bein ist heute ganz schlimm. Und morgen geht die Ernte los. Martens, mein Hofvogt, brachte mir Ähren herein, sie sind nun endlich hart. Sie haben heute nachmittag schon etwas angemäht, gibt wenig Stroh!» Ächzend stützte er sich auf seinen Stock. «So ein Pech, gerade jetzt kann ich das am wenigsten brauchen. Würdest du wohl morgen nach Sinkendorf hinüberreiten? Von dort könnte ich nächste Woche noch einige Leute bekommen. Wir wollen dann auch auf den Roggen los. Aber die müssen Bescheid wissen.»

Alle Leute waren am anderen Morgen in der Wintergerste, auch Tische. Hinrich Pogwisch ritt über die staubige Straße nach Sinkendorf und erledigte seinen Auftrag. Am Nachmittag vertrat er den Hofvogt auf der Koppel, der Holländer hatte Martens zu einer kranken Kuh geholt.

Oheim Peter saß mit hochgelegtem Bein in der Laube und paffte wütend Qualmwolken in die spielenden Mückenschwärme hinein. «Was für ein überflüssiges Stück Möbel wird man doch im Alter, Mutter!»

Caroline palte Erbsen. Jetzt blickte sie von ihrer Schüssel auf. «Vielleicht könntest du mir hierbei helfen, dann bist du nicht unnütz, mein Guter. Ich muß eben mit den Mädchen 120 Brote für die Leute draußen schmieren.»

Brummend nahm Peter die Schüssel, und Tante Caroline ging zum Kücheneingang.

«Gibt es hier wirklich Fischottern, Peter-Ohm?» fragte Hinrich beim Abendbrot. «Bei uns habe ich noch nie welche entdecken können. Beauchamp erzählte mir, daß es an einigen Uferstellen des Schwarzsees Ottern gebe.»

«Ja, zehn Minuten von hier mündet ein Bach in den See. Da sind mitunter welche. Leider habe ich meinen guten Griepto nicht mehr, das war ein richtiger Otternjäger, der Hund.»

«Ich habe einen wunderbaren Umhang von Otterfellen, die Onkel Peter und Griepto erjagt haben», bemerkte Tante Caroline. «Sieh doch zu, daß du einen Otter bekommst zu einer Mütze für deine Mutter!»

«Das ist eine Idee. Darüber wird Mutter sich freuen. Ich will mal versuchen, ob ich welche finde.» Sie sprachen über die Jagd, und Hinrich meinte: «Wozu brauch ich einen Hund? Ich will nach diesem heißen und staubigen Tag sowieso schwimmen gehen.»

Der Onkel beschrieb ihm den Weg nach jener Stelle am Südufer des Schwarzsees, wo der Bach mündete, und gab dem Neffen eine geeignete Flinte aus seinem Gewehrschrank. «Paß auf, daß du den Kopf triffst, damit du kein Loch in das Fell brennst. Weidmannsheil!»

Als Hinrich durch den Wald zum Schwarzsee hinunterschritt, sangen die Singdrosseln über ihm ihr Abendlied. Es war immer noch sehr warm. Vom See her, an dessen Böschung junge Fichten standen, kam Harzgeruch. Das Wasser schimmerte rotgolden durch die Stämme und Zweige. Als er an den Rand der Böschung trat, stand die Sonne noch über dem Westufer hinter Karlshöhe und warf eine breite Bahn über den spiegelglatten See. Einzelne Buchten lagen schon im Schatten. Ein Zug Enten strich über das Schilf dem Moor zu. Sanft neigte sich die steile Böschung nach Westen. Da unten mußte der Bach austreten. Als Hinrich dort war und den Bach hinter Gebüsch glucksen hörte, nahm er die Flinte vom Rücken und setzte sich auf einen großen Feldstein. Er dachte gar nicht daran, in diesem Abendfrieden einem harmlosen Tier das Leben zu rauben wegen einer Mütze, die man auch kaufen konnte. Der junge Hinrich war kein passionierter Jäger wie sein Bruder Wulf. Er saß auf dem Stein und träumte wie verzaubert auf den See hinaus.

3

Hinrich von Pogwisch wußte nicht, wie lange er vor sich hingeträumt hatte. Er stand auf und schritt einen schmalen Pfad am Rohr entlang, weiter nach Westen. Die Flinte vergaß er. Neben ihm orgelte eine Rohrdommel. Am Ende der Schilfwand schnitt eine Bucht ins Land ein, in die der über Steine herabhüpfende Bach mündete. Hinrich zog die Stiefel aus und watete hindurch. Auf der anderen Seite war der Boden sandig. Hinrich sah sich nicht nach Ottern um, er genoß diese kleine, halbrunde Bucht, die von Fichten umgeben war.

Mechanisch legte Hinrich seine Kleider ab und ging in den See hinein. In langen Zügen schwamm er durch das erfrischend-kühle Wasser. Plötzlich hörte er Geplätscher und drehte den Kopf nach links. In der blendenden Sonne sah er etwa zwanzig Meter entfernt einen Kopf auf dem Wasser. Eine kleine goldene Fontäne sprühte auf, zwei Beine zappelten einen Augenblick über der Wasseroberfläche – dann war der Spuk verschwunden.

Um Gottes willen! Der junge Mann schwamm, so schnell er konnte, der Stelle zu, wo der Mensch versunken war. Er tauchte in die grüne Dämmerung hinab, riß die Augen auf. Nichts. Doch, da war etwas Helles! Er konnte kaum mehr atmen, stieß sich aber noch ein Stück vorwärts, packte zu und umfaßte den Körper fest. Er schoß mit seiner Last an die Oberfläche empor. Ein nasser, blonder Schopf mit fast aufgelöstem Haarknoten lag auf seiner Schulter, die Arme des weiblichen Wesens hielten ihn umklammert. War es ein Schluchzen, was er hörte, während er Wasser trat, oder ein Seufzer der Erleichterung? Als er sich anschickte, sie unter den einen Arm zu nehmen, glitt sie fort und war wieder im Wasser versunken. Was war das? War sie ohnmächtig geworden? Wieder tauchte er, sah den hellen Schimmer aber dicht vor sich schwimmen mit starken Stößen der Beine. Er tauchte auf, um Luft zu holen. Da kam ihr Kopf an die Oberfläche, sie strebte der Bucht zu. Ihre Haare schwammen als heller Schweif hinter ihr her.

Verwirrt strebte Hinrich diesem seltsamen Wesen nach. Gab es wirklich Nixen? Aber die sollten doch Fischschwänze haben, diese jedoch hatte anscheinend recht kräftige Beine, wie er gesehen hatte. Jetzt! Ihr Oberkörper richtete sich auf, sie stand ihm zugewandt und ordnete ihr volles Haar über den jungen Brüsten. Sie war der nun glutroten Sonne zugewandt.

Als Hinrich sich, Grund fassend, vor ihr aufrichtete, leuchtete ihr rosig überhauchter Leib vor der dunklen Fichtenwand der Bucht. Sie hatte die Augen niedergeschlagen und lächelte. Hinrich dachte an die Mädchen, die Botticelli gemalt hatte. Aber diese hier war schöner mit ihrem feingeprägten Gesicht. Nun hob sie die Augenlider: ihre Augen waren groß und rot voll Sonne.

Er berührte zart ihre Schulter. «Wer bist du?» Sie schüttelte den Kopf und wandte sich dem Ufer zu. Als er neben ihr war, nahm sie seine Hand. Hinrich wußte nicht recht, saß er noch auf dem Stein und träumte, oder war dieses Wesen aus Fleisch und Blut? Als er festes Land unter den Füßen hatte, legte er seinen Arm um des Mädchens Schultern und drückte es an sich. Es war also kein Traum. Sie schlang ihren Arm um seine Hüften und flüsterte: «Ich wußte, daß du zu mir kommen würdest, ich wußte es seit zehn Tagen. Da sah ich dich den Hang hinabsteigen und dort hinter dem Schilf auf dem Stein sitzen.»

«Und heute hast du mich auch dort sitzen sehen?»

Sie schüttelte den Kopf. Nein, heute habe sie ihn erst unter Wasser getroffen, als sie tauchte.

Schweigend standen sie Arm in Arm am Ufer des Schwarzsees und schauten zu, wie die Sonne allmählich hinter dem Karlshöher Wald versank.

Als Hinrich sich ihr wieder zukehrte, bemerkte er, daß ihre Augen von einem seltenen hellen Grau waren und ihre Haut die Farbe von Elfenbein hatte. Sie war groß und schlank. Er küßte sie auf die Stirn, die ihm gerade bis zum Mund reichte. Das Mädchen führte ihn zu den Fichten hinauf, vor denen Gras und Thymian wuchsen. Dort ließen sie sich nieder. Eine Schleiereule flog an ihnen vorbei; das Mädchen legte ihm die Hand auf das hochgezogene Knie und machte ihn auf den Vogel aufmerksam. Er blickte auf ihre Hand hinab, an deren Ringfinger ein schwerer Ring steckte. In den blauen Stein war ein Wappen eingeschnitzt. Unter Helmzier und Mantel war der Schild in zwei Felder geteilt, in dem einen erkannte man ein Tier, in dem anderen . . . Da zog das Mädchen die Hand zurück.

«Sag mir, woher kommst du?» fragte Hinrich.

Sie deutete auf den See hinaus.

«Doch nicht von Karlshöhe?»

Sie schüttelte den Kopf. «Ich komme aus dem tiefen See und bin die Tochter des Wassermanns und der Nixe Krötenkraut. Froschlaich und Wasserflöhe sind mein Lieblingsgericht.»

«Ach», rief er erstaunt, «ich glaubte, du wärest ein giftiger Skorpion.»

«Woher weißt du, daß ich ein Skorpion bin?» entfuhr es ihr.

«Das sind alle Wasserweiber.»

«Und du?»

Hinrich lachte. «Stier!»

«Den muß man bei den Hörnern packen!» meinte sie und griff ihm in die Haare, ließ aber dann die Hände an seinen Wangen hinabgleiten.

«Lieber», sagte sie nun und sah ihn zärtlich an, «ist es nicht ganz unwichtig, woher man kommt und was und wie und wo und all das? Ist das Glück, beieinander zu sein, nicht wundervoll? Ich bin so glücklich, daß du zu mir kamst, ich war so lange ganz allein und traurig.»

Hinrich fühlte, wie sein Herz unter dem Blick der hellgrauen Augen zu jagen begann. «Weißt du, daß ich im Leben noch nie so glücklich war wie in dieser bezaubernden Nacht?» Dann nahm er dieses junge Weib in die Arme.

Sie merkten nicht, daß der Mond über dem Moor emporstieg, sie hörten nicht den Ruf des Käuzchens hinter sich im Wald. Die Sterne zogen über ihnen an hohen Himmel ihre Bahn, und der See zeigte jetzt eine silberne Straße nach Osten. In ihrer Leidenschaft versank für sie Zeit und Umwelt.

Als sie endlich aus ihrem Taumel erwachten, stand der Mond schon hoch über den Baumwipfeln.

Sie knieten voreinander und streichelten sich die Gesichter. Noch einmal küßten sie sich, dann sprang Hinrich auf.

«Komm, Liebste, wir müssen nun gehen. Bist du morgen abend wieder hier?»

«Ich werde jeden Abend auf dich warten.» Sie stand schlank und weiß vor ihm und legte ihm die Hände auf die Schultern. «Ich möchte gern wissen, wie ich dich nennen darf, wenn ich an dich denke?»

«Hinrich», erwiderte er. «Sag mir auch deinen Namen.»

«Lili.»

Der Name sei passend, meinte er und sah sie an. «Es müßte nur noch ein e angehängt werden.» Nun werde er sich ankleiden und sie dann heimbringen.

Nachdem er unter den Fichten sein Zeug gefunden und sich angezogen hatte, war das Ufer leer. Als er rief, antwortete vom See ein Laut, und auf dem dunklen Wasser, beinahe schon am Ende der kleinen Bucht, winkte ein weißer Arm. «Morgen!» scholl es herüber. Dann sah er die Fahne ihres Haars um die Schilfecke herum verschwinden.

Hinrich stieg die Böschung schnell hinauf und ruhte dann, an eine Fichte gelehnt, um über den See zu blicken. Die Mooreule klagte in die verschwiegene Nacht. Über den Bäumen des Nordufers schimmerte es hell. Das konnte nur der Moorburgturm sein, an dem er gestern mit Charlotte gestanden hatte. Er seufzte. Das lag alles so fern, so abseits seines Glücks mit Lili. Langsam ging er durch den Wald, kletterte in Polzin durch das offenstehende Küchenfenster und schlich nach oben in seine Kammer.

«Na, wo ist dein Otter?» fragte sein Oheim am nächsten Morgen.

«Ich habe lange gesucht, auch an einem Platz, den Beauchamp mir bezeichnet hatte, aber nichts zeigte sich. Dann habe ich herrlich im Mondschein gebadet. Welch ein Idyll ist dieser See!»

«Ich sagte dir schon, daß er seinen Zauber hat. Aber wo hast du meine Flinte gelassen? Im Schrank hängt sie nicht.»

Hinrich hatte sie völlig vergessen. «Ich habe sie beim Bach irgendwo niedergelegt, bevor ich badete, sie aber zwischen den dunklen Fichten nicht mehr gefunden. Ich gehe heute abend noch mal los. Gestohlen kann sie da doch nicht werden?»

Der Oheim winkte ab.

Als Hinrich am Abend zu dem bewußten Stein am Bachufer kam, war die Flinte nicht da. Suchend ging er umher, und schließlich bog er in die Bucht ein. Da fand er beide, Lili und das Gewehr neben ihr, im Gras.

«Es ist doch deines», rief sie fröhlich und hielt es hoch. «Ich fand es eben und nahm es mit, damit du es nicht wieder vergißt.»

Sie stürzten aufeinander zu und fielen sich wortlos in die Arme. «Laß uns erst baden, Lili.» Er entledigte sich seiner Hüllen, und sie liefen Hand in Hand ins Wasser, das von einem frischen Nordwind leicht gekräuselt wurde. Auch die Luft war heute feucht und nicht so warm wie gestern. Sie achteten nicht darauf. Die Sonne schien durch Nebelschleier matt auf den See und versank dann in Wolken. Später kam der Mond herauf, die Nachtluft kühlte sehr ab, Nebel zogen über See, Moor und Heide.

Die Seligkeit der Liebenden war heute noch tiefer als gestern. Aber auch das heißeste Glück kann keinen nassen Nebel ertragen.

Lili richtete sich auf. «Sieh dort, die Nebeljungfrauen! Sie neiden uns unser Glück.» Über den See trieben weißliche Schleier auf die Liebenden zu. Sie sprangen auf die Füße.

«Wo hast du deine Kleider, Lili?» Hinrich schlüpfte rasch in sein Hemd und wollte ihr seine Jacke umhängen.

Aber sie wehrte ab. «Meine Kleider? Das ist nicht weit. Wenn ich schnell hinschwimme, werde ich im See wieder warm, denn das Wasser ist wärmer als die Luft, Liebster.»

Noch einmal hielten sie einander umschlungen und küßten sich. Dann rannte Lili zum Wasser hinunter, und Hinrich zog sich fertig an. «Bis morgen!» rief sie zurück.

Er sah Lili vor den Nebelschwaden stehen und lief zum Wasser hinunter. «Komm morgen durch den Wald her, dann wollen wir über unsere gemeinsame Zukunft reden!»

«Ich liebe dich!» scholl es gedämpft über das Wasser. Dann war die junge Frau im quirlenden Weißgrau verschwunden, und es war totenstill um Hinrich von Pogwisch, so still, daß er sein eigenes Herz pochen hörte. Er schauerte zusammen, stand und lauschte in die Stille. Schließlich zog er Strümpfe und Stiefel an, nahm sein Gewehr um und ging zum Haus seines Oheims hinauf.

In dieser Nacht schlief Hinrich wenig. Das weiße Mondlicht durchflutete seine Stube im Giebel. Seine Verbundenheit mit Lili erfüllte ihn ganz, und er bedachte die nächsten Schritte, die er mit ihr in ein gemeinsames Leben tun müßte. Aber zuerst sollte sie ihm morgen abend klaren Wein einschenken. Sie verbarg ihm etwas. Er wollte ihr Vertrauen gewinnen. Er dachte an den Ring an ihrer Hand. Sie mußte von edler Geburt sein, das war ihm klar. Warum versteckte sie ihre Hand vor ihm? Das alles verwirrte ihn. Doch seine große Liebe überdeckte alle Zweifel. Lili war seine Zukunft. Er wußte genau: Nie in seinem Leben würde er ein anderes Weib so lieben wie dieses! Er hatte auf seinen Reisen in den letzten Jahren so manches Mädchen im Arm gehalten. Das war jetzt alles verblaßt.

Ein leichtes Grauen freilich hatte ihn geschüttelt, als er dort am See seine Liebste hinter den Schleiern verschwinden sah. Das machte ihn unruhig und quälte ihn. Es verging indessen, als die Sonne anderntags auf die Felder schien, wo er seinen immer noch leidenden Oheim vertrat.

Beim Rasieren morgens fragte Christian Jensen seinen Herrn, wann sie nach Grevenslund aufbrechen würden. Er erhielt die Antwort: «Bald, Tische, wenn der Gerstenschlag aufgehockt ist. Mein Oheim ist froh, daß ich ihm einiges abnehmen kann.»

Als Hinrich auf dem großen Gerstenfeld stand und die Frau, die mit einem Arm voll Garben neben ihm herging, anwies, wie sie die Garben legen sollte, um die neue Hockenreihe zu markieren, bekam er plötzlich Sehnsucht nach seinem kleinen, einsamen Ellerby, nach dem Meerwind, der über die Felder strich, nach den Schafen, die auf den Schleiweiden gingen, und überhaupt danach, endlich wieder etwas Eigenes unter den Füßen zu haben.

Er sah sich um. Nein, so große Schläge wie hier gab es dort nicht. Dieser hier hatte sicher seine 200 Morgen. Aber er wollte jetzt nach Hause, mit Lili. Erst nach Grevenslund natürlich zu Mutter und Wulf. Vielleicht würde Mutter auch mit nach Ellerby kommen und Lili beim Einrichten raten?

So lief er beschwingt am Abend zum See hinab. Diesmal ohne Gewehr. Er wolle nur schwimmen gehen, hatte er gesagt.

Das Herz klopfte ihm vor Freude, als er um die Schilfecke bog. Jedoch . . . die kleine Bucht war menschenleer! Lili würde wohl etwas später kommen. Er setzte sich in den Sand und spähte nach den Fichten hinauf, dann auf den See hinaus. Endlich, es mochte wohl eine halbe Stunde vergangen sein, zog er sich aus und ging ins Wasser. Er wollte wissen, wo sie immer hingeschwommen war. Als er um die Schilfecke herumschwamm, überfiel ihn panische Angst, Lili könnte gestern abend bei dem Nebel im Wasser etwas zugestoßen sein! Hastig schwamm er, soweit es Wasserpflanzen und Rohr erlaubten, am Ufer entlang. Hinter dem Schilf verdeckte Erlengebüsch das Ufer. Weiter hinten am jenseitigen Ufer sah er einen Kahn, der nach der Wassermühle zu fuhr. Ein Mann ruderte ihn. Wohl der Müller, meinte Hinrich. Er kehrte um, tauchte streckenweise und schwamm schließlich zur Bucht zurück, erschöpft, mit der schwachen Hoffnung, daß Lili inzwischen dort eingetroffen sei. Nichts! Nur einige Enten flatterten über ihn hinweg. Als es dämmerig wurde, ging er müde nach Polzin hinauf. Der Glaube, daß Lili heute aufgehalten worden sei, hielt ihn noch aufrecht.

Als sie aber am zweiten Abend nicht an die Bucht kam und am dritten auch nicht, da wußte er, daß es keinen Zweck hatte, auf sie zu warten. Er hatte alles abgesucht. Im Wasser, soweit es dort möglich war, und am Ufer. Ja, er war im weiten Bogen durch den Wald gelaufen, um das dichte Jungtannengebüsch am Ufer zu durchsuchen, war dann auf einen schmalen Weg gelangt und in Richtung Karlshöhe weitergegangen. Er hatte Mühe gehabt, nach Polzin zurückzufinden.

Wo war Lili, wo? Das beschäftigte ihn fortwährend. Mitunter glaubte er, er habe sein Liebeserlebnis mit Lili in der kleinen Bucht nur geträumt, während er an jenem Abend auf dem Stein am Ufer saß, und sei erst erwacht, als Lili im Nebel verschwunden war. Wenn sie nun doch eine Wasserjungfrau gewesen wäre und wieder hinabgetaucht war, um nicht wiederzukommen? Er hatte bisher keine Frau gekannt, die wie sie im Wasser zu Hause war. Er selbst war von klein auf mit Wulf in seinem heimatlichen Meeresarm geschwommen. Da gab es keine Nixen oder dergleichen. Wenn er aber die langen Reihen Gerstenhocken auf dem abgeernteten Schlag ansah, wußte er genau, daß er tagsüber dort gewesen war und abends bei Lili.

Über eine Woche ging er Abend für Abend zum Schwarzsee. Dann nahm ihn der Oheim nach dem Abendessen mit in seine Stube. Sein Zipperlein war verschwunden, und er konnte wieder richtig gehen.

«Nun bleib heute abend mal hier, Hinrich! Ich glaube, bei dir stimmt etwas nicht. Du siehst ja erbärmlich aus. Das will ich nicht. Du bist frisch und fröhlich hier angekommen, und jetzt siehst du aus wie Jeremias, der aus dem zweitletzten Loch pfeift. Tante Caroline meinte, als wir darüber sprachen: ‹*Cherchez la femme!*› Un dat glöw ik ok. Also heraus mit der Sprache.»

Aber es lag Hinrich von Pogwisch von jeher nichts ferner, als über seine Liebesangelegenheiten zu reden. Er sah seinem Oheim offen in die Augen und sagte: «Dank dir für dein Mitgefühl, lieber Peter-Ohm. Es ist wohl so, daß mir die Schwarzseeluft nicht guttut, und darum breche ich, sagen wir übermorgen, nach Grevenslund auf. Zur Erntezeit will ich auf Ellerby sein.»

«Gut», sagte Peter-Ohm. «Wir hätten dich zwar gern noch hier behalten, Hinnerk. Aber die arme Tilly hat wirklich lange genug auf dich gewartet. Und nun hast du nicht mal ein Otterfell für sie!» Er stand auf, kramte in einer Truhe, aus der es nach Kampfer roch, und kam triumphierend mit einem hübschen kleinen Otterfell wieder. «Sieh, das ist dein Salär für die Erntearbeiten.»

Hinrich nahm das Fell und vergrub sein Gesicht in dem weichen Pelz. Dann umarmte er den Oheim und küßte ihn auf die Wange. Tante Caroline kam mit ihrem Strickzeug herein und freute sich mit Hinrich über das schöne Fell. Als sie hörte, daß Hinrich in zwei Tagen aufbrechen wolle, bedauerte sie es. Ein wenig lauernd fragte sie, ob er sich noch auf Moorburg verabschieden würde? Hinrich dachte bei sich: Sie ist diplomatischer als Peter-Ohm.

«Ja, Tante, du bringst mich da auf was. Ich habe es bei meinem Besuch vorige Woche dort sogar versprochen. Das will ich gleich morgen noch erledigen.» Er blickte sie lächelnd an. «Sonst noch Fragen?» Die Tante schüttelte den Kopf.

«Also doch nicht Charlotte», sagte sie, als Hinrich nach oben gegangen war. «Aber wer denn? Es kämen doch nur sie oder Riekchen in Frage, wenn die nicht fort wäre. Oder sollte er mit einer Dorfschönen angebändelt haben?»

«Das ist ausgeschlossen», antwortete ihr Peter, «das tut kein Pogwisch, das sag ich dir. Wulf nicht wegen des Stallgeruchs, und Hinrich auch nicht. Ich wüßte hier wirklich niemand, der für Hinrich in Frage käme.»

Christian Jensen packte begeistert die Reisetaschen und striegelte Mirza blitzblank, während sein Herr zum Schwarzsee hinunterging, das letzte Mal. Die Erinnerungen überwältigten ihn derart, daß ihm ganz elend wurde. Er nahm Abschied von seiner großen Liebe. Er wußte, es war vorbei, er würde seine Lili nie wiedersehen.

Als er am frühen Nachmittag zu Fuß über den Pfad schritt, den der Marquis ihm gezeigt hatte, fesselte ihn die sommerliche Heide-Moorlandschaft ganz und gar. Ein leichter Wind kam von Nordost und ließ die Zweige der kleinen Heidebirken wie Frauenhaar wehen. In den Blänken, wo sonst braunes Moorwasser gluckste, turnte allerlei Geziefer umher. Zwischen den Heideblüten schimmerte es blaurot hervor. Rechter Hand zeigte sich eine Staubwolke: Auf dem ausgetrockneten Sandweg wirbelten die Schafsbeine den Heideboden auf. Der alte Schäfer sprach mit seinen beiden Hunden plattdeutsch. Dann verschwand der Zug hinter den Wacholderbüschen.

Im Schatten einer Birke ließ Hinrich sich ins Heidekraut fallen. Die winzigen Erikablüten begannen gerade, sich zu entfalten. Schon saß das genäschige Immenvolk darauf. Eine Eidechse lag wie angeklebt auf einem Feldstein. Fernher rief ein Kiebitz sein Weibchen. Sonst war es still, nur die Bienen summten. Hinrich fielen die Augen zu.

4

Georg von Wasmer hatte die Angewohnheit, für seine Feste Möbel des Moorburger Schlosses umzudirigieren. Diesem Drang des jungen Herrn war es zuzuschreiben, daß der Gartensaal bei Hinrich von Pogwischs Besuch leer war. Madame Germaine hatte den Dienern befohlen, die Möbel aus dem oben gelegenen kleinen Saal wieder hinunterzubefördern.

Da standen sie nun also wieder in Ecken und vor Fenstern, die krummbeinigen Möbelchen einer versunkenen Epoche. Beide Türflügel zu Madames kleinem Salon waren weit geöffnet, denn Charlotte und Georg musizierten. Frau von Wasmer hörte, mit dem Mops auf dem Schoß, andächtig zu. Charlotte saß am Cembalo, Georg hielt seine Violine unter dem Kinn und machte die Schwester, mit dem Bogen auf ihr Notenblatt weisend, auf ein Fermate-Zeichen aufmerksam. Dann klang die Mozartsche Melodie wieder auf. Plötzlich wurde die Tür zur Halle aufgerissen, der Diener Pierre eilte auf den Salon zu und meldete: *«Madame, le Baron de Pogwisch!»*

«Baron!» sagte Georg und zog die Mundwinkel herab. Seiner Schwester aber stieg die Röte ins Gesicht. Sie ließ die Hände von den Tasten sinken und schaute mit glänzenden Augen zur Hallentür. Der Diener war wieder hinausgeeilt und sah mit Verwunderung zu dem Mann hinüber, der mitten in der Halle stand und eben ein «Donnerwetter!» hervorbrachte. Dabei musterte er die gewaltigen Stangen eines Sechzehnenders, der an der Wand prangte.

«Madame läßt bitten», murmelte der Diener und hielt den Türgriff. Mit runden Augen starrte er diesen Fremden an, der ihn nicht zu hören schien. Die große, langbeinige Gestalt war mit einem flaschengrünen Rock bekleidet, an dem Silberknöpfe blitzten. Auch das Band seines grauen Zylinders war von einer Silberschnalle zusammengehalten. Erst als der Diener sich räusperte, wandte sich der Herr um, nahm, noch benommen, seinen Hut ab und stülpte ihn einem großen Braunbären auf den Kopf, der mit dumm glotzenden Augen ins Nirwana blickte.

«Ist mein Bruder hier?» fragte Herr Wulf den Diener.

«Nein, Herr Baron.»

«Dann laß Er einstweilen die Pferde ausspannen.»

Er sah Charlotte in der Tür stehen. Zierlich hob sie sich vom Hintergrund ab. Mit langen, geschmeidigen Schritten war Herr Wulf bei ihr und küßte ihr die Hand. Dann bemerkte er lächelnd die erstaunt hochgezogenen Augenbrauen des Mädchens. «Sie sind vermutlich Fräulein Charlotte von Wasmer und haben meinen Bruder erwartet?»

Charlotte nickte und schaute betroffen zu dem herben Gesicht des Besuchers auf, aus dem sie scharfe graue Jägeraugen freundlich ansahen. «Seien Sie willkommen in Moorburg, Baron!» Sie hatte sich wieder gefaßt.

Wulf von Pogwischs Blick fiel auf die Jagdtrophäen. «Welch eine einzigartige Sammlung, Fräulein von Wasmer! Das sind ja wahre Prachtexemplare.»

Charlotte meinte, die könne er sich von ihrem Oheim erklären lassen, der wisse genau, wer, wann und wo . . .

Das alte Parkett knarrte unwillig unter Wulfs Tritten. Frau von Wasmer ließ vor Schreck fast das Schokoladenplätzchen fallen, das sie eben in den Mund stecken wollte, als der ältere Pogwisch anstatt des jüngeren in der Tür stand. Sie begrüßte ihn auf französisch, er dankte auf deutsch. Sie fragte, ob er kein Französisch spreche.

Herrn Wulfs Gesicht wurde eisig. «Wenn ich in Dänemark bin, spreche ich Dänisch, wenn ich in Frankreich bin, spreche ich Französisch, hier in Deutschland nur Deutsch. Darf ich fragen, wie lange Sie, Frau von Wasmer, bereits in Deutschland leben?»

Sie blickte verwirrt an seiner hohen Gestalt empor. «Neununddreißig Jahre.» Sie sagte es auf deutsch. «Nun also, in dieser Zeit werden Sie wohl Deutsch gelernt haben. Darf ich Platz nehmen?» Da trat lächelnd Georg von Wasmer aus dem Saal herein und machte sich mit Herrn Wulf bekannt. Der sah forschend in dieses schöne, etwas gedunsene Gesicht. Sein Urteil war schnell fertig. «Mein Bruder ist auf dem Weg hierher, um eine Abschiedsvisite zu machen. Ich war eben auf Polzin und erfuhr davon», erklärte Wulf und ließ sich vorsichtig auf einem kleinen Stuhl nieder. Charlotte, die Wulf gegenübersaß, konnte ihre Augen nicht von diesem energischen Gesicht wenden, das, ihrer Mutter zugekehrt, die vorspringende, stark gebogene Pogwisch-Nase zeigte. Sein Haar war dunkelblond und kurz geschnitten, das glattrasierte Gesicht gebräunt. Nur die Stirn war hell, wie es bei Jägern und Landwirten im Sommer meist der Fall ist.

Sein Bruder ist hübscher, dachte Charlotte, aber dieser Pogwisch ist ein Mensch, den man nicht übersehen kann und der Eindruck macht, ohne daß er es vielleicht will. «Möchten Sie eine Tasse Tee mit uns trinken?» unterbrach sie ihrer Mutter Erzählung von den herrlichen Festen, die Moorburg früher gesehen hatte.

Wulf unterdrückte ein Gähnen. Er bedankte sich, fragte aber, ob man mit dem Tee nicht warten wolle, bis sein Bruder eingetroffen sei, denn der habe nach seinem Fußmarsch sicher Durst. Er sah zur Pendule auf der Kommode hinüber. «Hinrich müßte eigentlich schon längst hier sein . . . Sie haben vorhin musiziert. Würden Sie mir die Freude machen und weiterspielen?»

Charlotte und ihr Bruder gingen in den Saal. Frau von Wasmer schüttelte den Kopf: Welch ein Benehmen hatte dieser Mensch! *Impossible.* Er bestimmte einfach in ihrem Haus, was zu geschehen habe. Sie erhob sich und zog am Klingelzug. Das wäre doch gelacht! Wann Tee getrunken wurde, bestimmte sie. Dem eintretenden Mädchen gebot sie, den Teetisch am Fenster des Gartensaals zu richten.

Herr Wulf hörte sich behaglich zurückgelehnt Beethovens Frühlings-Sonate an. Die Geschwister spielten vorzüglich, stellte der Herr von Grevenslund fest. Die Pogwischs hatten sich musikalisch nie aktiv betätigt, aber sie genossen das Zuhören.

Das junge Mädchen war entschieden taktvoller als seine Herrin, es wartete, bis das Spiel beendet war. Madame stöckelte ins Nebengemach und beklagte sich bei Voltaire.

Vom Schlaf in der duftenden Heide erfrischt, betrat Hinrich von Pogwisch den Moorburger Hofplatz. Charlotte jetzt gegenüberzutreten, bereitete ihm einiges Unbehagen. Er nahm sich vor, wenigstens einen einigermaßen freundlichen Eindruck zu hinterlassen, denn er würde diesen schönen Besitz wohl nie wieder betreten. Plötzlich blieb er wie angewurzelt stehen. Die Kutsche da vor der Rampe! Das war doch . . . nein, das war doch nicht möglich!

Er beschleunigte seine Schritte und erblickte die schwere Reisekutsche seines Vaters vor dem Moorburger Schloßportal. Vom Wagenschlag leuchtete ihm das Pogwisch-Wappen entgegen: das blaue Schild mit dem aufspringenden Silberwolf.

Er rannte die Treppe empor, riß, ohne erst den Türklopfer zu betätigen, einen Flügel auf, ging rasch durch die Halle und öffnete die Tür, hinter der er Musik vernahm.

«Charlotte», rief er der jungen Dame zu, die ihr Spiel unterbrach, «wo ist . . .» Aber da stand Wulf schon unter der Salontür und eilte seinem Bruder entgegen.

Gerade unter dem großen Kronleuchter schloß er Hinrich in die Arme. So verharrten die beiden letzten Pogwischs einen Augenblick. Dann ließ Wulf den Bruder frei und hielt ihn von sich ab. «Laß dich anschauen, mein Hinrich . . . ja, als Jüngling zogst du vor Jahren aus, als Mann kehrst du zurück.»

«Ach, Wulf, welche Freude!»

Das junge Mädchen brachte das Teetablett herein. Hinrich sah noch ganz verwirrt aus. Charlotte stand am Cembalo, Georg packte die Noten zusammen. Wulf faßte seinen Bruder bei der Hand und führte ihn zu Charlotte. «Du wolltest doch eigentlich Fräulein von Wasmer besuchen, nicht wahr?» sagte er lächelnd. Hinrich nahm Charlottes beide Hände und entschuldigte sich wegen seines stürmischen Auftritts. Mit ernstem Gesicht fragte er: «Charlotte, können Sie mir verzeihen?»

Sie sah ihn strahlend an, antwortete aber nicht. Er ist verändert, dachte sie, doch er ist wieder bei mir. Es genügte ihr im Augenblick, die Freude über sein Wiedersehen mit dem Bruder mitzuerleben.

Die Herrin von Moorburg erschien am Teetisch in neuer Garderobe, war huldvoll zu Hinrich und ignorierte Wulf, vor dem sie ein wenig Angst hatte. Sie dirigierte in vollem Glanz mit klirrenden Armreifen, blitzenden Juwelen, flatternden Haubenbändern und Spitzen das Personal. Potztausend! Wulf staunte; das sah eigentlich nicht nach Armut aus, was die aufgetakelte Fregatte an sich klimpern hatte. Onkel Peter auf Polzin hatte wohl übertrieben, als er ihm von Moorburg erzählte.

Herr von Wasmer erkundigte sich, was der Name Grevenslund bedeute, der im Gespräch der Brüder oftmals fiel.

«Das ist eine jütische Bezeichnung und bedeutet Dachswald», erklärte Wulf, «und der Besitz meines Bruders heißt Ellerby. Das ist auch ein jütischer Name: Erlendorf.»

Herr von Wasmer schlug seine elegant behosten Beine übereinander und meinte: «In Schleswig scheint man doch sehr unter dänischem Einfluß zu stehen.»

Der Grevenslunder zog die Augenbrauen zusammen. «Wegen der Ortsnamen? Es ist ziemlich lange her, daß diese Ortsnamen entstanden sind. Da lebten die Angeln und Jüten friedlich nebeneinander her. Erst der Wind aus östlichen Richtungen brachte Zwist und Schwierigkeiten. Und das ist dann so beigeblieben, wenn er von den Inseln wehte.»

«Nicht immer, Baron, mitunter kam er auch von Süden. Zum Beispiel im Dreißigjährigen Krieg.»

Die Brüder tauschten einen Blick, und Hinrich sagte: «Herr von Wasmer, wenn der Dänenkönig Christian IV. neutral geblieben wäre, hätte uns der Südwind nicht Wallensteins Soldateska hergeweht und Tod und Verwüstung bis nach Jütland verbreitet. Was interessierten uns Schleswig-Holsteiner die Kriege der Dänen mit anderen Staaten, die uns gar nichts getan haben?»

Frau von Wasmer hob ihre blitzende Rechte. «Lieber Georg, wollen wir den Herren nicht ein Gläschen Portwein anbieten?»

Charlotte brachte aus einer Vitrine Gläser, und ihr Bruder holte eine Flasche aus dem Eckschrank.

«Ich möchte auf die Zukunft Moorburgs und seiner Bewohner trinken!» Wulf von Pogwisch hob das Glas, verneigte sich vor der Hausfrau und sah dann zu Hinrich und Charlotte hinüber, die nebeneinander saßen.

«Wulf, du mußt dir unbedingt Frau von Wasmers prachtvollen Garten ansehen», sagte Hinrich, als er bemerkte, wie unbehaglich sich Wulf auf dem Stühlchen fühlte.

Herr von Wasmer verabschiedete sich von den Brüdern. Er habe noch etwas zu besorgen. Er warf seiner Mutter einen Blick zu und begab sich mit ihr ins Nebenzimmer.

«Nun sag mir endlich, wie kamst du darauf, mich abzuholen?» fragte Hinrich, als sie nach dem Tee mit Charlotte durch den bunten Garten spazierten.

Er habe in Kiel zu tun gehabt und sei danach mit einem alten Freund noch ins Schwentinetal gefahren zur Jagd. Da es ihn so weit nach Süden verschlagen habe, sei ihm der Gedanke gekommen, einen Umweg über Polzin zu machen und den Bruder nötigenfalls mit Gewalt zu entführen. Die Mutter habe sich schon sehr darüber geärgert, daß Tische Jensen ihren Auftrag so säumig ausgeführt habe. Aber daß er heute nachmittag noch in so charmanter Gesellschaft in einem Paradiesgarten lustwandeln würde, das hätte er sich nicht träumen lassen.

«Dreh dich mal um, Wulf!» bat Hinrich, als sie dicht am See auf die Lichtung kamen.

Wulf war von der Moorburger Gartenseite genauso beeindruckt wie sein Bruder. Heute schwebten ganze Wolken blauer Schmetterlinge über dem blauen Katzenkraut, das von roten Salvien eingefaßt war. Dahinter, über den duftenden Rabatten, erhob sich das stolze Haus.

«Gefällt es Ihnen?» fragte Charlotte den älteren der beiden Brüder, der ganz versunken dastand.

«Großartig. Mir fehlen einfach die Worte», rief der Grevenslunder. «Wie sehr müssen Sie Ihr Moorburg lieben, Fräulein von Wasmer!»

«Das weiß nur ich allein.» Charlotte sagte es leise und blickte auf ihre Fußspitzen.

Hinrich deutete zur Terrasse. «Da kommt der Marquis de Beauchamp!» Neben Frau von Wasmer stieg ein langer, hagerer Herr, von Kopf bis Fuß grau, die Treppe herab. Sie trafen sich vor einem Teppichbeet.

«Ich sah Sie von meinem Fenster aus», sagte der alte Herr nach der

Begrüßung, «und wollte Ihnen sagen, lieber junger Freund, wie sehr mir unser Heidegang kürzlich Freude bereitet hat.»

«Auch ich werde dieses schöne Erlebnis nicht vergessen, Marquis! Heute bin ich gekommen, um Abschied zu nehmen. Mein Bruder hier will mich abholen. Morgen geht's nach Hause.»

«Wie schade!» rief Frau von Wasmer aus. «Georg will in der kommenden Woche einen Sommernachtsball geben. Dazu sind Sie beide herzlich eingeladen.»

Wulf schüttelte den Kopf, bedankte sich und erklärte, es sei wirklich Zeit, daß sein Bruder nach vier Jahren Abwesenheit heimkomme.

Der Marquis streifte Charlotte mit einem Blick und gewahrte die Traurigkeit auf dem Grund ihrer ausdrucksvollen Augen. Dann rief sie aus: «Didi-Ohm! Da fällt mir ein, daß Baron von Pogwisch sich für unsere Jagdtrophäen sehr interessiert.»

Wulf von Pogwisch sah den alten Herrn erwartungsvoll an. «Sind Sie auch Jäger?»

Der Marquis nickte. «Kommen Sie! In der Halle kann ich Ihnen Jagdgeschichten servieren, die zum Teil recht abenteuerlich sind.» Als Frau von Wasmer sah, daß die beiden jungen Leute sich anschickten, zum See zu gehen, sagte sie, sie wolle im Glashaus Nachschau halten, wie weit die Spätsommerpflanzen schon gediehen seien.

«Gehen wir ein Stück am Ufer entlang nach der Moorseite zu?» fragte Charlotte. Hinrich nickte, und als sie hinter den Büschen waren, zog er Charlottes Arm durch den seinen. Schweigend gingen sie nebeneinander zum Gartentor hinaus und nahmen den Weg durch eine Allee von Silberpappeln, deren helle Blätter im Sommerwind raschelten.

Schließlich blieb Charlotte stehen und sagte: «Jetzt weiß ich endlich, daß Sie Hinrich heißen. Das hört sich nicht so streng an wie Pogwisch. Das störte mich immer etwas, wenn ich an Sie dachte, dieses kurze Pogwisch!»

«Haben Sie oft an mich gedacht, Charlotte?»

«Natürlich. Oder dachten Sie, ich hätte keine Zeit gehabt, an Sie zu denken, Hinrich?»

Der junge Mann wich ihren Augen aus. Nimm dich zusammen! befahl er sich. Morgen war er ja fort. «Es wird mir schwer, diese liebliche Landschaft zu verlassen!» Das ist die reine Wahrheit, sagte er sich.

«Wirklich? Dann will ich Ihnen noch etwas Schönes zeigen.» Sie gingen den Sandweg in die Heide hinein und kamen zu einem Hügel. Oben war eine Bank unter duftenden Birken, und dort standen zwei riesige Wacholderbüsche. Als sie auf der Bank saßen, zeigte sich zwischen dem dunklen Buschwerk der Schwarzsee mit seinen grünen Ufern in der Längsrichtung von Osten nach Westen. Die Sonne glitzerte in Millionen

Goldfunken auf seinem bewegten Wasser. Die Grillen zirpten im Heidekraut, und von den Parkbäumen her sang die Amsel.

Hinrich nahm Charlottes Hand in die seine. «Mädchen, welch ein Frieden und welch eine Schönheit ringsum!» Das Mädchen legte den Kopf an seine Schulter, und so schauten sie auf den See hinab. Als Hinrich sie nach einer Weile ansah, bemerkte er, daß ihre halb geschlossenen Augen naß waren. Da richtete sie sich auf und erzählte: «Hier war Vaters Lieblingsplatz. Als ich klein war, habe ich hier oben oft auf seinem Schoß gesessen, und er hat mir allerlei Geschichten von Zwergen und Riesen erzählt, auch von der Heidehexe.» Sie deutete auf die Wacholder. «Diese Machangeln hat er als Junge gepflanzt, weil auch seine Mutter so gern hier saß.» Hinrich breitete seine Arme auf der Banklehne aus, sah blicklos zu den Birken hinauf und sagte dann etwas, worüber er überhaupt nicht nachgedacht hatte, ganz mechanisch, wie zu sich selbst: «Die Raben sind fort, endgültig fort!»

Charlotte drehte sich rasch zu ihm um. «Woher willst du das wissen, Hinrich? Wie kommst du darauf?»

Sein Blick hatte sich ihr wieder bewußt zugekehrt. «Woher? Ich weiß es nicht. Ich weiß nur eines, daß du immerfort voll Angst bist, dieses alles hier eines Tages verlassen zu müssen, Charlotte.» Sie sagte nichts und lehnte sich zurück. Er legte seine Rechte auf ihre Schulter, nahm mit der Linken sein Tuch aus der Tasche und wischte ihr eine Träne auf der Wange ab. Sie lächelte nun: «Ach, Hinrich, du erlebst mich immer nur traurig, und heute ist dein letzter Tag hier. Aber du selbst bist auch ernst heute. Ich beobachtete es schon die ganze Zeit. Hat dein Bruder dir eine schlechte Nachricht gebracht?»

Er schüttelte den Kopf, nahm sie ein wenig an sich und streichelte ihren Oberarm. Er konnte sich nicht aufraffen, diesen idyllischen Platz zu verlassen. Wulf wartete gewiß schon. Aber die arme Charlotte hier!

Sie plauderten noch ein Weilchen, dann zog Hinrich Charlotte hoch. Als sie vor ihm stand, schaute er ernst auf sie herab. «Nun müssen wir Abschied nehmen, Charlotte! Ich danke dir für diese stille, schöne Stunde. Sei tapfer, Mädchen! Wir wollen Freunde bleiben, ja?» Charlotte legte ihm als Antwort die Arme um den Hals und küßte ihn zaghaft. Dann gingen sie wortlos zum Schloß.

Als die beiden kräftigen Braunen die schwere Kutsche mit dem Pogwisch-Wappen durch den Ehrenhof zogen, kam durch das Torhaus ein Leiterwagen mit Moorburger Knechten und Mägden gefahren.

«Sie haben gestern mit der Gerste angefangen», sagte Wulf zu seinem Bruder, «bei uns wird es jetzt wohl auch soweit sein; Zeit, daß wir nach Hause kommen!»

Hinrich saß stumm auf den blauen Polstern und sah die Wirtschaftsgebäude vorbeiziehen. Wulf blickte zum anderen Fenster hinaus.

Vor dem Rundbogen der Toreinfahrt hielt der Wagen. Wulf sprang aus der Kutsche und winkte dem Bruder.

«Was ist denn nun los?» fragte Hinrich und sah den Wagen über die Brücke davonfahren.

Er habe Lust, dieses wunderschöne, verwahrloste Gut noch ein wenig in Augenschein zu nehmen und mit ihm spazierenzugehen, entgegnete Wulf. Sie machten nur eine kleine Runde über den Wirtschaftshof und durch das Torhaus.

«Sieh mal, Wulf, hier hängen noch die Eisenangeln von der Zugbrükke in der Wand des Torbogens. Was für Dinger!»

«Na», meinte Wulf, «wer hier bei geschlossenem Tor über den breiten Graben wollte, mußte schwimmen. Kam aber an den Granitquadern da unten nicht hoch!»

Der Wagen hielt bei der Wirtschaft unter einer alten Eiche. Die Brüder sahen sich das Dorf an.

«Da rechts brauchen wir nicht hinzugehen», meinte Hinrich, «da kommen wir sowieso vorbei. Was interessiert dich eigentlich so sehr an Moorburg?»

Jetzt waren sie am Friedhof, und die Betglocke läutete im Turm. Ein Mann fuhr mit klirrendem Milchwagen vorüber und knallte mit der Peitsche. Wulf mußte plötzlich lachen. Hinrich blickte ihn erstaunt an.

«Ja weißt du, als wir vorhin auf das Schloß zufuhren, Claas und ich, da sah ich über dem Dach zwei riesige Kolkraben. Was ist dir, Hinnerk, hast du Nerven?»

«Was war mit den Raben, Wulf?» fragte der Bruder hastig.

«Was soll gewesen sein? Die kreisten da oben, und ich denke noch, sonderbar, daß die so dicht am Haus sind, und steige aus. Da kamen sie herunter vor das Portal wie so ein Paar Schatten. Ich langte nach dem Bock hinauf und griff die Peitsche. Und dann knallte ich diesem Aaszeugs was vor. Da sind die aber etwas plötzlich verschwunden! Weg waren sie über den Pferdestall rechts. Daran mußte ich eben denken, als der Holländer da knallte.» Er lachte weiter vor sich hin, betrachtete das schadhafte Kopfsteinpflaster. «In Moorburg braucht nur einer mit der Peitsche vor dem Haus zu knallen, schon öffnet sich das Tor und ein Bedienter purzelt heraus. Aber diese schwarzen Unglücksvögel habe ich nie ausstehen können.»

Hinrich hatte für Sekunden unbemerkt die Augen geschlossen, Wulf, sein treuer Bruder Wulf, hatte sie vertrieben. Aberglaube? Seltsam das alles!

«Ja, ich erinnere mich, daß du als Junge schon mit deiner Armbrust nach ihnen geschossen hast.»

Die letzten Schläge der Betglocke verhallten. Hühner scharrten vor den Katen. Aus den oben geöffneten Klöntüren sahen die Kätnersfrauen und ein paar alte Männer den beiden stattlichen Herren nach, die kopfschüttelnd die ungepflegten Häuschen betrachteten. Die Strohdächer waren durchlöchert oder nur grob geflickt, auf einem Dach lag eine rostige Egge. Die kleinen Fenster waren zerbrochen oder mit Lumpen zugestopft und einige Backsteinmauern feucht und voll Moos und Schimmel an dem Fundament. Am Ende des Dorfs standen die Katen leer.

«Beauchamp sagte mir, viele Tagelöhnerfamilien seien nach der Aufteilung nach Polzin oder Karlshöhe hinübergewechselt. Sie waren hier überflüssig, weil Moorburg ja nur noch ein Drittel seines Areals behalten hat. Warum nur lassen die Wasmers diese Katen hier nicht abreißen? Mit den Steinen könnten sie neue bauen, und Reet oder Stroh gibt es doch genug.»

«Soso», sagte Hinrich, «du hast also mit ihm über die Moorburger Verhältnisse geredet. Warum?»

Wulf drehte sich um und meinte, er habe nun genug gesehen. Ein paar Kinder tobten auf der Straße und ärgerten einen Hund. Hinter den Häuschen hörten sie Sensendengeln.

Erst im Wagen wandte sich Wulf wieder seinem Bruder zu. «Das war also Moorburg. Nun sag mir mal, was ist mit diesem netten Mädchen Charlotte, Hinrich?»

Er habe ja selbst festgestellt, gab der Jüngere zurück, wie Charlotte von Wasmer aussehe, daß sie bescheiden und freundlich sei.

«Du kennst sie aber besser als ich. Als du hereinstürmtest, um mich zu finden, riefst du ‹Charlotte!› Soweit ich dich kenne, würdest du eine so intime Anrede einer fremden jungen Dame gegenüber nicht gebrauchen. Also?»

Hinrich von Pogwisch richtete sich in seiner Ecke auf und sah dem Bruder in die Augen. «Mir scheint, mein lieber Wulf, daß du dich mächtig für Moorburg und Charlotte von Wasmer interessierst. Willst du sie heiraten?»

Wulf klatschte sich auf das Knie und brach in schallendes Gelächter aus. «Das ist köstlich, mein Junge. Wulf Pogwisch und heiraten! Wie kommst du bloß auf diese Kateridee?»

«Du bist immerhin dreißig Jahre; ich finde das gar nicht so absurd, Wulf. Mutter wird auch nicht ewig leben.»

«Ich habe meine tüchtige Mamsell Stockfleth. Aber zur Sache: Ich denke, du wirst Charlotte heiraten, Hinrich!»

«Ich denke nicht daran.»

«Warum denn nicht?»

«Weil ich Charlotte nicht liebe.»

Der große Grevenslunder lehnte sich behaglich in seine Ecke zurück und murmelte: «Aha.» Dann schloß er halb die Augen, sah auf das Wolfsfell, das den Rücksitz bedeckte, und dachte nach. Dabei streckte er seine langen Beine unter den Sitz, schob sein darunter liegendes Gewehr beiseite, um Platz für die Füße zu finden, und blinzelte seinen Bruder von der Seite her an. Der blickte mit verschlossenem Gesicht aus dem Fenster. Draußen zog die Heidelandschaft vorüber. Der herb-süße Duft wehte herein und erinnerte ihn schmerzlich an die Abende mit seiner Lili.

In Wulfs Gesicht trat ein Lächeln, als er seinen Bruder beobachtete. Wie er ihn liebte, seinen Bruder Hinnerk! Eine Frau konnte man doch unmöglich so lieben wie diesen vertrauten Gefährten. Doch, Wulf, doch, das konnte man . . . aber ganz anders. Eine Erinnerung stieg in ihm auf. Weg damit! Man hatte es leichter ohne das. Aber was war mit dem Jungen nur? Peter-Ohm hatte schon Andeutungen gemacht. Sollte er . . .? Weg damit, vergessen. Laut sagte Wulf: «Schafskopp!»

Hinrich drehte sich um, und als er dieses gemütliche, wohlvertraute Lächeln auf dem Gesicht seines Bruders sah, lächelte er auch. «Selbst Schafskopp! Du bist doch eigentlich als Ältester und Erbe von Grevenslund der nächste, dafür zu sorgen, daß der ehrenwerte Stamm der Pogwischs nicht ausstirbt.»

«Bin ich gerade fest dabei, nämlich dich mit Charlotte auf Moorburg zu verkuppeln. Nee, warte mal erst. Jetzt werden wir ernsthaft die Sache von allen Seiten bekieken.»

«Gut», sagte Hinrich, «schieß los!»

«Also, dieses anmutige junge Mädchen liebt dich, mein Hinnerk. Das ist erst einmal die Hauptsache.»

«Weiß ich.»

«So! Dann ist von der Seite nichts im Wege.»

«Doch! Angenommen, ich wollte auch – aber stell dir mal Charlotte für den Rest ihres Lebens auf Ellerby vor. Die würde da todunglücklich werden. Sie liebt ihr Moorburg zu sehr.»

Wulf nickte. «Richtig! Sie soll ja auch nicht nach Ellerby, Hinnerk. Du sollst nach Moorburg!»

Diese Forderung seines Bruders verschlug Hinrich zunächst die Sprache. Er starrte in Wulfs entschlossenes Gesicht. Dann beugte er sich zu ihm hinüber. «Sag mal, hast du vielleicht mit dem alten Marquis einen über den Durst getrunken?»

«Nicht einen, mehrere. Ganz alter Malvasier, so richtig ölig. Ich bin zwar nicht für dieses süße Zeugs, aber der war köstlich.» Wulf wurde ganz ernst. «Gefällt dir denn Moorburg nicht?»

«Und wie!»

«Siehst du, mir auch. Ein unvergleichlicher Besitz würde das unter Pogwischer Regie werden. Das glaube mir!»

Hinrich fuhr auf. «Ich bin doch nicht so verrückt, mich in diesen heruntergekommenen Verein zu setzen, Wulf. Du hast ja gar keine Ahnung!»

«Hab ich», sagte Wulf trocken, «ich bin über die Höhe der Schulden informiert, mit allem Drum und Dran.»

«Was? Du hast doch nicht etwa Beauchamp danach gefragt?»

«Natürlich hab ich. Ich wußte von Peter-Ohm, daß der Marquis am besten darüber Bescheid weiß.»

Hinrich rief außer sich: «Das ist ja direkt ein Komplott!»

Sein Bruder legte ihm die Hand auf den Arm. «Man sachte, sachte! Nur zu deinem Besten, Hinnerk.»

Was für ihn am besten sei, wisse er selber, auf keinen Fall Moorburg und Charlotte! Hinrich war aufgebracht über die Einmischung seiner Verwandten. Wütend schaute er aus dem Fenster.

«Manche Menschen muß man einfach zu seinem Glück zwingen», murmelte Wulf vor sich hin.

Hinrich aber sah die Raben über Moorburg kreisen, er sah die weinende Charlotte auf der Birkenbank, und er sah seinen energischen Bruder vor dem Schloßportal die Peitsche schwingen. Das alles ergab ein Bild: Unfug! Spökenkiekerei! Er wandte sich nach Wulf um. Der hatte sein für ihn typisches finsteres Lächeln aufgesetzt und musterte den Jüngeren mit zusammengezogenen Brauen. Da reichten sie sich die Hände. Der Wagen bog in den Polziner Hof ein. Der Gutsherr kam gerade aus der Gerstenscheune, wo man die Fächer für die neue Ernte aufräumte. Er schwenkte seinen Strohhut der Kutsche entgegen.

Nach dem Abendessen forderte Tante Caroline Hinrich zu einem Spaziergang auf. Sie wolle ihn noch ein wenig «genießen», wie sie es nannte. So wandelten sie durch den Garten.

Hinrich erzählte seiner Tante von dem Moorburger Besuch und Wulfs Nöten auf dem Stühlchen.

Frau Caroline lachte auf. «Wulf kann ich mir wirklich nicht in Germaine Wasmers Boudoir vorstellen. Der paßt am besten auf die Bank seines Hochsitzes, mit der Flinte auf den Knien.»

Als sie in den Gartensaal zurückkamen, rief Herr von Motz aus seinem Zimmer: «Hinrich, komm doch noch eben herein. Ich möchte etwas mit dir besprechen, bevor du abreist.»

An dem ernsten Ton erkannte der junge Mann, daß es etwas Wichtiges sein mußte, und er wußte auch sofort, um was es sich handelte. Er trat mit verschlossener Miene ein. Richtig! Oheim und sein Bruder saßen vor dem Schreibtisch, auf dessen Platte Papiere lagen. Wulf hatte eine Gänsefeder zwischen den Fingern. «Nimm einen Stuhl und setz dich mal neben mich», forderte er den Bruder auf, legte die Feder auf des Oheims Schreibzeug und wischte mit seinem Tuch einen Tintenfleck von den Fingern.

Als Hinrich sich an der Schmalseite der Platte niederließ, schoß ihm die Erinnerung an eine ähnliche Situation durch den Sinn. Da hatte sein Lehrer ihn zu sich beordert, weil er seine Lektionen nicht gelernt hatte. Der hatte an einem ähnlichen Klappschrank gesessen. Aber damals war er ein zwölfjähriger Junge gewesen, und jetzt . . .

«Red du mal mit ihm, Peter-Ohm», sagte Wulf und lehnte sich im Stuhl zurück.

Der alte Herr legte die Hand auf die Papiere. «Mein lieber Junge! Dein gescheiter Bruder hat da einen Plan entworfen, der einleuchtend ist.»

«Ich weiß, Ohm, er will mich auf dieses verwirtschaftete Moorburg setzen. Der Plan ist für mich nicht diskutabel. Ganz abgesehen von der Verschuldung wären meine Anstrengungen, Moorburg wieder zu Blüte zu bringen, in Anbetracht der unglaublichen Verschwendungssucht der Wasmers, eine Sisyphusarbeit. Ihr vergeßt wohl, daß erst die Mutter und danach der Sohn Erben dieses Fideikommißguts sind? Und wenn man tatsächlich die Mittel hätte, kaufen kann man es gar nicht.»

«Das ist auch gar nicht nötig», sagte Herr von Motz, «denn wer die Einnahmen hat, kann bestimmen. Und die wirst du haben. Wieso? Nun, du pachtest Moorburg. Die Witwe Wasmer bekommt eine angemessene Pacht von dir, die sie sich mit ihrem famosen Filius teilen kann.»

Hinrich lachte. Das würden die sich gerade gefallen lassen!

«Es wird ihnen gar nichts anderes übrigbleiben, wenn sie nicht bald Konkurs machen wollen. Du selber hast mir neulich erklärt, was ihnen dann passiert. Also! Dann werden die Gläubiger sich den Raub teilen.»

Hinrich starrte zu der mit Stuck verzierten Decke empor. «Merkwürdig, Peter-Ohm, du hast mich noch vor einigen Tagen vor Moorburg gewarnt, hast eindringlich von der Aussichtslosigkeit dieser Angelegenheit geredet. Nun stößt du mit Wulf in ein Horn!»

Wulf sagte nichts, er betrachtete interessiert einen Globus, der oben auf dem Schrank stand. Die flackernden Kerzen ließen hinter ihm ein dickes schwarzes Ungetüm mit gebrochenen Linien zwischen Wand und Decke leben. Eine Spinne ließ sich an ihrem Faden vor diesem Etwas herab, bis nach Sibirien, dort blieb sie erstaunt sitzen.

«Ja, mein Hinrich, das habe ich. Aber Wulf hat mich überzeugt, daß das schöne Moorburg zu retten ist. Vorausgesetzt, daß du diese Aufgabe übernehmen willst.» Herr von Motz trat hinter seinen Neffen und legte ihm die Hände auf die Schultern. «Du hast am Abend deiner Ankunft hier in diesem Zimmer von deiner Sehnsucht nach einer großen, schwierigen Aufgabe gesprochen. Sie wird schwierig sein, verdammt schwierig. Aber für einen jungen, gesunden Mann ist sie zu bewältigen. Wulf hält dich mit deinen landwirtschaftlichen, kommerziellen und sonstigen Fähigkeiten für absolut geeignet, einen großen Betrieb zu leiten, bzw. wieder hochzubringen.» Er trat zurück, setzte sich wieder und sah Hinrich an. «Meinst du nicht auch, daß dieses schöne Moorburg einige Mühe wert ist?»

Erregt erhob sich der jüngere Pogwisch, ging zum geöffneten Fenster und lehnte sich hinaus. Er sog tief die würzige Luft ein, die aus dem Garten zu ihm aufstieg. Wenn Lili nicht verschwunden wäre, könnte er jetzt schon mit ihr auf Grevenslund bei der Mutter sein! Es war ihm, als sähe er ihre helle Gestalt auf dem Rasen vorüberschweben. Aber es waren Nachtnebel. Sie war verloren, er wußte es. Er krallte die Hände um die Fensterbank, um den Schmerz, der wieder in ihm aufstieg, zu unterdrücken.

«Du brauchst dich jetzt ja noch nicht entscheiden, Hinrich!» sagte Wulf hinter ihm. Er hatte die Hände seines Bruders gesehen und wußte um dessen Not.

Da kam Hinrich zurück, setzte sich neben Wulf und sagte schlicht: «Erkläre mir also das Nähere!»

Wulf sah den Bruder eindringlich an. «Du mußt mir wegen meiner Indiskretion nicht grollen, Hinrich. Der Marquis begann selber von dieser Sache zu reden, als er mir die Trophäen erklärt hatte und mich in sein Kontor einlud. Er hat dich auf eurem Heidegang wohl liebgewonnen und sagte glattweg, du seiest der geeignete Herr für Moorburg. Auch hatte er dich von seiner Stube im Seitenflügel mit Charlotte im Garten gesehen, fand es aber richtig, dich auf eurem Spaziergang über die schlechte Lage Moorburgs aufmerksam zu machen. Über unsere Verhältnisse wußte er ja nichts. Wir haben die Sache ganz offen miteinander besprochen.» Wulf zog einen Bogen Papier heran. «Sieh hier! Das sind seine Notizen: Moorburg ist noch immer seine 270000 Reichstaler wert. Hier siehst du, was an Hypotheken daraufliegt. Dort sind die verschiedenen Schuldposten aufgeführt, inklusive Zinsen pro Jahr, da der Reinertrag.» Sein Finger fuhr weiter erklärend über den Bogen.

Dann richtete er sich auf. «Übrigens hat Moorburg im Nordwesten guten Weizenboden, und der Marquis sagte mir, daß mit dem Ertrag in diesem Jahr einige dringende Verpflichtungen getilgt werden könnten.»

«Trotzdem, Wulf, wenn ich das so flüchtig durchrechne – es ist mir nicht möglich, mich mit solchen Summen zu engagieren; denn das hast du offensichtlich vor. Ich kann als Pächter keinen Betrieb übernehmen, der kurz vor der Pleite steht.»

Der Bruder schüttelte den Kopf und holte ein anderes Blatt hervor. «Er wird nicht pleite machen, wenn wir die Hauptgläubiger sind und du als Schwiegersohn Betriebsführer bist. Peter-Ohm und ich haben hin und her gerechnet. Es hilft nichts, du mußt Ellerby opfern!»

Die Augen auf die Zahlen gerichtet, murmelte Hinrich: «Besser Ellerby in der Hand als das windige Moorburg auf dem Dach.»

Peter von Motz lachte und sagte, da kämen bei Hinrich irgendwelche bäuerliche Ahnen zum Vorschein.

Sie beugten dann doch alle drei die Köpfe über die Zahlen und besprachen das Für und Wider. Neben Hinrichs väterlichem Erbanteil und Ellerby wollten Herr von Motz und Wulf das noch erforderliche Geld zur Verfügung stellen. Hinrich von Pogwisch wollte das nicht zulassen, der Ohm versicherte ihm aber, es sei absolut kein Opfer, wenn er Hinrich in den Sattel helfe. Reiner Egoismus sei das. Ihm wäre es durchaus nicht egal, wer sein nächster Nachbar würde. Und Wulf? Ja, der sei immer schon geizig gewesen und wisse gar nicht, wohin mit seinem Geld.

«Nee, Hinnerk, du, da müßte ich mir erst so eine Französin anlachen wie die geborene Beauchamp, die würde das auch noch kleinkriegen. Du weißt ja: Ein Mann kann auf einem Leiterwagen nicht soviel vom Hof tragen wie eine Frau in ihrer Schürze.»

Wulf schlug dem Bruder auf die Schulter. «Und außerdem bist du sowieso mein Nachbar.»

Hinrich wehrte ab; das sei völlig ungewiß, er könne vor dem älteren das Zeitliche segnen, und Wulf werde vielleicht doch noch in den Ehestand treten.

«Kein Bedarf!» sagte Wulf.

«Eure Pläne sind gut fundiert», ließ sich Hinrich nach einigem Nachdenken vernehmen, «und ich danke euch sehr für euer Entgegenkommen. Aber ich sehe nicht, wie man all die verschiedenen Schuldposten unter einen Hut bekommt. Das könnten ebensogut auch andere versuchen, die an Moorburg im Gesamt Interesse haben. Dann ließe sich ein weiterer Konkurs vielleicht vermeiden.»

«Wir sind zu teuer und zu riskant, Hinnerk», meinte der Oheim. «Daran haben wir auch schon gedacht. Ich werde nächste Woche, wenn ich in Alberg zu tun habe, zum alten Advokaten Overbek gehen, der immer schon Moorburgs Interessen vertreten hat und dessen Reichmacher Struck in Moorburg zur Hauptsache die Buchführurg besorgt. Die sind genau im Bilde.» Er kratzte sich am Ohr. «Nur weiß ich noch nicht recht, was ich ihm schon sagen kann, wie ich ihm beibringe, weswegen ich daran Anteil nehme, daß er die Sache in unserem Sinne ordnet. Ob der Plan überhaupt vorbereitet werden soll, mein lieber Hinrich, das liegt bei dir.»

Der junge Mann hatte sich in den Stuhl zurückgelehnt und schüttelte den Kopf. Ehe er sprechen konnte, schaute Wulf in sein plötzlich blasses Gesicht, sprang auf und zog seinen Bruder hoch. «Du mußt mal an die frische Luft, Hinnerk. Komm mit!» Er warf seinem Oheim einen Blick zu und ging mit Hinrich in den Garten hinaus.

Peter-Ohm sah sie vor den Fenstern auf und ab gehen und vernahm einzelne Worte Wulfs: «. . . Bauer auf Ellerby . . . großartige Gelegenheit . . . quält sich dieser alte Edelmann . . . gibt keinen Grund . . . und Charlotte . . .» Dann waren sie weiter fort.

Nach einer Viertelstunde erschienen sie wieder. Der alte Motz war aufgestanden. Die Kerzen flackerten über Hinrichs Gesicht, und seine Augen waren ganz dunkel.

«Ihr habt euch so viel Mühe mit mir gegeben, lieber Peter-Ohm. Aber ich kann mich noch nicht entscheiden.» Und nach einem kleinen Zögern fügte Hinrich hinzu: «Es ist da etwas, das müßte ich erst hinter mich bringen. Laßt mir ein wenig Zeit!»

«Ja, mein lieber Junge, aber warte nicht zu lange. Du weißt, wie es um Moorburg steht. Ich werde trotzdem mal beim Advokaten vorfühlen.» Er reichte seinem Neffen beide Hände.

5

Das Ellerbyer Haus war ein breiter, einstöckiger Bau mit mächtigem Walmdach, in der Mitte ein flachgiebeliger Risalit mit zwei Stockwerken. Im Oberlicht der Haustür flackerte in der Laterne eine Kerze, deren schwacher Lichtschein in den Novemberregen hinausdrang. Hinrich von Pogwisch betrat die kleine Vordiele, schüttelte die Tropfen vom Mantel und hängte ihn an einem schmiedeeisernen Ständer neben einer schönen Eichentruhe auf. Christian Jensen kam mit einem Packen Wäsche die Treppe herunter. «Möchtet Ihr Tee oder vielleicht heiße Milch, Herr?»

«Mensch, Milch – Punsch, recht heiß und steif!»

Tisches treue Augen sahen zu seinem Herrn auf. «Wenn ich das bemerken dürfte . . . es ist noch ziemlich früh, Herr . . .»

«Ja, und?»

Der Diener räusperte sich. «Und denn schon Punsch?»

Hinrich hatte schon die Türklinke in der Hand und wandte seinen Kopf nach dem Diener. «Geh du mal bis zu den Katen hinunter, dann hast du auch Lust auf Punsch.»

Er schritt durch sein Schreibzimmer in das Schlafzimmer. Die beiden Zimmer lagen an der Hofseite. Nachdem er sich der nassen Stiefel entledigt hatte, ging er über einen schmalen Flur, der das Haus längs teilte, ins Wohnzimmer hinüber. Dort warf die alte Frau Mumm gerade einige Torfbrocken in den Eisenofen, auf dessen Vorderseite die Opferung Isaaks zu sehen war.

Das Zimmer war geschmackvoll möbliert. Hinrich hatte gemeinsam mit seiner Mutter die Möbel in Grevenslund dafür ausgesucht. Wegen der niedrigen Holzbalkendecken in Ellerby war das nicht ganz einfach gewesen. Diese Decken aber hatten den Vorzug, daß die Stuben im Nu warm wurden. Hinrich streckte sich behaglich in seinem Sessel neben dem Ofen aus. Die weißen Mullgardinen, die Mutters geschickte Jungfer Marie aufgesteckt, erinnerten ihn an die schöne Zeit, die er im Spätsommer mit der Mutter hier verlebt hatte.

Sie war schon fast sechzig Jahre alt, aber geistig so rege, daß es eine Lust war, sich mit ihr zu unterhalten oder auch Arm in Arm mit ihr durch Wald und Feld zu spazieren, wobei sie sich gegenseitig mitunter auf etwas Besonderes aufmerksam machten.

Als er noch ein Kind war, nahm sie oft seine kleine Hand, ging mit ihm durch den Garten und zeigte ihm Pflanzen und Tiere. Von ihr hatte er auch die Fähigkeit geerbt, schöne und seltsame Naturerscheinungen tief in sich aufzunehmen und zu genießen. Er konnte Wulf verstehen, der neben dieser Mutter keine andere Frau im Haus haben mochte.

Die Mutter war nicht neugierig gewesen auf seine Reiseerlebnisse. Hinrich hatte ihr so nach und nach alles erzählt, wie es sich ergab; nur sein Schwarzsee-Erlebnis hatte sie nicht erfahren. Das sollte auch nie ein Mensch erfahren, das war sein. Es war in ihm versunken wie damals die junge Frau in den Tiefen des Sees.

Tische kam mit dem Punsch und stellte das Tablett neben ihn auf das Tischchen. Während der Diener einschenkte, stopfte Hinrich seine Pfeife. Tische öffnete die Ofentür und brannte den Fidibus an.

Der gestreifte Kater war mit hereingekommen. Er sprang Hinrich auf den Schoß und ließ sich schnurrend nieder.

«Soll ich ihn rausnehmen, Herr?»

«Nein, Tische, laß ihn hier. Und sage Mumm, daß ich ihn in einer Stunde im Schreibzimmer erwarte.»

Behagen durchströmte den jungen Pogwisch nach dem ersten Glas Punsch. Den Kater aber nicht, er hob den Kopf von den Pfoten und musterte mit seinen grünen Augen mißtrauisch die Pfeife, schließlich schob er den Kopf unter Hinrichs Rockkante und schnurrte vernehmlich.

Hinrich lächelte und sah sich, auch ohne Spiegel, mit dem Kater auf dem Schoß sitzen. Würde er hier in der Ofenecke auch noch in fünfzig

Jahren so sitzen, mit weißem Haar, und zitternd das Glas heben? Warum eigentlich nicht? Hier hatte er seine Ruhe, brauchte sich höchstens einmal über etwas in der Wirtschaft zu ärgern, aber das war nur äußerlich. Hier ging alles seinen geregelten, ruhigen Gang. Je mehr Menschen man um sich hat, um so mehr Aufregung gibt es!

Sein Blick fiel auf die Kommode, die an der gegenüberliegenden Wand stand. Mutter hatte erzählt, die habe seine Großmutter Pogwisch mit nach Grevenslund gebracht. Welch reizvoll geschweifte Formen hatte sie! Die Kerzenflammen spiegelten sich in dem schön gemaserten Holz. Eine ähnliche hatte in Frau von Wasmers Boudoir gestanden, erinnerte er sich plötzlich, auch eine Regencekommode. Moorburg! Ja, das war weit weg, irgendwo am Horizont wie die Turmspitzen Lübecks, als er ungewollt seinem Abenteuer entgegenritt.

Hinrich zog seine Uhr hervor, erhob sich und fand den Verwalter in seinem Schreibzimmer. Eine Stunde arbeiteten sie zusammen. Anschließend servierte das Stubenmädchen das Abendbrot. Dann begab sich der junge Herr wieder in die Ofenecke und las in Herders Schriften.

Als die Dielenuhr die zehnte Stunde schlug, ließ er das Buch sinken, stellte sich an das Fenster, zog die Gardinen auseinander und schaute über den winterlichen Garten zum Himmel auf. Der Sturm heulte noch immer, aber es regnete nicht mehr. Wolkenfetzen jagten am zunehmenden Mond vorbei. Die Pappelgruppe hinter dem Rasen wurde gerüttelt und gebogen. Ja, das war so eine Nacht, in welcher der Sage nach der Brudermörder, König Abel von Dänemark, aus seinem Schleswiger Grab aufstand, sein Roß bestieg und mit seinem wüsten Gefolge durch die Lüfte, durch Sturm und Braus auf die wilde Jagd ritt.

Er nahm die Brieftasche vom Tisch, die er mit hereingebracht hatte. Ein Brief von Mutter war dabei. Den wollte er vorm Schlafengehen richtig genießen. Er erbrach das Pogwisch-Siegel. Das Schreiben der Mutter umschloß noch einen Brief, und der war von Tante Caroline. Mit übergeschlagenen Beinen setzte er sich in die Ofenecke, zog den Leuchter heran und erfuhr, daß die Polziner die Mutter und ihn – Wulf werde wohl wegen der Treibjagd nicht fortwollen – zum Weihnachtsfest einluden. Tochter Grete könne nicht kommen, sie erwarte zum Fest den Besuch ihrer Schwiegereltern, und so wären sie, die beiden Alten, ganz allein. Frau von Pogwisch meinte, sie würde gern hinfahren, zumal sie ihren alten Bruder eine Ewigkeit nicht gesehen habe, aber ohne Gesellschaft wolle sie nicht reisen. Ob er sie wohl begleite, sonst müsse er allein in Ellerby feiern, da Wulf in Schmackenberg sei zur Jagd.

Auch Tante Carolines Brief war so herzlich und munter geschrieben, daß er geradezu Verlangen empfand, mit den Verwandten wieder zusammen zu sein. Weihnachten allein hier? Nein, das kam nicht in Frage.

Weil die Mutter bat, gleich zu antworten, holte er sich sein Schreibzeug ins warme Zimmer und schrieb ihr eine Zusage. Einen kleinen Brief an die Tante legte er bei.

Als er den feinen Sand über die Schrift rieseln ließ, richtete er sich ruckartig auf. War das etwa eine Falle, um ihn zur Entscheidung zu zwingen? Er hatte die Moorburger Sache kurzweg beiseitegeschoben. Es war einfach unmöglich, an eine Heirat zu denken. In ihm lebte immer noch das Glück der zwei Sommernächte am Schwarzsee.

Hinrich legte die Briefe zur Seite. Er stützte den Kopf in die Hand und sah in die leicht flackernden Kerzen. Gewiß, sie alle meinten es gut mit ihm, und sie erwarteten sicher, daß er zur Einsicht käme. Es war aber schließlich sein Lebensweg, den sie bestimmen wollten. Er erinnerte sich der Worte, die Wulf am letzten Abend auf Polzin im Garten zu ihm gesagt hatte. Was das wohl für ein Glück sei, als Bauer auf Ellerby allein zu hausen, anstatt diese großartige Chance zu ergreifen, sich auf einen Besitz wie Moorburg zu setzen. Und sei es auch nur, um diesem alten Edelmann Beauchamp, der sich da abquälte, um zu retten, was nicht mehr zu retten war, einen ruhigen Lebensabend zu bereiten. Und dann, was aus der armen Charlotte wohl werden sollte? Ja, Charlotte, die das Ende wohl voraussah. Er hatte ihr Freundschaft angeboten. Dann hatte Wulf noch gesagt, und das bewegte ihn tief: *Noblesse oblige*! Wenn einem die Gelegenheit geboten würde, helfen zu können, nicht nur zwei Menschen, sondern einem heruntergekommenen Dorf mit vielleicht hundert Seelen – wer das aus glattem Egoismus ablehne, der sei in seinen Augen kein Edelmann. Er, Wulf, habe für Grevenslund einstmals auch bittere Opfer bringen müssen. Und das könne er, Hinrich Pogwisch, ebenfalls, dessen sei er sicher.

Entschlossen siegelte er den Brief an seine Mutter. Er hatte sich monatelang mit Arbeit betäubt, alles, was an Moorburg und den Schwarzsee gemahnte, verdrängt und, er hatte lange Ausritte mit Mirza unternommen. Aber die Erinnerung war doch immer wieder aufgestanden.

Gut, er würde nach Polzin fahren. Das war wenigstens eine Abwechslung. Dort würde er erfahren, was sich am Schwarzsee inzwischen ereignet hatte.

Der Duft der braunen Weihnachtskuchen schlug ihnen entgegen, als Mutter und Sohn wenige Tage vor dem Fest die Polziner Diele betraten. Herr von Motz, der die Schwester schon auf dem Hof aus der Kutsche gehoben und in die Arme genommen hatte, nahm ihr die Otterfellkappe ab. «Sieh da, welch freundliches Wiedersehen mit meinem Schwarzseeotter!» Jetzt kam Caroline von Motz in weiten Röcken die Treppe herabgerauscht, und es gab nochmals Umarmungen und Küsse auf die Wangen.

Die Gäste bekamen vor dem Kachelofen in Frau Carolines Zimmer einen Kaffeepunsch serviert, um die Kälte aus den Gliedern zu treiben. Denn trotz der Pelzumhüllung war ihnen der andauernde Frost auf der langen Fahrt unangenehm bewußt geworden. Wulf hatte, als sie aus Grevenslund abreisten, auf dem Hofplatz witternd seine große Nase gehoben und behauptet, er rieche Schnee. Aber sie waren trocken in Polzin angekommen.

Wulf hatte seinem Kutscher die Weisung gegeben, am nächsten Tag nach Grevenslund zurückzukehren. Über die Moorburger Angelegenheit war kein Wort zwischen ihnen gefallen.

Während sich Peter von Motz mit seiner Schwester lebhaft unterhielt und Tante Caroline die Kaffeetassen neu füllte, sah Hinrich zu seiner Mutter hinüber. Hinter ihr an der Wand hingen kleine Medaillonbildchen mit den schwarzen Scherenschnittporträts von Carolines Verwandtschaft. Darunter saß die Herrin von Grevenslund, die Freifrau Mathilde von Pogwisch, schlank und gerade aufgerichtet. Ein schwarzes Spitzenhäubchen bedeckte den Scheitel. Ein Spitzenkragen, von einer Brosche zusammengehalten, schloß das graue Kleid am Hals. Die Wärme und der Kaffee hatten das schmale Gesicht jetzt mit einem zarten Rosa belebt. Ihre Augenwinkel zeigten in den Schläfenecken ein Netz kleiner Falten, als sie über eine winzige Äußerung des Bruders lachte. «Ich fühle mich recht behaglich in eurem gemütlichen Nest, ihr Lieben», sagte sie.

Als die Damen sich nach dem Abendessen in Carolines Ofenecke zurückgezogen hatten und Hinrich mit dem Oheim in dessen Stube saß, war er es, der das Moorburger Thema anschnitt.

«Etwas ist in Moorburg anders geworden», antwortete Peter von Motz und reichte Hinrich den brennenden Fidibus. Hinrich blies eine Wolke von sich. «Denn schieß mal los, Peter-Ohm!»

Der beobachtete seinen Neffen aufmerksam und erzählte dann, was er inzwischen in Erfahrung gebracht hatte.

Zufällig hatte er im Oktober den Marquis Beauchamp in Alberg getroffen. Sie hatten im Hotel «Stadt Hamburg» zusammen einen Imbiß genommen. Dabei war das Gespräch auf die Moorburger Verhältnisse gekommen. Beauchamp, der Herrn von Motz volles Vertrauen entgegenbrachte, hatte ihm erzählt, daß er gleich nach der Abreise von Herrn Wulf eine Familienkonferenz abgehalten habe, in der es ziemlich stürmisch zugegangen sei. Jedenfalls hatte der alte Herr den Wasmers reinen Wein eingeschenkt. Als Georg von Wasmer schwarz auf weiß lesen konnte, daß Moorburg unverkäuflich war, sei er völlig verstummt. Und als er hörte, daß die bisherigen Geldquellen versiegten, die Gläubiger auf Zahlung drängten und daß es endgültig vorbei wäre mit großen Gartenfesten, teuren Garderoben und was es sonst noch alles an unnützen Kosten auf Moorburg gab, sei er fast vom Stuhl gefallen.

«Ja, lieber Hinrich, der zärtliche Bruder hat seine Schwester aufgefordert, einen gewissen Bruhn zu heiraten, der sehr vermögend sein soll und sich anscheinend um sie beworben hat. Ich kenne ihn nicht. Aber Charlotte hat sich energisch geweigert.»

«So! Und was hat sich in Moorburg geändert?»

«Ich hatte den Marquis eingeladen, uns zu besuchen, was er im November auch getan hat. Dabei erfuhr ich, daß man sich auf Moorburg bemühe, keine großen Ausgaben mehr zu machen. Der junge Herr geht viel auf Jagd und verkauft das Wild an Gaststätten, um zu etwas Geld zu kommen. Allerdings hält er sich an keinerlei Jagdregeln und -zeiten, so daß er mit dem Karlshöher schon Krach bekommen hat.» Der Ohm ging zum Schrank und holte eine Flasche Rotwein und zwei Gläser. «Bei dem Karlshöher fiel mir die Buddel ein, die Trappen mir zum Geburtstag verehrt hat; das ist ein Seelentröster, sag ich dir!» Er hielt sein Glas gegen die Kerzen. «Freude schöner Götterfunken!»

Als sie einander zugetrunken hatten, fragte der junge Mann, wie es mit der Abtragung der Schulden stehe.

Herr von Motz wischte sich den Mund und berichtete dann von seinem Besuch bei dem alten Justizrat Overbek in Alberg. Der wisse zwar nicht über sämtliche Moorburger Verpflichtungen Bescheid, glaube jedoch, daß es sich vorwiegend um Bankschulden handle. Die Banken seien aber nicht am Grundbesitz des Guts interessiert, sondern nur daran, Schuldsumme und Zinsen zu bekommen. Allerdings wären einige Herren aus Hamburg gefährliche Gläubiger der Wasmers. Ihnen gehe es darum, das Gut zu überschlucken.

«Was wollen die denn damit anfangen, es etwa als Sommersitz benutzen?» fragte Hinrich.

«Ach wo denn, Handel damit treiben!»

Eine Weile war es still. Hinrich hielt sein Weinglas in der Hand und sah in den rotfunkelnden «Seelentröster».

«Ich habe mir eben überlegt, ob es nicht möglich wäre, Moorburg auch ohne Heirat zu übernehmen. Aber ich sehe ein, daß es so herum nicht geht, Peter-Ohm.» Hinrich trank sein Glas leer und stellte es auf den Tisch, stützte den Ellbogen auf die Tischkante und den Kopf in die Hand. «Überhaupt, diese Sache als Pächter ist Unsinn: Die alte Wasmer bleibt dann doch Eigentümerin, und wenn sie stirbt, ist es eben der Windhund Georg. Darauf läßt sich kein vernünftig denkender Mensch ein.»

«Da hast du schon recht, Hinrich.» Der Oheim legte ihm die Hand auf die Schulter. «Wennschon, dennschon! Und bedenke auch dieses:

Wenn wir alle drei die Moorburger Schuld begleichen, gehört dir praktisch schon ein Teil des Guts, das muß festgelegt werden. Charlotte hat laut Testament ihres Vaters ebenfalls Erbansprüche. Glaubst du, daß der ‹Windhund› das jemals zusammen ausbezahlen kann, falls er alleiniger Eigentümer sein will? Niemals. Er hat sich nie für die Wirtschaft interessiert, und so wird es auch bleiben. Aber in den suren Appel mußt du biten, min Jung, dat helpt nu allens nich. Vorausgesetzt, daß du Moorburg haben und dort einen neuen Pogwisch-Zweig zur Blüte bringen willst!» Er lächelte Hinrich väterlich an. «Ich glaube, der Apfel ist gar nicht sauer, sondern süß. Damals auf der Karlshöher Hochzeit sah es so aus, als fändest du das auch.»

Damals auf Karlshöhe . . . ja. Hinrich stand auf, dachte einen Augenblick nach, reichte seinem Oheim die Rechte. «Mein guter Peter-Ohm, wir wollen erst mal darüber schlafen. Ich bin sehr müde. Aber in den nächsten Tagen will ich hinübergehen, um mir den Apfel anzusehen.»

Peter von Motz hatte, als Hinrich gegangen war, noch einen kurzen Brief zu schreiben. Den nahm am anderen Morgen der Grevenslunder Kutscher in seiner Tasche mit.

Eine dünne Eisdecke lag über dem Schwarzsee. In seinen Buchten hielten Krickenten und Wasserhühner das Wasser noch offen. Wo der Lachsenbach unterhalb der Wassermühle in den See mündete, schoß bunt blitzend der Eisvogel umher. Auf dem Eis verwehte der leichte Ostwind abgebrochenes Schilf. Die schwache Wintersonne schien grämlich gelb auf die einsame Landschaft herab.

In der Nacht drehte der Wind auf Nordwest, Wolken kamen vom Nordmeer herüber und trieben rasch über die Zimbrische Halbinsel, öffneten ihre schweren schwarzen Bäuche und hüllten die Brücke nach Skandinavien in weiße Wirbel.

Als anderntags die Winterdämmerung heraufzog, hatte die flockige Decke alles Dunkle, häßlich Vergehende des Herbstes sanft zugedeckt und abgerundet. Hier und dort zeigten sich Schneewehen mit spitzgekrümmten Rücken auf den Feldern und Wegen. Ein paar Krähen erhoben sich krächzend im Wald und ließen Schneeklümpchen herunterfallen. Der Mann, der langsam durch das Gehölz stapfte, sah kurz auf und vertiefte sich wieder in die Hasenfährten, über die seine Stiefel hinwegschritten.

Es war noch früher Nachmittag. Im Wald war es windstill, die Zweige bogen sich unter dem Schnee. Hinrich von Pogwisch hatte auf Polzin gesagt, er möchte sich den Kopf auslüften und ein wenig durch den Wald laufen. Er wollte allein sein, den fragenden Augen seines Oheims ausweichen, noch einmal an den Schwarzsee gehen. Aber der Schnee hatte den schmalen Fußsteig verdeckt, er merkte bald, daß er ihn verfehlt hatte, denn die Tannen standen dicht. Als er aus dem Wald trat, schneite es wieder.

Eine weite weiße Fläche lag jetzt vor ihm. War das der Schwarzsee? Aber wo war die Böschung? Der Wind wehte von links schwere Flocken heran. Hatte der Oheim nicht gestern von dem ewigen Ostwind gesprochen?

Hinrich blieb stehen, schlug den Kragen seines pelzgefütterten Mantels hoch und hielt Umschau. Die Schneeflocken fielen immer dichter. Sollte er versuchen, durch den Wald zurückzufinden? Er hatte sich im Sommer schon einmal in dem Jungtannengestrüpp verirrt, das hier am Seeufer wuchs. Nein, er mußte rechts gehen, um an ein Birkenwäldchen zu kommen; dort führte ein Weg nach Polzin, den ihm damals der Marquis gewiesen hatte.

Aber er fand den Birkenwald nicht. Seine Fußspuren waren schon verwischt, als er ihnen zurückfolgen wollte. Der Wind blies stärker, und die Flocken nahmen ihm jegliche Sicht. So ging er, um warm zu bleiben, nach seiner Meinung in Richtung Süden weiter, wo Polzin liegen mußte. Da brach sein rechter Fuß ein. Eisiges Wasser quoll ihm in den Stiefel. Mühsam zog er den Fuß heraus. Ein heißer Schreck überfiel ihn. Er war im Moor!

Schwarze Wolken verdunkelten den Tag. Der Wind trieb dem einsamen Mann im Moor die kalten Flocken ins Gesicht. Jetzt stand er auf einer Grasbülte. Er drehte sich um und zog seine Uhr heraus. Es war vier Uhr. Er war also eine und eine halbe Stunde unterwegs. Er hörte Raben über dem Moor krächzen. Ein kalter Schauer lief ihm über den Rücken.

Hier konnte er nicht stehenbleiben. Weiter! Aber wohin? Nur immer geradeaus, einmal mußte er doch festen Boden unter die Füße bekommen. Geradeaus – in dieser Schneewüste, wo nichts zu sehen war?

Einige Schritte weiter brach sein linkes Bein ins Moorwasser ein. Als er es herausgezogen hatte, tastete er sich über die Bülten, die er durch die Schneedecke fühlen konnte, vorsichtig weiter. Bald hatte er herausgefunden, daß das Vorwärtskommen in der Senkrechten zu gefährlich war. Er sackte mit beiden Beinen ein und konnte sich nur retten, indem er sich vornüber in den Schnee warf und beim Umgreifen Halt an einer Wurzel fand, die fest im Moorboden saß. Unter ungeheuren Anstrengungen arbeitete er sich aus dem Moorloch hervor.

Er fror nicht mehr, sein ganzer Körper war mit Schweiß bedeckt. Als er sich laut stöhnend wieder einmal dem zähen Moorschlamm entzogen hatte, rauschten schwere Flügel über ihm. Er lag längelang im Schnee. Er hörte das tiefe «rab, rab» über sich, warf sich auf den Rücken und rief voll Wut zu dem finsteren Himmel hinauf: «Aaspack, ihr sollt mich nicht kriegen, noch lebe ich!»

Die Vögel verschwanden. Er bekam neuen Auftrieb und kroch behutsam weiter. Als er wieder, diesmal mit den Armen, versank und sich auf den Knien aufrichtete, erkannte er im letzten Dämmern des Tages einen Schneewall vor sich. Dahinter mußte doch etwas sein! Langsam umkroch er das dunkle Loch im Schnee und bekam Zweige zu fassen. Mehrere Machangelbüsche standen dort. Erschöpft zog er sich heran und setzte sich in den Schnee, den Rücken gegen einen Busch gelehnt. Sein Herz klopfte wie rasend. Etwas lief an seinem Leib herab. Er wußte nicht, ob es Moorwasser oder Schweiß war. Flüchtig dachte er an seine Mutter, die jetzt wohl mit Oheim und Tante im warmen Zimmer beim Tee saß und sich um ihn sorgte. Würde er sie wiedersehen? Oder war es ihm bestimmt, im Moor zu versinken, wie seine Lili auch versunken war, einfach verschwinden, ohne eine Spur zu hinterlassen? Er holte tief Luft. Nein, er würde sich wehren, solange noch ein Fünkchen Leben in ihm war. Ein Pogwisch gab nicht auf.

In der nun völligen Finsternis kämpfte Heinrich von Pogwisch weiter um sein Leben.

Wind und Schneetreiben waren abgeflaut. Tiefe schwarze Stille umfing den ganz ermatteten Mann. Er lag nach einem erneuten Kampf mit dem Moor im Schnee und sah, als er den Kopf hob, das Licht. Es schwebte klein und rötlich zitternd über der Heide. Mühsam kroch er wieder los. Der schwere, durchnäßte Mantel hinderte ihn.

Er merkte, daß das Gelände etwas anstieg. Hoffnung belebte ihn, als er nach einer Weile fühlte, daß der Boden unter dem Schnee fest war. Er stellte sich auf die Füße. Wankend wie ein Betrunkener strebte Hinrich von Pogwisch auf das Licht, das rettende Haus zu und stand vor einem Gartenzaun. Er hielt sich an den Latten fest, um nicht umzufallen, holte ein paarmal tief Luft. Da hörte er ein Pferd schnauben. Ein Pferd, ein Lebewesen! Er tastete sich an den Latten und der Hausmauer entlang zur Tür und riß sie auf. Verschwommen nahm er in der matten Helligkeit drei Gesichter wahr, die sich ihm zuwandten. Dann lief eine Gestalt im weiten Mantel auf ihn zu und rief mit schriller Stimme: «Um Gottes willen – Hinrich Pogwisch!» Da war sie bei ihm. Ihr Gesicht sah er wie durch einen Nebel. «Charlotte, du! Laß mich sitzen.»

«Aber nicht hier, komm heraus, Lieber! Du bist ja im Moor gewesen!»

Sie stützte ihn und half ihm in den Schlitten, rief dem Ehepaar, das in der Tür stand, ein paar Worte zu. Hinrich bemerkte noch im Lichtschein, der aus dem Haus fiel, wie Charlotte neben ihm etwas ausspuckte, sich bückte und ihre Hände im Schnee wusch. Dann sprang sie in den Schlitten, zog die Handschuhe über, ergriff die Zügel und peitschte dem Pferdchen eins hintendrauf. Der leichte Schlitten schoß davon.

Eiseskälte erfaßte Hinrich, ihm wurde übel und schwindlig. Er hörte eben noch, daß Charlotte etwas sagte, dann verlor er das Bewußtsein.

Durch einen scharfen Schmerz in den eiskalten Füßen kam Hinrich wieder zu Bewußtsein. Er fand sich in der Moorburger Halle auf einer flachen Truhe liegend. Zwei Bediente zogen an seinen Stiefeln. Sein ganz verschmutzter Mantel lag auf den schwarz-weißen Marmorfliesen. Ein ältlicher Diener sagte: «Halt mal das Bein fest, Pierre!» So bekamen sie die verquollenen Stiefel von den Füßen.

Charlotte, die mit einem großen Laken die Treppe herabkam, lief auf Hinrich zu. «Wie geht es dir?» Er murmelte etwas. Sie zogen ihn hoch, und gestützt auf die beiden Männer, ging er langsam zur Bibliothek hinüber. Dort brannte ein helles Feuer im Kamin und verbreitete wohlige Wärme. Charlotte legte das dicke Laken über einen Sessel und schlug einen Teppich zurück. Die beiden Mädchen, die eine große Holzbütte mit heißem Wasser hereinschleppten, wies sie an, diese vor den Sessel auf das Parkett zu stellen. «Sag einmal, Hinrich», Charlotte beugte sich über den kreidebleichen Mann, «wissen die Polziner, daß du in Moorburg bist?»

«Nein, das wissen sie nicht. Kannst du . . .» Ihm fielen schon wieder die Augen zu, die Wärme machte ihn so müde.

Während die beiden Diener ihm das Zeug herunterzerrten, lief Charlotte hinaus auf den Hof, wo der kleine Schlitten mit einem Knecht noch wartete.

«Schnell nach Polzin, Kuhlmann, um das Moor herum. Sag Er dort Bescheid, daß Baron von Pogwisch hier ganz durchnäßt angekommen ist und daß er bis morgen hierbleibt, da seine Kleider erst trocknen müssen.»

Sie wollte die Polziner nicht ängstigen, war aber sehr in Sorge um Hinrich. Darum ging sie rasch in des Onkels Zimmer und kramte in seinem Arzneischrank, dann lief sie die Treppe zum Souterrain hinab in die Küche. «Mamsell, machen Sie einen großen Krug Fliederbeersaft heiß!» Anschließend rannte sie in ihr Zimmer im ersten Stock, wusch sich Gesicht und Hände und wechselte die Kleidung. Als sie wieder in die Halle trat, kamen die Diener mit der Bütte aus der Bibliothek. Pierre hatte Hinrichs schmutziges Zeug unter dem Arm.

«Ist Baron von Pogwisch fertig?» Charlotte sah in das braune Wasser der Bütte. Der alte Anton sagte, sie hätten ihn abgeseift, so gut es eben ging, und ihm Wäsche des jungen Herrn angezogen. Nun liege der Herr Baron in das Laken gewickelt und mit des seligen Herrn Pelzdecke zugedeckt auf der Ottomane.

Sie blickte in sein Gesicht, als sie leise zu ihm trat. Dunkle Schatten lagen unter seinen geschlossenen Augen, aber die Farbe war zurückgekehrt in das schöne, kühne Gesicht, das sie so liebte. Nun war er hier bei ihr, endlich. Aber in welchem Zustand! Der Schreck, als er völlig erschöpft in der Tür der Kate gestanden hatte, saß ihr noch in den Gliedern. Er mußte jetzt sofort den Fliederbeersaft haben! Es klopfte an der Tür, und Anton erschien mit dem Fliedersaft. Hinter ihm trat Pierre mit Eimer und Lappen ein, um die Pfütze auf dem Parkett aufzuwischen. Charlotte schickte die Diener fort und weckte Hinrich sachte.

Man sah an seinen Augen, daß er sich nicht gleich zurechtfand. Charlotte saß vor ihm auf einem türkischen Puff mit der Tasse in der Hand. «Trink das, Hinrich, das soll dir guttun!»

Er stützte sich ein wenig auf und nahm ihr die Tasse ab. Seine Hand zitterte etwas, aber er trank langsam die Tasse leer. Charlotte füllte sie wieder, und er trank nochmals.

«Das war gut», flüsterte er, «Fliederbeersaft!» Er nahm Charlottes Hand. «Du Liebe! Hab Dank, aber laß mich nun schlafen; ich bin warm, und es ist alles gut!»

Sie legte ihm die Hand auf die Stirn. Die hatte die normale Wärme. Leise ging Charlotte hinaus. Er schlief schon wieder. Sie gab in der Küche Anweisung, eine Platte mit belegten Broten fertig zu machen.

Erst um die zehnte Abendstunde betrat Charlotte wieder die Bibliothek. Der junge Herr von Pogwisch lag mit geschlossenen Augen auf dem Rücken. Er hatte im Schlaf die Felldecke zurückgeschoben. Seine Hände umklammerten ihren Rand. Als Charlotte zwei Kloben Birkenholz auf das herabgebrannte Feuer warf, öffnete er die Lider. Er drehte sich auf die Seite und blickte schräg zum auflodernden Feuer hinüber. Seine Augen kamen von weit her zurück, aus einem Gefilde, wo er mit Tod und Teufel gerungen haben mochte. Sie kamen aus dem Jenseits auf den realen Boden dieser Moorburger Bibliothek und zu der mit einem Schüreisen in der Glut stochernden Charlotte von Wasmer. Sie warf noch einen Kloben in den Kamin, hängte das Eisen an den Ständer und wandte sich zu ihm um.

Er stützte den Kopf in die Hand und sah, wie sie in ihrem weitgebauschten Rock unter zierlicher Taille quer durch das Gemach auf ihn zuschritt. Sie trug ein hellblaues Kleid, das kleine Streublumensträuße belebten. Um die Schultern hatte sie ein Tuch aus weißer Wolle geschlungen. Sie setzte sich wieder auf das türkische Sitzkissen und bemerkte, daß seine Haare an den Schläfen klebten und das Gesicht feucht war.

«Dein Fliederbeersaft hat mich über den Berg gebracht», sagte Hinrich lächelnd. «Ist es möglich, daß ich in trockenes Zeug kommen kann, Charlotte?»

«Geht es dir auch wirklich gut?»

«Abgesehen von einem Wolfshunger kannst du wieder mit meiner Anwesenheit rechnen, du barmherziger Samariter.»

Der Diener brachte einen warmen Hausrock des «seligen» Herrn von Wasmer und geleitete den Herrn Baron nach oben in ein vorsorglich geheiztes Gastzimmer. Als er einen dreiarmigen Leuchter auf der Kommode mit seiner Kerze entzündet hatte, blickte Hinrich sich um. Was für ein wundervoller Raum! Während Pierre von unten heißes Wasser holte, trat er an den schön bemalten Ofen und bewunderte die zartfarbene Seidentapete und die Rosetten an der Decke. Die beiden Supraporten über den Türen zeigten recht drastisch dargestellte Schäferszenen aus dem Rokoko; Hinrich mußte vor sich hin lachen.

Pierre kam und goß die Waschschüssel voll. Ob er dem Herrn Baron noch behilflich sein könne? Er habe einige Kleidungsstücke des jungen Herrn auf dem Bett ausgebreitet, die passend sein dürften, und das gnädige Fräulein erwarte den Herrn Baron zum Nachtmahl in der Bibliothek.

Als Hinrich sich gründlich gewaschen und Georg von Wasmers Garderobe angelegt hatte, sah er aus dem Fenster zur Linken in die Nacht hinaus, die der Schnee etwas lichter machte. Verschwommen und unwirklich war die Landschaft hinter den Scheiben. Hinrich setzte sich einen Augenblick auf den kleinen Sessel. Ein leichter Schwindel machte ihn benommen. Er brauchte noch viel mehr Schlaf, um wieder ganz zu Kräften zu kommen. Aber unten wartete am warmen Feuer Charlotte. Die Wirklichkeit. Da draußen das Moor, der Schwarzsee, das Versinken. Gott hatte ihn bewahrt, er würde ihm auch die Kraft geben, das Grauen, das Dunkle zu überwinden, so wie er ihm im Kampf mit dem Moor beigestanden hatte. Und Charlotte! Was hatte sie wohl zu diesem rettenden Licht geführt? Auch Gottes Hand?

Er dachte an Ellerby und seine Einsamkeit dort. War es Fügung, hatte ihn das Schicksal hierherzwingen wollen? Er nahm den Leuchter auf, schritt durch die Galerie und erlebte an dem schwungvollen, geschnitzten Treppengeländer eine kleine Augenweide.

Georg von Wasmers Rock war ihm in den Schultern ziemlich knapp, aber das hinderte Hinrich von Pogwisch nicht, mit der Gabel die leckeren Brote von der Platte zu spießen. Charlotte schaute ihm lächelnd zu.

«Wo sind eigentlich die übrigen Wasmers und der Marquis? Bist du allein im Haus, Charlotte?» fragte er, nachdem er den ersten Hunger gestillt hatte und die heiße Hühnerbrühe trank. Über den Rand der Bouillontasse sah er sie an.

Sie schnitt sich gerade ein Stück von einem Schinkenbrot ab, legte dann die Gabel mit dem Bissen auf den Teller und wurde ernst. Alle drei seien vor zwei Tagen nach Hamburg gefahren.

«Weihnachtseinkäufe?»

Charlotte schüttelte betrübt den Kopf. «Ich will es dir sagen, Hinrich. Du weißt ohnehin Bescheid. Onkel sagt, es müsse sein. Da sind nämlich Schulden in Hamburg. Ich glaube Zinsen, die vor dem Jahresende bezahlt werden müssen, so genau weiß ich es nicht. Jedenfalls, irgendwas ist fällig. Wir können es nicht bezahlen, sagt Didi-Ohm, und nun hat Mama ihren herrlichen Diamantschmuck mitgenommen, weil der das Loch stopfen könnte, wie Georg sagt. Die arme Mama! Sie hat so geweint. Vater hat ihr dieses Kollier mit passendem Ohrgehänge und Armbändern zur Hochzeit geschenkt, und sie trägt es nur bei ganz großen Festlichkeiten.» Charlotte senkte den Kopf.

«Ach, Charlotte, ist das traurig!» Auch Hinrich senkte den Kopf. Das hätte nicht sein müssen, wenn er . . .

«Wir wollen nicht über diese traurigen Sachen reden. Ich will nicht immer, wenn du bei mir bist, von unserer Misere berichten, Hinrich. Ich freue mich doch so, daß du da bist, und möchte ein Glas mit dir darauf trinken, daß dir die bösen Moorgeister keinen Schaden zugefügt haben.»

Während Charlotte vom Kaminbord eine Flasche und zwei Gläser herunterholte, schaute Hinrich zu dem reichverzierten Kaminaufsatz hinauf, einem Meisterwerk des Barock, dessen Spitze fast die Decke erreichte.

Dann schenkte er das golden schimmernde Getränk ein und hob das Glas. «Auf Moorburg!»

Charlotte zog die Augenbrauen zusammen, trank dann ihr Glas in einem Zug leer. «Jetzt erzähl mir, wie du in das Moor geraten bist.»

Wahrheitsgemäß berichtete er, was sich zugetragen hatte, und schloß: «Ich wollte dich in den nächsten Tagen besuchen, Charlotte.»

«Wirklich?» Sie lächelte ihn an. Er fand, daß ihre etwas zu eng stehenden Zähne, wovon zwei aus der Reihe geraten waren, zwischen den roten Lippen apart wirkten.

Auf seine Frage, wie sie in jene Kate geraten war, erzählte sie ihm, daß sie sozusagen Didi-Ohms Assistentin sei. Er habe sie ein wenig in sein medizinisches Wissen eingeweiht. Sie bereitete mit ihm Arzneien aus selbst gesammelten Kräutern, und er nehme sie oftmals zu Krankenbesuchen mit. Ein Umstand, den ihre Mutter nicht billige, aber es mache ihr Freude, wenn sie diesen armen Kranken helfen könne. So habe sie, als der arme Besenbinder aus jenem Häuschen kam, um den Marquis zu seinem erkrankten Töchterchen zu holen, den Schlitten anspannen lassen und sei hingefahren.

«Was fehlte denn der Kleinen?»

«Scharlach.»

«Charlotte!» Hinrich beugte sich vor und sah das Mädchen entsetzt an. «Du könntest dich anstecken.»

«Nein, das fürchte ich nicht, denn ich habe bei Ansteckungsgefahr stets eine Gewürznelke im Mund. Weißt du nicht, daß die Totenfrauen eine Nelke im Mund haben, wenn sie jemand zurechtmachen, der an einer übertragbaren Krankheit gestorben ist? Nein? Wenn es im 14. Jahrhundert schon Gewürznelken für jedermann gegeben hätte, dann hätte sich die Pest wahrscheinlich nicht so ausbreiten können und der Schwarze Tod hätte Schleswig und Holstein nicht entvölkert hinterlassen.»

Unbehaglich berührt meinte Hinrich, daß so eine kleine Nelke wohl ein geringer Schutz gegen den allmächtigen Tod sei.

Er dachte an seine Todesnot vor Stunden im Moor, wo ihn nur die eigene Ausdauer gerettet hatte, und schließlich auch Charlotte. Die Dielenuhr draußen kündigte mit zarten Klängen die Mitternachtsstunde an. Hinrich von Pogwisch trat hinter Charlottes Stuhl und umfaßte ihre Schultern. «Du gutes Mädchen! Durch deine tatkräftige Hilfe hast du mich bei Gesundheit erhalten. Das will ich dir danken.»

Sie erhob sich nun auch und sagte, sein Kampf mit dem Moor müsse furchtbar gewesen sein. Charlotte von Wasmer gehörte nicht zu jenen Menschen, die sich in den Vordergrund drängen oder eine Situation zu ihren Gunsten ausnutzen. Gewiß, wenn es sein mußte, konnte sie sehr energisch werden. Aber ihr Inneres gab sie selten preis. Doch sah der Mann, der nun vor ihr stand, das Leuchten in ihren Augen; dabei erzählte sie im Plauderton, daß ihr Bote nach Polzin schon am Rand der Heide einen Reiter von dort getroffen hatte, der nach Moorburg unterwegs war. Den habe er mit der Botschaft zurückgeschickt.

«Wir fahren morgen gemeinsam hin. Und jetzt trinken wir noch einen Schluck, Charlotte. Auf was wollen wir trinken?» Hinrich schenkte ein und hielt ihr das Glas hin. Die Glut im Kamin fiel zusammen, noch einmal loderten kleine Flammen auf.

Charlotte drehte den dünnen Stengel des Glases in ihren Fingern. Es zitterte etwas; das Mädchen sah auf die bewegte Flüssigkeit. «Ich weiß es nicht, Hinrich.»

«Du weißt es nicht? Nun, ich weiß es wohl. Aber ich weiß auch , daß ich hundemüde bin und ausgiebig schlafen muß, sonst fall ich hier gleich um. Dann hast du dieses schöne Gastzimmer oben vergeblich heizen lassen und kannst mich zur Not eben auf jene Ottomane zerren. Morgen bin ich wieder völlig vernehmungsfähig. Trinken wir also auf eine glückliche Zukunft!»

Die Gläser klangen aneinander und wurden leergetrunken.

«Für einen Gutenachtkuß werden meine erschöpften Kräfte wohl noch reichen, mein Mädchen!»

Der Kuß war so ausgiebig, daß Charlotte in dieser Schneenacht ziemlich unruhig in ihrem Rokokobett schlief. Der junge Mann auf der anderen Seite der Galerie aber schlief so tief und ruhig wie noch nie zuvor in dieser schicksalsträchtigen Schwarzsee-Landschaft.

Der Himmel war reingefegt und klarblau, als Charlotte von ihrem Krankenbesuch zurückkam. Sie war sehr befriedigt vom Zustand des kleinen Mädchens. Die Morgensonne, die niedrig über der Schneefläche des Sees stand, schien ihr ins Gesicht. Der Schlitten glitt schnell dem Hof zu, und Charlotte war voll Erwartung. Sie sah keineswegs klar. Aber sie durfte mit dem geliebten Mann noch einige Stunden beisammen sein, das war schon Glück genug.

Im Schloß erfuhr sie, daß der Herr Baron noch nicht erschienen war. Sein Zeug hätten Anton und Frieda gestern abend noch gewaschen; über Nacht war es über dem warmen Küchenherd getrocknet. Nun liege es gebügelt für ihn bereit. Nur der schöne Pelzmantel sei leider etwas steif geworden.

Pierre brachte Herrn von Pogwischs Garderobe hinauf und hängte sie neben die Tür des Gastzimmers über das Ölporträt eines Herrn, der unter seiner Perücke unwirsch auf den Diener herabsah. Charlotte kleidete sich sorgfältig und mit etwas Herzklopfen um. Sie wollte ihm doch so sehr gefallen. Sie wählte ein schlichtes Kleid aus feinem Wollstoff. Als sie in ihrer Schmuckschatulle kramte, fiel ihr wieder ein, daß sie ihre kostbarste Brosche Didi-Ohm mitgegeben hatte, «falls es nicht ganz reichen sollte». Sie dachte voll Sorge an ihre Verwandten in Hamburg. Wie schwer war das alles! Doch heute wollte sie nicht mehr daran denken, heute wollte sie die Stunden mit Hinrich einmal von Herzen genießen. Vor dem Spiegel legte sie, da sie blaß aussah, ein wenig Rouge auf die Wangen, wie es die Mutter sie gelehrt hatte.

Frisch und ausgeschlafen erwartete sie ihr Gast unten im kleinen Eßzimmer, das sie die Kaffeestube nannten. Er begrüßte sie mit einem Handkuß, und auf ihre Frage nach seinem Befinden erwiderte er, es gehe ihm großartig, abgesehen davon, daß er seit heute morgen zum erstenmal wisse, wie viele Muskeln er habe. Das sei eine ganze Menge, und jeder einzelne mache sich bemerkbar. Dann bat er sie, sein unrasiertes Gesicht zu entschuldigen, er trage bei Spaziergängen durchweg kein Messer bei sich.

Fröhlich begannen sie zu frühstücken. Dabei erfuhr Charlotte erst, daß auch Frau von Pogwisch auf Polzin war. Charlotte wollte für sie einen schönen Blumentopf aus dem Glashaus holen.

«Damit die Blumen unterwegs in der Kälte erfrieren? Das laß nur. Aber kannst du mir etwas Geld leihen? Deine Leute haben so gut für mich gesorgt.»

Als er in seinem dunkelbraunen Pelz auf den Hof kam, saß Charlotte schon im kleinen Schlitten. Pierre brachte pelzgefütterte Fußsäcke heraus und wickelte den Herrn Baron in eine Felldecke ein. Dann fuhr Charlotte los. Der Kutscher hatte dem Pferdchen das Schlittengeschirr angelegt, und so klingelten sie durch das verschneite Dorf, durch die sonnenbeschienene Winterpracht.

«Wie herrlich kann die Welt auch im Winter sein!» rief Hinrich und blickte in das Schneegeglitzer, in dem sich alle Farben des Spektrums spiegelten. In der Heide warfen die Machangelbüsche bläuliche Schatten in den Schnee. Was er gestern im Moor erlebt hatte, kam Hinrich heute wie ein böser Traum vor. Er sah Charlotte von der Seite an.

Da wandte sie den Kopf und strahlte auf. «Ach, Hinrich. Es ist ja so schön.»

Nun wurde er ernst. «Das ist nur der Anfang. Könntest du wohl deine Handschuhe . . . Nein, das geht nicht. Die passen mir nicht. Diese verdammten Dinger sind im Moorwasser ganz steif geworden. Charlotte, willst du mir die Zügel überlassen?»

«Aber warum denn? Zieh doch deine lästigen Handschuhe aus und steck die Hände unter die Decke!»

«Ich glaube aber doch, daß es besser sein wird, wenn ich die Zügel führe – in Zukunft.»

Mit einem Ruck hielt sie den Schlitten an. Das Pferd warf unwillig den Kopf hoch. Das Klingeln verstummte. Kein Laut war zu hören.

Schweigend sahen die beiden jungen Menschen einander an. Als Hinrich sekundenlang in den Himmel hinaufschaute, erschien Charlotte der Blick seiner Augen wie eine blaue Flamme. Eine heiße Welle stieg in ihr helles Gesicht und färbte es rosig. Er nahm ihr jetzt wirklich die Zügel aus der Hand, zog dem Pferdchen die Peitsche sanft über die Kruppe und sagte dann lächelnd: «Laß dir Zeit mit der Antwort, Fräulein von Wasmer! Einen Pogwisch zu heiraten ist ein Risiko.»

Der Schlitten sauste um den großen Bogen des Moors. Charlotte hatte den Arm um Hinrichs Hals gelegt und drückte ihr Gesicht an seine Schulter. «Ich will ja! Ich will deine Frau werden, Hinrich Pogwisch.»

Er hielt den Schlitten an einer Birkengruppe an. «Komm, gehen wir ein Stück spazieren, Charlotte, bevor wir als Brautpaar ins Polziner Haus kommen.»

Zwei Rehe schreckten auf und liefen davon, als die beiden ausstiegen. Ihre Spiegel wippten auf und ab, bis sie hinter einem Schlehenbusch verschwanden.

«Hast du aber Mut, ein armes Mädchen zu heiraten», sagte Charlotte und schob ihre Hand unter seinen Arm.

«Arm? Ich habe gestern erkannt, welch einen Reichtum an Güte du besitzt. Das ist mehr wert als Geld. Du willst also mit mir auf mein kleines, bescheidenes Ellerby ziehen?»

«Es ist mir egal, wohin du mich führst. Ich will nur bei dir sein!»

Das Stubenmädchen Anna, das oben im Giebelzimmer Wasser in die Waschkrüge füllte, bemerkte die Ankömmlinge zuerst, weil der Hofhund das fremde Pferd mit lautem Gebell empfing. Wie wild gebärdete er sich an seiner Kette vor dem Hundehaus. Geschwind lief Anna die Treppe hinab, klopfte an die Tür des Gartenzimmers und meldete, daß der junge Herr soeben mit Fräulein von Wasmer eingetroffen sei.

«Was habe ich euch gesagt?» äußerte Herr von Motz befriedigt. «Tilly, nimm du sie in Empfang. Du bist die Nächste dazu.»

«Gott sei Dank, daß der Junge wieder da ist!» Frau von Pogwisch erhob sich und schritt zur Dielentür. Sie war gestern voller Sorge um ihren Jüngsten gewesen und war erleichtert, als der Knecht mit der guten Botschaft zurückkehrte. Heute kam Hinrich mit der Moorburgerin! Wulf hatte recht behalten, das Komplott mit der Weihnachtsreise war richtig gewesen. Hoffentlich war die junge Dame passabel und Hinrich glücklich!

So stand sie hoch und schlank, eine helle Erscheinung vor der dunklen Tür, als das Brautpaar ins Haus trat und einen frischen Winterhauch mit hereinbrachte.

Freifrau von Pogwisch streckte den jungen Leuten beide Hände entgegen. Hinrich ergriff ihre Rechte und küßte die Mutter auf die Wange. Charlotte machte einen artigen Knicks und küßte dann die Linke der Dame.

«Mutter, hier bringe ich dir Charlotte von Wasmer aus Moorburg, die dir eine gute Tochter sein möchte.»

Frau von Pogwisch sah in ein strahlend junges Gesicht. «Willkommen, liebe Charlotte! Endlich habe ich eine Schwiegertochter», sagte sie mit Wärme und legte die Arme um das Mädchen. Charlotte blickte zu Frau Mathilde auf und entdeckte, daß ihre Augen ebenso blau waren wie die ihres Sohnes.

Anna half dem jungen Paar aus den Pelzen. Und dann gab es im Gartenzimmer eine lebhafte Begrüßung. Die Sonne schien in die Fenster, alles war hell und fröhlich gestimmt. Als man um den Mittagstisch saß, hob Herr von Motz sein Glas und hielt eine kleine, launige Ansprache, die mit den Worten schloß: «Wer hätte das gedacht, liebe Charlotte, als du einst mit Grete hier im Garten tolltest, daß du einmal die Braut unseres lieben Hinrich würdest! Gottes Wege sind wunderbar. Und nun möchte ich unseren großen Schiller zitieren: Ach, daß sie ewig grünen bliebe, die schöne Zeit der jungen Liebe!»

Nach Tisch rauchten die beiden Herren ihre Pfeife in des Onkels Zimmer, und Herr von Motz erfuhr nun von Hinrich, welches Opfer Frau von Wasmer gebracht hatte.

«Ja, mein Junge, das hätte nicht . . .»

Hinrich hob die Hände. «Ich habe mir deswegen schon Vorwürfe gemacht. Sie braucht darum aber noch längst nicht mit nacktem Hals umherzugehen.»

«Weiß Charlotte über unseren Plan, was Moorburg betrifft, Bescheid?»

«Kein Wort. Ich habe ihr gesagt, sie müsse mit mir nach Ellerby ziehen. Darauf sagte sie etwas so Liebes, das du nicht zu wissen brauchst. Nun habt aber ihr zwei, du und Wulf, diesen Plan mit Moorburg ausgeheckt. Da denke ich mir, daß wenigstens du die Freude haben sollst, ihn Charlotte mitzuteilen. Eigentlich möchte ich ja ihr Gesicht sehen, wenn sie erfährt, daß sie auf Moorburg bleiben darf, aber es ist besser, ich bin nicht dabei, denn ich will auf keinen Fall als ihr Wohltäter gelten. Im Gegenteil, ich stehe in ihrer Schuld. Charlotte habe ich es zu verdanken, daß ich hier noch auf dem Stuhl sitzen kann.»

«Was ist das?» sagte Peter-Ohm erschrocken.

Hinrich von Pogwisch erzählte dem Onkel kurz von seinem gestrigen Kampf mit dem Moor und Charlottes Hilfe. «Ich habe mit ihr vereinbart, hier nichts davon zu berichten. Aber dir muß ich es sagen. Es könnte sein, daß es von außen herangetragen wird. Halte es bitte nach Möglichkeit von den Damen fern, Peter-Ohm!»

«Allmächtiger!» rief der alte Herr aus. «Hinrich, Junge! Das wäre ja entsetzlich gewesen, wenn du da im Moor versackt wärest.»

Er stand schwerfällig auf und ging an den Schrank. «Komm her, Hinnerk, darauf müssen wir uns einen genehmigen. Das ist mir direkt auf den Magen geschlagen.» Er goß zwei Gläser voll Cognac. «Du, wem Jan Klapperbeen mal dicht up de Hacken west is, de ward old. Werde auf Moorburg alt und glücklich! Prost.»

Seine Mutter sei gestern am Nachmittag immer ans Fenster gelaufen und bei dem Schneegestöber sehr in Sorge um ihn gewesen, berichtete Peter von Motz. Er habe aber gedacht, daß Hinrich nach Moorburg gegangen wäre. «So, nun hol mal deine liebliche kleine Braut und leiste deiner Mutter Gesellschaft.»

Hinrich reichte seinem Oheim die Hand. «Peter-Ohm, als ihr mir damals hier an deinem Schreibschrank euren Plan nahegelegt habt, ahnte ich nicht, welch einen wertvollen Schatz Moorburg birgt. Den will ich nun ganz fest halten.»

Es hatte wohl unter den Pogwisch-Ahnen einen Schalk gegeben, so einen, dessen Scherz mitunter die Satire streifte, obgleich der Anlaß meist gutmütiger Art gewesen sein mußte. Eine Anlage, die bei echten Schleswig-Holsteinern häufig vorkommt.

So war es nicht zu verwundern, als der Pogwisch-Bräutigam zu seiner Braut sagte: «Charlotte, dein neuer Oheim möchte dich in einer dringenden Angelegenheit sprechen. Er meint, das könne nicht früh genug geschehen. Du sollst dich nämlich seelisch darauf vorbereiten, was es heißt, einen Pogwisch zu heiraten. Er will dir Verhaltensregeln unterbreiten, wie du dich als künftige Frau von Pogwisch in deinen ehelichen Beziehungen zu benehmen hast.»

«Hinrich! Du . . .» rief seine Mutter entrüstet. Aber er unterbrach sie. «Da ich keinen Vater mehr habe, muß mein Oheim diese Aufklärung übernehmen.» Er zwinkerte seiner Mutter und Tante zu. Dann nahm er die erschrocken blickende Charlotte bei der Hand und führte sie in des Oheims Gemach.

Als er sich darauf lachend neben seiner Mutter auf das Sofa warf, gab sie ihm einen Klaps. «Oh, ihr gräßlichen Pogwisch-Männer!» Hinrich nahm seine Mutter in den Arm. «Aber du liebst sie doch so sehr, diese schrecklichen Kerle, nicht?» Er lehnte sein Gesicht an das ihre, und Tante Caroline, die lächelnd dabeigesessen hatte, stellte erst jetzt fest, wie ähnlich sich die beiden da auf dem Sofa waren. Sein Übermut steigerte sich noch, als nach einem Viertelstündchen der Oheim die Tür öffnete und der herausschießenden Braut händereibend und schmunzelnd folgte.

«Oh, Hinrich», rief sie und hing schon an seinem Hals, lachend und weinend zugleich. «Auf Moorburg dürfen wir leben, du und ich!»

Hinrich nahm sie auf die Arme und wirbelte mit ihr in der Stube umher, bis er sie stöhnend absetzte und sich auf einen Stuhl fallen ließ. Er hatte seine schmerzenden Muskeln ganz vergessen gehabt.

«Was ist dir, mein Junge?» rief Frau von Pogwisch besorgt.

«Sie ist so schwer wie ein Sack mit einem Doppelzentner Weizen, Mutter», redete er sich lachend heraus. «Sie hat mich geradezu zermalmt. Das kann ja heiter werden, wenn wir erst verheiratet sind. Ist das der Erfolg der Vorschriften, die dein Oheim in spe dir gemacht hat?»

Charlotte trat mit geballter Faust vor ihn hin. «Du! Ich habe mich so gefürchtet.» Die letzten Tränen tropften noch auf das kleine Spitzentuch hinab. «Und dann kam diese wunderbare Botschaft!» Sie sah Herrn von Motz und ihren Verlobten an. «Darf ich es Mama und Georg sagen? Sie werden wohl schon eingetroffen sein, wenn ich heimkomme.»

Peter von Motz erwiderte, er finde es richtiger, wenn Hinrich morgen bei ihrer Mutter um ihre Hand anhalte, wie es Sitte und Herkommen erfordere. Das andere nun . . .

«Das überlaß nur uns Männern, Charlotte», meinte Hinrich, «junge Bräute sind unter Umständen leicht verwirrt. Deine Darstellung könnte eventuell so aussehen, als käme ich wie Knecht Ruprecht mit einem Sack voll Geld auf dem Rücken, würde ihn deiner Mutter zu Füßen als Weihnachtsgabe ausschütten und dafür ihre Tochter verlangen.»

Fräulein von Wasmer hob den zierlichen Kopf noch höher und sah mit stolzem Blick auf ihn herab. «Ich bin mündig und kein Kind mehr, Hinrich Pogwisch!»

Gerade das gefiel ihm, denn er hatte sie herausfordern wollen. Er sah lächelnd seine Mutter an, und Frau von Pogwisch nickte ihm anerkennend zu.

Unter dem klaren Sternenhimmel geleitete Hinrich auf Mirza seine Braut nach Moorburg. Aber in der Pappelallee vor dem Dorf verstummten die Glöckchen des kleinen Schlittens. Mirza, deren Zügel ihr Reiter über den Arm gestreift hatte, warf unruhig den Kopf hin und her, als dieser Arm sich um den Mädchenkörper legte. «Benimm dich, Mirza!» murmelte Hinrich zwischen zwei Küssen. Aber Mirza, neugierig geworden, wollte auch an diesem seltsamen Geschehen teilhaben. So schnoberte sie an ihres Herrn Hinterhaupt und drückte ihm einen feuchten Schmatz in den Nacken.

Da ließ Herr von Pogwisch sein zärtliches Mädchen los. Vorn und hinten gleichzeitig geküßt zu werden, das war ihm doch zuviel. Er legte seine Arme um zwei Hälse. «Meine beiden Mädchen!» rief er lachend und schwang sich dann in den Sattel.

«Pascha!» Charlotte lachte zurück. Sie wickelte sich in die Decke und fuhr davon.

Erst als das Klingeln nicht mehr zu hören war, ritt Hinrich im leichten Trab zurück.

Um die elfte Morgenstunde des nächsten Tages lenkte der Kutscher Vokuhl die beiden Braunen schwungvoll um das Rondell vor das Sandsteinportal des Moorburger Schlosses.

Hinrich Freiherr von Pogwisch-Rentorff sprang aus dem breiten Polziner Schlitten und stieg die Treppe hinauf. Als Pierre ihm in der Halle Zylinder und Mantel abnahm, äußerte Hinrich: «Heute braucht Er ausnahmsweise weder Bürste noch heißes Wasser bei meinem Eintritt zu holen.»

Die Herrin von Moorburg kam ihm im Gartensaal mit rauschenden Seidenröcken entgegen. Sie nahmen an einem Fenster Platz. Hinrich sah, wie müde und abgespannt dieses einst gewiß schöne Gesicht jetzt im Schneelicht des Gartens wirkte.

Er brachte in kurzen Worten seine Werbung vor, die freudig angenommen wurde. Frau von Wasmer bedauerte lediglich, daß sie Charlotte nicht mehr ständig um sich haben würde.

Weiß sie wirklich nichts? überlegte Hinrich. Es schien so. Beauchamp hatte also geschwiegen, und Charlotte hatte auch den Mund gehalten. So teilte er Frau von Wasmer mit, daß Charlotte in Moorburg bleiben werde.

«*Ici? Mais pourqoi*, Baron?» rief sie aufgeregt.

Er hob die Hand und erklärte, daß es Charlotte sehr schwerfallen würde, Moorburg zu verlassen. Darum habe er beschlossen, sein Gut Ellerby zu verkaufen und es zusammen mit dem Erbteil, das ihm sein verstorbener Vater hinterlassen hatte, als Mitgift einzubringen und hier auf Moorburg mit Charlotte die Wirtschaft zu übernehmen. «Mit Ihrer gütigen Erlaubnis, Madame», sagte er abschließend.

Frau von Wasmer schloß einen Moment die Augen, dann beugte sie sich vor und starrte ihn an. «Wissen Sie nicht, daß Moorburg völlig verschuldet ist? Ich muß Ihnen das sagen, Baron! Charlotte ist arm. *Hélas! Je suis très malheureuse.*»

Sanft ergriff Hinrich ihre Hand. «Ich weiß das alles. Moorburg steht kurz vor dem Konkurs. Ich hätte schon eher eingreifen sollen, dann hätten Sie, liebe Frau von Wasmer, diesen Opfergang nach Hamburg nicht anzutreten brauchen. Wollen wir uns nicht bemühen, Ihnen und Ihren Nachkommen dieses schöne Moorburg zu erhalten?»

Germaine von Wasmer atmete tief. «Aber wie? Mein Bruder erklärte uns, die Hilfe könne nur noch von außen kommen. Es gehöre ein Vermögen dazu, die Schuldenlast zu tilgen.»

«Dieses Vermögen steht zur Disposition. Ich sagte Ihnen doch schon, daß ich es als Mitgift einbringe, es mit Hilfe meines Bruders und meines Oheims auf Polzin investieren kann. Haben Sie Vertrauen zu mir?»

Da nahm die alte Dame auch Hinrichs andere Hand.

So erhoben sich die beiden ungleichen Menschen und sahen sich stumm an. «Lieben Sie Charlotte, Baron de Pogwisch, wirklich und wahrhaftig?» Sie erschrak ein wenig vor der blauen Flamme in seinen Augen, als er sagte: «Ja, ich liebe sie.»

«Werden Sie glücklich miteinander! Ich weiß, daß meine Tochter Sie liebt. Ihr großherziges Angebot möchte ich zuerst mit meinem Bruder besprechen. Er ist besser als ich über die finanzielle Seite unseres lieben Moorburg informiert.»

Sie führte Charlotte ihrem Verlobten zu und sah, wie sich das junge Paar mitten im hereinfallenden Sonnenschein umarmte. Charlotte wandte sich um. «Liebe Mama, nun wird alles gut werden!» Sie küßte und streichelte die Wangen der Mutter.

«Ich kann es noch gar nicht glauben nach all den Sorgenjahren», flüsterte Germaine von Wasmer. Sie ließ das junge Paar allein und zog im Hinausgehen ihr Spitzentüchlein aus dem Dekolleté, um eine Träne der Rührung abzuwischen. In ihrem Boudoir legte sie etwas Puder auf und begab sich dann zu ihrem Bruder Etienne in den linken Seitenflügel.

Als Hinrich von Pogwisch am Nachmittag wieder am Teetisch seiner Tante auftauchte, war er heiter und guter Dinge. Er berichtete, daß der Marquis die Bedenken seiner Schwester zerstreut habe und Frau von Wasmer ihm, Hinrich, jetzt volles Vertrauen schenke und überglücklich sei, die schwarzen Wolken über Moorburg weichen zu sehen.

«Und was sagte ihr Filius dazu?» fragte Peter-Ohm.

Georg habe durch Abwesenheit geglänzt, er sei irgendwo zur Jagd. Beauchamp glaube, daß es mit ihm noch Schwierigkeiten geben werde. Das viele Trinken steigere seine geistigen Fähigkeiten nicht.

«Über meine künftige Schwiegermutter habe ich mich sehr gewundert», sagte Hinrich schließlich. «Ich hatte sie für sehr oberflächlich gehalten. Indessen hat sie Verstand und Gemüt, wie es scheint.»

«Sie war fast ein Kind, als sie heiratete, und Georg von Wasmer, ihr Mann, hat sie derart verzogen, daß sie zu dem geworden ist, als was sie heute erscheint. So leid es mir tut, Hinnerk, wir müssen beiden, Mutter und Sohn, die Kandare anlegen, sonst geht der Tanz auf Moorburg wieder los. Die brauchen nur Morgenluft zu wittern! Charlotte ausgenommen, die ist zwar meist im Fahrwasser ihres Bruders geschwommen, jetzt aber schwimmt sie eben in dem deinigen.»

6

Als die Dämmerung des Heiligen Abends sich auf Moorburg herabsenkte, knirschte der Schnee unter den Schritten der Kätner, die mit ihrer Milchkanne vom Gutshof ihren Häuschen zustrebten. Die Nacht zuvor hatte es noch tüchtig geschneit, so daß sich Häuser und Ställe im Dorf tief unter ihren dicken Schneemützen duckten. Rauch stieg aus den Schornsteinen in die frostklare Nacht hinaus. Ein trüber gelblicher Tagesschein schimmerte noch durch die kahlen Zweige der Lindenallee.

Einige Jungen bemühten sich vergebens, den lockeren Schnee zu einem stattlichen Mann aufzutürmen. Ein größerer Junge schob ein kleines Mädchen in einem Stuhlschlitten die Straße entlang. In diesem Luxusmöbelstück war einstmals Charlotte von Wasmer von ihrer Kinderfrau spazierengefahren worden. Sie hatte es der kleinen Annlott geschenkt; denn das Kind konnte mit seinen verkrüppelten Beinchen nicht gehen; es hatte durch schlechte Wohnverhältnisse und Unterernährung die «englische Krankheit» bekommen. Der Dorfschmied hatte sich eine sinnreiche Vorrichtung ausgedacht. Der Stuhl konnte je nach Witterung auf Rädern oder auf Kufen fortbewegt werden.

Nun kamen sie dicht vor dem Friedhof an der Räucherkate vorbei. Das obere Türviertel war geöffnet, und aus der Diele quoll träge der Rauch heraus. Er umrahmte ein sonderbares Porträt: Ein pilzartiges Gebilde von undefinierbarer Farbe thronte über einem hageren, dunklen Gesicht, aus dem trotz der Dämmerung ein Paar blitzhelle Augen zu den Kindern herüberschauten.

«Swatt-Miete!» rief die kleine Annlott fröhlich.

«Jo, min Deern, paß op! Nu kümmt Christkind bald.» Nachdenklich sah die alte Marie Buhmann den Kindern nach. Die arme Kleine! Sie würde sich wohl über die buntbedruckten Taschentücher vom Höker in Gnissen freuen und über die Backpflaumen, die sie der Mutter gegeben hatte. Es war nicht die einzige Familie, die sie zum Christfest beschenkt hatte. Die Leute nahmen gern die kleinen Gaben, die aus Maries schmutzigen Händen kamen.

Die Dorfbewohner nannten sie «Swatt-Miete mit de Musfellhot». Der Spitzname hatte seine Berechtigung, denn die schwarze Marie hatte eine unüberwindliche Abneigung gegen Wasser und Seife. Dagegen wusch und bügelte sie die Hemden und Hosen ihres Sohnes Heini einwandfrei. Das war sie seiner Stellung als herrschaftlichem Stallknecht schuldig. Als sie einstmals mit ihrem Ehemann der Gutsgärtnerei vorstand, war sie eine hübsche und einigermaßen saubere Person gewesen. Heinrich Buhmann senior hatte seine Eheliebste ab und zu, wenn es ordentlich geregnet hatte, trotz harten Portestes in die Regentonne geworfen und sie darin erbarmungslos saubergeschrubbt. Nach seinem Tod übernahm sie die Räucherkate, wo sich inzwischen ein spezieller Swatt-Miete-Geruch eingenistet hatte.

Immerhin war sie im Dorf geachtet; denn, wie man es nannte, «se kunn wat sehen», was besagte, daß Marie Buhmann so etwas wie den sechsten Sinn besaß.

So stand sie da hinter der Dielentür, steckte den Mausfellhut vor, schnüffelte in die Luft, wobei ihre knochige Nase Falten bekam, und sah die Straße entlang, ob ihr Heini noch nicht in Sicht sei; denn sie wartete auf die Milch. Es war inzwischen dunkel geworden. Über der Kirche stand der Große Bär.

In die Stille fiel der scharfe Ruf des Waldkauzes. Einmal, zweimal, dreimal. Marie Buhmann schlug den Türflügel zu. Der Totenvogel!

Schon seit einigen Nächten war er da drüben auf dem Kirchhof mit seinem «Komm mit» zugange. Kopfschüttelnd ging sie unter den hängenden Schinken und Würsten der Diele zur Feuerstelle, aus deren durchbrochenem Bogen dünner Rauch hervordrang. Sie griff in eine daneben stehende Kiste und warf Buchenspäne in die Glut.

Diese schmale schwarze Gestalt, die mit dem Schüreisen in der Glut umherfuhrwerkte und sich, vom flackernden Feuer umloht, über den großen Grapen beugte, hätte ein Außenstehender für eine Hexe oder für des Teufels Großmutter halten können.

Heini aber, der eben durch die Blangdör das Haus betrat, fragte munter, ob das Wasser heiß sei.

«Das habe ich im Garten zusammenkleien müssen, Heini. Der Soot ist eingefroren. Aber wir haben ja Schnee genug.» Sie nahm den Grapen vom Feuer und goß das heiße Wasser in einen Eimer, den der Sohn in sein Giebelstübchen trug, um sich zu waschen und für den Kirchgang fein zu machen.

Marie stellte die Milch ans Feuer, kochte eine dicke Hafergrütze und tat ein Stückchen Butter und etwas Honig hinein. Es war ja Heiligabend, und da sollte Heini etwas Gutes haben. Der schwenkte ein buntes Tüchlein aus feiner Wolle, als er von oben kam. «Da is vun Liete to Wihnachten, Modder», verkündete er strahlend. Hm! machte Swatt-Miete und wollte es anfassen. Aber Heini zog es weg. Er holte zwei dicke Wachskerzen aus der Rocktasche seines Feiertagsstaats. Ja, die habe die Gutsverwaltung spendiert. Aber da es nun doch Weihnachten sei, meinte er, die Mutter solle sich für den Kirchgang auch «staatsch» machen. Sprach's, schob seine Mutter gewaltsam zur Blangtür in den Garten und wusch ihr Gesicht und Hände mit Schnee. Sie quietschte wie ein junges Schwein, das man an Schwanz und Ohren auf einen Schlachterwagen wirft.

«Du Schinner . . . huh, huh . . . iii, wat kolt un natt, du verdreihte Bengel!» Als sie wieder ins Haus gezerrt wurde, wunderte sie sich, daß sie überhaupt noch lebte. Die Wut packte sie erst recht, als sie sah, daß der Sohn ihren geliebten Mausfellhut mit der Hand zusammendrückte, so daß eine schwarze Brühe herauslief.

«Giv min Hot her!» Sie wollte auf ihn los. Heini schüttelte sie ab, und mit den Worten «Weg mit dat Schiet!» warf er ihre geliebte Kopfbedekkung ins Feuer, aus dem schwarzer Qualm emporstieg. Da sank Marie Buhmann gebrochen auf einen Hocker. Sie bedeckte das Gesicht mit den nassen Händen und hörte zu ihrem Entsetzen, daß ihr Sohn dröhnend lachte. «Dien Lues wuellt ok Wihnachen feiern . . .» Läuse! Was fiel dem . . . Sie nahm die Hände herunter und hielt Gesicht und nasse Finger an das Feuer. Wie der Vater war er, ihr schmucker, starker Jung!

Plötzlich fing Marie an zu lachen. Sie hörte nicht eher auf, bis der Sohn sie in ihre Stube schob mit der Weisung, sich hübsch zu machen.

Als sie sich am Tisch bei der dampfenden Grütze gegenübersaßen und die Weihnachtskerzen knisterten, meinte Heini, so hübsch habe die Mutter lange nicht mehr ausgesehen mit ihrem nun hellen Gesicht, der schönen Haube und dem Feiertagskleid. Die Alte bekam geradezu rote Backen vor Glück. Jetzt durfte sie mit ihren saubern Händen ihrem Jungen auch das Halstuch seiner Liebsten umbinden. Als sie Arm in Arm zur Kirche hinübergingen, wo die Glocke zur frohen Weihnachtsbotschaft rief, waren sie voll freudiger Erwartung.

Von nah und fern strömten die Leute herbei. In Tücher und Mäntel eingemummelt, füllten sie die kalte Kirche. Als das Glockenspiel schwieg und die Orgel einsetzte, stießen sie sich mit den Ellbogen an, tuschelten leise und wandten die Gesichter dem Gang zu.

In Pelze gehüllt, kam dort eben die Herrschaft herein, voran Madame von Wasmer, dahinter Jungfer Charlotte mit dem Herrn Baron, den sie aus dem Moor gerettet hatte. O ja, man wußte Bescheid! Sicher würde es bald eine Hochzeit geben. Der Chor der Moorburger Kinder sang jetzt von der Empore herab ein Weihnachtslied. Bei manchen Tönen versagte die alte Orgel, dafür klangen die Kinderstimmen um so kräftiger. Die Weihnacht zog über die Schar der Gläubigen, der Stern von Bethlehem leuchtete über dem Pastor, als er aus dem Lukas-Evangelium die Geburt Christi vorlas. Schneeweißes Haar umgab sein gütiges Greisenantlitz. Ja, so wie Pastor Brodersen möchte man sich fast den lieben Herrgott vorstellen, den guten Hirten.

Marie Buhmann sah von ihrem Platz ziemlich vorn hinter dem Karlshöher Kirchenstuhl wie gebannt in den Chorraum. Der Glanz der Lichter verdunkelte sich plötzlich vor ihren Augen, dann wurde es wieder ganz hell. Als der Pastor sich dem Altar zuwandte und die Gemeinde das alte Weihnachtslied sang «Gelobet seist du, Jesu Christ, daß du Mensch geboren bist», da weiteten sich Maries Augen unnatürlich, der kalte Schweiß trat ihr auf die Stirn. Schlaff sank sie gegen die Bank zurück. «Kyrieleison. Das hast du alles uns getan, dein groß Lieb zu zeigen an.»

Heini hörte neben sich ein leises Stöhnen. Erschrocken sah er seine Mutter an. Die war ganz weiß im Gesicht. Er ergriff eine eiskalte Hand. «Modder!» Durch den Druck der warmen Hand erwachte Marie und atmete tief. Die Farbe kehrte in ihr Gesicht zurück. Sie richtete sich auf, nickte Heini zu und sang dann mit schwacher Stimme «Kyrieleison!»

Während der Pfarrer sprach und Marie seine Stimme wie aus weiter Ferne hörte, hatte sie den Kopf geneigt. Sie sah auf ihre gefalteten Hände und betete in ihrer einfachen niederdeutschen Weise. Sie wußte genau, der liebe Gott würde sie verstehen, Pastor Brodersen hatte auch manche seiner Amtshandlungen auf plattdeutsch abgehalten. Wie sollte sie denn auch auf hochdeutsch beten, wenn sie es nicht konnte?

«Leeve Gott», schloß Marie ihr inbrünstiges Gebet, «Lat mi wesen as anner Lued ok. Wenn du dat Spoekenkieken vun mi nehmen deist, dann will ik mi ok waschen as anner Lued ok. Blots, nimm dat leege Vörutkieken vun mi, ik bä di. Dat is allens so trurig. Un nimm den leeven Doden, de nu bald to di in Heben upföhrt, bi di up! Amen.»

«Amen!» sagte eben Pastor Brodersen auch und erteilte der Gemeinde den Segen.

Als sie sich unter den Orgelklängen eines Bach-Chorals aus dem Gotteshaus drängten, wiesen die Dorfbewohner auf Marie, die hocherhobenen Hauptes neben ihrem Sohn einherschritt. Nein, niemand außer dem Tischler sollte wissen, was sie gesehen hatte. Die Weihnachtsfreude wollte sie nicht stören.

«Miete, man kennt di gar nich wedder!» So kamen sie auf dem Friedhof an sie heran. Einige bedankten sich für die bescheidenen Weihnachtsgaben. Man strebte froh unter die beschneiten Strohdächer. Die gemeinsam erlebte Weihnacht hatte sich mit ihrem Lichterglanz über ihren grauen, sorgenvollen Alltag gebreitet. In ihrem Heim erwartete sie der Schimmer zweier Kerzen aus Moorburger Bienenwachs. Und es gab einen Teller mit Äpfeln und Nüssen, die die Frauen im Herbst von den Haselsträuchern gepflückt hatten.

Heini ging noch zu seiner Liete in die Weberkate hinüber. Marie aber bat den Tischler in die Räucherkate.

Gleich als sie die Tür hinter sich geschlossen hatten und Miete noch im Umschlagtuch zum Herd ging, um Buchenholz nachzulegen, sagte der Mann: «Miete, du hest in de Kark wat sehn?»

Sie faltete sorgfältig ihr Tuch zusammen und setzte sich zu ihm an den Tisch, dann fragte sie, ob die anderen wohl etwas gemerkt hätten. Er schüttelte den Kopf. Sie hätten wohl getuschelt, daß Miete gar so bleich ausgesehen habe, aber sie waren der Meinung, daß das wohl eine Folge von Mietes Weihnachtswäsche gewesen sei. «Discher», sagte Miete leise, «dat givt noch vör Niejohr een Doden in 't Dörp!» Und dann fragte sie, ob er gute Bretter parat habe. «Lütte oder grote?» fragte der Tischler mit belegter Stimme, denn sein kleiner Junge lag mit hohem Fieber zu Bett.

Nein, er brauche sich nicht zu sorgen, es müßten große sein. «Dat Sarg stünn vör 'n Altar, Discher, un't wär een ganz groten.» Ja, dann müsse er nach der Försterei fahren; dort habe er einen Stapel Bretter liegen, der noch nicht bezahlt sei, dazwischen gebe es auch abgelagerte. Wer es denn sei?

Aber Marie Buhmann schüttelte den Kopf, und Tränen liefen ihr über die Backen herunter.

Es gab noch einen Menschen in Moorburg, der beschlossen hatte zu schweigen, um die Weihnachtsfreude seiner Mitmenschen nicht zu stören. Etienne de Beauchamp zog sich am Weihnachtsmorgen mit einem sehr ernsten Gesicht in sein Zimmer zurück, während die beiden Wasmerschen Damen mit den Vorbereitungen zum Verlobungsfest beschäftigt waren.

Der alte Edelmann war am Heiligabend nicht mit zur Kirche gegangen, weil er seine eigene Religion gewonnen hatte. Katholisch geboren und erzogen, hatte er, wohl verursacht durch die protestantische Heirat seiner Schwester, mit dieser seinen ehemaligen Glauben abgelegt, war aber auch keiner anderen Konfession beigetreten, sondern bei seiner engen Verbundenheit mit den Naturwissenschaften und sonstigen Erkenntnissen ein Freigeist geworden.

So war er am Heiligabend mit seinem Jagdhund Timmo, einem Brakkenrüden, durch die Gemächer des Schlosses gewandert und hatte gefunden, was er suchte. Darauf hatte er einen Schlüssel umgedreht und in seine Rocktasche versenkt.

Der erste Weihnachtsfeiertag war so, wie alle ihn sich wünschten. Die besonnte Landschaft war so glatt und weiß angepinselt, wie man es auf Gemälden sieht. Vor dem alten Turm im Park knieten die Verlobten im Schnee. Sie scharrten ihn beiseite, um an die Christrosen zu gelangen, die dort seit Jahrzehnten wuchsen. Einen schönen Strauß brachten sie zusammen.

«Der kommt auf die Mitte des Tisches», sagte Charlotte erfreut und klopfte sich den Schnee vom Mantel. Im Glashaus, wo ihnen feuchte Wärme entgegenschlug, holten sie sich Hyazinthen und andere Blumen.

Charlotte hatte die Tafel mit Blumen geschmückt und ein festliches Kleid übergeworfen, da trafen bereits die Kirchgänger ein. Die Halle war voller Gäste, denen die Diener aus den Umhüllungen halfen. Frau von Wasmer begrüßte die Geladenen schon, als Charlotte die Treppe herabeilte. Eben machte Hinrich seine Mutter mit der Hausherrin bekannt, die Mathilde von Pogwisch beide Hände entgegenstreckte. Charlotte aber lief auf Riekchen Testorp zu. Die Freundinnen umarmten sich, wurden jedoch gleich getrennt. Schließlich entwirrte sich das heiter durcheinanderredende Knäuel in der Halle und verlagerte sich in den Eßsaal. Germaine von Wasmer neben Peter von Motz war ganz in ihrem Element. Um die schmalen Handgelenke trug sie ihre vor einer Woche in Hamburg versetzten Diamantarmbänder. War das eine freudige Überraschung gewesen, die ihr guter Sohn ihr gestern bereitet hatte! Auf einer hübschen kleinen Kristallschale, inmitten des von ihr sehr geschätzten Ingwerkonfekts, hatten zwei kleine rote Äpfel gelegen, die mit den beiden Armbändern umwunden waren.

«Leider hat es nicht für deinen anderen Schmuck gereicht, Mama», hatte Georg gesagt, «aber es ist wenigstens etwas.» Sie hatte ihn gerührt in die Arme genommen, und auf ihre Frage, wie er das bewerkstelligt habe, hatte er geantwortet: «Nimm an, ich hätte beim Spiel einmal großes Glück gehabt!» Ja, anders konnte sie es sich auch nicht vorstellen, wie er zu dem Geld gekommen war. Und heute war er zur Treibjagd, wollte aber nachmittags zurück sein.

Sie hatte absichtlich kein pompöses Essen angeordnet. Da alle Geladenen um Moorburgs schlechte Finanzlage wußten, hätte es einen merkwürdigen Eindruck gemacht, besonders bei Charlottes neuen Verwandten. Es wurden keine Hors d'œuvres gereicht und keine ausländischen Leckereien. Alles, was auf den Tisch kam, war Moorburger Produkt: die Suppe vom Hühnerhof, die Fische aus den Bächen, das Wild aus dem Wald und die Bratäpfel aus dem Garten.

«Großartig alles», sagte Tante Caroline zu ihrem Tischnachbarn Karl von Trappen. Der nickte anerkennend und sah zu Pogwischs energischem Profil hinüber. Er hörte, wie Hinrich mit Pastor Brodersen darüber sprach, wann die Hochzeit stattfinden solle.

«Ende März», gab Hinrich Bescheid.

«Das ist doch wohl eine gute Zeit, nicht wahr, Herr Pastor? Ich liebe den Vorfrühling so sehr», fügte Charlotte hinzu.

Nach dem Essen zog sich Charlotte mit Riekchen auf ihr Zimmer zurück. Nachdenklich sah sie die Freundin an. «Sag einmal, Riekchen, bist du auch ganz glücklich?»

Die Karlshöherin drehte eine ihrer blonden Locken um den Zeigefinger und nickte; doch, das sei sie wirklich, was ihre Ehe anbetreffe. Und Lübeck gefalle ihr auch sehr. Es gebe viel Abwechslung, nur finde sie alles ein wenig eng dort. Das Testorpsche Haus sei recht geräumig, doch bisweilen habe sie in den Straßen das Gefühl, als würden ihr die Häuser auf den Kopf fallen. «Du, Charlotte», sagte sie, «ich habe eine Idee! Könntest du nicht, bevor du heiratest, noch zu uns nach Lübeck kommen? Es ist nämlich nach der Hochzeit meist keine Zeit mehr dafür. Ach ja. Das wäre fein!» Charlotte war begeistert. «Ich könnte dir noch Gesellschaft leisten, denn du wirst wohl allmählich an Umfang und Würde zunehmen.»

Währenddessen spazierte Freifrau von Pogwisch zwischen Hinrich und Beauchamp, die sie sorglich untergehakt hatten, auf dem Hof hin und her.

«Wie schön ist diese Anlage», sagte Frau Mathilde, als sie vom Torhaus über den weiten Wirtschafts- und Ehrenhof zum Schloß hinblickte, dessen Portal der Torhausdurchfahrt genau gegenüberlag.

«Ja», antwortete der Marquis, «der Hof ist achsial angelegt worden, aber nicht in Nord-Süd-Richtung, sondern dem Seeufer angepaßt, das hier von seiner West-Ost-Richtung etwas nach Süden abweicht, und zwar in Nordost-Südwest-Richtung, was dem Haus zugute kommt.»

«Natürlich», rief Frau von Pogwisch lebhaft aus, «dann hat es den ganzen Tag Sonne, denn die Schloßachse muß demnach ja in Nordwest-Südost verlaufen. Wie gut durchdacht!»

Der alte Edelmann verbeugte sich. «Mein Kompliment Ihrem Scharfsinn, Baronin. Und jetzt dürfen wir Sie in den Garten führen, damit Sie sich davon überzeugen können, wie die Südwestseite, die Gartenseite, voll von der Sonne beschienen ist. Ich habe vorhin Anweisung gegeben, daß der Schnee dort etwas fortgeräumt wird.»

Als sie durch die Gärtnerei an den See gelangt waren und sich umwandten, erging es Frau Mathilde wie ihren beiden Söhnen im Sommer zuvor. «Märchenhaft!» rief sie aus und blieb überrascht stehen. Zwischen dickverschneiten Douglasfichten ragte das Schloß auf mit seinen roten Mauern und weißen Pilastern über dem winterlichen Garten.

«In der Tat, es ist auch im Winter herrlich. Aber du mußt es im Sommer sehen, Mutter, wenn es über den Blumenteppichen steht!» Hinrich drückte den Arm seiner Mutter.

«Hier kannst du glücklich sein, mein lieber Junge», sagte sie warm. Sie kannte den Sohn wie sich selbst. Und sie gedachte voll Dankbarkeit der Bestrebungen ihres Ältesten.

Bald darauf sahen sie zu, wie die Sonne hinter den Karlshöher Waldungen versank, und kehrten in den Gartensaal zurück, wo schon der große Kronleuchter sein Kerzenlicht über die gedeckten Kaffeetische breitete. Den von Kosaken geschändeten Mittelstern darunter hatte man barmherzig mit einem Teppich bedeckt.

Die Gäste wollten nach Hause fahren, ehe die nächtliche Kälte einbrach. In dem allgemeinen Aufbruch nahm Pastor Brodersen Charlotte beiseite. «Liebes Kind, Sie bekommen einen vorzüglichen Mann. Ich habe mich vorhin des längeren mit ihm unterhalten. Ich freue mich für Sie und für Moorburg. Wie ich von Ihrer lieben Mutter hörte, will der Baron hier die Wirtschaft übernehmen. Welch eine gute Wendung! Ich sehe einen sonnigen Morgen für Moorburg heraufziehen. Gottes Segen über Sie und Ihr Haus, Charlotte!» Seine alten Hände strichen über ihr Haar. «Danke, lieber Pastor», flüsterte Charlotte. Dann brachte Anton den Mantel des alten Herrn, und sie wurde von abschiednehmenden Gästen in Anspruch genommen.

Am nächsten Tag trafen Charlotte und Frau von Wasmer schon zu Mittag auf Polzin ein. Tauwetter setzte ein, der Schnee schmolz, und als sie tags darauf alle nach Karlshöhe hinauffuhren, mußten die Schlitten schon zu Hause bleiben. So weit, so gut. Aber was Moorburg anbetraf, der sonnige Morgen, von dem Pastor Brodersen gesprochen hatte, der lag, wie es schien, noch in weiter Ferne.

Am Himmel zog sich unfreundliches Gewölk zusammen, über dem Schwarzsee braute sich dicker Nebel zusammen, und das Eis barst mit dumpfen Krachen. Was sich aber auf Karlshöhe über Georg von Wasmers Haupt entlud, glich dem Grollen, das einem Gewitter vorauszugehen pflegt.

Er war wieder verspätet eingetroffen, naß und vom Alkoholdunst umgeben. Der Karlshöher warf seinem Sohn Karl Ludwig einen Blick zu, als der Moorburger gemeldet wurde. Die beiden Herren nötigten von der Diele aus den sie fröhlich Begrüßenden in des Hausherrn Zimmer. Und während die übrigen Gäste in Frau von Trappens Salon den Tee nahmen, ging es in jenem nach dem Hof zu gelegenen Zimmer heiß her. Den Karlshöhern waren in letzter Zeit zu viele Unverschämtheiten des Moorburgers zu Ohren gekommen. Sie hatten sich sogar auf das Karlshöher Gebiet erstreckt, so daß das Maß für sie voll war. Karl von Trappen kanzelte den jungen Wasmer ab wie einen Schuljungen, denn er traute dem ehemaligen Freund seines Sohns kaum mehr Verstand zu, nach dessen Taten zu schließen. Herr Karl echauffierte sich nicht, nein, er teilte dem jungen Mann mit, was er erfahren und was er beobachtet hatte, und zog den logischen Schluß, daß einem Menschen, der derart weit gesunken war, seiner Ansicht nach nicht mehr zu helfen sei. Wenn er sich darin täusche, solle es ihn freuen. Andernfalls . . .

Georg von Wasmer protestierte. Das sei doch alles nur Spaß, das sei eben Art junger Leute. Aber Ludwig von Trappen widersprach ihm und schloß trocken: «Wenn du so weitermachst, wirst du eines Tages in Glückstadt im Gefängnis landen.»

Kurzum: Ein Wort gab das andere, sie warfen ihn hinaus und verboten ihm, Karlshöhe wieder zu betreten, es sei denn, sie würden ihn rufen, nämlich dann, wenn er sich gebessert habe.

Georg von Wasmer ließ seinen Zorn an seinem Pferd aus. Als Heini Buhmann es vor dem Moorburger Pferdestall in Empfang nahm, tropfte dem armen Tier das Blut aus dem Maul.

In seinem Elternhaus erwartete den jungen Herrn ein Wetterleuchten, das ihn noch mehr in Harnisch brachte.

Als er sich eben aus dem bewährten Eckschrank eine Flasche holte, griff eine schlanke, faltige Hand zu, faßte die Flasche, stellte sie in den Schrank zurück, verschloß ihn und steckte den Schlüssel in die Tasche. Georg war so perplex, daß er ziemlich dumm zu seinem Onkel aufsah.

Etienne de Beauchamp hatte den Neffen erwartet, und zwar dort, wo Georg sich meist zuerst hinbegab.

«Was fällt dir denn ein, Oheim!»

«Sehr viel. Komm mit, ich habe mit dir zu reden.»

«Ich nicht. Gibst du jetzt den Schlüssel her?»

Der alte Herr schüttelte den grauen Kopf. «Schluß damit! Kommst du jetzt? Sonst ist morgen früh der Gendarm hier . . .»

Er kam nicht weiter. Wasmer stürzte auf ihn los, um ihm den Schlüssel zu entwinden. Bei dem Wort Gendarm hatte Georg brennenden Durst bekommen. Er griff hart an. Der Marquis hieb mit der Schmalseite seiner Hand gegen des Neffen Gurgel.

Lautlos taumelte Georg gegen die Wand. Der Schmerz trieb ihm Tränen in die Augen, die Hand des Oheims hatte ihm die Sprache verschlagen.

«Komm jetzt und laß alles Theater», befahl der Marquis. Mechanisch setzte Wasmer seine Beine in Gang. Sie gingen durch den Gartensaal, durch die Halle, das Kontor und durch den weiteren Raum. Am nächsten Zimmer schloß der Marquis die Tür auf. Während der Onkel in dem dunklen Zimmer eine Kerze anzündete, wollte der Neffe sich davonmachen. Doch da kam gerade Pierre mit einem Leuchter aus der Halle in das Kontor. Georg blieb stehen. Beauchamp nahm dem Diener den Leuchter ab, winkte ihm zu gehen und schloß hinter sich und seinem Neffen die Tür.

Er hielt die vier Kerzen in beiden Händen hoch und beleuchtete über einer kostbaren Renaissancetruhe die leere Wand. Sie zeigte eine dunkle, mürbe Seidenbespannung, die mit den Tapeten der anderen Wände nicht übereinstimmte.

Es hatte dort eine ungeheuer wertvolle Tapisserie gehangen, die den Einzug Christi in Jerusalem darstellte und einstmals von vielen fleißigen Händen frommer Klosterfrauen gewirkt worden war. Ein Wasmer hatte sie Ende des 17. Jahrhunderts erworben. Seitdem war sie wegen ihrer Schönheit der Stolz der Familie. «Wo hast du sie verschachert?» Die harten Worte des Marquis fielen jetzt in die Stille. Er stellte die Leuchter auf den Tisch in der Mitte des erlesen ausgestatteten Raums, der das Lieblingszimmer des verstorbenen Georg von Wasmer gewesen war. Es wurde selten betreten; denn seine Witwe verließ es jedesmal traurig. Es war eine Art Andachtsstätte für sie.

«Ich warte.» Der Marquis sah den erbleichenden Wasmer kalt an.

«In Hamburg bei einem Antiquitätenhändler.»

«Welchem?»

«Rosenbaum.»

«Wieviel?»

«Ich wollte Mamas Schmuck einlösen, um ihr eine Weihnachtsfreude zu machen.»

«Und wo hast du das Kollier, die Ohrringe und Ringe gelassen?»

«Die habe ich nicht einlösen können, weil es nicht langte.»

«Du lügst, du erbärmlicher Wicht!»

Georg von Wasmer hatte die Fäuste auf die Tischplatte gestützt. Er stand seinem Oheim gegenüber, zwischen ihnen flackerten die Kerzen. Voll Haß blickten sie sich in die Augen. In der Stille, die den Worten des Marquis folgte, knackte ein altes Möbelstück.

«Du alter Schleicher!» sagte schließlich der Neffe. «Es wird Zeit, daß hier reiner Tisch gemacht wird und daß du aus Moorburg verschwindest, nachdem du fast dein ganzes Leben lang den Wasmers auf der Tasche gelegen hast.»

Etienne de Beauchamp hätte mit einigen Sätzen diesen Irrtum seines Neffen berichtigen können. Er hatte das, was sein Schwager einst für ihn getan, schon längst durch seine Arbeit auf Moorburg abgegolten, für die er nie einen Groschen erhalten hatte. Das Bargeld für seinen persönlichen Bedarf verdiente er sich mit seiner schriftstellerischen Tätigkeit für einen Hamburger Verlag, der seine Sachbücher und wissenschaftlichen Schriften veröffentlichte. Er überhörte die Äußerung seines Neffen und sagte: «Zur Sache! Wieviel hat Rosenbaum dir für den Wandteppich gegeben?»

«Das geht dich überhaupt nichts an, es ist mein Erbe und nicht deines.»

«Du hast deine Mutter also gefragt, ob sie erlaubt, daß du ihr Eigentum verkaufst, so wie wir es bei dem Schmuckverkauf gehalten haben?»

Georg schwieg, seine rotgeäderten Augen funkelten böse.

«Also Diebstahl?»

Der junge Wasmer schlug mit der Faust auf den Tisch, daß die Leuchter wackelten. «Wie kannst du dich unterstehen . . .»

«Ich kann noch ganz was anderes. Mach kein Theater und erzähl mir jetzt, wo du den Rest des Geldes gelassen hast, denn für diese herrliche alte Tapisserie hätte man den Schmuck deiner Mutter dreimal kaufen können!»

«Das ist nicht wahr!» Georg schaute seinen Onkel fassungslos an.

«So! Jetzt weiß ich Bescheid . . .» Beauchamp ließ die Schultern hängen. «Rosenbaum hat ein Riesengeschäft gemacht, du Ignorant! Und ich werde dir nun sagen, wie es gewesen ist: Du hast Geld für Schnaps, Spiel und Weiber haben wollen und hast für diesen Zweck den Teppich gestohlen, klammheimlich. Rosenbaum hat ihn für ein Ei und Butterbrot bekommen. Du hast, um deine Mutter zu besänftigen, von einem Teil des Erlöses die Armbänder zurückgekauft. Den Rest hast du verspielt und vertrunken. *C'est toût.* Stimmt es? Antworte!»

«Ich habe versucht, das mir verbliebene Geld zu mehren . . . Aber ich hatte Pech . . .» Georg von Wasmer wandte sich um und verließ das Zimmer.

Der Oheim ließ ihn gehen. Hoffnungslos, dachte er, gut, daß noch kein Gerichtssiegel draufgeklebt war! Bei Rosenbaum reklamieren? Georg war ein Mann von achtundzwanzig Jahren. Die Pogwischs mußten sofort eingreifen. Er verließ das Zimmer nun auch, die Tür blieb offen. Mochte Germaine wissen, was für einen Vogel sie mit ihrer Verwöhnerei großgezogen hatte. Sie hatte ja nie auf ihren Bruder hören wollen.

Keine Viertelstunde später wußten es die beiden Damen. Sie kamen eben durch das Portal in die Halle, als Etienne aus dem Kontor trat. Germaine von Wasmer hatte vom Hof aus Licht in den Zimmern ihres verstorbenen Gemahls gesehen und fragte den Bruder sofort, ob er dort gewesen sei. Da dachte Etienne, je eher um so besser. Er führte sie vor die leere Wand und berichtete, was ihr Sohn getan hatte. Das war zuviel für die Mutter. Erst der Zwischenfall in Karlshöhe – Karl von Trappen hatte ihr mitgeteilt, daß er Georg fortgeschickt, worauf sie sich mit ihrer Tochter gleich verabschiedet hatte – und nun dieses hier!

Der Marquis fing seine Schwester gerade noch rechtzeitig auf, als sie das Bewußtsein verlor. Gemeinsam mit der entsetzten Charlotte trug er sie durch die Verbindungstür in ihr Schlafzimmer. Es war eine schlimme Nacht. Der Regen pladderte hernieder, im Moorburger Schloß schliefen nur die nichtsahnenden Bedienten.

Der Morgen war so düster, daß Pierre über dem Frühstückstisch die Lichter anzünden mußte. Aber nur der Marquis und Charlotte erschienen blaß und übernächtigt. Das Mädchen hatte den größten Teil der Nacht am Bett der verzweifelten Mutter verbracht. Erst im Morgengrauen war sie mit kalten Füßen in ihr Bett geschlüpft.

«Siehst du deinen Verlobten heute noch?» erkundigte sich Beauchamp. Charlotte schüttelte den Kopf. Auf Polzin werde Besuch erwartet, aber morgen käme Hinrich herüber.

Nun, dann werde er doch lieber für Pogwisch ein paar Zeilen nach Polzin senden; denn für morgen habe sich Struck zur Jahresabrechnung angesagt, und er schicke noch einen Boten nach Alberg, damit der Justizrat gleich mitkomme.

«Ja, mein Kind! Es wird höchste Zeit, daß Moorburgs Angelegenheiten in Ordnung kommen. Warten können wir nicht mehr, sonst haben wir die Behörden auf dem Hals. Und was deinen Bruder betrifft, so muß er ein für allemal kaltgestellt werden. Du hast ja nun erlebt, wozu er fähig ist . . . Wein doch nicht. Es wird schon alles gut werden.»

Charlotte wischte die Tränen ab, doch sie flossen weiter. Als Pierre hereinkam, stand sie auf und trat ans Fenster. Beauchamp fragte den Diener, ob Herr von Wasmer sich schon angekleidet habe. Nein, der

«Ich habe versucht . . .

... das mir verbliebene Geld zu mehren», sagte Georg von Wasmer. Aber er hatte Pech gehabt.

Geld machen, indem man es aufs Spiel setzt! Auf die Bank muß man's legen. Da vermehrt es sich spielend.

junge Herr sei wohl noch im Bett, es rege sich nichts. Der Marquis schickte zwei Reiter mit Botschaften fort. Zur Mittagszeit rührte sich in Georgs Zimmer immer noch nichts.

Charlotte ging hinauf, um selbst nach dem Bruder zu sehen.

Währenddessen sprach der Marquis mit seiner Schwester, die mit ihrem Mops auf dem Schoß in ihrem Boudoir saß. Er sprach lange und eindringlich mit ihr, und sie nickte mit dem Kopf, daß ihre Haube bebte.

«Meinst du nicht, daß er sich bessern könnte?» fragte sie.

«Ehrlich gesagt, ich glaube nicht daran. Er ist die ganzen Jahre der Wurm gewesen, der ständig an Moorburg nagte. Er wird, wenn er kann, auch an die Substanz gehen, und das müssen wir verhindern.»

«Ja, Etienne, ich bin davon überzeugt, nach dem, was er nicht nur mir, sondern seinem guten Vater angetan hat . . . Wenn dieser das wüßte!»

Charlotte kam eilig herein. «Didi-Ohm, Mama! Ich habe Angst. Georg antwortet mir nicht, ich habe lange geklopft und gebeten, daß er öffnet, aber es ist nichts zu hören.»

Germaine sah Etienne mit schreckgeweiteten Augen an. «O Gott!» Der Bruder legte den Arm um ihre Schulter, was er seit Jahren nicht getan hatte. «Geh du zu ihm, ich bin überzeugt, daß er auf dich wartet. Andernfalls . . . ja, dann müssen wir die Tür aufbrechen. Schwester, sei stark!»

Er hielt Charlotte zurück, die die Mutter begleiten wollte. Langsam stieg die Herrin von Moorburg in ihrem langen, schleppenden Rock die Treppe empor. Pierre tuschelte unten mit dem Hausmädchen.

Auf der Galerie oben angekommen, mußte sich Germaine einen Augenblick an die Wand lehnen, weil sie heftiges Herzklopfen hatte. Dann erst pochte sie stark an die Tür. Stille.

«Georg», rief sie, «ich bin es, Mama. Öffne die Tür!»

Aufatmend hörte sie, wie die Bettstelle knarrte. Gleich darauf öffnete sich die Tür. Ihr Sohn stand mit gesenktem Kopf vor ihr. «Mama, ich danke dir!»

Während sie ihn beiseite schob und in das Zimmer trat, flog es ihr durch den Sinn, wie klug doch ihr Bruder sei. Sie setzte sich auf einen Stuhl, sah die Unordnung im Raum und das verfallene Gesicht des Sohnes. Sie dankte Gott, daß er immerhin lebte. Dann lag Georg vor ihr auf den Knien, mit dem Kopf in ihrem Schoß, und weinte.

Ihre Hand, die streicheln wollte, zuckte; aber eingedenk der Worte Etiennes nahm sie sich zusammen, steif saß sie da.

Langsam hob er den Kopf und sah sie aus verquollenen Augen an. «Kannst du mir verzeihen, Mama?»

Sie erschrak vor diesem verwüsteten Gesicht, das einstmals schön und edel gewesen war.

«Was du getan hast, ist unverzeihlich. Du schleifst den Namen Wasmer durch den Schmutz. Ich weiß nicht einmal, was du alles angestellt hast und warum anständige Menschen dir die Tür weisen. Ich will es auch nicht wissen.» Sie war nun so aufgebracht, daß sie ins Französische überwechselte. Ihr wurde bestürzend klar, daß sich der stets so geliebte Sohn zu einem Taugenichts entwickelt hatte. In ihrer Erbitterung darüber fielen Ausdrücke wie *filou, trompeur*, ja, im Zusammenhang mit dem Bildteppich mußte der schlaff auf seinem Bett Sitzende sogar den *voleur* einstecken.

Georg von Wasmer war völlig verwirrt, daß seine ihn sonst allezeit stützende Mutter abkanzelte, ihn sogar Dieb nannte, und vermochte kein Wort zu erwidern. Er war sich seiner Schlechtigkeit nie bewußt geworden. Nach seiner Ansicht hatte er sich nur genommen, was ihm zustand; was er damit anrichtete, war ihm gleichgültig. Über die Empfindungen anderer dachte er überhaupt nicht nach. Er wollte seinen Spaß haben, seine Begierden befriedigen. Dazu war ihm jedes Mittel recht. Was hinterher kam, danach fragte er nicht.

Man hatte es dem künftigen Erben eines immerhin noch großen Besitzes zu leicht gemacht.

Das Gewitter, das in dieser Stunde über ihn hereinbrach, schlug ihn zu Boden. Er ließ sich auf das Bett zurücksinken. Als seine Mutter sich zum Gehen anschickte und ihn aufforderte, sich nun gefälligst anzuziehen und herunterzukommen, sagte er matt, er fühle sich krank, müsse erst etwas zu trinken bekommen, sie möge Pierre mit Cognac heraufschicken.

Frau von Wasmer blieb an der Tür stehen. «Hast du mir nach alldem nichts anderes zu sagen, als daß du Cognac haben willst?»

«Ich habe dich um Vergebung gebeten, Mama. Was soll ich denn sonst noch sagen?»

Sie strich sich über die Stirn, als wolle sie etwas fortscheuchen, dann wandte sie sich um. Cognac und sonstige alkoholhaltige Getränke gibt es nicht mehr für dich. Aber Bouillon.»

In der Nacht war seine Gier nach Alkohol so quälend, daß er, als im Haus alles zur Ruhe gegangen war, hinunterschlich. Aber sämtliche Zugänge zu derartigen Genüssen waren verschlossen. Georg begab sich möglichst lautlos in den kleinen Salon der Mutter. Durch das dünne Glas des Eckschranks sah er die Flasche stehen, und die Kerze flackerte in seiner zitternden Hand. Die Augen traten vor Gier hervor, als er die Hand hob, um das Glas einzudrücken; denn den Schlüssel hatte ja der Oheim in der Tasche. Da hörte er nebenan, wo seine Mutter schlief, den Mops knurren und die Stimme Germaines: «Was hast du denn, Boulette?»

Er blies die Kerze aus und ging leise, Schritt für Schritt, hinaus. Im Gartensaal knackte das Parkett laut.

Am anderen Morgen räumte Frau Germaine die Flaschen in einen alten Holzschrank mit stabilem Schloß. In den Eckschrank stellte sie einige Nippes.

7

Während der Grevenslunder Kutscher Claas Dreesen hoch auf dem Bock in seinem Mantel mit sieben Kragen über das «Schietwedder» leise vor sich hin schimpfte und doch froh war, daß die Fahrt erst einmal ein Ende hatte, donnerte der schwere Reisewagen über die alte Bohlenbrücke hinüber und durch das Moorburger Torhaus hindurch. Hier mußte er allerdings Schritt fahren, denn der Hof stand von dem schon seit Stunden herabströmenden Regen und dem aufgetauten Schneematsch unter Wasser. Kein Mensch war zu sehen, als er vor dem Portal hielt.

Ehe er hinabspringen konnte, war Wulf von Pogwisch schon draußen und rief: «Bleib oben, Claas, fahr gleich in die Remise und bring die Pferde in den Stall. Tüchtig abreiben! Und dann ins Haus mit dir!»

Du hast gut reden, Herr Wulf, dachte der Kutscher. Die Remise war voll. Aber da flog schon die Tür zum Pferdestall auf, und Vokuhl, sein Kollege von Polzin, kam gelaufen, um ihm beim Ausspannen in dem strömenden Regen zu helfen.

«Wo kommt ihr denn her, Claas?»

«Von Grevenslund, woher sonst denn wohl? Un wat deist du hier?»

«Ik bün mit min Herr und Herr Hinrich hier. Kumm, mak to, dat wi fahrig warn, Sauwedder, dat!»

Inzwischen war Wulf Pogwisch in die Halle getreten. Das Portal war nicht verschlossen, doch niemand zeigte sich. In der Küche unten arbeitete man auf Hochtouren für das Mittagessen, die Diener putzten Silberzeug in der Kaffeestube.

Herr Wulf stülpte also seinen Zylinder dem Bären auf den Kopf, hängte den Pelz an den Haken und begab sich in den Gartensaal, um erst einmal Madame seine Aufwartung zu machen. Auch dort war kein Mensch. Er hatte wohl in der Halle Stimmengemurmel vernommen, wußte aber nicht, woher es kam. Wärmen wir uns erst mal auf! Er lehnte sich an den warmen Porzellanofen in der Ecke. Da hörte er gedämpft Frau von Wasmers Stimme und ging zum kleinen Salon, dessen Tür offenstand.

Er sah Germaine durch die halboffene Tür ihres Boudoirs bei dem Papagei am Fenster. Sie stand mit dem Rücken zu dem Besucher, kraulte dem Vogel das Gefieder und sprach Französisch mit ihm. Soll man nicht stören, so ein Techtelmechtel, ich kann ja warten. Der Grevenslunder setzte sich vorsichtig auf einen kleinen Stuhl neben der Tür. Sein Gesicht wurde ernst.

«. . . wenn Charlotte nun heiratet, bin ich ganz allein, Voltaire. Dann habe ich nur noch dich, mein alter Freund, mit dem ich wenigstens in der Sprache unseres Vaterlandes reden kann. Mit dem seligen Georg habe ich meist Französisch gesprochen, wenn wir unter uns waren. Da fühlte ich mich zu Hause und geborgen. Und wenn nun diese fremde Familie die Hand auf Moorburg legt, bin ich doch nur noch geduldet, denn es gehört mir schon jetzt nicht mehr. Nur noch auf dem Papier, wie Etienne sagt. Aber es geht nicht anders, Voltaire . . .»

«C'est juste!» schnarrte Voltaire.

«Siehst du. Ach, ich bin so unglücklich! Diese Chose mit meinem schlimmen Sohn. Er ist ein Dieb, Voltaire . . . er hat seine Mutter und seinen Vater bestohlen. Ist das nicht . . .»

«Merde . . . merde . . . merde!» schrie der Vogel und rollte mit den Augen.

Herr Wulf zuckte verblüfft zusammen. Aber Frau von Wasmer redete ruhig weiter. Kannte sie denn dieses ordinäre Wort nicht! «Ja, mein Freund, es ist schlimm. Und heute entscheidet sich alles. Die Herren sind schon beim Verhandeln, und ich muß es tun. Etienne hat recht. Ach, wie schwer ist das! Ich will jetzt beten, bevor ich hinein muß.»

Sie ging zu dem silbernen Kruzifix in die andere Ecke des Zimmers, kniete nieder und betete erst das Paternoster. Wulf erhob sich und hörte sie laut sagen: «Herr, gib mir Kraft und Mut für das, was ich heute tun muß, laß mich nicht wankend werden!» Leise ging er hinaus. Sie waren also schon da. Gut! In der Halle hörte er aus dem links gelegenen Zimmer kräftige Männerstimmen. Als er die Tür öffnete, wandten sich ihm ruckhaft die Köpfe der Anwesenden zu.

«Wulf!» rief Herr von Motz. «Wenn man vom Teufel spricht, ist er nicht weit.»

Hinrich sprang auf, und die Brüder umarmten sich. «Herzlichen Glückwunsch zur Verlobung, mein lieber Junge!» sagte der Ältere. «Das war meine schönste Weihnachtsfreude, als dein Krischan Jensen nach Schmackenberg herübergeritten kam und eure frohe Botschaft überbrachte. Wir saßen am Weihnachtsabend nach der Jagd vor dem Kaminfeuer.»

Er begrüßte nun die anderen Herren, den Marquis, Peter-Ohm, den Justizrat Overbek und dessen tüchtigen Schreiber Struck. Eine schmale schwarze Tasche legte Wulf vor dem Justizrat nieder, dann nahm er neben seinem Bruder Platz. «Übrigens soll ich eine Gratulation von deinem Krischan überbringen. Er fieberte natürlich, während ich deinen Brief las, Peter-Ohm. Trat von einem Bein auf das andere. Na, ich klärte ihn also auf, und er strahlte. Sein Kommentar: Een Glück, dann is dat Vagabunderen denn woll ut!»

Alle lachten. Der Justizrat, der sich den Inhalt der Tasche vorgenommen hatte, setzte die Brille ab und rief: «Großartig, Baron! Dann haben wir also alles zusammen. Bis auf den Erlös von Baron Hinrichs Hof.»

Ellerby zu veräußern würde schwierig werden, erklärte Wulf. Er habe sich inzwischen schon mal umgehört.

«Es verhält sich aber folgendermaßen: Ellerby ist sehr abgelegen, die Wege dorthin sind schlecht; doch vor allem ist der Hof mit seinen Ausmaßen für einen Bauern zu groß und damit zu kostspielig, für ein Gut aber zu klein. Diejenigen, die ihn bezahlen könnten, kaufen so etwas nicht gern. Als Meierhof taugt er nicht. Hat rundherum Bauernland. Ich habe, als ich auf der Herfahrt in Kiel auf meiner Bank das Geld flüssigmachte, einen Makler beauftragt.»

«Ich fahre ja mit dir zurück», sagte Hinrich, «da kann ich mich schon darum kümmern.»

«Da wäre dieser Freese», ließ sich nun Herr Struck vernehmen. «Der hat keine Eile mit der Abtragung der Hypothek.» Er blätterte in einem Stoß Papier und nannte dann eine Summe von 12000 Talern Kurant. «Herr Freese hat sie nicht nötig, er will lieber die Zinsen.»

«Ja», meinte Hinrich Pogwisch, «Ellerby würde ich nicht unter 16000 verkaufen. Das ist es wert mit seinem schweren Boden. Wenn dieser Freese Zeit hat, haben wir sie auch. Nur natürlich . . . die Zinsen!»

«Eben!» Der Marquis nahm das Wort. «Diese Belastung muß aufhören. Sagen Sie, Herr Justizrat, weiß Freese, daß Moorburg Fideikommiß ist?»

Der Justizrat schüttelte den Kopf. Das glaube er nicht. Es sei durchaus möglich, daß Freese auf einen Totalkonkurs warte, um sich mit seiner fälligen Hypothek noch mehr von dem Gut unter den Nagel zu reißen. So etwas wäre ja sein Geschäft. Indessen, falls jetzt alles nach Wunsch laufe, werde er froh sein, wenn er sein Geld bekomme. Denn schließlich sei ja Frau von Wasmer seine Schuldnerin.

Wulf, der nicht ganz mitkam, was es denn jetzt noch mit dem «nach Wunsch» laufen auf sich habe, ließ sich vom Marquis darüber aufklären, daß das Tüpfelchen auf dem i noch nicht vollzogen sei, der Justizrat aber alle notwendigen Formulare auf seine, Beauchamps, Anordnung mitgebracht habe.

Herr Wulf nickte beifällig; er saß eine Weile sinnend da und lächelte dann sein finsteres Lächeln.

Die anderen Herren sahen es nicht; denn eben öffnete sich die Tür, und Charlotte trat herein.

«Meine Herren, Mama bittet Sie alle zu einem kleinen Imbiß in den Eßsaal . . . Wulf!» rief sie aus und eilte um den Tisch herum. Wulf fakkelte nicht lange. Er nahm das Mädchen fest in die Arme und küßte es auf beide Wangen. «Meine ganz neue kleine Schwester Charlotte! Ich gratuliere dir zu diesem wilden Pogwisch-Mann. Sei streng mit ihm!»

Peter-Ohm lachte laut, und Hinrich stimmte mit ein. Charlotte wurde rot und blitzte ihren Bräutigam schelmisch an.

«Warum findet ihr das eigentlich so komisch?» fragte Wulf verdutzt.

«Charlotte, erzähl ihm mal, wie Peter-Ohm dich aufgeklärt hat!»

«Aber doch nicht hier.» Charlotte sah in lauter lachende Gesichter. Da nahm sie den Arm ihres Verlobten und schritt den Gästen voran in den Eßsaal.

Unterdes hatte sich in Frau von Wasmers Boudoir eine stürmische Auseinandersetzung zwischen Mutter und Sohn abgespielt. Georg hatte von Germaine gefordert, sich den Plänen ihres Bruders zu widersetzen. Sie hatte diese Zumutung abgewiesen. Als er sie vor das Bild seines verstorbenen Vaters führte und ausrief: «Mein Vater hat dich und nach dir mich als Moorburgs Erben eingesetzt und ein Fideikommiß darauf gelegt, damit seine geliebte Heimat nie in fremde Hände kommen möge . . .» hatte Germaine von Wasmer ihm scharf erwidert: «Das hättest du früher bedenken sollen, ehe du das Erbe deines Vaters verpraßtest. Und ich hätte es auch bedenken sollen. Wir sind beide an diesen Zuständen schuld, weil wir nie auf deinen Oheim gehört haben», fügte sie leiser hinzu. «Jetzt ist es zu spät zum Jammern.»

Erst als Georg sagte: «Draußen auf dem Hof steht der Wagen mit dem Pogwisch-Wappen. Der Grevenslunder ist da, weißt du das?» – entgegnete Frau von Wasmer betroffen: «Was sagst du? Er hat mich nicht einmal begrüßt!»

«Das sieht diesem ungeschliffenen Grobian ähnlich!» schnaubte Georg. «Der ist spornstreichs in die Bibliothek gegangen, um den Handel um Moorburg gemeinsam mit seinem Bruder und dem Polziner zum Abschluß zu bringen. Die können Moorburg gar nicht schnell genug in die Tasche stecken . . . Hast du dir denn gar keine Gedanken gemacht, was aus dir und mir dann wird? Rücksichtslos, wie dieser Bauer ist?»

Raschen Schritts trat Germaine ans Fenster und sah in den Regen hinaus. Ihr stand wieder jene Szene vor Augen, wie Herr Wulf sie bei seinem ersten Besuch wegen ihrer Muttersprache schnöde behandelt hatte, wie er über ihren Kopf hinweg einfach bestimmt und angeordnet hatte. Es war empörend gewesen! Sie konnte diesen selbstsicheren

Mann nicht leiden. Hinrich Pogwisch, den ja. Sie hatte plötzlich das sichere Empfinden, daß Wulf in der ganzen Angelegenheit der treibende Teil, die führende Person war. Ihm hatte Moorburg gefallen, das wollte er für die Familie Pogwisch erwerben. Und das ging nur über Hinrich und Charlotte . . . Mein Gott! Möglicherweise würde dieser Junggeselle auch noch nach Moorburg ziehen und sie täglich mit seinen Unverschämtheiten belästigen. Nein!

«Madame, es ist angerichtet», meldete in dem Moment Anton, und Charlotte kam hinterher und fragte, ob sie die Herren holen solle. Frau von Wasmer nickte.

«Mama!» Georg war zu ihr getreten und legte den Arm um ihre Schulter. «Bedenk es, ob wir unsere weitere Existenz einem Wulf Pogwisch verdanken sollen!»

«Ich bedenke es», sagte sie hart, ging schnell in ihr Boudoir, legte etwas Puder und Rouge auf ihr blasses Gesicht und rauschte in ihrer dunkelblauen Seidenrobe in den Eßsaal. Wulf, der sein Portefeuille vom Tisch genommen und eingesteckt und den imposanten Kamin der Bibliothek bewundert hatte, trat als letzter an die Tafel.

Die Hausfrau war lebhaft wie immer, wies ihren Gästen die Plätze an und nahm schließlich ihre Schleppe auf, um sich an das schmale Ende der Tafel zu setzen.

Wulf, den sie absichtlich übersehen hatte, stand vor ihr. Da er die wahre Germaine erlebt hatte, wußte er, daß Madame jetzt eine Maske trug.

«Ah, Baron Pogwisch! Ich bin überrascht, Sie hier zu sehen.» Sie reichte ihm zögernd die Hand. Er beugte sich darüber, und als er den Kopf hob, ließ er diese kleine, kalte Hand nicht los; sie lag in seiner großen, warmen Hand wie ein gefangener Vogel. Erstaunt sah Frau von Wasmer auf. Sein Lächeln, das die weißen Zähne sehen ließ, war gütig, der Blick der grauen Augen ließ sie nicht los. «Madame, ich wollte Ihnen meine Aufwartung machen. Ich war in Ihrem Salon, hörte Sie aber im Nebengemach sprechen und wollte nicht stören», sagte er so leise, daß nur sie es in dem Stimmengewirr der Anwesenden hören konnte. Dann gab er ihre Hand frei, und sie nahm verwirrt Platz.

Anton servierte die Suppe, und als er bei Madame stand, fragte sie ihn, warum er den Herrn Baron nicht gemeldet habe.

«Wir waren beim Silberputzen in der Kaffeestube, Pierre und ich, und haben die Ankunft des Herrn Baron erst bemerkt, als wir den Zylinder auf dem Kopf des Bären in der Halle sahen. Aber da waren Herr Baron schon in der Bibliothek.»

«Höchst originell!» Der alte Justizrat lachte und nahm seinen Teller entgegen, und Peter von Motz sagte: «In Polzin stülpt er seinen Hut immer auf den Marmorkopf von Aphrodite, die in der Diele auf einem Eckschrank vor Langeweile gelb wird.»

«Aphrodite?» fragte Herr Wulf erstaunt. «Ich habe immer geglaubt, es sei die Königin Luise!»

Hinrich rief über den Tisch: «Das wäre ja Majestätsbeleidigung!» Wulf dagegen, wieso, was habe er als Schleswiger denn mit der preußischen Königin zu tun?

So versuchte man an dieser Tafelrunde eine gewisse Peinlichkeit durch heitere Gespräche zu überbrücken. Nur die Hausherrin gab sich keine Mühe, heitere Gelassenheit zu zeigen. Sie saß ernst und voll Würde da, vom flackernden Kerzenlicht beleuchtet; anscheinend ganz der Mahlzeit hingegeben, dirigierte sie mit dem kleinen, ringblitzenden Finger die Bedienung und blickte bisweilen kurz zu ihrem Sohn an der gegenüberliegenden Schmalseite des Tisches hinüber.

Der Nachtisch wurde serviert. Wulf las Ratlosigkeit in den Mienen der Gastgeberin; da handelte er aus einer seiner Eingebungen heraus, wie sie ihn bisweilen dazu trieben, etwas Ungewöhnliches zu tun. Er erhob sich, klopfte mit dem Dessertlöffel an sein Glas und sah von seiner stattlichen Höhe herab Germaine direkt in die Augen.

«Wenn Sie es erlauben, Madame, möchte ich zum Abschluß dieses vortrefflichen Mahls einige Worte sprechen, und zwar über die Treue.» Er schaute sie fragend an. Germaine nickte.

«Es gibt unter uns Menschen wenige, die ihr Leben hindurch treu sind, wahrhaft treu. Gewiß, daß ein Mensch einem anderen treu ist bis zum Tode, das gibt es oftmals. Das meine ich nicht. Ich meine das viel Schwerere, nämlich sich selbst treu sein, unbedingt und ohne Kompromisse, trotz aller Anfechtungen sein eigenes Wesen bewahren.»

Einige aus der Runde beobachteten den Grevenslunder besorgt und unruhig, als er jetzt eine kleine Pause machte. Was sollte das nur? Wulf blickte wieder Frau Germaine an, deren Augen groß auf ihn gerichtet waren.

«Madame, als ich das erste Mal in Ihrem kleinen Salon an Ihrem Teetisch sitzen durfte, ist mir ein ganz großer Irrtum unterlaufen, für den ich mich bei Ihnen entschuldigen möchte. Wenn ich das offen sagen darf, es befremdete mich, daß Sie Französisch sprachen, hier, in einem deutschen Land. Meine Art, das zum Ausdruck zu bringen, war nicht gerade zart; ich bedaure das aufrichtig angesichts der Erkenntnis, die ich bei einigem Nachdenken gewonnen habe, daß Sie, Madame, zu den ganz wenigen Menschen gehören, die wahrhaft treu sind. Sie halten bis zu Ihrem Tode Ihrem Vaterland Frankreich, das Sie nie vergessen können, eine Treue, die vorbildlich ist. Meine Herrschaften, wie viele Tausende von Auswanderern gibt es auf dieser Erde, die sich schon nach einem

Jahrzehnt ihrer neuen Heimat angepaßt haben, die nichts Eiligeres zu tun hatten, als die fremde Sprache zu lernen und zu sprechen, die schon bald die alte Heimat vergessen haben. Gewiß gibt es da Ausnahmen. Aber darin zeigt sich eben der Charakter, der gefestigt ist, der kein Abweichen kennt, nämlich der edle Zug in dem Erscheinungsbild eines Menschen. Darf ich auf Ihre Vergebung hoffen, Madame?»

Germaine, die ihn ununterbrochen angesehen hatte, nickte lächelnd, aber ihre Augen blieben ernst.

Wulf hob sein Glas und sagte: «*A votre santé*, Madame!» Dann wandte er sich den Gästen zu. «Wollen Sie sich bitte auch erheben und auf das Wohl unserer verehrten Gastgeberin, der Herrin von Moorburg, anstoßen, verbunden mit dem Wunsch, daß sie uns als solche lange erhalten bleibe!»

«Bravo, lieber Baron», rief der alte Justizrat aus, «das kommt uns allen wohl aus dem Herzen», und er stieß mit der erröteten Dame an. Sie gingen alle um den Tisch und ließen ihr Glas gegen Germaines Glas klingen.

Die beiden Diener brachten den Mokka herein. Man stand zwanglos zusammen und plauderte. Germaine, die sich mit dem Justizrat unterhielt, sah durch die Tür, daß Charlotte und Hinrich sich an den Händen hielten und sich zärtlich in die Augen schauten. Die Tassen hatten sie auf das Cembalo gestellt. Sie bemerkte auch, daß Wulf mit ihrem Sohn sprach, der erst ein unwirsches Gesicht machte, dann aber mit Herrn von Pogwisch in die Halle ging.

Schließlich rief der Justizrat, er möchte darum bitten, jetzt wieder in die Bibliothek zu gehen, denn er müsse nachmittags nach Alberg zurückfahren.

Der Marquis sah unwillig, daß der ältere Pogwisch Georg mit in den Verhandlungsraum nahm. Hoffentlich macht der kein Theater! Dieser unglaubliche Wulf Pogwisch mit seiner Rede. Wenn die nichts genützt hatte! Er war sich seiner Schwester keineswegs sicher. Frau von Wasmer nahm auf einem Sessel am Tisch platz, Charlotte blieb draußen. Sie wollte dieses Spiel um Moorburg nicht mitmachen. Um ihre Unruhe zu verdrängen, setzte sie sich an das Cembalo und spielte Mozart, leise und flüssig. Sie war gerade beim Rondo der *Kleinen Nachtmusik* angelangt, als der Justizrat über den Tisch hin sagte: «Madame von Wasmer, ich habe Ihnen nun alles Notwendige auseinandergesetzt, Sie können, falls Sie es wünschen, noch Einblick in diese Papiere hier nehmen.» Frau von Wasmer wehrte ab.

«Darf ich Sie bitten, sich zu äußern, ob Sie damit einverstanden sind, die Verpflichtungen, die auf Ihren Namen laufen, durch die Herren von Motz und von Pogwisch ablösen zu lassen?»

«Ich bin einverstanden, Herr Justizrat», sagte Germaine fest.

«Dann wollen Sie bitte diese Papiere unterzeichnen, Madame!» Herr Struck schob ihr das Tintenfaß zurecht, gab ihr die Feder und legte die einzelnen Aktenbogen vor sie hin, die sie alle mit sicherer Hand unterschrieb: Germaine von Wasmer née Marquise de Beauchamp. Struck streute Sand darüber und schob die Papiere in seine Aktentasche. Die konnten in der Kanzlei fertig gemacht werden.

Georg von Wasmer meldete sich: «Mama, hast du auch gelesen, was du unterschrieben hast?»

Wulf von Pogwisch, der neben ihm saß, legte ihm die Hand auf den Arm und fragte ihn, ob er sie für Betrüger hielte?

Alle sahen Germaine an. Langsam erhob sich Frau von Wasmer von ihrem Sessel. Sie stützte sich mit einer Hand auf die Tischplatte, mit der anderen zerdrückte sie ihr Spitzentüchlein. Stille. Nur das Knacken der Birkenscheite im Kamin und das Ticken der Uhr auf dem Sims waren zu hören.

«Ich erkläre hiermit, daß ich meinen Besitz Moorburg nach der Eheschließung meiner Tochter mit dem Freiherrn von Pogwisch an diese, meine Kinder, abtreten will.»

«Mama», stöhnte Georg von Wasmer, «was tust du!»

Aber niemand achtete auf ihn. Eine knisternde Spannung webte zwischen den Anwesenden.

«Augenblick, Herr Justizrat, ich will nur eben Jungfer Charlotte holen», rief Hinrich und war schon aus der Tür.

Seine Braut spielte ein schwermütiges Thema, als Pogwisch in den Gartensaal trat. Sie sprang auf, eilte auf ihn zu und hing gleich an seinem Hals. «Was ist, Hinrich?»

«Ich wollte mir nur zwischen diesem langweiligen Kram einen Kuß von dir holen.» Er ließ seinen Worten die Tat folgen. Dem Glücklichen schlägt keine Stunde; erst als Wulf in die Halle trat und lachend rief, dafür hätten sie später noch Zeit genug, begaben sie sich zusammen in die Bibliothek.

Charlotte erfuhr nun aus dem Mund des Anwalts, was ihre Mutter beschlossen hatte. Germaine Wasmer erlebte in dieser Stunde, daß Geben seliger machen kann als Nehmen. Die sichtbare Freude ihrer beiden «Kinder» war das Opfer wert.

Georg saß düster vor sich hin brütend da. Charlotte warf ihm einen mitleidigen Blick zu. Sie hatte ihren eleganten Bruder immer gern gehabt; aber sein letzter Streich war dem Mädchen so zuwider gewesen, daß er ihr völlig fremd geworden war. In dieser schicksalhaften Stunde wurden noch verschiedene notwendige Regelungen besprochen und schriftlich festgelegt, unter anderem die «Apanage», wie Herr Wulf leicht ironisch die Bezüge bezeichnete, die sein Bruder als Gutsherr der Schwiegermutter und dem Schwager zu zahlen hatte, falls das Paar sich scheiden ließe; ein Passus, zu dem Herr Wulf bemerkte: «Dann sei lieber nicht ganz so streng mit ihm, Charlotte, damit er dir nicht ausrückt; denn dabei könntest du arm wie eine Kirchenmaus werden!»

«Wenn er aber Schuld hätte!» gab Charlotte zurück.

«Ach was, Schuld! Schuld haben immer beide Ehepartner», grunzte Peter von Motz. «Wenn nämlich einer Seitensprünge macht, hat der andere meist daran Schuld, daß er dem Ausbrecher nicht mehr interessant genug ist.»

Lachend meinte der Justizrat: «Ist schon was Wahres dran. Aber in diesem Fall handelt es sich ja um eine ansehnliche Geldinvestition, liebe Jungfer Charlotte. Immerhin kann Ihr Ehegemahl Sie nicht hinaussetzen, falls Sie der schuldige Teil sein sollten.»

Eine frohe, zufriedene Stimmung verbreitete sich vor dem Kamin. Nur in Georg von Wasmer kochte es. Sein Gesicht wurde rot und zuckte. Er sprang plötzlich auf die Füße, schlug auf den Tisch und schrie: «Ich werde vor Gericht Einspruch erheben. Ich bin der Erbe dieses Gutes! Mich hat mein Vater eingesetzt. Sie haben sich geirrt, wenn Sie glauben, ich nähme das einfach alles so hin. Ich werde hier um mein Erbe bestohlen und werde mir einen Anwalt . . . aber nicht Sie, Sie . . .»

Wulf von Pogwisch schoß neben ihm in die Höhe und sah ihn mit einem solch bösen Blick an, daß der junge Wasmer zurückwich. Der Marquis rief: «Was, du redest von stehlen? Halt gefälligst deinen Mund!»

Peinliches Schweigen. Charlotte streichelte die Hand ihrer Mutter, die mühsam ein Schluchzen unterdrückte.

«Kommen wir zum Schluß!» sagte schließlich der Notar. Es gab noch Papiergeraschel. Der Inhalt aus Herrn von Motz' und Wulfs Taschen wanderte in die des Justizrats. Die beiden Alberger Herren verabschiedeten sich.

Charlotte schenkte noch einen Cognac ein «zur Entspannung», dann brachen die drei Herren auf. Als sie, schon in Mänteln, in der Halle auf die Wagen warteten und Charlotte mit Herrn von Motz eine Altjahrsabendfeier auf Polzin verabredete, stand Frau von Wasmer zwischen den beiden Brüdern am Portal.

«Wie ist die Freifrau von Pogwisch zu beneiden», sagte sie leise und sah von einem Pogwisch zum anderen, «daß sie zwei solche Söhne hat!»

Am 30. Dezember, frühmorgens, klopfte es an das Fenster des Marquis, der im Seitenflügel wohnte. Er fuhr aus dem Schlaf, zog seinen Schlafrock an und öffnete das Fenster. Draußen stand ein Mädchen, in ein Tuch gehüllt, denn es nieselte.

«Herr Marquis, kommen Sie schnell! Frau Pastern schickt mir. Herr Paster is unmächtig in sein Bett.»

«Sofort», rief Beauchamp, «in fünf Minuten bin ich da.»

Es war aber im Pastorat nichts mehr für ihn zu tun. Der Todesengel, dessen Schatten den Kerzenglanz von Marie Buhmanns Seheraugen getrübt, hatte in der Weihnacht mit seinen schwarzen Fittichen den greisen Pfarrer gestreift. Er mochte es wohl gewußt haben, als er seine müden Hände auf Charlottes Haupt legte.

Nun hielt Beauchamp diese alten Hände, forschte nach dem kaum spürbaren Pulsschlag und betrachtete die geschlossenen Lider. Gegen Mittag jedoch begannen sie noch einmal zu flattern, die Augen wurden kurz sichtbar, und die Lippen murmelten kaum hörbar: «Selig sind die Friedfertigen . . . denn . . .» Ein Seufzer, dann Stille. Der Marquis reichte der weinenden Witwe die Hand. Barhäuptig trat er aus dem Pastorat. Die einfachen Leute drängten sich um ihn mit bangen Augen. «Is uns Paster . . .?» Da nickte der Marquis traurig und setzte seinen Hut auf.

Soweit das Kirchspiel Moorburg reichte, war Trauer um Pastor Brodersen. Am 2. Januar des neuen Jahres fand die Beisetzung statt. Die Kirche konnte die Besucher nicht fassen. Sie standen dicht gedrängt bis in den Chor, wo der Sarg aufgebahrt war, geschmückt mit einer Fülle bunter Blumen. Charlotte und ihre Mutter hatten es sich nicht nehmen lassen, für diesen Schmuck zu sorgen. Sie hatten das ganze Glashaus geplündert.

Der Propst aus Alberg sprach über das Wort aus der Bergpredigt, das Brodersen sterbend noch geflüstert hatte. Der Heimgegangene sei selbst ein Friedfertiger gewesen, sagte der Propst, ein Vorbild für die ganze Gemeinde. «Wir können von ihm lernen, daß wahre Friedfertigkeit eine Stärke ist und keine Schwäche; sie kann nur aus tiefer Gottesliebe und selbstloser Menschenliebe erwachsen. Üben wir also Liebe wie er, so werden auch wir dem Frieden dienen und Kinder Gottes heißen.»

In den Gutsgestühlen waren Taschentücher in Tätigkeit, bei den meisten anderen Trauergästen der Handrücken oder ein Zipfel des Umschlagtuchs. Als nachher draußen der Tischler, der wie allerorten die Beerdigung leitete, den Trauerzug zur Grube führte, murmelte er vor sich hin: «Up Swatt-Miete is Verlaß!»

Der Winter zeigte weiter ein unfreundliches Gesicht. Von Nordwesten jagten düstere Wolken über das Land zwischen den beiden Meeren. Mal regnete es wie aus Eimern, mal stob der «Fuek», der Schneesturm, über den eben gefrorenen Matsch und türmte hinter den Knicks und anderen Hindernissen Verwehungen auf. Selten kam die Sonne zum Vorschein, und die Menschen sehnten den Frühling herbei. Die Moorburger Kätner hatten eine schlimme Zeit in ihren defekten Katen. So oft wie nie zuvor wurde der Marquis in die Häuschen zu Kranken geholt, ohne «Assistenten», denn Charlotte war bei Testorps in Lübeck zu Besuch und spürte wenig vom Winter und seinen Nöten. Sie saß mit Riekchen im warmen Zimmer und half ihr, Babykleidchen zu arbeiten, Windeln zu nähen und was dergleichen Notwendigkeiten mehr sind. Es gab auch mancherlei Geselligkeiten im Testorpschen Haus und bei Bekannten und Verwandten der alten Lübecker Familie. Charlotte sah bewundernd die hübschen Roben der Damen. Gewiß, sie selbst war nicht minder elegant gekleidet und wurde von den Herren hofiert. Leider mußte sie darauf verzichten, sich dieses und jenes neue Gewand von Riekchens vorzüglicher Schneiderin nähen zu lassen. Und diese weichen, herrlichen französischen Seiden! Didi-Ohm, der weiter auf Moorburg, jetzt aber viel strenger, die Finanzen überwachte, hatte ihr zwar Reisegeld in das Täschchen gesteckt, doch konnte sie damit nicht viel Sprünge machen.

So besorgte sie nur das Nötigste, zum Beispiel einige reizende Häubchen. Das schwerfällig gewordene Riekchen wäre vor Freude fast umhergehüpft, als die Freundin diese zarten Spitzengebilde aufprobierte. «Wie süß sie dich kleiden! Komm her, ein bißchen von deinen dicken Ringellocken muß ich noch hervorzupfen . . . so. Einfach wonnig! Na, dein Hinrich wird dich anknabbern vor Begeisterung.»

Die Frauenhauben waren wichtig. Und sonst . . . Der Oheim hatte ja recht, ihre Schränke hingen voller Garderobe. Mama hatte sie in dieser Hinsicht sehr verwöhnt. Sich etwas Neues zu kaufen, war jedoch immer wieder aufregend und beglückend. Auf Moorburg wurde nun gespart . . . das war auch richtig. Hinrich würde schon wissen, warum er Oheim Etienne diese Devise gegeben hatte. Jedenfalls war sie froh, aus der Trübsal dort, besonders was Georg betraf, einen Monat oder zwei heraus zu sein. Vielleicht würde sie danach noch ein wenig in Tante Carolines Wirtschaft auf Polzin gucken.

Charlotte setzte sich an den kleinen Schreibschrank in ihrem niedlichen Gaststübchen, das auf den verwilderten Garten hinausging. Es war nur klein, und dahinter sah man geschweifte hohe Giebel. Ja, sie konnte Friederike verstehen. Es war alles zu eng für die beiden Kinder der weiten Schwarzsee-Landschaft. So schrieb sie auch ihrem Liebsten, daß sie hier in der Stadt nicht immer wohnen wolle, schilderte ihre Erlebnisse und Beobachtungen. Schließlich floß viel Liebe und Sehnsucht aus ihrer langen Gänsefeder.

Ihr Verlobter, der auf Grevenslund wieder sein Jungenzimmer bezogen hatte, las dort ihre buntschillernden Briefe mit Rührung. Ihm selbst war es nicht gegeben, seine Empfindungen in Worte zu fassen. Abgesehen von jenem Überschwang eines gesteigerten Lebensgefühls, der ihn am Ufer des Schwarzsees über sein eigenes Selbst emporgehoben hatte, war Hinrich bisher von hell lodernden oder auch düster glimmenden Leidenschaften verschont geblieben. Einen gewissen Jähzorn, der aber meist schnell verrauchte, hatten er und auch sein Bruder vom Vater geerbt. Die Erinnerung an jene unvergeßliche Begegnung in den Sommernächten aber, die ihn in ungeahnte Höhen geschleudert hatte und ihn dann um so tiefer stürzen ließ, stieg ungewollt immer wieder empor. Er legte Charlottes Brief in eine Schublade, sah nachdenklich aus dem Fenster über den weiten Hofplatz hinaus, wo Tische eben Mirza aus dem Stall zog, um sie etwas zu bewegen, sah den tief dahinziehenden Wolken nach und fragte sich ganz simpel, was es nun eigentlich mit der Liebe, der vielbeschriebenen, auf sich habe. Er hatte sie in zweifacher Gestalt an diesem verteufelten Schwarzsee erlebt.

Was war die echte? Er wußte die Antwort auf diese Frage im voraus. Hinrich von Pogwisch war immer gründlich gewesen, er mochte absolut keine Halbheiten. Zweifellos liebte er Charlotte, aber anders, ganz anders. Das Verhältnis zueinander würde sich verändern, wenn sie als Ehepaar gemeinsam auf Moorburg lebten . . . Moorburg. Ja, hätte er Charlotte, wenn er ihr irgendwo begegnet wäre, ohne Moorburg auch geheiratet? Er wandte sich vom Fenster ab, grinste und hieb mit der Hand durch die Luft. Dann nahm er ein Medaillon von seinem Tisch auf. Es war eine auf Porzellan gemalte Porträtminiatur der damals sechzehnjährigen Charlotte. Madame von Wasmer hatte ihm das Medaillon zum Abschied geschenkt. Wie lieblich sah das Bildnis aus. Er nickte ihm zu: Wir beide! Und Moorburg, seine große und reizvolle Aufgabe. Eine freudige Zuversicht erfüllte den jungen Mann.

Der Februar ging schon seinem Ende zu, und mit dem Verkauf von Ellerby hatte es noch nicht geklappt. Hinrich ritt mitunter hinüber, um alles auf Hochglanz bringen zu lassen, wie es nur in Winterszeiten möglich ist. Im Sommer würde es, in Grün und Blumen liegend, attraktiver anmuten. Nun, er konnte sich, wenn er erst einmal auf Moorburg festsaß, nicht mehr viel darum kümmern. Deshalb brannte ihn der Verkauf unter den Nägeln. Da gerade trockenes Wetter war, schwang er sich, warm gekleidet, auf seine Mirza und ritt über Eckernförde nach Kiel.

Gegen Mittag langte er an, brachte sein Pferd in den Ausspann, schritt quer über den Markt, an den hochgiebeligen Häusern vorbei, auf das Rathaus zu, wo er sich im Keller ein kräftiges Essen vorsetzen ließ. Schweinebacke mit Grünkohl und süßen kleinen Kartoffeln, das war das Richtige nach solch einem Ritt durch den eisigen Nordostwind.

Nachdem er einige Aufträge für Wulf erledigt hatte, sprach er bei seinem Makler vor. «Sie kommen gerade recht, Herr Baron! Vorgestern war Herr Jester hier, der sich für einen nicht zu kleinen, abgelegenen Hof interessiert. Ich wollte Ihnen morgen schreiben.» Was das für ein Herr sei, fragte Hinrich. Der Makler teilte ihm mit, daß Herr Jester ein alter, vermögender Manufakturkaufmann sei, der sein Geschäft seinen Söhnen übergeben habe und dem es mit den vielen Enkelkindern in seinem großen Haus zu unruhig werde. Als Naturfreund, der er sei, sehe er sich nach einem Hof um, der ihm einigen Ertrag sichere und auf dem er die Sommermonate zubringen wolle.

Hinrich nickte. Da könnte Ellerby das Richtige sein. Kurzum, der Makler schickte einen Boten, Herr Jester kam. Nachdem die Herren sich bei einem Pfeifchen über die immer noch herrschende Geldknappheit unterhalten hatten, verabredete man, daß Herr Jester und der Makler in zwei Tagen mit der Post bis Eckernförde fahren sollten, wo sie abgeholt und zur Besichtigung nach Ellerby gebracht würden.

Hier wurde der Handel perfekt; denn Herrn Jester gefiel der Hof, der hübsch an der Schlei gelegen war, samt Haus und Gartenanlagen sehr. Ihm wurden auch Fuhrwerk und Pferde, Kühe und viel Mobiliar überlassen. Der alte Mumm und seine Frau wollten Herrn Jester die Wirtschaft weiterführen. So blieb fast alles beim alten auf Ellerby.

Als Gesamtkaufpreis erhielt Hinrich 18000 Taler Kurant, womit er sehr zufrieden war. Die Herren schüttelten sich die Hände, und damit war der Kauf abgeschlossen.

Am Abend holte Herr Wulf auf Grevenslund eine alte Flasche Wein aus dem Kellergewölbe herauf, und Frau Mathilde trank mit ihren beiden Söhnen auf diesen guten Handel.

«Willst du nicht vor der Hochzeit nach Moorburg fahren?» erkundigte sich die Mutter.

«Du kannst mich wohl gar nicht schnell genug wieder loswerden», sagte Hinrich und lachte.

«Mein lieber Junge», sie sah ihn ernst an, «wie gern würde ich dich hierbehalten. Ich bin so glücklich, daß wir drei wieder beieinander sind. Aber ich könnte mir denken, daß Charlotte deine Hilfe vor dem großen Fest braucht. Es ist doch allerlei zu bedenken und zu tun.»

Hinrich zog einen Brief aus der Tasche. «Charlotte teilt mir in ihrem heutigen Brief mit, daß sie seit einigen Tagen auf Polzin bei Tante Caroline in der Lehre ist. Es gefällt ihr dort ausnehmend gut, und Tante spannt sie ordentlich ein. Wo sollte ich wohnen, wenn ich jetzt an den Schwarzsee fahren wollte? In der Kammer neben meiner Braut? Das würde Tante nicht gestatten. Wulf, grinse nicht so unverschämt! Auf Moorburg? Vor der Hochzeit will ich dort nicht bestimmen, sondern erst dann, wenn mir und Charlotte das Gut übergeben ist. Das hat alles Zeit. Oder soll ich bei der Mamsell in der Küche stehen und Hochzeitskuchen backen?»

Er knitterte mit dem Brief und suchte darin, dann sah er auf. «Sie schreibt hier, daß ihr Bruder seit Februar bei dem Moorburger Förster sozusagen in der Lehre ist.»

«Aha», rief Wulf und streckte die langen Beine von sich. «Er hat es also doch getan. Das habe ich ihm geraten, damit der Bengel was zu tun bekommt, der hat nämlich vom edlen Weidwerk keine Ahnung. Schießt wie ein Wilder im Wildbestand umher. Wenn er ausgelernt hat, habe ich ihm als Belohnung versprochen, daß er hier einen Damhirsch schießen darf.»

«Das wird er wohl nicht; denn Charlotte schreibt, daß er wieder Rückfälle habe.»

Schrecklich, meinte Frau Mathilde, Hinrich sei um so einen Hausgenossen wirklich nicht zu beneiden.

«Dat ward ni lang duern, bit de sik dotsopen hett.» Wulf sah zu dem Leuchterweibchen auf, das von der Decke herabhing.

In der ersten Märzwoche gab es starken Frost. Raben, Krähen und Möwen flogen über die Landschaft Schwansen und stießen heisere Rufe aus. Die kleineren Vögel verkrochen sich vor dem eisigen Atem, der von der Ostsee herüberwehte, in ihre Schlupflöcher.

«Laß uns nach Ellerby fahren und deinen Kram abholen, solange der Boden hart ist. In den nächsten Tagen brauche ich die Pferde alle zum Mistfahren», sagte Wulf beim Frühstück zu seinem Bruder.

Nach einer halben Stunde schwangen sich Christian Jensen und Claas Dreesen auf die Sattelpferde von zwei Leiterwagen und verschwanden hinter dem Torhaus.

Wulf wollte mitreiten, um beim Aufladen zu helfen, denn die Möbel, die Hinrich von Ellerby mitnehmen wollte, waren zum Teil schwere Brocken, erforderten aber wegen der feinen Politur schonende Behandlung und saubere Hände. Die beiden dick vermummten Reiter überholten die beiden Wagen auf halbem Weg und konnten der alten Mumm die Mittagsgäste ankündigen.

Die vier Männer fielen nach dem Aufladen wie hungrige Wölfe über die dampfenden Schüsseln her, und der heiße Punsch wärmte sie vor der kalten Rückreise gehörig durch.

Zum letztenmal saß Hinrich mit dem Bruder in dem halbleeren Zimmer seines Hauses in der Ofenecke auf einem Küchenstuhl. Es war noch gar nicht lange her, daß er sich vorgestellt hatte, wie er als alter Knabe mit dem Kater auf dem Schoß hier seinen Lebensabend verbringen würde.

Er übergab den beiden getreuen Mumms ein Geldgeschenk und nahm herzlich Abschied von ihnen. Draußen bei den Pferden stand ein Häuflein Menschen und streckte ihm die Hände entgegen.

Das Vieh, das er behalten wollte, sollte an einem frostfreien Tag nach Grevenslund getrieben werden. Hinrich schenkte es Wulf aus Dankbarkeit. Herr Jester würde den Hof am 1. April übernehmen.

Noch einmal drehte sich Hinrich vor der Eichenallee um, winkte den Leuten zu und warf einen letzten Blick auf sein väterliches Erbteil. Er hatte zu dem Hof nie eine tiefere Beziehung gehabt, vielmehr hing er an seiner Jugendheimat Grevenslund. Und nun war er schon halb in Moorburg.

Wulf schlug ihm mit dem Pelzhandschuh auf die Schulter. «Auf daß du es nie bereuen mögest, Hinnerk!»

Eine Woche später wollte Hinrich gerade mit zwei Jagdhunden aus dem Torhaus gehen, als der Milchkutscher, der eben mit dem Wagen hereinfuhr, ihn anrief. Er hielt an, öffnete eine Tasche und holte einen Brief heraus. «Der ist für Sie, Herr Baron!»

Es war ein Brief von Charlotte. Hinrich blieb unter der Durchfahrt stehen und öffnete ihn. Er las ihn, und seine Gesicht wurde immer ernster.

Rasch ging er zum Pferdestall zurück, wo er Wulfs Stimme gehört hatte.

«Nicht so schnell», rief Wulf, der die Geburt eines Fohlens überwachte und sich auf den Zuruf seines Bruders umdrehte.

«Lies!» Hinrich reichte dem Bruder das Schreiben. Als Wulf es gelesen hatte, setzte er sich auf eine Häkselkiste und sah zu seinem Hinrich auf. «Ach, du Dunnerlittchen!» entfuhr es ihm. «Wie er gelebt, so ist er gestorben», fügte er nachdenklich hinzu.

«Wild und unbedacht», fuhr Hinrich fort.

Wulf warf einen Blick zur Stute hinüber. Die stand schon und leckte ihr Fohlen. «Komm», sagte er, «darauf müssen wir uns einen genehmigen. Mensch, ein furchtbarer Tod!»

Er pfiff den Hunden, die eine Katze über den Hof jagten. Eingehakt schritten die beiden Pogwischs dem Gutshaus zu.

In Wulfs mit schweren alten Möbeln ausgestatteter Stube saßen sie sich mit dem Glas in der Hand gegenüber und sprachen über Charlottes Bericht.

Georg von Wasmer war verunglückt. Er war mit seinen Saufkumpanen in Gnissen im Krug gewesen und hatte die halbe Nacht gezecht. Als sie endlich aufbrachen, wettete er mit den anderen, daß er schneller in Moorburg sei als sie. Die Kumpane wollten ihn begleiten, aber er schüttelte sie ab. Dann ritt er allein in tollem Galopp über den zugefrorenen See. In der Mitte war er eingebrochen und ertrunken.

«Du sagtest: wild und unbedacht», bemerkte Wulf. «Das glaube ich nicht. Er hat es mit Absicht getan!»

Hinrich trank sein Glas leer und drehte den Stiel zwischen den Fingern. «Meinst du?»

«Ja, diese Moorseen haben Stellen, die nicht fest zufrieren. Und so dumm kann selbst ein Georg von Wasmer nicht gewesen sein, der da aufgewachsen ist, daß er das nicht wußte. Er hat sich in Gnissen im Krug Mut angetrunken, um sein verpfuschtes Leben zu beenden, das glaube mir!»

«Schrecklich!» Hinrich von Pogwisch dachte an seinen Kampf in dem eiskalten Moor. Dann sagte er: «Ich muß morgen früh losfahren.»

«Mußt du, sie schreibt ja, daß sie dich brauchen, die arme Deern. Und doch, Hinnerk, es ist so für alle Teile das Beste.»

Auch Frau von Pogwisch meinte dasselbe, als sie es erfuhr. «Die arme Mutter», sagte sie dann leise und sah ihre beiden Söhne an. «Er war der letzte Namensträger der Wasmers.»

Am anderen Morgen wurde Abschied genommen. Auch Christian Jensen nahm Abschied von Grevenslund, denn er sollte gleich bei seinem Herrn in Moorburg bleiben. Er und Claas lösten sich beim Kutschieren ab.

«Das ist nun wirklich sein allerletzter Streich gewesen, daß er euch die Hochzeit verdorben hat», sagte der grippekranke Marquis de Beauchamp zu Hinrich, der an seinem Bett saß. «Und nun mache ich auch nicht mehr recht mit. Es ist aber kein Wunder, daß man sich doch einmal etwas wegholt, wenn man Tag für Tag an Krankenlagern sein muß. Das war eine richtige Epidemie im Dorf.» Ob denn kein Arzt in der Nähe sei, erkundigte sich Hinrich. Beauchamp schüttelte den Kopf. Der nächste Physikus wohne in Alberg, der habe da herum auch genug zu tun. Hinrich möge Charlotte energisch verbieten, jetzt zu den Kranken ins Dorf zu gehen. Allerdings, bei dem nun einsetzenden Frühjahrswetter würden wohl auch die letzten Patienten gesund werden.

Als Hinrich gegangen war, richtete der alte Herr sich im Bett auf und sah aus dem Fenster. Ja, im Garten rührte es sich. Die Gärtnerburschen waren dabei, Tannenreisig von den Beeten zu nehmen. Aus einer Rabatte blitzte es blau, aus einer anderen gelb herüber. Die Krokusse blühten.

Im ersten Stock ging das Brautpaar Arm in Arm durch die Gemächer. Charlottes Eltern hatten wie ihre Vorfahren die Zimmer der rechten Schloßseite bewohnt. Frau von Wasmer hatte sie dem jungen Paar angeboten; sie würde dann nach oben ziehen. Aber Hinrich meinte, sie solle nur weiter in ihren Räumen wohnen. «Wozu eigentlich wegen einer

Hochzeit einen solchen Wirbel machen?» hatte er gefragt. «Ich sehe nicht ein, warum wir hier Veränderungen durchführen sollen. Lassen wir doch alles beim alten. Oder willst du unbedingt aus deinem schönen Zimmer heraus, Charlotte?»

«Lieber, wenn es nicht sein muß . . .»

«Nun, also! Ich werde mir, mit Ihrer gütigen Genehmigung, dort oben mein Zimmer aussuchen.»

Madame, die blaß und abgespannt in ihrem Lehnstuhl saß, den Papagei neben sich, hatte Hinrich beide Hände entgegengestreckt. «Komm her, du guter Mensch, du hast mir eben eine große Freude gemacht. Wir sagen schon jetzt ‹du› zueinander, nicht wahr?» Sie hatte ihn zu sich heruntergezogen.

Hinrich küßte sie auf beide Wangen und fragte, ob er sie Mama nennen dürfe.

«Mit tausend Freuden, lieber Hinrich! . . . Ich habe einen Sohn verloren, aber das Schicksal hat mir einen neuen, lieben Sohn gegeben», hatte Germaine geflüstert. Darauf war sie aufgestanden und hatte aus ihrer Schatulle den großen Schlüsselbund geholt und ihn Charlotte überreicht. «Nimm ihn schon, mein Kind, und bewahre ihn gut auf.»

Den oberen Stock durchschnitt ein Korridor, dessen mittlerer Teil die Galerie des Treppenhauses bildete. An der Hofseite nahm die Halle viel Raum ein. Rechts wohnte Mamsell Niemeyer in einem hübschen Zimmer, daneben lag die Nähstube.

Charlotte schloß die Gastzimmer der Gartenseite auf. Sie waren alle gut instandgehalten. Hinrich bewunderte einen venezianischen Spiegel und ein Gobelin aus Audenarde. Als die beiden wieder auf den Flur traten, an dessen Wänden Familienporträts hingen, blieb Hinrich lachend vor einem Bild stehen, das einen jugendlichen Mann zeigte. Charlotte fragte, was es da zu lachen gebe, das sei ihr Vater als junger Mann.

«Das da», rief Hinrich. «Jetzt weiß ich doch, woher du die hast.» Er nahm ihre mollige Nase zwischen Daumen und Zeigefinger. «Ja, die habe ich von Papa, der hatte auch so ein Fleischklößchen. Ist das schlimm?» Sie sah ängstlich in die Augen ihres Verlobten.

«Aber nein», sagte er, «ich finde sie ganz pikant.»

Charlottes Zimmer lag im linken Schloßflügel. Die Fenster gingen nach Südwesten und Südosten. Gegenüber, nach der Hofseite zu, lag ein geräumiges Gemach, vor dessen Tür Charlotte sagte, das beste komme zum Schluß. Das Schloß klemmte etwas, und der junge Mann mußte ihr behilflich sein, denn das Zimmer war lange unbewohnt gewesen. Dumpfe Luft schlug ihnen entgegen, als sie eintraten. Hinrich blieb überrascht stehen und sah umher. «Einzigartig!»

Das Zimmer war ganz im Regencestil, dem ursprünglichen Stil des

Schlosses, verblieben. Vor eine der mit Seidentapeten bespannten Wände war ein Kamin gesetzt. Charlotte wies zu der Stuckdecke hinauf. Schwungvolle Linien vereinigten sich in der Mitte zu einem Rundbild, das ein ziemlich nachgedunkeltes Gemälde von Amor und Psyche zeigte.

«Soso», sagte Hinrich lächelnd, «meinst du nicht auch, daß hier das richtige Quartier für mich sein dürfte?» Sie nickte etwas verlegen und deutete aus dem Südostfenster. Der Ausblick war wirklich schön. Die Sicht ging über Moor und Heide. «Von meinem Zimmer aus habe ich denselben Blick», sagte Charlotte. Hinrich sah auf die Fensterbank hinab. Die war verfault und feucht, ebenso der Fensterrahmen. Auch die anderen beiden Fenster wiesen Schäden auf.

«Es hat wohl seit zwanzig Jahren niemand hier drin gewohnt», erklärte Charlotte. «Georg wollte hier einziehen, aber das Zimmer ist im Winter nicht warm zu kriegen. Ich glaube, der Kamin raucht, irgend etwas stimmt da nicht.»

Hinrich hatte aus dem Hoffenster Tische entdeckt, der vor dem Pferdestall stand. Mit Ach und Krach bekam er den Fensterflügel auf und pfiff auf zwei Fingern.

Christian blickte herauf.

«Tische, frag mal, ob es hier einen Tischler oder Zimmermann gibt. Den hol gleich her. Hier gibt es Arbeit.»

Dann untersuchte Hinrich das Zimmer, das breite Bett mit dem Himmel darüber, der staubig und verschossen war, die Kommode, die Schränke und den krummbeinigen Schreibtisch. Wozu sollte er Möbel von Grevenslund hierher holen? Es war doch alles vorhanden, was er brauchte. Charlotte besah sich unterdes nachdenklich ihre pikante Nase in einem ovalen Spiegel mit Rocaillerahmen.

«Bis hierher hat mich ein guter Engel geleitet», sagte der Bräutigam hinter ihr, «und hier bleibe ich!» Er umfaßte sie und ließ sich mit ihr auf das Bett plumpsen, aus dessen Decke Staubwolken aufstiegen. Sie lachten, herzten und küßten sich. Charlotte war richtig aufgelebt, seit Hinrich in Polzin war.

Der Tischler klopfte an die Tür. Die Fenster waren alle defekt. «Ist das hier im Haus überall so?» fragte Hinrich den Tischler.

Der schüttelte den Kopf. «De annern sünd woll in Ordnung, Herr, vor'n poor Johren hev ik allens trecht mokt. Hier bün ik ni west, dor wahnt jo doch keen in.»

Dann solle er die Fenster in einer Woche fertig haben, und mit festem Holz.

Der Tischler drehte seine Mütze in der Hand. Er sei gerade dabei, den Zaun des Pastors zu flicken.

«Das kann warten», sagte Herr von Pogwisch kurz. Als der Mann sich mit einer Verbeugung zurückziehen wollte, fragte Hinrich noch: «Hat Er tüchtige Gehilfen?»

«Nee, Herr Baron, ik bün alleen.»

Dann solle er sich nach ein paar tüchtigen Männern umsehen, die ihm helfen könnten, denn es werde bald viel Arbeit für ihn geben. Der Tischler riß seine kleinen Augen auf. «Veel Arbeit? Hier in't Slott?»

«Nein, im Dorf!» Schon am Abend wußte das ganze Dorf, daß auf Moorburg ein neuer, frischer Wind wehen würde.

Zwei Tage später trieben die Eisschollen auf dem Schwarzsee. Die Sonne ließ sie glimmern und glitzern. Der Wassermüller sah zwischen den Schollen etwas Dunkles liegen. Er schickte seinen Knecht zum Schloß hinüber. Dieser traf auf dem Ehrenhof den Freiherrn von Pogwisch, der sich gerade mit Tische beriet, wie sie Mirza am besten herschaffen könnten. Er vermißte sein «kleines Mädchen».

Der Verwalter, Herr Busse, ein kräftiger Mann in den besten Jahren, kam dazu, als der Knecht berichtete.

Ohne zu zögern, fuhren die vier Männer mit einem leichten Wagen zur Wassermühle. Dort lagen zwei Boote, in die Stangen, ein großes Netz und Taue gelegt wurden. Der alte Müller und der Verwalter stiegen in je eines. Tische und der Knecht ruderten hinaus.

Hinrich blieb mit der treuherzigen Müllerin bei dem Steg am Ufer stehen. «Dat is keen Mensch, Herr Baron», sagte die alte Frau besorgt, «dat is dat Peerd.» Hinrich sah sie freundlich an und sagte: «So is dat woll. Sie hat aber gute Augen!»

Nach einer halben Stunde brachten Tische und der Müllerknecht den Pferdekadaver. Er war mit einem Tau und den Zügeln am Boot befestigt. Er habe in einer Untiefe auf einem Feldstein gehangen, sagten sie.

Hinrich ging in die Mühle, und die Müllerin bot ihm einen Korn an. Er trank gleich drei, um den Pestgeruch aus der Nase zu bekommen. Während er sich stärkte, erfuhr er, daß die Mühle bis 1818 Gutsbesitz gewesen sei und der Müller sie bei dem großen Ausverkauf von Moorburg erworben habe. Vier Hektar Land gehörten dazu. Der Müller und Busse kamen zurück. Sie hätten mit ihren Stangen und Netzen den Leichnam nicht finden können. «Ein böses Stück Arbeit, die Ruderei zwischen Schollen», sagte der Müller und erzählte dann, daß der Schwarzsee keinen Menschen wieder herausgebe, der in ihm ertrunken sei.

«Ich habe gleich gewußt, daß wir nichts finden werden. Das Pferd hat er nicht annehmen wollen, das hat er auf den einzigen Feldstein geschmissen, der im See ist. Aber den Menschen hat er genommen.

«Wer eigentlich?» fragte Hinrich, und das Grausen von damals befiel ihn wieder.

«Wer? Der Wassermann, der hat schon viele reingelockt. Der haust in der Tiefe.»

«Ach, euer Wassermann! Das ist die Strömung, die nach dem Moor zu steht. Der Marquis hat mir das einmal erklärt. Der Strom, der durch den See geht, soll irgendwo unter dem Moor versickern», sagte Busse.

«Geben Sie mir noch einen, Müller», bat Hinrich und schüttelte sich. «Was machen die beiden da draußen?»

Die hätten sich jetzt wohl mit Hilfe der beiden Pferde den Kadaver an die Grube geholt, die armen Kerle, sagte der Verwalter. Eine scheußliche Arbeit! Die beiden mußten sich in der Waschküche mit heißem Wasser und Schmierseife reinigen. Die stinkenden Kleidungsstücke wurden in den Lachsenbach gehängt, am anderen Tag würde sie Stina, die pralle Küchenmagd, auskochen. Tische bekam vom Knecht Zeug geliehen. Dann stiegen sie auf den Wagen.

Beim Abschied sagte die alte Frau zutraulich zu Herrn von Pogwisch: «Kieken Se mol wedder in, Herr!» Er reichte ihr die Hand und dankte ihr.

Als sie durch den sinkenden Abend nach Moorburg zurückfuhren, bat Hinrich den Verwalter, über diesen Nachmittag zu schweigen, zumal Madame bisher keinen Auftrag gegeben hatte, nach dem Leichnam suchen zu lassen.

«Selbstverständlich, Herr Baron! Wozu sollen die Damen aufs neue an dieses traurige Ereignis erinnert werden?» Dann fuhr er fort: «Es sind in der Zeit, seit Herr Georg verunglückt ist, schon zweimal junge Mädchen bei mir gewesen, die behaupteten, von Herrn von Wasmer schwanger zu sein.»

«Was?» rief Hinrich aus. «Sie haben ihnen hoffentlich nichts gegeben. Das würde Schule machen.»

«Bewahre, wie käme ich als Verwalter denn dazu.» Sie hätten sich zuerst im Schloß gemeldet. Aber da Herr Marquis krank sei, habe Anton sie kurzerhand hinausgeworfen mit der Bemerkung, es hätte sie ja niemand geheißen, sich mit dem jungen Herrn abzugeben.

Hören die Schwierigkeiten um diesen Wasmer überhaupt nicht auf? dachte Hinrich ingrimmig.

In der Nacht hatte er einen schlimmen Traum. Er war auf der Suche nach Lili und rang unter Wasser mit einem froschartigen, schlammigen Wesen. Keuchend und mit Schweiß bedeckt erwachte er und konnte vor Unruhe nicht wieder einschlafen.

«Was ist denn mit dir los?» fragte Peter-Ohm beim Frühstück. «Du bist ja ganz bleich.»

Er habe schlecht geschlafen, entgegnete Hinrich und schenkte sich noch eine Tasse Kaffee ein.

«Noch eine Woche bist du Junggeselle, mein Jung», sagte der Oheim, als er mit Hinrich einen Spaziergang antrat. «Ich hatte schon Sorge, daß ihr die Hochzeit wegen des Trauerfalls verschieben würdet.»

«Unser Aufgebot ist schon zweimal von der Kanzel herunter verlesen worden. Auch, daß wir am 29. heiraten wollen. Da hätten wir also gar nichts mehr ändern können.»

Der alte Herr bog nun in jenen Weg ein, den Hinrich so oft bangen Herzens gewandert, als Lili verschwunden war. Aber er ging mit. Als sie oben an der Böschung standen und über den See sahen, wo das Moorburger Haus hinter den Bäumen hervorschaute, da wurde er ruhig und festen Willens, das Vergangene nun endgültig hinter sich zu lassen.

Drei Tage vor der Hochzeit trafen seine Mutter, Wulf und Mirza, die ein Grevenslunder Knecht ritt, auf Polzin ein. Es gab einen fröhlichen Abend, gewürzt mit Wulfs Neckereien.

Am nächsten Nachmittag ritt Hinrich, endlich wieder auf seiner Mirza, nach Moorburg hinüber. Es war ein rechter Frühlingstag, wie der März ihn zuweilen hervorbringt. Über der Heide trillerten und jubelten die Lerchen. Kiebitze flitzten mit ihren spitzen Schreien hin und her. Wärme ließ süße Düfte aufsteigen. Und Hinrich war so heiter und unbeschwert wie seit langer Zeit nicht mehr.

Im Galopp brauste er auf Moorburg zu. Er konnte gar nicht schnell genug zu seiner Charlotte kommen. Wie resolut sie ihre Anordnungen traf! Vorgestern war er zufällig dazugekommen, als sie Pierre und dem Hausmädchen, die sein Zimmer reinigen sollten, zurief: «Was macht ihr denn da? Erst mal den Schmutz von dem Tischler wegräumen, ehe ihr mit den Möbeln anfangt!» Da war Hinrich in die offene Tür getreten.

«Sag mal, Hinrich, willst du diesen Betthimmel da behalten?» hatte sie gerufen. «Dann muß er erst gewaschen werden.»

«Wozu denn? Habt ihr hier Wanzen? Denn dafür hat man diese Staubfänger doch einstmals aufgehängt, damit die Dinger nicht von der Decke ins Bett fallen. Runter damit!» Und als die Bedienten laut lachten, hatte er ihr ins Ohr geflüstert: «Außerdem kann ich das schöne Deckengemälde dann besser betrachten.»

Es hatte eine riesige Staubwolke gegeben, als Pierre den Himmel schließlich auf dem Bett stehend herunterholte, sie war zu den neuen offenen Fenstern hinausgeschwebt. Charlotte hatte angeordnet: «Nun das ganze Bettzeug nach draußen auf die Terrasse und ausklopfen. Laßt es in der Sonne liegen!»

Er lächelte vor sich hin. Sie würde eine gute Hausfrau werden. Ja,

Charlotte hatte viel zu regeln und zu bedenken. Ihre Mutter überließ ihr nun alles. Den Abend zuvor war sie spät ins Bett gekommen. So lag sie jetzt, als Hinrich am hellen Nachmittag an ihre Tür klopfte, im Bett und schlief.

Leise öffnete er die Tür. Ihre Kleider sah er auf einem Schemel am Fußende ihres Betts liegen. Ein wenig Spitzenzeug säumte ihre bloßen Schultern. Die eine Hand hatte sie unter die Wange geschoben, die andere lag auf der Decke. Das reiche Haar über das Kissen ausgebreitet, ihre Wangen waren rosig-samtig. Voll Entzücken betrachtete sie der Mann. Und das alles sollte in wenigen Tagen sein sein! Plötzlich faßte er einen Entschluß: Warum nicht gleich und hier? Er wußte, daß es viele Mädchen gab, die den ganzen Hochzeitstag über Angst hatten vor der Nacht.

Er schob den Riegel vor, entledigte sich der Stiefel und der Oberbekleidung und schlüpfte neben sie unter die Decke. Charlotte knurrte ein wenig. Auch als Hinrichs Arme sie umfingen, maunzte sie noch, vom Schlaf umfangen. Doch sie drängte sich an ihn. Hinrich sah in das Gesicht des Mädchens. Ihre schlafende Unschuld rührte ihn, und er ließ sie eine Weile weiterschlummern. Langsam wurde Charlotte wach, so wach wie nie in ihrem Leben zuvor.

Die Hochzeit, die ursprünglich ein gesellschaftliches Ereignis hatte werden sollen, ähnlich der Testorpschen damals auf Karlshöhe, wurde ohne Musik und Aufwand nur im Kreis der Familie gefeiert. Lediglich Trappens waren geladen. Trotzdem gab es an diesem für Moorburg so bedeutenden Tag mehrere Höhepunkte. Der erste war als frohe Überraschung die Ankunft der Pogwisch-Tochter Luise, Hinrichs Schwester, die mit ihrem Gemahl, dem preußischen Major Detlev von Lersching, aus Potsdam gekommen war.

Die Trauung fand am Mittag in der Kirche statt. Alle waren an diesem sonnigen Frühlingstag freudig erregt. In den alten Ulmen auf dem Friedhof plapperten die Stare oder gaben kunstvolle Tonfolgen von sich. Unter Glockengeläut fuhren die Wagen der Herrschaften vor. Im Kirchenschiff reckte man die Hälse, um ja alles an dem festlichen Zug sehen zu können. Außer Frau von Wasmer und dem Bräutigam trug keiner der Gäste Schwarz; man wollte nicht den Eindruck einer Trauerfeier hervorrufen. Der Clou des Brautzugs war die Paradeuniform des preußischen Majors. «Dat mutt 'n Prinz sin», flüsterte es hinter vorgehaltener Hand.

Die Orgel brauste, so gut es eben ging. An der Spitze des Brautzugs schritt der neue junge Pastor mit dem Bräutigam, dessen frische Gesichtsfarben der Vatermörder noch hob. Dann kam Madame Wasmer an der Seite von Wulf, dem Oberhaupt der Familie Pogwisch. Hinter ihnen schritt die Freifrau von Pogwisch in Dunkelblau, von ihrem glitzernden Schwiegersohn geleitet. Peter von Motz mit Luise von Lersching, Frau Caroline von Motz mit ihrem Hamburger Schwiegersohn, ihre Tochter Margarete mit dem Karlshöher, Frau von Trappen mit Friedrich Testorp und Karl Ludwig von Trappen mit seinem recht rundlichen Schwesterchen schlossen sich an.

Christian Jensen fuhr die Braut seines Herrn zur Kirche. Am Arm ihres Oheims, der den Vater ersetzte, betrat sie das Kirchenschiff, durch das eine Welle der Bewegung lief. Welch eine adlige Haltung zeigte dieses Paar!

Der Marquis hatte seine Krankheit gewiß noch nicht ganz überwunden, aber das eiserne «Muß» ließ ihn seine Pflicht tun. Niemand merkte ihm die Schwäche an, als er nun, das schmale Haupt mit dem silberglänzenden Haar erhoben, hoch und schlank neben der Braut einherschritt. Charlotte von Wasmer stand ihrem Oheim an Würde nicht nach. Ihre Erscheinung strahlte einen Liebreiz aus, der Hinrich mitten in sein Innerstes traf. Sie trug ein schlichtes weißes Kleid mit weitem Rock. Die Mutter hatte ihr, eingedenk der Trauer, einen wundervollen schwarzen Brüsseler Spitzenschal locker umgelegt, der von einem Narzissenstrauß zusammengehalten wurde. Dies war außer einem Myrtenkranz, den ihr Riekchen in die braunen Locken geflochten, ihr einziger Schmuck. In der Hand hielt sie ein Spitzentüchlein. So führte Etienne de Beauchamp seine geliebte Nichte dem Bräutigam zu. Hinrichs Herz klopfte laut, als der Pfarrer ihn nach seiner Ansprache fragte, ob er diese Jungfrau Charlotte Dorothea von Wasmer zu seinem Eheweib nehmen wolle. Hinrichs «Ja» klang zuversichtlich und kräftig. Und die Braut antwortete ebenso.

Sie brauchte ihr Tüchlein nicht, vor lauter Glück vergaß sie das Weinen. Als alles vorüber war und der Geistliche auf sie zutrat, um als erster seine Gratulation anzubringen, und sie «Frau Baronin» nannte, erschrak sie fast. Denn daran hatte sie noch gar nicht gedacht.

Da Madame von Wasmer keine Ovationen gewünscht hatte, war der Verwalter im Namen der Moorburger Belegschaft vor das Brautpaar getreten, um mit einer kleinen Glückwunschrede ein Geschenk zu überreichen. Auch Mamsell Niemeyer wünschte im Namen der Bedienten des Hauses Glück und brachte ein Geschenk.

Charlotte erlebte ihren Höhepunkt der Rührung, als ihre Schwiegermutter, die neben Herrn Wulf stand, ein altes Lederetui öffnete und sprach: «Meine liebe Charlotte! Diese uralte Kette möchte ich dir mit Wulfs Genehmigung heute schenken. Durch viele, viele Generationen haben die Frauen der ältesten Pogwisch-Söhne sie getragen wie ich auch. Da aber Wulf nicht zu heiraten gedenkt, möchte er, daß du sie heute bekommst, an dem Tag, wo du als Freifrau von Pogwisch in unsere Familie aufgenommen bist. Bewahre sie getreulich, bis einst dein ältester Sohn heiraten wird. Möge sie dir Glück bringen, liebes Kind!» Und sie schlang eine Kette aus alter Goldarbeit, die einige schöne Smaragde umfaßte, um Charlottes Hals.

Die beiden Frauen umarmten und küßten sich. Charlotte stammelte: «Dank, Dank!» Es flossen doch ein paar Tränen, die Wulf Charlotte resolut mit seinem Taschentuch abwischte. «Na, und ich?» fragte er ganz ernsthaft. Charlotte hob die Arme zu dem großen Mann auf, da nahm Wulf sie in die Arme und küßte sie sachte auf die Stirn. Seinen Bruder, der zusah, knurrte er scherzhaft an: «Hinnerk Pogwisch! Ich möchte nur wissen, womit du ein solches Häufchen Glück wie dieses hier verdient hast. Du alter Vagabund, du!»

Von dem Zwischenfall im Dorf, der sich während der Hochzeitsfeierlichkeiten im Schloß ereignete, hörte man erst später. Die Ursache für die allgemeine Heiterkeit war Swatt-Miete.

Sie wurde im Dorf nur noch Miete genannt, denn seit ihrem Gelübde am Weihnachtsabend hatte sie sich saubergehalten, wenn auch nicht gerade gern. Und siehe, Gott hatte ihr Gebet erhört! Denn sie hatte den Tod Georg von Wasmers nicht vorausgesehen. Als sie Heini, der um ihr «zweites Gesicht» wußte, diese erfreuliche Tatsache mitgeteilt hatte, meinte der Sohn nur: «Och, Modder, dat weer keen richtigen Dod, dat's en Unfall west.»

«Du Tünbüx! He is ober doch dod, mausedod.»

Kurzum, Marie Buhmann hatte an diesem herrlichen Frühlingstag das Bedürfnis, ihrem Herrgott dafür zu danken, daß er das Voraussehen von ihr genommen hatte. Sie hatte sich so sauber und hübsch gemacht, wie sie nur konnte. In der Kirche hatte sie die Pracht der «feinen Leute» und die Rührseligkeit bei der Trauung so in Anspruch genommen, daß sie sich erst, als die Gemeinde das Gotteshaus verließ, auf ihr Vorhaben besann. Sie drückte sich still in ihre Ecke, faltete die Hände und betete. Zuerst bat sie ihren Herrgott, daß er das schöne junge Paar recht glücklich werden lasse, so glücklich, wie sie mit ihrem Gärtner gewesen war. Und auch für ihren Heini und seine Liete wünschte sie dasselbe. Dann bat sie Gott, er möge doch den neuen Baron beeinflussen, daß er gegen die Not im Dorf etwas täte. «Man seggt, he hett 'n Barg Geld!» Schließlich aber kam ihr Dankgebet. «Ik hev mi wuschen, as ik di verspraken hev, leeve Gott, un du hest dat Spökenkieken vun mi dan. Dorför will ik di hartlich danken, un ik will mi ok akkrat holn as anner Lüd ok. Nich mihr mit 'n schietigen Hot herümlopen un all so wat. Dankescheun.» Die Kirche war leer, als sie den Kopf hob. Und die große Tür war geschlossen. Miete ging hin und faßte die Klinke an. Sie merkte nun, daß sie eingesperrt war. Auch das Seitenportal war verschlossen. Sie stieg die Treppe zur Orgel hinauf; doch der «Percepter», wie sie den Orgel spielenden Schulmeister nannten, war ebenfalls nicht mehr da. Ratlos blieb die alte Frau vor der verschlossenen Tür stehen. Wat nu? Aus einiger Entfernung hörte sie Gelächter und Stimmen. Da rüttelte sie an der Klinke und schrie: «Makt up!»

Aber niemand hörte sie. Die Dorfbewohner standen noch auf dem Dorfplatz, den die Wirtschaft, das Pastorat, die Allee zum Torhaus und die Wohnung des Kirchendieners begrenzten. Sie besprachen das eben Gesehene und tauschten Meinungen über den neuen Moorburger Herrn aus. Sie redeten auch über den neuen «Paster». Und als Henning Harms eben sagte: «De Preester is nich so as uns olle Brodersen», da hörten sie die Kirchenglocke laut und schnell läuten. Geradezu wütend bellte sie da oben im alten Feldsteinturm. «Bambum, bambum!»

Einen Augenblick blieben alle stumm, dann riefen sie durcheinander. «Is dat Füer? Wer is dor baben?» Sie sahen sich um. Nein, von Feuer war nichts zu sehen. «Bambum, bambum!»

Da kam der Kirchendiener, der gerade beim Mittagessen gesessen hatte, herausgerannt, den großen Schlüssel in der Hand. Alsbald erschien er mit der schimpfenden Miete in der Tür.

Mit einem «Du Swienhund hest mi inslaten, un denn schimpst du ok noch!» ging sie hoheitsvoll auf die lachenden Nachbarn los. «Süh», rief einer, «dor kümmt de nie Küster. Wat bringt dat in?»

«Miete, büst du bin Beeten inslapen?»

Aber Marie blitzte sie mit ihren hellen Augen verächtlich an, würdigte sie keiner Antwort und steuerte hoch erhobenen Hauptes ihrer Wohnung zu.

Der Mond stieg aus dem Moor auf, als der junge Ehemann sein Zimmer betrat. Er staunte über die Blumensträuße, die man auf Tischen und Kommoden untergebracht hatte, stellte den Leuchter auf eine Konsole und entledigte sich seines Rocks. Ärgerlich riß er den Vatermörder herunter und schleuderte ihn in den Kamin. Nie wieder so ein Ding um den Hals! Lächelnd nahm er den Leuchter und ging zu seiner Frau hinüber. Die hatte ihr Kleid schon abgelegt und bewunderte im Spiegel den alten Pogwisch-Schmuck auf ihrem nackten Hals.

Schnell trat er hinter sie, stützte sein Kinn auf ihren Lockenkopf, und sie betrachteten sich im Spiegel. Seine Hände streichelten ihre Schultern. «Ich kann es noch gar nicht glauben, daß ich ganz die Deine bin, Liebster», sagte sie zärtlich, «aber die Kette beweist es ja!»

«Ich freue mich sehr, daß du sie jetzt tragen darfst. Halte sie in Ehren, mein Lottchen!»

«Lottchen! Ja, das ist lieb, so will ich jetzt von dir genannt werden.» Sie nestelte im Nacken das Schloß der Kette los, besah sie noch einmal und legte sie in das alte Etui. Dann schloß sie es in ihren großen Schmuckkasten ein.

«Das ist recht», meinte er, «sie könnte Schaden nehmen.»

«Eben das denke ich auch, du wilder Mensch!»

Hinrich nahm sie bei der Hand und wollte sie zur Tür ziehen. Sie leistete Widerstand. «Ich muß mir etwas überwerfen. Warum wollen wir eigentlich nicht hierbleiben?»

Er schaute sich um. Ein kleiner bescheidener Strauß stand auf ihrem Fensterbrett. Er schüttelte den Kopf. «Nein, Madame, man hat uns da drüben das Brautgemach bereitet. Sieh und staune!»

«Ach, da raucht doch der Kamin. Und wer hat überhaupt was bereitet? Hier ist es so schön warm.»

«Fängst du schon an? Hast du schon vergessen, daß der Pastor dir gesagt hat, du sollst deinem Gatten folgen?» Da wickelte sie sich in ihren Morgenrock und ging mit ihm in sein Zimmer hinüber.

Charlotte blieb überrascht in der Tür stehen. Wohlige Wärme schlug ihr entgegen, es duftete nach Harz, als seien Tannenzweige verbrannt worden. Das Feuer loderte im Kamin. Und all die Blumen!

Hinrich sah erst jetzt, daß eine Flasche Wein mit zwei hohen Gläsern auf einem kleinen Tablett auf dem Tisch stand.

Beide fingen gleichzeitig an zu lachen. «Wahrscheinlich sollen wir uns erst Mut antrinken», brachte Hinrich hervor.

«Wer hat das wohl so hübsch arrangiert?» fragte Charlotte.

Er habe gedacht, daß dies in Moorburg Usus sei. Nein? Nun, dann sähe es ganz nach seinem Christian Jensen aus. Wie käme der aber als Fremder an die vielen Blumen aus dem Gewächshaus?

«Adele», rief Charlotte lachend, «die hat Adele, mein Stubenmädchen, dem Gärtner abgeschwatzt.»

Hinrich schenkte die beiden Gläser voll und behauptete verschmitzt, sicher habe Demoiselle Adele schon Erfahrung mit Hochzeitsnächten und Mut antrinken.

Sie waren in so froher Stimmung. Charlotte saß auf seinem Schoß mit dem Weinglas in der Hand und deutete in den Spiegel. «Rembrandt!» rief sie, und er wußte, daß sie das Gemälde mit Saskia meinte.

«Gemälde, Lottchen, die habe ich hier auch, und wie ich sehe, sind sie frisch gebadet, die Nackedeis.»

«Da ist aber auch eine Sauce heruntergekommen, als Adele sie abwusch. Und von den Kindern da am meisten!» Sie stand auf. «Hast du dir die schon angesehen, sie sind so herzig.»

Hinrich hob den Leuchter hoch und betrachtete erst im Mittelfeld der

Stuckdecke die Gestalten von Amor und Psyche in ihren frischen Farben. «Amor und Psyche», sagte er versonnen, «das ist eine gute Mischung, Lottchen, an die wollen wir uns halten!» Sie nickte. Dann, den Arm um ihre Schultern gelegt, trat er mit ihr vor die Tür und leuchtete zur Supraporte hinauf. Da lächelten zwischen Blumengirlanden mollige Putten rosig herab. Die eine, die dem Beschauer den Rücken mit den kleinen Flügeln halb zuwandte, hielt einen Apfel hoch, nach dem die beiden anderen die Händchen ausstreckten und sich schubsten. «Drei», sagte Charlotte, «die mittlere könnte eine kleine Eva sein.»

«Die anderen sind jedenfalls Jungen, Lottchen, soviel verstehst du hoffentlich schon davon.» Als sie ihn anstieß, sagte er neckend: «Na ja, wenn du solche Wonnemöpse in die Welt setzen sollst, mußt du das doch wohl wissen. Wieviel wünschst du dir denn?»

Drei fände sie richtig, so wie es auch bei den Pogwischs sei. Zwei Jungen und ein kleines Mädchen. Übrigens habe sie seine Schwester Luise bereits liebgewonnen, schon darum, weil sie Hinrich ähnlich sei.

Hinrich hielt den Leuchter noch dichter an das Gemälde. «Du, da ist noch ein vierter kleiner Engel. Er ist etwas im Schatten, man sieht nur sein kleines Gesicht und ein Händchen.»

«Komisch, den habe ich noch nie bemerkt unter dem Schmutz, der auf dem Bild war. Er ist aber ganz ernst. Vielleicht darf er nicht mitspielen oder traut sich nicht. So sieht es aus.»

«Laß die da nur machen, was sie wollen.» Hinrich wandte sich ab, stellte den Gueridon auf den Tisch und zog seine Lotte an sich. «Ich weiß auch, was ich will, nämlich dich!»

8

Hoch wölbte sich der Himmel; die Aprilsonne jedoch drang nur matt durch den Dunst, der über der Schwarzsee-Landschaft lagerte. Der große, für Roggensaat bestimmte Schlag vor der Buschkoppel sollte heute unter den Pflug kommen. Die Moorburger Männer wollten gerade beginnen, als ihr neuer Herr durch das Hecktor einritt. Er grüßte, sprang von Mirza herab, übergab Heini Buhmann die Zügel und trat hinter dessen Pflug.

«So wollen wir denn beginnen!» rief er laut, packte den Pflugsterz, nahm die Leine auf, rief ein ermunterndes Wort und setzte sich als erster mit seinem Pflug in Bewegung. Staunend verhielten die Knechte, dann kam Leben in die Kolonne. Die Pferde strebten nickend die sanft ansteigende Ackerfläche hinauf, die Pflugscharen wühlten die braune Erde um.

Hinrich von Pogwisch, beseelt von Tatendrang, wollte wenigstens einmal die Freude auskosten, Furchen durch seinen eigenen Boden zu ziehen, wie er es vor Jahren auf Grevenslund getan hatte. Aber dies hier war etwas anderes. Als er auf dem Hügel angekommen war und sein Blick über sein Land schweifte, wurde ihm die Brust weit. Er hätte mit der Lerche, die sich vor ihm in die Luft warf, jubeln mögen.

Mirza wieherte ihm entgegen, als er wieder zurückkam. Wie befriedigend war doch diese harte, nützliche Körperarbeit! Heini Buhmann übergab ihm Mirza und rief dann: «Herr Baron, Ihre Stiefel!», lief zum Knick und kam mit einem trockenen Grasbüschel wieder, um seinem Herrn notdürftig die Schäfte zu reinigen. Auf dem Weg ins Dorf sah Hinrich zu dem ausgefahrenen Feldweg hinunter. Das niedrige Stück, wo der Weg neben einem Tümpel einherlief, zeigte tiefe, mit Wasser gefüllte Löcher, die er umreiten mußte.

Hier konnte er den Schutt der abgerissenen Katen herbringen lassen. Überhaupt mußte der ganze Weg erhöht werden, denn im Sommer fuhren ja ganze Erntewagen darüber. Da vor der Hecke lag ein ganzer Haufen Feldsteine, die man – Gott mochte wissen wann – vom Ackel abgefahren hatte. Ein Steinklopfer mußte her und die zerkleinern. Ja, das gab einen guten Untergrund; dann den Bauschutt darüber und Sand drauf.

Einige zerfallene Häuschen im Dorf waren schon abgerissen. Der Hofvogt überwachte die Abbrucharbeiten, zu denen er sämtliche Leute, die auf dem Feld abkömmlich waren, beordert hatte. Hinrich war abgestiegen und wies den Vogt an, alle noch brauchbaren Steine, Balken und Latten auf dem Platz neben dem Grundstück, das der Schulmeister bewohnte, zusammentragen zu lassen.

Sie blickten zu einem Haus hinüber, das diesen Namen nicht mehr verdiente. Einige Männer waren dabei, das eingefallene Reetdach abzutragen. Schwarze Wolken verhüllten sie zeitweise. Die Kate besaß keinen Schornstein. Man hatte früher drinnen geräuchert, wahrscheinlich mehr als hundert Jahre lang. Als man nur noch das schiefe Sparrenwerk sah, glichen die Männer, die herabstiegen, Schornsteinfegern. Aber sie lachten. Alles war munter und eifrig am Werk. Jeder, der konnte, half. Die Frauen harkten das alte Reet zusammen. Sie standen darinnen wie die Spatzen im Nest, nur die Kopftücher guckten hervor.

«Ich laß gleich einen Wagen herfahren», sagte Hinrich, «damit könnt ihr das ganze Reet auf die Wiese drüben fahren. Die Luft ist ruhig. Macht dann ein Freudenfeuer davon!»

«Kiek», rief eine Frau, «de Percepter will ok mit hölpen!»

Der Lehrer, der in seinem Garten umgegraben hatte, wollte sich die Gelegenheit nicht entgehen lassen, sich dem neuen Moorburger Herrn vorzustellen und ihn um Hilfe zu bitten. Die Schulstube in seinem Häuschen war viel zu klein.

«Rughase», stellte er sich vor. Hinrich wollte eigentlich noch mit Beauchamp die genauen Kosten für die Neubauten im Dorf berechnen, ging dann aber doch mit dem sympathischen jungen Schulmeister in die Behausung, die die Gutsverwaltung vor fünfundzwanzig Jahren zum Schulhaus bestimmt hatte. Es war baufällig wie die meisten anderen zum Gut gehörigen Häuser. Hinrich von Pogwisch erschrak, als er hörte, daß in dem muffigen, niedrigen Raum, in dem er nicht einmal aufrecht stehen konnte, etwa dreißig Kinder unterrichtet wurden. Ein paar lange Tische und Bänke einfachster Art und ein Eisenofen standen darin.

Das junge Ehepaar Rughase lebte mit seinen zwei Kindern in zwei winzigen Räumen. Einer war mit einem Wandbett und einem Sofa möbliert, das möglicherweise aus dem Schloß stammte. Das zweite Zimmer war eine Küche mit kleinem offenem Herd. Weiter hatten die Lehrersleute einen sogenannten Kohlgarten am Haus zur Verfügung. Vom Gut erhielten sie ein Deputat an Torf, Getreide und Buchweizen. Eine Kuh durfte auf einer Gutsweide grasen und bekam Winterfütterung. An Bargeld erhielten sie nur eine geringe Summe.

Hinrich fühlte sich in dieser feuchten Behausung so ungemütlich, daß er den Schulmeister am nächsten Tag zur Besprechung in das Kontor bestellte.

Bedrückt ritt er zum Hof. Das war alles ein unmöglicher Zustand. Die Grevenslunder waren auch Patronatsherren der benachbarten Dorfschule gewesen. Sein Vater hatte dort für den zweiklassigen Unterricht ein ordentliches Schulhaus erbauen lassen. Er trug Sorge dafür, daß die Kinder nicht nur im Winter, sondern auch im Sommer unterrichtet wurden und daß der Lehrer anständig leben konnte. Sein Bruder Wulf hatte diese Einrichtung noch in manchem verbessert.

Wieder eine neue Aufgabe, verbunden mit Unkosten. Nun, Moorburg war, nachdem man alle Schulden beglichen hatte, frei von Verpflichtungen, so schien es. Aber hier tauchten neue auf; eine Schule mußte gebaut werden, das war ihm klar.

Am Nachmittag saß er mit Beauchamp im Kontor und quälte sich mit Kolonnen von Zahlen ab. Zugrunde lagen, was die Neubauten anbetraf, die Kostenvoranschläge des Maurers und des Tischlers. «Wir müssen möglichst viel von den eigenen Leuten arbeiten lassen», sagte der Marquis.

«Das muß aber schnell in Angriff genommen werden, damit wir, wenn die Heuernte kommt, schon etliches geschafft haben.»

Nach dem Abendessen saß der junge Gutsherr mit dem Verwalter zusammen und sprach mit ihm in großen Zügen den Bebauungsplan der

Dreifelderwirtschaft durch, nach dem das Gut bisher gearbeitet hatte und den Hinrich beizubehalten wünschte. Dahinein mußten sie nun den Bauplan des Dorfs einfügen, was viele Schwierigkeiten verursachte. Als er um Mitternacht sein Zimmer betrat, saß seine Frau mit einer Handarbeit vor dem Kaminfeuer. «Was, du bist noch nicht im Bett, Lottchen?» Sie stand auf und legte ihm die Arme um den Hals.

Der Lenz kam mit dem Südwind geflogen, seine Trabanten zogen im Gefolge mit. Er hatte bis zum Mai gewartet; denn der April hatte noch Nachtfröste und kühle Winde gehabt.

Langsam breitete er sich nach Norden aus. Während in Holstein unter dem Frühlingshauch schon die Hecken grünten, waren sie in Schleswig noch kahl. Der Saft stieg in die Bäume, und die festen Buchenknospen entfalteten ihre zartgrünen Blättchen wie Fächer. Die Finken schlugen wie toll in ihren Kronen, der Grünspecht lachte und ulkte in den noch kahlen Eichen, wenn er auf der Nahrungssuche vor lauter Holzhackerei Zeit dazu fand. Leben, Leben überall in Wald und Feld, in Heide und Moor.

Die alte und die junge Herrin von Moorburg schritten Arm in Arm über den Ehrenhof zum Wirtschaftshof.

Madame staunte. Der alte Bretterhühnerstall war fort, und in der großen Lücke entstanden schon die Grundmauern einer neuen Scheune. Und erst im Dorf. War das ein Leben!

«Dein Hinrich ist wohl ein Zauberer», meinte Frau Germaine.

Die alten Lehmhütten waren alle fort. An ihrer Stelle arbeiteten viele fleißige Hände, die die neuen backsteinernen Fachwerkhäuser errichteten. War das ein Geklopfe und Gehämmer! Frohe Zurufe gingen von Haus zu Haus. Man kam voran. Da wurde gesägt und zugeschnitten, teils alte verrußte Balken von den abgerissenen Häusern. Denn der Rauch hatte sie vor Würmern bewahrt. Frauen rührten den Mörtel an, gelernte Maurer und Laien packten die roten Ziegelsteine aufeinander, klacksten den Mörtel dazwischen. Kinder schleppten Wasser herbei, das die Frauen für ihren «Brei» brauchten.

Auf drei Häusern hockten schon die Dachdecker. Große Jungen reichten ihnen das Reet zu und die Weidenzweige, die sie zuvor gehörig gekrellt hatten; denn die Zweige mußten elastisch sein, damit die Dachdecker das Reet oben festbinden konnten.

Germaine von Wasmer blickte mit bleichem Stubengesicht umher. So einen Betrieb hatte sie im Dorf Moorburg noch nie erlebt, wenn sie schon einmal hineingekommen war.

Es war alles großartig, was hier geschah. Ihr aber war es zu laut und staubig. «Wir wollen lieber in den Garten gehen, Charlotte!» schlug die alte Dame vor.

Der Bär in der Halle trug wieder einmal Wulfs Zylinder. In der frühen Morgendämmerung gelangten die Brüder Pogwisch an den von dem Marquis bezeichneten Balzplatz. Leise nahmen sie hinter den von Etienne schon im Vorjahr errichteten Schirmen in einer Wacholdergruppe Platz. Es war noch recht kalt, und sie hüllten sich in ihre warmen Mäntel. Wulf hielt die Flinte auf den Knien. Langsam erwachte das Moor. Aus den Bänken quakten Frösche, eine Eule knurrte aus dem Föhrengehölz. Vor dem lichter werdenden Himmel taumelten schon ein paar eben aus dem Schlaf erwachte Kiebitze. Eine Weile war es ganz ruhig um die schweigenden Brüder; aber dann begannen die Bekassinen zu meckern; sie machten ihren Namen als Himmelsziegen alle Ehre.

Wulf stieß Hinrich mit dem Ellbogen an und deutete mit dem Kopf seitlich dorthin, wo es im Heidekraut knisterte. Da kamen schon einige Birkhennen hervorgetrippelt. Das war ein Kollern und Blasen. Die Birkhähne fielen ein. Zwei, vier, sieben stramme Vögel. Wie sie sich mit gefächerten Federn spreizten und aufspielten! Wie sie tanzten und trompeteten! Als einer nach den Hennen ausscherte, gab es Hiebe, Gefauche, während die Hennen die Hälse reckten, stolz auf diese Keilerei um ihretwillen, und «jo, jo, jo» machten. Hinrich mußte sich ein Lachen verkneifen, als ein alter Hahn nun, während die jungen sich hackten, einfiel und sich über die Hennen hermachte. Vorsichtig hob Wulf die Flinte, schob sie durch die Lücke in den Machangelzweigen. Aber das Licht war noch zu schwach.

So saßen sie noch still und sahen dem eifersüchtigen Gehabe um die Hennen zu. Plötzlich sandte die Sonne hinter der Dickung hervor ihre Strahlen über Heide und Moor. Sie trafen leuchtend das Gefieder der liebestrunkenen Vögel. Da krachte Wulfs Gewehr. Ein stattlicher Hahn stürzte, schlug noch einmal mit den Flügeln, dann lag er leblos da. Die anderen Tiere rauschten davon.

«Ein prächtiger Bursche!» Wulf hob den Vogel an den Beinen hoch.

Den Vormittag verbrachten sie mit der Besichtigung des Dorfs. «Donnerwetter!» rief Wulf, der erst den Abend zuvor angekommen war. «Das ist eine beachtliche Leistung in so kurzer Zeit. Aber da stehen ja noch Häuser, die noch nicht fertig sind?»

«Die haben wir zwar angefangen, aber mir scheint, die große Scheune geht vor, die ist bitter nötig. Außerdem muß ich Steine haben, und die Pferde sind beim Eggen. Reet ist auch zu Ende. Hast du Lust, heute nachmittag nach Karlshöhe mitzukommen? Ich glaube, Trappen hat Reet genug.»

«Gern, Hinrich, aber nimm doch Roggenstroh!»

«Für die Katen eventuell, aber die Scheune muß Reet haben.»

Hinrich freute sich, seinem Bruder zu zeigen, wie sein Geld angewendet worden war, und meinte, dieses Dorf müsse eigentlich «Wulfsdorf» genannt werden.

Wulf lachte. «Zuviel Ehre, Hinnerk. Laß es man beim alten, ich bin restlos befriedigt von euren Anstrengungen, die Leute vernünftig unterzubringen. Zustände, wie sie hier auf Moorburg herrschten, bringen Unzufriedenheit und schlechte Arbeitsleistung. Davor wollte ich dich bewahren, mein Junge.»

Nun war noch das Problem mit der Schule zu bewältigen. So führte Hinrich seinen Bruder zu dem bisherigen «Schulhaus». Die junge Lehrersfrau begleitete die beiden Herren knicksend in das Schulzimmer.

«Ach du liebe Zeit», rief Wulf aus und setzte sich, da er nicht gerade stehen konnte, auf einen Tisch. «Unmöglich!» Er sah die Wände an, die einen halben Meter über dem Lehmfußboden noch naß waren. Auch der Wickelboden über ihnen wies Spuren von Feuchtigkeit auf. Die junge Frau führte sie noch in die beiden kleinen Wohnräume.

«Wo ist der Präzeptor?» erkundigte sich Wulf.

«Der hilft mit bei der Scheune, Herr Baron!»

Als sie zum Hof zurückgingen, sagte Wulf: «Weg mit der Bruchbude, Hinnerk!»

«Möcht ich schon, aber entweder Schule oder Scheune. Beides reicht nicht mehr. Beauchamp und ich haben hin und her gerechnet. Die Schule muß bis zum Herbst warten. Die Kinder gehen jetzt doch nicht hin.»

Sie sahen noch eine Weile bei dem Bau der Scheune zu, langsam wuchs das Mauerwerk höher.

«Was für ein Mann ist denn der Schulmeister?» fragte Wulf, so als habe er die ganze Zeit an die Lehrerfamilie gedacht.

Hinrich wußte durch die Unterredung mit dem Präzeptor in seinem Kontor Bescheid. Der junge Mann war Lübecker. Sein Vater war Buchhalter gewesen und hatte den intelligenten Jungen auf das Katharineum geschickt und ihn gleichzeitig bei dem Kantor von St. Katharinen das Orgelspiel lernen lassen. Als er sechzehn Jahre alt war, starb sein Vater plötzlich. Er mußte die Schule verlassen, da kein Geld mehr dafür vorhanden war. Er gab jüngeren Schülern Nachhilfeunterricht, arbeitete weiter für den Kantor und wuchs so allmählich in die Lehrertätigkeit hinein.

«Und der lebt nun in dieser Hundehütte», bemerkte Wulf.

Sie gingen über den Ehrenhof dem Schloß zu. Unvermittelt blieb Wulf stehen und sah erst rechts, dann links zu den beiden Gebäuden hinüber, die den Hof begrenzten. Es waren zwei ganz gleiche einstöckige Breitbauten, mit einem zweistöckigen Mittelrisalit und flachem Giebel darüber.

«Wer wohnt denn eigentlich da?»

«Im linken Bau wohnt der Verwalter mit seiner Familie. Im rechten war früher die Rentei. Da stehen Aktenschränke drin. Hinten ist die Leuteküche, und die Hühner haben wir einstweilen in einem Hofgebäude untergebracht, bis die Scheune fertig ist.»

«Was meinst du dazu», sagte nun Wulf, «wenn ihr die Aktenschränke der Vorderstuben herausnehmt oder zusammenstellt und den Schulmeister mit seiner Familie bis zum Herbst darin wohnen laßt?»

«Das Ei des Kolumbus, Wulf! Du bist unbezahlbar.»

Sie gingen sofort zur Scheune zurück und ließen den Schulmeister vom Bau rufen.

Mit Mörtel bespritzt kam der junge Lübecker daher und sah mit klugen Augen zu den beiden stattlichen Herren auf. Hinrich beauftragte einen Knecht, beim Herrn Marquis den Schlüssel zur Rentei zu holen. Indes sagte Wulf: «Herr Rughase, wir haben soeben Ihre Wohnung besichtigt und meinen, daß Sie nun lange genug dort gewohnt haben. Wir möchten Sie bitten, morgen früh auszuziehen . . . Wohin, fragen Sie? Kommen Sie mit!»

Der Schulmeister war einfach sprachlos, als Hinrich die Rentei aufschloß und sie in die geräumige Vordiele traten. Diese war etwa so groß wie sein ganzes Häuschen. In den Stuben standen noch einige Pulte und Drehböcke und an den Wänden Regale und Schränke voll uralter Schriftstücke. Oben im Giebel gab es auch noch zwei kleine Stuben. Hinrich stellte dem beglückten Rughase die Giebelstuben und ein Zimmer neben der Diele bis zum Herbst zur Verfügung.

«Dann werden wir ein neues Schulhaus bauen. Ihren Garten im Dorf können Sie einstweilen behalten. Die Vorräte kommen hierher in den Stall», sagte der Gutsherr.

Dann besprachen sie mit der Leuteköchin, die eben in der geräumigen Küche hinten das Mittagessen für die ledigen Knechte bereitete, die im Torhaus wohnten, daß Frau Rughase die Küche mitbenutzen dürfe. Die Mamsell zeigte ihnen in den hinteren Räumen einige Möbelstücke, die man dem Schulmeister vorerst überlassen könne. Dann sagte Hinrich noch auf eine geflüsterte Bemerkung Wulfs: «Ich habe andere Arbeit für Sie, Schulmeister. Was da in den Schränken liegt, muß einmal gesichtet und sortiert werden. Möchten Sie das übernehmen? Ihre Arbeit am Bau kann jeder Knecht machen. Ich weiß, Sie brauchen Geld. Sie sollen hier dasselbe bekommen, alles andere ist umsonst.»

«Herr Baron, ich kann Ihnen meine schmutzige Hand nicht zum Dank reichen. Aber ich darf Ihnen meinen Dank für Ihre Großherzigkeit beweisen, indem ich Ihnen mit meinen wenigen Kenntnissen allzeit zur Verfügung stehen werde und Ihrem Moorburg treu dienen will.» Der

Schulmeister verabschiedete sich und ging nach Hause, um seiner Frau die frohe Botschaft zu bringen.

Als die Brüder zum Portal des Schlosses hinaufstiegen, meinte Wulf, die Rentei sei für ein Schulhaus geeignet.

«Um Gottes willen!» rief Hinrich und öffnete die Haustür. «Ich will nicht sämtliche Kinder des Kirchspiels hier auf dem Hof haben. Außerdem werden wir die Rentei eines Tages vielleicht brauchen können.»

«Hast ja recht. War nur so ein Gedanke, als ich das leere Haus sah.»

Als sie am Nachmittag Seite an Seite auf dem Karlshöher Hof einritten, kam ihnen gerade der Gutsherr mit dem Jagdhund entgegen. Freudig wurden sie begrüßt und ins Haus gebeten. Aber Hinrich von Pogwisch brachte gleich sein Anliegen wegen des Reets hervor.

«Hab ich», sagte Karl von Trappen. «Natürlich können Sie was haben. Wir haben diesen Winter genug am See geschnitten, und ich habe wenig Bedarf, weil alle Gebäude neu sind. Wir wollen uns den Vorrat gleich einmal ansehen. Hier herum, bitte!»

Plaudernd gingen sie über eine Koppel, dann abwärts dem Schwarzsee zu. Auf einer Weide am Waldrand stand eine stattliche Anzahl Reethaufen, die wie große Zelte anmuteten.

Trappen fragte, wieviel der Moorburger brauche.

Hinrich überlegte: «Die Dachfläche der Scheune wird etwa 600 bis 700 Quadratmeter haben, hinzu kommen noch drei kleine Häuser . . . ja, 1000 Quadratmeter werden das mindestens sein.» Er ging zu den Haufen hinüber und prüfte das Reet.

Wulf rief ihm zu: «Das nützt nichts, da mußt du hineinkriechen, draußen herum stehen immer die guten Bunde. Drinnen sind dann nachher die Stöcke und ganz grobe Dinger.»

Herr von Trappen lachte und erklärte, dafür könne er natürlich nicht garantieren, da er sie nicht selber aufgestellt habe. Aber Herr von Pogwisch solle sie billig bekommen. Er fürchte nur, das würde knapp sein bei tausend.

Hinrich kam zurück und äußerte sich anerkennend über das Reet. Er meinte, der Dachdecker könne ihm, falls es nicht reichen sollte, wohl noch den Rest besorgen. Man wurde sich über den Preis schnell einig.

Am Kaffeetisch erfuhren sie von der Hausfrau, daß im Spätsommer wieder eine Hochzeit auf Karlshöhe stattfinden sollte. Karl Ludwig, der Sohn, sei eben bei seiner Braut und den Schwiegereltern im Stormarnschen.

Im Zimmer des Hausherrn wurde anschließend der Handel mit einem «Klaren» begossen. Die Pfeifen qualmten, und die drei Herren sprachen über die schleswig-holsteinische Not.

«Es ist doch ein Verhängnis», rief Herr von Trappen erregt, «daß wir immerfort als sogenannte dänische Staatsangehörige in die Dänenkriege mit verwickelt werden. Mit den Hansestädten, mit Schweden, mit den Katholischen und als Clou noch auf Napoleons Seite mit den Großmächten. Und immer sind wir das erste Angriffsziel der Feinde, immer der Prellbock Dänemarks. Kaum hat sich das Land von Kriegsverwüstungen erholt, geht der Tanz von neuem los. Und dann noch Anno dreizehn, wo wir am Boden waren, dänischer Staatsbankrott!»

«Ja, das war eine bittere Pille, an der wir noch zu knacken haben», sagte Wulf von Pogwisch. «Ich persönlich will mich nicht beklagen, dazu ist kein Grund. Aber wenn man sich in Kiel umhört oder in Schleswig . . . da sitzen die meisten in der Klemme. Doch es bläst dort ein frischer Wind. Man ist sich seines Deutschtums mehr bewußt, seit manche aufrechten Männer die Trommel gerührt haben. Fritz Reventlow, der Führer der schleswig-holsteinischen Ritterschaft, ist zwar tot, aber Dahlmann lebt noch, wenn er auch außer Landes gehen mußte, weil er als Sekretär der Ritterschaft deren Rechte gegen die Kopenhagener Starrköpfigkeit vertrat. Er wird auch in Deutschland um unser Recht weiter kämpfen.»

«Recht, Bruder Wulf?» Hinrich richtete sich in seinem Sessel auf. «Die Dänen sind anderer Meinung. Seit der Übermonarch Frederik IV. vor mehr als hundert Jahren unsere Gottorfer Herzöge abgeschafft hat, haben wir keine Rechte mehr.»

Der Karlshöher nickte, meinte dann aber: «Ich glaube doch, daß die Feindseligkeit der Dänen gegen alles Deutsche eigentlich erst mit der Macht des deutschen Arztes Struensee, dem Freund der Königin Caroline Mathilde, in Kopenhagen begonnen hat. Mag er mit seinen Reformen ein Idealist gewesen sein oder nicht, machtgierig war er auf jeden Fall. Damals, nachdem man ihn umgebracht hatte, begann es jedenfalls, daß man mit Gewalt den deutschen Einfluß am Hof und in den Beamtenstellungen verdrängte. Besonders Pastor Guldberg hat sich in dieser Richtung gewaltig angestrengt. Druck erzeugt immer Gegendruck.»

«Was die Dänen nur immer gegen uns Deutsche haben!» brummte Herr Wulf. «Wenn sie schon deutschstämmige Beamte abschaffen oder ausweisen, dann sollen sie doch erst einmal ihr Königshaus hinauswerfen; denn die Oldenburger da auf dem Thron sind schließlich auch Deutsche samt ihren Königinnen. Aber die einzige Königin, die sie fortjagten, war die Engländerin Caroline Mathilde!»

Der Karlshöher und der Moorburger lachten. Da habe Herr Wulf ganz logisch gedacht, meinte Herr von Trappen und schenkte noch einmal die Gläser voll. «Das erzählen Sie mal unserem König Frederik in Kopenhagen. Der wollte ja schon 1806, als das alte Deutsche Reich abgeschafft wurde, sogar Holstein überschlucken, was der Augustenburger glücklicherweise verhinderte. Frederik hat damals bekanntlich auch in Nordschleswig die deutsche Sprache in allen öffentlichen Einrichtungen verboten und so weiter und so fort . . . Nein, wir brauchen Männer, wie Uwe Jens Lornsen einer war, dieser Vorkämpfer des deutschen Bewußtseins hier. Wissen Sie, daß Lornsen aus Verbitterung über den Mißerfolg seiner Bestrebungen und die Festungshaft nach Brasilien ausgewandert ist?»

«Was», fuhr Wulf Pogwisch auf, «der Landvogt von Sylt nach Brasilien? Dieser großartige Feuerkopf und Kampfgeist fort aus seinem Deutschland? . . . Ich habe seine Schrift ‹*Über das Verfassungswerk in Schleswig-Holstein*›.»

«Wer hat die nicht?» fragte Trappen. «Welch eine Weitsicht zeigt Lornsen darin!»

Hinrich erzählte, er habe diese aufrüttelnde Schrift in Tübingen von einem Kommilitonen aus Bremen zu lesen bekommen.

Sie sprachen dann noch eine Weile über die Uneinigkeit in der Ritterschaft, unter deren Mitgliedern ein großer Teil sozusagen königstreu war. «Vorläufig», meinte Hinrich. «Es muß ihnen noch prägnanter beigebracht werden, von dänischer Seite.»

Der Abschied von dem Karlshöher war überaus herzlich.

Eine Woche noch blieb der Grevenslunder auf Moorburg. Das sonnige Maiwetter hielt an, und die Schwarzsee-Landschaft prangte im Frühlingsschmuck. Schwalben schossen zwitschernd über dem Hofplatz hin und her, zwei Störche bastelten auf dem Kuhstall an dem alten Nest, und im Garten breiteten sich bunte Teppiche. Wulfs letzter Abend auf Moorburg wurde feierlich begangen. Charlotte hatte ein Essen mit mehreren Gängen bestellt. Auf der Tafel im Eßsaal flackerten zwischen Blumenarrangements die Kerzen in siebenarmigen Silberleuchtern. Madame Germaine war in ihrem Element. Die junge Frau überließ ihr gern diese Hausfrauenpflichten. Nachdem Pierre in die Gnissener Gastwirtschaft eingeheiratet hatte, servierten Christian und Anton.

Auf Frau von Wasmers fröhliche Stimmung fiel ein Schatten, als sie die festlich gekleidete Runde um den Tisch betrachtete: Da waren sie, die beiden Beauchamps, das Ehepaar von Motz, die Brüder Pogwisch und Charlotte, aber Georg fehlte, und Frau von Wasmer vermißte ihn im Laufe des Abends immer stärker.

«Schade, daß du morgen abreisen mußt, Wulf», sagte Charlotte, als sie beim Mokka im Gartensaal saßen. Alle bedauerten es.

Herr Wulf sah seine Schwägerin aufmerksam an. «Willst du mir noch eine Freude machen? Ja? Dann bitte ich, wenn's euch recht ist, um einige Schubertsche Lieder.»

Charlotte hatte seit dem Tode ihres Bruders nicht mehr musiziert. Seine Violine hatte sie verwahrt, damit die Mutter sie nicht vor Augen habe. So sah sie erst Germaine an. Die nickte ihr aufmunternd zu und verbarg den aufsteigenden Schmerz.

Zögernd ließ Charlotte die Hände über die Tasten gleiten. Wie viele schöne Stunden hatte sie mit dem Bruder hier vor dem Cembalo in all den Jahren verbracht! Es wurde ihr schwer, aber ihre Stimme schwang sich klar auf, als sie nun das Lied vom Lindenbaum sang. Noch zwei Schubertsche Lieder trug sie vor. Dann leitete sie zum Forellenquintett über. Ohne des Bruders Begleitung erschien es ihr dürftig. Als sie für den Beifall dankte, leuchtete ihr Gesicht auf. Sie suchte im Notenschrank und spielte dann eine sanfte Melodie, zart und innig.

Wulf, der sich ganz dem Genuß des Zuhörens hingegeben hatte, richtete sich mit einemmal auf. Das war doch . . .! Ja, das war das alte Wiegenlied, das seine Mutter früher bisweilen gespielt hatte. Als Charlotte geendet und Tante Caroline begeistert sagte: «Welch eine süße Melodie, Charlotte, wie heißt sie?», da war Wulf schon mit einigen großen Schritten am Cembalo, nahm ihre beiden Hände und küßte sie. Als er den Kopf hob und in ihre glückstrahlenden Augen sah, flüsterte er: «Laß sie sich alle so freuen, wie ich mich freue, liebe kleine Schwester!»

Sie antwortete leise und errötete dabei: «Du als Oberhaupt der Familie sollst es ihnen sagen.»

Hinrich war aufgestanden und fragte, was sie da zu tuscheln hätten? Wulf hatte den Arm um die junge Frau gelegt und schritt mit ihr auf den Bruder zu.

«Im Auftrag dieser lieblichen Charlotte darf ich euch die frohe Botschaft mitteilen, daß ein Pogwisch-Kind das Licht dieser Erde erblicken will.»

«Lottchen!» rief Hinrich, dann lagen sich die Gatten in den Armen. Als er sie freigab, taumelte Charlotte von einer Umarmung in die nächste. Sogar Etienne Beauchamp beteiligte sich daran und küßte sie auf die Stirn.

Der Mops Boulette, der auf Germaines Füßen geschlafen hatte, hopste auf seinen kleinen, krummen Beinen aufgeregt ob all des Trubels umher und kläffte, bis Beauchamp ihn aufnahm und in den kleinen Salon warf.

Peter von Motz aber fragte laut, ob es in diesem Prachtschloß keine Flasche Champagner gebe; denn dazu sei doch wohl Anlaß genug, schon um auf die Schloßherrin als zukünftige Großmama anzustoßen. Gelächter und Zustimmung antwortete ihm, wenngleich Germaine mit dem Finger drohte und meinte, es sei unartig, daß er das besonders hervorheben müsse. Charlotte sei die Hauptperson.

Alles stand noch und lachte, als Christian Jensen in der Tür erschien und mit runden Augen umhersah, während Madame ihm erklärte, in welchem Kellergewölbe noch Champagnerflaschen sein müßten. Er erschien dann mit zwei Flaschen und stellte Gläser auf einen Tisch vor dem Kamin.

«Tische, du hast ein Glas vergessen», sagte Hinrich, der neben seinem Lottchen auf dem Sofa saß.

Tische räusperte sich. «Wenn ich mir erlauben darf, das zu bemerken, Herr, sollte die Frau Baronin von nun an keinen Alkohol mehr bekommen. Wenn es vielleicht ein Glas Saft sein darf, Frau Baronin?»

Charlotte gab zurück, er könne ihr ohne Gewissensbisse eine Champagnerschale hinsetzen, nachdem er ihr bei Tisch tapfer Wein eingeschenkt habe.

Etienne lachte und meinte dann, Christian habe schon recht, aber jetzt könne es noch nicht schaden, ein Gläschen zu trinken.

«Wieso hast du eigentlich spitzgekriegt, daß ein Pogwisch-Kind unterwegs ist?» fragte Herr Wulf den mit der Flasche beschäftigten Christian. «Du Kloksnacker!»

«Wi hebbt jo all tohop dorup luert!» Tische ließ den Pfropfen knallen. Ein Böllerschuß für die neue Pogwisch-Dynastie auf Moorburg.

Der Himmelfahrtstag zog, wie es häufig der Fall ist, als Glanzerscheinung des Mai herauf. Charlotte, die neben ihrem Eheliebsten in dessen Bett erwachte, schien die Sonne von der Hofseite her ins Gesicht. Sie weckte Hinrich. Er reckte und streckte sich und nahm sie an sich. Aber sie strampelte sich los und sprang aus dem Bett. «Steh auf, du verliebter Maikater!» Sie hatte vor dem Spiegel die Nachthaube abgenommen und fuhr sich mit seinem Kamm durch die Locken. «Das Wetter ist prachtvoll!»

«Ich will nicht in die Kirche. Dieser Pastor gefällt mir nicht.» Er setzte sich auf den Bettrand und sah lächelnd seiner Frau zu.

«Mir noch weniger. Weißt du was? Wir wollen uns einen richtig faulen Tag machen . . .»

«Kann man am besten im Bett.» Er grinste.

«Das sind Vorspiegelungen falscher Tatsachen», sagte sie streng.

«Oh, Weib, du verkennst meine guten Absichten», damit sprang er lachend auf, packte sein Lottchen und küßte sie ausgiebig ab. «So», sagte er und löste ihre Arme von seinem Hals. «Nun sage mir also, welche Pläne auf deinem heutigen Programm stehen. Werdenden Müttern muß man ihren Willen lassen. Punkt!»

So fuhren sie auf einem leichten Wagen in die Heide, legten sich ins Heidekraut, blickten zum Himmel, wo die Lerchen tirilierten, hörten der Singdrossel zu und beobachteten das Käfervolk.

«Was gibt es Schöneres auf dieser Welt, meine Liebste, als einen solch blühenden Maimorgen mit dir in diesem Paradies? Und dazu noch die Vorfreude auf so einen kleinen, pummeligen Putten!» Hinrich sah einer rosagrün schillernden Libelle nach.

Es war warm wie an einem Julitag. Am Nachmittag stiegen sie in das von Christian gesäuberte und mit Kissen versehene Boot, und Hinrich ruderte seine Charlotte an dem Seeufer entlang. Sie sah in dem mit Blümchen bestickten Sommerkleid reizend aus. Ein Schutenhut aus Stroh, mit blauer Schleife unter dem Kinn befestigt, beschattete das Gesicht.

«Sieh! Sie haben schon Junge», rief Charlotte und deutete zum Ufer, wo eben eine Schwanenfamilie aus dem Röhricht hervorsegelte. Es waren ganz kleine, noch dunkle Federkugeln mit piepsenden Köpfchen, die hinter den stolzen Eltern herpaddelten.

Hinrich ließ die Ruder ruhen, und sie schauten entzückt der kleinen Flotte zu.

Während sie zum Südufer hinüberfuhren, erzählte ihm die junge Frau, welche Abenteuer sie mit ihrem Bruder in diesem Boot erlebt hatte, als sie noch Kinder waren. «Einmal haben wir einen riesigen Hecht geangelt; aber wir bekamen ihn nicht ins Boot. Er war zu schwer, und Georg wäre dabei fast über Bord gegan . . .» Sie verstummte und sah erschauernd in das unergründliche Moorwasser. Da ließ Hinrich die Ruder in den Dollen und setzte sich zu ihr ins Heck, nahm sie in die Arme und streichelte sie tröstend. Das Boot schwankte mitten auf dem Schwarzsee gluckernd hin und her. Sonst war es so still um die beiden, daß die junge Frau, deren Kopf an Hinrichs Brust lag, sein Herz pochen hörte. Plötzlich aber hob sie den Kopf.

«Hör mal», sagte sie und horchte, «da weint ein Kind, ein kleines! Wo kann hier wohl ein kleines Kind sein? Seltsam.»

Hinrich lauschte nun auch. «Nein, das ist kein Kind. Das ist eine junge Eule; die weinen mitunter genau wie Säuglinge. Wulf könnte dir den Namen dieser Eulenart sagen, deren Junge genauso schreien.»

Nachdem Charlotte beim Abendessen die Geschichte von der Schwanenfamilie berichtet hatte, fiel Hinrich etwas ein. «Gibt es hier keine Enten und Gänse?»

«Doch, im Dorf. Wenn wir einen Gänsebraten haben möchten, bekommen wir ihn von Böhndel, der hat einen Tümpel hinter dem Haus, wo sie gut gedeihen. Er macht sich damit ein bißchen Geld», sagte Charlotte. Ihre Mutter erklärte, daß sie früher auch Wassergeflügel gehabt hätten. Nachdem aber die alte Leuteköchin, die es versorgte, fortgezogen sei, hätten sie es aufgegeben. «Wir gaben damals auch mehr Gesellschaften als in den letzten Jahren», fügte sie hinzu.

Nachdenklich besah Hinrich das Bierglas in seiner Hand und stellte wieder einmal Vergleiche mit Grevenslund an, wo die Gutsherrin einen umfangreichen Geflügelhof unter sich hatte.

«Sag mal, Finanzminister», fragte er Etienne, «wieviel kannst du freiwillig für den Ankauf von . . .»

«Mußt du sogar beim Essen an einem Feiertag von Geldgeschäften reden?» fiel ihm Charlotte ins Wort.

«Daran solltest gerade du mich nicht hindern; denn diese Geschäfte betreffen nämlich dein ganz privates Portemonnaie, das dabei hübsch rund werden könnte.»

«Oh, dann bin ich dabei!»

Christian, der an der Anrichte stand, erlaubte sich ein Hüsteln. Hinrich wandte sich um. «Hast du schon wieder etwas zu beanstanden, Tische? Die Gutsherrin soll keinen Geflügelstall ausmisten . . . Schenk mir noch Bier ein!»

Am anderen Morgen ging das junge Paar mit der Leuteköchin Gesine, die eine resolute Person war, über den Hof, um sich die Gelegenheit für das Geflügel anzusehen.

«Der Hühnerstall kann nicht, wie geplant, hinter die neue Scheune gebaut werden, Herr Baron», äußerte Gesine. «Da haben die Tiere keine Sonne im Auslauf.»

Da habe sie völlig recht, meinte Hinrich. Sie gingen um den Kuhstall herum, und Charlotte zeigte ihnen den alten Entenstall, den man instandsetzen konnte. Er lag dicht am Burggraben, der den ganzen Hof einstmals umfaßt hatte, jetzt aber nach der Seeseite zu teilweise mit Dämmen überbrückt war.

«Das Gebüsch hier muß fort, und ein Gänsestall kann weiter oben stehen. Platz genug ist vorhanden», sagte Hinrich.

Charlotte schlug vor, den neuen Hühnerstall auch gleich auf dieser Hofseite hinter dem Kuhstall zu errichten, damit die Hühner nach Wunsch im Mist scharren könnten.

«Damit die Eier den rechten Hautgout bekommen?» Hinrich grinste. Gesine stimmte zu. Hier sei der geeignete Platz.

Als sie befriedigt wieder auf den Hofplatz traten, kam ihnen der alte Kutscher entgegen. Er nahm die Mütze ab und grüßte seine Herrschaften ehrerbietig. «Ik wull mal frogen, Herr Baron, wat ik nu min Kutschrock afflegen dörf. Dat lange Sitten up 'n Bock kann ik nich mehr aff in de Been. Un min Kinner hett de Herr Baron jo nu gnädigst en vun de niegen Koten gewen, un se wülln mi girn bi sik wohn laten un plegen.»

Der Gutsherr erkundigte sich, wie lange er hier im Dienst gestanden, dabei überlegte er blitzschnell, daß er sowieso Personal einsparen müsse.

Pierre war schon zuviel im Haus gewesen, als Tische eingetreten war. Na, er mußte ohnehin einiges umdirigieren.

«Fiefunvertig Johr, Herr», gab der alte Mann Bescheid.

«Das ist eine beachtliche Zeit, Johann!» rief Hinrich. «Natürlich können dann die alten Knochen nicht mehr recht. Da soll Er aber gewiß zu Seinen Kindern ziehen, damit Er aus dem unruhigen Torhaus herauskommt. Wen schlägt Er mir als Nachfolger vor?»

«Heinerich Buhmann, Herr Baron. De hett Peerverstand, de wär schon as lütte Bengel mehr bi mi in Peerstall as bi sin Vadder in de Garnerei. He is 'n goden un anstännigen Menschen, un he is, wenn en Stutt fohlen schall, de reinste Peerdokter.»

Charlotte war mit Gesine weitergegangen und in ein Gespräch über Geflügel verwickelt.

Hinrich fragte, ob der Buhmann denn ordentlich kutschieren könne?

«Dat hett he bi mi lehrt, Herr Baron», der Alte richtete sich stolz auf, «de kann viererlang un sogor, wenn't sien mutt, mit acht Peer togang komen, man soveel Kutschpeer hebbt wi nu nich mehr, bi den selig Herrn von Wasmer harrn wi de noch.»

Gut, dann solle Heinerich ihm nachmittags um Klock drei seine Fahrkunst auf dem Hof vorführen. Möglichst mit vier Pferden. «De Schimmelwallach is all 'n beeten old, he will de Hushöller bi de Boddermöhl hebben. Abers villicht deit he dat noch.»

Hinrich lachte. Wenn der Schimmel schon für die Buttermühle reif sei, wäre wohl nicht mehr viel Staat mit ihm zu machen.

Anschließend saß Hinrich wieder mit Oheim Etienne im Kontor, um über die leidigen Unkosten für Geflügelställe, Federviehkäufe, neue Kutscherlivree und Personalfragen zu verhandeln.

«Du bist ja fast schlimmer als Georg und meine Schwester zusammen mit deinen Forderungen», stöhnte der Marquis.

«Ist ja kein weggeworfenes Geld, sondern bringt was ein. Meine Reserven vom Hofverkauf will ich auf keinen Fall angreifen.»

«Eben.» Der Marquis rieb sich die schmale Nase, was er meistens tat, wenn er etwas ausbrütete. Dann meinte er, das Geflügelgeschäft müsse – wenn schon – groß angelegt werden, damit was dabei herausspringe.

«Schon recht, Oheim, aber ich habe Charlotte . . .»

«Ach was! Charlotte geht ja nicht mit dem Geflügel auf den Markt. Ich weiß schon einen Mann hier, der damit losgehen kann. Der liefert das bei mir ab, was er einnimmt, und Charlotte bekommt ihren Anteil. Das muß sich erst mal amortisieren.»

Sie standen alle auf der Treppe vor dem Portal, als Heini Buhmann in einer schmucken flaschengrünen Livree eine blitzsaubere Kalesche mit zwei Braunen vorführte. Im Schritt um das Rondell, im langsamen Trab um den Ehrenhof und im scharfen Trab um den ganzen Hofplatz. Auf dem Scheunenbau stockte die Arbeit, alle sahen zu, auch beim Torhaus standen Leute aus dem Dorf, voran Marie Buhmann. Alle wollten Heini Buhmanns Glanznummer erleben.

«Wollen ihn mal mit Applaus empfangen, den hat er verdient», sagte Hinrich. Genau vor dem Portal standen die Pferde, als Heini mit tiefgezogenem Zylinder die Herrschaften grüßte. Acht Hände klatschten Beifall.

Der Gutsherr trat an den Wagen heran. «Brav hat Er das gemacht, Heinrich. Wo hat Er denn so schnell eine Livree herbekommen?»

«Die hat Johann mir geschenkt, Herr Baron. Die hat er als junger Mann getragen, bis er dreißig Jahre war, da paßte sie nicht mehr. Mir paßt sie genau. Nur der alte Zylinder . . .»

«Ich sehe schon. Da hat Er Papier hineingesteckt. Er soll einen neuen bekommen.»

«Dann darf ich das Kutscheramt übernehmen, Herr Baron?»

«Ja, Johann hat Ihm ein gutes Zeugnis ausgestellt, das genügt mir.»

«Herr Baron! Ich danke Ihnen, und auch für das neue Haus . . .»

«Nun, Er will ja jetzt heiraten, da muß Er ein Heim haben . . .»

«Soll ich noch mit vieren vorfahren?»

Hinrich erließ ihm das in Anbetracht des alten Pferds. Aber den Johann solle er eben noch herschicken. Etienne hatte Hinrich erzählt, daß der alte Johann Wasser in den Beinen habe und das Reißen in den Schultern.

Der Gutsherr ging dem Alten entgegen, dann führte er ihn zur Treppe, wo Frau von Wasmer ihrem alten Kutscher für seine langen, treuen Dienste dankte. Alle drückten seine runzligen Hände. Dann überreichte ihm der Marquis ein geschlossenes Kuvert, und Hinrich legte ihm die Hand auf die Schulter und teilte ihm mit, daß er fortan jeden Monat dieselbe Summe als Rente bekomme.

«Dank . . . veelen Dank!» murmelte der alte Mann. Charlotte sah, daß seine Augen feucht waren, als er sich umwandte und langsam den Ehrenhof hinunterging, wo er über vierzig Jahre um das Rondell gefahren war. Nun ging er noch einmal zu seinen Pferden hinüber in den Stall.

«Das letzte Mal», sagte der Marquis, «er wird es nicht mehr lange machen.»

Eine angenehme Überraschung erlebte Hinrich Pogwisch am letzten Maitag, als Herr Struck, der Bücherrevisor, auftauchte. Im Kontor überreichte er dem Gutsherrn einen unversiegelten Brief. Er war in Ellerby, seinem ehemaligen Hof, datiert, und Herr Jester führte darin, in gestochener Kaufmannsschrift, folgendes aus. Er habe, wie es bei seinem Alter tunlich sei, sein Testament gemacht, damit seine Kinder bei seinem Ableben keine ungeordneten Vermögensverhältnisse vorfänden und nicht uneins würden. Aus diesem Grund habe er zuvor von zuständigen Herren aus Kiel auch den Gesamtwert von Ellerby mit allem toten und lebenden Inventar schätzen lassen. Dabei habe sich herausgestellt, daß zwar die Kaufsumme des Hofs, was das Areal und die Gebäude betreffe, von seinem Makler seinerzeit mit 17500 Talern Kurant richtig berechnet, jedoch das gütigerweise ihm vom Herrn Baron überlassene Inventar und Vieh und so weiter mit 500 Talern Kurant zu niedrig bewertet worden sei. Besonders stehe da ein alter geschnitzter Renaissanceschrank im Haus, der wertvoll sei. Er nehme an, der Herr Baron habe ihn wegen Transportschwierigkeiten zurückgelassen, wobei der Schrank unzweifelhaft hätte Schaden leiden können. Kurzum, er liebe keine unklaren Geschäfte und erlaube sich nun, über Ahlmann in Kiel dem Herrn Baron die restlichen 300 Taler Kurant überweisen zu lassen. Im übrigen sei er mit der Erwerbung Ellerbys sehr zufrieden und fühle sich in dieser schönen Frühlingszeit dort wohl.

«Mein Gott», sagte Hinrich betroffen, «daß es noch so anständige Leute gibt!»

Herr Struck öffnete seine Tasche und zählte das Geld auf den Tisch. «Wenn Herr Baron hier bitte quittieren wollen?»

«Heureka», rief Hinrich, nachdem er seine Unterschrift auf das Dokument gesetzt hatte, «Oheim, die Geflügelställe und der Kutscherhut!»

Der Marquis lachte und verstaute das Geld gleich. «Du bist ein Glückspilz, Hinrich.»

9

Er hatte eine glückliche Hand, der Gutsherr auf Moorburg: Anfang Juni gab es noch einige Regentage, doch als die Heuernte beginnen sollte, lagen die bunten Wiesen im Sonnenschein. Auf dem Burggraben segelte die Enten- und Gänseflotte, groß und klein. An der neuen Scheune arbeiteten nur die Leute, die in der Heuernte nicht draußen waren. Es ging voran auf Moorburg; denn die Zinsen belasteten den Betrieb nicht mehr. Charlotte hatte viel Freude an ihrem gefiederten Völkchen. Sie fühlte sich wohl, trotz ihrer «interessanten Umstände». Charlotte war, nachdem die ewige Sorge um Moorburg sie nicht mehr beschwerte, selbstsicherer und heiterer geworden. Sie wurde immer mehr eine nützliche Gefährtin ihres Ehemannes.

Nur die leeren Pferdeställe gähnten dem Gutsherrn traurig entgegen. Zwei Reitpferde, Mirza und des Verwalters starker Brauner, standen, nachdem Georgs Pferd umgekommen war, nur noch da neben den drei Kutschpferden. Im Stall der Arbeitspferde war auch nur die Hälfte der Boxen besetzt. Gewiß, Moorburg war kleiner geworden, darum hatte man auch den Stall der Kaltblutpferde verkleinert und Gerätekammern und Fohlenställe dort untergebracht. Aber Hinrich hatte sich entschlossen, den Pferdebestand durch eigene Zucht aufzubessern.

Mirza sollte den Anfang machen. Auf Karlshöhe stand ein Zuchthengst mit guter Abstammung, dazu ein Fuchs.

Es war ein strahlender Sommertag, als Hinrich von Pogwisch mit seiner Mirza auf die Hochzeitsreise nach Karlshöhe ritt. Sie gefielen sich sofort, die beiden schönen Füchse, sie leuchtete golden im Sonnenglanz, er ein wenig rötlicher. Sie jagten erst ein wenig verspielt herum, dann standen sie still, beschnupperten sich. Trappen und Pogwisch, die am Zaun der Hauskoppel zusahen, freuten sich über den hübschen Anblick. Die Tiere schienen miteinander zu flüstern.

«Liebesgeflüster», sagte Hinrich.

«Sie hat es kapiert», erwiderte Trappen lachend, als Mirza sich dem steigenden Hengst hingab. «Überlassen wir sie noch etwas ihrem Glück und gehen Kaffeetrinken, Pogwisch.» Ihr Gespräch drehte sich hauptsächlich um die Pferdezucht.

Mirza schien nicht begeistert, als sie den Sattel wieder aufgelegt bekam. Während sie die Hauskoppel entlangritten, wieherte der Hengst ihr einen Fanfarengruß nach; sie warf den Kopf hoch und antwortete.

«Ja, ja, meine Mirza!» Hinrich klopfte ihr lächelnd den Hals. «Wer könnte dich jetzt besser verstehen als ich. Und nun habe ich gar kein kleines Mädchen mehr. Aber vielleicht bekomm ich eins im Winter? Von dir wünsche ich mir einen recht schönen kleinen Hengst.»

Mirza drehte die Ohren nach hinten, um ihren Herrn recht zu verstehen, schnaubte ins Gebiß und tänzelte dem Schwarzsee zu. Der See lag schimmernd im Sonnenlicht. Der Reiher rührte seine Schwingen kaum, als er ins Wasser hinabglitt und mit einem Fisch wieder heraufkam. Schwalben zickzackten durch die warme Luft, und der Kuckuck rief aus dem Buchenwald seinen monotonen Vers.

Heute abend sollte Tische auf der Terrasse decken, es war so wunderbar warm. Und dann sollte seine Lotte ihm noch etwas vorsingen. Das wäre ein guter Abschluß dieses Tages. Er hörte unten die Mühle rauschen, als er über die Lachsenbachbrücke ritt. Richtig, er wollte der alten Müllerin eben noch die versprochene Visite abstatten. Die Leute waren damals so hilfsbereit gewesen. Wie idyllisch lag das Gewese dort unten.

Die Müllersfrau hatte das Pferdegetrappel gehört und kam ihm entgegen, als er Mirza an einen Zaunpfahl band.

«Das ist aber nett, Herr Baron, daß Sie uns besuchen kommen!» rief sie und schüttelte dem Gast so kräftig die Hand, daß ihre Haube wackelte. Dann führte sie ihn in den Garten. «Draußen ist es doch am schönsten», meinte sie.

Offen gegen den See stand am Ende eine ganz von Kletterrosen überwucherte Laube. Überhaupt war der Garten voller blühender Rosen, die ihren Duft verströmten.

«Wie herrlich!» rief Hinrich und trat in die Laube.

«Nehmen Sie einstweilen Platz, Herr Baron, ich hole Ihnen ein Glas von meinem Stachelbeerwein.»

Hinrich aber rief: «Nanu, ist das ein kleines Enkelkind hier?» Neben dem Tisch stand eine alte Wiege, und darin lag ein schlafender Säugling. Eben wurde er wach und begann zu weinen.

Die Müllerin faltete die Hände vor der Schürze und sagte ernst: «Nein, Herr, das ist kein Enkelkind. Es ist eine traurige Sache mit dem armen Kleinen da. Ich erzähle Ihnen das gleich, will nur erst den Wein holen.»

Neugierig beugte Hinrich sich über das Kind, das nun mit geschlossenen Augen vor sich hin schnuckerte. Welch kleine Hände hatte es! Und eine schmale Nase. Aber es war ja ganz bleich. Er konnte nicht widerstehen, er mußte das Kind aufnehmen, es sah so traurig aus. Vorsichtig hob er das kleine Bündel hoch, da war es still. Er trat mit ihm auf dem Arm in den Laubeneingang. Und da öffnete das Kind seine Augen weit.

Fast hätte er es fallen lassen vor Schreck. Die Augen, die ihn anschauten und die ein Sonnenstrahl traf, waren rot. Purpurrot! Die hatte er schon einmal gesehen dort drüben am Seeufer, als die Sonne sie wie einen Spiegel traf, die rote Abendsonne einer glückseligen Nacht. Das Kind hatte die Äuglein schnell wieder zugekniffen, und sein Kopf sank an Hinrichs Schulter. Er drückte den kleinen, warmen Körper sacht an sich.

So fand die Müllersfrau die beiden, als sie mit Flasche und Gläsern zurückkam. «Es weinte so. Ich glaube, nun schläft es.» Die Müllerin wollte ihm das Kind abnehmen, aber er wehrte ab. Als sie ihm eingeschenkt hatte, sagte er: «Frau Ruge, jetzt erzählen Sie bitte, wer dieses Kind ist.»

«Auf Ihr Wohl, Herr Baron, Sie werden mal ein guter Vater werden!» Die Frau hob ihr Glas. Und als sie getrunken hatte, sagte sie: «Sie müssen es sowieso wissen, da Sie ja Vorsteher sind als Herr auf Moorburg. Also, dieses arme Wesen lag eines Morgens im Mai ganz allein in dem alten Fischerkahn, der hier am Ufer angetrieben war. Es schrie vor Hunger, das Arme. Es war warm in einem wollenen Frauenrock eingewikkelt, und mein Mann, der es gehört hatte, brachte es mit ins Haus. Wir konnten das Kind doch nicht da liegen lassen.»

«Wann war das?»

«Das kann ich Ihnen genau sagen. Es war am Morgen nach dem Himmelfahrtstag, da hatten wir nämlich Besuch von Bekannten aus Gnissen.»

Hinrich fuhr sich mit der Hand über das Gesicht, das sich feucht anfühlte. Es war also keine Eule gewesen damals, aber das Weinen war vom Südufer gekommen. «Und Sie wissen nicht, wer die Eltern sein könnten?»

«Nein, Herr Baron. Von hier aus der Gegend sind sie nicht, denn das Kind muß vornehmer Herkunft sein.»

«Schenken Sie mir noch ein Glas ein?» unterbrach Hinrich sie mit gepreßter Stimme. «Ihr Wein schmeckt ausgezeichnet.»

Sie lächelte geschmeichelt und reichte ihm das Glas hinüber. Und als er das Glas ergriff, wachte das Kind von seiner Bewegung auf, und Hinrich sah, daß es nicht die Sonne in den Kinderaugen gewesen war. Sie waren wirklich rot!

«Die Augen . . .»

«Ja, Herr Baron, die haben keine Farbe, das ist das Blut. Ich habe das Kind der Mutter Griepsch gezeigt, als sie von einer Entbindung im Dorf hier vorbeikam. Sie hat es untersucht. Es ist ein gesunder und kräftiger Junge, aber ihm fehlt die Farbe, auch an der Haut und den Haaren. Er ist nun ungefähr drei Monate alt, nach Rechnung der Hebamme. Man sagt, daß diese farblosen Menschen Unglück bringen.» Sie hob die Schultern. «Aber er ist ein so braver kleiner Kerl, und wir haben leider nie Kinder gehabt. Darum wollen wir ihn gern behalten, mein Müller und ich.» Dann stand sie auf und nahm ihm das Kind ab. Es könne feucht sein, sagte sie lächelnd, und legte es in die Wiege zurück.

Wie betäubt saß der Gutsherr von Moorburg da, drehte sein Glas zwischen den Fingern und sah in den duftenden Garten hinaus. Frau Ruge aber zog ein Kästchen aus der Tasche, wickelte etwas aus dünnem Papier und hielt es Hinrich hin.

«Das hatte der Junge um den Hals.»

Wie ein Schlag überfiel Hinrich die Erkenntnis. Er nahm der Frau die Goldkette und den Ring aus der Hand, erhob sich und trat damit in den Laubeneingang, um seine Schwäche zu verbergen. Er war es, der Ring, den sie vor ihm hatte verstecken wollen! Auf dem blauen Oval des Steines erkannte man ein Schild mit Topfhelm, Wulst und Mantel. Und auf dem in zwei Felder gespaltenen Schild waren links ein Greif und rechts drei Rosen eingraviert. Fassungslos starrte Hinrich darauf. Er fühlte, daß seine Hände und Füße kalt waren, trotz der Wärme des Tages.

«Kennen Sie das Wappen, Herr Baron?» fragte die Müllerin hinter ihm.

Er wandte sein Gesicht dem Garten zu, nahm aber nichts davon auf.

«Nein, ich kenne es nicht. Aber ich könnte herausbringen, welche Familie es trägt. Es muß ein sehr altes Geschlecht sein, wie es diese Art von Helm anzeigt.»

«Mein Müller sagte auch, daß es alter Adel sein müsse.»

«Frau Ruge, wollen Sie mir diese Schmuckstücke anvertrauen? Ich will versuchen, in Erfahrung zu bringen, wer die Eltern des Kindes sind, dann können wir weiter sehen.»

«Aber gern, darum habe ich ja den Schmuck gezeigt; denn ich dachte mir schon, daß der Herr Baron sich in diesen Dingen besser auskennt als unsereins.»

Hinrich hatte sich wieder in der Gewalt. Er verwahrte die Schmuckstücke in seiner Tasche und setzte sich wieder.

Nun erkundigte er sich, ob die Müllersleute hier am See nichts beobachtet hätten, was mit dem Kind im Zusammenhang stehen könnte.

«Ja, am Himmelfahrtstag, am Nachmittag, sahen wir ein Boot mit einem Paar mitten auf dem See treiben. Wohl ein Liebespaar.»

Hinrich lachte kurz auf. Das sei er mit der Baronin gewesen. Nein er meinte früher schon. Es müsse doch irgendeine Frauensperson am See gewesen sein, die das Kind ausgesetzt habe. Wie käme es denn ausgerechnet hier auf den abgelegenen Schwarzsee?

«Ja, das haben wir uns auch gefragt, Herr Baron. Ausgerechnet hier! Der Müller vermutet schon, daß es irgendeine Deern von Karlshöhe oder Moorburg getan hat. Aber wie kommt die zu dem Schmuck? Warum sollte sie den erst stehlen, um ihn dann dem Kind umzuhängen? Was für ein Wappen haben die Karlshöher Herrschaften?»

Hinrich schüttelte energisch den Kopf. Nein, die Wappen der umliegenden Familien kenne er, die seien es nicht. «Wem gehört aber der Kahn, in dem das Kind lag?»

Das sei das Boot von dem alten Fischer, der drüben am Seeufer seine Hütte habe.

Jetzt richtete sich Pogwisch auf. Da am Südufer sei ein Fischer? Davon wisse er gar nichts.

«Aber, Herr Baron, die Hütte gehört doch zu Moorburg, die hat der alte Stegelmann schon mindestens ein Dutzend Jahre in Pacht.»

Sie schenkte sein Glas wieder voll. «Trinken Sie nur, Herr Baron, bei der Hitze kann man es vertragen.»

Gierig goß Hinrich den Wein hinunter. «Wohnt der Fischer da allein?» Seine Hand zitterte, als er das Glas absetzte. Er legte sie geballt auf den Tisch.

«Ja, er ist allein damals hergekommen, seine Frau war schon tot, und seine Kinder leben in Alberg. Da ist er nun wohl auch; denn wir haben ihn seit dem letzten Herbst nicht mehr gesehen . . . Aber wo Sie danach fragen . . . Unser Müllerknecht, der manchmal abends fischt, hat da drüben ein paarmal eine Frau im Wasser gesehen; er sagte, das wäre eine Nixe gewesen mit einem Fischschwanz, einem hellen Schwanz.»

Seine Spannung verbarg Hinrich hinter seinem Taschentuch, mit dem er sich über das schweißnasse Gesicht wischte.

«War die Nixe allein, oder war der Wassermann bei ihr?» fragte er mit verzweifeltem Galgenhumor.

«Herr Baron machen sich nun aber lustig», sagte die Müllerin. «Den Wassermann, den Nöck, gibt es gewiß im See, das wissen wir, und vielleicht ist das wirklich eine Nixe gewesen! Denn als mein Müller, der Stegelmann seine Fische immer mit dem Fuhrwerk nach Gnissen nimmt, ihn fragte, ob er da drüben hübschen weiblichen Besuch hätte, war der Alte ganz beleidigt und sagte: ‹Müller, dat is een ganz leege Verdächtigung, wat schall ik olen Mann wohl noch mit weiblichen Besök anfangen? Bi mi is keen een, dat segg ik di!› Wir haben ihn dann beruhigt und gesagt, es sei wohl eine Nixe gewesen. Muß auch eine gewesen sein, wenn sie einen Schwanz hatte. Wer geht denn sonst in diesem Moorwasser baden?»

Das meine er auch, sagte Hinrich und stand auf. Er müsse nun aber schleunigst aufbrechen.

Er beugte sich über die Wiege, in der das Kind ruhig schlief. «Frau Ruge, ich glaube, bei Ihnen ist der arme kleine Kerl gut aufgehoben; ich werde mich weiter um ihn kümmern und ein Auge auf ihn haben.»

«Herr Baron, er soll es gut bei uns haben. Sie sind ein guter Herr, das hören wir immer wieder, und sorgen für alle im Dorf. Ein Segen für Moorburg, daß Sie herkamen.»

Hinrich reichte ihr hastig die Hand, bedankte sich für den Wein und ging schnell zu seiner Mirza, die ungeduldig scharrte.

Die Sonne stand schon tief über dem Wald, aber der Gutsherr ritt durch das Dorf hinaus in die Heide. Allein mit seinem Schmerz wollte er sein, er konnte jetzt keinen Menschen um sich haben. Ganz hinten am Föhrenbusch band er Mirza an und warf sich längelang ins Heidekraut. Das Blut rauschte in seinen Ohren. Er hörte das süße Abendlied der Drossel nicht, er hörte nicht den Ruf der Ricke nach ihrem Kitz. Er wußte nur: Sie hatte gelebt, irgendwo verborgen, als er sie gesucht, sie hatte die ganze Zeit gelebt bis zum Himmelfahrtstag, als sie Charlotte und ihn auf dem See gesehen hatte. Sie mußte am Seeufer gesessen haben mit ihrem und seinem Kind. Was hatte die Ärmste wohl durchgemacht, bis sie das Kind allein zurückließ und es kenntlich machte durch den Ring! Es war ihr Vermächtnis. War sie fortgegangen? Wohin? Eine Nixe! Er lachte kurz auf. Wenn er doch so naiv wäre wie die Müllersleute und an Kindermärchen glauben könnte . . . dann wäre alles einfach: Lili wäre eben, nachdem sie ihr Kind der Fürsorge ihrer Mitmenschen anvertraut hatte, in ihr Element zurückgetaucht. War sie es denn nicht? Eine Nixe mit deutschem Uradelsring am Finger. Mit einem blonden, auf dem Wasser schwimmenden Haarschopf als Schwanz!

Aber dieser alte Fischer, der da drüben wohnte, der mußte sie doch bemerkt haben. Er und der Ring waren Anhaltspunkte, um endlich zu erfahren, wer Lili war. Das Wappen konnte er ohne weiteres durch die Ritterschaft feststellen lassen, und den Fischer würde er auch ausfindig machen. Aber wollte er das eigentlich?

Von Zwiespalt geplagt, warf er sich herum. Jetzt begann seine Not erst richtig: der Kampf mit sich selber.

Mirza ließ ein empörtes Gewieher hören. Da sprang er auf die Beine und ging zu ihr hinüber. Sie hatte kein Futter bekommen und Durst hatte sie auch. «Ja, Mirza, dein Hochzeitstag hat so fröhlich begonnen. Wäre dein Herr doch um alles in der Welt nicht zu der Müllerin gegangen!»

Entschlossen schwang er sich in den Sattel. Das Ohrenbrausen war verschwunden. In der Abenddämmerung trabte er Moorburg zu. Moorburg! Dieser einmalige Besitz, den er Wulf verdankte, mit seinen vielen Menschen, die auf ihn blickten, die von ihm abhängig waren. Charlotte, die liebevolle und treue Gattin, die ihr gemeinsames Kind trug. Sein Entschluß war gefaßt, als Mirzas Hufe über die alte Bohlenbrücke polterten: Kein Mensch sollte je erfahren, daß er einen illegitimen Sohn hatte! Seine Frau würde ihm nie verzeihen, wenn sie sich ausrechnete, wann dieses arme, gezeichnete Kind gezeugt worden war . . . Und doch, das kleine Wesen war sein Sohn, und er würde über ihn wachen.

Tische sah seinen Herrn mißbilligend an, als er ihm am abgeräumten Eßtisch das Abendessen servierte, sagte aber nichts. Ja, die Frau Baronin sei schon zu Bett gegangen.

Sie war noch wach, als er an ihr Bett trat. Ja, er habe mit Trappen lange über die Pferdezucht geredet und sei dann noch, weil der Abend so schön war, in der Heide umhergestreift. «Wollte dir noch den Gutenachtkuß geben, Lottchen, damit du schlafen kannst.» Seine Lippen waren kühl.

«Du hast getrunken, du riechst nach Alkohol», sagte sie.

Nur ein Glas Bier beim Essen, gab er zurück und verließ sie. Lügen! Sein Lottchen anlügen mußte er nun.

Da eben eine ruhige Zeit zwischen den beiden Ernten lag, betrieb er mit Nachdruck die Bautätigkeit. Alle seine Kräfte setzte er dabei ein. Obgleich er sein Lager spät aufsuchte, schlief er unruhig und erwachte schon in der Morgendämmerung. Bisweilen erhob er sich dann, wenn die Sonne hinter dem Moor auftauchte, ritt auf Mirza langsam über die

Felder und schaute nach seinem Getreide. Seine Augen freuten sich an dem guten Stand der wogenden Kornfelder, aber diese Freude war mehr äußerlich. Selbst die Schönheit eines knallblauen Flachsfeldes begeisterte ihn nicht.

So sah Charlotte ihn eines Morgens an dem in leichtem Wind wogenden blauen Flachsmeer mit gesenktem Kopf entlangreiten: ein Bild der Einsamkeit. Die junge Frau hatte ihn mitunter, wenn er sich allein glaubte, mit diesem verschlossenen Gesichtsausdruck ertappt. Er war ihr gegenüber unverändert. Und doch fühlte sie, daß ihn etwas schmerzlich bewegte. Etwas, an dem sie keinen Anteil hatte.

An diesem Morgen nun war sie, nachdem sie das Geflügel gefüttert hatte, gewahr geworden, daß Mirza sich nicht im Stall befand. Sie stieg auf ihrem kleinen Spaziergang den Hügel einer Weide hinauf, um nach ihm Ausschau zu halten. Und da sah sie ihn dort drüben am Flachsfeld entlang auf das Dorf zureiten.

Sie erwartete ihn in der Kaffeestube am Frühstückstisch. Christian hatte sie fortgeschickt und schenkte selber den Kaffee ein.

Als sie die Servietten schließlich zusammenfalteten, wandte sich Charlotte mit ernsten Augen an ihn. «Willst du mir es nicht sagen?»

Hinrich erschrak. «Was?»

«Lieber, ich merke doch, daß dich etwas quält. Zu zweit läßt es sich besser tragen, das wissen wir doch beide.»

Er steckte sein Mundtuch langsam durch den Silberring, dann sah er sie lächelnd an. «Ja, das weiß ich, mein kleiner Kompagnon! Was soll denn sein? Alles geht gut voran, Brot wächst auf den Feldern, es gibt viel Buchweizen dieses Jahr, der Flachs steht prachtvoll. Dem Vieh fehlt nichts, und die letzten Häuser im Dorf sind nächste Woche gedeckt . . .»

«Hinrich», sie richtete sich energisch auf, «da ist etwas, was du allein innerlich bewältigen willst, das spüre ich!»

Er hatte sein Gesicht in der Gewalt, als er es dem ihren näherte. «Männergrillen, mein Lottchen, nichts als Grillen, wie sie Männer schon mitunter haben, wenn etwas Kleines unterwegs ist. Du sollst dich mit mir darüber freuen und dir keine unnützen Sorgen machen, hörst du? Wie geht es deinem Geflügel?»

In diesem Augenblick kam Germaine und gleich darauf Beauchamp zum Frühstücken herein, und die verwirrte Charlotte schenkte ihnen die Tassen voll, während Hinrich sich mit Arbeit entschuldigte und hinausging.

Es ist nicht gerade schön, daß du ihr das gesagt hast, überlegte er und schritt durch die Halle. Charlotte hatte ihm bisher keinen Anlaß gegeben, die Zurückhaltung zu üben, die er in der letzten Zeit bewahrt hatte.

Und als sie am Abend, schon etwas schwerfällig, neben ihm die Treppe emporstieg und beim Gutenachtkuß Tränen in den Augen hatte, führte er sie in ihr Zimmer, umarmte sie zärtlich und blieb in ihrem Rokokobett, bis sie getröstet eingeschlafen war.

Von da an fragte sie nicht mehr, wenn ihr Hinrich wirklich einmal finster dreinblickte. Aber es kam selten vor, daß sie es bemerkte, dann lächelte er vor sich hin. Männergrillen.

Die Familie Rughase fühlte sich glücklich in der Rentei, freute sich aber doch auf das für den Herbst geplante Schulhaus. Unter dem Regen gedieh das Getreide prächtig. Und als Hinrich und Herr Busse schon befürchteten, daß die Ähren in ihrer Schwere einem Gewittersturm nicht standhalten würden, hörte der Regen auf, und die Sonne ließ das Korn golden aufleuchten.

Froh ritten Herr und Verwalter an den Schlägen entlang.

«Das wird, wenn der Ostwind mit dem trockenen Wetter beibleibt, eine Rekordernte, Herr Baron!»

10

Einige Tage bevor die Ernte beginnen sollte, saß Hinrich von Pogwisch im Kontor über einige Abrechnungen gebeugt. Der Marquis war mit seiner Schwester nach Alberg gefahren.

Da klopfte Anton an die Tür und meldete: «Herr Baron, da ist der alte Stegelmann, der Fischer, der will seine Pacht begleichen. Er war im Verwalterhaus, aber Herr Busse ist draußen.»

Hinrich ließ die Feder fallen, daß es einen Tintenklecks gab. «Er soll hereinkommen!» Er schob seinen Stuhl zurück, so daß er mit dem Rükken zum Fenster saß.

Ein alter, gebeugter Mann schlurfte herein, die Mütze an die Brust gepreßt. An der Tür blieb er stehen. «Morgen, Herr Baron.»

Hinrich erwiderte den Gruß und winkte den Alten näher heran. «Setz Er sich! Das Stehen fällt Ihm wohl schwer? Er ist also der Fischer Stegelmann vom Südufer, wie?»

Der Fischer sah den Gutsherrn aus eisgrauen Augen an und nickte. «Ja, der bin ich. Und ich bin mit der Pacht leider im Rückstand, Herr Baron, denn ich war den letzten Winter in Alberg bei meiner Tochter, weil ich ein büschen Patschent war. Möchte auch nicht mehr fischen.» Er zog eine Geldbörse hervor und einen Schlüssel, stand auf und legte beides auf den Schreibtisch. «Hier ist der Schlüssel vom Fischerhaus, und . . .» Er öffnete die Börse.

«Laß Er das, Stegelmann, wann haben die Pachtbeträge aufgehört?»

Die letzte Pacht habe er im Oktober bezahlt.

«Inzwischen haben Seine Einnahmen aber auch aufgehört. Oder hat Er noch im Sommer gefischt?»

Der Fischer schüttelte den Kopf; nein, er war die ganze Zeit in Alberg bei den Kindern geblieben, sei nun aber nur kurz herübergekommen, um den Schlüssel abzuliefern, die Pacht abzugeben und das restliche Schuldgeld zu überbringen.

Da ihm die Pacht in den letzten zehn Monaten nichts eingebracht habe, solle er seine Taler nur in der Tasche lassen, erwiderte ihm der Gutsherr.

Während der Fischer mit krummen Fingern sein Geld unter gemurmeltem Dank wieder in die Tasche stopfte, schoß es in Hinrich wie eine heiße Flamme empor: Sollte er den Mann, die letzte Gelegenheit vielleicht, etwas über die Mutter seines Knaben zu erfahren, gehen lassen? Wie unter einem Zwang, entgegen seinem eigentlichen Entschluß, die Vergangenheit in sich auszulöschen, sagte er: «Setz Er sich wieder. Es ist gut, daß Er zu mir kam, denn ich habe Ihn als Gutsherr und Vorsteher dieses Bezirks etwas zu fragen.» Er sah in dieses patriarchalisch anmutende alte Gesicht mit der hohen Stirn, den unter buschigen Brauen gescheit hervorblickenden Augen und dem grauen Bart.

«Fischer Stegelmann, beantworte Er mir nun wahrheitsgemäß diese Frage: Hat bei Ihm im vergangenen Sommer eine weibliche Person gewohnt?»

Der Fischer schlug die Augen nieder, blickte auf die Mütze in seinem Schoß und schüttelte dann den Kopf. «Nein, Herr.»

Es war einen Augenblick so still, daß Hinrich das Burren eines Brummers gegen die Fensterscheibe hörte. Er nahm ein Lineal zwischen die Hände, um deren Zittern zu verbergen. Er wußte jetzt, daß der Alte log.

«Es ist aber ein Weib in der Nähe Seiner Hütte gesehen worden.»

«Weiß ich nichts von, Herr Baron.»

Natürlich wußte er es, überlegte Hinrich schnell. Wie weit der Fischer aber Lilis Vertrauen besaß, war ihm unklar. Er mußte es anders anfangen.

Nun richtete sich der Fischer auf und sagte: «Herr Baron, dürfte ich fragen, was mit dieser Frauensperson gewesen ist; denn irgendwas muß da nicht ganz in Ordnung sein, sonst würde der Herr Baron nicht fragen.»

«Ganz recht, Fischer. Er scheint mir ein vernünftiger Mann zu sein. Und darum soll Er mir helfen, die junge Frau ausfindig zu machen.»

«Nee, Herr Baron, dat kann ik nich.»

Jetzt stand Hinrich auf. «Wart Er einen Augenblick!» sagte er und ging schnell hinaus.

Der Alte wartete und blickte unruhig um sich. Als der Freiherr wieder vor ihm stand, sah er ängstlich zu ihm auf.

«Kennt Er den?» Auf der flachen Hand hielt Hinrich ihm den Wappenring vor die Augen.

«Wo hat Herr Baron den her?» rief der Fischer betroffen aus.

«Er kennt ihn also doch!» stieß Hinrich nach. Er mußte sich setzen und ließ den Ring in seine Tasche gleiten.

«Und nun erzähl Er mir mal, was Er von der Trägerin dieses Rings weiß! Es bleibt unter uns beiden, Fischer. Kein Mensch soll davon erfahren.»

«Dann is dat god, Herr Baron. Das arme Mädchen wurde verfolgt . . . und dor is se bi mi ünnerkropen.» Er sprach vor Aufregung Plattdeutsch, und als er sich beim Erzählen abmühte, Hochdeutsch zu sprechen, winkte Hinrich ab. Der Fischer könne beim Plattdeutsch bleiben.

Während der Alte nun erzählte, nahm Hinrich wieder das Lineal auf, um seine Hände stillzuhalten.

«Es war voriges Jahr um Pfingsten herum, als es hinter mir im Erlengestrüpp raschelte. Ich hatte es erst nicht gehört, weil die Frösche so laut quakten. Da stand plötzlich eine junge Deern vor mir. Ich ließ vor Schreck das Netz fallen, das ich gerade flickte. Sie flehte mich an, ob sie über Nacht in meiner Hütte bleiben könnte. Ganz abgerissen, blaß und dünn sah sie aus. Da ließ ich sie in die Hütte, briet ein paar Fische mit Brot dazu, was sie gierig verzehrte. Während sie an den See hinunterging und sich wusch, machte ich ihr auf der Bank mit Decken ein Lager, und sie schlief bis in den hellen nächsten Tag hinein wie eine Tote.

Sie hatte ein Bündel mit Kleidung mitgebracht, in das ein schöner Samtkasten gewickelt war. Während sie schlief, habe ich das Bündel aufgemacht, um zu sehen, was für einen Menschen ich da beherbergte. Es war ein Mantel von feinem Stoff, schöne Leinensachen, wie nur die Herrschaften sie tragen. Als ich den Kasten öffnete, sah ich Kämme, Broschen, Ketten und anderen Schmuck, auch den Ring, den Herr Baron eben gezeigt hat.

Ich erschrak und dachte, daß sie eine Diebin wäre. Als ich aber das feine, schmale Gesicht und die Hände der Schlafenden sah, zweifelte ich doch daran, daß sie eine gewöhnliche Landstreicherin sein könne. Beim Mittagessen sagte ich ihr, sie müsse mir sagen, wer sie sei und warum sie sich hier am Schwarzsee umhertreibe. Sonst würde sie gleich weiterwandern, unehrliche Leute wollte ich nicht hier haben. Sie weinte und sagte, sie sei froh, einen so verborgenen Winkel gefunden zu haben, und ob sie nicht doch ein wenig bei mir bleiben könnte; denn sie hätte Vertrauen zu mir altem Mann.

Ja, aber erst müßte sie erzählen, sagte ich, was mit ihr los sei. Sie hieß Lili, mehr wollte sie nicht sagen von ihrem Namen. Sie stammte von einem Gut an einem See. Ihr Vater war vor drei Jahren gestorben, und die Mutter hatte sich von einem Bornhöft, der wohl in der Nähe wohnte, umgarnen lassen und ihn nach Jahresfrist geheiratet. Ich dachte mir mein Teil, als sie sagte, ihr Vater sei bei einer Jagd durch einen Unfall ums Leben gekommen.

Und dann verlor die arme Deern auch noch ihre Mutter, die ein totes Kind zur Welt gebracht hat und am Kindbettfieber gestorben ist. In ihrem Testament hatte die Mutter diesen Bornhöft als Erben und Vormund für die Tochter eingesetzt.

Und dieser Kerl war nun allein mit dem Mädchen, das sonst keine Geschwister hatte. Sie weinte, als sie mir sagte, sie habe solche Angst vor ihm gehabt, daß sie eines Nachts aus dem Fenster sprang und fortrannte. Zu Pferde holte er sie schon im nächsten Dorf ein, brachte sie zurück und sperrte sie ein. Der Bedienung im Haus hatte er erzählt, sie sollten auf das Fräulein aufpassen, sie habe einen Liebsten im Dorf. Und ihr drohte er, wenn sie ihm nicht zu Willen sei und nochmals ausrücke, werde er sie schon finden und ins Narrenhaus sperren lassen.

Ihre alte Kinderfrau hat ihr dann, weil sie die Qual der jungen Herrin nicht mehr mitansehen konnte, den Schmuck ihrer Mutter gegeben und ihr, als der Bornhöft nachts nicht zu Hause war, zur Flucht verholfen. Sie hatte zwar eine Tante in Lübeck, aber sie hatte Angst, dahin zu gehen, weil der Bornhöft sich ja sicher zuerst dahin wenden würde, um sie zu finden. Und als ihr Vormund hatte er ja Gewalt über sie. So war das arme Ding mit ein wenig Wegzehrung vier Nächte unterwegs gewesen, hatte sich tagsüber im Wald und im Gestrüpp verborgen gehalten, aus Angst vor diesem Kerl. So hatte sie auch hier im Wald oben auf der Polziner Seite den Tag verbracht und war in der Dämmerung dann auf den See zugegangen, um zu baden. Da hat sie mich gefunden. Und nun sollte ich sie wieder fortjagen?

So blieb sie denn bei mir, nachdem ich hatte schwören müssen, keinem Menschen ein Wort von ihr zu sagen. Sie war so verstört und menschenscheu, daß sie nur abends aus der Hütte ging und im See untertauchte. Die konnte schwimmen wie ein Fisch. Das hatte sie von klein auf in dem See bei ihrem Elternhaus getan. Und ich hatte Hilfe an ihr. Sie kochte und hielt die Hütte sauber, wusch abends im See die Wäsche und flickte auch mal ein Netz. Sie wollte mir erst von ihren Schmuckstücken etwas geben, aber ich sagte ihr, sie solle sie lieber aufheben; denn immer könne sie doch nicht hierbleiben, dann hätte sie wenigstens etwas Reisegeld.»

Da öffnete sich die Tür, und Charlotte guckte herein. «Nein, Stegelmann! Lebt Er noch? Wir vermissen sehr Seine Fische.»

Der Fischer erhob sich schwerfällig, seine Augen musterten die junge Frau: «Das tut mir leid, Jungf . . . Frau Baronin. Mit Fischen is nu ut, da müssen die Herrschaften sich was Jüngeres suchen.»

Charlotte wollte Hinrich zum Kaffeetrinken holen, aber er sagte, er habe noch etwas mit Stegelmann zu besprechen und mit den Papieren da zu tun, sie möge schon Kaffee trinken einstweilen. Charlotte wünschte Stegelmann alles Gute und dachte im Hinausgehen: Hinrich sieht so bleich aus, hoffentlich fehlt ihm nichts, wo doch nun die Ernte losgehen soll!

«Erzähl Er nun weiter, Fischer, was aus dem Mädchen geworden ist.»

Stegelmann setzte sich auf eine Handbewegung des Gutsherrn und nahm seinen Bericht wieder auf.

«Sie erholte sich langsam, war aber still und für sich. Wenn mal jemand an die Hütte kam, war sie hinten in der kleinen Kammer, wo sie auch schlief, verschwunden und schob den Riegel vor. Ich glaube, sie konnte auch mitunter was voraussehen . . . So mit dem Wetter und anderen Dingen. Ich mochte es nicht gern, daß sie an den Abenden oftmals so lange im Wasser blieb. Und richtig, an einem nebligen kalten Abend, ich war noch mit den Fischen zum Müller rüber, damit er sie nächsten Morgen mit nach Gnissen nehmen sollte, da hat sie sich eine schlimme Halskrankheit im nebligen See aufgesammelt. Sie war glühend heiß, konnte kaum schlucken. Und ich wollte schon den Herrn Marquis oder Jungfer Charlotte holen, die ja halbe Dokters sind. Aber sie wollte es nicht haben. So habe ich sie denn, so gut ich konnte, gepflegt. Zehn Tage hat sie zu Bett gelegen, dann wurde es besser. Aber sie hat sich nicht erholt. Sie war immer traurig und ganz still. Sie ging noch zuweilen abends durch das Tannendickicht am Ufer längs, aber gebadet hat sie nie mehr.

Und Anfang Oktober sagte sie dann eines Abends zu mir, daß sie, ehe es ganz kalt würde, losgehen wolle. Sie gehe nun zu ihrer Tante, denn der Bornhöft werde sie nun vielleicht nicht mehr suchen. Das meinte ich auch, und da ich wieder schlimm das Reißen hatte, beschloß ich, im Winter zu meinen Kindern zu ziehen. Ich versprach ihr, den Schlüssel, wie immer, in das Astloch über der Tür zu legen, falls sie wiederkommen wolle. Ja, meinte sie, im nächsten Sommer käme sie vielleicht einmal wieder.»

Der Fischer schwieg und senkte den Kopf. In dieser Stille glaubte Hinrich etwas wie Flügelrauschen zu hören, erst leise, dann lauter. Es wurde unterbrochen durch des Alten Stimme: «Wo war Lili ehr Ring, Herr?»

«In Seinem Fischerkahn, Stegelmann, der ist hier ans Nordufer getrieben.»

«Dann weet ik Besched.»

«Sag Er es mir!» Hinrichs Stimme war kaum verständlich.

Der Fischer berichtete, er habe in der Hütte eine große Korbtasche und ein Tuch gefunden, wie die Frauen es um die Schultern trugen. Sein Kahn habe am Steg gelegen mitsamt den Rudern, die er im Herbst im Haus versorgte. Irgend jemand hatte ihn wohl zurückgebracht. Aber seitlich im Schilf, wo Lili immer ins Wasser gegangen sei, habe er ihre Schuhe und einige ihrer Kleidungsstücke gefunden. Die hätten ihrem Aussehen nach schon ziemlich lange dagelegen. Im einen Schuh habe ein Frosch gesessen. Und er schloß leise: «Lili is dot, Herr Baron . . .» Erschreckt hielt er inne durch den Knall des zerbrechenden Lineals in Hinrichs Händen. Wie eine Puppe mit eckigen Bewegungen stand Hinrich auf.

«Nun ist alles klar. Ich danke Ihm, Stegelmann, für Seine Hilfe.» Er gab ihm die Hand und hielt diese verarbeitete, harte Hand einen Augenblick fest und fragte, wie er nun nach Alberg zurückkäme. Sein Schwiegersohn, der Fuhrmann sei und heute in Gnissen zu tun gehabt hatte, habe ihn mitgenommen und warte hier im Dorf in der Wirtschaft auf ihn.

Nach einem kleinen Zögern setzte er hinzu: «Niemand weiß was von Lili, Herr Baron. Wollen wir dabei bleiben? Sie hat nun ihre Ruhe. Das Schicksal hat es nicht gut mit diesem Mädchen gemeint.» Damit ging er.

Wie lange Hinrich da starr am Schreibtisch gesessen hatte, Lilis Ring an eine Wange gedrückt, umwogt von einem Brausen, das einer Symphonie glich, wußte er nicht mehr. Er fand sich schließlich im Stall neben Mirza wieder, die ein Knecht zusammen mit einem Kutschpferd eben von der Weide hereingebracht hatte. Sie legte ihm den Kopf auf die Schulter, und er kraulte ihr die Stirnhaare über der kleinen Blesse.

Arbeit, Arbeit, nur damit konnte er das wieder aufgestiegene Grauen und den Schmerz um dieses vom Schicksal verfolgte junge Menschenkind überwinden. Schuldgefühl quälte ihn nach dem Bericht des Fischers. Er hätte damals noch gründlicher suchen sollen. Dann hätte er die Kranke in der Hütte finden müssen!

Er stürzte sich in den Erntebetrieb. Den ganzen Tag war der Gutsherr draußen. Abends fiel er todmüde ins Bett. Außer einigen kleinen Gewitterschauern, die den aufgestellten Hocken nichts schaden konnten, blieb das Wetter wunschgemäß. Herr Busse behielt recht, es wurde eine Prachternte.

Erst jetzt wurde es Germaine von Wasmer mit einem etwas bitteren Beigeschmack bewußt, daß sie nicht mehr die eigentliche Herrin von Moorburg war. Als das letzte Kornfuder in der Scheune abgeladen war, überreichte ihr die Frau des Hofvogts einen riesigen Strauß Spätsommerblumen. Die Ährenkrone mit den bunten Bändern aber überreichten die Frauen der Gemahlin ihres Gutsherrn, Charlotte von Pogwisch. Diesen gewiß gutgemeinten Akt der Courtoisie mit dem Strauß überstand Madame mit dem bewährten Strahlenlächeln ihrer Selbstbeherrschung. Hinrich sah es und nahm sich vor, es ihr gleichzutun, was ihm als Nordländer zuweilen recht schwerfiel.

Er blickte zur neuen Scheune hinüber, deren frisches Reetdach golden glänzend in den zartblauen, mit Lämmerwölkchen betupften Himmel hinaufragte. Sogar ein Wagenrad für eine Storchwohnung hatten die Dachdecker auf Charlottes Wunsch auf dem einen Giebelfirst angebracht. Und unter diesem neuen Dach türmte sich der Segen seiner Felder. Er konnte zufrieden sein mit dem, was er bisher geschafft hatte.

Charlotte wiederum fand sich in ihrem weiten, den Umständen angepaßten Festkleid auf der Karlshöher Hochzeit im Kreis der gesetzten Damen. Während sie der tanzenden Jugend zuschaute, spürte sie das werdende kleine Leben in sich. Riekchen Testorp, die etwas echauffiert vom Tanz auf sie zukam, sah das versonnene Lächeln der Freundin. Sie konnte wieder tanzen, denn der kleine Testorp-Erbe ruhte in seinem Wägelchen in der Gartenlaube. Als die junge Mutter Charlotte ein Glas Limonade reichte, flüsterte die Moorburgerin ihr zu: «Es wird ein kräftiges Kind werden, mein Riekchen.»

Auch Hinrich von Pogwisch saß im Kreis der weniger tanzwütigen Herren in einer Ecke des Gartensaals. Karl von Trappens gut bestellter Weinkeller lieferte einen Rebensaft, der die Gemüter der Runde noch mehr erhitzte, als die Politik es schon tat.

Denn es gab wieder Neuerungen in den Herzogtümern Lauenburg und Dänemark. Vor Jahren war schon die Rede gewesen von einem Gesetz, das Provinzialstände anordnete, und jetzt war dieses Gesetz in Kraft getreten. Die Ständeversammlungen sollten indes nur beratenden Einfluß haben. Es ging den Schleswig-Holsteinern aber darum, eine freie Verfassung zu erhalten. Dazu konnte man sich jedoch in Kopenhagen nicht verstehen.

«Immerhin haben wir nun eine gewisse Repräsentation», meinte ein jovialer älterer Herr. «Das ist schon etwas!»

«Sie haben uns ein Trostpflästerchen verpaßt», sagte der Karlshöher, «wir sollten zusammen verhandeln können. Gemeinsam mit den Schleswigern!»

Hinrich stellte sein Glas ab. «Mein Bruder Wulf schreibt mir, daß man sich in Schleswig damit herumschlägt, die dänische Sprache einzuführen. Die dänische Volkspartei wird immer aggressiver. Von einem Schleswigholstein in einem Wort, wie Lornsen es schrieb, sind wir anscheinend noch weit entfernt.»

«Es darf nicht zu einer Grenzziehung zwischen Deutschland und Dänemark an der Eider kommen, wie die Eiderdänen es vorhaben», rief Peter von Motz aus.

«Na, Herzog Christian August von Augustenburg gibt seine Erbansprüche nicht auf. Und der steht offen auf deutscher Seite!»

Während die Spätsommerlandschaft mit ihren Stoppelfeldern, dunklen Wäldern, grünen Weiden, Dörfern und Städten auf der gesamten Zimbrischen Halbinsel von der Abendsonne in satte Farben getaucht lag, brodelte eine erbitterte Woge der Nationalitäten gegeneinander auf: im Norden die dänische, im Süden die deutsche.

An einem Nachmittag im ersten Monat des neuen Jahres, als der wirbelnde Schnee kaum die Sicht zum Torhaus freiließ, wurde Charlotte von Pogwisch durch ihren Oheim Etienne von einem Jungen entbunden, denn die «Modder Griepsch», die weise Frau, konnte bei dem Wetter nicht geholt werden. Madame und Adele, die sich um das kräftig schreiende Kind kümmerten, waren des Lobes voll, als es gebadet wurde.

Hinrich, am Kopfende des Betts sitzend, küßte nun, nachdem sich Charlottes verkrampfte Hände aus den seinen gelöst hatten, ihre schweißnasse Stirn.

Sie lächelte ihn matt an. «Ich gratuliere!»

Als er dann seinen Sohn zum erstenmal auf den Arm nehmen durfte, sah er ängstlich in die blinzelnden Äuglein des Säuglings in dem kleinen roten Gesicht. Dunkel schimmerten sie zwischen den Lidern hervor mit einem Schein von Himmelsbläue. Sie waren dunkel! Die Augen seines zweiten Sohnes.

Einen kleinen Streit wegen des Namens gab es noch zwischen den glücklichen Eltern. Charlotte schlug, da der Junge Moorburgs Erbe sein würde, den Namen des Großvaters Georg vor. Hinrich wollte nichts davon wissen.

Natürlich plädierte Großmama Germaine ebenfalls für Georg. Das sei ein katholischer Name, hielt Hinrich dagegen. Die Pogwischs seien indessen seit jeher Protestanten gewesen, und als es die noch nicht gab, höchstwahrscheinlich Heiden, ihrem Gebaren nach. Hier im Norden gebe es keine Georgs, die hießen eben Jürgen und so weiter. Sein Urgroßvater habe Jürgen geheißen, der Name komme in der Familie Pogwisch zuweilen vor, und da der Junge immerhin Pogwisch heißen werde . . . *voilà*, Mama! Er wandte sich zu Germaine um und lächelte. Nach einigen Einwänden willigte auch Charlotte ein.

Wulf und seine Mutter erschienen in der Grevenslunder Staatskarosse zur Taufe. Mit einem dicken Buch unter dem Arm stapfte der Patenoheim des Kindes in die Halle und schwang seinen Zylinder auf das Bärenhaupt, daß der Staub wölkte.

«Nimm sie hin, Bruderherz», rief er, nachdem er Hinrich umarmt hatte, «hier bei dir passiert doch wenigstens etwas. Hochzeit, Taufe, noch mehr Geburten, wieder Hochzeiten. Zwischendurch ein paar Sterbefälle auf Grevenslund. Die kannst du hier ebensogut eintragen.»

Und so schrieb der junge Vater in die uralte Pogwisch-Chronik unter Wulfs letzter Eintragung von seiner eigenen Hochzeit mit großen, deutlichen Buchstaben:

A. D. 1835 am 19. Januar wurde Hinrich und Charlotte von Pogwisch geb. von Wasmer ein Sohn geboren. Derselbe erhielt in der heil. Taufe den Namen Jürgen.

Moorburg, am 3. März 1835

Zweiter Teil

Die Erhebung

1

Jahre kamen, Jahre gingen. Wetter- und politische Stürme hatten die Herzogtümer heimgesucht. Im Norden Schleswigs war Dänisch als Amtssprache eingeführt worden. Mit Sorge sahen die Schleswig-Holsteiner der Zukunft entgegen. Sie standen allein in ihrer Not, sagten sich aber «Einigkeit macht stark». Und so schlossen sich Schleswig und Holstein in einer Landespartei zusammen. Die Ritterschaft verband sich mit den Professoren der Kieler Universität mit dem Ziel, einen Anschluß an Deutschland zu erreichen. Die Jugend eilte zu den Fahnen, um im Notfall bereit zu sein.

Aus dunklen Wolken rieselte der Schnee über die Schwarzsee-Landschaft herab. In den neuen und instandgesetzten Häusern Moorburgs war der Feierabend eingekehrt. Am offenen Herdfeuer oder in den kleinen Stuben, wo der Trankrüsel von der Decke herabhing und dürftiges Licht verbreitete, saßen die Frauen hinter den schnurrenden Spinnrädern und spannen Flachs oder Wolle. Die Männer schnitzten Holzlöffel und andere nützliche Geräte, und die Kinder brieten Äpfel auf den heißen Ofenplatten.

Der Gutsherr saß vor dem prasselnden Kaminfeuer in der Bibliothek und las. Er hatte in der Rentei und in der Moorburger Bibliothek einen Schatz von interessanten Büchern vorgefunden, in die er sich an diesen stillen Winterabenden gern vertiefte. In seinen ersten Moorburger Jahren hatte er nicht die Ruhe dazu gefunden. Zu vieles hatte ihn äußerlich und innerlich beschäftigt, als daß er sich der Lektüre hätte hingeben können. Aber in den letzten zwei Jahren fand er während der Winterzeit Muße dafür.

Allerdings wurde die Ruhe des regelmäßig dahinfließenden Moorburger Alltags durch seine Militärzeit unterbrochen. Gemeinsam mit seinem Freund Karl Ludwig von Trappen, dem jungen Karlshöher, war er in die schleswig-holsteinische Armee eingetreten. Der Gedanke, Soldat zu sein, hatte ihn schon damals in Potsdam gereizt, wo er sich bei seiner Schwester Luise aufhielt, in deren Haus preußische Offiziere verkehrten. Sein Schwager Lersching war mit Leib und Seele Soldat. Und es hatte den jungen Hinrich geradezu berauscht, als er der Parade der Garderegimenter vor dem Preußenkönig beiwohnen konnte. Schon allein diese alten, straffen und zündenden Militärmärsche und die Kraft dieser

Männermassen in farbenfrohen Uniformen waren ein Erlebnis. Dazu kam die Disziplin des Gleichschritts, dem sich auch die Pferde unterordneten. Diese Selbstbeherrschung jedes einzelnen in jeder Bewegung, um eine große Einheit zu bilden, nicht nur bei dieser Übung, sondern überhaupt beim opferbereiten Dienst am Vaterland – das hatte ihn am meisten beeindruckt. Als er Potsdam verließ, hatte Hinrich sich vorgenommen, Offizier zu werden. Jetzt, wo sich finstere Wolken über seinem Heimatland zusammenzogen, hatte er seinen Vorsatz ausgeführt. Als Offizier zur Disposition war er nach Moorburg zurückgekehrt.

Wulf aber war auch nicht müßig gewesen. Seine Mutter beklagte sich in ihren Briefen, daß Wulf mehr in Kiel als in Grevenslund sei. In Kiel war das Nest der Rebellen, wie die Dänen es nannten. Und Wulf war einer von ihnen. Auch er stieß ins Horn und blies zum Widerstand gegen den dänischen Druck.

Charlotte, fraulicher geworden, öffnete die Tür, setzte sich auf die Armlehne von Hinrichs Stuhl und legte die Wange auf sein jetzt kurz geschnittenes blondes Haar. Er ließ das Buch sinken und umfaßte sie mit einem Arm. Schweigend sahen sie in die Flammen, ihrer Gemeinsamkeit beglückt bewußt.

«Was machen Mama und Didi-Ohm?» fragte Hinrich endlich.

«Sie haben ihre obligate Partie Schach gespielt und sind nun zu Bett gegangen. Ich habe ihnen ein Schlummerlied gespielt und gehe jetzt auch schlafen. Willst du noch lesen?»

Er nickte, erhob sich aber, und gemeinsam stiegen sie nach oben, um ihre schlafenden Kinder zu betrachten.

«Daß sie dabei schlafen können», flüsterte Charlotte. Sie hatte die Tür geöffnet und deutete zum Nebenzimmer hinüber, wo die Kinderfrau schnarchte, als wolle sie eine Eiche absägen.

Jürgen schlief schon in einem großen Bett. Das kastanienbraune Haar war ihm ins Gesicht gefallen. Er lag da wie ein kleiner Soldat, die Arme korrekt an die Körperseiten gelegt. Hinrich hielt den Leuchter über ein Kinderbett, in dem ein blondlockiges Mädchen seine geschnitzte Holzpuppe zärtlich an sich gedrückt hatte. In einem Korbbettchen in der Ofenecke schlief der kleinste Pogwisch-Mann. Sein Daumen war ihm beim Einschlafen aus dem Mund gefallen und lag neben der pummeligen Wange auf dem Kissen. Charlotte breitete die abgestrampelte Decke sorgsam über ihn. Draußen auf dem Gang sagte Charlotte: «Unsere lieben drei, Hinrich . . . wir wollen Gott dankbar für sie sein.» Er schloß sein Lottchen in die Arme, und sie sah ihn aus den glänzenden, sprechenden Augen an, die ihm in Jürgens Gesicht wieder begegneten.

«Das können wir wirklich. Nun, schlaf gut!» Er küßte sie und ging in sein Zimmer, um sich einen Apfel zu holen. Christian Jensen stellte ihm immer eine Schüssel mit Winteräpfeln hin, denn Hinrich hatte den Geruch der Äpfel gern um sich. Er biß in den großen, knackig-harten Apfel und stieg kauend die Treppe hinunter. Das Feuer war schon heruntergebrannt, aber der Kaminrisalit war noch heiß. Hinrich war noch nicht müde, er warf einige Birkenklötze nach, holte ein Glas und eine Rotweinflasche aus der Ecke beim Kamin, warf das Kerngehäuse in die Flammen und stopfte seine Pfeife.

Er fühlte sich behaglich in diesem schönen Raum, dessen Stuckarbeiten von Bossio stammten, der auch andere Räume des Schlosses ausgestattet hatte. Er mußte ein Künstler von Format gewesen sein. Der Erbauer, Graf Wummelsdorf, hatte einen erlesenen Geschmack gehabt. Allerdings dauerte seine Freude an Moorburg nicht lang, denn 1735 war er bereits gestorben. Seinem Sohn, einem Diplomaten, lag das Gut zu weit von Kopenhagen entfernt, und so hatte er es in den vierziger Jahren an die Wasmers verkauft. Hinrich blickte zu dem Barockschrank hinüber, in dem die Chronik Moorburgs stand. Diese in Leder gebundene Chronik war nun vollgeschrieben, Hinrich mußte wohl einen neuen Band anlegen. Die Hände, die diese alte Chronik geschrieben, waren inzwischen längst vermodert. Sie hatten Zügel, Schwert und Feder geführt, wohl auch manche Frauenwange gestreichelt, die Herren von Moorburg. Einige schienen seltsame Gestalten gewesen zu sein. Jürgen, sein Sohn, würde nach ihm der nächste Herr auf Moorburg werden.

Hinrich sah dem Rauch seiner Pfeife nach, der zum Kamin hinüberzog, und trank sein Glas leer.

«Wir wollen Gott dankbar sein für unsere drei», hatte Lotte eben gesagt.

Das war er. Dann dachte er an das Gemälde über seiner Tür mit den drei spielenden Kindern. Sein Vorsatz vom Hochzeitstag hatte sich erfüllt. Aber da war das abseits stehende Kind, sein vierter, von dem Lotte nichts wußte, sein Ältester, den er genauso liebte wie die anderen drei Kinder.

Sinnend blickte er in die Flammen, und die merkwürdigen Augen seines Ältesten sahen ihn forschend an.

Er war nicht oft in die Mühle gegangen, denn er wußte seinen Jungen, den die Müllersleute Christoph nannten, in guter Hut. Die Familie von Christophs Mutter hatte Hinrich während eines Ritterschaftstreffens, zu dem er mit Trappen gefahren war, ausfindig gemacht. Das Adelsgeschlecht war ursprünglich in Westfalen ansässig gewesen, erst Lilis Vater hatte sich im Lauenburgischen angekauft. Bei dem Ritterschaftstreffen erfuhr Hinrich auch, daß Bornhöft das von seiner Frau ererbte Gut verkauft hatte. Er konnte sich in der Gegend nicht mehr halten, weil über das Verschwinden seiner Stieftochter geredet wurde. Er sollte sich nach Norden gewandt haben.

Allmählich war es Hinrich gelungen, sich von dem Schuldgefühl an Lilis tragischem Ende freizumachen. Die Umstände damals waren alle miteinander ihrer Vereinigung entgegen gewesen. Das Schicksal hatte es wohl gewollt, daß er nach Moorburg kommen sollte. Alles deutete darauf hin. Aber nun war dieser Junge da. Hinrich lächelte vor sich hin, als er an den Tag dachte, an dem er den Kleinen liebgewann.

Mit der Mühlenabrechnung hatte etwas nicht gestimmt, irgend etwas mit der Gerstengrütze, wie ihm Etienne mitgeteilt, und Hinrich hatte die Gelegenheit benutzt, um selber hinüberzureiten. Es war ein heißer Frühsommertag, als er in die Mühle eintrat. Der Müller ging gleich mit ihm ins Haus, holte aus seiner Schatulle das entsprechende Papier hervor und schimpfte auf den Gesellen, dem ein Fehler zugunsten der Mühle unterlaufen war. Während der Müller sich noch entschuldigte, hörten sie, wie die Müllerin aufgeregt nach Christoph rief.

Hinrich eilte in den Garten. Dort fand er die Müllerin am Seeufer stehen. «Christoph, kümmst du gliek trüch!» rief sie laut auf den See hinaus. Und da sah Hinrich einen kleinen Kopf im Sonnengefunkel des geriffelten Wassers. Über ihm kreiste ein Habicht, den das Menschlein anscheinend scheuchte, etwa vierzig Meter vom Ufer entfernt.

Hinrich stürzte auf die Frau zu. «Um Gottes willen, kann er denn schwimmen?» Frau Ruge erschrak, als der Gutsherr so plötzlich neben ihr auftauchte. «Herr Baron! Jo, he schwimmt as 'n Fisch. Aber der Habicht da!» Doch da flog der Räuber davon, und der Kopf strebte auf das Ufer zu, die eine Hand hielt etwas über das Wasser.

Tropfend stieg der splitternackte Junge aus dem Wasser; er hatte eine kleine Wildente an sich gepreßt, aus der das Blut an dem blassen Kinderkörper hinabrann.

«Muhme, he . . . he hett ehr wat don, dat Beest . . . dat leege!» rief er verzweifelt. Hinrich ging auf ihn zu und wollte ihm die Ente abnehmen, aber er hielt sie fest. «Du schast ehr nix . . .» Hinrich versicherte ihm auf plattdeutsch, daß er ihr gewiß nichts tun werde. Da gab Christoph das Tier her. Der Habicht hatte den einen Flügel mit seinem scharfen Schnabel verletzt und auch die Brust ein wenig aufgerissen. Fliegen würde die Ente nicht mehr können. Sie war matt von dem Blutverlust. «Ward se dotblieben?» fragte der Junge bange, und die kleine Hand strich ihr über den Kopf.

Hinrich sah nun, daß die Tropfen, die ihm die Backen hinabliefen, kein Seewasser mehr waren, sondern aus seinen roten Augen tropften. Nein, die Ente würde leben bleiben, wenn Christoph sie gesundpflegte; ob er das tun wolle? Da ging ein Lächeln über das bleiche Gesicht des

Jungen. Ja, das wollte er. Er wisse einen alten Korb im Schuppen, da werde er Gras hineintun, und da könne sie schön weich drinliegen mit ihrem armen Flunk.

«Se fritt Fisch, Christoph!» Oh, er habe ein Stielnetz, damit wolle er ihr schon Fische fangen. Er war voll Eifer. Aber die Müllerin gebot ihm nun, sich zuerst einmal das Blut abzuwaschen und sich dann anzuziehen. Nach einem besorgten Blick auf die Ente, der Hinrich veranlaßte zu versichern, er werde inzwischen auf die Kranke aufpassen, gehorchte Christoph.

Als Hinrich dann seinen Jungen in sauberer Jacke und Leinenhose mit einem Korb in der Hand den Gartenweg herabkommen sah, dachte er: Welch leichten, lockeren Gang das Kind hat, und groß ist es für seine fünf Jahre.

Die Müllerin entschuldigte sich, sie müsse das Mittagessen fertig machen, ob sie ihm ein Glas Met anbieten dürfe.

«Ja, das ist etwas Köstliches bei dieser Wärme, Frau Ruge.»

Christoph hatte eine Sichel mitgebracht und wollte nun Gras schneiden, aber Hinrich nahm sie ihm aus der Hand, damit würde Christoph sich in die Beine schneiden. «Nee, Ohm», rief er lachend, «ik hev jo Kninken, de mutt ik ok Foder snieden, dor kann ik mit üm!»

Der Gutsherr von Moorburg war stolz auf dieses Kind, als er nun zusah, wie flink es das Gras schnitt und den Korb füllte. Dann machte es eine Mulde und legte die Ente hinein, sprach ihr gut zu, daß sie nun mal schön schlafen solle, und stellte den Korb in den Schatten der Laube. Hinrich nahm den Jungen an die Hand und setzte sich mit ihm in die Laube. Die beiden unterhielten sich auf platt, denn der Junge verstand kein Hochdeutsch, über Christophs Leben in der Mühle.

Mit einer Flasche Met kam der Müller dazu. «Ja, Herr Baron, das ist ein fixer Bengel da. Der weiß sogar schon in der Mühle Bescheid. De fragt de Koh dat Kalf aff! So, min Jung, du schast ok 'n Glas voll mitdrinken, de Muhme hett mi vertellt, wat du för 'n Baaskerl mit de Stößer west büst!»

Später, beim Mittagessen, als Charlotte ihm gegenübersaß, hatte sie ihn lächelnd gefragt, was ihm unterwegs begegnet sei, in seinen Augen sitze ja noch ein frohes Lachen. Da hatte Hinrich ihr geantwortet: «Mir ist der liebe Gott höchstpersönlich begegnet, und er hat mich bei der Hand genommen, um mich auf eines seiner kleinen Wunder aufmerksam zu machen, woran ich meine Freude hatte.»

Etienne de Beauchamp hatte dazu genickt und ahnungslos gemeint: «Dann halte das kleine Wunder nur recht fest, Hinrich!» Da aber saß der Stachel, daß er sich diese Freude nur gelegentlich leisten konnte.

Hinrich reckte sich und klopfte seine Pfeife im Kamin aus. Die Tragödie, die sich ein Jahr später in der Mühle abspielte, machte ihm schwer zu schaffen. Dennoch trug sie einen gewissen Vorteil in sich. Er war wieder einmal bei seinem Ältesten gewesen und hatte sich darüber amüsiert, wie die flügellahme Ente ihm auf Schritt und Tritt nachwatschelte; sie quakte kläglich, wenn sie den Jungen nicht finden konnte, den sie anscheinend als ihre Mutter ansah. Hinrich war dann mit Frau Ruge ins Gespräch gekommen, und sie klagte über arge Schmerzen im Leib. Er hatte ihr den Marquis geschickt, der betroffen berichtete, der Müllerin sei wohl nicht mehr zu helfen. Nach zwei Monaten starb die brave Frau. Hinrich war hingegangen. Die Frauen aus dem Dorf, die den Leichnam zurechtgemacht und, mit kleinen Kränzen versehen, in der Diele aufgebahrt hatten, waren gerade im Fortgehen begriffen, als er ankam. Nur Marie Buhmann stand noch bei dem kleinen Christoph, der schluchzend auf diesen starren, ihm nun fremden Körper seiner lieben Muhme blickte. Fassungslos vor dem Mysterium des Todes sah das Kind mit nassen Augen zu Hinrich auf, als dieser ihm die Hand auf den Kopf legte. «Wo is denn min Muhme?» fragte Christoph weinend. Und sein Vater antwortete, daß sie im Himmel beim lieben Gott sei, da habe sie es gut.

Da kam der Müller hereingeschlurft, er war in sich zusammengefallen. Hinrich reichte ihm stumm die Hand. «Danke», sagte der Müller leise, «und ich hätte was mit dem Herrn Baron zu besprechen.»

«Tetje», rief nun Marie, «wat schall nu ut düssen armen Jung warn; Stina, din Deern, is doch 'n Trampel, bi de kann he doch nich blieben!»

Hinrich stand wie auf Kohlen, heiß durchfuhr es ihn. Sollte er sein Kind einfach mitnehmen? Nein, das war unmöglich. Charlotte würde so etwas nicht verstehen können und ablehnen.

«Miete, nimm em man erst mol mit di, du hest jo Platz in din Kot un büst alleen. De Kost will ik di betalen.»

«Möller, du büst woll mall. Ik bün keen arme Fru. Ik nimm em to mi, denn bün ik nich mihr so alleen. Soso, min oll lütt Jung, nun wees man still. Nu wüllt wi din Tüch holn, un denn so schast du dat bi Miete Buhmann good hem, nich?»

So war Christoph zu Marie Buhmann gekommen, und da blieb er auch vorerst. Die Besprechung mit dem Müller war für Hinrich überraschend gewesen. Der alte, durch den Tod seiner Lebensgefährtin schwer erschütterte Mann wollte die Mühle abgeben. «Verpachten, Herr Baron? Nee, wozu das noch? Wir haben keine Kinder. Wenn Christoph nicht so klein wäre, den hätte ich mir als Müller herangezogen. Aber so? Nein, ich werde die Mühle verkaufen und zu meiner alten Schwester nach Alberg ziehen. Lange habe ich doch nicht mehr zu leben. Ich habe auch keine Lust, mich um einen Pächter zu kümmern. Mein Geselle ist Handwerksbursche und will weiterziehen. Der Knecht will auch nicht hierbleiben. Nun wollte ich Herrn Baron fragen, ob Sie die Mühle mit dem Land für Moorburg zurückkaufen möchten; sie hat ja früher immer zum Gut gehört, darum frage ich Sie zuerst.»

Das sei nett von ihm, erwiderte Hinrich, stützte den Kopf in die Hand und dachte nach. Leisten konnte er es sich jetzt. Und da blitzte ein Gedanke in ihm auf. Er würde die Mühle für sich selbst kaufen und Einnahmen aus der Pacht auf ein eigenes Konto legen, und dieses Geld ... Ja, das war eine Lösung.

Er reichte dem Müller die Hand hinüber. «Gut, Ruge, wenn der Preis nicht zu hoch ist, werde ich sie übernehmen.»

Nach der Beisetzung der Müllerin waren Hinrich und der Müller nach Alberg gefahren. Justizrat Overbek hatte den Kauf perfekt gemacht. Gleichzeitig ließ der Müller dort sein Testament aufsetzen, worin er dem kleinen Christoph eine ansehnliche Summe vermachte.

«Hat denn dieses Kind keinen Nachnamen?» fragte Herr Struck, der das Schriftstück aufsetzte. Der Müller antwortete, da müsse Herr Struck sich schon einen ausdenken. Aber das wollte Struck nicht.

«Unter welchem Namen haben Sie ihn denn taufen lassen, Herr Ruge?» mischte sich der Justizrat ein.

Überhaupt nicht, gab der Müller zurück, der Moorburger Pastor habe Schwierigkeiten gemacht, als er und seine Frau selig ihm damit gekommen seien.

Auf der Rückfahrt erfuhr der empörte Hinrich Pogwisch die näheren Umstände. Der Müller schloß seinen Kommentar: «Düsse Preester is so 'n Kapitel för sik, Herr Baron! De paßt beter as Korporol in de dänsche Armee, aber nich up den olen Brodersen sin Platz in 'n holsteensches Dörp!»

Hinrich, von Selbstvorwürfen geplagt, ließ Heinrich vor dem Pastorat halten und betrat spornstreichs des Pastors Studierstube. In dieser stürmischen Auseinandersetzung mit dem schneidigen jungen Herrn Hoyer aus Nordschleswig glich Hinrich von Pogwisch seinem Bruder aufs Haar. Ihn hatte bei den wenigen Kirchenbesuchen während der Amtszeit dieses Pfarrers dessen arrogantes Auftreten befremdet, das so sehr der christlichen Milde ermangelte. Daß er den dänischen König und seine Familie in das Gebet mit einschloß, ließ der Gutsherr noch gelten. Aber die ewigen Ermahnungen, dem Landesherrn in Treue zu dienen und so weiter und so fort, fand nicht nur er überflüssig und unpassend, das fanden die früher so zahlreichen Kirchenbesucher ebenfalls. Und so predigte dieser sonderbare Geistliche vor fast leeren Bänken. Kalli, der Dorftrottel, saß in einer Ecke und schlief die meiste Zeit, ein paar Unentwegte saßen verstreut in den Bänken mit drei schwerhörigen alten Mütterchen, die nur singen wollten, da ihr Gehör eben noch für die Orgel ausreichte.

Was hat der Mensch für ein Ohrfeigengesicht, dachte Hinrich, als er den Pastor kurz angebunden fragte, warum er den Jungen Christoph nicht getauft habe.

Die Müllersleute hätten ihm die Eltern des Jungen, deren Einwilligung er benötige, nicht nennen können. Die Antwort des Pastors kam so prompt hervorgeschnellt, wie jener kleine Teufel an seiner Spirale, wenn man den Deckel seines Spielzeugkastens öffnet. Hinrich blieb noch ruhig. Es sei ein Findelkind und die Eltern ließen sich nicht ermitteln.

Eben ein Kind der Sünde, gab der Pastor zurück, und da es offensichtlich ausgesetzt worden sei, höchstwahrscheinlich die Frucht verbotener Fleischeslust.

Da trat Hinrich auf ihn zu, der Pfarrer wich vor den blauen Blitzen seiner Augen zurück, und nun ging ein gewaltiges Donnerwetter auf ihn nieder. Der Ausbruch galt nicht allein der selbstgerechten Haltung des Pastors, die ihm in der Seele zuwider war, darin entlud sich auch Hinrichs aufgestauter Groll über seine gebundenen Hände, seine Passivität, die er sich selbst auferlegen mußte, um den Frieden seiner Familie zu schützen. Er, ein Mensch, der alles Halbe verachtete. Es schüttelte ihn später noch, wenn er an diese Szene im Moorburger Pfarrhaus dachte.

Nachdem er genügend über die verhinderte Taufe gewettert hatte, hielt er dem erblaßten Gottesdiener vor, daß er die sonst eifrigen Kirchgänger durch seine politisierenden Predigten aus dem Gotteshaus vertrieben habe.

«Herr Baron», rief der Pastor mit erhobenen Händen, «ich tue nur meine Pflicht! Die immer mehr zutage tretende Rebellion der Schleswiger und Holsteiner gegen ihren angestammten Landesherrn kann nur Gewalttätigkeiten hervorbringen, die zu verhindern ich mich . . .»

«Was geht Sie überhaupt die Politik an? Dafür sind andere da. Und das, was Sie als Rebellion bezeichnen, richtet sich nicht gegen unseren Landesherrn, wenn er die Interessen der Schleswig-Holsteiner nur vertreten würde. König Christian VIII. ist Herzog der beiden Herzogtümer, aber er ist auch König von Dänemark. Und daß unser königlicher Herr das letztere in erster Linie ist, hat sein Vorgänger zu oft demonstriert. Wenn Sie sich unbedingt politisch betätigen wollen, würde ich empfehlen, das Pfarrerhabut abzulegen. Wir benötigen in Moorburg einen Seelsorger, aber keinen Streiter für Kopenhagener Ambitionen.»

Anderntags war Christoph im Beisein seines alten Pflegevaters, der neuen Pflegemutter und seines unerkannten Vaters getauft worden. Miete war es gewesen, die den ahnungslosen Jungen auf diese heilige Handlung eines unheiligen Pastors in ihrer einfachen niederdeutschen Weise vorbereitet hatte. Das war in aller Stille vor sich gegangen. Auch der Pastor Hoyer war in aller Stille, nachdem Hinrich von Pogwisch den verständnisvollen alten Propst in Alberg aufgesucht hatte, nach einer halbjährigen Frist verschwunden.

Die Dielenuhr draußen schlug schon Mitternacht. Hinrich stopfte sich seine Pfeife noch einmal, warf Holz auf die Glut und trat an eines der Fenster, dessen Vorhang er beiseite schob. Es schneite nicht mehr. Wolkenfetzen zogen träge gen Osten und ließen hin und wieder einen Stern hervorblitzen.

Der Hof lag einsam und dunkel vor ihm. Er nickte zur neuen Scheune hinüber. Ein Wunder, daß sie und die anderen Hofgebäude noch standen. Hinrich ging zum Kamin zurück, nahm einen von den Fidibussen, die Tische immer für seine Pfeife bereitlegte, und zündete ihn an. Behaglich in den Sessel zurückgelehnt, ließ er vergangene Jahre an sich vorüberziehen.

Ein Wunder? Er hatte erst vor drei Jahren erfahren, daß in seinem Dorf eine Seherin lebte, Marie Buhmann. Ja, ein Wunder war es wohl, daß es in diesem turbulenten Jahrhundert noch Menschen gab, welche, inmitten der Natur aufgewachsen, jenen tierhaften Instinkt bewahrt hatten, den die Urmenschen besessen haben mochten. Die mit einem sechsten Sinn, wie man es auch nannte, voraussehen oder eine Gefahr wittern konnten, eine akute Bedrohung, wie jedes Tier es kann. Lili, ein wahrhaft in der Natur wurzelnder Mensch, hatte diese Gabe bewahrt, die der Schöpfer der Kreatur einst verliehen. Und was er selbst damals, als Wulf die Raben mit der Peitsche vertrieben hatte, neben Charlotte auf der Birkenbank erlebte, grenzte ebenfalls an Spökenkiekerei. Sollte Christoph auch diesen Naturinstinkt besitzen? Es schien fast so.

Er war an dem Abend, als das mit der Scheune passierte, mit Charlotte bei Trappens auf Karlshöhe gewesen und erfuhr erst anderntags von dem Verwalter und später von Marie, die er ins Schloß kommen ließ, welch große Gefahr Moorburg gedroht hatte.

An diesem stürmischen Oktoberabend war Marie wie gewöhnlich im Dämmern mit Christoph zum Milchholen in den Kuhstall gegangen. Als sie dann zum Torhaus zurückgingen, hatte sie mitten auf dem Hof das «Gruseln» so gepackt, daß ihr schlecht wurde. Entsetzt hatte sie zur neuen Scheune hinübergestarrt und dem Jungen zugerufen, er solle rasch in der Scheune nachsehen, da sei eine große Gefahr drin. Christoph hatte nicht gefragt, sondern war, so schnell er konnte, hinübergerast. Marie war mit ihren alten Beinen langsam hinterhergegangen, und als sie in die Dreschtenne trat, sah sie trotz der Dunkelheit eben noch die Beine des Jungen die obersten Stufen der Kornbodenleiter erklimmen. Und da bemerkte sie durch die offene Luke oben zwischen den Wällen des aufgestapelten, noch ungedroschenen Strohs einen hellen Schein an der Unterseite des Reetdachs. Christoph, der sich mühselig durch den vollgestopften Kornboden arbeitete, fand hoch oben, dicht unter dem Dach, zwei dicke Wachskerzen, eine links, die andere rechts von der Luke. Sie standen beide in einer Mulde, festgeklemmt in das Strohband einer liegenden Garbe, und waren bereits bis zur Hälfte heruntergebrannt. Christoph hatte sie gelöscht und war mit ihnen hinuntergestiegen, wo er die noch blasse Marie erschöpft, aber glücklich auf einer Wagendeichsel sitzend, vorfand. Kein Mensch war auf dem Hof gewesen; die Knechte saßen alle beim Abendessen im Torhaus, und die Tagelöhner befanden sich längst im Dorf in ihren Häusern. Nur der Haushalter hatte mit seiner Frau noch im Kuhstall zu tun gehabt. Marie war mit dem Jungen zum Verwalter gegangen, der sogleich die Knechte alarmierte, um die Täter zu finden.

Der Verdacht fiel sofort auf die Lossaus, vor denen Charlotte Hinrich einst gewarnt und die man auch bei Diebereien erwischt und entlassen hatte. Der alte Schäfer, der vor dem Dorf an der Heide lebte, sah, als er seine Herde heimtrieb, zwei Gestalten eilends nach dem Moor zu verschwinden. Sie hätten eigentlich schon weiter fort sein müssen, hatten sich aber wohl an dem Erfolg ihrer Bemühungen noch weiden wollen. Denn es dauerte keine Stunde, bis der Schäfer und drei Knechte sie im Wacholdergestrüpp fanden, Vater und Sohn Lossau. Mit Knüppeln und Stricken waren die Galgenvögel schnell überwältigt worden. Nun, sie saßen jetzt in Glückstadt in Sicherheit.

Auf Hinrichs Frage, ob Marie das Kerzenlicht durch das Dach der Scheune gesehen habe, antwortete die Alte, als sie ihm im Kontor gegenübersaß, sie habe nichts gesehen, nur gefühlt, daß von dort Gefahr drohe; und dem Christoph sei es ebenso ergangen, das Kind sei ohne zu zaudern zu den Kerzen hinaufgestiegen. Auf seine weitere Frage, ob sie das schon oft gehabt, dieses zweite Gesicht, war es aus Miete hervorgebrochen: «Dat is wat Schreckliches, Herr Baron. Dat überkümmt mir mit eenmol. Un ich hab dem leeven Gott gebittet . . .»

Lächelnd hatte Hinrich gesagt: «Kannst wieder platt schnacken, Marie!»

«Jo, he schall dat von mi nehmen. Ik dach all, dat wär vörbi, dat Spökenkieken. Ik hev dat all mennigmol hatt. Man düttmol is dat to 'n Segen west, Herr Baron. De Storm stünn jo direkt up den Hof vun de Schün her. Un wenn ik mit dat Vörutkieken helpen kann, will ik dat ok beholn. Waschen do ik mi likers doch!»

Was es mit dem Waschen auf sich hatte, hatte Hinrich nicht erfahren, Marie hatte nur verlegen gelacht.

Das Geldgeschenk, welches er ihr überreichte, hatte sie erst abgewehrt, es dann auf sein Zureden aber doch mit einem gemurmelten «da nich für, Herr Baron» quittiert.

An einem der nächsten Tage war Hinrich in die Räucherkate gekommen, wo Christoph gerade dicke Rußplacken vom Bogen des Herds abklopfte. Hinrich, der die Blangdör geöffnet hatte, blieb stehen und hörte Miete sagen: «Lot Schiet doch, Jung! Dat ward nu rein to dull. De Plakken fallt all in de Melksupp!» Hinrich war entsetzt, wie verwahrlost er seinen Jungen vorfand. Überhaupt diese ganze Umgebung! Nein, irgend etwas mußte geschehen. Er wollte Christoph wegen seiner tapferen Tat belohnen und fragte ihn, was er sich wünsche.

«Een Book mit Biller?» fragte das Kind so zaghaft, als wenn es sich mindestens ein Pony gewünscht hätte.

Ein Kloß saß Hinrich im Hals. «Marie», sagte er streng, «wie läuft der Junge herum!»

«Ik hev em jo seggt, he schall dat Kleien laten, so 'n Schietkram!» Nun, sie hatte den Jungen einigermaßen gesäubert und frisch angekleidet, als er am Nachmittag im Schloß erschien.

Christian Jensen brachte ihn in den Gartensaal, Hinrich nahm ihn an die Hand und stellte ihn der dort versammelten Familie als den tapferen Jungen vor, der Moorburg vor einer Feuersbrunst bewahrt habe, gemeinsam mit Marie Buhmann.

Frau von Wasmer rief den Kleinen zu sich, lobte ihn und strich ihm über das noch feuchte Haar. Doch als Charlotte ihm mit anerkennenden Worten die Hand reichte und die roten Augen voll Vertrauen zu der Gutsherrin aufsahen, bemerkte Hinrich mit banger Sorge, daß ihr Blick Widerwillen ausdrückte.

Jürgen, der sich neugierig genähert hatte, aber rief: «Iii, du riechst aber scheußlich!» Stille. Christoph sah verständnislos von einem Anwesenden zum anderen. Etienne und der kleine Paul waren nicht dabei. Doch die kleine Mathilde faßte Christoph bei der Hand und sagte: «Du, Junge, komm, ich geb dir von meinem Kuchen ab.» Sie zog ihn zu einem Fenster hin, wo der Katzentisch für drei Kinder gedeckt war. Die Erwachsenen tranken ihren Tee am Kamin.

«Tilly, es sind genug Kuchen da», sagte Frau Charlotte, «Jürgen, benimm dich nun anständig und iß mit den Kindern», denn der Junge wollte bei den Erwachsenen Platz nehmen, weil ihm bei solchem Katengeruch der Kuchen nicht schmecken würde.

«Du setzt dich sofort zu den Kindern, Jürgen!» befahl Hinrich scharf, und widerwillig schlenderte das Kind zum Katzentisch, wo schon die Schokolade in den Tassen dampfte. Im allgemeinen tranken die Kinder ihre Milch nachmittags in der Kinderstube, aber heute hatte Hinrich diese Anordnung getroffen, um zu sehen, welchen Eindruck Christoph machte. Es wurde ein Fehlschlag, wie er befürchtet hatte. Jürgen hatte sich geweigert, dem «Katenjungen» von seinen Bilderbüchern abzugeben, war aber von seinem erzürnten Vater dazu gezwungen worden. Christophs Freude, als er schließlich mit einem in Papier gewickelten Bücherpaket abzog, hatte ihn etwas getröstet. Charlottes Verhalten nach diesem Besuch überraschte ihn nicht.

«Du weißt, Hinrich, daß ich mich, weiß Gott, nicht scheue, in die Katen zu gehen, wenn jemand krank ist und Hilfe braucht. Aber alles muß an seinem Platz bleiben. Darum bitte ich dich um keine solchen Wiederholungen!» Er konnte es ihr nicht verdenken, im umgekehrten Fall hätte er wahrscheinlich genauso reagiert.

Eine andere Lösung des Problems Christoph bot sich an, als der Junge zur Schule mußte. Das geräumige Schulhaus hatte jetzt auch im Sommer seine Pforten geöffnet, und Herr Rughase war mitsamt seiner kleinen Familie glücklich über die neue Wohnung. Eines Tages hatte Hinrich sich den Unterricht angehört und sich besonders über Christophs präzise Antworten gefreut. Er lernte jetzt beim Unterricht auch das Hochdeutsche schnell. Als die Kinder in der Pause auf dem Schulhof umhertobten, unterhielten sich der Gutsherr und der Schulmeister in der Gartenlaube.

«Der Christoph ist von den Kleinen der Beste», sagte Rughase. «Wissen Herr Baron etwas über seine Herkunft? Seinem Äußeren nach müßte er von vornehmen Eltern stammen; dieser schmale Schädel fällt zwischen all den runden Kinderköpfen geradezu auf. Aber da er ein weißer Rabe ist, noch dazu mit diesen ungewöhnlichen Augen, hat er es zwischen der Dorfjugend nicht leicht.»

Hinrich log wie üblich, er wisse nichts von dem Findelkind, teile aber die Ansicht des Schulmeisters. Das Schlimme sei nur, daß Christoph bei Marie Buhmann in der Räucherkate lebe und keine Pflege habe. Ob Herr Rughase auch finde, daß in diesem Jungen allerlei stecke, was nicht in eine Kate passe?

«Ich habe ihn zwar erst kurze Zeit in der Schule, doch scheint es, daß der Junge intelligent und vor allem sehr wißbegierig ist. Daß er bei der Buhmannschen in der Kate wohnt, ist grotesk.»

Rughase wurde durch Geschrei und Geschimpfe, das vom Schulhof herdrang, unterbrochen und sprang auf. «Das ist doch . . .!» Aber der Gutsherr war flinker, er schwang sich mit seinen langen Beinen über den Zaun.

Wenn Hinrich an diese widerliche Szene zurückdachte, packte ihn heute noch der Zorn. Wie hatten diese kleinen Lümmel Christoph, seinen armen «weißen Raben», zugerichtet. Der Junge hatte sich anscheinend tapfer gewehrt, denn sie lagen alle in einem Knäuel am Boden über ihm und droschen auf ihn ein. Ausdrücke wie «du verdammigtet Rotog» und noch schlimmere brüllten sie dabei. Hinrich packte zwei von ihnen gleichzeitig am Hosenboden und schleuderte sie beiseite, zwei andere stieß er mit den Füßen fort. Dann bekam er seinen Jungen zu fassen. Nun war auch der Schulmeister da und trieb die Kinder in die Schulstube. Die Schulmeisterin kam aus ihrer Küche gelaufen. «Nein, du armes Kind! Herr Baron, ich habe in der letzten Zeit schon oft aus meinem Küchenfenster gesehen, wie sie den Jungen hänselten und pierten. Aber das ist nun doch die Höhe!» Christoph klammerte sich zitternd an seinen Beschützer. Er blutete aus mehreren Hautwunden und aus der Nase. Sie brachten ihn in die Küche, und die Frau wusch ihn, der ganz verschmutzt war, tüchtig ab. Dann legten sie ihn auf die Bank, und Hinrich stellte beruhigt fest, daß wenigstens nichts gebrochen war. Still lag der Kleine da, und unter den Lidern liefen die Tränen hervor.

«Warum seggt se ümmer Rotog to mi?» sagte er schließlich leise. Die beiden Erwachsenen sahen sich stumm an, und die sanfte, mütterliche Frau Rughase wandte sich bekümmert dem Fenster zu. Hinrich setzte sich zu seinem Jungen, streichelte seine verschrammten Hände und fragte, ob er noch nie in einen Spiegel gesehen habe. Es stellte sich nun heraus, daß er gar nicht wußte, was ein Spiegel war. Swatt-Miete besaß offensichtlich keinen, und im Müllerhaus war er wohl noch zu klein gewesen, um in einen Spiegel zu sehen.

Es war eine schlimme Stunde für Hinrich gewesen dort im Lehrerhaus. Am Nachmittag kam der Lehrer zu ihm ins Kontor und berichtete, daß er die Hauptakteure der Prügelei mit dem Haselnußstecken bestraft habe. Christoph war noch im Schulhaus, er schlief fest. Seine Frau habe gemeint, mit den Wunden könne er nicht in die Räucherkate gehen. «Sie hat die tiefen Hautrisse verbunden. Miete Buhmann würde wahrscheinlich schmutzige Spinnweben auflegen, um das Blut zu stillen, wie das bei den unwissenden Leuten üblich ist.»

«So ist es», sagte Hinrich, «und der Junge muß aus der Kate heraus, Herr Rughase. Wir beide, Sie und ich, haben Kinder. Dieses Kind gehört, wie Sie selbst heute morgen sagten, in keine Kate. Und darum möchte ich Sie und Ihre liebe Frau bitten, den Christoph bei sich aufzunehmen . . . Einen Augenblick, Herr Rughase! Der Junge ist nicht arm, denn der Wassermüller hat ihm in seinem Testament eine ansehnliche Summe vermacht.»

«Nein, Herr Baron, Ihnen kann ich keine Bitte abschlagen! Sie haben uns damals, als wir in Not waren, geholfen. Meine Frau und ich haben schon darüber gesprochen, den Kleinen mit unseren beiden Kindern aufzuziehen. Das Geld ist uns nicht wichtig.»

«Nun, ein Kind kostet aber Geld. Bekleidung, Ernährung und so weiter. Der Müller lebt zwar noch, aber ich werde von dieser Erbschaft des

Jungen einen Vorschuß leisten, denn so reichlich haben Sie es auch nicht.»

Herr Rughase hatte sich zunächst geweigert, aber dann waren sie sich doch einig geworden, daß er monatlich ein Kostgeld von Hinrich bekam.

Marie Buhmann war traurig gewesen, daß sie den Kleinen hergeben mußte. In ihrer Einschichtigkeit in der Räucherkate hatte sie ihn auf ihre Art gern gehabt. Aber sie hatte schon zwei Enkelkinder in dem neuen Häuschen ihres Heini.

Christoph aber wuchs in einem ganz anderen Milieu als bisher heran. Sein Geist war so lebhaft, daß der Schulmeister seine Freude an ihm hatte. Kein Kind wagte jetzt mehr, ihn zu hänseln, denn der Stock des «Percepters» hatte eine gar zu deutliche Sprache gehabt. Auch der drei Jahre ältere Peter Rughase war sein Freund und Beschützer geworden.

Gähnend erhob sich der Gutsherr. Er konnte zufrieden sein mit seinem Schicksal. Wenngleich ihm hin und wieder Unannehmlichkeiten in die Quere kamen – «in de Möt», wie Tische zu sagen pflegte –, war sein Wirken erfolgreich und gewinnbringend gewesen, sein Familienleben bis auf Kleinigkeiten glücklich. Er nahm den Leuchter auf, verließ den Raum und machte seine Runde durch den Wirtschaftshof, um nachzusehen, ob alles in Ordnung war. Früher hatte der Marquis mit seinem Timmo allabendlich einen Spaziergang durch den Hof gemacht. Aber seit Timmo gestorben war und den Marquis das Reißen plagte, verließ der alte Herr abends nur ungern das Haus. Seit der versuchten Brandstiftung hatte Hinrich selbst den Wachdienst übernommen, und ihm zur Seite lief Gripto, ein kluger Hund, den der Schäfer dressiert hatte. Er hatte sein Lager in der Halle unter der Treppe, dort führte der immer warme Schornstein des Küchenherds aus dem Souterrain nach oben.

Stille lag über dem verschneiten Hof. Nur im Kuhstall brüllte eine Kuh, und ein matter Lichtschein fiel aus einem der hinteren Fenster auf den Schnee hinaus. Hinrichs Schritte knirschten, und der Hund lief schnüffelnd bis zum Pforthaus voraus. Dort blieb er wartend stehen und wurde zurückgepfiffen. Sie kehrten um. Hinrich sah nach, ob alles verschlossen war, dann gingen sie dem Schloß zu. Qualvoll muhte die Kuh. Die war wohl fällig heute. Aber es brannte Licht, da war der Melkergehilfe wohl schon bei der Kreißenden. Hinrich lächelte über dessen Patent, sich von einer dicht vorm Kalben stehenden Kuh in seinem Bett wecken zu lassen.

Der junge Mann schlief in einer Kammer am hinteren Ende des Kuhstalls. Daneben war der geräumige Stand, in den er die eben vor der Geburt stehende Kuh hineinbrachte. Wenn es darüber Abend wurde und das Kalb immer noch nicht da war, legte sich der Melker getrost in sein Bett zum Schlafen. Da aber nicht nur zweibeinige Damen sich normalerweise zum Gebären hinlegen, sondern auch Kuhdamen diese Gewohnheit haben, so weckte die Kuh, wenn es soweit war, den Knecht durch Zupfen an der großen Zehe. Denn von der Kuh ging ein starker Bindfaden durch ein Loch in der Wand der Knechtskammer und endete, gut befestigt, an der großen Zehe des Schlafenden.

2

Im Frühling, der diesem schneereichen Winter folgte, erfüllte Hinrich den geheimen Wunsch seiner Schwiegermutter. Er fuhr mit Charlotte und Germaine nach Paris. Als er Mama damit überraschte, war sie so sprachlos, daß Charlotte Angst bekam. Dann war die alte Dame in Tränen des Glücks ausgebrochen. Sie sollte ihr geliebtes Paris noch einmal wiedersehen! Etienne hatte den Kopf dazu geschüttelt, und Hinrich mußte ihm wehren, um der Vorfreude keinen Abbruch zu tun, weil der Marquis meinte, es sei gewiß nicht mehr das alte Paris ihrer Jugend unter dem jetzigen Regime des Bürgerkönigs Louis Philippe. Er wollte lieber im geliebten Moorburg bleiben und nach dem Rechten sehen. Dabei wurde er von Frau Mathilde von Pogwisch unterstützt, die den Kindern eine wahre Bilderbuch-Großmutter war, unerschöpflich darin, Märchen zu erzählen, kleine Feste zu veranstalten und dergleichen Dinge mehr, die ein Kinderherz entzücken.

Ehe die Heuernte begann, waren die Weltreisenden aus Paris zurück. Madame, zwar von der langen Fahrt etwas mitgenommen, erzählte begeistert von ihren Pariser Erlebnissen. Hinrich von Pogwisch war froh, als er wieder Moorburger Erde unter den Rädern hatte. Dieses städtische Gewühle war nichts mehr für ihn. Er merkte, daß er älter geworden und der Enthusiasmus der Jugend einem mehr ruhigen, beschaulichen Lebensgefühl gewichen war. Dieser Markt der Eitelkeiten in der französischen Hauptstadt hatte ihn als Jüngling interessiert und fasziniert. Jetzt nötigte ihm das Treiben dort manch spöttische Bemerkung ab. Sein Lottchen war mitten in diesem buntschillernden Teich wie ein munteres Fischlein geschwommen. War das ein großartiges Abenteuer gewesen für Frau Charlotte und ihre Mama! Und sie durften nach Herzenslust einkaufen, bis Hinrich befürchten mußte, daß er von seinen mitgeführten Barmitteln weder die Hotelrechnung noch die Rückreise mehr finanzieren konnte. Er hatte schleunigst zum Aufbruch geblasen. Mein Gott! Opernbesuche, Theater, Konzerte, schon um die neuen Roben auszuführen, die neuen Frisuren zu zeigen und ihre Schmucksachen anlegen zu können. Und tagsüber die Ausfahrten zu allem, was sehenswert war.

Nun, sie hatten es gehabt. Sie besaßen Garderobe, auch für die Kinder über Jahre hinaus. Jetzt konnte er nur noch den alten Petrus bitten, ihm eine reichliche Ernte zu bescheren.

Aber da kam schon wieder etwas auf ihn zu. Der Fischer, der nach dem alten Stegelmann die Fischpacht übernommen hatte, suchte ihn auf und beklagte sich über die brüchige Fischerhütte. Da könne er nicht mehr wohnen. Hinrich fuhr mit ihm hinüber und sah schmerzlich bewegt den Ort, an dem einst seine Lili gehaust und den er bisher gemieden hatte.

Er sah, daß die Balken, welche die Hütte trugen, verrottet waren und daß das Reetdach Regen durchließ.

Fischer Mahrt deutete auf ein Haus neben der Gärtnerei, das leerstand. Ob er dort nicht einziehen könne?

Dieses Haus hatte der Gutsherr noch nie betreten. Beauchamp hatte ihm gesagt, es sei nicht bewohnbar. Es war einst für einen Wasmer erbaut worden, der von längeren Auslandsreisen als ein Sonderling zurückgekommen war, dort seine Schmetterlinge aus Brasilien und andere Reisemitbringsel sortiert, katalogisiert und beschrieben hatte und dort gestorben war. Dann war es eine Art Kavalierhaus für Junggesellen der Wasmerschen Gäste gewesen, und zum Schluß hatten noch Kosaken darin kampiert. Danach sah es auch aus, als Hinrich und der Fischer es betraten.

Es lag auf einer Uferböschung direkt am See mit schönem Ausblick über das Wasser auf das Südufer. Einige kleine Stuben und eine Küche waren darin. Gerümpel hatte sich angesammelt, Unrat und viel Schimmel bedeckten Fußboden und Wände.

Aber der Fischer meinte, es ließe sich wohl für ihn instandsetzen, wenn der Herr Baron einverstanden sei.

So kam es, daß aus dem alten Kavalierhaus ein Fischerhaus wurde. Das Dach wurde mit Reet geflickt, die Wände kalkte Mahrt selber. Aus dem Gerümpel zimmerte er sich die notwendigen Möbelstücke zusammen und brachte aus der alten Hütte seine wenigen Sachen herüber. Er war zufrieden mit seinem Häuschen. Hinrich auch, denn es hatte seinen Geldbeutel wider Erwarten nicht allzusehr strapaziert.

Es gab aber noch jemand in Moorburg, der über den Zuzug des Fischers am Nordufer sehr glücklich war – Christoph. Er hatte im Dorf nichts so sehr entbehrt wie den See und seine Sommerfreuden. Wie ein Fisch auf dem Trockenen war er sich in Mietes Kate und Gärtchen vorgekommen. Nach der Mühle konnte er nicht mehr, weil die an ein Müllerehepaar verpachtet war. Und an das Ufer vor dem Schloß und der Gärtnerei hatte er sich nicht gewagt, Marie hatte es ihm auch untersagt. Sie hatte Angst vor dem unheimlichen Schwarzsee.

Als nun am Rughaseschen Mittagstisch die Rede auf den Fischer kam, bat Christoph flehend, ihm einen Besuch machen zu dürfen; er wolle fragen, ob Mahrt ihn mit zum Fischen hinausnehme. Nachdem er versichert hatte, daß er gut schwimmen könne, ging Frau Rughase mit ihm zum Fischerhaus hinunter, um zu sehen, ob der Junge wirklich schwimmen konnte. Als Schwimmhöschen hatte sie für Christoph eine zu klein gewordene Hose ihres Peter dabei. Peter selbst hatte keine Vorliebe für das Wasser. Er ging lieber in den Schuppen und bastelte einen neuen Karnickelstall. Und die kleine Meike wollte für die Kaninchen Futter sammeln.

Wie staunte die Rughase, als Christoph wie ein Otter wegtauchte, ein ganzes Stück weiter emporschnellte, vor Freude laut jauchzte und das Wasser umherspritzte. Fischer Mahrt, der gerade von seinem Fang zurückkam, fiel fast die Pfeife aus dem Mund, als der Junge unter seinem Boot tauchte und lachend jenseits hervorschoß; dann hängte er sich hinten an den Rand und ließ sich ans Ufer ziehen.

«Da haben Sie einen kleinen Helfsmann, Fischer!» rief ihm die Schulmeisterin entgegen. Und so wurden sie schnell Freunde, der stille Fischer, dem seine Braut kurz vor der Hochzeit gestorben war, und der verwaiste Junge. Er wußte, daß er keine Eltern mehr hatte. Auf eine diesbezügliche Frage hatte Rughase ihm erklärt, seine Eltern seien nicht mehr am Leben. Er wußte jetzt auch, daß er rote Augen hatte und ungewöhnlich aussah, denn Frau Rughase besaß einen Wandspiegel, in dem er sich einmal unversehens betrachtet hatte und vor sich selbst erschrokken war. Meike, die dazukam und sein trauriges Gesicht im Glas erblickte, hatte gesagt, im Spiegel sähe man immer so sonderbar aus. Sie hatte ihre rosige Zunge herausgestreckt und eine Grimasse gezogen. Dann hatten beide gelacht und waren nach Kinderart fröhlich in den Garten gelaufen zum Spielen.

Frau Rughase nähte ihrem Pflegekind eine ordentliche kleine Badehose aus kräftigem Zeug, und da nun die Ernteferien kamen, wo die Kätnerkinder auf den Feldern mithelfen mußten, die Garben aufzustellen, tummelte sich Christoph den ganzen Tag im und auf dem See.

Eines Nachmittags stand Christoph am Ufer und schaute den Pogwisch-Kindern beim Spielen zu. Schmerzlich berührt sah Hinrich das Bild der Supraporte in seinem Zimmer verwirklicht. Charlotte ham heraus. Sie bemerkte nichts, blickte zu den Kindern hinunter und äußerte, es sei doch nett, daß die Kinder solchen Spaß an dem mitgebrachten Spiel hätten. «Komm ein wenig mit in den Garten, Lieber!» forderte sie Hinrich auf und stieg die Treppe hinunter. Hinrich folgte ihr, und Arm in Arm ging das Paar die blumengesäumten Wege zum Ufer hinab. Levkojen und Phlox dufteten stark, und die Schwalben jagten zwitschernd über ihnen. Jürgen schlug den Federball mit kräftigem Schlag. Aber er flog über seine Schwester hinweg ins Wasser. Der mit Kork gefüllte Ball tanzte auf den kleinen glitzernden Wellen.

«Du da», rief Jürgen Christoph zu, «wirf uns mal den Ball zurück!» Christoph warf sich ins Wasser, griff den Ball und warf ihn Tilly vor die Füße.

Sie schlug ihn mit ihrem kleinen Schläger Jürgen wieder zu. «Noch mal ins Wasser», krähte der kleine Paul vergnügt und patschte seine dikken Händchen gegeneinander. Und Jürgen wiederholte das Spiel. Diesmal flog der Ball über Christoph hinweg. Er mußte schwimmen, um ihn zu bekommen. Als der Ball nun zum drittenmal ins Wasser fiel, rief Christoph zum Ufer hinüber: «Hol ihn dir doch selber», wandte sich um und schwamm in den See hinaus. Ein Entsetzensschrei Charlottes «Tilly, Tilly!» riß ihn herum. Da war die kleine Mathilde schon mitten im Wasser. Ihr weißes Kleidchen bauschte sich auf. «Komm gleich wieder», rief sie vergnügt und lief weiter auf den tanzenden Federball zu. Da aber Nordostwind war, trieb der Ball hinaus. Als Tilly den Grund unter den Füßen verlor und untertauchte, war Christoph schon bei ihr und packte ihre hellblaue Schärpe.

«Reg dich doch nicht auf, Lottschen», beruhigte Hinrich seine Eheliebste, die zum Wasser hinunterlaufen wollte, «der Christoph hat sie ja schon. Ihr passiert nichts!» Nein, Tilly passierte nichts, im Gegenteil: Christoph hatte nun auch wieder Grund, hielt die Kleine, die auf dem Bauch im Wasser trieb, an den Händen und zog sie rückwärts gehend durch die kleinen Wellen. Sie kreischte vor Vergnügen: «Ich kann schwimmen!»

«Halt nur immer den Kopf hoch, Lili!» gebot er ihr. Aber als er vorsichtig ihre Hände losließ, begann sie doch vor Angst zu zappeln und sank unter. Der Junge riß sie wieder herauf, nahm sie auf den Arm und trug sie ans Unfer. Sie hatte ihre Arme um seinen Hals gelegt und klammerte sich, als sie schon auf dem Trockenen waren, fest an ihn. Hinrich trat hinzu und nahm sie ihm ab. «Wir danken dir, mein Junge!» Er strich Christoph über das nasse Haar. «Dein Kleid, Tilly!» rief Charlotte. Ja, das sah schlimm aus, es war nicht mehr weiß, sondern isabellfarben.

Jürgen knurrte. «Alles, weil er den Ball nicht zurückwarf.»

«Bin ich dein Diener, heh?» entgegnete Christoph scharf und wollte wieder ins Wasser. Aber Hinrich hielt ihn zurück. «Da hast du ganz recht. Er hätte sich die Schuhe und Strümpfe ausziehen und den Ball selbst holen können . . . Es wird Zeit, mein Sohn, daß du schwimmen lernst», sagte er zu Jürgen. «Auch Tilly soll es lernen.»

«Lili lernt es schnell», erklärte Christoph, «wenn ich sie nur an dem Dingsda, das sie um den Bauch hat, festgehalten hätte, würde sie es schon können. Aber ich habe sie zu früh losgelassen.» Er sah Tilly nach, die mit ihrer Mutter eben die Terrassentreppe hinaufstieg, um sich umzukleiden.

«Ich will ja schwimmen lernen, Vater», sagte Jürgen, und dann wandte er sich an Christoph. «Wie hast du es gelernt?»

«Von selber, ich weiß nicht mehr, wie es kam, aber ich kann schwimmen, solange ich denken kann.»

Der kleine Paul meldete sich. «Will auch wimmen.» Er umklammerte seines Vaters Beine und blickte erwartungsvoll zu ihm auf. «Du bist wohl noch ein bißchen klein, mein Paulchen», meinte Hinrich. Doch Christoph erwiderte: «Zu klein? Wenn man einen jungen Hund oder eine Katze ins Wasser wirft, können die sofort schwimmen, Ohm. Und sie sind noch kleiner als Paulchen.»

Am kommenden Sonntagmorgen traten die Interessenten in schnell von der Dorfschneiderin fabrizierten Badehosen am Schloßufer zum Schwimmen an. Charlotte, die Hinrich auch dabeihaben wollte, hatte abgelehnt. Sie konnte nicht schwimmen, wollte auch nicht in das Moorwasser hinein. Wenn sie nur an Tillys Kleid dachte! Auf jeden Fall hatte sie eine große Holzbütte aus der Waschküche in der nahen Gärtnerei füllen lassen. Die stand um Ufer und in der Sonne bereit, die gebräunten Leiber nach dem Baden aufzunehmen.

Sie saß mit ihrer Mutter im Schatten der Bäume, und beide freuten sich über das hübsche Bild: die kleine Familie vor dem blauen See. «Welch ein Glück hast du gehabt, Charlotte, sieh dir nur diese Prachtgestalt von Mann an mit seinen Kindern!» Der eben von der Gärtnerei herüberkommende Christoph vollendete diesen Eindruck, ohne daß Frau Germaine es ahnte.

Die fünfjährige Mathilde, die interessiert soviel Männlichkeit um sich herum musterte, rief nun: «Ihr habt ja auch alle so 'ne Mückenstiche wie ich; ich dachte, die hätten bloß kleine Mädchen.» Dabei tippte sie auf ihre winzigen Brustwarzen.

Die Jungen brachen in schallendes Gelächter aus, aber Hinrich nahm seine kleine Tochter auf den Arm und flüsterte ihr ins Ohr: «Deine Mückenstiche sind aber die hübschesten!» Tilly war mit ihren Studien noch nicht fertig. «Vater, bekomme ich auch mal so einen Brustbart wie du?» Lachend erwiderte Hinrich, daß sie den wohl nicht bekäme, und setzte sie auf die Füßchen.

Die Jungen kringelten sich vor Lachen. Der kleine Paul murmelte nachdenklich: «Bustbaart?» Er stand da in einem winzigen Höschen, das seine kleinen O-Beine jetzt deutlicher zeigte als sonst unter seinem Kinderkleidchen. Und Christoph musterte den Kleinen grinsend. «Huh! Durch deine Beine kann man aber ein kleines Ferkel jagen.»

«Die werden schon gerade werden», meinte sein Vater. «Nun aber husch, husch, ins Wasser mit euch!»

Hinrich, von Glück erfüllt, seine kleine Schar an diesem heißen Sommertag vollzählig um sich zu haben, nahm des Jüngsten Hand und ging mit ihm dem Wasser zu, in das die Großen schon hineingelaufen waren.

Hinrich scheuchte die Kinder nach einiger Zeit aus dem See, für das erste Mal sei es nun genug. Jürgen und Tilly planschten sich in der Bütte sauber; Christoph, welcher danebenstand, sagte zu Hinrich gewandt: «Noch ein paarmal, dann kann Lili schwimmen. Sie macht schon ganz allein einige Züge!»

«Lili», rief Jürgen, «sie heißt Tilly, Mathilde eigentlich.»

«Nein, sie heißt Lili!» beharrte der Junge.

Und Tilly sagte: «Ich finde Lili viel hübscher als Tilly. Ich will nun Lili heißen. Ihr sollt alle Lili zu mir sagen!»

Jürgen stieg aus der Wanne und blickte Christoph in die Augen. «Was hast du nur für komische Augen?»

Das erregte den Protest seiner Schwester. Sie krabbelte mit Hinrichs Hilfe aus dem Bottich und blitzte Jürgen mit ihren blauen Augen an. «Christoph hat Augen wie reife Himbeeren. Die mag ich leiden. Deine braunen Augen hat jeder Hund, und Kuh und Perde auch, du hast Tieraugen, Jürgen Pogwisch.»

«So, sind Großmama und Didi-Ohm vielleicht Tiere?»

«Kinder, streitet euch nicht. Mit dem, was der Herrgott uns gegeben hat, müssen wir zufrieden sein. Alle Augen sind schön, wenn sie nur freundlich in die Welt blicken», mahnte der Vater.

Die Kinder zogen zum Haus hinauf, um sich anzukleiden.

Hinrich nahm seinen Christoph bei der Hand und sagte: «Wir beide wollen uns nun mal erholen und eine ordentliche Tour schwimmen.»

Weit draußen legten sie sich auf den Rücken und ließen sich treiben. «Sag einmal, Christoph, wie kommst du eigentlich darauf, daß Mathilde Lili heißt?»

Der Junge sah zum Himmel auf, und erst auf Hinrichs, ermunterndes «Nun?» antwortete er. «Wie soll ich das nur beschreiben? Ich sehe mitunter eine helle Frau oder ein Mädchen, und sie heißt Lili.»

Hinrich wurde es mitten im kühlen Wasser plötzlich heiß. Er warf sich herum und schwamm an den Jungen heran. «Wann und wo siehst du siese Lili, Christoph?»

Der Junge bewegte leicht seine Arme, sah weiter in die Himmelsbläue hinauf und erwiderte: «Wenn es ganz still um mich ist, dann sehe ich sie, im Bett manchmal, vor dem Einschlafen wohl. Vielleicht auch beim Schlafen, ich weiß das nicht genau, Ohm.»

Hinrich atmete auf. Also eine Traumgestalt. «Und warum nennst du mein kleines Mädchen so?»

«Ich glaube, die Lili, die ich zuweilen sehe, ist vielleicht ein Engel, so einer, von dem Muhme Rughase zu uns sagt: Jedes Kind hat einen guten Engel. Und der sieht wie Lili aus. Und weil dein kleines Mädchen auch so aussieht, ist sie für mich Lili.»

«Du darfst sie ruhig so nennen, Christoph. Wie aber kommst du auf den Namen Lili, hast du den zuvor schon einmal gehört?»

«Nee, hab ich nicht. Ich weiß aber, daß die helle Frau so heißt.» An diesem Abend saß Hinrich noch lange, nachdem alles im Haus schon still war, auf der Terrasse und blickte zum dunklen See hinab, auf dem eine schmale silberne Mondstraße tanzte. Der fast volle Mond schwebte über den schwarzen Zacken der Tannen am Südufer. Fledermäuse flitzten über dem Garten umher, und im Dorf heulte ein Hund den Mond an. Dieses Erlebnis mit Christoph grenzte ans Unheimliche. Welche Zusammenhänge gab es da? Er entsann sich einer Geschichte, die seine alte Kinderfrau ihm einst erzählt hatte. Die handelte von einer toten Mutter, die aufstand und sich des Nachts um ihre von einer bösen Stiefmutter vernachlässigten Kinder kümmerte. Es war ein Märchen gewesen, ein Märchen wie alle anderen, in denen sich Menschen in Vögel oder Kröten verwandeln oder Tiere sprechen können. Es war wohl ein Zufall, daß der Junge gerade auf diesen Namen gekommen war. Er gab sich einen Ruck und erhob sich. Auf jeden Fall war es ein Tag gewesen, der ihm eine große Freude beschert hatte. Sein Ältester stand nicht mehr wie auf dem Supraportebild abseits.

Eine volle Woche noch hatte das Wetter ein Einsehen mit den fieberhaft auf den Feldern arbeitenden Menschen. Diese Woche brachte für Hinrichs Kinder ein Vergnügen nach dem anderen. Er selber hatte zwar viel draußen zu tun, denn sein Verwalter konnte nicht gleichzeitig überall sein, aber der Marquis, den Christoph «Macki» nannte, paßte auf die Kinder am See auf. Er buddelte sich in den Moorgrund ein, denn er hatte herausgebracht, daß der warme Moorschlamm sein Reißen heilte.

Das Boot wurde flottgemacht, und Christoph lehrte Jürgen das Rudern. Selbst Charlotte stieg bisweilen ins Boot, um die Kinder besser zu beaufsichten als vom Ufer aus. Die Kinderfrau hatte vor dem Schwarzsee Angst wie die meisten Dorfbewohner. Ein weiteres ungewöhnliches Ereignis war ein Picknick, das Charlotte für die Kinder am Südufer veranstaltete. Paulchen, der entschieden zu Gewalttätigkeiten neigte, ergriff während des Mahls unversehens eine geöffnete Flasche mit Himbeersaft und schwang sie in beiden Fäusten ein paarmal hin und her, ehe seine Mutter ihm Einhalt gebieten konnte. Die drei Kinder ihm gegenüber sahen ganz blutbespritzt aus. Er kreischte vor Vergnügen. «Du Ferkel!» schimpfte Jürgen, und die Mutter drohte: «Nächstes Mal bleibt du bei Tuti zu Hause!»

Auch die beiden kleinen Rughases brachte Christoph eines Tages mit zum Rudern. Und als Lilis Geburtstag war, gab es zwischen den bunten Blumenbeeten im Garten eine Kindergesellschaft. Sie nannten das Mädchen jetzt alle Lili. Auch Hinrich tat es, und Charlotte fand den Namen hübscher als das ähnliche, doch härtere Tilly. Sie mochte das steife Mathilde sowieso nicht, hatte aber auch diesmal Hinrichs Wunsch nachgegeben. Jürgen fand sich damit ab, weil seine Schwester auf Tilly einfach nicht hörte.

Noch nie hatte es so eine fröhliche Gesellschaft bei den Pogwisch-Kindern gegeben. Kleine Geschenke belohnten ihre Geschicklichkeit beim Topfschlagen, bei Blindekuh und anderen Spielen. Vater Hinrich war mitten unter ihnen in diesem duftenden, von Kinderstimmen erfüllten Garten. Und seine Lotte nickte ihm mitunter über die Kinderköpfe hinweg mit ihren vor Freude glänzenden Augen zu. Der kleine Paul erregte wieder besonderes Aufsehen. Er goß seine Tasse Kakao über dem jungen Hund aus, den Lili zum Geburtstag bekommen hatte. Sie wurde darüber so zornig, daß sie den Jungen ohrfeigte. Tuti, die Kinderfrau, mußte das schreiende Kind hineintragen.

In der Nacht gab es ein schweres Gewitter, und damit war der Sommer vorbei. Es folgte eine kühle Regenzeit. Hinrich war mit der Ernte einigermaßen zufrieden, obwohl auf ein paar Feldern noch die Hocken standen.

3

Es liegt wohl in der Natur des Homo sapiens begründet, daß er sich zuweilen nach etwas Neuem, nach Abwechslung oder sonstiger Veränderung sehnt. Er möchte sein Dasein verbessern, er will etwas erleben, etwas erschaffen oder auch erobern. Zumal den männlichen Geschöpfen der Gattung Mensch ist dieses Charakteristikum eigen. Wenn er sich der Massen bemächtigt, entstehen Umstürze, Völkerwanderungen, teils aus der Not der Zeit heraus, teils aus Abenteuerlust und Unzufriedenheit geboren. Besonders Unzufriedenheit war von eh und je der fruchtbare Boden für Demagogen und Agitatoren. Die Französiche Revolution am Ende des 18. Jahrhunderts leuchtete als Fanal noch in das 19. Jahrhundert hinüber. Nach den Napoleonischen Kriegen jedoch waren die europäischen Nationen erschöpft und sehnten sich nach Ruhe und gesichertem Leben.

Die nach einer Witzblattfigur benannte Biedermeierzeit brach an. Es war die Ruhe nach dem Sturm, in der man ein beschauliches und durch die schönen Künste bereichertes Leben führen wollte. Dieses Jahrhundert war so reich an genialen Schöpfungen großer Künstler wie kaum eines zuvor. Doch zwischen die harmonischen Klänge symphonischer Dichtungen mischten sich plötzlich andere Laute: Töne, welche Fanfaren glichen. Man horchte auf: Liberalismus, Meinungsfreiheit, Freiheit überhaupt in Handel und Wandel. Man wollte nun endlich einmal in der Politik auch mitreden können. Man wollte wieder etwas Neues!

Die Maschine wurde geboren, Fabriken entstanden, die Technik rührte sich. Die Biedermeierzeit ging ihrem Ende entgegen. In fast allen europäischen Ländern gärte es von Unruheströmungen. Auch im Norden, im alten Königreich Dänemark. Dort wollte man auch etwas. Nicht etwas Neues. Gott bewahre! Man wollte besonders diesen Schleswigern beibringen, daß sie Dänen waren. Sie sollten dänisch reden und denken lernen. Deutschland? Wer hatte dort schon Interesse an den dänischen Herzogtümern?

König Frederik VI. ruhte seit 1839 in einer hohen, lichten Grabkapelle im Dom zu Roskilde, der Gruft seines Großvaters Frederiks V., dessen Marmorgrabmahl von zwei trauernden Frauengestalten flankiert wird: Dänemark und Norwegen. Ein anderer Enkel Frederiks V. war zu Frederiksborg zum König gekrönt und gesalbt worden, da sein Vetter Frederik VI. nur zwei Töchter gehabt hatte. Christian VIII. war bereits dreiundfünfzig Jahre, als er den Thron bestieg. Er war von sympathischem Äußeren, ein hochgebildeter, feinsinniger Mann, ein Sammler von griechischen Tonvasen, Porzellan und Münzen. Und nun sollte er dieses Knäuel der Schleswig-Holsteinischen Frage entwirren. Aber wer sonst hätte den dänischen Thron besteigen sollen? Er und sein etwas geistesschwacher Sohn waren die letzten aus dem oldenburgischen Stamm, der fast vierhundert Jahre Dänemark regiert hatte. Höchstens der Augustenburger wäre aus einer Seitenlinie in Betracht gekommen. Der jedoch bekannte sich zu Deutschland.

Deutschland? – Da war dieser Hoffmann von Fallersleben auf Helgoland gewesen und hatte ein Lied verfaßt, das die Deutschen mit Begeisterung sangen: «Deutschland, Deutschland über alles!» Und darin wurden die Grenzen Deutschlands so umreissen: «Von der Maas bis an die Memel, von der Etsch bis an den Belt!» Also bis Fredericia, in Dänemark, im Norden. Das war nun wirklich ein starker Tobak. Nein, die Grenze lag an der Elbe oder doch wenigstens an der Eider!

König Christian versuchte trotzdem zu vermitteln. Es war ja schließlich auch der Schirmherr der Herzogtümer, und so zog er schleswig-holsteinische Edelleute an seinen Hof, verteilte Ämter an sie. Kurzum, er wollte Ruhe in seinen Landen haben, einschließlich seiner eigenen Person.

Es gab aber keine, weder hüben noch drüben. Wenn es schon am Horizont grollt, kann das Gewitter zwar eine andere Richtung nehmen, es kann aber auch später zurückkommen, wenn es sich nicht anderswo entladen hat. Nun, in den vierziger Jahren gab es in Europa deren verschiedene.

So sah es im europäischen Makrokosmos aus. Im Moorburger Mikroskosmos waren nur kleine Veränderungen zu verzeichnen. Die Schule war zweiklassig geworden. Die Rughase hatte als Lübecker Lehrerstochter den Unterricht für die Kleinen übernommen, nachdem die eigenen Kinder nun aus dem Gröbsten heraus waren und ihr manche Zeit ließen. Christoph, der mittlerweile zehn Jahre geworden war, erwarb sich außerhalb der Schule Wissen aus Büchern, die Hinrich ihm zusteckte. Das Lernen machte ihm keine Mühe, sondern Spaß. Der Schulmeister unterrichtete die Pogwisch-Kinder nachmittags im Schloß. Gegen Hinrichs Vorschlag, Christoph teilnehmen zu lassen, hatten Charlotte und vor allem Jürgen protestiert, mit der Begründung, der ein Jahr ältere Christoph sei weiter. Er war auch wesentlich weiter, denn Rughase hatte Freude daran, sich an den langen Winterabenden mit dem gescheiten Jungen zu unterhalten.

Christoph und die drei Jahre jüngere Lili verband eine unverbrüchliche Freundschaft. Wenn Lili hocherhobenen Hauptes mit einem Kränzchen aus wilden Mageriten, Klee oder Vergißmeinnicht einherstolzierte, dann stammte es von Christoph. Dann waren sie über die Wiesen gestrolcht. Als Christoph einmal mit Lili huckepack den Gartenweg heraufkam, weil sie sich im Wasser an einem scharfen Stein den Fuß verletzt hatte, rief Hinrich ihm von der Terrasse entgegen: «Na, heiliger Christopherus, paß nur gut auf das wilde Kind auf!», denn er sah, daß ihr Fuß blutete. Christoph ließ sie oben ächzend auf einen Stuhl nieder. «Sie ist schwerer als das Christuskind, Ohm!»

Im Schloß hatten sich zwei Sterbefälle ereignet: Nach dem alten verfetteten Mops war nun auch der Papagei in die ewigen Gefilde eingegangen. Die Kinder hatten die Tiere unter feierlichen Zeremonien beim alten Turm beerdigt. Voltaires Beisetzung allerdings hatte Schwierigkeiten bereitet, denn sie fand im Winter statt bei steinhart gefrorenem Boden, so daß ein kräftiger Gärtnersbursche helfen mußte. Madames Trauer, besonders um Voltaire, war groß. Sie hatte einen kleinen Ersatz an Lilis weißem Terrier, von welchem Paul behauptete, die beiden braunen Flecken auf dem Rücken seien die Überreste seines Geburtstagskakaos.

In diesen Sommerferien fuhr Christian Jensen, der sich sehr darauf freute, seine alte Heimat wiederzusehen, die drei Pogwisch-Kinder zur Großmutter nach Grevenslund. Kutscher Heinrich war mit seinem Herrn schon seit Pfingsten bei einer Übung in der alten Festung Rendsburg. Charlotte blieb in Moorburg, um ihren «Kompagnon» zu vertreten. Aus dem einst so verwöhnten Mädchen war im Laufe der Jahre eine tüchtige und vielbeschäftigte Gutsherrin geworden. Ihre sehr angewachsene Geflügelwirtschaft brachte ihr nun, nachdem sich die Moorburger Finanzlage zufriedenstellend entwickelt hatte, den ganzen Verdienst ein, so daß sie gemeinsam mit Freundin Riekchen in Lübeck vom eigenen Geld nach Herzenslust einkaufen konnte. Ein Umstand, der den Marquis veranlaßte, augenzwinkernd zu Hinrich zu sagen: «Siehst du, ich habe gleich gesagt, daß eine groß aufgezogene Geflügelzucht dem Gut etwas einbringt, indem es dein Budget entlastet.» Charlotte hatte ihre drei Kinder ohne Bedenken allein mit Tische auf die Reise geschickt. Er hatte Hinrich schon als Kind versorgt, und er liebte dessen Kinder genauso. Da sie mit eigenen Pferden ohne Wechsel die lange Fahrt machten, übernachteten sie unterwegs, und es war natürlich aufregend, in einem Gasthof und in fremden Betten zu schlafen.

Und nun erst Grevenslund, wo sie noch nie gewesen waren! Alles war ganz anders als in Moorburg, ob es sich nun um das Torhaus, den riesigen Hofplatz oder gar das alte wuchtige, hellverputzte Haus mit seinen schweren Eichenmöbeln handelte. Die Freude, die Großmutter wiederzuhaben, diese köstliche Märchenerzählerin, war groß. Onkel Wulf hatte sich Zeit genommen, um sich den Kindern widmen zu können. Jürgen durfte ihn frühmorgens auf die Jagdkanzel begleiten. Wulf stellte mit Genugtuung fest, daß das Kind still sein konnte. Er machte Jürgen auf vieles aufmerksam, was dieser ohne die Jägeraugen des Oheims nie bemerkt hätte. Eines Tages führte Wulf die Kinder leise zu einer Igelfamilie unter den Taxusbüschen im Garten. Lili hätte vor Entzücken über die winzigen Igelkinder fast losgeschrien, aber der Ohm legte seine Hand über ihren Mund. Er kannte alle Vögel mit Namen und konnte sie nachahmen. Zu den Tieren in Wald und Feld kamen die Tiere auf dem Hof. Ein keines Shetlandpferdchen stand im Stall. Tische, der voll Rührung an die Zeit dachte, da er Hinrich den gleichen Dienst erwiesen hatte, hob die Kinder in den Sattel: erst Jürgen, dann Lili. Paul durfte auf dem Bernhardiner reiten, der den Jungen mit Engelsgeduld um den Hofplatz trug.

An einem der nächsten Nachmittage dirigierte Wulf Pogwisch die kleine Gesellschaft beim Reiten. Jürgen ritt schon eine zierliche Fuchsstute, einen Abkömmling der schönen Mirza. Lili tummelte sich auf dem Pony, und Paulchen saß auf dem großen Hund. Sie waren ganz darauf konzentriert, sich auf ihren Tieren zu halten, die langsam auf dem Zirkel trabten. Schließlich beorderte Wulf, der mit der langen Peitsche in der Mitte stand, den Hund mit Paul zu sich, weil die beiden Verwirrung stifteten. Schon öfter hatte Wulf zum Torhaus hinübergesehen. Plötzlich kommandierte er: «Haaalt! Das Ganze kehrt!» Und da sahen sie zwei Reiter durch das Tor in den Hof eintraben. Der vordere trug einen roten Frack mit weißen Aufschlägen und einen Dreispitz mit Federbusch auf dem Kopf. Erst als er den Dreispitz abnahm, ihn lustig schwenkte und die Sonne das blonde Haar aufleuchten ließ, erkannten ihn die Kinder. «Vater!» schrien alle drei und wollten lostraben. Aber Wulf hielt sie zurück.

«Eskadron Wonnemops angetreten!» meldete er scherzhaft, als der Bruder herangekommen war. Der sprang lachend vom Pferd und warf dem ebenfalls uniformierten Heinrich die Zügel zu.

Sie umdrängten ihn alle, jeder wollte den Vater zuerst umarmen. Dabei gerieten Hinrich der Säbel und der Hund samt Paul zwischen die Beine. Wulf konnte ihn gerade noch von hinten stützen und den laut kreischenden Paul aus dem Getümmel hervorziehen. Der Lärm im Hof hatte die Pogwisch-Mutter auf den Plan gerufen. «Kinder, Kinder», rief sie, «war das eine Überraschung für euch!» Sie war glücklich, ihre ganze Nachkommenschaft um sich zu haben. Aber am nächsten Tag ließ sie sie doch lieber allein zum Sängerfest nach Schleswig reisen. Große Menschenansammlungen scheute sie.

Staunend sahen dort die in der Einsamkeit aufgewachsenen Moorburger Kinder die Menschenmassen, die herbeigeströmt waren, um dieses Sänger- und Volksfest mitzuerleben. In den engen Straßen Schleswigs, die mit Ehrenpforten geschmückt waren, hing aus jedem Haus eine Fahne mit den schleswig-holsteinischen Farben blau-weiß-rot bis zur Anhöhe über der Stadt. Dort war der große Festplatz. Eben entstand dort ein Gedränge; denn ein Wagen voller Sänger traf ein. Alles rief: «Hoch!» und schwenkte die Hüte. Vier Pferde, wie der Kutscher mit blau-weiß-roten Schleifen verziert, zogen den großen Wagen. Er gehörte dem Gut Noer bei Eckernförde, dem Sitz des Oberkommandierenden von Schleswig-Holstein, des Prinzen von Noer.

Heinrich fuhr den Wagen zu einer nahe gelegenen Wiese, die voller Wagen und Pferde war. Herr Wulf bahnte sich und seinem kleinen Gefolge einen Weg zu den am Rande des Platzes aufgebauten Zelten. Auch sie hatten Ehrenpforten.

«Geh lieber noch etwas mit den Kindern umher», meinte Wulf, «ich belege hier einige Stühle für euch.»

Es war ein herrlicher Ausblick, zu dem Hinrich seine Kinder führte. Unten duckten sich die Dächer der kleinen Stadt, die sich unterhalb des

Abhangs an einer langen Straße hinzog. Dahinter glitzerte die tief ins Land greifende Ostsee-Förde, die Schlei. In bläulichem Dunst sah man jenseits des Wassers Hügel und Waldstücke hingebreitet.

«Was ist denn das?» Jürgen deutete auf einen mächtigen Gebäudekomplex halbrechts von ihnen, der zum größten Teil von einem See umgeben dort unten lag. Drei alte Flügel umschlossen gemeinsam mit dem breiten Südflügel einen Burghof. Den Turm krönte eine barocke Kupferhaube mit Laterne.

«Das ist Schloß Gottorp, Kinder. Dort herrschten einstmals die Herzöge von Schleswig-Holstein-Gottorp und später die Statthalter, als die Dänenkönige ihre Hand auf Gottorp gelegt hatte.»

«Und wer ist nun darin?» fragte Lili und ergriff ihres Vaters Hand.

«Kein Herrscher mehr.» Hinrichs Augenbrauen zogen sich zusammen, wenn er an die traurige Geschichte dieses Prachtbaus dachte. Seiner schönen Renaissanceverzierungen beraubt, seine Schätze der Gottorper Herzöge zum größten Teil auf den königlichen Schlössern in Dänemark zerstreut, war er eine taube Nuß, deren Schale in ihrer steinernen Unbekümmertheit noch immer trotzig aus der lieblichen Umgebung aufragte.

Vor mehr als hundert Jahren, 1721, hatte die Erbhuldigung dort unten stattgefunden. In dem nunmehr königlichen Schloß hatten die schleswigschen Stände und Geistlichen das Knie vor ihrem neuen Herrn, König Frederik IV. von Dänemark, beugen müssen. Und die Gottorper? Einer von ihnen war König von Schweden geworden. Ein anderer Zar von Rußland, und seine Gemahlin, die große Katharina II., stammte mütterlicherseits auch aus dem Hause Gottorp. Sie saßen noch immer auf dem Zarenthron. Was ist Geschichte? Ein ewiger Wechsel, ein Auf und Nieder. Was würde die nächste Zeit bringen?

Musik tönte zu ihnen herüber. Paul zupfte seinen Vater am Rock. «Wolln zur Musik, Vater?»

Sie drängelten sich zu Oheim Wulf durch, der die Kinder mahnte, immer bei Vater und ihm zu bleiben, damit sie nicht verlorengingen.

Auf dem großen Platz löste ein Gesangverein den anderen ab. Innig oder kraftvoll, wie es der Text des jeweiligen Liedes erforderte, sangen die vielstimmigen Männerchöre vom Schrei der Schleimöwen begleitet, die alten deutschen Volkslieder. Sie gaben ihr Bestes. Immer wieder hörte man die Worte «Vaterland» und «deutsch». Über den Dächern der alten Residenzstadt legten die Schleswig-Holsteiner ihr Bekenntnis zu ihrem Deutschtum ab. Wulf flüsterte seinem Bruder zu: «Ich muß an den Rütlischwur denken, wie Schiller ihn in seinem Tell brachte: Wir wollen sein ein einig Volk von Brüdern!» Hinrich nickte ergriffen.

Die bisher gehörten Weisen waren zum größten Teil bekannt. Da kam nach einer kleinen Pause, in welcher sich eine große Menge Sänger auf dem Platz gesammelt hatten, etwas Neues. Das Vorspiel, von einem Blasorchester ausgeführt, klang fast wie ein Choral. Dann brausten die Stimmen des Männerchors empor:

«Schleswig-Holstein meerumschlungen,
Deutscher Sitte hohe Wacht.
Wahre treu, was schwer errungen,
Bis ein schönrer Morgen tagt!
Schleswig-Holstein stammverwandt,
Wanke nicht, mein Vaterland!»

Sieben Strophen sangen sie mit Begeisterung, und am Schluß jeder Strophe die Mahnung, in Treue auszuharren. Dazu flatterten die blau-weiß-roten Fähnchen im frischen Seewind.

«Gott ist stark auch in den Schwachen,
wenn sie gläubig ihm vertraun . . .»

Ein orkanartiger Jubel erscholl über Schleswig, als die Hymne verklungen war, dieses Lied, das heute zum erstenmal an die Öffentlichkeit getragen wurde, das der Advokat Chemnitz gedichtet und der Kantor Bellmann vertont hatte. Beide stammten aus Schleswig. Es klang weiter in den Menschen, es breitete sich aus. Die beiden Schleswiger Löwen hatten ihre Stimmen erhoben. Leider standen ihnen aber drei Löwen des königlichen Wappens gegenüber.

Er wurde auch auf diesem Jubelfest nicht vergessen, der königliche Herr in Kopenhagen. Man wußte, was sich gehörte. Bei den Reden am Abend wurde ihm als erstem mit «Ein Hoch unserem Herzog Christian dem Achten!» gehuldigt. Man hatte gar nichts gegen den alten Herrn, man hatte aber ziemlich viel gegen die Wühlarbeit der Eiderdänen.

Als die Familie wieder nach Grevenslund fuhr, lag die todmüde Lili auf dem Schoß des Vaters. Halb in Schlaf murmelte sie noch: «Was ist das eigentlich, Vater, stampfer Wand?» Hinrich strich ihr lächelnd über die blonden Locken. «Schlaf nur, kleine Lili. Die Hauptsache ist, daß wir Großen es wissen.»

«Und daß die anderen es auch wissen», ergänzte Wulf, der den schlafenden Paul im Arm hatte. «Wenn die sich kein Wachs in die Ohren stopfen, müssen sie es gehört haben.»

«Mein Gott, Wulf, war das ein Erlebnis! Ich glaube, keiner, der dabei war, wird das jemals vergessen. Ob man den Text des neuen Lieds wohl bekommen kann?»

«Natürlich, der ist schon im Druck. Jeder Schulmeister soll ihn haben, damit die Kinder diese Hymne lernen und singen können.» Hinrich mußte anderntags nach Rendsburg zurück. Die Kinder wurden von Oheim und Großmutter weidlich verwöhnt. Und eines Tages fuhr Wulf mit ihnen an die Schlei, wo ein Mann mit einem Segelboot wartete. Den ganzen Tag waren sie unterwegs. Jürgen ging einmal über Bord. Als sie ihn wieder drinnen hatten, sagte Wulf: «Siehst du, gut, daß du schwimmen kannst!» Sie waren nach Schleimünde an das Meer gefahren. Die Ostsee war nur leicht bewegt, und die Kinder und Wulf schwammen ins Meer hinaus. Wulf lehrte sie, wie man im Sand Burgen baut. Das war etwas ganz Neues.

«Ist hier viel schöner als bei uns», meinte Jürgen. Lili widersprach, sie liebte Moorburg über alles.

Jürgen lernte das Reiten schneller als damals das Schwimmen. Aber er mußte wie jeder Anfänger seinen Tribut bezahlen, als er mit dem Oheim einen längeren Ritt gemacht hatte. Wulf hatte nach der Rückkehr noch im Pferdestall zu tun. Jürgen kam mühsam mit weit auseinandergesetzten Füßen im Haus an und traf Tische in der Halle. Der Alte guckte ihm nach, als er die Treppe hinaufhumpelte. «Hirschtalg», murmelte er. Dann suchte er in einem bestimmten Schrank und stieg mit einer unansehnlichen Dose die Treppe empor. Er fand den Jungen nur mit dem Hemd bekleidet auf dem Bett. Jürgen genierte sich. «Dumm Tüg! Dreh dich auf den Bauch», befahl Christian Jensen. Das stank zwar ranzig im Zimmer, aber es half.

Der Abschied von Grevenslund fiel den drei Kindern schwer, besondern von der Großmutter. Auf das Drängen der Kinder, sie in Moorburg zu besuchen, schüttelte Frau Mathilde das weiße Haupt. Das Reisen sei für sie vorbei. Oheim Wulf erzählte, daß sie Großmutter vor einigen Jahren, von Kiel kommend, am Eckernförder Strandweg mit dem Wagen umgekippt war und sich den rechten Arm gebrochen hatte. Der sei zwar geheilt, aber die Lust an Ausfahrten war ihr vergangen. Alte Leute blieben eben lieber in ihrem Heim. Aber im nächsten Sommer dürften sie wieder nach Grevenslund kommen!

Sie standen, rückwärts gewandt, im Wagen und winkten den zwei geliebten Menschen zu, bis sie durch das Torhaus hindurch waren und Christian Jensen die Pferde antraben ließ.

Die schöne Mirza war die Stammutter einer großen Pferdefamilie geworden. Die Moorburger Füchse waren sehr gefragt, und Hinrich Pogwisch machte gute Geschäfte mit ihnen. Das Zureiten hatten außer ihm selber bisher Christian Jensen und Heini Buhmann besorgt, die sich beide ausgezeichnet auf die Dressur verstanden, echte Pferdenarren, die sie von Veranlagung waren.

Als die Kinder von Grevenslund zurückkamen, bettelten sie, reiten zu dürfen. Da kam Christian in Verlegenheit. Herr Hinrich und Heinrich waren noch in Rendsburg, und die Baronin hatte für das Reiten nicht viel übrig, nachdem sie als kleines Mädchen von ihrem Pony im Bügel geschleift worden war. Sie fuhr lieber, das hatte Johann ihr beigebracht.

«Wir haben doch so viele Pferde, Tische», meinte Jürgen, «und ich kann doch schon reiten!»

Christian lachte kurz auf. «Reiten? Du kannst dich eben im Sattel halten, min Jung. Zum richtigen Reiten ist es noch weit. Viele Pferde haben wir schon. Da ist aber nichts für euch zwischen. Tragend, unzugeritten, Fohlen, Hengste. Vielleicht kauft der Herr euch ein Pony.»

«Och, Pony», schmollte Jürgen. «Das ist was für Deerns. Ohm Wulf sagte, ich könne schon gut reiten, sonst hätte er mir auch kein richtiges Pferd gegeben.»

So eine zahme zugerittene kleine Stute wie in Grevenslund hätten sie eben auf Moorbrug nicht, sagte Tische.

«Mirza! Sattel mir Mirza!» sagte Jürgen nun nachdrücklich. Christian Jensen neigte den grauen Kopf über das junge Gesicht vor sich. «Mirza, sagst du? Deines Vaters Pferd? Und da ein Anfänger drauf? Der Herr würde es sofort merken, wenn ein anderer sie geritten hat. Die ist zu empfindlich. Wenn sie schon geritten wird, dann nur von ihrem Herrn!» Sprach's, drehte sich um und verschwand.

Jürgen ballte wütend die Hände und wandte sich zu seiner Schwester um. «Was sagst du dazu? Der wird ja immer . . .»

«Was?» fiel ihm Lili ins Wort. «Ich meine, er hat recht. Wir müssen eben warten, bis Vater wieder hier ist.»

Das sagte Charlotte auch, als Jürgen sich über Tische beklagte. Paul forderte bei dieser Gelegenheit einen großen Hund zum Reiten an. Die Gutsfrau schlug die Augen gen Himmel. «Na, euch hat man ganz schön verwöhnt auf Grevenslund!»

Lili forderte nichts. Sie begab sich ins Schulhaus, wo Frau Rughase eben dabei war, Preiselbeeren einzukochen. Das duftete. «Willst du mal kosten?» fragte sie freundlich. Hm! Lili löffelte einen Teller voll abgekühltes Kompott leer, und die Rughase erzählte auf Lilis Frage, Christoph und Meike seien in die Heide gegangen, um noch mehr von den kleinen roten Beeren zu holen.

«Wo sind sie denn da?» fragte Lili. Sie konnte es gar nicht abwarten, ihren Freund wiederzusehen. Ganz hinten am Föhrenwald, gab die Schulmeisterin Bescheid.

Es war dem kleinen Mädchen so fröhlich zumut, als die duftende Heide sich vor ihm auftat. Es hopste und trällerte, hob das leichte Sommerkleid am Saum hoch und schwang die Beinchen. Die Ammer, die ihr goldenes Kleid in der Sonne leuchten ließ, drehte den Kopf hin und her, als das tanzende Kind unter ihrer Birke ankam und rief: «Leck, leck, leck schüh!», und Lili trillerte hinauf. «Kriegst mich nie, kriegst mich nie!» Der Vogel flog auf.

«Krieg dich doch», rief es hinter Lili, die sich erschrocken umwandte. Da kam Christoph hinter einem Machangelbusch hervor, wo er sich mit seinem Eimer voll Beeren ein wenig ausgeruht hatte. Sie liefen aufeinander zu und faßten sich an beiden Händen. Lili tanzte mit ihm im Kreis herum, so freuten sie sich. Dann saßen sie im Heidekraut, und Lili fragte, wo Meike sei.

«Die ist noch zu Vadder Füerböter gegangen, der kann so schöne Geschichten erzählen. Ich bringe nur eben die Preiselbeeren zur Muhme. Dann wollte ich auch noch zuhören. Willst du mit?» Ja, er solle sich beeilen, sie würde hier auf ihn warten, sagte Lili. War das ein wunderbarer Nachmittag! Viel schöner, als auf einem Pferd zu sitzen und immer «Schenkel ran» zu machen.

Es gab wohl in weitem Umkreis keinen Menschen, auf den sein Familienname schlechter paßte als auf den alten Schäfer. Der Taufname Gottfried war zwar vorzüglich treffend für diesen guten Mann, der keiner Fliege etwas zuleide tat, aber der niederdeutsche Familienname Füerböter – zu hochdeutsch Brandstifter – war geradezu ein Paradox. Nach der verhinderten Brandstiftung in Moorburg ging es lachend im Dorf um: «De Füerböter hett de Füerböters tofot kreegen!»

Als sie auch im Schloß darüber lachten, hatte Hinrich gemeint: «Irgend so ein Ekel muß doch ursprünglich der Anlaß gewesen sein, diese Familie mit dem gräßlichen Namen zu belegen.» Aber Etienne gab zu bedenken, der Name könne so uralt sein, daß er vielleicht einem Mann verliehen wurde, der bei den heidnischen Bräuchen irgendein Feuer anzünden mußte. «Warum so umständlich», hatte Charlotte erwidert, «vermutlich hat der erste dieses Namens das Amt des Ofenheizers innegehabt.»

Füerböters Kinder und Enkel waren alle erwachsen, so alt war er schon. Und was Hans Christian Andersen den Dänen war Vadder Füerböter den Moorburger Kindern. Im Sommer fanden sich alle bei ihm ein. Dann saß er mit seinem Strickstrumpf auf einem Findlingsblock oder Stubben und erzählte die schönsten Märchen und Begebenheiten, die voller Aberglauben und Geheimnisse steckten. Er konnte nicht lesen und schreiben, war aber in der Jugend gewandert. Niemand wußte, woher er kam. Als er sich auf Moorburg als Schäfer verdingte, hatte er schon Frau und Kinder. An diesem Nachmittag waren vier Kinder um ihn versammelt. Lili hatte ihn noch nie in der Nähe gesehen. Er war eben aufgestanden und schickte seinen Hasso los, ein junges Schaf zurückzuholen, das nach dem Moor gelaufen war. Der brave Hund machte sich gleich auf den Weg. Lili an Christophs Hand blickte etwas ängstlich zu dem großen, hageren Greis mit dem langen Bart auf. «Na, Christoph, wen bringst du denn mit?» fragte er und sah das kleine Mädchen freundlich an.

«Das ist Lili Pogwisch.»

Lili gab ihm artig die Hand und machte einen kleinen Knicks. «Darf ich mit zuhören? Ich mag so gern Geschichten hören.»

«Na, wenn die kleine Baronin dabei ist, muß ich wohl im Schriftdeutsch vertellen», sagte der Schäfer lächelnd und setzte sich auf seinen Stein. Und dann erzählte er vom Nöck, dem Wassermann, der im tiefen Schwarzsee hauste. Er beschrieb ihn so genau, daß die um ihn sitzenden Kinder den Beherrscher des Sees deutlich vor sich sahen.

«Der Nöck hatte sich einstmals um die Tochter eines Moorburger Grafen beworben, aber der Vater, der gerade auf dem See bei der Entenjagd gewesen war, wies ihn ab. Und als einmal die schöne junge Grafentochter auf dem See spazierenfuhr, hatte der Wassermann sich mit seinem breiten Rücken unter das Boot gestemmt, so daß es gekentert war, und das Mädchen mit sich in die Tiefe genommen. Da war sie seine Frau geworden. Sie hatte es bei ihm gut gehabt. Aber die Sehnsucht nach Sonne und Blumen ließ ihr keine Ruhe. Und eines Nachts, als der Wassermann fest schlief, hat sie ihre viere Kinder genommen, in jedem Arm zwei, und ist mit ihnen an die Oberfläche des Sees getrieben. Da war aber dunkle Nacht. Sie mußte den Tag erst abwarten. Die Kinder weinten, denn sie konnten wegen ihrer kleinen Entenfüße auf der Erde nicht gut laufen.

So hat sie sich in einen Busch gelegt und ist eingeschlafen.

Am Morgen, als sie aufwachte, waren die Kinder verschwunden. Der See war voll böser Wellen, die schon das Ufer überschwemmt hatten. Und der Nöck hat den Kopf mit seiner Krone herausgestreckt und hat ihr zugerufen, wenn sie nicht augenblicks zu ihm zurückkäme, würde er ganz Moorburg mitsamt ihrer Familie und allem Gesinde ersäufen. Da ist sie zu ihm zurückgegangen. Und da ist sie noch.»

«Ist das wirklich so gewesen?» fragte Lili leise.

Der alte Mann sah sie gütig an. «Man erzählt es. Aber, kleine Baronin, du kannst ohne Angst auf dem See rudern, denn der Nöck braucht kein Mädchen mehr zu rauben. Die gehen von selbst zu ihm, wenn sie Verlangen danach haben. Du aber sollst eines aus dieser Geschichte lernen: Sei deinem Ehemann nie ungehorsam, daraus entsteht Unheil.»

«Ja, Vadder», sagte Christoph, «wenn es ein guter Mann ist; es gibt da auch welche, die böse zu ihrer Frau sind wie der andere.»

«Glaubst du denn, daß die kleine Lili mal einen Bösewicht heiraten wird?» fragte der Schäfer.

«Märchen», sagte Meike nun, «sind nicht wahr. Vater mag es gar nicht so gern, wenn wir Märchen lesen, sie sind ihm zu grausam.»

Der Alte kratzte sich unter dem Hut. «Tja, min lütt Meike, de Percepter mutt dat jo weeten. Aber ich sage dir das eine: Eine Welt, in der es keine Märchen oder Sagen mehr gibt, hat auch keine Träume mehr, die ist man traurig dran und grau . . . Brav, Hasso!» Er klopfte dem Hund, der sich vom Dienst zurückgemeldet hatte, die Flanke. Der Schäfer hatte die ganze Zeit das Tier mit den weitsichtigen Augen verfolgt. Stricken konnte er, ohne auf den Strumpf zu sehen. Bloß bei der Hacke mußte er aufpassen, dann hielt er sein Machwerk weit von sich ab.

Als die Kinder zurückgingen, sagte Christoph zu Lili: «Es war so einsam, als du fortwarst. Da bin ich viel beim Schäfer gewesen. Auch der Macki war ein paarmal mit. Die beiden sind alte Freunde. Da habe ich viel gelernt. Dein Macki-Ohm versteht viel von Pflanzen und Vadder Füerböter von Tieren. Was es da alles in Heide und Moor zu sehen gibt!»

«Du magst, glaube ich, am liebsten immerfort lernen, Christoph?» sagte Lili. «Aber nun bin ich wieder da, und da wollen wir wieder spielen. Hast du denn mit Rughasens Kindern nicht gespielt?»

«Die haben viel zu tun, weiß du. Im Garten und mit den Tieren. Ein Schulmeister verdient nicht viel, und da müssen sie schon für ihre Nahrung sorgen. Ja, Lili, solche Sorgen kennst du nicht. Und das ist gut!» Sie sah ihn betroffen an, weil er ein ernstes Gesicht machte. Aber anderntags war er, als sie alle zusammen ein Indianerspiel veranstalteten, der wildeste Indianerhäuptling am Seeufer.

Lilis Geburtstag wurde wieder das schönste Sommerfest. Und das Beste war, daß der Vater, der vor einigen Tagen zurückgekehrt war, mit dabeisein konnte. Das zweitbeste war, daß Peter-Ohm im Auftrag des Vaters ein Geburtstagsgeschenk besorgt hatte, das nun munter hinter der Polziner Kalesche hertrabte, als das Ehepaar von Motz in dem Moorburger Hof einfuhr. Charlotte, die die gesamte Familie Trappen in der Halle begrüßte, sah es zuerst. Wie ein junges Mädchen lief sie durch den Gartensaal und rief in den Garten hinunter: «Kinder, kommt schnell! Die Polziner sind gekommen und haben Vaters Geschenk mitgebracht. Es ist aber so groß, daß ihr alle mit anfassen müßt.»

War das eine Aufregung! Als sie alle vor das Portal tobten und Tante Caroline fast überrannt hätten, die eben die Treppe heraufstieg, blieben sie einen Augenblick ganz still. Da unten stand hinter dem eben wegfahrenden Wagen ein pechschwarzes Pony, und Christian Jensen legte just den Sattel auf.

Jubelnd stürmten die Kinder hinunter, aber Hinrich wehrte sie ab: «Wartet doch ab, bis es fertig gesattelt ist!»

Lili sprang ihrem geliebten Vater um den Hals und bedankte sich überschwenglich. «Die anderen Kinder mußt du aber auch darauf reiten lassen, mein Kleines!» Ja, ja, das sollen sie gewiß. Und dann mußte sie sich bei Peter-Ohm bedanken, der das Sattel- und Zaumzeug spendiert hatte.

Natürlich durfte sie als erste in den Sattel steigen, nachdem sie ihr Pony gebührend liebkost hatte. «Laß man, Tische, ich kann allein!» Jensen ließ den Zügel los, und jetzt ritt Lili im Schritt um das Rondell. Dann klopfte sie mit den Hacken, und siehe, das Tier verstand die Hilfen, wacker trabte es los. Applaus empfing die kleine Reiterin vor der Treppe. Jürgen fieberte nun, seine Kunst zu zeigen. Bei dem Hundereiter Paul ging Tische lieber mit; er rutschte zwar etwas seitlich, hielt sich aber an der Mähne fest, wie er es als Reiter bisher getan hatte.

Vater Hinrich legte Christoph den Arm um die Schulter. «Na, Christoph, möchtest du auch mal?» Der Knabe nickte strahlend. Charlotte aber rief: «Er ist wohl schon ein wenig zu groß für das Pony? Laß doch erst mal die kleinen Karlshöher rauf!»

«Gut», sagte Hinrich und sah seine Frau aus schmalen Augen an. Ludwig und Hildegard von Trappen paßten im Alter zu Lili und Paul. Sie hatten zu Hause selbst ein Pony und ritten schon recht sicher. Großer Beifall. Und dann schob Hinrich Christoph vor. Er ist wieder gewachsen, stellte Hinrich fest, als der Junge neben dem kleinen Pferd stand.

Christoph sagte eben zu Tische, daß die Bügel zu kurz für ihn seien, und als dieser sie verlängern wollte: «Laß man, Tische, das mach ich selbst!» Darauf löste er die Schnalle, nahm unter der Achselhöhle maß und schnallte wieder zu.

«Junge, wo hast du das gelernst?» rief der Gutsherr.

«Vom Verwalter. Ich war mal bei der Heuernte auf der Koppel, da holte der Hausherr Herrn Busse zu den Weiden. War irgendwas mit einer Kuh los. Und da hat er mich gebeten, das Pferd von ihm über den Feldweg dahin zu bringen, weil sie über den Zauntritt steigen wollten.» Christoph hatte den anderen Steigbügel nun auch verlängert und saß auf.

Christian Jensen, der neben dem Pony stand, sah plötzlich starr auf die Hände des Jungen, als der die Zügel nahm. Genauso hatte der junge Hinnerk Pogwisch von oben in die Zügel gegriffen, zum Mißfallen seines Vaters, der auf korrekte Haltung zu Pferde Wert legte. Wulf hatte es gleich richtig gemacht, den Zügel zwischen kleinem und Ringfinger hindurchgezogen. Aber der Junge konnte ja schon reiten, dieser seltsame

Vogel Christoph. Dem war das Reiten angeboren. Wie sicher er zu Pferde saß! Das Pferdchen nahm richtig den Kopf hoch und kaute am Gebiß.

Hinrich lachte das Herz im Leibe, als er seinem Ältesten zuschaute. Er sah aber auch, als Christoph absprang und alles applaudierte, daß Jürgen sich am Beifall nicht beteiligte.

Die junge Frau von Trappen wandte sich an Charlotte: «Wer ist denn eigentlich dieser rotäugige Junge?»

«Das kann ich dir nicht sagen. Ein Findelkind, das bei dem Schulmeister aufgezogen wird. Traurige Sache. Er ist oft bei uns, denn Lili ist mit ihm befreundet. Ich sehe das gar nicht so gern, Gabriele; wenn man die Eltern nicht kennt, weiß man nie, was in so einem Kind steckt. Ich jedenfalls mag ihn nicht besonders, aber Hinrich ist ja ein Kindernarr.»

Da stand er, der große Mann, von Kindern umringt, die alle baten, noch reiten zu dürfen. Aber Hinrich schüttelte den Kopf. Das Pferdchen sei schon einen langen Weg gelaufen und müsse nun ausruhen. Jetzt gebe es Schokolade und viel Kuchen. Wie eine aufgescheuchte Schar Vögel flog alles die Treppe hinauf. Hinrich folgte mit dem alten Peter von Motz am Arm.

4

Im Vorfrühling des folgenden Jahres ließ sich Herr Rughase bei dem Gutsherrn melden und teilte ihm mit, daß Christoph jetzt so weit sei, das Katharineum zu besuchen. Er selbst wäre sehr dafür, Kinder frühzeitig umzuschulen, vorausgesetzt natürlich, daß sie die erforderlichen geistigen Fähigkeiten besäßen. Christoph habe einen wahren Heißhunger, immer neues Wissen zu erwerben. Er würde dem Herrn Baron als dem Vormund Christophs empfehlen, den Jungen in Lübeck anzumelden.

Anständig, dachte Hinrich, der Mann verliert durch Christoph eine Einnahmequelle. Er freute sich über das Lob und stimmte Rughase zu. In den nächsten Tagen mußte er sowieso zu Testorp nach Lübeck, da konnte er gleich im Katharineum vorsprechen. Einerseits tat es ihm leid, den Jungen aus dem Gesichtskreis zu verlieren, andererseits hatte er bemerkt, daß das Verhältnis zwischen Jürgen und Christoph immer gespannter wurde. Bekümmert nahm er wahr, daß Jürgen sofort verstimmt war, wenn er nicht als Bester bewundert wurde. Das Kind war leider neidisch und egoistisch veranlagt. Hinrich machte sich da gar nichts vor. Wenn er an das eigene Verhältnis zu seinem Bruder dachte, konnte er eine solche Haltung Geschwistern gegenüber nicht verstehen. Und Lili? Die arme Kleine würde sehr niedergeschlagen sein, wenn

Christoph nach Lübeck käme. Noch waren sie Kinder und ihre Freundschaft harmlos. Trotzdem fand er es besser, wenn sie nicht jeden Tag zusammen waren.

In den Schulferien könnte Christoph jederzeit wieder bei Rughases wohnen. Es war zu traurig, daß dieser liebe Sohn kein richtiges Elternhaus hatte! Wenn, ja, wenn . . . Er schweifte in Gedanken ein wenig ab, was ihm nachher seiner treuen und tüchtigen Frau gegenüber nicht anständig erschien.

Als die Kinder in ihren Stuben verschwunden waren und der Feierabend kam, nahm er Charlotte das Nähzeug aus der Hand mit den Worten: «Nun laß mal den Prünkram und widme dich deinem christlich angetrauten Gespons, mein Lottchen!»

«Willst du denn nicht lesen?» Charlotte sah mit glänzenden Augen zu ihm auf.

Nein, er wolle ein Fest mit ihr feiern. Aber nicht in dem Hauskleid da, sondern in großer Pariser Toilette, mit Schmuck und so weiter. Ja, wieso denn? fragte sie erstaunt.

«Der Lenz ist nahe», erwiderte er im feierlichen Ton eines Pastors, «rüste dein Festgewand, ich rüste das andere.»

«Ziehst du dich denn auch um?»

«Findest du einen Mann in Vatermörder und Bratenrock schön?» Lachend ging sie in ihr Zimmer hinauf.

Als sie in einem hellgrünen Seidenkleid, das eine kleine Krinoline bauschte, wieder in der Bibliothek erschien, erwartete sie ein blumengeschmücktes Tischchen vor dem Kamin, Champagner und Konfekt. Hinrich, in sandfarbenem Frack, kredenzte ihr das perlende Getränk und bewunderte die immer noch mädchenhafte Grazie durch ihr reiches Haar geschlungen.

Als die in heiterem Geplauder zusammensaßen, öffnete sich die Tür und Madame Germaine guckte herein, um Charlotte zu fragen, wo wohl ihre Patiencekarten sein könnten.

«*Mon dieu,* was feiert ihr?» Sie starrte auf die Gläser.

«Den Frühling, Mama! Willst du ein Glas mittrinken?» fragte Hinrich lachend.

«*Mais non.*» Die alte Dame lächelte und schloß die Tür sachte hinter sich. Sie hatte Verständnis. Dort hatte sie auch einst mit ihrem Georg so gesessen. Und Frühling war noch gar nicht. Sie durfte glücklich sein, daß wenigstens Charlotte vom Schicksal begünstigt war.

In dieser Nacht stand Charlottes Rokokobett verwaist.

Hinrich hatte es sich ausgebeten, daß die Kinder selbst für ihr Pferdchen sorgten. Sie sollten, wenn sie reiten wollten, auch lernen, mit Pferden umzugehen. Tische und Heinrich hatten genug mit der Zucht zu tun. Christian Jensen half im Schloß nur noch aus, wenn es viel Arbeit gab, oder besorgte auch mitunter Vertrauenssachen für seinen Herrn.

So trafen Charlotte und Hinrich am nächsten Nachmittag Lili und Christoph im Pferdestall, als sie ein zwei Tage altes Fohlen ansehen wollten. Christoph striegelte und Lili fütterte das Pony, das sie Mohrchen genannt hatten.

«Gut, daß ich dich treffe, Christoph», sagte Hinrich, «morgen hast du keine Schule; denn wir zwei fahren nach Lübeck, um dich im Katharineum anzumelden. Der Schulmeister hat dich wohl schon informiert? Laß dich also von Madame Rughase ordentlich kleiden und sei um sieben Uhr früh hier, mein Junge!»

Charlotte blickte von einem zum anderen, und ihre Augen wurden groß vor Staunen. Als Christoph fröhlich rief: «Ich danke dir, Ohm, daß du mich dahin bringen willst», zuckte sie zusammen. Lili äußerte leise zu den Eltern, sie sei ganz traurig, daß Christoph fort müsse. Hinrich strich ihr über die Blondhaare. «Er kommt ja in den Ferien wieder her.»

Charlotte sah das Fohlen kaum an, und als sie über den Hofplatz zurückgingen, hielt sie es nicht mehr aus.

«Sag einmal, Hinrich, wie kommst du denn dazu, den Christoph anzumelden? Das könnte doch wohl Rughase tun.»

Hinrich hatte mit Charlotte nie über Christophs Angelegenheiten gesprochen. Er wußte, daß sie ihn nicht mochte. Sie wußte lediglich, daß er ein Findelkind und bei Marie Buhmann und Rughases untergekommen war. Sie hatte auch nie weiter gefragt.

«Weil ich sein Vormund bin», sagte er kurz.

«Sein Vormund? Du, Hinrich? Aber wieso denn?»

Hinrich stieg hinter ihr die Treppe zum Portal hinauf, öffnete ihr die Tür und ließ sie eintreten. «Bitte, komm in die Bibliothek, Lotte. Warum regt dich das auf?»

Sie legte drinnen im warmen Zimmer ihren Umhang ab, und dann sagte sie mit hoher Stimme: «Warum hast du mir nie etwas davon gesagt?»

«Weil du nicht gefragt hast.» Oh, er hatte es kommen sehen. Und er haßte solche Aussprachen. Dieses war seine Angelegenheit.

«Warum bist denn ausgerechnet du sein Vormund?»

«Als Vorsteher des Moorburger Bezirks hat man mich dafür bestimmt.»

«Das ist doch sonderbar, daß du für irgendwelche unehelichen Kinder Vormund sein müßtest! Habe ich nie gehört, so was; mein Vater hätte sich bedankt für solche Ehre.»

Statt einer Antwort stopfte Hinrich sich seine Pfeife und setzte sich in seinen Lehnstuhl. Das alles mußte ja einmal kommen.

Charlotte ging erregt vor ihm auf und ab. «Und dann ‹Ohm› und ‹lieber Junge› und was weiß ich. Bezahlst du als Vormund auch das Gymnasium?»

«Und wenn ich es tät, wäre es meine Sache. Ich tu es aber nicht.»

«Wer denn? Der Junge muß doch in Lübeck in Pension gegeben werden, das kostet alles Geld.»

«Ja, das kostet Geld. Es wird sogar noch viel mehr kosten, wenn Christoph auf die Universität kommt. Und das wird er.»

«Und wer bezahlt das alles? Ich will das jetzt wissen. Ich habe doch Augen im Kopf und kann sehen, wie du Christoph oft sogar vor Jürgen recht gibst.»

«Dann hat Jürgen auch wohl unrecht gehabt. Herrgott, kannst du denn nicht begreifen, daß man so ein elternloses Kind beschützen muß, du, eine mütterliche Frau?» In diesem Augenblick wußte Hinrich, von wem Jürgen seine Eifersucht geerbt hatte.

«Hinrich Pogwisch!» Charlotte blieb mit weißem Gesicht vor ihm stehen. «Sag mir jetzt, wer bezahlt Christophs Ausbildung?»

«Wenn es dich beruhigt, er selbst. Christoph ist nicht arm.» Damit stand er auf, nahm seinen Hut vom Kaminsims, setzte ihn auf und ließ die verblüffte Frau allein.

Hinrich hatte für's erste genug von dieser Aussprache. Er schlug den Weg zur Heide ein, wo der Wind die Birken zauste. Er schritt schnell voran. Antäus! dachte er. Ich brauche wie er Berührung mit der Erde, um neue Kraft zu gewinnen, Kraft für disen Kampf um meinen Sohn. Morgen in Lübeck wird es ein Theater geben, weil der arme Christoph ja keinen Namen hat. Er fand eine Lösung, es kam nur auf den Direktor an.

Charlotte saß währenddessen in ihrer Jungmädchenstube und hörte es im Gebäude ihrer Ehe im Gebälk knistern. Und gestern noch . . . Sie ließ den Kopf sinken und weinte, weinte seit Jahren einmal wieder in verzweifelter Verfassung. Er log, ihr Hinrich log sie an. Woher sollte dieser Junge Geld haben? Das Geld für sein Studium mußte Moorburg bezahlen. Das ging zu weit. Und Jürgen? Die Gedanken verwirrten sich. Sie wurden unlogisch.

Zum Essen erschien Charlotte unten nicht. Adele richtete aus, die gnädige Frau habe Migräne. Charlotte wartete, daß Hinrich heraufkommen würde, um ihr den Gutenachtkuß zu geben.

Zum erstenmal in ihrer zwölfjährigen Ehe ging er an ihrer Tür vorbei, als er sein Schlafzimmer aufsuchte.

Im Morgengrauen weckte Tische seinen Herrn. Er hatte fest geschlafen und war ganz ruhig. Hinrich von Pogwisch war nicht mehr so sensibel wie in seinen Jünglingsjahren. Der Kampf um Moorburg hatte ihn gestählt. Auch die Militärzeit hatte ihn härter und gelassener werden lassen. Er legte Charlotte einen Zettel auf den Frühstücksteller: Er hoffe, daß es ihr bessergehe. Er komme erst am Abend zurück. Wie gut, einen ganzen Tag mit Christoph zusammensein zu können.

Es war nicht das erste Mal, daß er Christoph mitnahm. Zweimal hatte er den Jungen beim Schulhaus abgeholt und war mit ihm nach Alberg gefahren, um gemeinsam zum Schneider und Schuster zu gehen, vor allem aber dem alten Müller zu Gefallen, der sich so sehr über Christophs Besuch freute. Der war im letzten November gestorben, und Hinrich konnte nun frei über Christophs Erbe verfügen. Aber Lübeck! Das war für das Kind natürlich etwas anderes als das Landstädtchen Alberg.

«Freust du dich auf das Gymnasium, Christoph?» erkundigte sich Hinrich, als die durch die Trave-Ebene auf die sieben Türme zufuhren.

Der Junge wandte langsam den Kopf zur Seite und blickte zu dem energischen Gesicht seines Beschützers auf, den er zutiefst bewunderte und verehrte. Wie schön war dieses Antlitz mit den goldenen Bartkoteletten, dazu die blauen Augen, die ihn freundlich ansahen. «Doch, ich freue mich», sagte er leise, «nur weiß ich nicht recht, wie man mich dort aufnehmen wird, Ohm. Ich kann ihnen nicht einmal meinen Nachnamen sagen. Habe ich denn wirklich keine Eltern?»

Hinrich legte den Arm um die schmalen Schultern des Jungen. «Du hast ja deinen Oheim Pogwisch, Christoph, der wird schon dafür sorgen, daß sie dich dort freundlich aufnehmen werden. Und du sollst auch einen Nachnamen bekommen, mein Junge. So geht das nicht weiter.»

Von der großen Stadt war Christoph so gefesselt, daß er nach Art der Kinder schnell seine Sorgen vergaß. Als sie das Holstentor passierten, rief er: «Oh, wie ist das dick!» Hinrich zeigte ihm gleich dahinter die alten Salzspeicher an der Trave und erzählte ihm von der Salzstraße, die von Lüneburg, wo Salz gewonnen wurde, bis nach Lübeck reichte. Christoph wußte gar nicht, wohin er zuerst gucken sollte, so viel Großartiges gab es in der Innenstadt zu sehen. Und all die prächtig gekleideten Damen, die dort in den Straßen umhergingen!

Na, dachte Hinrich von Pogwisch, als die Moorburger Staatskarosse vor Sankt Katharinen anhielt, jetzt geht das Theater los. Vorhang auf! Er schickte Heinrich mit seiner Karte zum Pedell, um sich zu erkundigen, ob der Schulleiter zu sprechen sei. Es war gerade Pause, die Gymnasiasten promenierten auf dem Hof und beäugten neugierig die altmodische Kutsche mit dem Pogwisch-Wappen. Hinrich zeigte auf die Gebäude hinüber. «Sieh mal die schöne gotische Kirche an! Sie gehörte zu dem Franziskanerkloster, das hier vor etwa fünfhundert Jahren errichtet wurde. Ein Teil des Klosters ist noch in den Schulgebäuden enthalten.»

Heinrich meldete, der Herr Direktor lasse bitten. Die Jungen auf dem Schulhof sahen der hohen Gestalt mit dem blassen Jungen nach, als sie zum Haupteingang hinüberschritten. Hinrich ließ Christoph im Vorzimmer bei einem verhutzelten Schreiber niedersitzen, bis er gerufen werde.

Beim Eintreten überflog Hinrich die Erscheinung des alten Herrn, der sich hinter einem breiten Empireschreibtisch erhob: peinlich gescheiteltes weißes Haar, groß und schlank. Gütige, kluge Augen musterten den Besucher durch die Brille. Mit dem konnte man reden, war Hinrichs Eindruck. Der alte Herr kam um den Tisch herum, und sie schüttelten sich die Hände. «Was führt Sie zu uns, Herr Baron?» fragte der Schulleiter, als sie in zwei Sesseln an einem Fenster des großen Raums Platz genommen hatten.

«Ich möchte Ihnen einen neuen Schüler bringen, Herr Professor! Ich hoffe, daß er die nötigen Fähigkeiten besitzt, um diese altehrwürdige Schule besuchen zu können.»

«Ihr Sohn?»

Hinrich holte tief Luft. «Nein, ich bin sein Vormund. Der Junge ist mir anvertraut worden.»

«Ein Verwandter also?» Der alte Herr ergriff ein Federmesser, welches neben ihm auf einem Tischchen lag, und ließ die Spitze auf der Platte auf und ab schnellen.

«Nehmen Sie es an, Herr Professor.» Als die klugen Augen erstaunt aufblickten, trafen sie auf das eisige Gesicht seines Gegenübers. Erschrocken über diese blauflammenden Augen ließ der Direktor das Messerchen auf die Platte fallen.

«Aber, Herr Baron, wie soll ich das verstehen?»

«Am besten gar nicht. Es gibt bisweilen prekäre Umstände, über die man Schweigen bewahrt. Und ich bin nicht ermächtigt worden, die Abstammung dieses Jungen hier vor Ihnen auszubreiten.»

Der Professor hob die Hände. «Um Gottes willen, Herr Baron, das ist auch nicht vonnöten, wenn es sich um eine Angelegenheit handelt, die anscheinend mit Delikatesse behandelt sein will. Nur, das Kind muß einen Namen haben, wenn wir es hier aufnehmen.»

«Er heißt Christoph», Hinrich griff in die Tasche seines Mantels und zog ein Kästchen hervor. «Hier darf ich Ihnen einen kleinen Hinweis auf die Namensgebung zeigen, um Ihnen zu dokumentieren, daß ich seinen Familiennamen nicht aus der Luft greife. Der Junge ist bisher nur unter seinem Taufnamen bekannt. Kennen Sie dieses Siegel?» Er reichte dem Professor Lilis Ring hinüber. Der prüfte ihn eingehend und rief dann:

«Ja, das kenne ich. Rybesan-Echterloe! Ich habe mich immer für Heraldik interessiert, und dieses Wappen ist mir in Erinnerung geblieben, weil es mittelalterlich schlicht ist.»

Auf Hinrichs Frage, wo er es gesehen, erzählte der alte Herr, er habe es vor einigen Jahren anläßlich eines Konzerts in der Marienkirche an der Hand einer neben ihm sitzenden Dame betrachten können. Beim Verlassen der Kirche habe seine Frau die Dame begrüßt, und da erfuhr er ihren Namen. Aber das Stifsfräulein von Rybesan-Echterloe sei im vorigen Jahr gestorben, wie er durch seine Frau gehört habe. «Ihr Mündel ist demnach . . . ?»

«Wir dürfen ihm den Namen geben, weil er in seiner mütterlichen Linie vertreten ist. Über die andere Seite muß Stillschweigen bewahrt werden. Sie verstehen.»

«Vollkommen, Herr Baron!»

«Gut! Ich denke, unter dem Namen Christoph Echterloe kann er hier eingetragen werden. Sein Äußeres ist auffällig genug. Der Knabe ist ein Albino und hat es schon ohne extravaganten Namen unter den Kindern nicht leicht.»

Der Professor wiegte den Kopf. «Bedauerlich! Ist Christoph mit Ihnen hier?»

Der Schulleiter begrüßte das Kind freundlich und strich ihm über das fast weiße Haar. Dann wurde ein Lehrer geholt, der Christoph auf Rat des Professors mit in die für den Jungen passende Klasse nahm und ihn dort seinen künftigen Mitschülern vorstellte. Es folgte auch eine kleine Prüfung.

Als Hinrich, der inzwischen seine Geschäfte bei Testorp abgewickelt hatte, seinen Jungen von der Schule abholte, teilte ihm der Lehrer mit, er sei vollauf zufrieden mit Christoph; er komme nach Ostern in die Quarta.

Hinrich hatte den Wagen in den Ausspann geschickt, und so ging Christoph an seiner Hand selig nurch die alten Straßen Lübecks. Ihm hatte es in der großen Schule gut gefallen. Auch das Quartier, das Hinrich in der Kanzlei der Schule empfohlen wurde, sagte ihnen zu. Es war bei einem Pastor, der im Ruhestand lebte und mit seiner Frau in einem schmalbrüstigen Haus nahe des Katharineums wohnte. Ihre Kinder waren längst aus dem Nest geflogen, und da deren Stuben freistanden, nahmen die alten Leute Gymnasiasten in Pension. Christoph bekam ein Stübchen hoch oben unter dem geschweiften Giebel. Das gefiel ihm am besten, weil der Blick freier war als in den unteren Zimmern.

«So, das wäre erledigt!» Hinrich war erleichtert. «Nun wollen wir in den Ratskeller gehen und uns etwas Gutes vorsetzen lassen.» Er war von Testorp zum Essen eingeladen worden, hatte sich aber mit noch vielerlei

Besorgungen entschuldigt. Dieser Tag sollte ungeschmälert seinem Christoph gehören.

Christoph war schon mit Lili in den alten Gewölben der Moorburg gewesen, um bei Mamsell Niemeyer etwas für Lilis Puppenküche zu erbitten. Aber als sie nun den Ratskeller betraten, blieb er doch verwundert vor den wuchtigen Gewölben stehen, unter denen Menschen an feingedeckten Tischen schmausten. Der Kellner stellte zwei bemalte Gueridons mit großen flackernden Kerzen auf den Ecktisch, an dem sie Platz genommen hatten.

«Nun such dir etwas aus, das du magst!» Hinrich reichte dem Jungen die Speisekarte. Doch Christoph saß ratlos vor der Fülle der ihm unbekannten Namen, und der Oheim mußte helfen. Auch im Gebrauch der blitzenden Bestecke mußte er Christoph unterweisen, der nur den einfachen Tisch im Lehrerhaus gewohnt war. Es gab sogar ein Glas Wein für ihn, und als er mit dem Oheim anstieß, sagte Hinrich ernst: «Auf daß du hier in dem alten Lübeck eine schöne und erfolgreiche Schulzeit haben mögest, mein Junge!»

Eine neue Welt tat sich dem Landjungen auf: der Marktplatz mit dem prachtvollen Rathaus. Sie standen vor den Laubengängen des Danzelhus, und Christoph wies zum gotischen Nordflügel hinüber. «Warum sind dort so große Löcher, Ohm?»

Das seien Windlöcher, damit der Wind ungehindert durchstreichen könne.

«Wohnen denn keine Leute dahinter?»

Nein, das sei nur eine Schauwand, zur Verzierung sozusagen. Sie hörten von der Marienkirche das Glockenspiel klingen.

Und die Marienkirche war es dann, die Christoph am meisten beeindruckte. Draußen sah er zu den beiden hohen Türmen empor. Drinnen blieb er wie betäubt stehen und blickte mit zurückgelegtem Kopf zu den ihm himmelhoch erscheinenden Kreuzgewölben hinauf. Hinrich sah ihm lächelnd zu. Der Junge nahm seine Hand, als fürchte er sich vor diesem genialen Bau gotischen Ausdruckswillens.

«Haben Menschen das gemacht, Ohm?»

«Ja, Christoph, das haben Menschen vor sechshundert Jahren erdacht und errichtet, zur Ehre Gottes. Diese Kirche ist die Mutter vieler anderer Kirchen der Backsteingotik.»

Im Weitergehen zeigte Hinrich seinem Jungen die Werke großer Künstler, die in späteren Jahrhunderten zum Schmuck des Gotteshauses geschaffen wurden. Christoph blieb vor dem Totentanz stehen.

«Dieses Bildwerk soll uns daran erinnern, daß alles vergänglich ist. Ob Kaiser, ob Papst oder Bürger, sie alle sind sterblich.»

Die Darssow-Madonna gefiel dem Jungen besser. Da kam ein Kirchendiener herbei und führte Christoph vor ein Steinbildwerk. «Sieh mal, dort die kleine Maus!» Eine richtige Maus saß da in der Ecke. «Die mußt du anfassen, das bringt Glück, Junge!» Das Kind faßte sie zaghaft an. Kalter Stein!

Plötzlich rauschte die gewaltige Orgel auf. Christoph schrak zusammen. Hinrich führte ihn in eine Bank im Mittelschiff. Auf der Orgelbank saß ein junger Mann, hingegeben an sein Spiel, dem Präludium und Fuge in C-Dur von Dietrich Buxtehude, der einstmals an diesem Platz als Kantor von Sankt Marien gewirkt und hier seine unsterblichen Werke geschaffen hatte. Wieder jubilierten die Tonfolgen in die hohen Kreuzgewölbe empor, stiegen und fielen an den Pfeilern herunter. Neue, breithinströmende Harmonien lösten sie ab.

Christoph saß mit erhobenem Gesicht, als trinke er die Musik. Er fühlte die Luft um sich beben, die ganze Kirche war angefüllt mit den herrlichsten Tönen, die er je gehört. Als Hinrich ihn ansah, bemerkte er zwei klare Tropfen, die aus den roten Augen flossen. Da nahm er Christophs Hand in die seine. Der Kinderkörper schmiegte sich an ihn, als suche er Schutz vor dieser Erschütterung. Lili, dachte Hinrich, du würdest ebenso reagiert haben. Dein Sohn besitzt deine Gefühlsstärke. Sie war bei ihm, in diesem Sohn. Er hatte sie nicht verloren, sie lebte in Christoph weiter. Während die Fuge ihrem Ende zubrauste, dankte er Gott für dieses Kind und gelobte, es nach Kräften zu fördern und zu schützen.

Ging der Vorrat an Kerzen in Dorf und Schloß zu Neige, wurde Fiete Licht gebraucht. Er hieß eigentlich Friedrich Kock. Die Kerzenfabrik lag in einem der Tonnengewölbe des Schlosses. Hier werkelte Fiete unter Assistenz seiner Frau und der Küchenmädchen zuweilen zwölf bis vierzehn Stunden. Rindertalg und Bienenwachs aus der Gutsgärtnerei wurden dort mit Hilfe von Lichttisch oder Haspel und Baumwolldocht in Kerzen verwandelt. Für den Dorfbedarf arbeitete er in seiner Behausung, einer Gutskate. In diesem naßkalten April hatte er es «auf der Brust» bekommen. Assistenzarzt Charlotte hatte ihm von Didi-Ohms Fenchel gebracht und ein Glas Honig, den er in heißer Milch trinken sollte. Miete Buhmann, die eben mit Harke und Schaufel vom Friedhof kam, sah Charlotte mit dem Korb am Arm die Dorfstraße herunterkommen. Na, sagte sich Miete, kümmt Charlotte mi ok mal weller in die Möt? Dat's een Tied lang her. Wat 'n staatsche Gutsfru is dat worn! Sie dachte an die kleine Deern, die oft zu ihr in die Gärtnerei gekommen war, um sich von Miete ein Kränzchen für die kleine Eitelkeit machen zu lassen oder ein besonders schöne zu ergattern.

Auch Charlotte sah die kleine magere Gestalt kommen und dachte: Wie ist sie alt geworden!

«Guten Morgen, Marie», sagte sie freundlich und blieb stehen. «Wie geht es denn?»

«Mojn, Madame Charlotte; int Öller ward man jo een beeten stakkelig. Min Heini selig sin Graff mutt jo trechtmokt warn. Un 'n poor Blomen upplant warn», sagte Marie und betrachtete Charlotte im fahlen Licht der verschleierten Sonne aufmerksam.

«Und was machen die kleinen Enkelkinder?»

«Och, de sünd fix togang un poppenlustig, dat lütt Kropptüg. Man, mi dünkt, dat bi Madame Charlotte ok so wat Lüttes ünnerwegens is?»

«So?» Charlotte sah auf ihren Korb hinab. «Woher weiß Sie das?»

«Dat kann ik sehn. An de Ogen un öwerhalf. Un nu bä ik Madame Charlotte, dat se man god up sik uppassen deit.»

«Danke, Marie, werde es mit merken.» Damit ging Charlotte dem Torhaus zu. Es war also doch so! Auf Marie konnte man sich verlassen. Sie hatte es schon befürchtet, hatte aber auf eine kleine Störung gehofft. Langsam ging sie dem Portal zu. Nein, diesmal freute sie sich nicht. Nach sechsjähriger Pause noch ein Kind? Aber das war es nicht allein, sie war ja noch in dem Alter, in dem eine Frau leicht ein Kind haben kann.

Sie stellte in der Halle den Korb auf die Truhe, ging ins Kaffeezimmer und holte dort aus einem Schrank eine Flasche und ein Glas. Am Tisch sitzend, trank sie zwei Gläser leer. Sie stützte den Kopf in die Hand. Nein, sie würde es Hinrich vorerst nicht sagen, überhaupt niemand. Wozu auch? Sie würden es schon selbst gewahr werden. Etwas in ihrem guten Verhältnis zu Hinrich hatte sich geändert. Wer einmal lügt, dem glaubt man nicht. Charlotte war mißtrauisch geworden, obgleich Hinrich ihr gegenüber der gleiche geblieben war. Es lag etwas zwischen ihnen, sie fühlte das. Nur gut, daß dieser rotäugige Junge fort war! Sie, die Kinder wahrhaft liebte, hatte Christoph von Anfang an nicht leiden können.

Sie stellte Flasche und Glas in den Schrank zurück und stieg hinauf in ihr Zimmer, wo sie sich den Mund mit Wasser ausspülte.

Was hatte Marie gesagt? Sie solle auf sich aufpassen? Hatte diese unheimliche Alte ihr vielleicht angesehen, daß sie manchmal trank, seit der Kummer um ihre Ehe sie gepackt hatte? Es war ja bestimmt nicht viel: nachmittags mit der Mama ein paar Gläschen Süßwein beim Plaudern und Sticken, mal allein ein, zwei Gläser. Bisweilen dachte sie an den Bruder. Nein, das war anders, der hatte scharfe Sachen getrunken, flaschenweise. Charlotte vergaß ihren Gram fast nur, wenn die Kinder um sie herum waren. Aber die waren jetzt schon so groß und selbständig und brauchten sie nicht mehr.

Sie setzte sich an das Fenster und blickte auf den Schwarzsee hinaus.

Der lag grau und trist unter dem Hochnebel, ein paar Krähen flogen krächzend darüber hin. Im Garten wurden die Büsche langsam grün.

Es klopfte, und Mamsell Niemeyer fragte, was Frau Baronin zum Dessert wünsche.

«Rhabarberkompott, Mamsell. Es gibt schon ganz jungen in der Gärtnerei. Dazu Sahne.»

Der Mai dieses Jahres war kein Mai, in keiner Hinsicht. Das Wetter war kalt und rauh, mit Nachtfrösten, die Blumen und junge Pflanzen unter ihrem Eishauch sterben ließen. Der Gutsherr hatte Ärger. Zwei Fohlen waren tot geboren, im Kuhstall stand es nicht besser. Nur die Schweine gediehen prächtig, und in den Boxen wimmelte es von Ferkeln. Der Gärtner raufte sich die Haare, wenn er morgens die verwüsteten Blumenbeete entdeckte.

Dunkle Wolkenfetzen jagten von Nordosten her über den Schwarzsee, der seinem Namen heute wieder Ehre machte. Auf seinen dunklen Wellen sah man böse Schaumköpfe.

Marie Buhmann stocherte wütend in der Glut und warf zwei dicke Buchenkloben hinein. «Wat is dat blots kolt! Pingsten schüllt wi hem, man, dat ward woll Wihnachen warn!»

Christoph Echterloe saß fröstelnd in seinem hoch gelegenen Stübchen, um das der Sturm heulte. Irgend etwas auf dem Speicher nebenan klapperte fortwährend. Er hatte seinen Mantel umgehängt und machte seine Schulaufgaben. Selbst das Gezwitscher der Schwalben, das ihn sonst erfreute, war verstummt. Die saßen in ihren Nestern und wärmten einander. Christoph klappte das Heft zu. Fertig! Hätte er doch auch so ein Nest mit Eltern und Geschwistern, wo es warm war! Er guckte über die Dächer hinweg in den finsteren Himmel hinauf. Das war auch unerfreulich. Da stand ein Öfchen in der Ecke. Auf seine bescheidene Bitte hin, etwas einzuheizen, da es oben recht kalt sei, hatte die Pastorin ihm lächelnd geantwortet, im Mai werde nicht mehr geheizt. Dabei war ihr Wohnzimmer im ersten Stock backofenwarm. Als er auf den gemütlichen Kachelofen blickte, meinte die alte Dame: «Ja, wir alten Leute brauchen Wärme. Ihr Jungen habt Wärme genug. Lauf spazieren, mein Kind, dann wirst du warm!»

Die anderen beiden Pensionäre wohnten im zweiten Stock und hatten es wärmer, weil der Schornstein an ihre Zimmer grenzte. Christoph nahm seine Mütze, zog den Mantel an und lief die schmalen Treppen hinunter. Ach, es war nicht so schön in Lübeck, wie er es sich anfangs vorgestellt hatte. Wenn er durch die Straßen ging, sahen die Menschen sich nach ihm um. Er hatte sich das Haar kurz schneiden lassen und trug eine Schirmmütze, die das weißliche Haar und die Augen etwas verdeckte. Aber in der Schule war es immer noch schlimm, obwohl er schon einen Monat dort war. Sie verprügelten ihn zwar nicht wie die Kätnerjungen in Moorburg damals, aber ihre hämischen Blicke und Sticheleien waren fast ebenso peinigend. Sie nannten ihn wegen seiner weißen Haare «Opa». Andere rupften mal etwas Grün von den Büschen, hielten es ihm vor und sagten freundlich: «Friß, Kaninchen!» Als einmal der Klassenlehrer dazukam, bekamen sie Strafe. Aber dadurch wurde es nicht besser. Es gab wohl einige Vernünftige darunter, die ihn gelegentlich in Schutz nahmen, aber es waren wenige. Er sehnte sich danach, einen Freund zu haben. In Moorburg hatte er den Oheim und Lili als Freunde gehabt oder die Rughases. Hier war niemand. So stand er auf den Schulhof allein oder von Spöttern umgeben da.

Er ballte die Hände in den Manteltaschen und trabte der Marienkirche zu. Dann setzte er sich genau auf jene Bank, wo er mit dem Oheim gesessen und so glücklich gewesen war, so geborgen, so . . . er wußte nicht wie. Hin und wieder erfüllten Orgekklänge das Gotteshaus, wenn das Kind so mutterseelenallein in dem riesigen Kirchenschiff saß.

Lili ritt oft mit dem Vater über die Weiden und Felder. Mitunter war Jürgen auch dabei auf einem größeren Pferd. Eines Tages traten sie, etwas durchnäßt vom Nieselregen, ins Haus. Mit ernstem Gesicht kam ihnen Beauchamp aus dem Kontor entgegen. Hinrich prallte wie getroffen zurück, als der Marquis ihn leise davon unterrichtete, daß Charlotte eine Fehlgeburt gehabt habe und sehr geschwächt zu Bett liege. Der Marquis nahm die Kinder beiseite, während Hinrich die Treppe hinaufjagte, den nassen Rock in sein Zimmer warf und zu Charlotte ans Bett eilte.

«Mein Lottchen!» sagte er zutiefst erschüttert, als er das spitze weiße Gesicht in den Kissen sah. «Mein armes Lottchen!»

Am Abend war der Physikus aus Alberg bei Charlotte. Da nahm Frau von Wasmer Hinrich in ihr Boudoir und las ihm gehörig die Leviten.

«Aber, Mama», protestierte der Schwiegersohn, «ich hatte keine Ahnung, daß Charlotte in Umständen war.»

«Ich auch nicht», sagte Germaine trocken. «Du hast dich in letzter Zeit viel zuwenig um sie gekümmert und gar nicht bemerkt, wie traurig sie immer war. Ich habe es wohl beobachtet, aber sie ist viel zu verschlossen, als daß sie sich bei mir beklagen würde.» Sie trat dicht vor ihn hin und sah ihm streng in die Augen. «Hinrich Pogwisch, mach mein Kind nicht unglücklich. Das hat sie nicht verdient. Ich habe nur noch das cine», schloß sie bedrückt.

Er hielt das Versprechen, das er Germaine an diesem unglückseligen Abend gegeben hatte: Er machte Charlotte wieder froh und zufrieden. Sie mußte lange das Bett hüten. Doch war es trotzdem eine glückliche

Zeit für sie. Sie wurde von Hinrich und den Kindern sehr verwöhnt. Alle wollten ihr Gutes tun und Liebes erweisen. Im Juli durfte sie wieder im Garten zwischen den Blumenbeeten sitzen und über den See blicken. Die Kinder waren wieder in Grevenslund. In der Stille erholte Charlotte sich schnell. Ihre Mutter hatte ihr den weisen Rat gegeben: Begleite ihn mehr. Nimm mehr teil an seiner Arbeit. Sei mehr mit ihm zusammen, aber sei nicht aufdringlich.

So kam es, daß Christoph, als er die Ferien in Moorburg verbrachte, sehr wenig von dem geliebten «Oheim» hatte. Und Lili war auch nicht da. Aber der See und Fischer Mahrt waren da, der Schäfer und seine Herde, und im August leuchtete die Heide rot, und es summte von Bienen. Christoph erkannte erst jetzt, was ihm Moorburg bedeutete.

5

«Teures Land, du Doppeleiche
Unter einer Krone Dach.
Stehe fest und niemals weiche,
Wie der Feind auch dräuen mag.
Schleswig-Holstein stammverwandt,
Bleibe treu, mein Vaterland!»

So sangen die Schulkinder, die Gesangvereine, in Hütten und Häusern erklangen diese Verse.

Das konnte nicht verhindern, daß die Partei der Eiderdänen eifrig tätig war. Im Gegenteil, es spornte sie noch an. Man dachte sich allerlei Maßnahmen aus, um den Schleswig-Holsteinern klarzumachen, daß sie Dänen seien. Zum Beispiel wurde den Beamten befohlen, dänische Kokarden zu tragen. In Schleswig-Holstein auch. Dann brachte der Kopenhagener Bürgermeister die Forderung an die Öffentlichkeit, daß die Lex regia auch bei weiblicher Erbfolge für das gesamte Königreich eingeführt werden sollte, also auch für die Herzogtümer. In Schleswig-Holstein aber galt in der Erbfolge nur der Mannesstamm. Sie wollten davon nichts wissen, diese Soll-Dänen! Sie protestierten gegen die Zumutung, ihre alten, im Ripener Vertrag festgelegten Rechte einfach zu annullieren.

Schließlich hatten sie den alten König Christian in Kopenhagen soweit: Er schrieb am 8. Juli 1846 einen «Offenen Brief», der die Wirkung eines Steins hatte, der ins Wasser fällt. Es war schon ein ziemlicher Brocken, der in die Herzogtümer niederfiel. Er enthielt nämlich die Vorschrift, die vollständige Integrtät des dänischen Gesamtstaates herbeizuführen. Die Wellen dieses Brockens schlugen in Schleswig-Holstein hoch. Und sie breiteten sich aus. Der Augustenburger protestierte. Die königkichen Staatsminister, Graf Reventlow-Criminil aus Emkendorf und der Prinz von Noer, legten aus Protest sofort ihre Ämter nieder. Der deutsche Bundestag in Frankfurt stellte sich auf die Seite Schleswig-Holsteins. Unglaublich! Einer seiner fürstlichen Mitglieder, der Herzog von Holstein, Christian VIII., wollte sein deutsches Lehen von Deutschland lostrennen?

Die Wellen verbreiteten sich weiter. Der aus dem Hause Gottorp stammende Zar Nikolaus I. von Rußland, der immer noch den Titel eines Großfürsten von Holstein führte, protestierte ebenfalls und stellte Ansprüche auf den großfürstlichen Teil von Holstein. Auch der Großherzog von Oldenburg protestierte gegen den Brief seines oldenburgischen Verwandten auf dem dänischen Thron, der nun ganz bestürzt versicherte, er habe absolut nicht die Absicht gehabt, die Herzogtümer auseinanderzureißen.

Sie wehrten sich, so gut sie konnten, die Schleswig-Holsteiner. Die Zurücknahme des «Offenen Briefes» wurde gefordert, weiter eine gemeinsame Verfassung und Aufnahme in den deutschen Bund. In den Städteversammlungen in Itzehoe und Schleswig verließen fast alle Abgeordneten den Saal, als dänische Regierungsvertreter Erklärungen abgeben wollten. Die Kieler Universität und die Ritterschaft protestierten. Im ganzen Land herrschte Empörung, und nach der Melodie «Wohlauf! Die Luft geht frisch und rein» wurde folgendes Lied überall gesungen:

«Es hat der Fürst vom Inselreich
Uns einen Brief gesendet.
Der hat uns jach mit einem Streich
Die Herzen umgewendet.
Wir rufen nein und aber nein
Zu solchem Einverleiben:
Wir wollen keine Dänen sein,
Wir wollen Deutsche bleiben!»

Wulf von Pogwisch hatte seinem Bruder in einem Brief geraten, die Kinder in diesem Aufruhr lieber in Holstein zu belassen. Er sei sowieso kaum in Grevenslund, und Großmutter Mathilde habe sich von ihrer Influenza im Frühling noch nicht recht erholt. Seine sonstigen Mitteilungen veranlaßten Hinrich, in Begleitung Heinrich Buhmanns sofort nach Norden zu reiten.

So verlebten die Pogwisch-Kinder in diesem Jahr die Sommerferien auf Moorburg.

Jürgen, der zu Ostern auch auf das Katharineum gekommen war, wurde zusammen mit Christoph von Christian Jensen in Lübeck abgeholt. Er hatte es, wie alle Neulinge, zuerst nicht leicht gehabt und war froh, einen Gefährten zu haben, und wenn es auch nur Christoph war. Sie wohnten beide bei Pastor Dettmann, Jürgen in einer der «warmen» Stuben. Und Christoph hatte es auch begrüßt, nicht mehr ganz allein zu sein; denn er hatte noch immer keinen Freund gefunden. Er half Jürgen, der nicht den lebhaften Geist und die schnelle Auffassungsgabe des Älteren besaß, getreulich bei den Hausarbeiten. Aber Jürgen war trotzdem intelligent und hatte gewandte Umgangsformen. Da es keine Konkurrenz mit Christoph gab, sie besuchten verschiedene Klassen, war ihr Verhältnis zueinander vorerst gut, ohne Zweifel auch dank einer Unterredung Hinrichs mit seinem zweiten Sohn, ehe er diesen in Lübeck ablieferte. Es war unumgänglich gewesen, Jürgen davon in Kenntnis zu setzen, daß Christoph den Nachnamen Echterloe habe. Da Hinrich Jürgens materialistische Veranlagung kannte, hatte er hinzugefügt, Christoph sei keineswegs ein armer Katenjunge, sondern verfüge über einiges Vermögen.

Christoph und Jürgen freuten sich, aus der stickigen Stadt hinaus aufs Land zu kommen. Christoph freute sich besonders auf seine kleine Freundin Lili, aber er bedauerte gleichzeitig, den Oheim Pogwisch in diesen Ferien wieder nicht anzutreffen. Hinrich besuchte seinen Ältesten und Jürgen zuweilen in Lübeck. Das war für beide Jungen immer ein Fest. War Madame Charlotte dabei, hielt Christoph sich im Hintergrund. Das Ehepaar verbrachte die meiste Zeit bei Testorps, und dahin wurde Christoph nicht mitgenommen.

Rughases nahmen Christoph wie immer liebevoll auf. An seinem ersten Ferienmorgen in der altgewohnten Umgebung stürmte er zum Fischerhaus hinunter und fuhr mit Mahrt auf den See hinaus. Auf der Rücktour nach einem reichen Fang von Brassen, die für die Schloßküche bestimmt waren, sahen sie eine kleine Gestalt in einem seltsamen roten Kostüm am Ufer stehen. «Dor steiht Lili!» sagte der Fischer und deutete mit dem Riemen hinüber. Christoph kletterte auf die Bank und winkte mit beiden Händen. Lili hob beide Arme und rannte ins Wasser, was für Christoph ein Signal war, mit einem Kopfsprung ebenfalls ins Wasser zu gleiten. Zwischen Boot und Ufer trafen sie sich. Mit strahlenden Augen schwammen sie aufeinander zu, sagten gar nichts und rieben bloß die nassen Nasen aneinander. Dann lachten sie vor Freude, sich wiederzusehen. Wortlos schwammen sie nebeneinander her.

«Na», murmelte der Fischer, «mit de beiden, dat ward noch wat!» Auch der Marquis, der dicht am Ufer in seinem Moorbad saß, hatte es gesehen und lächelte über diese Kinderfreundschaft. Lili war sein Liebling. Sie half ihm oft, wie ehemals ihre Mutter, beim Kräutersammeln in Wald und Moor, die kleine Naturschwärmerin. Sie und Christoph glichen sich im Wesen sehr.

Charlotte, die mit Jürgen durch den Garten zum See ging, freute sich gar nicht, als sie dieser intimen Begrüßung gewahr wurde. Jürgen, der einen Reiher beobachtete, hatte nichts gesehen.

«Sag mal, Jürgen, wie kommst du eigentlich mit Christoph aus?» Jürgen sah in das ärgerliche Gesicht seiner Mutter. «Och, es geht. Er hilft mir mitunter bei den Hausaufgaben. Er hat das ja schließlich alles schon voriges Jahr gehabt und kann es natürlich besser als ich. Aber sonst! Wenn wir jetzt im Sommer ausgehen, wo er seine Mütze nicht aufsetzt, dreht sich alles nach uns um und glotzt ihm nach. Das mag ich nicht. Aber, Mutter, ich bin nicht so allein.» Sie nickte und schaute ihm nach, wie er zum Ufer und ins Wasser lief. Dann ging sie zu der kleinen Landzunge, wo Hinrich eine Bank hatte aufstellen lassen. Der Blick über den See dort war besonders hübsch. Charlotte setzte sich und sah zu den Kindern hinüber, die auf Jürgens Aufforderung hin ein Wettschwimmen veranstalteten. Jürgen gewann, weil die beiden anderen gar keine Lust hatten, sich anzustrengen.

Charlotte hatte in dieser Zeit viel zu tun und gönnte sich nur ein Viertelstündchen der Ausspannung. Die Gastzimmer mußten für die Potsdamer Verwandten gerichtet werden, der Geflügelhandel erforderte ihre Aufsicht. Hinrich war fort, da kam allerlei an sie heran, was sonst der Gutsherr erledigte oder der Verwalter, der jetzt bei Erntebeginn meist auf den Koppeln war. Didi-Ohm wurde auch älter, und man konnte ihm nicht mehr aufpacken, als er ohnehin schon besorgte. Mama hatte sich nie um den Gutsbetrieb gekümmert. Nein, sie mußten nun bald einen jungen Mann zur Hilfe einstellen, was Hinrich schon lange vorhatte.

Charlotte fühlte sich zwar wohl und war zufrieden, auch was ihr Eheleben anbetraf, aber es blieb ihr wenig Zeit zum Musizieren, Plaudern oder Handarbeiten. Sie war abends meist müde.

So viele Kinder und fröhliches Geschrei hatte das Moorburger Schloßufer wohl selten erlebt. Die Lersching-Kinder aus Potsdam waren die Ältesten. Eberhard war schon sechzehn Jahre und Dorothea vierzehn. Die Karlshöher kamen fast jeden Nachmittag, wenn das Wetter warm war, in ihrem Ponywägelchen zum Baden herübergefahren. Vom Karlshöher Ufer aus konnte man wegen der Schilfstoppeln schlecht ins Wasser kommen. Die Rughase-Kinder waren auch dabei. Und Großmama Germaine saß auf der Bank auf der Halbinsel und freute sich an dem Tumult und Lärm. Endlich mal wieder ordentlich Betrieb auf Moorburg! Die alte Dame lebte geradezu auf. Sie lachte, wenn der muntere kleine Terrier Svenny auch mitspielen wollte und wie besessen zwischen den Kindern umhersprang und kläffte.

An einem der nächsten Nachmittage machten die Jungen vor dem Baden noch ein Kegelspiel auf dem Rasen. Luise von Lersching und Charlotte standen Arm in Arm dabei und sahen zu. Sie hatten sich angefreundet, die Schwägerinnen. Lili und Dorothea kamen in ihren Badekostümen, die oberhalb des Knies in Pumphosen endeten, den Gartenweg herab. Luise wollte zusehen, wie weit die Schwimmkünste ihrer Tochter unter Lilis Leitung gediehen waren, und ging mit den kleinen Mädchen.

Charlotte blieb wie gebannt stehen. Ihre Augen richteten sich auf Christoph. Er stand schräg vor ihr und wartete auf seinen Einsatz. Die Sonne beschien ihn seitlich. Sein nackter Oberkörper war hager und sehnig; seine Schlüsselbeine waren etwas nach vorn gebogen und endeten mit einer kleinen Erhöhung auf der Schulter. Es sah wie ein kleiner Knopf aus. Charlotte betrachtete ihre beiden Jungen. Nein, sie hatten den kleinen Knopf nicht. Den hatte nur einer: Hinrich! Ein Schwindel befiel sie. Aber sie wollte noch mehr sehen und musterte Christoph noch genauer. Ja, er hatte Hinrichs langen Beine, das schmale Becken, den langgestreckten Körper. Paul war kurzbeiniger. Jürgen war auch groß und hatte lange Beine, war aber im Oberkörper breiter als Christoph.

Als Christoph sich nun an der Wange kratzte, sagte sie. «Du hast da eine Schramme, Christoph, laß mal sehen!»

«Och, das ist nichts», sagte der Junge verächtlich.

Aber Charlotte nahm seine Hand, strich über den verschorften Riß des ausgestreckten Handrückens und drehte die Hand dann herum. «Nein», sagte sie fast flüsternd, «es heilt ja schon.»

Christoph schaute ihr verwundert nach, als sie schnell dem Haus zustrebte. Was hatte sie nur?

Was Charlotte hatte? Sie hatte eben alles erfahren. Es traf sie wie ein Schlag. Als sie nun schluchzend auf ihrem Bett lag, stand eine Szene vor ihr: Unter dem Bild von Amor und Psyche lagen sie auf Hinrichs Bett. Da strich sie über seine bloßen Schultern und lachte über die kleinen Knöpfe. Das sei die Kennmarke der Pogwisch-Männer, erklärte er ihr.

Christoph hatte nicht nur diese Kennmarke, er hatte auch Hinrichs Hände, die schmalen, sehnigen Hände mit den stark gewölbten Nägeln. Diese Hände, die sie so liebte, die hatte dieser Junge. Sie selbst besaß flache Nägel und Jürgen und Paul nur leicht gewölbte. Nur Lili genau, weil sie ihnen, als sie noch klein waren, selbst die Nägel schnitt. Tuti hatte Jürgen dabei einmal verletzt, seitdem hatte sie es selbst getan.

Sie hörte die Kinderstimmen durch das offene Fenster und befahl sich: Raff dich auf, Charlotte! Du hast Gäste. Dieses ist schlimmer als aller Kummer zuvor. Das waren eher äußere Sorgen gewesen, aber dieses saß tief drinnen. Diese abgrundtiefe Enttäuschung! Sie erhob sich, wusch ihre Augen, legte Puder auf und auch etwas Rouge. Sie spürte, daß ihre Knie bebten, als sie die Treppe hinunterschritt. Auf dem Tisch im Eßsaal schob sie schnell einen hohen Sommerstrauß vor ihr Gedeck, so daß beim Abendessen ihr Gesicht im Schatten lag. Alle berichteten über ihre Tageserlebnisse, und niemand merkte, daß sie kaum sprach.

Nur Luise fragte im Gartensaal: «Fehlt dir etwas, Charlotte?» Ja, sie habe Kopfschmerzen und wolle noch an die Luft gehen. Luise ging mit. Sie glich in ihrer ruhigen, ausgeglichenen Art Mutter Mathilde, und eben über diese unterhielten sie sich. Luise war besorgt wegen ihres Gesundheitszustands. «Ich glaube, daß Mutter uns in ihren Briefen nicht beunruhigen will. Ich sehe schon an ihrer Schrift, daß sie krank ist. Darum will ich unbedingt noch nach Grevenslund. Ich weiß nicht, Charlotte, ich bin unruhig. Nur gut, daß Hinrich auch gerade dort ist!»

«Ich habe gestern von ihm einen Brief aus Rendsburg bekommen. Er schreibt, wir müßten sehen, allein fertig zu werden; zur Ernte käme er wohl nicht mehr zurecht. Aber ob er nach Grevenslund zurückgeht, schreibt er nicht. Wulf scheint auch ständig unterwegs zu sein. Ich an deiner Stelle, Luise, würde nicht lange warten. Laß Lersching und die Kinder hier. Leider kann Christian dich nicht hinfahren.»

«Das weiß ich doch, Charlotte. Ich nehme die Diligence nach Kiel, wenn du mich nach Alberg fahren willst.» Sie beschlossen, am nächsten Morgen loszufahren. Luise hatte keine Ruhe mehr, darum suchten sie gleich ihre Zimmer auf.

Charlotte wälzte sich schlaflos hin und her. Schließlich erhob sie sich, entzündete die Kerzen und ging in Hinrichs Zimmer hinüber. Es war gut aufgeräumt, lag aber still und leblos vor ihr. Sie stieß ein Fenster nach der Moorseite auf und ließ die würzige Nachtluft herein. Nun wirkte es nicht mehr ao auf sie, als sei jemand darin gestorben. Sie hob die flackernden Kerzen und betrachtete das Bild über der Tür.

Da waren sie, ihre und Hinrichs lieben drei, und der vierte abseits stehende Junge! Es war Wahrheit geworden. Nach der Fehlgeburt stand sie auch einmal hier und hatte dem vierten Kind da ober zugenickt. Das solltest du werden, bist jedoch nur zum Teil zu sehen. Es war aber das rotäugige Kind, das da halbverdeckt stand.

Dann überfiel es sie plötzlich: Wie oft hatte Hinrich hier wohl zur Supraporte hinaufgeschaut wie eben sie! Er, der das Bild besser deuten konnte. Wie mochte er gelitten haben, wenn er das abseits stehende Kind ansah, das nicht dazugehörte! Nein, es gehörte nicht dazu. Es besaß eine Mutter, die ihr Hinrich geliebt hatte. War sie tot? Wer war sie? Wann . . . Wie alt war Christoph? Ein Jahr älter als Jürgen. Hatte Hinrich das Kind schon von Ellerby mitgebracht? Irgendeine Magd vielleicht?

Charlotte schauerte in der kalten Nachtluft zusammen. Sie schloß das Fenster, und als sie sich nun auf das Bett Hinrichs warf, weinte sie haltlos vor lauter Ratlosigkeit. Sie hatte gehört, daß Jürgen Christoph den Lersching-Kindern als Christoph Echterlor oder so ähnlich vorgestellt hatte. Wie kam er plötzlich zu diesem Namen? Oder hatte er den immer schon gehabt? Echterlor? Hatte sie den Namen nicht schon irgendwo gehört? Eine Magd? Nein, Christoph sah nicht nach einem Magdkind aus. Jetzt wußte sie auch, woher er die leicht gebogene Nase hatte. Nur die Augen und der Mund waren anders.

Mit einemmal richtete sie sich steil auf. Wenn Hinrich nun bei dieser einstigen Geliebten wäre! In diesem Augenblick, wo sie weinend auf seinem Bett lag? Er war oft lange fort. Militärdienst? Warum nicht? Sie könnte in der Nähe von Rendsburg leben oder nahe bei Grevenslund. Vielleicht war das seine wirklich große Liebe, und er hatte mit ihr nur Moorburg erheiraten wollen? Warum aber hatte die Frau das Kind nicht bei sich? War sie etwa verheiratet? Männer genierte das keineswegs, wie sie von ihrem Bruder wußte. Der hatte sich noch über die «ollen Troddel», denen er «Hörner aufsetzte», lustig gemacht. Nein, so war Hinrich nicht. Aber er hatte sie belogen und betrogen.

Als der Morgen über das Moor heraufzog, beschloß sie, eingedenk der Ratschläge ihrer Mutter, sich zu beherrschen. «Eine Frau, die ihrem Mann häßliche Szenen bereitet», hatte Germaine gesagt, «ist dumm, denn sie jagt ihren Mann aus dem Haus und eventuell anderen Frauen in die Arme. Trachte danach, deinem Mann zu gefallen, vom vielen Ärger bekommt man außerdem Falten, und es schlägt auf den Magen.» Ja, sie würde sich nichts anmerken lassen. Niemand sollte von dem Stachel wissen, der sie peinigte. Am wenigsten Hinrich. Dann würde er sie möglicherweise zwingen, den rotäugigen Jungen aufzunehmen. Und das wäre das letzte! Als die Kerzen knisternd verlöschten, schlief Charlotte ein.

Luise mietete, von Unruhe getrieben, sofort nach ihrer Ankunft in Kiel ein Fuhrwerk und hetzte nach Grevenslund.

Tags zuvor hatte Mathilde von Pogwisch einen schweren Herzanfall erlitten. Der herbeigerufene Arzt hatte akute Lebensgefahr festgestellt, und Inspektor Ziese hatte mitten im Erntebetrieb zwei Pferdeknechte losgeschickt, um die beiden Pogwisch-Söhne zu holen. Kutscher Claas sandte er mit der Karosse nach Moorburg, um die junge Frau von Pogwisch und Lerschings herbeizubringen und auf Polzin dem Bruder der Herrin Bescheid zu sagen. «Unterwegs Pferdewechsel, Claas, es eilt», gebot Ziese.

Die Knechte trafen Herrn Hinrich auf dem Rendsburger Kasernenhof an und Herrn Wulf eben hinter Schleswig, wo er sich mit einigen Herren auf dem Weg nach Flensburg befand; dort sollte eine Protestkundgebung stattfinden. Noch nie hatte Wulf von Pogwisch ein Pferd so strapaziert wie auf diesem Ritt zu seiner todkranken Mutter. Hinrich hatte in Schleswig das völlig ermattete Pferd gewechselt und traf spätabends, als der Arzt noch da war, in Grevenslund ein. Es sei keine Hoffnung mehr, erklärte er den Söhnen, die erschüttert am Bett der Leidenden standen.

Frau Mathilde, gestützt von Kissen, sah sie aus großen, umschatteten Augen an, versuchte ein Lächeln, war aber zu schwach, ihnen ein liebes Wort zu sagen.

Wulf legte dem verstaubten und erschöpften Bruder die Hand auf die Schulter. «Schlaf du, mein Hinnerk, ich werde bei unserer Mutter wachen!»

Luise traf am anderen Tag gegen Abend ein, als Mamsell Stockfleth die Sterbende eben etwas erfrischt hatte. «Mein kleines Luischen, du mußt nicht weinen. Es wird mir bald gutgehen . . . da», flüsterte die Mutter.

Die Nachtwache übernahm Hinrich, damit die Geschwister schlafen konnten. Der Arzt meinte, wenn die Kranke nach seinem Mekidament schlafen würde, könne das geschwächte Herz es vielleicht noch einen oder zwei Tage aushalten.

Hinrich wußte nicht, ob die Mutter schlief, als er neben ihr saß und ihre kühle Rechte hielt. Sie lag ruhig mit geschlossenen Augen. Die Zeit verrann, die Uhr auf der Kommode tickte. Der Kauz rief in den Parkbäumen, ein Hund heulte den Mond an. Hinrich fühlte das Verlöschen dieses nun sehr schwachen Lebensfunkens seiner Mutter, dieser Frau, die ihm das Leben gegeben hatte. Ihr Puls ging ganz langsam. Als er die Finger von ihrem Puls löste und über die gute Mutterhand strich, schlug sie die Augen auf und blickte ihn an. «Mein lieber Junge», murmelte sie. Dann schlossen sich die Augen wieder. Stunde um Stunde verrann, die Nacht wurde grau. Als die ersten Hähne krähten, bäumte sich die Sterbende auf und stöhnte. Hinrich nahm sie in die Arme. Noch einmal sah sie zu ihm auf, dann wurde ihr Körper schlaff. Hinrich legte sie sanft und strich ihr über die Augenlieder. Er stand vor dem Lager, und seine gefalteten Hände preßten sich vor Schmerz fest zusammen. «Dein Wille geschehe, wie im Himmel, also auch auf Erden!»

Schließlich wandte er sich um und öffnete die beiden Fenster. Draußen erwachte der Tag und mit ihm das Leben auf dem Hof. Das Leben ging weiter, und seine Mutter hatte nicht mehr daran teil. Als er sie wieder anblickte, war ihr Gesicht im Morgenlicht glatt und faltenlos. Wie schön sie war in der erhabenen Ruhe des Todes! Er nahm die Kissen unter ihrem Rücken fort und bettete sie flach auf das Laken. Dann legte er ihre Hände zusammen, nachdem er sie noch einmal geküßt hätte. Wie es Sitte war, verhängte er den Spiegel und hielt die Uhr an.

Eine Stunde gönnte er sich noch bei der Mutter. Dann holte er zwei hohe Leuchter, zündete die Kerzen an und weckte die Geschwister.

Es war den ganzen Morgen über so viel zu tun und zu bedenken, daß Luise und Hinrich nicht zur Ruhe kamen. Wulf mochte keiner stören, ihn hatte der Kummer über das Ableben seiner Mutter so stark gepackt, daß er Stunde um Stunde an ihrem Lager saß. So ergriff Luise, der selbst immerfort die Tränen in den Augen standen, mit Mamsell die Zügel, um im Haus alles für die Trauergäste vorzubereiten. Hinrich kümmerte sich derweil um die mit einem Todesfall verbundenen Äußerlichkeiten. Übermüdet legte er sich am Nachmittag schlafen. So wurden die Moorburger und Polziner nur von Luise und Wulf empfangen. Still traten sie im Sterbezimmer an das mit Blumen geschmückte Lager, wo die Verwandte von Kerzen beleuchtet vor ihnen lag. Peter von Motz konnte es gar nicht fassen, daß er seine jüngere Schwester überlebt hatte.

Als sie den Raum verließen, fragte Charlotte, ob Hinrich nicht hier sei. «Doch», entgegnete Wulf, «den hat unser Eilbote vorgestern direkt vom Kasernenhof aufgescheucht, und er ist hier völlig ausgepumpt angekommen. Gestern nacht hat er bei Mutter gewacht. Er war allein bei ihr, als das Ende kam. Jetzt schläft er oben in seinem Zimmer, Charlotte.»

Luise gab der Schwägerin das Zimmer neben dem von Hinrich. Während Charlotte sich den Reisestaub abwusch und sich frisch ankleidete, liefen ihr die Tränen aus den Augen. Nicht der Tod ihrer Schwiegermutter, die sie verehrte, der sie aber nicht besonders nahegestanden, erschütterte sie. Es war etwas anderes. Vorgestern war es gewesen, daß sie ihren Hinrich häßlich verdächtigt hatte, der Liebhaber irgendeiner Frau zu sein, die Christophs Mutter war. Ehebruch und was nicht noch alles hatte sie vermutet. Und dabei war der Arme in einem rasenden Ritt ans Bett seiner todkranken Mutter geeilt.

Charlotte zog einen Strumpf hoch und knallte ihre Faust, böse über sich selber, auf das bloße Knie. So was sollte ihr nie wieder passieren. Gut, Christoph! Der Splitter würde zuweilen schmerzen. Sie mußte damit allein, ganz allein fertig werden.

Sie holte ein schwarzes Seidenkleid, das aus Mamas Kleiderbestand stammte und ihr ungefähr paßte, aus der Reisetasche und zog es über. Adele fehlte ihr bei der Toilette. Hier, bei so viel Besuch, waren natürlich alle bedienten in der Küche beschäftigt. Nachdem sie sich die Haare gebürstet und, so gut es ging, allein frisiert hatte, trat sie leise in Hinrichs Zimmer.

Er lag auf dem Rücken in seinem Bett. Das Gesicht sah hager und traurig aus. Die aus den Wangen emporragende Nase mit den schmalen Nasenlöchern machte es streng. Er schlief so fest, daß er das Knarren der Dielen unter ihren Tritten nicht hörte. Sie setzte sich auf einen Stuhl am Fußende des Bettes und betrachtete den Schläfer, den sie so sehr liebte, trotz allem! Wenn sie ihn verlieren sollte . . . daran wagte sie gar nicht zu denken. Manches hatte er sie gelehrt. Er hatte ihrem Leben erst Glanz und Tiefe verliehen.

Da entdeckte sie die Miniatur, die ihr Porträt zeigte, an der Wand über seinem Bett. Er wollte sie auch in Grevenslund bei sich haben! Sie erhob sich, um sie genauer zu anzusehen, und streifte dabei mit ihrem Kleid seine Hand. Er schlug die Augen auf und schloß sie gleich wieder. «Mutter», murmelte er. Wie er so mit der Hand ins Leere griff, noch im Halbschlaf, schluchzte sie auf. Da erwachte er ganz und sah erstaunt seine weinende Lotte am Bett stehen. «Mein Lottchen», rief er ganz verwirrt. «Du? War Mutter nicht eben bei mir?» Wortlos setzte sie sich aufs Bett und nahm ihn in die Arme. Jetzt mußte sie ihn trösten.

«Ich habe doch dich und die Kinder», sagte er leise an ihrem Hals. «Aber der arme Wulf hat jetzt niemand mehr!»

Mitten durch das Wappen der Freiherren von Pogwisch-Rentorff klaffte ein breiter Riß. Eine Efeuranke schlängelte sich durch das steinernde Bildwerk, und über der siebenzackigen Krone saß eine kleine Eidechse und sonnte sich. Das alles sah Hinrich, der wie versteinert neben seinen Geschwistern an der Treppe stand und dem Sarg nachblickte, den Grevenslunder Gutsleute die Stufen in das Grabgewölbe hinuntertrugen, um ihre Herrin neben dem Gemahl, Otto von Pogwisch, beizusetzen.

Die Kirchenglocke drüben schwang aus und verstummte. Der Pastor reichte den Geschwistern die Hand und ging, indem er sein Barett aufsetzte, langsam seinem Pastorat zu.

Herr Wulfs Gesicht war starr wie eine Tonmaske, als nun eine schier endlose Kette von Menschen herantrat, um den Geschwistern zu kondolieren. Luise, die hoch und schlank zwischen den Brüdern stand, war weiß im Gesicht. Auch Charlotte war erschöpft. Sie stand mit Jürgen an der Hand etwas zurück bei Major von Lersching, der Eberhard und Dorothea neben sich hatte. Nur die drei ältesten Enkel Frau Mathildes waren zum Begräbnis mitgenommen worden. Ehepaar von Motz mit Grete und ihrem großen stattlichen Sohn, Peter von Schwoon, hatten sich noch weiter nach hinten gestellt.

Da zogen sie vorbei, die Edelleute aus dem Schleswiger Land, die gekommen waren, der Herrin von Grevenslund die letzte Ehre zu erwiesen, entfernte Verwandte zumeist – verwandt über mehrere Generationen zurück in vergangene Jahrhunderte. Wulf kannte sie fast alle, Hinrich und Luise nur wenige.

Als die lange Wagenkolonne der Trauergäste Grevenslund endlich erreicht hatte und eine Kalesche zuerst die Geschwister vor dem Portal entließ, faßte Wulf seinen Bruder unter den Arm und sagte: «Komm, Hinnerk, ich glaube, wir müssen uns erst mal etwas Scharfes zu Gemüte führen, um den weiteren Anforderungen gewachsen zu sein!» Auch Luise hatte es nötig. «Du bist inzwischen Hausfrau, Charlotte», wandte sich Wulf, schon im Gehen, an die Schwägerin. Die Moorburgerin nickte resigniert und empfing die nun heraufkommenden Gäste in der Halle.

«Fürchterlich!» sagte Wulf und schenkte sich den zweiten Cognac ein. Sie saßen in seinem Zimmer, abseits des Trubels. Nach dem dritten Cognac standen sie mit einem Seufzer auf und begaben sich in den Gartensaal, wo die Gäste sich zum Kaffeetrinken einfanden. Die drei Kinder saßen in der offenen Veranda vor ihren Kuchentellern. Jürgen hatte rote Augenlider und aß gar nichts. Er konnte es einfach nicht fassen, daß die liebe Großmutter nicht mehr im Haus, sondern in jenem dunklen Keller auf dem Friedhof geblieben war. Sie war für ihn der Inbegriff von Grevenslund gewesen. Und so empfanden viele der Gutsleute auch.

Lerschings wollte noch eine Woche bei Wulf bleiben. Aber Hinrich mußte anderntags wieder nach Rendsburg. In der Armee war Mangel an Offizieren, und die Reservisten sprangen ein, um Unteroffiziere auszubilden. Und Charlotte mußte auch nach Moorburg zurück.

So saßen sie abends, als sich alle Gäste verabschiedet hatten, noch einmal in Wulfs Zimmer zusammen. Wulf hatte darum gebeten. Die Kinder waren zu Bett, und auch Peter von Schwoon hatte sich auf sein Zimmer zurückgezogen. «Peter-Ohm», begann Wulf, «möchtest du von deiner Schwester ein Andenken mitnehmen?»

«Ach Gott, Wulf, das hat ja Zeit.»

«Nein, eben nicht. Ich kann euch nichts nachschicken. Euch anderen gleichfalls nicht. Sucht euch aus, was ihr haben wollt. Du, Luise, und Hinrich und Charlotte auch.»

«Aber, Wulf! Was soll das jetzt?» fragte Hinrich.

«Das will ich euch denn kurz erläutern. Wie jetzt die Lage aussieht, und ich bin gut informiert, gibt es zwei Möglichkeiten: Entweder machen sie Ernst und schlucken uns über, allen Protesten zum Trotz, und dann hat Schleswig-Holstein aufgehört zu existieren, oder wir wir wehren uns und unterliegen. Denn gegen die dänische Streitmacht kommen wir ohne fremde Hilfe nicht an. Da protestieren zwar gekrönte Häupter, aber davon haben wir nichts. Und ob die derzeit bestehenden schleswigholsteinischen Streitmächte sich im Ernstfall geschlossen der Erhebung anschließen werden, ist auch nicht sicher. Das kannst du, Hinnerk, besser beurteilen.»

«Doch, in Rendsburg jedenfalls die meisten. Und da liegt ja die größte Garnison.»

«Was sagt man in Preußen, Lersching?»

«Ich habe den Eindruck, daß man euch beispringen möchte, aber es ist ja noch kein triftiger Grund vorhanden.»

«Der wird schon kommen, verlaßt euch darauf», sagte Wulf ernst. «Und dann geht es hart auf hart. Wenn die Dänen sich ein Ziel gesetzt haben, dann gehen sie drauflos wie die Stiere, bis sie es erreicht haben, und wer ihnen in den Weg tritt, wird niedergetrampelt. Das haben wir zur Genüge in der kunterbunten Geschichte der Herzogtümer erfahren. Sooft sich hier eine Schwäche zeigte, haben sie immer gleich nachgestoßen. Wenn unsere Bestrebungen hier schiefgehen, dann gnade uns Gott!» Er streckte die langen Beine aus und sah einen nach dem anderen an. «Ich jedenfalls will nicht in Dänemark leben. Wenn ich hier auf meinem Grevenslund nicht mehr Deutscher sein darf, geh ich dahin, wo ich es kann, nach Deutschland!»

«So schlimm wird es doch nicht werden», sagte Luise erschrocken.

«Hast du eine Ahnung, Luise, was die dann mit uns Insurgenten machen werden! Denk mal an Henning Pogwisch auf Farve. Denk mal an Rentorff, das sich der Dänenkönig einst unter den Nagel riß. Wir säßen noch darauf.»

«Was war denn Henning Pogwisch?» fragte Lersching.

«Er lebte im 15. Jahrhundert auf seiner Burg Farve in Ostholstein, war aber Amtmann von Tondern. Der stellte sich als Führer der Ritterschaft gegen den Dänenkönig auf die Hinterbeine, weil ihm verschiedenes nicht paßte. Und was tat der erste Oldenburger Christian? Er ging hin und legte Hennings Besitzungen samt Burg in Schutt und Asche. Mir wird so was hier nicht passieren. Und darum habe ich euch gebeten, nehmt euch Andenken von Grevenslund jetzt gleich mit, da ihr gerade hier seid, nachher ist es zu spät.»

Er stand auf. «Nun, wo meine Mutter gestorben ist, brauch ich so manches nicht mehr.» Er winkte Charlotte und Luise, ihm zu folgen. Im Gemach seiner Mutter öffnete er einen mit Intarsien ausgelegten Kasten, in dem Frau Mathilde ihren Schmuck aufbewahrte.

«Hier, Charlotte, du als Freifrau von Pogwisch wirst von jetzt an diesen Wappenring tragen, den ich meiner Mutter ungern vom Finger nahm. Dieses Armband gehört dir auch. Den Halsschmuck hast du schon.

Luise, nimm dir, was du davon haben möchtest, als Andenken.»

Er wandte sich plötzlich ab und sah aus dem Fenster.

Die beiden Frauen umarmten sich weinend.

«Ich habe Angst um Wulf», sagte Hinrich, als er sich am nächsten Morgen von Charlotte verabschiedete, um nach Rendsburg zu reiten.

«Ich auch», erwiderte Charlotte, «meinst du, daß er sich was . . .»

«Nein», sagte er entschieden, «niemals, aber er leidet sehr. Behalt mich lieb, mein Lottschen! Bald komm ich nach Hause.»

Christoph liebte alle Tiere, schon darum, weil seine rote Augen sie nicht aufregten. Sie konnten ihn nicht verhöhnen, sie waren stumm und leise. Oftmals kam er schon morgens, wenn Lili noch nicht draußen war, in den Pferdestall und half Christian, die Pferde zu füttern. Gemeinsam brachten sie die Tiere auf die Weide. Major von Lersching, dem es Freude bereitete, die Jungtiere zuzureiten, hatte Christoph bei seinem Umgang mit den Pferden beobachtet. Als Kavallerist hatte er sofort den «Pferdeverstand» des Jungen entdeckt, der auch ohne Sattel und Zaumzeug die jungen Pferde sicher zur Weide brachte. Darum ließ er Christoph an einem frühen Augustmorgen eine halb zugerittene Stute besteigen. Christoph selbst hatte satteln müssen. Major von Lersching ritt anschließend mit dem Jungen über die Koppeln und zeigte ihm, wie er die Hilfen einsetzen mußte.

Nachher sagte der Major zu Christian Jensen: «Dieser seltsame Christoph ist ein Naturtalent. Er könnte Ihm doch gut helfen.»

«Weiß ich, Herr Major. Wenn Herr Major den noch ein bißchen schulen, kann das was werden.»

So lernste Chrisoph «das höchste Glück auf Erde auf dem Rücken der Pferde» kennen. Lili auf ihrem Mohrchen war die dritte im Bunde. Als Jürgen dahinterkam, wollte er natürlich auch mitmachen. Und sämtliche anderen Kinder ebenfalls. Da streikte der Major und Tische erst recht. Hier sei kein Tattersall für Kinder, hier werde gearbeitet. Wenn sie ihren Spaß haben wollten, sollten sie nach Gnissen zum Jahrmarkt fahren, da könnten sie auf den Karussellpferden reiten. Ja, aber Lili sei doch dabei und Christoph auch, hielt Jürgen dagegen.

«Deine Schwester kann mit ihrem Pony reiten, soviel sie will. Du willst ja nicht auf dem kleinen Pferd sitzen. Und Christoph arbeitet, wenn du noch im Bett liegst, wie ein Knecht», erwiderte ihm der Alte. Als der Junge sich bei der Mutter beschwerte, sagte Charlotte: «Dein Vater hat Christian die Pferdezucht während seiner Abwesenheit übertragen, er hat zu bestimmen. Und wenn Christoph ihm hilft, kann ich es ihm nicht verbieten.»

Erst als sie von der Beerdigung zurück waren und Charlotte und Jürgen eines Tages aus dem Fenster der Bibliothek Christoph neben Tische durch das Torhaus auf den Hof reiten sahen, wurde sie aufmerksam;

denn Jürgen rief empört: «Mutter, er reitet Mirza, Vaters Mirza!»

«Bleib hier, Jürgen», gebot sie und ging ärgerlich zum Stall hinüber. Christian und Christoph sattelten eben ab, als die Gutsherrin hereinkam.

«Christian, Er weiß doch, daß der Herr es nicht haben will, wenn Fremde Mirza reiten. Ich bin erstaunt, daß Er seinem Befehl zuwider handelt.»

Tische, der seinem Pferd eben das Kopfzeug abschnallte, drehte sich langsam um. «Mirza will auch mal bewegt werden, obgleich sie schon achtzehn ist, Frau Baronin. Ich bin zuviel mit den Jungtieren beschäftigt. Mirza weiß, daß der Christoph da eine leichte Hand hat wie der Herr auch. Sie mag ihn. Und wenn ich mir das erlauben darf zu sagen, Frau Baronin, ich weiß, daß der Herr nichts dagegen hätte, daß Christoph sie mitunter reitet.»

«Sie haben es Jürgen verboten, Christian.»

«Der ist noch nicht soweit. Jürgen muß noch viel lernen.»

«So! Wo hast du denn das Reiten gelernt, Christoph?»

«Bei Herrn Major von Lersching», sagte Christoph und hängte Mirzas Sattel auf.

Wortlos verließ Charlotte den Stall. Immer dieser Junge, der Ärger verursachte! Und der Alte . . . ? Wußte er etwa, wer Christoph war?

In diesem Winter nahm Jürgen gemeinsam mit einem Grafensohn, mit dem er sich in der Schule befreundet hatte, Reitunterricht. Hinrich war damit einverstanden. Die beiden Moorburger Jungen wohnten immer noch bei dem Pastor. Sie waren aber weder mit dem Essen noch mit den kühlen Stuben zufrieden. Es war offensichtlich, daß man sparte. Aber sie wußten sich zu helfen: Christoph kaufte sich zum Winter von seinem Taschengeld Feuerung, die er in die kleine Abseite seines Stübchens verstaute, und Jürgen schreib von seinem knurrenden Magen nach Hause. Charlotte ließ immer, wenn ein Moorburger Wagen nach Lübeck fuhr, ein großes «Freßpaket» bei Jürgen abliefern. Kleinlich war der Junge nicht, er gab Christoph davon ab. Dann saßen sie abends vergnügt in Christophs warmer Bude und schmausten. Als die Patorsleute dahinterkamen, waren die beleidigt. Der Pastor hatte den Finger erhoben und von Völlerei und fleischlichen Gelüsten geredet. Aber Jürgen erklärte lakonisch, daß sie nicht gewohnt seien, zu hungern. Oben wollten sich die Jungen ausschütten vor Lachen. Jürgen konnte den Alten herrlich nachahmen. Auch diese Tischgebete bei knurrendem Magen mittags vor der dampfenden Suppenschüssel fielen ihnen auf die Nerven.

Als Hinrich einmal wieder in Lübeck zu tun hatte und sich die Jungen im Ratskeller ordentlich satt essen konnten, beklagten sie sich über diese

Dinge. Hinrich meinte dazu: «Ihr wohnt da doch recht komfortabel, finde ich. Da hättet ihr meine Musbude in Schleswig bei der alten Butenschön sehen sollen, wo ich als Schüler wohnte! Die Leute wollen doch alle verdienen. Bleibt ihr nur bei dem Pastor, dessen Frömmigkeit kein Fehler ist.»

Christoph schwieg dazu. Er war ein Grübler und mußte allem auf den Grund gehen. In der Schule stellte er bisweilen so verzwickte Fragen, daß die Lehrer über ihn den Kopf schüttelten. Dieses ewige «Warum?» in ihm war oft quälend. Jürgen war viel realistischer. Der nahm die Dinge, wie sie eben waren, und suchte etwas daraus zu machen.

6

Um Michaelis waren die Jungen eine Woche auf Moorburg. Wie es Hinrich auch im Sommer mit Christoph gehalten hatte, trafen sich die beiden ganz früh morgens im Pferdestall, wo Tische schon die Pferde gesattelt bereit hielt. Und dann kam für sie eine wunderbare Stunde der Zweisamkeit.

Das Laub des Buchenwaldes schimmerte unter der milden Herbstsonne in allen Goldtönen; auch die Farben von Grünspan, Kupfer und das tiefe Grün der Fichten waren darunter gemischt. Der Häher schimpfte als Polizist über die frühen Eindringlinge in seinem Revier. Durch die gelben Farnwedel flüchtete Kleingetier. Sonst war es still, kein Lüftchen rührte sich. Nur das Janken der Sattel war zu hören, und auch das verstummte, wenn sie im Schritt über das Moos ritten. Dann beugte sich Christoph hinüber und flüsterte: «Jetzt geht der liebe Gott durch den Wald!» Und Hinrich nickte ihm lächelnd zu.

Heimwärts ging es durch Moor und Heide. Dort tanzten noch die Nebeljungfern in dünnen Säulen, und an jedem Hälmchen hingen ihre glitzernden Perlen. Hei, da ging es im Galopp über Stock und Stein, über Gräben und Zäune! Auf diese Stunde freuten sich beide. Wenn die anderen Menschen ihre Augen öffneten, saßen sie schon am Frühstückstisch: Hinrich in der Kaffeestube, Christoph in Frau Rughases Küche, wo er sich selbst bediente.

Eines der schönsten von Hinrichs Pferden war ein goldfarbener junger Hengst, den Hinrich als Zuchthengst behalten wollte. Er ließ sich nur von Heinrich und Hinrich reiten, die ihn bezwingen konnten; denn er war ein Steiger. Der Gutsherr hatte streng verboten, den Hengst zu reiten. Jürgen hatte seinen Vater schon oft darauf bewundert. Und eines Tages in der Morgenfrühe konnte er sein Verlangen und seinen Ehrgeiz, das Tier auch zu reiten, nicht bezwingen. Er wollte doch sehen, ob er es nicht auch konnte! Er ritt schon so gut, daß er seinem Vater die Erlaubnis abgebettelt hatte, die Jagd mitmachen zu dürfen, die Hinrich für den Geburtstag Madame Germaines angesetzt hatte, um mit dem anschließenden Ball ihrem Bedürfnis nach Geselligkeit zu genügen.

Jürgen schlich die Treppen hinunter, ohne zu ahnen, daß sein Vater bereits im Kontor arbeitete.

Im Hengststall hörte er nicht, daß Tische und Christoph schon fütterten. Geschwind sattelte er den Hengst und führte ihn hinaus. Durch das Geklapper auf den Kopfsteinen wurde Christoph aufmerksam und ging an die Tür des Stutenstalls. «Jürgen, du darfst den Hengst nicht reiten!» schrie er. Nun schoß Tische auch heraus. Jürgen saß schon im Sattel. Da bäumte der Hengst sich wiehernd auf, kerzengerade. Und Jürgen riß noch an den Zügeln. Da war der alte Tische schon heran, sprang hoch und riß den Hengst herunter. Aber die Hufe des Tiers trafen die Brust des Mannes, und Tische stürzte hintenüber zu Boden.

Hinrich, der Christophs Schrei gehört, war ans Fenster gesprungen und hatte alles gesehen. Rasend vor Schmerz und Wut rannte er hinaus. Den Hengst hatte Christoph nun fest am Zügel. «Bring ihn in den Stand, Christoph», rief er, «und den Bengel sperr in den Stall ein!» Dann beugte er sich über den bewußtlosen Tische. Nun kam ein Verwalter aus seinem Haus gelaufen. Gemeinsam trugen die beiden Männer den Alten, dem Blut aus der Jacke rann, vorsichtig in den Seitenflügel des Schlosses, wo sein Zimmer lag.

Etienne, den Hinrich eilends holte, schritt noch im Schlafrock hinüber. Eine Rippe und Tisches rechter Oberschenkel waren gebrochen.

«In dem Alter kann es ziemlich lange dauern, bis das wieder zusammenwächst, Hinrich. Eine Gehirnerschütterung hat er wohl auch. Der Schädel ist sonst heil geblieben.»

Christoph, der Tisches Arbeit im Stutenstall übernahm, nachdem er den protestierenden Jürgen im Stall des Hengstes eingeschlossen hatte, hörte das fürchterliche Geschrei des Jungen aus der Geschirrkammer, wo sein Vater ihn mit der Reitpeitsche züchtigte. Als ihm das zu lange dauerte, rannte er hin, riß die Tür auf und schrie: «Oheim, du schlägst ihn ja tot!» Er warf sich gegen Hinrichs Arm. Da ließ der rasende Mann die Peitsche sinken. Wie erwachend sah er Christoph in die flehenden Augen und strich ihm über das weiße Haar. «Mein Junge, ich danke dir. Kümmer dich um ihn . . . ich kann ihn nicht ansehen, ohne in Zorn zu geraten.»

«Was ist mit Tische?» fragte Christoph bang.

«Er lebt, ist aber schwer verletzt.» Hinrich wischte sich mit dem Taschentuch das Gesicht ab und sah auf den stillliegenden Jürgen hinunter, der vor Schmerz bewußtlos geworden war. Aber seine Beine zuckten. «Bleib bei ihm, bis er wieder zu sich kommt, dann bring ihn ins Haus.» Damit ging er hinaus.

Heinrich Buhmann kam just über den Hof. Hinrich berichtete ihm kurz das Unglück. «Christian wird wohl lange liegen müssen. Er kann sich Jochen Meier zur Hilfe nehmen.»

Charlotte, die eben die Treppe herabkam, als Christoph den noch schluchzenden Jürgen mehr trug als führte, lief entsetzt ihrem Jungen entgegen und nahm ihn in die Arme. «Geh», fuhr sie Christoph herrisch an, «verschwinde hier!» Schrill rief sie nach Anton. Als sie Jürgen in seinem Zimmer oben hatten und ihn entkleideten, war sie so außer sich über das malträtierte Hinterteil ihres Sohns, daß sie sich hinsetzen mußte. Anton zog dem Jungen sein Nachtgewand an und legte ihn ins Bett.

«Ruf Herrn Marquis, Anton!» sagte sie matt und setzte sich auf Jürgens Bett. «Mein armer Junge, wer hat dir das getan?»

«Vater.» Er drehte den Kopf zur Wand und antwortete nicht mehr. Empörung über die Roheit dieses Vaters bemächtigte sich der Mutter und wich auch nicht, als Etienne ihr berichtete, welche Folgen Jürgens Ungehorsam gehabt hatte.

«Das sieht zwar schlimm aus, Charlotte», sagte er, «aber ein Jungenpo kann solche Tracht an sich vertragen. Tut es hier weh, Jürgen? Nein? Gut, und hier auch nicht?» Er hatte an verschiedenen Stellen des Rükkens gedrückt. Dann deckte er den Jungen zu. «Nur Blutergüsse an den Glutäen, sonst alles in Ordnung. Der wird da hinten in einigen Tagen grün, blau und gelb aussehen. Brauchst dir keine Sorgen zu machen. Hinrich hat gut gezielt, und das Zeug hat die Schläge gedämpft. Viel schlimmer ist der arme Christian dran. Oberschenkel und Rippenbruch, in dem Alter!» Jürgen wandte den Kopf. «Er hat ja selbst schuld. Was kommt er mir in die Quere?»

Kopfschüttelnd verließ Etienne das Zimmer. Kein Wort des Bedauerns für Tische, auch von Charlotte nicht! Der alte Edelmann gedachte früherer Zeiten, als sein Neffe Georg noch ein Junge war. Es scheint sich zu wiederholen, überlegte er und stieg langsam die Treppe hinunter, nur mit dem Unterschied, daß Jürgen das Glück hat, einen energischen Vater zu haben.

In Charlotte brodelte Zorn über Hinrich. Als sie hörte, daß er in sein Zimmer ging, erhob sie sich vom Bett ihres Kindes und begab sich zu ihm. Er wusch sich Gesicht und Hände hinter dem Wandschirm, als sie eintrat. Sein Rock hing über der Stuhllehne.

«Du Rohling», rief Charlotte, «wie kannst du den Jungen derart zurichten!»

Hinrich trocknete sich gerade das Gesicht ab. Etienne hatte ihm im Kontor von der Untersuchung berichtet. Er war beruhigt. «Der hat noch ganz was anderes verdient!» sagte er und kam, sich die Hände abtrocknend, hinter dem Paravent hervor.

Sie trat mit vor Wut weißem Gesicht vor ihn hin, ihre sonst so sanften Augen funkelten böse zu ihm auf. «Ich verbiete dir, meine Kinder zu mißhandeln wegen solcher Lappalien!»

Hinrich warf das Handtuch auf den Tisch. «Lappalien nennst du das? Ich habe nicht umsonst verboten, den Hengst zu reiten. Das ist lebensgefährlich, weil er ein Steiger ist. Und wenn Christoph und Tische nicht gewesen wären, dann läge Jürgen jetzt zerschmettert da. Tot!»

«Du willst dich nur entschuldigen.»

«Dummes Zeug! Ich habe gesehen, wie der Hengst stieg und Jürgen, dieser kleine Idiot, sich noch an den Zügel festhielt, statt sich vorn überzulegen oder wenigstens abzuspringen. Eine Sekunde später hätte der Hengst sich rückwärts überschlagen und Jürgen mit seinem vollen Gewicht unter sich zerdrückt, wenn Tische nicht eben in dieser Gefahrsekunde hochgesprungen wäre und das Tier am Zügel heruntergerissen hätte. Und nun liegt der arme, treue Mensch da, mit gebrochenen Knochen und Gehirnerschütterung. Auch er hätte tot sein können.»

«Jürgen ist durch die Angst, die er in dieser, wie du sagst, gefährlichen Situation ausgestanden haben mag, genug bestraft worden. Und dann noch derartige Prügel! Er liegt völlig teilnahmslos im Bett. Ich will das nie mehr erleben, Hinrich Pogwisch, daß du jemals wieder die Kinder schlägst, ich, die Mutter der Kinder. Versprich es mir!»

Er wandte sich vor diesem bösen Gesicht ab, nahm seinen Rock und schlüpfte hinein. War das noch seine sanfte Lotte? War sie blind, wie es auch ihre Mutter gewesen sein mochte? Manche Frauen drehten wohl durch, wenn ihren Kindern ein Leid geschah. «Versprich es mir!» rief sie scharf.

«Nein, ich denke gar nicht daran, so einen Unsinn zu versprechen. Es gibt Kinder, die sind leicht erziehbar und andere nicht, die brauchen zuweilen Strafe. Bei jungen Tieren ist es ebenso. Dressur brauchen sie alle, um sich in einer Gemeinschaft oder Herde einzufügen. Da führt kein Weg drum herum.»

«Wir sind als Kinder nie geschlagen worden», sagte Charlotte.

«Ja, das glaube ich dir. Du hast es wohl nicht nötig gehabt, dressiert zu werden. Aber dein Bruder ist ein Beispiel dafür, wie nötig Dressur ist. Krasser Egoismus ist ein Mangel an Erziehung.»

«Beschimpfst du jetzt auch noch meinen toten Bruder?»

Hinrich trat auf sie zu, drehte sie um, schob sie zur Tür und sagte: «Richte mal deine Haube und komm dann herunter, es ist Tischzeit.»

Nach dem wortkargen Mittagessen holte Charlotte zum erstenmal nach der Frübgeburt die Flasche aus dem Schrank in der Kaffeestube.

Diese Tage waren mit Vorbereitungen für die Jagdgesellschaft ausgefüllt. Germaine war selig. Gäste auf Moorburg! Sie hatte oftmals wehmütig an die glanzvollen Feste vergangener Zeiten gedacht. Wie rührend von Hinrich, ihr sozusagen als Geburtstasgeschenk solch ein Fest in den Schoß zu legen. Charlotte, die mit der Unterbringung der Gäste genug zu tun hatte, überließ Mama gern die Zusammenstellung der Mahlzeiten.

Jürgen saß bereits am nächsten Morgen wieder auf seinem, von Anton vorsorglich mit einem Daunenkissen belegten Stuhl beim Frühstück. Er zwang sich, die Unannehmlichkeiten da hinten zu ignorieren, um ja bei der Jagd mitreiten zu können, und wenn es noch so weh tun sollte.

Christoph saß häufig gemeinsam mit Lili bei dem kranken Tische. Sie lasen ihm abwechselnd Märchen und sonstige Geschichten vor; denn Tische konnte wohl lesen und schreiben, aber weit her war es damit nicht. Denn Christian Jensen hatte als Kind «mihr de Peer in 'n Kopp as de School», wie er zu sagen pflegte. Wenn seine Schiefertafel unberechtigterweise zu oft Ferien machte, hatte seine Mutter die Rute hinter dem Spiegel in der «guten Stube» hervorgeholt und den geflickten Hosenboden strammgezogen.

Nun lag er, das Bein zwischen zwei Holzlatten fest eingewickelt, unbeweglich im Bett und wartete darauf, daß seine alten Knochen den nötigen Kalk hergaben, um die Bruchstellen zu schließen. Fürchterlich war das für den sonst immer tätigen Mann.

Auch Hinrich guckte mitunter herein und berichtete von den Pferden. Dabei freute er sich über die beiden Kinder, die versuchten, den Kranken aufzuheitern.

Am Morgen von Großmamas Geburtstag hatte Jürgen das Kissen von seinem Stuhl genommen. Als sie das Frühstück beendet hatten, fragte er seinen Vater klopfenden Herzens: «Vater, ich darf doch heute nachmittag die Jagd mitmachen? Es geht mir wieder ganz gut. Ich kann schon wieder reiten.»

Hinrich zog seine Serviette durch den Ring und sah ihn ruhig an, dann sagte er: «Hast du dich eigentlich bei Christian entschuldigt, oder bist du noch gar nicht bei dem armen Alten gewesen?»

Jürgen wurde dunkelrot. «Nein . . . das habe ich ganz vergessen.»

«So, das hast du vergessen.» Hinrichs Augen blitzten den Jungen zornig an. «Na, dann kannst du heute nachmittag einmal Lili und Christoph bei ihrem Krankendienst ablösen.» Rasch erhob er sich und verließ aufgebracht die Kaffeestube.

Charlotte, dunkelrot vor Empörung, eilte ihm in die Halle nach. «Hinrich», rief sie, «du hast es ihm versprochen!»

Er drehte sich gar nicht um, sondern warf das Portal hinter sich zu und ging schnell in den Hof hinab.

Der Marquis aber sagte zu Jürgen: «Heul nicht, Junge! Dein Vater hat ganz recht. Ich werde dafür sorgen, daß du heute den alten Mann unterhälst, aber anständig!»

Madame hob die Hände. «Macht doch keinen Streit. Heute ist mein Geburtstag.»

Die Gäste trafen nach und nach ein, zu Roß und zu Wagen: alle Nachbarn, Hinrichs Kameraden mit ihren Frauen und Reitknechten und Testorps aus Lübeck. Peter-Ohm ging es leider schlecht, deshalb fehlten die Polziner.

Madame in großer Robe und im Brillantschmuck glitzernd, empfing sie im Gartensaal, sprühend vor Temperament wie in alten Zeiten. Hinrich vermißte seinen Wulf dabei. Aber der war nicht abkömmlich. «Die Lage spitzt sich immer mehr zu», hatte er Hinrich in einem Brief geschrieben, dem ein sehr artiges Geburtstagsbillet für Madame beilag, das sie besonders erfreute.

Germaine stellte verwundert fest, daß die Herren seit ihrer Jugendzeit anders geworden waren. *Mon Dieu*, damals war sogar Krieg, aber man blieb galant und witzig. Jetzt sprachen sie immerfort von «Irredenta». Sogar noch beim Bügeltrunk redeten sie von Eiderdänen und gaben unverständliche Vokabeln von sich wie: up ewig ungedeelt!

Die Damen standen in ihren Umhängen auf der Treppe, als sich die Jagdgesellschaft auf dem Ehrenhof ordnete. Die Offiziere in ihren roten Uniformen und zwei Damen in langen schwarzen Reitkostümen gaben ein hübsches Bild. Auch Lili tummelte sich auf ihrem Pony. Sie durfte die Kavalkade ein Stück begleiten. Neben dem Gutsherrn saß ein schlanker Jüngling in dunkelblauem Schloßrock auf einer schönen Fuchsstute und verneigte sich eben vor einem Offizier, der ihn begrüßte.

Charlotte starrte entgeistert dorthin. Christoph! Das war die Höhe, das war glatte Infamie von Hinrich. Der Sohn und Erbe von Moorburg zu Hause am Bett des kranken Knechts, und dieser Rotäugige wurde da wohl als sein . . . Sie gewahrte, daß Riekchen sie forschend ansah, drehte sich um und eilte ins Haus.

Die Jagdgesellschaft brach auf. Die Pferde schnaubten, die Jäger bliesen ins Horn, Hundegebell ertönte, ab ging es über Heide und Moor. Lili blieb bald mit ihrem Pferdchen zurück und sah ihren Freund Christoph inmitten der bunten Schar verschwinden. Übermorgen mußte er wieder nach Lübeck. Dann war sie wieder mit Paul allein. Paul spielte ewig mit seinen Zinnsoldaten Krieg, und das war so langweilig. Aber sie würde jetzt bei Herrn Rughase Cembalo spielen lernen. Darauf freute sie sich. Außerdem mußte sie nun allein Tische vorlesen. Und Tische tat auch etwas. Er brachte ihr Plattdeutsch bei. Da gab es mitunter viel zu lachen. Charlotte nahm sich zusammen, obgleich ihr alle Freude am Fest genommen war. Kein Mensch merkte ihr den Kummer an, als sie abends an Hinrichs Arm im Gartensaal den Ball eröffnete. Sie hatte sich für diesen Ball ein bezauberndes Kleid in Lübeck nähen lassen. Schmuck blitzte in ihren Locken, und das Rouge ließ sie blühend aussehen. Aber sie litt, als Hinrich den Arm um sie legte und sie durch den Saal schwenkte. Sie schaute ihn nicht an, sondern blickte über seine Schulter. Und er sah über sie hinweg. Er wußte, was in ihr vorging. Sie würde sich daran gewöhnen müssen, daß Christoph eine Realität in seinem Leben war. Er hatte sich auch an mancherlei gewöhnen müssen, was ihm nicht gefiel. Sogar den widerlichen Georg Wasmer hätte er in Kauf genommen. Wo gab es das wohl, vollkommene Harmonie in allem, in den Lebensumständen und unter den Menschen, selbst den nächsten? Aus seiner etwas gedämpften Feststimmung riß ihn das muntere Lachen Gabriele von Trappens, mit der er den nächsten Tanz antrat. Sie war die Jagd mitgeritten, hatte frische Farben. «Ist dir eine Laus über die Leber gekrochen, Hinrich?» Er schüttelte den Kopf; es seien eher Spinnweben im Gehirn gewesen. Frau von Trappen, die Hinrich sehr schätzte, vertrieb sie ihm.

Charlotte beobachtete die Fröhlichkeit des Paars, während sie mit Hinrichs Kameraden tanzte. Sie und Hinrich tanzten nicht mehr zusammen an diesem Abend. Charlotte trank so viel, daß sie anderntags Kopfschmerzen hatte und bis Mittag im Bett blieb.

Madame Germaine übernahm ihre Pflichten, als die Logiergäste sich nach dem Frühstück verabschiedeten. Hinrich war ärgerlich über seine Frau. Was war nur mit Charlotte los? Er sagte aber vorerst nichts, als sie am Mittagstisch erschien, sondern erkundigte sich nur nach ihrem Befinden.

Abends wurde er während des Essens von Jochen Meier in den Stutenstall geholt. Heinrich und die anderen Knechte waren zu einer Hochzeit im Dorfkrug gegangen, und Jochen war allein im Stall, als eine junge Stute etwas vorzeitig die Wehen bekam. Sie hatte es schwer. Jochen war in seiner Ratlosigkeit hinübergelaufen, um den Gutsherrn zu holen. Hinrich kniete hinter der Kreißenden nieder. Dann stand er auf, warf den Rock ab und krempelte die Hemdsärmel hoch. «Das Fohlen liegt nicht richtig, Jochen, halt Undine mal ordentlich fest!» Er schob Hand und Arm in den Stutenleib. Nach zehn Minuten war das Kleine da. Es war ein Stütchen.

So, dachte er, als er gewaschen und frisch gekleidet in die Bibliothek hinunterkam, jetzt ein Glas Wein und eine Pfeife vor dem Feuer, und dann ins Bett!

Aber da saß Charlotte, diesmal ohne Handarbeit, und starrte in die Flammen. Als sie ihm das blasse Gesicht zuwandte, wußte er, daß er sich wohl nicht seiner verdienten Ruhe hingeben konnte.

«Ein Stütchen, Lott», sagte er und nahm seine Pfeife, um sie zu stopfen. «Freut mich», antwortete sie kurz.

Er fragte, ob es ihr nicht gutginge, holte die Flasche aus der Kaminekke und schenkte sich ein. Dann drehte er sich erstaunt um. «Willst du auch ein Glas?»

Sie nickte und ihre Augen funkelten. Erst als sie getrunken hatte, brach der Sturm los. Ihr Jürgen in der Knechtstube und dieser Christoph an Hinrichs Seite auf der Jagd! Ob es ihm denn gar nicht eingefallen sei, welch merkwürdigen Eindruck es auf die Gäste gemacht habe, daß statt seines Sohns dieser fremde Junge an seiner Seite geritten sei. Oder ob er ihn etwa als seinen Jürgen vorgestellt habe?

Mit übergeschlagenen Beinen saß Hinrich, sog an seiner Pfeife und sah Charlotte gar nicht an. Als sie nun eine Pause machte, um Luft zu holen, sagte er: «Daß du heute morgen wegen deines Katers nicht in Erscheinung tratest und alles deiner Mutter überließest und als Hausfrau nicht einmal Abschied von deinen Gästen nahmst, hat einen sehr schlechten Eindruck gemacht. Daß Christoph mitritt, hat niemand verwundert. Jürgen ist gar nicht erwähnt worden.»

«Eben», erwiderte Charlotte erbost, «er wird einfach übergangen, zugunsten Christophs! Mit dem reitest du frühmorgens weg. Meinst du, ich weiß das nicht? Heimlich macht ihr das! Warum nimmst du Jürgen nicht auch mit oder Lili?»

«Von Heimlichkeit ist keine Rede. Ich könnte deine Eifersucht verstehen, wenn ich mit einer anderen Frau ein Stelldichein hätte.»

«Weiß ich, ob du es nicht hast?»

Er schüttelte nur den Kopf und sagte: «Lotte, ich glaube, es ist besser, du gehst zu Bett. Bist du krank?»

«Noch nicht, aber wenn dieses Theater um Christoph so weitergeht, dann werde ich es.» Sie stand auf, stellte sich mit dem Rücken zu den Flammen und erschien so schmal und dunkel. «Hör jetzt gut zu, Hinrich Pogwisch! Ich will diesen Christoph hier auf dem Hof nicht mehr sehen. Ich habe ihn schon aus dem Haus gewiesen, nachdem du Jürgen halb totgeschlagen hattest. Jetzt soll er auch den Hof nicht mehr betreten, dafür werde ich sorgen.»

Einen Augenblick verschlug es ihm die Sprache, dann packte ihn der Zorn. «Was hast du getan? Den Jungen, dem Jürgen sein Leben verdankt, hast du hinausgeworfen?»

Langsam stand er auf und trat dicht vor sie hin.

Sie sah seine Augen, voll vom Feuer beleuchtet, flammen. Aber sie wich nicht zurück, sondern rief: «Ja, das habe ich getan, und ich werde ihn vom Hof weisen lassen. Hier ist kein Platz für ihn!» Angewidert wandte Hinrich sich ab, nahm seine Pfeife auf und lehnte sich an den Kaminsims. «Setz dich hin», sagte er herrisch, «und spiel hier nicht Tragödie! Es wird nun wohl Zeit, daß dir einmal klargemacht wird, wer der Herr von Moorburg ist und wer allein hier das Recht hat, jemanden aus Haus und Hof zu weisen. Dein Gedächtnis scheint durcheinandergeraten zu sein. Sonst würdest du dich erinnern, was damals vor dreizehn Jahren bei der Übernahme Moorburgs in jenem Vertrag festgelegt worden ist, und deine Mama unterschrieb.»

Nun setzte sich Charlotte doch und sagte: «Sie hat uns beiden Moorburg übergeben, das weiß ich.»

«Eine Formel! Weder ihr noch dir gehörte Moorburg, nur noch auf dem Papier. Und wem verdankst du es, daß du noch auf Moorburg wohnst? Hm? Ich hätte es niemals für möglich gehalten, daß ich dich daran erinnern müßte, es ist mir äußerst unangenehm, weiß Gott! Aber wenn du dich hier als Herrin aufspielst, dann laß dir gesagt sein: Nach außen magst du es bleiben, aber nur als meine Ehefrau. Verstehst du das? Wenn etwas zu entscheiden ist, hast du mich zuerst zu fragen. Ist das klar?»

Aus bleichem Gesicht blickte sie ihn mit aufgerissenen Augen an. «Es ist aber mein Elternhaus und meines Vaters Gut!» sagte sie hart.

«Gewesen!» antwortete er und klopfte die Pfeife aus, legte sie auf den Sims und verschränkte die Arme vor der Brust. «Wenn du es nicht glaubst, frage deinen Onkel. Mir scheinst du ja neuerdings in allem zu mißtrauen.»

«Weil du Geheimnisse vor mir hast, darum!» Sie biß sich aber gleich auf die Lippen. Er durfte auf keinen Fall ahnen, daß sie wußte, wer Christoph war.

«Welche Geheimnisse denn?»

Sie schenkte sich noch einmal ein und trank. «Du tust immer so geheimnisvoll mit Christoph. Er sei nicht arm und so weiter. Ich glaube aber zu wissen, daß du alles von Moorburger Einnahmen bezahlst, seine Pension, seine Schulgelder und auch den schönen neuen Rock für die Jagd.»

«Herrgott, hast du Sorgen! Und wenn ich es täte? Kümmer ich mich darum, was du mit deinem Gänsegeld machst? Ich hätte gewiß nichts dagegen, wenn du ein armes Kind davon kleiden würdest. Aber das tust du ja nicht, sondern kaufst dir Kleider und Hüte davon. Das ist deine Sache!»

«Siehst du! Du redest wieder drum herum. Wer bezahlt Christophs Ausbildung? Ich will es nun endlich mal wissen!»

«Er selbst. Das habe ich dir doch schon einmal gesagt. Da ist nichts Geheimnisvolles dabei.»

«Das ist doch Unfug. Woher soll das Findelkind Geld haben?»

«Es hat es geerbt.»

Charlotte lachte auf. «Wie im Märchen von einer guten Fee?»

Nun packte Hinrich sie am Arm. «Komm jetzt mit, damit ich endlich vor deinen Fragen Ruhe habe.» Er hatte es ihr eigentlich nicht sagen wollen. Aber sie würde keine Ruhe geben. Er nahm den Leuchter auf und ging mit ihr ins Kontor. Verwundert folgte sie. Dort zeigte er ihr des Müllers Testament.

«Mein Gott», rief Charlotte aus, «das ist ja ein Vermögen! Wie kommt denn der Mann dazu, Christoph soviel Geld zu vererben? Woher hat er überhaupt soviel?»

«Nun, weil er die Mühle verkauft hat.»

«Wie kann er die Mühle verkaufen. Die gehört doch zu Moorburg.»

«Gehörte! Ruge hat sie aus deines Vaters Konkurs käuflich erworben.» Hinrich war restlos betroffen darüber, wie wenig sich Charlotte von Wasmer für die Moorburger Verhältnisse interessiert hatte. «Bist du nun beruhigt darüber, daß Christoph von seinem eigenen Geld lebt? Auch Rughase hat Pension von ihm bezogen.»

«Du hast mir noch nicht die Frage beantwortet, wie Ruge dazu kam, dem Jungen das Geld zu vererben, neben dem Erbteil seiner Schwester.»

Nun erzählte Hinrich, wenn auch widerwillig, wie Christoph von den Müllersleuten im Boot gefunden und aufgenommen wurde, wie er die ersten Jahre bei ihnen gelebt und wie ihr Kind gehalten worden sei.

«So war das also», sagte Charlotte. Sollte sie sich doch getäuscht haben? «Und warum bist du sein Vormund, ausgerechnet du!» Jetzt war es ihm aber zuviel. Er nahm den Leuchter auf, schob sie zur Tür. «Das habe ich dir schon einmal erklärt», sagte er und ging mit dem Leuchter die Treppe hinauf. Sie folgte ihm, da sie im Dunkeln stand.

Sie sah seinen riesigen Schatten wankend und verzerrt die Wand hinaufhuschen. Ein Frösteln überlief Charlotte.

7

Der Krug geht so lange zu Wasser, bis er bricht. In diesem Jahr 1848 brachen viele Krüge unter dem Druck des Aufruhrs. Wieder hatte Unzufriedenheit die Gemüter ergriffen. Umstürzlerische Tendenzen machten sich breit, man stieg auf die Barrikaden. Es wehte ein scharfer Wind durch die Straßen; er wirbelte Staub und Unrat, Zeitungsfetzen und Lumpen auf. Dazwischen knallten Gewehrschüsse. In Paris und auch in Berlin. Sie machten wieder einmal Revolution! Die Franzosen jagten ihren König davon und wollten selbst regieren. In Dänemark hatten sie es nicht nötig, denn am 20. Januar war der alte König still davongegangen. Er kehrte zu seinen Ahnen im Dom zu Roskilde ein. Christian VIII. war der letzte absolute Herrschen in Dänemark gewesen. Sein Sohn Frederik VII. gab dem Druck der Eiderdänen nach, die in der verfassunggebenden Reichsversammlung die Mehrheit hatten, und ließ die Minister regieren. Es bedurfte keines Wirbelwinds und keiner Gewehrschüsse in Kopenhagen. Die Einführung einer neuen Verfassung ging friedlich vor sich. Nur ihre Folgen waren alles andere als friedlich. Im März gab König Frederik sein Einverständnis, das Herzogtum Schleswig Dänemark einzuverleiben.

Das war der Fanfarenstoß, der die schleswig-holsteinische Erhebung auslöste. Der Ripener Vertrag war von den Dänen zerrissen worden. Teures Land, du Doppeleiche unter einer Krone Dach? Was war damit? Kann man eine fest zusammengewachsene Eiche trennen? Die jungen begeisterten Studenten und Turner eilten zu den Fahnen, um sich vor diese alte Doppeleiche zu stellen. Und die Krone? Ja, der Herzog von Schleswig-Holstein war der Dänenkönig. Aber der war nun machtlos. Was sollen wir mit solchem Herzog? Weg damit, wir regieren uns nun selbst!

Am 24. März wurde eine provisorische Regierung gebildet, und der Friese Beseler verlas auf dem nächtlichen Kieler Markt die Proklamation. Es ging wie ein Brausen durch die Herzogtümer: Wir wollen es nicht dulden, daß unser deutsches Schleswig den Dänen anheimfällt!

Am selben Tag noch gewann der Prinz von Noer, der Bruder des Augustenburgers, durch kühnen Handstreich die große Rendsburger Garnison für die Erhebung.

Von den Brüdern Pogwisch war um diese Zeit der ältere mit einer Deputation in Preußen. Preußen mußte helfen! Hinrich von Pogwisch war schon seit Anfang Januar in Rendsburg, wo es jetzt von Freiwilligen nur so wimmelte. Da gab es Arbeit für die Ausbilder. Schießen und fechten hatte Hinrich nicht erst beim Militär erlernt. Schießen hatte ihm Bruder Wulf frühzeitig beigebracht. In seiner Studentenzeit hatte er sich in der Fechtkunst geübt. Besonders in Tübingen war er damit unter Aufsicht eines vorzüglichen Fechtmeisters zu einer gewissen Fertigkeit gelangt. So war er in dieser Zeit schnell avanciert und hatte mit der Ausbildung des notwendigen Offiziersnachwuchses reichlich zu tun.

Eines Abends, als er sich mit einigen Offizieren in der Gaststube eines Hotels zu einem kleinen Schlummerpunsch niedergelassen hatte, befand sich am Nebentisch eine aus zwei Zivilisten und drei bekannten Offizieren bestehende Gesellschaft. Hinrich hörte, indes seine Kameraden den Punsch bestellten, die Unterhaltung am Nebentisch mit an.

«Der König von Preußen hat sich an die Spitze der nationalen Entwicklung Deutschlands gestellt», sagte einer der Offiziere.

«Wir werden im Kampf um unsere Rechte nicht allein gelassen werden. Auch der Bundestag wird sich auf unsere Seite stellen. Die deutschen Brüder werden uns Hilfe senden», äußerte einer der beiden Zivilisten, ein Herr mit ausdrucksvollem Männerkopf, dessen linke Wange von einer rötlichen Narbe gezeichnet war. Dann fragte er, ob unter diesen neuen Verhältnissen sehr viele von den dänischen Offizieren zurückgetreten seine. Hinrich sah seine Kameraden am Nebentisch an. Sie schwiegen.

Es war eine Enttäuschung gewesen, daß sich tatsächlich unerwartet viele Offiziere auf die dänische Seite verzogen hatten. Auch an Hinrichs Tisch sprachen sie leise über die Sorgen, die ihnen diese Lücken im Armeekorps verursachten. Es fehlte vor allem an Strategen.

Während ihrer Unterhaltung sprachen sie der Punschbowle kräftig zu, denn draußen wehte ein scharfer Wind. Am Nebentisch erhoben sich die beiden Herren in Zivil. «Ach, wollen Sie schon gehen, Herr Bornhöft? Ich hätte noch an eine Partie gedacht», rief einer der Offiziere.

«Ein andermal gern! Es ist schon spät, und ich muß zum Melken zu Hause sein.» Allgemeines Händeschütteln folgte.

Hinrich sah den beiden Männern nach. Bornhöft?

Nun, Bornhöft war kein ungewöhnlicher Familienname. Doch als die drei Offiziere sich nun an seinen Tisch setzten, trieb es Hinrich, sich an jenen zu wenden, der den Namen genannt hatte. «Mansfeld, kennen Sie Herrn Bornhöft näher?»

«Nein, eigentlich nicht. Er ist ein guter Gesellschafter, kann herrliche Anekdoten zum besten geben. Ab und zu trifft man sich hier, spielt eine Partie Karten und plaudert wie eben auch.»

«Irgendwie kommt mir das Gesicht bekannt vor. War er früher im Lauenburgischen?»

«Ja, das stimmt. Er saß hier einmal mit einem anderen Gutsbesitzer zusammen, und da erzählte er von seinem ehemaligen Besitz in der Ratzeburger Gegend; ich glaube, Grabow oder so ähnlich hieß das Gut.»

Siedend heiß wurde es Hinrich plötzlich. Er fragte noch, ob Herr Bornhöft sich hier in der Gegend angekauft habe? Ja, irgendwo um Schleswig herum, aber er sei bisweilen in Geschäften hier, entgegnete Mansfeld. Wenn Hinrich seine Anschrift haben möchte, könne er sie wohl hier bei dem Wirt erfahren.

Pogwisch winkte ab. Er werde ihn schon einmal hier treffen, aber es sei ihm nicht weiter wichtig. Möglicherweise habe er Bornhöft einmal in Lübeck gesehen.

Bald darauf verabschiedete er sich. Er mußte jetzt an die frische Luft. Der eisige Wind kühlte Hinrichs heißen Kopf, als er dem Paradeplatz zuschritt. So sah dieser Kerl also aus, dieser gewissenlose Schuft! Erzählte herrliche Anekdoten und freute sich seines Lebens, wie es schien. Daß so etwas noch auf zwei Beinen umherlaufen durfte! Der müßte doch längst als Gerippe am Galgen hängen.

Die Niederlage des Hilfskorps der Kieler Studenten und der Turner bei Bau ließ Hinrich von Pogwisch seine privaten Angelegenheiten ganz vergessen. Sie hatten sich, von dem Willen beseelt, das gefährdete Schleswig zu decken, nördlich Flensburgs den weit überlegenen dänischen Truppen entgegengeworfen und waren völlig aufgerieben worden. Das Herzogtum Schleswig lag schutzlos da, dem dänischen Übergriff preigegeben. Dieser Verzweiflungskampf der jungen Leute bei Bau löste in Deutschland einen starken Widerhall aus. Wenige Tage später erkannte der Deutsche Bundestag die provisorische Regierung Schleswig-Holsteins an und war zur Hilfe bereit. Eine Division des 10. Bundeskorps wurde in Marsch gesetzt.

Und Preußen? Herzog Christian August, der Augustenburger, hatte König Friedrich Wilhelm IV. nicht umsonst gemahnt, daß er sein Versprechen halte, die Selbstständigkeit der verbundenen Herzogtümer und das Recht der männlichen Erbfolge zu schützen. Der König schickte den Obersten von Bonin mit 12000 Mann nach Schleswig-Holstein. Das war zusammen mit den 9000 der Landesarmee die Streitmacht, die unter dem Oberbefehl des preußischen Generalleutnants von Wrangel den Dänen gegenüberstand. So etwas hatte die alte Feste Rendsburg noch nie erlebt: In der Nacht zum 23. April marschierten die Preußen und die Bundestruppen ein. Zwei Tage lang dauerte der Durchmarsch. Zug auf Zug, Kompanie auf Kompanie, Bataillon auf Bataillon in den seltsamsten Uniformen. Über dem Blitzen der unbekannten Pickelhauben brandete immer wieder das ‹*Schleswig-Holstein, meerumschlungen*› der Militärkapellen auf, und die Rendsburger sangen mit, bis sie heiser wurden. Jubelnd begrüßten die Schleswig-Holsteiner ihre Befreier. Waren es Befreier?

Zunächst schien es so: Die vereinten deutschen Truppen trieben in der Osterschlacht bei Schleswig die Dänen zurück und verfolgten sie. Bei Översee kam es zu einem Nachhutgefecht. Auch hier wichen die dänischen Truppen zurück, wandten sich zum größten Teil nach Osten, um Alsen zu erreichen, wo die Düppeler Schanzen Schutz boten.

Hinrich von Pogwisch war mit seinen Soldaten auf dem Weg nach

Norden. Er hatte die Kämpfe bis auf einen leichten Streifschuß am Unterschenkel gut überstanden. Jetzt waren sie mit der Verfolgung einzelner dänischen Trupps beschäftigt und grasten das Gelände ab, um den Rücken freizuhalten. Hinrich schickte einen Leutnant samt seinem Pferd auf einen Hügel hinauf, damit man eine bessere Übersicht gewinne. Die Kolonne zog unterdessen weiter. Der Leutnant kam gleich darauf zu Pogwisch zurückgesprengt. «Herr Hauptmann, schräg hinter uns schleichen auf einem Feldweg zwei dänische Reiter entlang. Ob Fußvolk dabei ist, kann ich wegen der Hecke nicht ausmachen.» Hinrich fragte, ob der Feldweg in diesen Hauptweg münde? Ja, so komme es ihm vor, aber vermutlich würden sich die Dänen seitwärts in die Büsche schlagen, nach Angriff sähe die Sache nicht aus. Schnell erteilte Hinrich seine Befehle. Ein Zug mit einem Korporal besetzte den Ausgang des Weges zur Chaussee. Er selbst ritt mit dem Leutnant über die große Koppel auf den Feldweg zu. Ein Trupp Soldaten mit geladenen Gewehren folgte ihnen nach. Der Hauptmann von Pogwisch hatte richtig vermutet, daß ein Eindringen in den Feldweg von der Chaussee aus nicht vonnöten war. So sahen die beiden Offiziere, als sie über das Hecktor zum Feldweg hinübersetzten, auch schon die beiden Dänen auf der gegenüberliegenden Weide fortgaloppieren. Ein Dutzend Mann dänisches Fußvolkes, das versuchte, den Feldweg zurückzulaufen, wurde nach kurzem Handgemenge von den deutschen Soldaten überwältigt und gefangengenommen.

Der Hauptmann und sein Leutnant hielten sich dabei nicht auf. Sie jagten hinter den flüchtigen Reitern her. Der Leutnant zog seine Pistole. Hinrich wehrte ihm: «Noch zu weit. Aber da unten ist es anscheinend sumpfig. Da biegen sie schon nach links ab.» Die Dänen ritten auf einen kleinen Erlenwald zu. Da schien auch kein Reitgelände zu sein. Jetzt wurden sie langsam. Der eine Reiter drehte sich blitzschnell um. Eine Kugel pfiff dem Leutnant am Ohr vorbei, eine zweite klatschte vor Hinrichs Pferd in den Wiesengrund, daß die Placken hochflogen. Das Pferd scheute und sprang zur Seite. Das war des Pogwischs Glück, denn die dritte Kugel sauste knapp an ihm vorüber. Des Leutnants Kugel traf das Pferd des einen Dänen, aber Hinrich traf den Körper des anderen. Der wankte einen Augenblick, schoß noch einmal und stürzte dann zu Boden.

«Ergeben Sie sich!» rief Hinrich dem Dänen zu, der sich unter seinem Pferd hervorgearbeitet hatte und den Degen zog. Sie waren jetzt heran. Aber der Däne lief auf den Leutnant zu, der nun auch seinen Degen zog. Währenddessen sprang Hinrich vom Pferd und trat dem liegenden Mann auf die rechte Hand, die sich eben erhob, um noch einen Schuß anzugeben. Gleichzeitig sah er dem Verwundeten in das Gesicht. Die rote Narbe. Bornhöft, der Schuft, in dänischer Montur! Da hörte er neben sich das Klirren von Stahl auf Stahl und eilte seinem Leutnant zu Hilfe. «Mensch, ergeben Sie sich doch!» Da ließ der dänische Leutnant den Degen fallen und hob die Hände. Die Pistole wurde ihm abgenommen, das Pferd, schwer getroffen, bekam den Gnadenschuß. Als Hinrich sich nach dem anderen dänischen Offizier umwandte, sah er Bornhöft blutüberströmt mit gebrochenen Augen auf der mit Gänseblümchen übersäten Wiese liegen. Über ihm trillerten die Lerchen, der Kiebitz kam dicht vorbeigestrichen und stieß seinen spitzen Schrei aus. Der dänische Premierleutnant Bornhöft konnte jetzt nur noch den Raben zum Fraß dienen und keine Gemeinheiten mehr anrichten. Hinrich stieß ihm mit der Fußspitze die Kopfbedeckung ab. Ziemlich grau war er schon. Dann wandte Hinrich sich angeekelt ab. Er hatte viel Tote gesehen in der letzten Woche, aber nicht einer davon verursachte ihm solch einen Ekel wie dieser hier. Sie waren alle für ihr geliebtes Vaterland gefallen. Dieser Mensch war als Verräter gestorben.

Als sie mit ihrem Gefangenen ober an der Chaussee ankamen, erfuhr er, daß der Korporal jenseits des Feldwegs noch mehr Gefangene gemacht hatte. Sie überzeugten sich noch einmal, daß die Luft rein war, dann zogen sie weiter nach Jütland hinein.

Ganz Jütland wurde von deutschen Truppen besetzt. Es ging wie ein Aufatmen durch Deutschland. Aber es war zu früh. Die Düppeler Schanzen konnten sie nicht einnahmen. Und solange sie die nicht bezwungen hatten, war es kein Sieg.

Die Schleswig-Holsteiner, die ihr Fell zu Markte getragen hatten, wurden gar nicht gefragt, was jetzt zu geschehen habe. Das besorgten die Großmächte. Zar Nikolaus I., der zwei Jahre zuvor gegen die dänischen Übergriffe protestiert hatte, stellte sich jetzt gegen die «Rebellen», die gegen ihren gottgewollten König in Kopenhagen aufsässig geworden waren. Dem Zaren lag an der Aufhebung der Sundzölle und der Aufrechterhaltung des Ostseehandels. England und Frankreich hatten kein Interesse daran, Deutschland zu den Herzogtümern zu verhelfen. Und Österreich hatte gerade genug Sorgen mit der ungarischen Volkserhebung. So wurde in London umständlich verhandelt, und am 26. August 1848 kam es durch Vermittlung Schwedens in Malmö zum Waffenstillstand zwischen Preußen und Dänemark. Wrangel räumte Jütland, und die preußischen Truppen zogen sich zurück.

Der alte Streiter für die Rechte der Herzogtümer, Friedrich Christoph Dahlmann, protestierte vor der Nationalversammlung in Frankfurt vergebens. Mit knapper Mehrheit wurden die für Deutschland schmachvollen Bedingungen des Malmöer Vertrags angenommen! Damit hatte die «Schwatz-Bude» ihr Ansehen eingebüßt. Es kam in Frankfurt zu erbitterten Straßenkämpfen.

«So, Bruder Hinrich», sagte Wulf von Pogwisch zu dem Moorburger, der ihm im Hotel «Stadt Hamburg» in Schleswig gegenübersaß, «jetzt sitzen wir armen Schleswig-Holsteiner mal wieder allein auf weiter Flur!» und haute mit der Faust auf den Tisch, so daß Frau Esselbach, die Wirtin, besorgt herankam.

Hinrich brachte ein schiefes, verzweifeltes Lächeln zustande. «Achter fallt de Oss aff!» murmelte er.

«Das kann man wohl sagen. Es begann alles so vielversprechend», sagte Wulf böse und dann zu der Wirtin gewandt: «Und nun, liebe Madame Esselbach, helfen Sie uns mit einem kräftigen Mittagessen, diese bittere Pille hinunterzuschlucken, und mit einer guten Flasche Rotwein, sie zu verdauen!»

«Das sollen Sie beide haben, Herr Baron. Nee, nee, all diese Anstrengungen! Die vielen Toten, die Verwundeten und die Erfolge. Und dann alles für die Katz!» Kopfschüttelnd ging sie zur Küche. Die Brüder hatten sich auf ein Billet Hinrichs hin, der auf dem Durchmarsch war, nach langer Zeit in Schleswig getroffen. Er hatte keine Zeit, nach Grevenslund zu reiten. Der Waffenstillstand mußte genutzt werden.

Nachdem sie eine Weile über die politische Lage gesprochen hatten, fragte Wulf, wann Hinrich zuletzt Nachricht von Moorburg bekommen habe. Das dürfte im Juli gewesen sein, meinte Hinrich. Es könne sein, daß Post verlorengegangen war, denn sie seien ja fortwährend unterwegs gewesen, um die Ausfälle der Dänen von Alsen aus abzufangen.

«Tja, dann hast du die traurige Nachricht wohl nicht bekommen», sagte Wulf von Pogwisch leise und sah auf das Tischtuch.

Hinrich erschrak. «Was ist denn geschehen, Wulf?»

«Unser guter alter Peter-Ohm auf Polzin ist vor vier Wochen gestorben, Bruder!» Er beförderte einen Brief von Charlotte aus seiner Rocktasche und reichte ihn dem betroffenen Hinrich hinüber.

«Warst du zur Beisetzung, Wulf?»

Natürlich sei er hingefahren. Das wäre wohl das Wenigste gewesen, daß er diesem herzensguten Oheim die letzte Ehre erwies. Charlotte habe auch sofort an Hinrich geschreiben, und zwar nach Apenrade, woher sein letzter Brief gekommen war.

Ja, sagte Hinrich, da seien sie schon fort gewesen. Das sei eben der Krieg. Und nun bat er Wulf zu berichten, wie es in Polzin und vor allem Moorburg aussehe.

«Tante Caroline ist natürlich sehr herunter. Sie hat sich auf ihr Altenteil zurückgezogen. Peter von Schwoons junge Frau scheint recht tüchtig zu sein. Du weißt doch, daß die im Mai geheiratet haben? Gut! Dort ist alles in Ordnung soweit. Wie es der Lauf von Werden und Vergehen mit sich bringt: Der junge Peter tritt kräftig in die Fußstapfen des alten Peter.»

«Und Moorburg?» drängte Hinrich.

«Oh, da läuft die Wirtschaft auch gut. Dein Busse und der junge Mann, den du noch im Herbst eingestellst hast, machen das recht ordentlich, soweit ich es beurteilen konnte. Und Beauchamp hat auch einen Sekretär als Hilfe. Er ist alt geworden inzwischen.»

«Was ist mit Charlotte?» Hinrich sah den Bruder unruhig an.

«Ja, die ist still geworden. Ich weiß nicht recht, was mit ihr los ist. Wenn ich dir raten soll, laß dich mal beurlauben, Hinrich, und fahr hin. Ich meine, daß das nötig ist.»

Bis zum Abend blieben sie noch zusammen. Dann ritt Hinrich nach Rendsburg. Obgleich er todmüde war, schreib er nach seiner Ankunft noch zwei Briefe: einen an Tante Caroline und den anderen an Charlotte. Er übergab sie sofort Heinrich, seinem Burschen, damit sie am kommenden Morgen mit der Post fortkamen.

Es wurde Mitte September, bis der Hauptmann von Pogwisch in Rendsburg abkömmlich war. Erst am Abend vor seiner Abreise hatte sein Kommandeur es ihm mitgeteilt mit den Worten: «Sie haben eine Ausspannung dringend nötig, lieber Pogwisch. Erholen Sie sich ausgiebig, denn wir gehen keinen rosigen Zeiten entgegen. Einen angenehmen Urlaub und Gott befohlen!»

So ritten die beiden Reiter zumTor hinaus, immer nach Süden. Friedlich zog die holsteinische Landschaft an ihren Augen vorbei. Die Dörfer lagen im Sonnenschein. Rauch kräuselte aus den Schornsteinen in die unbewegte Luft hinauf. In den Bauerngärten brannten die Spätsommerfarben. Dahlien und Astern, Sonnenblumen und Sonnenhut leuchteten herüber, rote Äpfel und gelbe Pflaumen saßen zwischen dem dunklen Laub. Smaragdfarben schimmerte das alte Moos auf den Strohdächern.

Viele Menschen verharrten am Wege, wenn die beiden Soldaten vorüberritten. Sie winkten und grüßten. Sie hatten den Krieg nicht erleben müssen wie die armen Schleswiger, dachte Hinrich, aber wer weiß, wie weit sich die Auseinandersetzung mit Dänemark noch ausdehnen würde! Diese konnte ja nur durch Waffengewalt entschieden werden, durch nichts anderes. Ehe sich die Herzogtümer den Dänen ergaben, würde noch viel Blut fließen. Das war gewiß. Freute er sich auf Moorburg? Im Moment hatte er sich noch nicht völlig umgestellt. Der Enthusiasmus seines Soldatenlebens mußte erst abklingen. Ja, er wollte abschalten.

Nachmittags, als die Knechte von der Feldarbeit heimkehrten, kamen sie auf Moorburger Gebiet an. Er hatte es eilig, sein Heim wiederzusehen, und ritt, seine zur Seite drängende Arbeitskolonne grüßend, durch das Torhaus. Da lag sein Hof mit dem schönen Haus vor ihm. Vor dem Pferdestall sprang er ab, und mit einem «Schönen Abend, Heinrich!», schritt er auf das Haus zu, die Treppe hinauf, durch die Halle. Aufatmend blieb er stehen und hörte im Gartensaal Cembalospiel.

«Hinrich!» rief es von oben. Charlotte rannte die Treppe herab. Mit drei Sätzen war er am Fuß der Treppe und fing sie auf. Wortlos hielten sie sich umfangen. Dann zog er die heftig weinende Frau in die Bibliothek und küßte ihr die Tränen von den Wangen.

«Du bist wieder bei mir. Gott sei Dank!» Sie lächelte unter Tränen und wollte ihn gar nicht aus den Armen lassen. «Ich habe solche Angst um dich gehabt!» Er ließ sich in seinem Lehnstuhl nieder und nahm sie auf den Schoß, wischte mit dem Taschentuch die Tränen ab, die immer noch kamen. Sie sah in sein Gesicht. Von den Nasenflügeln bis zum Kinn zogen sich feine Rillen hinab, die früher nicht dagewesen waren. Auch über der vorspringenden Nase hatten sich Spuren der Anspannung eingenistet.

«Ja, sieh mich nur an, mein Lottchen! Da hast du die Visage eines verstaubten Landsknechts vor dir. Ehe ich doch zünftig durchküsse, muß ich erst baden.»

«Ist mir so egal, ob du staubig bist oder nicht!» Lange küßte sie ihn nun. Sie fuhren auseinander, als eine Kinderstimme von der Tür her «Vater» schrie. Paul stürzte wie wild auf die Eltern los. Gab das ein Gestrampel und Gefreue!

Und erst Lili! Sie saß vor dem Cembalo, als der Vater leise hereinkam und die schon große, in ihr Spiel vertiefte Tochter betrachtete. Wie geläufig sie spielte! Paul, der hinter der offenen Tür lauerte, konnte es nun nicht mehr aushalten, er schrie: «Hör doch bloß mit deinem Geklimper auf, Vater ist hier!»

Bei Pauls erstem Trompetenton blickte Lili erschrocken auf, beim letzten Satzteil erkannte sie erst die uniformierte Gestalt an der Tür. Sie sprang so heftig auf, daß der krummbeinige Hocker umkippte. Ihr Vater ging in die Hocke und fing das Mädchen beglückt in seinen Armen auf. Lili strahlte ihn selig an, dann fragte sie aber sachlich, wie lange er Urlaub habe.

Als er zu seinem Zimmer hinaufstieg, sah er Christian Jensen den Korridor entlanggehen, einen Packen Handtücher über den Arm gelegt. «Tische!» Er legte seinem alten Eckehard die Hand auf die Schulter, und Tische drehte sich langsam um. «Herr, daß Ihr wieder da seid!» stammelte er und sah mit seinen treuen Augen zu Hinrich auf.

Wie früher seifte er seinem Herrn den Staub der Landstraße ab. Dabei erfuhr Hinrich zu seinem Leidwesen, daß Tisches Oberschenkelknochen wohl nicht ganz richtig zusammengeheilt war. Bei längerem Stehen bekam er Schmerzen, und leider sei es mit dem Reiten auch nicht mehr recht was. Durch das lange Liegen seien ihm die Gelenke ein wenig steif geworden, was er besonders in den Knien spüre. Deswegen habe ihn die Frau Baronin wieder ins Haus geholt, da könne er sich immerhin noch nützlich machen, auch im Sitzen.

«Aber, Herr, de Peer, die gehen mir doch ab», schloß er traurig.

«Wir wollen mal sehen, ob du nicht doch noch mit den Pferden zugange kommst, Tische», sagte Hinrich bekümmert und zog das saubere Hemd über, das der Diener ihm reichte. Welch ein Genuß war es doch, wieder in sein altes Zivilzeug zu schlüpfen, nur ein weißseidenes Tuch um den Hals geschlungen und keinen hohen Kragen mehr!

Als Hinrich die Strümpfe anzog, bemerkte Tische die Narbe am Unterschenkel. «Habt Ihr da was abgekriegt?»

Hinrich nickte. Das sei nur eine Fleischwunde und schnell verheilt; er hätte großes Glück gehabt, Heini habe mehr Narben, aber auch nichts von Bedeutung.

Tische meinte, während er aufräumte: «Wir haben wohl alle dem Herrn tüchtig den Daumen gedrückt, dem Heini natürlich auch, daß Ihr wieder heil nach Moorburg zurückkehrt. Was nun aber noch kommen wird, Herr, das mag der liebe Gott wissen!»

«Ja, Tische. Wenn alle uns im Stich lassen, Gott wird schon seine Hand über uns halten, der verläßt uns nicht.»

Hinrich ging an diesem Abend früh zu Bett, weil ihm fast die Augen zufielen, und schlief bis zum nächsten Mittag durch. War das eine Wohltat! Am Nachmittag führte ihn Charlotte durch die ganze Wirtschaft, wies hierhin und dorthin. Er hatte seine Freude, wie gut alles instand war, und lobte seine tüchtige Gutsherrin.

«Ich bin hier ja eigentlich ganz überflüssig.» Er blinzelte ihr zu. Charlotte aber sagte ihm erst in der Nacht, als Amor und Psyche im flackernden Kerzenschein auf sie herabsahen, daß er absolut nicht überflüssig sei und noch einige bittende Worte mehr, die ihm klarmachten, daß er sein Lottchen ganz wiederhatte.

Die nächsten Tage war er mit dem Verwalter auf den Feldern Moorburgs. Er ritt auch zu Tante Caroline nach Polzin hinüber, die ihn mit wehmütiger Freude in die Arme schloß. Peter-Ohm fehlte Hinrich dort. Unwillkürlich sah er immer wieder zur Tür, ob der gute Ohm nicht hereinkäme.

Als er am Sonntagmorgen mit Charlotte am Arm aus der Kirche trat, empfing ihn eine wahre Ovation der Moorburger, die am Abend zuvor Swatt-Miete angeregt hatte. Sie war zu Rughase gegangen und hatte zu ihm gesagt, Adele wisse, daß die Herrschaften morgen zur Kirche kämen, und da wäre es doch wohl recht, wenn sie alle den Heimgekehrten begrüßten und ehrten. «He is doch 'n Held, Herr Percepter, de mit sin Saldoten de Hannemanns trüchjogt hett. Min Heini, de hett mi vertellt, wat he un sin Herr all dörmokt hebt. Ohauerha! Nee, dor mutt dat ganze Dörp dorbi sin!»

Rughase fand das alles sehr richtig und bereitete etwas vor. Hinrich freute sich in der Kirche, als der Kantor auf der Orgel das alte niederländische Dankgebet intonierte. Der Pastor freute sich noch mehr über die vielen Kirchgänger. Die Dörfler waren freilich nicht gekommen, um sich die Predigt anzuhören, sondern aus Freude über das Wiedersehen mit ihrem Gutsherrn.

Der Kantor hatte den Pfarrer noch über seine Zugabe informiert, und so trat der alte, würdige Pastor Siemers verwundert aus der Sakristei, als die asthmatische Orgel dieses kriegerische Dankgebet aufrauschen ließ und der Kinderchor einfiel: «Wir treten zum Beten vor Gott den Gerechten.» Bei der zweiten Strophe machte er gute Miene zum bösen Spiel und sang in seinem kräftigen Baß mit. Bei der letzten Strophe sang auch der Hauptmann von Pogwisch mit seiner Baronin, deren helle Stimme alles übertönte:

«Wir loben dich oben, du Lenker der Schlachten,
Und flehen, mögst stehen und fernerhin bei,
Daß deine Gemeinde nicht Opfer der Feinde.
Dein Name sei gelobt! Herr, mach uns frei!»

Ein kurzes Nachspiel folgte. Die Gemeinde hastete aus dem Gotteshaus, während der Pastor das Ehepaar Pogwisch begrüßte. Der Gutsherr sagte lächelnd: «Der Abschluß dieses heutigen Gottesdienstes, Herr Pastor, hat mich außerordentlich erfreut. Er entsprach dem Zeitgeschehen vortrefflich, wenngleich er nicht ganz mit dem Thema Ihrer Predigt übereinstimmt.» Dann reichte er Charlotte den Arm und ließ den verdutzten Seelsorger zurück, der draußen alsbald erkannte, wem der starke Kirchbesuch gegolten hatte. «Diese Heiden!» murmelte er.

Als die Gutsherrschaft in der Kirchentür erschien, hob Rughase den Arm, und die Kopf an Kopf stehenden Moorburger schrein: «Vivat, Hoch!» Einige Nachzügler genierten sich nicht, aus der Kirche heraus mitzubrüllen. Dann gebot der Lehrer Ruhe und hielt, an Hinrich gewendet, eine kleine Ansprache über die tapferen Vaterlandsverteidiger im allgemeinen und den Hauptmann von Pogwisch speziell. Zum Schluß wandte er sich um, stimmte an, und ‹*Schleswig-Holstein, meerumschlungen, deutscher Sitte hohe Wacht*› brauste es dann über die Gräber des Moorburger Friedhofs. Da sang der Pastor, der seitwärts stand, auch begeistert mit. Danach sprach Hinrich, gerührt über diese Ehrung, einige Sätze des Dankes zu seinen Moorburgern.

«Mama», sagte Charlotte, als sie in Germaines Boudoir trat, «du hättest dabei sein müssen, wie die Leute Hinrich gefeiert haben! Es war großartig.»

«Ach, Kind, ich mag nicht mehr in die Kirche. Da bekomme ich immer kalte Füße.»

Paul, der wie meist bei der Großmama auf dem Teppich mit seinen Soldaten spielte, sagte: «Du hast ja auch so dünne Schuhe an. Du mußt dir dicke Holzschuhe und Wollstrümpfe anziehen wie die Frauen im Dorf und dann noch Stroh in die Schuh tun.»

Hinrich, der diesen Dialog im Hereinkommen noch mitgehört hatte, nahm lachend seinen Jungen auf. «Du wirst mal so ein echter Pogwisch-Kerl, Paul.»

Wenig später knieten beide vor den Kadern der Zinnsoldaten. Bei Paul gab es aus Mangel an Masse nur Offiziere und Korporale. Die seien ja schließlich die Hauptsache, meinte er. Sein Vater widersprach ihm: «Die Hauptarbeit in einer Schlacht leisten zumeist die Mannschaften, Paul. Die Offiziere sind die Führer und leiten die Gefechte. Sie sind ebenso abhängig von der Mannschaft wie umgekehrt. Das gehört zusammen.»

Paul hing an den Lippen des verehrten Vaters. Hinrich beschloß, dem Jungen beim nächsten Lübeck-Besuch ganze Mannschaften aus Zinnsoldaten zu kaufen.

Am Nachmittag ritt er mit seinem Liebling Lili allein aus. Plötzlich sagte er: «Ich werde morgen nach Lübeck fahren und Christoph sehen. Soll ich ihn von dir grüßen?»

«Oh, laß mich mitfahren, Vater! Ich habe ihn so lange nicht gesehen», bat Lili.

«Du hast ja Schule, die darf man nicht schwänzen. War er eigentlich im Sommer nicht hier?»

«Nein, Frau Rughase mußte nach Lübeck und ihre kranke Mutter pflegen, gerade in den Ferien. Die ist dann gestorben, und da sind sie alle zur Beerdigung hingefahren. Da konnten sie Christoph nicht aufnehmen. Und er ist doch so allein, weil Jürgen da ausgezogen ist.»

Das wußte Hinrich schon von Charlotte, daß sein Sohn in die Pension seines Freundes, dieses Grafen Breitenbek, gezogen war. Den hatte Jürgen in den Sommerferien nach Moorburg mitgebracht. Als Hinrich seine Tochter fragte, ob Breitenbek ein netter Junge sei, meinte Lili: «Och, weißt du, er ist sehr höflich und kann auch gut reiten. Aber sie waren ja immer mit den Pferden fort und wollten mich nicht mitnehmen. Christoph ist eben ganz anders. Er hat mir sehr gefehlt. Darf ich dir einen Brief an ihn mitgeben?» Ja, das dürfe sie gerne Christoph werde sich gewiß sehr freuen.

Abends, als Hinrich Charlotte mitteilte, daß er am nächsten Tag nach Lübeck fahren werde, erwähnte auch sie den Jungen. Sie sagte ganz unbefangen: «Das paßt recht gut, ich bin mit Gabriele zusammen in Alberg zum Kaffeeklatsch eingeladen. Ich nehme die Kalesche, und du kannst mit der Kutsche fahren. Besuch Jürgen und sieh auch mal zu, was Christoph macht.»

«Ja, das will ich bestimmt, mein Lottchen. Ich hoffe, daß er inzwischen etwas Anschluß gefunden hat und nicht ganz allein ist.» Arm in Arm gingen sie danach ein Stück in die Heide hinein, freuten sich ihres Beisammenseins und genossen die kräftigen Farben des Abends.

Christoph saß über seinen Schulaufgaben, als Hinrich in seine Giebelstube trat. Erschrocken sah Christoph auf. Der Ohm! Es war kein Geist, er war es wirklich. Und dann lagen sie sich in den Armen. Hinrich drückte den schlanken Jungen an sich, als wollte er sich nie wieder von ihm trennen. Er hatte sich in Gegenwart seines Ältesten noch nie so gehenlassen. Aber dieser feingezeichnete Kopf und die ganze Haltung hatten ihn so sehr an seine verlorene Lili erinnert, daß er sich nicht beherrschen konnte.

«Laß dich anschauen, Christoph!» Er hielt den Jungen von sich ab. Christoph war wieder gewachsen, aber zu mager. Und die Nase, ja, die wuchs sich zu einer echten Pogwisch-Nase aus.

«Ohm, ich kann es gar nicht glauben, daß du in meiner armseligen Mansarde bist!»

Er glaubte es aber dann doch, als der «Oheim» ihm einen Batzen Geld aushändigte und befahl: «Du kaufst dir anständig was zu essen, Junge. Ich glaube, ich muß der Pastern mal ein paar passende Worte sagen. Wenn du nicht satt wirst, gehst du eben in ein Restaurant!» Dann gab er ihm Lilis Brief, worüber der Junge sich sehr freute. Er legte ihn auf seinen Schreibtisch. Den werde er lesen, wenn er wieder allein sei. Doch, einen Freund habe er jetzt auch. Einen Lübecker, der in einem der schönen alten Kaufmannshäuser wohne, wo er auch ab und zu eingeladen werde. Das zu hören, war Hinrich angenehm. Daß Jürgen mit ihm nicht mehr zusammenkam, wußte er bereits. «Wir passen nicht zusammen», war Jürgens Antwort auf eine Frage seines Vaters gewesen. «Er ist mitunter so verschroben. Rennt in die Marienkirche zum Beten und was weiß ich!»

«Sag mal, Christoph, willst du hier oben wohnen bleiben? Du kannst dir ruhig ein besseres Quartier besorgen. Falls du mit deinem Geld nicht auskommen solltest, schreibe Herrn Struck, der jetzt Kanzleivorsteher bei Overbek ist, er überweist dir dann das Nötige.»

Aber Christoph wehrte ab. «Ich habe meine stille Klause hier oben liebgewonnen. Wenn es kalt wird, knall ich ordentlich ein, in der Abseite habe ich Vorrat. Und mehr Geld brauch ich vorläufig auch nicht. Die Musikabende in der Marienkirche machen mich auch nicht arm. Und es gibt hier in Lübeck soviel Wunderschönes anzusehen, Ohm, was nichts kostet. In den letzten Sommerferien bin ich manchmal nach Travemünde gefahren, weil ich ja nicht nach Moorburg konnte.»

Nachdem Hinrich noch die paar passenden Worte bei der Frau Pastorin angebracht hatte, die das empfangene Geld schnell in die Tasche verschwinden ließ, mit «Gewiß, Herr Baron, es ist ja alles so teuer» und so weiter, bummelten Vormund und Mündel durch die alten Straßen Lübecks, fanden ein behagliches kleines Lokal in der Nähe des Burgtors und ließen sich dort zu einem Schoppen Wein nieder. Christoph wollte etwas von Hinrichs Kriegserlebnissen hören, und dann sagte er dasselbe, was Charlotte gesagt hatte: er habe oft große Angst um den Vormund gehabt.

Ehe Hinrich schließlich schweren Herzens aufbrechen wollte, gab er Christoph einen hübschen Kasten. Als der Junge ihn erstaunt öffnete, lagen darin auf roten Samt gebettet Kette und Ring seiner Mutter. Fast erschreckt sah er zu Hinrich auf. Der nahm den Ring heraus. «Gib deine linke Hand her, mein Junge. Diese Schmuckstücke hat man bei dir gefunden, als die Müllersleute dich zu sich nehmen.» Der Ring paßte an den schlanken Ringfinger des Jungen. «Du sollst ihn von nun an tragen, und wenn du eine Männerhand bekommst, läßt du ihn bei einem Goldschmied weiten.»

«War es der Ring meiner Mutter, Ohm?» Der Junge schaute darauf hinunter. «Sag mir, wer sie war!»

Hinrich schaute sich um, aber sie waren allein in ihrer Ecke. «Ich habe an Hand dieses Siegels erfahren, daß sie aus einem alten Geschlecht stammt. Es führte einst einen Doppelnamen und ist ausgestorben. Du trägst den Namen Echterloe mit Recht, mein Christoph. Mehr kann ich dir über deine Abkunft leider nicht sagen.» Er gewahrte, daß die schmale Hand zitterte, und wandte sich ab. Als er Christoph wieder ansah, batte dieser den Ring abgenommen und streichelte mit ihm seine Wange, wie er, Hinrich, es oftmals selbst getan hatte. Der Junge bemerkte die verstörten Augen seines «Oheims», da steckte er den Ring geschwind wieder an den Finger.

Tief atmend sagte Hinrich nun: «Ich wollte dir diese Andenken eigentlich erst später geben. Aber ich weiß nicht, Christoph, was diese wirre Zeit noch bringen wird. Der Krieg ist noch nicht zu Ende. Ich muß wieder hinaus, lieber Junge.»

Er kam nicht weiter, Christoph legte den Arm um seine Schultern, als wollte er ihn festhalten. «Lieber Ohm, ich habe doch niemand auf der Welt als dich!»

Am 3. April 1849 kündigte Dänemark den Waffenstillstand. Der zweite Waffengang begann. Die Gegner hatten inzwischen aufgerüstet: Die schleswig-holsteinische Armee war auf 20000 Mann angewachsen. Die neue deutsche Zentralgewalt in Frankfurt kam ihr mit einem Bundesheer von 40000 Mann unter Leitung des preußischen Generalleutnants von Prittwitz zu Hilfe.

Als Einleitung schickten die Dänen eine kleine Flotte in die Eckernförder Bucht mit dem Ziel, die kleine Stadt einzunehmen und Truppen zu landen. Im Vorjahr hatte General Wrangel den genialen Werner Siemens mit der Verminung der Eckernförder und der Kieler Förden beauftragt. Siemens bewerkstelligte das, indem er vor der Kieler Förde Minen auslegte, die von Land aus elektrisch gezündet werden konnten. Vor Echernförde war die Bucht zu breit für diese Maßnahme, und Siemens ließ statt dessen am Nord- und Südufer des Hafens zwei Schanzen errichten, die zusammen zehn Kanonen bargen.

Am Gründonnerstag, dem 5. April, in der Morgenfrühe, segelten bei leichter Ostbrise die dänischen Schiffe in den Eckernförder Hafen ein. Es war das Linienschiff «Christian VIII.», eines der größten Schiffe seiner Zeit und der Stolz der dänischen Flotte, mit dem greisen Kommandeur-Kapitän Paludan an Bord und 84 Kanonen. Am Bug des Seglers prankte das hölzerne Bildnis des verstorbenen Königs. Ihm folgte die «Gefion» mit der Galion der nordischen Göttin und 48 Kanonen, eine stolze Fregatte. Zwei Dampfschiffe und einige Transporter bildeten das Geleit. Ihnen gegenüber stand um Eckernförde verteilt ein Bataillon der Bundestruppen und in der Stadt schleswig-holsteinische Infanterie zur Abwehr der Landestruppen. Dazu kamen die beiden Schanzen und einige nassauische Kanonen am Altendorfer Strand.

Hauptmann Jungmann, der Kommandeur der Schanzen, eröffnete das Feuer von der Nordschanze aus, als die Segler zwischen den beiden Schanzen geankert hatten. Und dann begann eine gewaltige Kanonade! Die Breitseiten der großen Schiffe bestrichen beide Schanzen, von denen langsam und sparsam zurückgefeuert wurde. Über ihnen wehte die schwarz-rot-goldene Fahne der Bundestruppen, zerfetzt und durchlöchert. Nach sechsstündigem Kugelwechsel kam es in der Mittagsstunde zum Waffenstillstand, der den nötigsten Ausbesserungsarbeiten diente. Ein dänischer Parlamentär brachte einen Brief. Aber Hauptmann Jungmann antwortete auf die Aufforderung «Freier Abzug der Dänen oder Zerstörung Eckernfördes», er würde schießen, solange er noch eine Kugel habe. Auch die Eckernförder wollten lieber ihre Stadt opfern, als die Dänen entkommen zu lassen. So ging dieser Kampf Davids gegen

Goliath nach drei Stunden weiter.

Die «Gefion», manövrierunfähig und schwer angeschlagen, holte den Danebrog herunter. Das Linienschiff geriet auf Grund vor der Süder-Schanze, von wo aus mit glühenden Kugeln geschossen wurde, und strich auch die Flagge. Kapitän Paluda ließ sich an Land rudern und übergab dem Herzog von Sachsen-Coburg-Gotha seinen Degen.

Die Ouvertüre des zweiten Waffengangs endete mit einer gigantischen Explosion des «Christian VIII.», die besonders schaurig-großartig war, da die Nacht sich eben über die Förde senkte, als das riesige Schiff in die Luft flog. Ein Feuerwerk ohnegleichen!

Ein ungeheurer Jubel über diesen Sieg breitete sich aus. Und es folgten weitere Siege. Der Auftrieb brachte endlich die Überwindung der Düppeler Schanzen vor der Insel Alsen. Weiter nach Norden! Der Kampf um Kolding war hart, aber die Stadt wurde genommen. Erst vor Fredericia kam der Siegeslauf zum Stocken. Nicht ohne Schuld der Generale von Prittwitz und von Bonin mußten die Schleswig-Holsteiner der Übermacht der aus der Festung hervorbrechenden Dänen weichen.

In dieser Schlacht verließ den Moorburger das bisherige Waffenglück. Der getreue Heinrich bewahrte den Schwerverwundeten vor der Gefangennahme. Mit Hilfe eines Kameraden hob er seinen Hauptmann vor sich auf das Pferd, um nur schnell aus dem Feuer zu kommen. Der Kampf um die Festung tobte weiter, während Heinrich auf einem requirierten Bauernwagen südwärts fuhr. Hinrich, der auf einer dicken Schicht Stroh lag, war von dem starken Blutverlust bewußtlos. Erst in Apenrade wurden seine Wunden verbunden. Mit einem Verwundetentransport gelangten sie nach Flensburg, wo Heinrich Herrn Wulf davon benachrichtigten konnte, daß sein Bruder in einem Flensburger Hospital liege.

Nach zwei Tagen stand Wulf erschüttert am Bett seines lieben Hinnerk, der bleich und mit geschlossenen Augen vor ihm lag. Er schlief den Schlaf der Erschöpfung. Der Arzt erklärte Wulf, daß sein Bruder noch nicht transportfähig sei. Sie müßten erst noch die Kugel entfernen, die im Becken stecke. Der Hauptmann sei ein gesunder Mann, er habe nicht einmal das Wundfieber bekommen, und werde, wenn keine Komplikationen aufträten, die Schwäche bald überwunden haben.

«Allerdings», fügte der Arzt hinzu, «muß ich Sie darauf aufmerksam machen, daß der Verwundete Schäden nachbehalten wird. Der Schuß durch den linken Oberarm hat den Radialis verletzt, der insbesondere die Streckmuskulatur der Hand innerviert. Wie weit der Quadrizeps im Oberschenkel zerrissen wurde, ist noch nicht zu erkennen, das könnte aber ein steifes Knie zur Folge haben. Und die Verwundung des Beckens, da müssen wir erst einmal die Kugel heraushaben. Dann können wir weitersehen.»

Nach vierzehn Tagen konnte Wulf seinen Bruder nach Grevenslund holen. Claas fuhr die Kutsche langsam und unterhielt sich mit Heinrich, der mit auf dem Bock saß.

«Allens wedder genau as in't vörige Johr, Heinrich, Nu sünd de Preußen un all die annern wedder weg. Wat schall dat all?»

«Schietkrom», sagte Heini und spuckte aus, «wi wärn so good in de Gang, un nu is dat all ut. Un uns Herr is 'n Krüppel. Woto dat?» Das fragten sich die meisten Schleswig-Holsteiner, als man nach dem Eingreifen der Großmächte im Juli wiederum einen Waffenstillstand zwischen Preußen und Dänemark in Berlin unterzeichnen mußte, in dem Preußen Schleswig preisgab, also von Holstein trennte. Es wurde einer preußisch-dänischen Landesregierung in Flensburg unterstellt, in der der Däne Tillisch als Kommissar bestimmend war. Es kam aber noch schlimmer: Unter russischem Druck und englischer Vermittlung mußte Preußen mit Dänemark im August 1850 einen Frieden schließen, durch den die Herzogtümer allein gelassen wurden. Die Integrität des dänischen Gesamtstaates wurde im Londoner Protokoll voll anerkannt.

Schleswig-Holstein war erledigt. Zuvor hatten sie sich noch einmal aufgebäumt und alle Kräfte angespannt, um die Dänen zu besiegen. Allein. Denn da Bonin den Oberbefehl niedergelegt hatte, zog Preußen alle Offiziere zurück. Die Schleswig-Holsteiner standen der überlegenen Streitmacht Dänemarks allein gegenüber mit ihren Befehlshabern von Willesen, einem ehemals preußischen General, der leider nicht die nötigen strategischen Talente besaß. So blieben in der mörderischen Schlacht von Idstedt am 25. Juli 1850 durch Willesens unkluge Handlungsweise die Dänen Sieger. Wie verbissen sich die Schleswig-Holsteiner gewehrt hatten, beweist die Verlustzahl: 2808 Tote gab es auf der Seite der Schleswig-Holsteiner, 3818 bei den Dänen.

Mehr noch als die Folgen seiner Verwundungen bedrückten Hinrich von Pogwisch diese politischen Ereignisse und die Erkenntnis, daß alle Bemühungen der Schleswig-Holsteiner, Deutsche zu bleiben, vergeblich waren. Unter den Toten von Idstedt befand sich manch guter Kamerad von ihm. Sein Freund Karl Ludwig von Trappen war darunter; der verbitterte alte Karlshöher hatte wieder die Leitung des Guts übernommen. Und sein getreuer Heinrich Buhmann war auch gefallen.

Im Sommer des Vorjahrs war Hinrich bis in den September hinein auf Grevenslund geblieben. Charlotte kam, um ihn zu pflegen. Es war eine stille, gute Zeit für die Eheleute gewesen. Wulf war einigermaßen zuversichtlich, obgleich Hinrich, der den Bruder viel zu gut kannte, ihn in Verdacht hatte, er setze vor ihm, dem Rekonvaleszenten, eine betont gelassene Miene auf, hinter der bitterer Ernst steckte. Wieder hatte Wulf ihnen, als sie nach Moorburg zurückreisen wollten, die Kutsche mit Familienerbstücken vollgestopft mit der Begründung: «Was soll ich noch damit?» Jetzt, nach der Niederlage von Idstedt, hatte Wulf seinem Bruder geschrieben: «Das Opfer war vergebens, die Leidenszeit beginnt.»

Etienne de Beauchamp, dieser unermüdliche Helfer der Kranken, pflegte Hinrichs Blessuren. Jetzt, nach einem Jahr, blieb eigentlich nur noch die lästige Halblähmung der linken Hand und eine leichte Behinderung des linken Kniegelenks, verursacht durch Verwachsung des Narbengewebes im Oberschenkel. Darum bewegte Hinrich sich draußen möglichst zu Pferde.

Es gab für Hinrich aber noch etwas an Bitternis, nämlich, die offen ausgebrochene Feindschaft zwischen seinen beiden ältesten Kindern. Er hatte sich zwar niemals Illusionen über ein gutes Verhältnis zwischen diesen beiden zu verschieden veranlagten Söhnen gemacht, es auch wohl nicht bewußt angestrebt. Aber was er im vergangenen Herbst erfahren hatte, war mehr als eine Jungenaffäre gewesen. Ausgerechnet Charlotte sagte es ihm, als er mit ihr nach Lübeck fuhr und erwähnte, daß er Christoph aufsuchen wolle. Da erst hatte ihm Charlotte berichtet, was sie von Jürgen wußte. Es scheine so, als ob Christoph sich inzwischen sonderbar entwickelt hätte, bemerkte Charlotte. Er sei eines Tages im Juli bei Jürgen in der Pension aufgetaucht, habe verrücktes über Hinrich geredet, und als Jürgen ihm das untersagte, sei Christoph in Wut geraten und habe ihn geohrfeigt. Dann habe es eine fürchterliche Prügelei zwischen den Jungen gegeben. Jürgen sei fertig mit Christoph, ein für allemal.

Sofort wurde Hinrich klar, daß Jürgens Darstellung irgendwo ein Loch haben mußte, das er auch bald fand, als er in Christophs Dachkammer dessen Bericht hörte. Der Junge war so außer sich vor Freude, seinen «Ohm» wiederzuhaben, daß Hinrich erst eine Zeitlang harmlos mit ihm plauderte, ehe er um eine Erklärung bat, warum Christoph Jürgen geohrfeigt habe. Widerwillig ergab sich Christoph der strikten Aufforderung, wahrheitsgemäß zu berichten.

«Ich schäme mich noch immer, daß ich so unbeherrscht gewesen bin, Ohm. Es mag wohl daher gekommen sein, daß ich die ganze Zeit so schrecklich aufgeregt war. Es begann damit, daß ich am 6. Juli, als ich hier am Schreibtisch saß und las, wohl halb eingeschlafen bin und dich plötzlich vor mir sah.»

Hinrich fragte betroffen dazwischen, ob er sicher wisse, daß es am 6. Juli gewesen sei, am Tag seiner Verwundung.

«Ja, Ohm, das weiß ich genau. Ich sah dich auf einem Strohlager liegen, die Uniform blutig, deine Augen waren geschlossen, und du warst kreideweiß. Als ich aus dieser Art Betäubung erwachte, glaubte ich, daß du . . . tot seist, mein lieber Ohm! Es war so fürchterlich, daß ich die ganze Nacht geweint habe und zum erstenmal die Zeit verschlief. Als die Pastorin das Mädchen heraufschickte, habe ich gesagt, ich sei krank. Ich konnte einfach nicht mit diesem Wissen zur Schule gehen. Daß ich dich leiblich gesehen hatte, wußte ich genau. Aber ich beruhigte mich mit der Hoffnung, daß du vielleicht nur verwundet warst. In der Schule hörte ich dann von der Niederlage vor Fredericia. Die Ungewißheit plagte mich so, daß ich Jürgen auf dem Schulhof suchte, aber nicht fand. Dann wieder sagte ich mir, daß er wohl auch keine Nachricht von dir habe. Aber nach einer Woche hielt ich es nicht mehr aus. Jetzt mußte er von seiner Mutter doch etwas gehört haben, wenn du . . . Ich lauerte ihm nach Schulschluß auf. Er kam in einer Clique heraus, und als ich ihn anrief, drehte er sich um und ging mit Breitenbek davon. Da habe ich ihn am nächsten Nachmittag in seiner Pension aufgesucht.»

Er schwieg und sah Hinrich trübselig an, erst auf dessen dringende Aufforderung fuhr er leise fort: «Jürgen war glücklicherweise allein, als ich seine Stube betrat. Er war böse und fragte barsch, was ich von ihm wolle. Auf meine Frage nach dir sagte er, er habe nichts gehört, da sei wohl alles in bester Butter. Ob er denn von dem Kampf um Fredericia nichts erfahren habe? Ja, und? sagte er bloß. Da habe ich ihm gesagt, was ich gesehen, und daß du tot oder verwundet seist, und ich wäre in so großer Sorge um dich. Darauf erwiderte er, er wüßte schon lange, daß ich ziemlich tüdelig sei, aber nun sei ich offenbar verrückt geworden, und ich solle nur machen, daß ich hinauskäme. Ich wollte schon gehen, da rief er noch, was mich als Fremden sein Vater überhaupt anginge? Da drehte ich mich wieder um und sagte, er wisse offenbar nicht, welch wunderbaren Vater er habe, wenn er sich kaum dafür interessiere, wie es diesem dort an der Front gehe. Sein Vater sei Offizier und gehöre demnach an die Front; was das ganze Geschwätz denn eigentlich solle? Ach, Ohm, da stieg so eine Wut in mir hoch, daß ich ihn anschrie: Du kaltherziger Egoist, du verdienst so einen Vater gar nicht! Und nun wollte er mir zuleibe. Da haute ich ihm eine mitten ins Gesicht. Er schlug zurück, und die Prügelei war im Gange. Es war nur gut, daß Breitenbek von nebenan hereinstürzte und mich festhielt. Ohm . . . ich . . . ich habe Jürgen furchtbar zusammengeschlagen. Es tut mir leid. Aber ich hatte hinterher das Gefühl, daß er es verdient hatte.» Christoph schwieg und sah vor sich hin.

So war das also mit den beiden Jungen gewesen. Eine Aussprache mit Jürgen förderte auch nichts anderes zutage. Auf Hinrichs Vorhaltungen wegen seines unberechtigt schroffen Benehmens Christophs gegenüber hatte Jürgen nur erwidert, er könne diesen Weißling nun einmal nicht ausstehen und wolle nichts mit ihm zu tun haben.

Da Hinrich Pogwisch aber nicht daran dachte, sich von seinem Jungen zu distanzieren, weil Charlotte und Jürgen ihn nicht leiden mochten, sann er auf eine Möglichkeit, den einsamen Christoph im Sommer wenigstens in dem geliebten Moorburg unterzubringen. Die Möglichkeit, daß er bei Rughase wohnen konnte, schied leider aus. Der Lehrer hatte in Alberg eine besser bezahlte Stelle an einer großen Schule bekommen. Er hatte die Stelle hauptsächlich deshalb angenommen, weil der alte Kantor der Alberger Kirche das Zeitliche gesegnet hatte. Rughase konnte nun seiner Lieblingsbeschäftigung, dem Orgelspiel, nachgehen, und zwar an einem weit besseren Instrument als in Moorburg. Das höhere Gehalt ermöglichte ihm auch, Peter auf das Lehrerseminar nach Kiel zu schicken.

Lili von Pogwisch, deren musikalische Begabung Rughase sehr hoch einschätzte, kam einmal in der Woche nach Alberg. Sie hatte schon auf der klapprigen Orgel in der Moorburger Kirche gespielt, und nun war sie begeistert, «die große Orgel tummeln lernen zu können», wie sie sich ausdrückte.

Ins Moorburger Schulhaus kam ein junger, fröhlicher Präzeptor, der den Namen Piepgras trug. Sein Orgelspiel war ziemlich kümmerlich, und so übernahm es Lili, bei besonderen Anlässen zu spielen. Es freute sie, wenn ihr Vater sie dann als zweiter Kantor bezahlte.

Für den Herrn von Moorburg war es bitter, daß er seinen Christoph nicht im eigenen Haus aufnehmen konnte. Um des Familienfriedens willen mußte er darauf verzichten. Er hätte ihn zur Not in der Wirtschaft unterbringen können, aber das gefiel ihm nicht. So sprach er mit dem Fischer, und kurz darauf machte der Tischler ein Giebelstübchen im Fischerhaus zurecht. Mahrt selber strich die holzverschalten Wände gelb an. «As ob de Sünn ümmer rinkiekt», sagte der zum Tischler, der einen Kleiderkasten hinaufwuchtete. «Fischer, dor mal man 'n poor Blomen up», sagte der, auf den Schrank zeigend. Der Fischer kratzte sich unter der Mütze. «Blomen? Könt jo ok 'n poor Fisch wesen!»

Als der Tischler an diesem Nachmittag von der Arbeit im Fischerhaus in seine Werkstatt zurückkehrte, erschrak er, als sich aus einer dunklen Ecke eine schwarze kleine Gestalt von einem Sägebrett erhob. «Ik töw all lang up di, Discher!» hörte er eine rauhe Stimme sagen. «Swatt-Miete, wat liggt an?»

Marie kam näher. Ihr Spitzname hatte wieder seine volle Berechtigung, denn Gesicht und Hände waren dunkelbraun wie ein Räuberschinken. Der Tischler klopfte ihr die Sägespäne vom Rock. «Lat dat man, is all eendont.» Sie lehnte sich gegen einen halbfertigen Tisch. «Ik wull bi di een Sarg bestellen», sagte sie dann ruhig.

«Hest du wedder wat sehn, Miete?»

Sie nickte, ja, so könnte man das wohl nennen.

Der Tischler guckte ihr ängstlich in die trüben Augen. «Hier ut 'n Dörp een?»

Miete nickte wieder und schluckte etwas verkrampft. «Du schast mi 'n staatschen Sarg maken, Dicher.»

«W . . . w . . . wat?» Der Mann trat einen Schritt an sie heran und wischte sich mit der Hand über die Stirn. «Doch nich för di sülben, Miete?»

«Schnack man nich lang, Discher. Ik hev di seggt, ik will 'n staatschen Sarg hebbn.» Und dann erklärte sie dem betroffenen Mann, daß sie nicht so einen schwarz verrußten Sarg haben wolle, sondern einen richtig holzfarbenen. «Ik hev nu all twintig Johrn in Rook seeten. In Sarg will ik nu mol keen Sott up mi hebbn. De mutt hell sin un na Frischholt rüken.»

Der Tischler drehte sich um und griff nach der Wasserflasche, die er immer auf dem Bord stehen hatte gegen die trockene Kehle, und nahm einen tüchtigen Schluck. «Miete», sagte er dann, «dat hett doch noch Tied!»

«Nä, Discher. Een, villicht twee Monate, dann mut ik op die grote Reis gahn, wonem noch keen een trüchkomen is.»

Der Mann legte ihr die rauhe Hand auf die Schulter und sah sie betrübt an; er wußte, daß die schwarze Marie sich nie irrte.

«Ik will jo ok so girn dorhen, wo min Heini nu is . . .» Zwei Tränen rollten über die eingefallenen Wangen, und die schmächtige Gestalt hielt sich wankend am Tisch fest.

Der Tischler lief ans Fenster und rief in den Garten hinaus, wo seine Frau in den Gemüsebeeten grub: «Grete, kok mol gau 'n Tass Kaffee, Miete Buhmann is hier, ehr geiht dat nich good!»

Die alte Frau hatte sich inzwischen wieder gefaßt und forderte den Tischler nun auf, Maß zu nehmen. «Dann sünd wi dormit to Schick, un denn will'k girn 'n Tass Kaffee drinken mit Grete. Man keen swatten Sarg, Discher, den nimm ik di ni aff. Ik will em mi erst bekieken un in min Kat in de Stuv stahn hebbn, un nu wüllt wi dor nich mehr vun snacken.»

Der Tischler wählte eine Abendstunde, um mit dem Lehrling in der nächsten Woche den Sarg auf seinem langen Handwagen in die Räucherkate zu fahren. Aber die Moorburger Dorfbewohner standen in den Klöntüren oder saßen an dem warmen Sommerabend vor dem Haus bei einem Schwätzchen. Erschrocken verstummten sie, als das Gefährt vorüberrollte. Schweigend sahen sie ihm nach, bis es in der Dielentür der Räucherkate verschwand. Keiner sah, daß es ein heller Sarg war, denn der Tischler hatte ihn verhüllt. Aber die Form war unverkennbar.

In der Kate stand Marie Buhmann nachher mit gefalteten Händen andächtig vor ihrem Sarg. Gut hatte der Tischler ihn gemacht, den kleinen Sarg. Sie strich mit der Hand über das glatte Holz. Dann ging sie zu ihrer Hochzeitstruhe, deren schwerer Deckel offenstand. Sie klappte den Deckel der «Hohen Kante» zu, aus deren Fach sie das Geld für den Sarg entnommen hatte, betrachtete ihr Totenhemd, das in der Truhe lag, und schloß seufzend den schweren Eichendeckel.

«Nu kannst du kommen, Jan Klapperben!» murmelte sie, als sie in der Kammer zu Bett ging. Nein, sie wollte nicht mehr leben, die alte Marie. Seitdem die Dänen ihren Heini totgeschossen hatten, haderte sie mit Gott; er war doch noch viel zu jung gewesen zum Sterben. Seine Kinder waren noch klein. Und Liete war auch noch jung! auch noch jung! Und sie selbst fühlte sich so allein. Liete war ein Scheuerteufel; sie putzte ständig in Haus und Garten umher. Als ob das Leben nur aus Saubermachen bestünde! Marie ging nicht gern zu ihrer Schwiegertochter. Nur mitunter saß sie auf der kleinen Bank unter dem Birnbaum in Heinis Gärtchen und sah den spielenden Enkeln zu. Seit Heinis Tod wusch sie sich auch nicht mehr richtig und sie wusch sich gar nicht mehr, seitdem sie wußte, daß sie sterben würde. Das sollte Tine Krey, die Totenfrau, besorgen.

Auch im Schloß hörten sie von Marie Buhmanns Sargbestellung. Der Marquis schüttelte den Kopf, als Hinrich meinte, er solle einmal nach ihr sehen. «Karzinom», sagte er, «sie hat es schon lange. Es geht dem Ende zu, und das weiß sie.» Charlotte ging trotz ihres Widerwillens vor dem Schmutz hin und brachte Marie frischen Himbeersaft, den sie gierig trank. Sie saß hinter der Kate auf der Bank, die Katze auf dem Schoß, und freute sich über den Besuch von Madame Charlotte, die der Kranken auch ein Tütchen mit einem schmerzstillenden Pulver vom Marquis hingelegt hatte. Auf die Frage, ob die Schwiegertochter auch gut für sie sorge, antwortete Marie, doch, das tät sie. Die Kinder brächten ihr zu essen und zu trinken. Wenn Liete selbst käme, wolle sie immer in der Kate aufräumen und schrubben. Das möchte sie aber nicht mehr haben. Sie wolle bloß noch Ruhe.

Plötzlich wurde Marie von einem Schmerzanfall gepackt. Charlotte stützte die stöhnende Alte, brachte sie in ihre Kammer auf das Bett, löste ein Pulver im Himbeersaft auf und ging erst, als Marie ruhig wurde. Niedergeschlagen dachte Charlotte Pogwisch: Wie traurig ist so ein alter und kranker Mensch doch dran, wenn er allein ist! Möge Gott ihr bald die ersehnte Ruhe geben!

Als Christoph in Alberg aus der Postkutsche stieg, erlebte er eine freudige Überraschung: Lili hielt mit ihrem kleinen Wagen vor der Post, um ihn abzuholen. Sie fuhren aber nicht gleich nach Moorburg; denn Lili mußte noch ihre Orgelübungen absolvieren, und Christoph wurde von Rughase zum Kaffee erwartet.

Die Fahrt an Lilis Seite nachher durch die sommerliche Landschaft mit ihren lang entbehrten Düften und bunten Bildern war für Christoph wie ein schöner Traum. Lili und er waren sich überhaupt nicht fremd geworden. Sie hatten sich unendlich viel zu erzählen.

«Musik, Lili, ja, das ist etwas Herrliches. Ich habe mir einmal in Lübeck die Orgel der Marienkirche oben ansehen dürfen. Sag mal, wie kommst du mit deinen Beinchen denn überhaupt an die unteren Tretdinger?»

«Ich spiele ja nicht die Orgel in der Marienkirche. Das könnte ich bestimmt noch nicht. Selbst in Alberg schwitze ich oft dabei. Der olle Klapperkasten in Moorburg, dafür reicht es gerade. Du, ich sammle das Geld, das ich damit verdiene, für eine neue Orgel in unserer Kirche.»

Christoph lachte. Das würde aber recht teuer werden, eine Orgel zu kaufen. Wieso sie denn etwas verdiene?

«Das Piepgras, so nennen wir unseren neuen Lehrer, kann nur ganz einfache Choräle spielen. Bei schwereren Stücken spiele ich, und Vater bezahlt mir das. Aber sage nichts von meinem Plan, sonst lachen sie mich aus!»

Nun rückte Christoph damit heraus, daß er letzten Sommer bei seinem Freund in Travemünde, wo dessen Familie ein Boot liegen hatte, das Segeln erlernt habe. Er wolle mal sehen, ob er mit Mahrts Hilfe ein Segelboot zustande bekäme. Lili freute sich darauf, mit ihrem Freund auf dem Schwarzsee segeln zu können. Und Christoph freute sich über den hübschen Anblick, wie Lili sicher ihren Wagen kutschierte und wie ihre blonden Locken unter dem kleinen Strohhut hervorwehten.

Vor dem Moorburger Pferdestall stand der Gutsherr und erwartete seine beiden liebsten Kinder. Lili warf Jochen Meier die Zügel zu und ging gleich mit dem Vater und Christoph nach dem Fischerhaus hinüber. Sie waren neugierig auf Christophs Quartier. Es war prächtig geworden.

Die Nachmittagssonne schien freundlich in das Stübchen. «Ein goldenes Gemach, Christoph», rief Lili begeistert, «Vater, so ein schönes Kämmerchen haben wir nicht. Und sieh mal! Nein, doch! Dieser Schrank!»

Hinrich, der die Stube auch noch nicht in all ihren Besonderheiten gesehen hatte, wandte sich dem verlegen grinsenden Fischer zu. «Wer hat denn diesen Schrank bemalt, Mahrt?»

«Ik, Herr Baron.»

«Mensch, Er ist ja ein Künstler», sagte Hinrich betroffen und sah sich die breite Schranktür an. Der Korpus des Kleiderkastens war in zartblau gehalten. Der Anstrich der Tür bestand aus vielerlei Grüntönen, lichten Tönen, wie sie im Sommer auf einer Seeoberfläche zu finden sind. Mitten in diesem See schwamm eine Nixe, die mit ihrer linken Hand einen Fisch hochhielt. Ihr goldenes Haar schwamm auf den kleinen Wellen.

Mahrt hatte für dies Gemälde zarte Kalkfarben verwendet, und so wirkte das Bild transparent.

Sie staunten alle drei dieses kleine Kunstwerk an. Christoph war ganz überwältigt von seinem Sommerquartier. Auf Hinrichs Frage, wo Mahrt das Malen gelernt, erzählte der Fischer, daß sein Vater Maler gewesen war. Kein einfacher Anstreicher, sondern er hatte an Wände von Veranden Landschaften und Blumenstücke gemalt. Sogar Porträts hatte er angefertigt. Er, Mahrt, sei bei ihm in die Lehre gegangen, aber er habe keine Lust gehabt, Maler zu werden. Das Meer habe ihn gelockt. So sei er ein paar Jahre als Schiffsjunge gefahren, ehe er, an Malaria erkrankt, wieder nach Hause kam. Dann habe er ein Mädchen kennengelernt . . . Er verstummte.

«Und dann ist Er an Land geblieben», vollendet Hinrich, «malt Er denn mitunter noch?»

«Doch. Hier ist ja kein Maler im Dorf. Im Winter verdien ich mir ein bißchen nebenbei.»

Das sei ja vorzüglich, äußerte Hinrich. Da gebe es für ihn im Winter auch Arbeit im Schloß. Aber nun solle er ihm gleich für seine schönen Arbeiten hier eine Summe nennen.

Mahrt wehrte an: «Da nicht für, Herr Baron. Den Schapp da habe ich beim Tischler betold. Dat is min Schapp. Und der Jung ist mein Gast. Wat, Wittkopp? Wi beiden wüllt uns wat Feines tosamenkoken.»

«Ach, Mahrt», sagte Christoph, «ik kann di gar nich seggn, wie dull ik mi hög!» Den Weißkopf nahm er dem guten Menschen nicht übel, so hatte Mahrt ihn schon immer genannt.

Moorburg war seine Heimat, das empfand Christoph in diesem Sommerurlaub vielleicht zum erstenmal bewußt. Jürgen war zum Glück mit seinem gräflichen Freund verreist, so gab es keinen Mißklang.

Wenn Christoph morgens erwachte und sich im Bett aufrichtete, sah er aus dem offenen Fenster auf den westlichen Teil des Schwarzsees hinab. Die weite Sicht bezauberte ihn jedesmal wieder, seit er in Lübeck nur über Giebel und Schornsteine hinweg den Himmel sehen konnte. Nach einem kräftigen Frühstück in Mahrts kleiner Küche fuhren sie zum Fischen hinaus, wenn eben die Nebel sich vom Wasser hoben und der Reiher seinen Horst verließ, um es ihnen gleichzutun. Die Poggen platschten vom Uferrand in den See, und ein Pulk kam aus dem Rohr herauf.

Wenn Lili am Ufer auftauchte, kamen sie meist schon vom Fang zurück. Mahrt fuhr weiter zur Wassermühle, damit das Mühlfuhrwerk die Fische mitnahm, und Christoph machte mit Lili, zuweilen auch mit Hinrich, eine tüchtige Schwimmtour. Dann spülten sie sich im Garten der Fischerkate unter der Pumpe ab und schmiedeten Pläne für den Tag. Paul, der etwas wasserscheu war, hatte andere Interessen. Er baute am Seeufer meist Burgen mit bewässerten Gräben und Palisaden, Schanzen mit Kanonen und andere kriegerische Anlagen. Seine Kriegsspiele endeten nach schweren Kämpfen immer damit, daß die Dänen von den Schleswig-Holsteiners besiegt wurden. Seit sein Potsdamer Oheim Lersching im Frühjahr auf Moorburg gewesen war und ihm bei seinen kriegerischen Auseinandersetzungen geholfen hatte, waren es manchmal auch die Preußen, die die Dänen schlugen.

«Den mußt du uns mit seinen strategischen Talenten später nach Potsdam schicken», hatte der Major zu seinem Schwager gesagt. Aber zunächst sollte Paul das Lübecker Gymnasium bewältigen. Und davor graute ihm.

Mahrt hatte Christoph von der schwerkranken Marie Buhmann erzählt. Die Sarggeschichte hatte sich überall herumgesprochen. Als der Himmel eines Morgens Sprühregen herunterschickte, machte Christoph sich auf den Weg, um seine alte Ziehmutter zu besuchen. Er klappte den Kragen hoch, zog die Mütze tief ins Gesicht. Er fühlte sich unbehaglich in dieser grauen, kühlen Witterung.

Die Dielentür der Räucherkate war geschlossen. Aber die Nebentür stand offen. In der großen Diele war alles still. Kein Feuer in dem Herd, keine Schinken und Würste mehr an der Decke: Marie hatte schon vor einem Jahr das Räuchern an andere Leute am Dorfende abgegeben. Christoph fröstelte, als er die Stubentür öffnete und den Sarg sa stehen sah. Schnell machte er die Tür wieder zu. «Miete-Muhme», rief er gedämpft. Stille. Da kam die Katze maunzend aus der offenen Kammertür an der anderen Seite des Herds und rieb sich an seinem Bein. Er nahm sie auf und drückte sie an seine Brust. Dann fand er die alte Marie auf ihrem Bett. Vor Schreck ließ er die Katze fallen. Es war die erste Leiche, die er sah. Die Decken waren verwühlt und die Hände verkrampft, das Gesicht verzogen. Mitleid und Grauen empfand der junge Mensch vor diesem fremden, starren Etwas dort auf dem Bett. Es war nicht mehr die Marie, die ihn einst auf dem Schloß gewiegt, wenn er geweint hatte.

Christoph wandte sich ab und verließ schnell das Haus. Er guckte in die halbgeöffnete Klöntür der Nachbarin, die eben mit einem Reisigbesen die Dielen kehrte. «Möllern», rief er, «Miete Buhmann ist gestorben.»

Am Nachmittag krempelten sich die Nachbarinnen die Ärmel auf, um

Maries verkommene Kate für die Trauerfeierlichkeiten einigermaßen herzurichten. Liete Buhmann hatte vorgeschlagen, den Sarg in ihr Häuschen zu bringen und Marie dort aufzubahren. Aber sie war auf Protest gestoßen. Die Frauen meinten, dort sei es zu eng und überhaupt, dieses sei Mietes Wohnstätte, von hier aus schickte es sich, sie beizusetzen. Sie hatten Ehrfurcht vor dem Althergebrachten.

Tine Krey, die Frau des Kuhlengräbers, hatte den abgezehrten Körper entkleidet und stand ziemlich ratlos vor ihrer Aufgabe als Totenfrau, die Leiche zurechtzumachen. Möllern, die einen Kessel mit heißem Wasser herbeischleppte, sah die Krey nach einem Blick auf die Tote nur kurz an. «Lat ehr man tofreeeden, Tine! Dat kriegst du nich mehr aff. Mak man dat Gesicht und die Hänn trecht un wat so herutkiekt.»

In der Diele werkelte Liete mit drei Nachbarinnen. Die große Tür stand weit offen und ließ Wolken von Sott und Staub hinaus. Alles Gerümpel wurde in die leeren Stallräume geworfen. Mit Reisigbesen und vielen Eimern Wassers ging die Stöberei weiter.

«Wat steihst du hier herüm», fuhr Grete, die Tischlersfrau, den Dorftrottel an, der am Türpfosten lehnte und zuguckte. «Du kunnst ok mithölpen, Kalli. Nimm di man furts 'n Blockwog un hol uns gau een Föder Sand ut de Heid!»

Liete Buhmann kam nicht einmal nachts zur Ruhe. Sie mußte Kuchen backen für den Frauen-Kaffee anderntags. Sorgen hatte die junge Frau auch. Zwar besaß sie einige Ersparnisse von Heini, und in Maries Eichentruhe hatte sie auch noch eine kleine Summe Geld gefunden. Aber sie mußte sich nun Arbeit suchen. Doch am anderen Morgen kam die Gutsfrau und bot ihr an, in der Geflügelhaltung zu helfen, was Liete freudig annahm.

So konnte sie am Nachmittag weniger bedrückt die hilfreichen Nachbarinnen in der Diele der Räucherkate bewirten, wie es die Sitte verlangte. Die beiden oberen Türflügel standen offen, die unteren waren geschlossen, um Kinder und Vieh fernzuhalten. In der Mitte der mit Sand bestreuten Diele lag Marie Buhmann in ihrem hellen Sarg, über den die Leute sich höchst verwundert hatten. Ein Laken bedeckte die kleine Gestalt, deren Gesicht und Hände weiß waren, glatt und faltenlos. Aber die Augen! Tine hatte ihr ein paar Münzen auf die Augenlider gelegt. Und die Frauen, die sich am Kaffeetisch Lietes Kuchen schmecken ließen, sahen mitunter zu Marie hinüber. Ihre früher so blitzhellen Augen blickten jetzt getrübt unter den Münzen hervor. Schließlich hielt die Möllern es nicht mehr aus. «Nee, dat is nich uttoholn!» Sie stand auf, nahm ihre weiße Schürze ab und legte sie Marie über das Gesicht. Die anderen nickten. Lisbeth hatte recht. Wenn Tote im Sarg liegen und die Lider nicht geschlossen sind, ziehen sie diejenigen nach, die sie anblicken.

Sie sprachen noch gedämpft von den Guttaten der alten Marie, als Christophs Kopf über der Halbtür erschien. Er sah staunend, wie sauber und festlich die Diele hergerichtet war – an den Wänden verdeckten Tannenzweige die gröbsten Stellen – und wie friedlich die Frauen neben der Leiche Kaffee tranken.

Liete holte ihn herein, und Christoph legte seiner alten Miete-Muhme einen schönen Sommerstrauß aus der Gärtnerei zwischen die Hände. Er hatte ihr so manches Mal, auch als er schon bei Rughases wohnte, eine kleine Hilfe geleistet. Und sie hatte sich immer gefreut, wenn er zu ihr hereinguckte.

«Drink 'n Tass Kaffee mit, Christoph!» forderte ihn Liete auf. Aber der Junge dankte und ging still davon.

Es war jedoch so viel anderes da, was Christoph beschäftigte. Sein Vormund hatte schon im Herbst des Vorjahrs die Pferdezucht von zugerittenen Reitpferden zum größten Teil auf eingefahrene Wagenpferde umgestellt. Es fehlte ihm an guten Zureitern. Darum gab er Christoph die Erstlinge zur Zähmung. Tische aber lebte als Kutscher und Lehrmeister der jungen Wagenpferde richtig wieder auf.

Die Heide blühte. Purpurrot erstreckte sie sich unter dem tiefblauen Augusthimmel. Dazwischen erhoben sich die schlanken weißen Birkenjungfern mit wehendem grünem Haar und die dunklen, buckligen Machangelmännchen. Lili und Christoph gingen Arm in Arm durch dieses Wunderland, wie Lili die Blumenlandschaft bezeichnete. Mitunter begleitete sie Etienne de Beauchamp und zeigte ihnen manches seltsame Gewächs oder Tier am Wege. Auf dem Rückweg landeten sie gewöhnlich auf der Bank unter den Birken und schauten über den schimmernden Schwarzsee. Etienne, etwas müde, ruhte gern neben den beiden jungen Menschen aus, die ihm lieb waren. Auch den alten Füerböter besuchten sie bei seiner Herde. Dann erzählte der Schäfer von den Unterirdischen, dem kleinen, fleißigen Volk, das meist in der Dämmerung aus seinen Schlupfwinkeln hervorkäme. Wenn sie an der Arbeit wären, um ihre silbernen und goldenen Gerätschaften zu schmieden, könne man ihre kleinen Feuer im Moor sehen. Oder er redete von den Göttern der alten Sagen, was Christoph immer sehr interessierte. Er hatte sich in Lübeck oft schon entsprechende Bücher verschafft und ließ sich nun von dem Schäfer noch mehr darüber erklären.

«Waren es nicht vielleicht doch Symbole des Naturgeschehens?» fragte der Junge einmal. «Symbole, min Jung, das sind Dinge, die die Menschen sich als äußeres Zeichen für eine bestimmte Sache ausgedacht haben. Sie behaupten sogar, es verwandle sich unter ihrem Glauben daran in die Sache selber, die es vertreten soll. Wie beim Abendmahl. Ich halte nichts von Symbolen. Du magst ja recht haben, wenn du meinst, daß die

Alten Namen für die Naturereignisse ausgedacht haben. Aber Symbole sind es nicht. Sieh um dich her! Dieser strahlende Sommertag ist Baldur, der alte Lichtgott. Oder halte mal deine Hand in das Herdfeuer! Da wirst du schon merken, daß Loki selber darin lebt und dich kneift. Sitzt hier einmal nachts bei einem furchtbaren Heidegewitter unter den Föhren, dann kannst du erleben, wie der alte Thor umhertobt. Symbole! Das ist was für Stadtmenschen.»

«Er hat ja in manchem recht», meinte Christoph, als sie zum Hof zurückschlenderten.

«Nein, es ist heidnisch, Christoph. Ich finde Jesus in seiner Menschenliebe viel größer.»

«Aber so unwirklich, so fern und verschwommen. Was hat Christus mit diesem herrlichen Sommertag zu schaffen? Der ist da, wir stehen mittendrin, du und ich. Wir freuen uns an ihm. Sollen wir dafür Christus danken, der nie in solch einer Wunderlandschaft gestanden hat?»

«Gott, seinem Vater, sollen wir danken, Christoph. Dem allmächtigen Schöpfer. Du grübelst immer soviel, mein Christoph. Mach mir einen Kranz wie früher!»

Er strich ihr über das helle Haar. «Das Heidekraut ist viel zu borstig für deine weichen Locken. Dazu bin ich auch schon viel zu alt.»

Lili lachte fröhlich. «Zum Kränzmachen ist man nie zu alt. Vielleicht setzt du mir doch noch einmal, wenn ich ganz alt bin, einen goldenen Kranz auf?»

Christoph legte den Arm um Lili, und sie lehnte den Kopf an seine eckige Jungenschulter. «Wer weiß das, was noch kommen wird?» murmelte er und verfolgte mit den Augen einen Falken, der auf irgendein unsichtbares Tier herabstieß.

Als sie in Hofnähe kamen, hörten sie von den Feldern das Dengeln der Sensen. Der Wind wehte einen Duft von frischem Roggenbrot herüber.

In den letzten Erntetagen begann es zu regnen. Hinrich saß an seinem Schreibtisch im Kontor. An seiner schwachen Linken mußte er die Finger mit der rechten Hand strecken, bevor er sie auf das Schreibpapier legen konnte. Er hatte sich daran gewöhnt, die linken Finger auf eine Unterlage ausgebreitet zu strecken, damit die Hand durch den stärkeren Zug der Beugemuskeln nicht zu einer Kralle wurde.

«Geben Sie mir mal die letzten Schreiben der Armeeverpflegungskommission herüber, Hamann», bat er seinen Sekretär. Hinrichs Bleistift fuhr die Reihen der Moorburger Lieferungen entlang, die auf der Liste vor ihm standen. Nun sah er in die ihm gereichten Schreiben. Also 60 Tonnen Hafer mußte er im September der Armee liefern. Zwei Kaltblutpferde waren im Juli dorthin abgegangen, das Stück zu 200 Kurantmark. «Sind die 400 Mark für die Pferde bezahlt worden?» erkundigte er sich. Hamann bestätigte es, und Hinrich trug die Summe ein. Stroh war für September auch angefordert.

So ging es nun schon viele Jahre. Die landwirtschaftlichen Betriebe mußten sich aufs äußerste anspannen, um all diesen Forderungen der Armee gerecht zu werden. Darunter litt besonders bei den Bauern die eigene Bewirtschaftung oft erheblich. Der Krieg ging weiter. Soldaten und Pferde mußten versorgt werden. Roggen, Erbsen, Speck, Hafer, Heu und Stroh gingen an die Verpflegungskommission. Und es wurde Geld gesammelt. Die Schleswig-Holsteiner gaben, was sie irgend entbehren konnte.

9

Alle Opfer konnte indessen das Schicksal Schleswig-Holsteins nicht aufhalten. Man warf die Flinte aber noch nicht ins Korn, sondern versuchte im September, die stark befestigten Stellungen bei Missunde an der Schlei zu stürmen. Auch hier erlitt Willesen eine Niederlage. Sein Stabschef Oberst von der Tann, unter dessen Leitung Friedrichsstadt erstürmt werden sollte, sah bald ein, daß die Dänen nicht zu besiegen waren, und zog nach sechstägiger Beschießung seine Truppen zurück, um den Untergang der kleinen, schönen Stadt zu verhindern.

Im November mußte Preußen unter dem Druck von Österreich seinen Plan, Deutschland zu einigen, fallenlassen. Nach dem Vertrag von Olmütz sollte Schleswig-Holstein, wenn nötig, mit gemeinsamer Waffengewalt unterworfen werden. Eine österreichisch-preußische Exekutionsarmee traf Anfang des Jahres 1851 in dem ohnmächtigen Land zwischen den beiden Meeren ein. Es gab Einquartierung. Die Schleswig-Holsteiner waren die stillschweigenden Gastgeber.

Auch in der kleinen Stadt Alberg, die ruhig und verträumt in der Schneelandschaft lag, gab es Leben: Preußische Reiterei war eingezogen, diesmal nicht jubelnd begrüßt. Hinter den Gardinen hervor sahen die Bewohner auf das bunte Treiben auf den Straßen. «Kind», sagte Rughase, als er mit Lili aus der Kirche kam, «bleib über Nacht lieber bei uns. Du kannst doch zwischen dem Soldatenvolk nicht nach Moorburg fahren!»

Aber Lili von Pogwisch sagte, sie habe ja ihre Peitsche! Sie würden ihr schon nichts zuleide tun. Besorgt schaute der Lehrer ihr nach, als sie vom Ausspann aus, wohin er sie begleitet hatte, in ihrem kleinen Schlitten zwischen zur Seite tretenden Soldaten hindurchfuhr. Bald hatte sie die Landstraße erreicht. Hier war es noch still. Es schneite nur ganz dünn, und der Wind war eingeschlafen. Sie trieb das Pferd an, weil es schon dämmerte. Die Schellen am Geschirr klingelten leise. Sie zog die Pelzdecke höher, steckte die linke Hand in ihren Muff und hielt in der Rechten die Zügel.

Lili sah vor sich hin und berührte klatschend den auf und ab wippenden Pferderücken mit den Zügeln. Alle zu Hause waren traurig in dieser Zeit, Didi-Ohm, Vater, Mutter und Großmama, überhaupt alle Leute, und sie war es auch. Lehrer Rughase hatte, als sie in die Kirche kam, etwas sehr Schönes, aber Trauriges auf der Orgel gespielt, es klang ihr noch im Ohr. Sie hatte unten im Kirchenschiff gelauscht und war erst hinaufgestiegen, als die Orgel schwieg. Auf ihre Frage hatte Rughase ihr gesagt, es sei ein Satz aus einem Requiem gewesen, von einem alten Meister namens Palestrina komponiert. Sie wußte, was ein Requiem war. Hatte ihr verehrter Lehrer es gespielt, weil er so traurig war, traurig über all diese schrecklichen Geschehnisse, die sich in Schleswig-Holstein zutrugen? Wo nun die Deutschen kamen – die doch erst geholfen hatten –, um die Heimat noch mehr zu unterdrücken?

Sie war gerade an der Weggabelung Moorburg–Karlshöhe, als sie Stimmen und Schnauben von Pferden hinter sich hörte. Erschrocken wandte Lili sich um. Ein kurzer Befehl ertönte hinter ih. Die Straße war voller Reiter, die nun hielten. Einer ritt auf sie zu und hielt neben ihr. Sein Helm blitzte im Dämmerlicht, als er sich zu ihr niederbeugte. «Darf ich um Auskunft bitten, welcher Weg nach Karlshöhe und welcher nach Moorburg geht?»

Lili deutete nach rechts. Dort liege Karlshöhe, geradeaus komme man nach Moorburg. Der junge Mann richtete sich auf, gab wieder einen Befehl, und ein Zug der Soldaten bog nach Karlshöhe ab. Eben wollte das Mädchen ihr Pferdchen wieder in Trab setzen, da war der Offizier wieder neben ihr. «Dank für den Bescheid. Fahren Sie nach Moorburg, mein Fräulein?» Als Lili nickte, setzte er hinzu: «Sie scheinen eine mutige junge Dame zu sein. Wir werden Ihnen das Geleit geben.» Er legte die Hand an den Helmrand und ritt neben ihr an. Der Schlitten flog über den Schnee dahin. Und so kam es, daß Hinrich Pogwischs Tochter unter großem militärischem Geleit auf den Moorburger Hof fuhr.

Hinrich, der am Fenster der Bibliothek stand und schon nach der Einquartierung aussah, wandte sich lächelnd nach seiner Lotte um. «Da kommt deine Tochter als preußischer Zugführer angereist. Gottlob, daß sie da ist!» Ihm war es gar nicht recht gewesen, daß Lili heute nach Alberg gefahren war.

Die Dragonereskadron verteilte sich um den Schwarzsee herum. Leutnant von Rödern bezog Quartier im Moorburger Schloß, und seine Reiter wurden auf dem Hof und im Dorf untergebracht. Die 30 Pferde unterzubringen war schwieriger. Ohne die neue Scheune wäre es kaum möglich gewesen.

Der Gutsherr war, wie wohl die meisten Schleswig-Holsteiner, ungehalten über diese Einquartierung. Er selbst war lang genug in Dänemark im Quartier, um zu wissen, wie störend der Einbruch einer Kompanie in eine friedliche Ortschaft empfunden wurde. Damals war indessen Krieg gewesen und die Notwendigkeit nicht von der Hand zu weisen. Aber in diesem Falle konnte von einer Notlage nicht die Rede sein, denn es herrschte Ruhe im Land. Die schleswig-holsteinische Armee war bis auf eine kleine Truppe entlassen und aufgelöst worden. Warum also die Besatzung? Es war daher nicht zu verwundern, daß der Freiherr von Pogwisch den preußischen Offizier in der Halle des Moorburger Herrenhauses äußerst zurückhaltend empfing. Lili, die von der Galerie aus die kleine Szene beobachtete, sah deutlich die kalte Miene ihres Vaters, als der Leutnant eintrat. Er nahm den Helm ab, und Lili entdeckte zu ihrer Verwunderung, daß sein mattglänzendes, aschblondes Haar wie ein zweiter Helm um seinen Kopf lag. Lili hätte den jungen Mann eher für dunkel gehalten.

Das Abendessen verlief ziemlich konventionell. Erst beim Dessert kam eine etwas persönlichere Note im Gespräch zustande. Der stille junge Mann wandte sich an Lili, die ihm gegenübersaß. Ob er sich erlauben dürfe, der Baronesse einen zuverlässigen Mann als Begleitung auf ihren Spazierfahrten anzubieten. Die Soldaten seien zwar durchweg gutartig, aber mitunter neigten sie doch zu Scherzen und kleinen Keckheiten, wie es das Soldatenleben eben mit sich bringe.

«Sehr richtig!» sagte Hinrich von Pogwisch. «Ich war sehr betroffen, als ich hörte, daß meine Tochter am heutigen Tag nach Alberg zum Orgelunterricht gefahren ist, war aber der Meinung, sie würde dort bei Bekannten über Nacht bleiben. Ich möchte Ihnen für das ihr gewährte Geleit danken.»

Der Leutnant verneigte sich und sah dann Lili mit seinen graublauen Augen verwundert an. «Sie spielen Orgel, Baronesse?» Lili nickte, und Madame Germaine erzählte nun, mit welchem Eifer sich das «Kind» den musikalischen Studien hingebe.

Da Lili in Paul männliche Begleitung hatte, brauchte sie, um zum Unterricht nach Karlshöhe zu fahren, kein preußisches Geleit. Seit Rughase fort war, hatten die Moorburger und die Karlshöher Geschwister bei einem Hauslehrer im Karlshöher Haus gemeinsame Schulstunden. Paul sollte Ostern nach Lübeck auf das Katharineum, und Lili kam nach den Ferien auf eine Mädchenschule in Potsdam. Man hatte damit gewartet, weil sie unbedingt in Moorburg konfirmiert werden wollte. Sich in einer großen unbeaknnten Kirche einsegnen zu lassen, von einem fremden

Pastor, so wie es bei Christoph und Jürgen gewesen war? Nein! Sie ging bei Pastor Siemers zur «Preesterstünn», wie ihre Moorburger Mitkonfirmanden es nannten.

Pastor Siemers begrüßte den preußischen Zuzug. Sonntagmorgen war seine Kirche endlich einmal voll. Die alten Kirchenlieder kamen durch den lautstarken Soldatenchor voll zur Geltung, während Lili sich oben abplagte, mit der schwachbrüstigen Orgel in diesem brausenden Gesang nicht unterzugehen. Um so mehr triumphierte sie in ihrem Ausgangsstück. Da mußten die da unten wenigstens still sein! Lili spielte noch, als die Kirche schon leer war. Sie fühlte sich bei dieser Toccata immer wie auf rauschenden Engelsschwingen emporgehoben. Die Erde versank unter ihr, und sie lebte in einer begeisternden und unwirklichen Welt – einer Welt, die sie liebte, die sie brauchte.

«Nun, kleine Bachstelze», sagte Hinrich am Mittagstisch zu ihr, «heute muß ich dein Salär als Kantor wohl erhöhen, denn bei diesem Schlachtengesang hast du dich ja sehr anstrengen müssen?»

«Was? Sie haben die gewaltige Toccata am Schluß gemeistert?» rief der Leutnant verdutzt.

«Verstehen Sie denn auch etwas davon?» fragte Lili überrascht. Doch, er verstand etwas davon. Genaugenommen so viel, daß an einem dunklen Winterabend der nächsten Woche im Moorburger Gartensaal ein Konzert stattfand, zu Lilis Entzücken ein richtiges Konzert. Herr von Rödern, dieser Zauberer, hatte es zustande gebracht.

Madame Germaine hatte mit feuchten Augen dem Leutnant die Geige ihres Sohnes in die Hände gelegt. Sie hörte sie zum erstenmal wieder, als sie an einem Nachmittag übten: Charlotte und Lili vierhändig am Cembalo, von Rödern mit der Violine, Leutnant Kretschmer, der in Polzin im Quartier lag, mit seiner Flöte.

In dieser finsteren Februarnacht jagte der Sturm tiefhängende Wolken vor sich her, der Schwarzsee wälzte Schaumköpfe ans Ufer. Alles verkroch sich vor dem Eishauch des Winters. Das Moorburger Haus aber stand unberührt davon über dem Schnee, den der Kerzenschein aus den großen Parterrefenstern erhellte. Zarte Melodien schwebten gedämpft in die unwirtliche Nacht.

Der Beifall nach dem musikalischen Vortrag war herzlich und dankbar. Lili strahlte und sagte laut zu von Rödern. «Ich danke Ihnen so sehr, daß Sie dieses Konzert veranstaltet haben, wie ich es Ihnen gar nicht sagen kann. Es war einfach herrlich!» Er ergriff ihre beiden ihm entgegengestreckten Hände und küßte sie.

Charlotte, die sich zu Hinrich auf das Sofa gesetzt hatte, warf ihrem Mann einen Seitenblick zu. Auch er beobachtete das Mienenspiel des Leutnants, während der nun mit Lili plauderte. Als die Gäste fort waren und im Haus alles ruhig, saßen Hinrich und Charlotte noch ein Weilchen im Gartenzimmer zusammen.

«Sollte unsere liebe Kleine vielleicht einmal in Luises Fußtapfen wandern wollen?» meinte Hinrich nachdenklich. «Diese Preußen!» schloß er, erhob sich und gähnte.

Was von Rödern überall beliebt machte, war wohl die behutsame Art, wie er seine Umgebung behandelte. Er besaß Verständnis für die Eigenarten anderer und konnte sich ruhig und sicher zu seinen Mitmenschen in Beziehung setzen. So war er ein angenehmer Hausgenosse. Mit Frau von Wasmer unterhielt er sich in einem leidlichen Französisch. Er interessierte sich für Beauchamps Schriften, Paul gab er strategischen Unterricht, und mit Lili las er Gedichte, die er in seinem Gepäck bei sich hatte. Ihr war das ganz neu, und sie begeisterte sich für die Werke von Eichendorff und Lenau, die in der Moorburger Bibliothek noch nicht vorhanden waren. Bei Rughase hatte sie Einblick in die Klassiker bekommen. Aber diese feingesponnene Romantik ergriff sie besonders. Mörikes Schiffer- und Nixenmärchen lernte sie geschwind auswendig, um sie zu behalten; sie gefielen ihr so gut.

Auch der Hausherr lernte den Preußen bald schätzen. Als Rödern erfuhr, daß sein Gastgeber Offizier der schleswig-holsteinischen Armee gewesen war, wollte er Hinrich fortan mit «Herr Hauptmann» anreden. Aber Hinrich wehrte ihm. Er sei nichts weiter als ein Gutsbesitzer und Reserveoffizier gewesen. Der junge Mann bat ihn abends bei einer Flasche Wein, vom Dänenkrieg zu erzählen. Da war der gemeinsame Berührungspunkt gegeben. Hinzu kam, daß sich beide Herren über die Politik der Großmächte einig waren. Auch Herr von Rödern bedauerte lebhaft das Schicksal Schleswig-Holsteins und legte die Gründe dar, weswegen Preußen auf Österreichs Forderungen hatte eingehen müssen.

«Wir müssen den Rücken freihalten», schloß er, «und auf eine Zeit hoffen, in der wir nach eigener Initiative handeln können.» Da Hinrich in dem Leutnant einen anständigen Charakter erkannte, hatte er nichts dagegen, wenn von Rödern als vertrauenswürdige Person Lili auf ihren Fahrten nach Alberg oder sonstwohin das Geleit gab.

Nur einer war da, der das offenbar nicht gern sah. Als Hinrich eines Morgens gemeinsam mit Christian Jensen zwei junge Füchse vor dem leichten Wagen trainierte und sie Lili mit dem Leutnant fortfahren sahen, meinte Tische: «Wenn ich das mal bemerken darf, der Leutnant, das ist 'n Mann. Und uns' Lili ist 'n halbet Kind . . . Ik weet nich recht . . . und denn Militärs, de sünd all so 'n beeten . . . na!»

«Laß man, Tische! Es gibt so 'ne und solche. Lili soll nun bald allein in die Welt hinaus. Man kann auch eine Deern nicht ewig in Watte packen.

Ich kenn meine Tochter und den jungen Mann auch schon ziemlich gut.»

«Aber er ist ein Preuß! Und denen kann man wohl nicht recht trauen, so wie sie sich bei uns aufgeführt haben. Einmal rin in de Kartüffeln, dann wieder raus aus die Kartüffeln . . . Nee.»

Der junge Herr von Rödern hatte wie meist dienstliche Erledigungen in Alberg vorgeschützt, als er das Mädchen begleitete. An diesem Tag kam sie dahinter, daß er schon eine geraume Zeit unten im Kirchenschiff zugebracht haben mußte. Denn bei der obligaten Tasse Schokolade im Alberger Hotel wußte er genau, welche Bach-Fuge sie da oben gespielt und was Rughase ziemlich am Beginn des Unterrichts gerufen hatte.

Nachdenklich kauerte sie auf der Rückfahrt neben ihm im Wagen. Schließlich kam es unter ihrer Pelzkappe hervor: «Sagen Sie mal, Herr von Rödern, sind Sie eigentlich die ganze Zeit über da unten in der kalten Kirche gewesen?»

Er wandte ihr lächelnd das Gesicht zu. «Ich habe nur ein paar Briefe an der Post aufgegeben, dann habe ich mit Genuß dem wirklich beachtlichen Spiel meiner kleinen Freundin gelauscht.»

«Bin ich Ihre kleine Freundin?»

«Haben Sie es noch nicht bemerkt?» fragte er dagegen.

«Freunde sind doch meistens gleich alt», meinte Lili zweifelnd. Rödern tippte mit der Peitsche dem Pferd leicht auf die Kruppe, da es zu zotteln begann. Er antwortete nicht, sah geradeaus, wo der Märzwind auf der Straße sein Spiel mit welken Blättern trieb. Auf den Feldern lag hinter den Erdwällen und in den Bodenmulden noch Schnee. Die Landschaft sah trist aus an diesem grauen Tag. Die Wintersaat zeigte zwar einige grüne Flächen, und die Weiden am Weg trugen schon kleine silberne Kätzchen. Alles andere aber lag noch im Winterschlaf. Nur die Krähen waren unterwegs.

Am Sonntag Palmarum, als die sechs Moorburger Konfirmanden von Pastor Siemers eingesegnet wurden, schien die Frühlingssonne durch die bunten Scheiben des Chors. Charlotte war es wehmütig ums Herz. Wieder trat eines ihrer Kinder aus ihrem engeren Mutterbereich hinaus! Sie schrak fast zusammen, als der Pfarrer die jungen Menschen nun beim Überreichen ihrer Sprüche laut beim Namen nannte: «Mathilde Germaine Freiin von Pogwisch-Rentorff!» Der Name war schon fast in Vergessenheit geraten. Leutnant Rödern sah verwundert auf. Aber es war wirklich seine kleine Freundin, die in ihrem langen dunklen Kleid das Blatt in Empfang nahm, rank und schlank, die Goldlocken mit einer breiten Samtschleife zusammengebunden.

Nach dem Abendmahl schritt sie ernst und feierlich gestimmt aus der

Kirche. Zwischen ihren Eltern wirkte sie zart und kindlich. Ein schlanker junger Mann ging auf das Mädchen zu.

«Christoph», rief Lili erfreut aus, «du hier?»

Er brachte seine Gratulation zur Einsegnung und steckte ihr ein kleines Päckchen in die Hand. Dann begrüßte er seinen Vormund, blickte etwas unsicher zu Charlotte hin, die ihm sofort die Hand reichte und ihn freundlich fragte, ob er die Ferien auf Moorburg verbringe. Ja, er wolle vierzehn Tage bei Mahrt im Fischerhaus bleiben. Jürgen, der mit Paul hinter den Eltern ging, übersah das alles geflissentlich. Nur Paul, nach wie vor Elefant im Porzellanladen, sagte ganz unbefangen: «Kommst du heute nachmittag zum Kaffee zu uns? Es gibt eine gewaltige große Torte, Christoph!» Aber Christoph dankte, er habe mit Mahrt etwas anderes vor.

Das Geschenk, das Lili von ihm erhalten hatte, erwies sich als eine kleine, feine Goldkette mit einem Kreuz aus Türkisen. Sie legte sie sofort an, und der Tag hatte für sie nun einen besonderen Glanz, da sie Christoph in der Nähe wußte. Von Herrn von Rödern bekam Lili einen dicken Band mit all den Gedichten, die sie besonders liebte, und noch vielen ihr unbekannten.

Jeden Morgen machte Hinrich mit Christoph allein einen Ritt durch Wald und Heide. Das war ihm eine ungetrübte Freude. Nebeneinander ritten sie durch die knospende Landschaft, die den Winterschlaf abschüttelte und sich überall zum Hochzeitsfest rüstete, sie sahen den trillernden Lerchen nach, lauschten dem Morgenlied der Schwarz- und Singdrosseln und machten sich mitunter gegenseitig auf etwas Beachtenswertes aufmerksam. Vor allem waren sie glücklich, zusammensein zu können. Hinrich fand jetzt noch stärker als früher bestätigt, daß er mit keinem anderen Menschen so gut übereinstimmte wie mit Christoph. Es bedurfte keiner Erklärungen, wenn sie sich verständigen wollten. Bisweilen nahmen sie sich sozusagen die Worte aus dem Mund. Das hatte Hinrich bisher nur im Beisammensein mit Christophs Mutter erlebt. Lili stand ihm auch sehr nahe, aber sie war ein Mädchen mit anderen Liebhabereien. Und Paul war ihm vorläufig noch zu grob geschnitzt. Er hatte die unverblümte Art seines Bruders. Überhaupt wurden Pauls Gesichtszüge Wulf immer ähnlicher, besonders die grauen, zufassenden Augen und der kantige Knochenbau. Um Paul brauchte der Vater sich keine Sorge zu machen, der würde sich durchsetzen, wo immer das Leben ihn hinstellen mochte.

Anders war es mit Jürgen. Sein ansprechendes Äußeres deckte sich nicht ganz mit seiner inneren Veranlagung. Konnte man dem Jungen Vorwürfe machen für sein Erbe aus den Familien Wasmer oder Beauchamp? Mochte der Teufel wissen, woher er gewisse unsympathische

Wesenszüge mitbekommen hatte? Wenn Jürgen wollte, konnte er wohl Menschen bezaubern wie einstmals sein Onkel Georg Wasmer. Er konnte! Aber er tat es nur, wenn er gefallen wollte oder wenn ihm ein Vorteil daraus entsprang. Immerhin, das wußte Hinrich längst, war Jügen kein Georg Wasmer. Er war kein Faulpelz wie sein Onkel, er war fleißig und würde etwas erreichen. Sein Ehrgeiz trieb ihn an. Das war kein Fehler; der begann bei ihm erst damit, daß er sich über andere Menschen herheben wollte. Und wenn er es nicht konnte, zeigte er seinen Unmut darüber. Das war unedel.

Hinrich hatte es an dem kleinen Konzertabend, den Rödern vor einigen Tagen veranstaltet hatte, erneut beobachten können. Der Applaus, den Lili, Charlotte und die beiden Offiziere geerntet hatten, war bei Jürgen wie Ohrfeigen angekommen, so jedenfalls hatten seine Gesichtszüge gewirkt.

Zuweilen stand Hinrich Pogwisch abends vor der Supraporte in seinem Zimmer. Das Bild würde recht behalten. Der arme Christoph stand abseits.

In dieser Zeit kroch manchmal Grimm in ihm auf. Er wollte diesem Zustand ein Ende bereiten. Er hatte das alles schon tausendmal erwogen: Was war damit erreicht, wenn er Christoph hier ins Haus aufnahm? Ob als Sohn oder Mündel, blieb sich ganz gleich. Die einzige, die sich herzlich freuen würde, war Lili, und die ging jetzt sowieso nach Potsdam. Es würde mit Charlotte und erst recht mit Jürgen einen Riesenkrawall geben. Und wer hatte etwas davon? Christoph etwa? Der war bestimmt lieber bei dem einfachen Fischer als hier als geduldeter Gast. Dafür kannte er seinen Jungen zu genau. Er selbst würde ebenso denken.

Aber dann erlebte Hinrich Pogwisch etwas, was er nicht vermutet hatte. Und das war schlimm. Zum Ausgleich für die Morgenritte, die er mit Christoph unternahm, ritt er eines Tages mit seinem Zweitältesten über die Moorburger Felder. Er freute sich, wie elegant sein Sohn im Sattel saß und wie geschickt er über Gräben und niedrige Zäune sprang. Jürgen berichtete ihm aufgeschlossen von seinen reiterlichen Erlebnissen in den letzten Jahren. Er erzählte auch von dem Besuch bei den Breitenbeks auf deren Gut. Die Gräfin sei Dänin, und die Eltern seines Freundes lebten in Kopenhagen, wo der Graf an der Deutschen Kanzlei zu tun habe.

Hinrich zeigte hierhin und dorthin, erklärte seinem Sohn den Anbau der Koppel und fragte schließlich: «Hast du eigentlich Interesse für die Landwirtschaft, Jürgen?»

«Ach Gott, weißt du, Vater, ehrlich gesagt, vorläufig nicht.»

«Na, du hast ja noch zwei Jahre auf der Schule abzusitzen, aber dann wird es Zeit!»

«Wieso?»

«Dir ist doch wohl klar, daß du dieses hier alles eines Tages bewirtschaften wirst. Ergo mußt du es zuvor erlernen.»

«Nun, dafür gibt es schließlich einen Inspektor und einen Verwalter, die das verstehen. Graf Breitenbek . . .»

«Laß mich bitte jetzt einmal mit deinem Grafen zufrieden! Die Leute sind für mich nicht maßgebend. Wenn du das Katharineum absolviert hast, kommst du in die landwirtschaftliche Lehre.»

Jürgen wandte sich ruckhaft seinem Vater zu. «Ich denke gar nicht daran! Ich will Jura studieren und gehe mit Harald Breitenbek gemeinsam auf die Universität nach Kopenhagen.»

Betroffen verhielt Hinrich sein trabendes Pferd. Welch einen Ton schlug denn dieser Junge an? Er hätte nie gewagt, seinem Vater so etwas entgegenzuschleudern. «So! Du denkst nicht daran. Du willst . . . Und wovon willst du dein Studium bezahlen?» Nun erhob er die Stimme. «Jürgen Pogwisch, was dein Vater bestimmt, das gilt für dich. Ich wiederhole nochmals: Wenn du deine landwirtschaftliche Lehre abgeschlossen hast, magst du studieren. Eher nicht. So haben es die Pogwisch-Erben von jeher gehalten. Und du wirst keine Ausnahme bilden.»

«Aber es ist schon alles abgemacht. Ich werde bei Breitenbeks in Kopenhagen wohnen.»

«Was? Hinter dem Rücken deines Vaters?» Jetzt wallte der Zorn in Hinrich empor. «Mit irgendwelchen Fremden besprichst du deine Zukunft, ohne mich vorher zu befragen?» Sie hielten nebeneinander und maßen sich mit wütenden Blicken.

«Ich habe aber keine Lust zur Landwirtschaft und will meine Zeit nicht damit vertrödeln, sie zu lernen.» Jürgen wollte sich durchsetzen.

«So du willst also lieber Jurist werden, als Moorburg zu übernehmen?» Hinrichs Stimme klang drohend.

«Man kann doch schließlich beides sein, Jurist und Gutsbesitzer.»

«Besitz will erworben sein. Durch Kenntnisse und Fleiß. Gebratene Tauben fliegen einem nur im Schlaraffenland in den Mund. Moorburg ist alles andere als ein Schlaraffenland. Das haben meine Vorgänger gedacht und sind dabei pleite gegangen.»

«Inspektor Busse ist doch ein tüchtiger Landwirt.»

«Ohne Zweifel, er war auch in dem damaligen Schlaraffenland schon hier, aber er hatte keinen Herrn über sich, der sich um den Betrieb kümmerte. Genug des Geredes! Entweder – oder. Einen Beruf kann man nur haben. Du mußt dich entscheiden, da ich wissen muß, wer einmal Moorburg übernehmen wird.»

Damit wandte er sein Pferd und galoppierte über die Weiden dem Hof zu. Mit gesenktem Kopf folgte Jürgen nach.

Am selben Nachmittag waren Christoph und Lili zum alten Füerböter spaziert, um die jungen Osterlämmer zu besuchen. Sie hockten mitten in der braunen Heide und spielten mit den zierlichen pechschwarzen Schnucken. Die Alten trugen noch ihren dicken Winterpelz, unter dem die Beine sonderbar dünn aussahen. Eine Schafmutter trippelte ängstlich um die beiden Menschen herum, dann interessierte sie sich offensichtlich mehr für den merkwürdigen Pelz auf dem Kopf des Mädchens als für ihre beiden Lämmer. Lili saß ganz still, während die weiche Schnute der Heidschnucke auf Entdeckungsreise nun neugierig ihre Nase beschnupperte. Die Augen der Schafmadame waren mit einem dunklen Ring im hellen Grau des Fells umrandet. Sie mutete wie eine Brillenträgerin an. Lili erblickte ihr Spiegelbild in den Tieraugen. Sie konnte ihr Lachen nicht mehr zurückhalten, als die Schnucke sie auf den Mund küßte. Erschrocken wich das Schaf zurück, lockte ängstlich seine Lämmchen, die auch sofort mit dem Vorderleib unter den dicken Pelz der Mutter krochen. Man gewahrte nur noch die heftig wackelnden Schwänzchen.

Leutnant von Rödern, der eben durch die Heide von Polzin geritten kam, hatte die letzte Szene beobachtet und rief Lili im Vorbeireiten zu: «Das war aber nicht hübsch, Baronesse, solch zärtlichen Annäherungsversuch mit Gelächter zu beantworten.»

«Wenn es aber doch so sehr an den Lippen kitzelte!» gab Lili zurück.

Rödern ritt nachdenklich dem Hof zu. Welch reizendes Bild war das gewesen! Sie war sich ihres Jugendzaubers gar nicht bewußt. Da saßen diese beiden jungen Menschen und spielten mit Schafen. Das hatten andere Menschen auch schon im vorigen Jahrhundert inszeniert, aber es war nichts als Koketterie, mochte es nun im Trianon oder sonstwo gewesen sein. Wenn man diesem reinen Geschöpf doch nur seine Unbefangenheit bewahren könnte! Der seltsame rotäugige Jüngling war jedenfalls ein passendes Pendant zu Lili.

Das Pärchen ging langsam, immer langsamer nach Moorburg zurück. Beide waren tieftraurig. Arm in Arm wanderten sie den Sandweg entlang, zum letztenmal. Übermorgen sollte Lili mit ihren Eltern nach Potsdam abreisen. Morgen würde Christoph mit dem Müller nach Alberg fahren und von dort per Diligence nach Lübeck reisen. Morgen abend gab es noch einen Abschiedsball im Schloß.

Als die ersten Häuser in Sicht kamen, brach Lili ihr Schweigen und sagte mit nassen Augen: «Lieber Christoph, ich werde dich schrecklich entbehren . . . aber ich . . . ich habe ja deine Kette immer bei mir. Die nehme ich nur ab, wenn ich mich wasche. Willst du von mir auch etwas mitnehmen?»

Christoph nickte, band Lilis Haarschleife los und steckte sie in seine

Brusttasche. Da liege sie genau über seinem Herzen, flüsterte er ihr zu. Lili sah ihn durch einen Tränenschleier an, und plötzlich legte sie die Arme um Christophs Hals und weinte heftig an seiner Schulter. Unbeholfen streichelte er sie, und als sie das Gesicht zu ihm aufhob, küßte er ihr sachte die Tränen von den Wangen. Verlegen lächelnd meinte er dann: «Du schmeckst ganz salzig, meine Lili!» Und wie die Stimmung bei der Jugend schnell wechselt, blickten sie sich an und lachten.

Hinrichs scharfe Augen sahen die Tränenspuren an Lilis Augen, als sie hastig am Abendbrottisch auftauchte. Rödern hatte die kleine Idylle in der Heide schon geschildert. Da wußte der Vater, daß seine beiden liebsten Kinder voneinander Abschied genommen hatte. Mein Gott, ging es bei ihnen so tief? fragte er sich erschrocken.

Es beruhigte ihn zu sehen, wie Lili am nächsten Abend unter dem großen Kronleuchter voller Übermut mit den Leutnants und ihrem Bruder Jürgen über das Parkett schwebte. Auch Ludwig und Hilde von Trappen waren von der traurigen Gabriele mit dem Karlshöher Leutnant herübergeschickt worden. Hilde tanzte, aber ihr Bruder sah still zu. Schwoons von Polzin amüsierten sich ebenfalls köstlich. Rödern hatte drei peußische Musikanten kommen lassen, die flott aufspielten. Es war ein gelungenes Fest, das besonders Madame Germaine genoß.

Als die Gäste gegangen waren, standen Lili und Rödern neben dem Bären in der Halle, während das Ehepaar Pogwisch und Jürgen den abfahrenden Gästen nachwinkten. Anton ging in den Saal, um aufzuräumen.

«Baronesse Lili», sagte Herr von Rödern ernst und sah dem Mädchen forschend in die Augen, «ich möchte Ihnen zum Andenken an diese glückliche Zeit auf Moorburg und an unsere gemeinsamen Erlebnisse ein kleines Geschenk geben. Aber wir wollen zuerst Ihren verehrten Vater fragen, ob Sie es annehmen dürfen. Wollen Sie es von mir annehmen?»

«Gern, Herr von Rödern. Auch ich werde diese gemeinsame Zeit nicht vergessen.»

«Das hoffe ich sehr, meine kleine Freundin. Und wenn Sie mich erfreuen wollen, dann schreiben Sie mir. Hier ist meine Karte mit der Anschrift der Garnison. Einstweilen bleibe ich wohl noch hier.»

Als Hinrich durch die Halle auf sie zuschritt, sagte Rödern: «Ich möchte meiner kleinen Freundin zum Abschied ein bescheidenes Geschenk machen als Dank für die frohen Stunden, die sie dem Fremdling widmete, Baron, möchte Sie jedoch zuvor um Ihre Genehmigung bitten, daß ich es darf.» Er verbeugte sich und holte aus seiner Litewka ein Schmuckkästchen, das er Hinrich reichte.

«Das ist nun aber wirklich eine gute Idee, lieber Rödern, daß Sie Lili diesen schönen Ring verehren wollen. Selbstverständlich dürfen Sie das. Nur», Hinrich zögerte etwas, «nur möchte ich darauf aufmerksam machen, daß damit keine . . . nun Sie wissen schon, nicht wahr?»

«Davon ist vorläufig keine Rede», antwortete Leutnant von Rödern. Die beiden Herren wechselten einen Blick, und Hinrich steckte Lili den Ring an den linken Ringfinger. Es sähe besser aus, wenn er das täte, meinte er lächelnd. Und der Leutnant nickte. Eben!

«Wie hübsch!» rief Lili und betrachtete entzückt den Goldring mit den Türkisen darauf. «Und er paßt zu Christophs Kette.»

«Natürlich, darum habe ich eben diesen Türkisring in Lübeck erstanden, damit haben Sie nun von jedem Freund ein Andenken.»

Sie bedankte sich sehr und verabschiedete sich dann von dem Leutnant. Diesmal weinte sie nicht. Oben betrachtete Lili die beiden Schmuckstücke. Röderns Ring trug einen Kranz von Türkisen, Christophs Kette zierte ein Kreuz.

Charlotte saß schon im Nachtgewand vor ihrem Spiegel und kämmte das lange Haar, als Hinrich bei ihr eintrat.

«Das geht ja ganz heiter los mit unserer Tochter», rief er ihr zu und legte seinen Festrock ab. Dann berichtete er von dem Geschenk Röderns.

«Daß Herr von Rödern in Lili verliebt ist, weiß ich schon lange», meinte Charlotte trocken.

«Na, wenn das so weitergeht, kommt unsere Bachstelze möglicherweise von Edelsteinen glitzernd aus Potsdam zurück», sagte Hinrich. «Ich werde ihr morgen aber verbieten, irgend etwas anzunehmen. Bei Rödern ging das gerade noch an in der Form, wie er das anbrachte. Ich traue ihm den Takt zu, daß er auch dir etwas zum Abschied schenkt als Dank für die Gastfreundschaft.»

«Von Christoph hat sie schließlich auch ein Schmuckstück angenommen, und du hast nichts dagegen gehabt, Hinrich», sagte Charlotte nun in den Spiegel.

Das sei etwas ganz anderes, meinte er.

«Gar nicht anders, Christoph ist auch in Lili verliebt.»

Charlotte sah mit einiger Genugtuung, daß Hinrich bei ihren Worten erschrak; sie war ihm Jürgens wegen böse.

«Was für ein Unsinn!» fuhr Hinrich auf. «Ein Konfirmationsgeschenk von ihrem Gespielen.»

«Das war er einmal. Jetzt ist er kein Kind mehr, Hinrich.»

Er küßte sie auf den Scheitel. «Gehen wir schlafen. Morgen ist ein anstrengender Reisetag. Sind deine Sachen gepackt?»

Sie nickte, und er ging hinaus. Charlotte wußte, daß der Stachel saß. Wenn Hinrich hart war mit ihrem Jürgen, hörte für sie der Spaß auf.

Der Junge war ganz verzweifelt gewesen, hatte sich aber dem Willen des Vaters beugen müssen.

Auf dem Hofplatz war gerade Morgenappell, als die Karosse die gesamte Familie Pogwisch entführte. Jochen Meier knallte vom Bock herunter noch einmal mit der Peitsche. Im Schloß blieben nur die beiden alten Beauchamps zurück und der Leutnant. Der stand eben auf dem Hof und salutierte beim Passieren des Wagens. Lili winkte aus dem Fenster, und Herr von Rödern sah seinen Ring an ihrer Hand blitzen.

10

Am 1. Februar 1852 waren beide Herzogtümer dänischer Besitz geworden. Die Vertreter der Gesamtstaatsidee in Dänemark waren zwar bemüht, eine vernünftige Gesamtstaatsverfassung zustande zu bringen. Da ihre Pläne aber eine Abschwächung der bisherigen liberalen Verfassung enthielten, erhoben die Eiderdänen Protest. Sie hatten ihr Ziel nun erreicht. Was Schleswig-Holstein betraf, so meinten sie richtig zu handeln, indem sie den «Rebellen» nunmehr klarmachten, wer Herr in den Herzogtümern war. Das Schleswiger Ministerium unter dem Eiderdänen Tillisch und seinem Helfer Regenburg erließ Sprachverordnungen, wonach Dänisch als Amtssprache in Behörden, Schulen und Kirchen eingeführt werden sollte.

Man war eifrig bemüht, die Insurgenten kaltzustellen, und alle Personen, die mit ihnen sympathisiert hatten, abzusetzen. An ihrer Stelle wurden Dänenfreunde oder, falls nicht verfügbar, Dänen eingesetzt. Acht Professoren der Kieler Universität wurden entlassen. Ein Auswandererstrom bewegte sich nach Süden, nach Deutschland. Viele Schleswig-Holsteiner gingen in jenen Jahren der Leidenszeit nach Übersee. Auch der Dichter Theodor Storm mußte sein geliebtes Husum verlassen und sein tägliches Brot in der deutschsprachigen Fremde suchen.

Dänemark hatte sich zwar auf Druck Preußens und Österreichs verpflichtet, Schleswig nicht in das Königreich einzuverleiben und die deutsche Nationalität zu respektieren. Davon merkten die Schleswiger indessen wenig bei den nun angewandten Gewaltmaßnahmen der Dänen. Deutsche Zeitungen verschwanden allmählich, Bücher, die freiheitliche Tendenzen enthielten, wurden beschlagnahmt. Die schleswig-holsteinische Fahne mußte in Truhen und Schränken verschwinden. Natürlich war das Singen der Hymne verboten. Aber die Schleswig-Holsteiner, deren politischer Wille auch durch all diese Maßnahmen nicht zu brechen war, fanden einen Ausweg: Irgendein Pfiffikus hatte herausgebracht, daß der Text von ‹*Schleswig-Holstein meerumschlungen*› auf die Melodie eines anderen Liedes paßte, das einst auch eine Freiheitshymne gewesen war. Und so sangen sie fortan bei Zusammenkünften ihr geliebtes Lied der Erhebung nach der Melodie der Marseillaise.

Die Träger der «Umschulung», insbesondere auf dem Lande, waren zumeist dänisch gesinnte Pastoren und Hardesvögte. Diese Beamten der Verwaltung verstanden es vorzüglich, sich durch Strafen für irgendwelche geringfügigen Vergehen zu bereichern. Um Leute zu überführen, hatten sie in fast jedem Dorf Spione sitzen. Niedergedrückt und ohne Macht mußten sich die Schleswiger diese Schikanen gefallen lassen. Ihre Hoffnung, die Dänen eines Tages wieder loszuwerden, gaben sie aber keineswegs auf.

Und Holstein? Der königliche Kommissar von Scheel, jetzt Minister, versuchte zwar den Mittelstand durch liberale Versprechungen gegen den Adel aufzuhetzen. Man wollte jedoch nichts von ihm wissen, und seine Reden stießen auf taube Ohren. Rechte gab es kaum noch für die Schleswig-Holsteiner, aber Pflichten zur Genüge. Nach den eigenen Kriegskosten mußten sie auch noch zum großen Teil die dänischen bezahlen. So kam zu der seelischen Not auch noch bei vielen Menschen die finanzielle Sorge.

In dieser schweren Zeit erhielt Hinrich Pogwisch einen Brief von seinem Bruder, der zeigte, daß Wulfs Zeit nun gekommen war. «Da haben sie uns nun einen Pastor geschickt, der kaum ein Wort deutsch versteht, geschweige denn reden kann. Vielleicht tut er auch nur so, der Spion! Als einer unserer Hofleute beerdigt wurde, hat der Kerl einige dänische Sätze, dummes Zeug, vor sich hingebrabbelt, darauf den einzigen deutschen Satz hervorgebracht: Ich habe ihn nicht gekannt. Amen! Diese Unverschämtheit, vor allem den Leidtragenden gegenüber, hat mich derart in Wut gebracht, daß ich mir diesen Kerl vorgeknöpft habe. Ausnahmsweise auf dänisch, damit er auch ja alles mitbekam, was ich auf dem Herzen hatte. Was nun passiert, weiß ich. Es ist aber alles geregelt, wie wir es seinerzeit, als Du verwundet hier warst, schon besprochen haben, Bruder Hinnerk. Friedrich Reventlow mit seiner Familie ist übrigens auch ausgewiesen worden. Es tut mir leid um unseren letzten Statthalter, diesen aufrechten Deutschen!»

Einige Tage später kamen mehrere Wagen auf dem Moorburger Hof an. Voran die große Kutsche mit dem Wolfswappen, dahinter einige Leiterwagen, mit Planen bespannt. Drei Reiter bildeten den Abschluß.

Hinrich eilte die Treppe hinab und nahm den eben aussteigenden Bruder in die Arme. «Mein Wulf, so sehen wir uns wieder!» Dann begrüßte er Inspektor Ziese und die getreue Mamsell Stockfleth, die beide ihren Herrn begleiten wollten. Claas Dreesen und drei von den Grevenslunder

Stallknechten, die ledig waren, zogen gleichfalls mit in die Fremde.

Wulf von Pogwisch hatte Grevenslund vor einem halben Jahr verkauft an seinen alten Freund und Jagdgefährten, einen Hamburger Kaufmann, der auf dem Gut häufig zu Gast gewesen war. Der Hamburger wollte es hauptsächlich als Sommeraufenthalt für seine Familie benutzen. Ein Pächter war schon im Inspektorhaus. Für das hamburgische Geld hatte Wulf ein Gut in Pommern erstanden, zwar nicht so groß wie Grevenslund, jedoch mit guten Bodenverhältnissen und vorzüglichem Waldbestand.

«Wir alle, die gehen mußten, können hier nichts mehr ausrichten; im deutschen Vaterland dagegen sind Stimmen nötig, die zur Befreiung unserer Heimat aufrufen. Ob es nun der tapfere Droysen in Jena ist, Storm mit seinen Schriften oder einer unserer Landsmänner, einmal werden sie uns hören. Daran glaube ich», sagte Wulf ernst.

Charlotte betrachtete sein mageres Gesicht und sah die Schwermut in seinen grauen Augen. «Wenn unser Land mal von Dänemark befreit würde, kämst du zurück, Wulf?» fragte sie leise.

«Nein», sagte Wulf entschieden, «ich werde dort in Pommern bleiben. Zu Besuch werde ich jederzeit nach Grevenslund kommen können.»

Nach dem Kaffee erhob sich Wulf. «Kommt mit hinaus, der zweite Wagen ist für euch. Lauter alter Kram, der von der Familie durch die Jahrhunderte mitgeschleppt wurde. Schleppt ihn weiter mit für die Nachkommen!»

Der Wagen stand schon abgeschirrt draußen vor dem Portal. Anton und Adele luden ab und trugen die Sachen in die Halle. Da standen, gegen die Truhe gelehnt, einige Ölporträts. Die Stockfleth, die die Sachen alle die Jahre auf Grevenslund gepflegt hatte, huschte ängstlich zwischen den Moorburger Bedienten umher. «Vorsicht! Darin ist ganz wertvolles Porzellan. Sachte niedersetzen!»

Hinrich feierte Wiedersehen mit vielen in der Kindheit bewunderten Dingen. Dieser alte Silberhumpen dort, aus dem die Pogwisch-Männer vergangener Zeiten getrunken haben, dieser Gobelin, der im Zimmer seiner Mutter hing! Wehmut beschlich ihn. Alles war aus der gewohnten Umgebung herausgerissen worden. «Ach», rief er aus, als Anton ächzend eine Rüstung hereinschleppte, «jetzt müßte Paul dabei sein!»

«Ja», sagte Wulf, «unser kleiner Krieger! Diesen Eisenkerl hat vor vierhundert Jahren unser Ahn Paul Pogwisch getragen . . . Hallo, Krischan!» rief er Tische zu, der vom Stall gekommen war, um zu helfen. Er hatte sich einen Bügelhelm auf den weißen Kopf gestülpt und trug in jeder Hand noch einen Kübelhelm.

«Mensch, lebst du auch noch, du treue Seele?»

Tische bückte sich, um die Helme abzulegen. Wulf reichte ihm die Hand und bemerkte, daß Christian Jensens alte Augen feucht schimmerten.

«Ja, Herr Wulf», er nahm mit der anderen Hand den Bügelhelm vom Kopf, «es ist, wenn ich das bemerken darf, alles furchtbar traurig. Das mit unserem Grevenslund. Ich mag da gar nicht an denken, daß da nun kein Pogwisch mehr auf sitzt . . . All die Sachen hier gehören doch nach Grevenslund, wo ich sie immer mit dem Staubwedel . . .» Tische wandte sich ab und ging hinaus.

Als er mit zwei Kettenhemden wieder hereinkam, meinte Wulf: «Du irrst, Krischan, die sind schon einmal umgezogen. Eigentlich gehören sie nach Rentorff, und nun sind sie eben in Moorburg. Das ist der Lauf der Welt, mein Guter. Ein ewiger Wechsel.»

Mißbilligend schüttelte Tische den Kopf. «Nee, das ist nicht ganz richtig, Herr Wulf. Mein Vater sagte mitunter: Lat gahn as geiht, de Welt de steiht, stahn wi man fast as düsse Knast! Und dann zeigte er auf die alte Eiche in unserem Zaun.»

Die vierhundertjährige Doppeleiche mußte einem bösen Sturm standhalten. Schon oft hatten dänische Sägen und Beile versucht, sie zu spalten. Sie hatte Schrunken und Wunden bekommen, die wieder verwachsen waren. Inzwischen war sie jedoch älter und härter geworden. Nun sollte sie entwurzelt werden. Der Sturm tobte und heulte in ihrer Krone. Sie stöhnte und knarrte in ihrem Gefüge, Blätter flogen wie Vogelscharen davon, Zweige und Äste splitterten ab. Wie lange würde sie diese starke Belastung aushalten können? Besonders der schwächere Stamm, den der Nordwind stark bedrängte, war in Gefahr, von seinem Bruderstamm losgerissen zu werden. Wie er sich wehrte!

Die Pogwisch-Brüder hatten aus einem der alten Bücher, die Wulf mitgebracht hatte, eine Abschrift des Ripener Privilegs vom 5. März 1460 vor sich liegen. Auch eine Abschrift der «tapferen Verbesserung» vom 4. April 1460 aus Kiel war dabei.

Herr Wulf las vor: «Wy Christiern van godes gnaden to Dennemarken Sweden Norwegen der Wenden und Gotten koningh, greve to Oldenborch unde Delmenhorst, bekennen unde betugen openbare mid desseme jegenwardigen unseme breve . . .»

«Das kann ja kein Mensch verstehen, Wulf», unterbrach Charlotte den Schwager.

«Doch», sagte Wulf, «das kann man, wenn man sich schon öfter mit dem Mittelhochdeutschen befaßt hat. So schwer ist es gar nicht. Aber ich will euch nicht langweilen und diesen ganzen Vertrag vorlesen. Außerdem ist es nicht Mittelhochdeutsch, sondern Mittelniederdeutsch, und das, liebe Charlotte, ist für dich noch schwerer zu begreifen. Die

Einleitung ist doch verständlich: Wir, Christian von Gottes Gnaden, König von Dänemark, Schweden, Norwegen, der Wenden und der Goten, Graf zu Oldenburg und Delmenhorst, bekennen und bezeugen mit dieser unserer gegenwärtigen Urkunde öffentlich vor all denen, die sie sehen, hören oder lesen, daß die ehrwürdigen Prälaten, die gestrenge Ritterschaft, die ehrsamen Städte und so weiter uns zum Herzog zu Schleswig und Grafen zu Holstein und Stormarn gewählt haben. Sie haben uns als ihrem Herrn angenommen und gehuldigt, und zwar nicht als einem König von Dänemark, sondern als ihrem Herrn in den genannten Landen mit Festsetzung aller der Artikel und Bestimmungen, die hier verzeichnet sind.» Wulf ließ das Buch sinken. «Das ist schon wichtig, was hier nochmals bekräftigt wird: ‹Zum Herrn dieser Lande, nicht als König von Dänemark gewählt worden sind, sondern um der Gunst willen, die die Einwohner dieser Lande für unsere Person hegen.›»

«Nun», sagte Hinrich, «immerhin hatte sein Oheim, der die angebotene dänische Krone ausgeschlagen hatte, ihn auf den Thron gehoben und ihn obendrein als Erben seiner schleswigschen und holsteinischen Lande bestellt.»

«Und wer war dieser großzügige Oheim von Christian I.?» fragte Charlotte.

«Der letzte Schauenburger, Graf Adolf VIII., der 1459 kinderlos starb. Seine Schwester Hedwig war mit Dietrich dem Glücklichen von Oldenburg verheiratet, dem Vater Christians, dem er anscheinend sein Glück vererbt hatte. Mit zweiundzwanzig Jahren bestieg er den dänischen Thron und heiratete die Witwe seines Vorgängers, des Bayern Christoph III.», erklärte Hinrich.

«Die Königin muß dann aber schon ältlich gewesen sein?» vermutete Charlotte.

«Ach, wo denn! Auch da hatte Herr Christian Glück. Sie war eine schöne und kluge Brandenburgerin von ganzen achtzehn Jahren», sagte Wulf. «Aber nun wollen wir mal weitersehen, was uns dazumal in Ripen von unserem Herrn Christian alles versprochen wurde. Jedenfalls hat die Tragödie unserer lieben Heimat anscheinend damit angefangen, daß er rein zufällig auch noch König von Dänemark war und seine Nachkommenschaft diesen Umstand weidlich ausgenutzt hat. Aha, hier ist schon wieder was: ‹Diese Lande sollen nicht irgendeinem unserer Kinder oder Verwandten vererbt werden, sondern die Einwohner und ihre Nachkommen sollen wie eben jetzt auch die freie Entscheidung behalten, eines unserer Kinder zum Herrn zu wählen.› Gib mir was zu trinken, Hinnerk. Mein Hals ist dürr wie diese schönen Versprechungen hier.»

«Lies das mal mit den ungeteilten Herzogtümern vor, Wulf», forderte ihn Hinnrich auf und schenkte ein.

Wulf trank seinen Wein gleich aus. «Hier ist es im Original: ‹Desse vorben land laven wy na alle unseme vormoge holden an gudeme vrede, unde dat se bliven ewich tosamende ungedelt.› Übersetzt: Diese Lande geloben wir in allen unseren Kräften in gutem Frieden zu halten und daß sie ewig zusammen ungeteilt bleiben!»

Wulf las einen Augenblick stumm weiter und legte dann kopfschüttelnd das Schriftstück hin. «Wenn man all diese Beteuerungen des Königs liest und weiß, wie oft sie gebrochen wurden, diese vielen Versprechungen und Gelübde, dann kann man wirklich einen Ekel vor den Menschen bekommen. Hier steht zum Beispiel, falls man zum Wohle dieser Länder einen Krieg anzetteln wollte, müßten erst die Räte in diesen Ländern befragt werden. Was ist aus uns armen Schleswig-Holsteinern mit all unseren papierenen Rechten geworden?» Er erhob sich finster. «Gute Nach. Ich geh zu Bett!»

Herr Wulf gönnte sich und seinen Getreuen drei Tage Ruhe zwischen dem Trubel des Aufbruchs von Grevenslund und der Ungemütlichkeit, die die Übernahme eines neuen Heims und Guts mit sich bringt. Während die beiden Inspektoren und die beiden Mamsells sich in Eintracht über ihre Interessengebiete unterhielten, genossen die Pogwisch-Brüder ausgiebig ihr Beisammensein. Charlotte und Madame Germaine gingen gemeinsam durch die Räume, um für die schönen alten Grevenslunder Sachen Plätze auszusuchen. Frau Mathildes großer Gobelin kam an die leere Wand in dem «Andenkenzimmer» des alten von Wasmer, das Germaine seit dem Diebstahl ihres Sohns gemieden hatte. Die alte Dame bedankte sich herzlich bei Wulf. Durch diese Gabe sei die Harmonie des schönen Zimmers wiederhergestellt, und sie wolle dort gern wieder verweilen, um der alten Zeiten zu gedenken.

Mit Tisches Hilfe brachte Charlotte die Rüstungen und Helme zunächst in einem leeren Zimmer des rechten Seitenflügels unter, sie paßten nicht so recht zu dem zierlichen Mobiliar dieses Hauses. Voll Freude aber ordnete sie das alte Porzellan und Silber in Glasvitrinen und Kommoden.

«Lieber Wulf», sagte sie, «das sind ja fürstliche Geschenke», umarmte den Schwager und küßte ihn auf beide Wangen, was Wulf mit Vergnügen hinnahm. Überhaupt erholte er sich zusehends in diesen Tagen der Ruhe, ohne Pflichten und Ärger.

«Was habe ich dir damals gesagt, Hinrich?» äußerte er abends, als sie im Gartenzimmer am Kamin saßen. «Holstein liegt nicht so im Brennpunkt der dänischen Interessen wie Schleswig. Sei nur froh, daß dein Heim hier steht. Hier hast du Ruhe, wenngleich auch hier dänisch regiert wird, seit Preußen und Österreicher fort sind.» Er hätte fast noch mehr gesagt über Hinrichs damaligen Widerstand, Moorburg zu übernehmen, bremste sich aber doch noch rechtzeitig, denn Charlotte war dabei.

«Du hast schon damals die Kassandra gespielt und recht behalten in deinen Befürchtungen. Prost, Bruder, und nochmals Dank für alles! Und nun möchte ich mit dir anstoßen, auf daß du dich in deinem neuen Bereich wohl fühlen und recht oft bei uns sein mögest!» Sie tranken sich lächelnd zu. Charlotte trank mit und schloß sich den Wünschen ihres Hinrich an.

Wulf lachte plötzlich still vor sich hin. Er «högte» sich innerlich auf die Art der Schleswig-Holsteiner, seine Schultern zuckten. Der alte Marquis, der vom Eßsaal hereinkam, sah es und fragte: «Darf man sich mitfreuen über das, was Sie so köstlich erheitert, Wulf?»

«Das sollt Ihr sogar, lieber Beauchamp! Ich stelle mir eben die dummen Gesichter der Abordnung vor, die dieser Tage auf Grevenslund eintreffen muß, um Wulf Pogwisch an den Kragen zu gehen. Weil sie nämlich das Nest leer finden wird. Das heißt, leer wird es nicht gerade sein. Mein Freund, der neue Besitzer, wird sich den Spaß nicht nehmen lassen, den Herren in bekannter hanseatischer Überlegenheit klarzumachen, daß sie leider zu spät gekommen seien und Wulf Pogwisch inzwischen seinen preußischen Besitz übernommen haben dürfte. Der Priester ist nämlich sofort nach dem Krawall mit mir abgereist, was ich ihm auch geraten hatte.»

Hinrich lachte. «Kann ich mir gut vorstellen, daß die wie begossene Pudel vom Hof ziehen. Aber vielleicht haben die Dänen doch erfahren, daß du Grevenslund schon vor einem halben Jahr verkauft hast?»

«Woher denn? Die Auflassung ist in aller Stille vor sich gegangen und nicht in Flensburg, wo ihre Residenz ist. Die dabei Anwesenden sind alles Freunde, die den Mund halten. Und in Grevenslund wußte außer Ziese und der Stockfleth kein Mensch etwas davon. Erst gestern, als wir zum Aufbruch rüsteten und ich mich recht schweren Herzens von meinen Leuten verabschiedete, erfuhren sie, was los war. Nun, der neue Pächter ist ein ordentlicher Mann, und sie werden es gut bei ihm haben.»

«Sie haben es richtig angepackt, Wulf», meinte Beauchamp, «wer zu lange wartet, hat das Nachsehen.»

«Das kann man wohl sagen. Ich gehe lieber freiwillig. Nicht so, wie Henning Pogwisch damals fliehen mußte und in Güstrow gestorben ist. Wenn ich einmal den letzten Atemzug getan habe, mein Hinrich, dann möchte ich in Grevenslund bei den Eltern begraben werden.»

«Wenn ich dann noch am Leben bin, werde ich dafür sorgen, Wulf, daß du in die Heimat zurückkehrst.»

Am anderen Morgen nahmen die Brüder Abschied voneinander. «Ich bin ja nicht aus der Welt, Hinnerk, und schick mir im Sommer deinen Paul!»

Sie standen alle auf der Treppe, als der Wagenzug vom Hof fuhr, und sahen ihm nach, bis die drei Reiter im Torhaus verschwunden waren.

Der sechzehnjährige Paul Pogwisch, der nun bereits drei Jahre im Katharineum durchgestanden, hatte sich mittlerweile zu einem ansehnlichen und kräftigen Burschen entwickelt. Seine Beine waren lang geworden, und seine Schultern hatten sich gedehnt. So saß er an einem warmen Junimorgen im dumpfen Klassenzimmer und harrte der Dinge, die da kommen sollten. Und sie kamen. Der spindeldürre Geschichtsprofessor gab die Hausarbeiten über die Taten des Äneas zurück. Der kleine Mann war bei den Schülern unbeliebt, schon aus dem Grunde, weil er Speichel versprühte, wenn er einen Sünder abkanzelte, offenbar eine Folge seiner seelischen Erregung. Auch befleißigte sich der Herr Professor eines recht herablassenden Tons.

«Von Pogwisch!» rief er jetzt mit Stentorstimme und hob ein Heft hoch. «Wie können Sie sich unterstehen, einen Aufsatz abzuliefern, den Sie Wort für Wort aus dem Vergil abgeschrieben haben!»

«Ich kann, Herr Professor», sagte Paul und sah ihn mit seinen grauen Augen ruhig an.

«Das ist denn doch . . .» der Lehrer stieg von seinem Katheder herunter, «kommen Sie vor, von Pogwisch!»

Paul ging nach vorn und baute sich vor dem Professor auf.

«Erklären Sie mir gefälligst, wie Sie dazu kommen, mit dieser beispiellosen Unverfrorenheit . . .»

«Weil ich diesen Flüchtling Äneas kaum bewundere und keine Lust dazu hatte, mich an einem schönen Sommertag mit ihm abzuplagen. Da habe ich mir eben abends den Vergil vorgenommen.»

Er hielt den Kopf hoch, als nun ein Donnerwetter mit Sprühregen unter ihm losbrach. Der kleine Mann brüllte ihn an: «Schließlich befinden Sie sich in dieser Anstalt, um sich anzustrengen . . . ja, sich abplagen, das müssen Sie fürwahr. Sie sind ja geistig zurückgeblieben!»

«Was?» grollte Paul jetzt böse. Das Blut schoß ihm ins Gesicht. Ehe das Männlein noch begriff, wie ihm geschah, hatte Paul es mit den Fäusten um die schmale Taille gepackt und den vor Schreck Sprachlosen mit einem Schwung auf den etwa ein Meter siebzig hohen Schrank gesetzt.

«Pogwisch! Das werden Sie bereuen. Das ist . . .»

«Ruhig da oben!» unterbrach Paul das Gezeter. «Jetzt rede ich, und ich werde nichts bereuen. Sie dürfen nun einmal von oben auf uns herabsehen. Und dann wollte ich den Beweis erbringen, daß ohne Zweifel Ihre soeben zitierten zurückgebliebenen geistigen Fähigkeiten oft den

Vorteil über körperlich zurückgebliebene Fähigkeiten haben können.»

Die Klasse dröhnte vor Gelächter und Getrampel, so daß des Professors Stimme darin unterging. Paul begab sich zu seinem Platz, holte seine Bücher und marschierte zur Tür hinaus, indem er seinen Mitschülern fröhlich zuwinkte.

Was nun geschah, war eben das, was Paul erstrebt hatte: Er mußte vorzeitig das Gymnasium verlassen. Er war gar nicht erst wieder hingegangen, hatte seine Sachen gepackt, sein Quartier ordnungsgemäß gekündigt und den Rest der Pension bezahlt. Dann war er mit der Postkutsche nach Alberg gefahren, wo er im Ausspann Glück hatte, den Müller zu treffen, der ihn noch am Abend nach Moorburg kutschierte.

Seine Eltern fielen aus allen Wolken. Als Hinrich von Pauls Streich erfuhr, wurde er wütend. «Paul, ist das die reine Wahrheit?» rief er grimmig. «Hat der Mensch wirklich gesagt, du seist geistig zurückgeblieben?»

«Wortwörtlich, Vater. Sollte ich das auf mir sitzenlassen?»

Der Vater schüttelte den Kopf. «Nein, auf keinen Fall. Aber die Form war schlecht gewählt. Dich zu rechtfertigen, hättest du mir überlassen sollen. Nun steht aber Beleidigung gegen Beleidigung!»

«Wieso? Ob ich geistig zurückgeblieben bin, müßten sie mir erst einmal beweisen. Daß er körperlich zurückgeblieben ist, dieser Spittelbeen, kann ein Blinder sehen.»

Der Vater hielt Paul vor, wie unklug es gewesen sei, den alten Herrn zum Gespött der Klasse zu machen.

«War ja noch milde. Sollte ich ihn etwa auf den Flur hinausnehmen und ihn dort leise durchhauen, damit die Klasse es nicht merkt? Irgend etwas mußte passieren, sonst wäre ich geplatzt.» Sie schickten Paul schleunigst ins Bett, denn Hinrich konnte sich das Lachen nun nicht mehr verkneifen.

«Das sieht genau nach Wulf aus», sagte Charlotte lächelnd.

Hinrich, wieder ernst werdend, meinte, er wäre froh, wenn Paul recht viel von den Anlagen seines Bruders geerbt hätte; dann brauche ihm nicht bange zu sein um diesen Sohn, der werde seinen Weg ohne große Komplikationen und Probleme machen.

Charlotte stickte an ihren *petits points* weiter und schwieg. Ja, ja, überlegte Hinrich, ich müßte nur ihren vergötterten Jürgen loben, dann würde sie lebendig werden. Aber dazu lag eigentlich kein triftiger Grund vor. Jürgen war nun im zweiten Jahr auf Remplin bei Wulf, vielmehr bei Inspektor Ziese in der Lehre. Er schrieb an Charlotte, besonders im vergangenen Winter, mißmutige Briefe über die Eintönigkeit auf dem einsamen Gut, die fürchterlichen Wege bei anhaltendem Regen, die langweilige Arbei und so weiter und so fort. Wulf dagegen schrieb, Jürgen mache seine Arbeit ordentlich, es sei Verlaß auf ihn. Er erledige seine Aufgaben zwar sichtlich lustlos, doch auf Jagd zeige er sich recht brauchbar und ausdauernd. Er, Wulf, habe inzwischen Verbindung mit einigen Gutsnachbarn aufgenommen. Es seien jedoch meist ältere Leute, die zu besuchen Jürgen natürlich nicht besonders reize.

Es hatte, bevor der Sohn endlich nach Remplin abreiste, noch einen gehörigen Krach mit dem Vater gegeben. Charlotte stand Jürgen bei und unterstützte ihn in seinem Plan, zuerst zu studieren. Aber Hinrich war hart geblieben, da er aus Erfahrung wußte, daß nach einem freien Studentenleben solch eine landwirtschaftliche Lehrzeit noch schwererfallen würde. Sein Vater hatte schon recht gehabt, wenn er zu den Söhnen sagte: Erst gehorchen lernen, ehe man befehlen kann.

Hinrich erhob sich aus seinem Sessel. «Es scheint mir, daß es noch ein Gewitter geben wird. Ich will noch einmal über den Hof gehen, um zu sehen, ob alles in Ordnung ist. Gehst du noch mit?»

«Nein, Hinrich. Ich bin müde von all der Aufregung wegen Paul. Was wird nun mit ihm? Soll er nicht lieber wieder hinfahren und sich entschuldigen?»

«Wozu denn das? Der Junge hat das nicht ohne Absicht inszeniert. Darauf kannst du dich verlassen. Rauswerfen werden sie ihn sowieso. Er will nun mal Soldat werden, und dann soll er es auch endlich. Lersching war sowieso ohnehin dafür, ihn möglichst bald als Kadett eintreten zu lassen.»

Mit einem schon allmählich zur Gewohnheit gewordenen Vorwurfsblick sah Charlotte zu ihm auf. «Die Wünsche deiner anderen Kinder berücksichtigst du immer, nur bei Jürgen . . .»

«Fängst du schon wieder damit an?» sagte Hinrich nun wütend. «Pauls Wünsche habe ich keineswegs berücksichtigt, sonst wäre er schon längst unter den Soldaten. Ich wollte, daß er zuvor noch Allgemeinbildung erhielt, das weißt du recht gut. Er soll den Sommer über hierbleiben, zum Herbst kann er eintreten. Seine Liebe ist die Artillerie. So ist er sich immerhin über seine künftige Laufbahn klar.»

«Artillerist!» nörgelte Charlotte. «Warum geht er nicht zur Kavallerie? Das ist doch wenigstens . . .»

«Gute Nacht, Charlotte», murmelte Hinrich Pogwisch und verließ das Zimmer. Draußen pfiff er seinem Hund und ging mit ihm über den Hof zum See hinunter. Dort setzte er sich auf die Bank, die er auf der kleinen Landzunge hatte anbringen lassen.

Es war lange her, daß der einsame Mann sich auf seinem kleinen Hof Ellerby einmal gesagt hatte: Je mehr Menschen man um sich hat, um so mehr Aufregung gibt es. Darüber dachte er jetzt nach. Es stimmte, Ärger und Sorgen hatte er genug gehabt, seitdem er hier eine Familie gegründet hatte. Solange die Kinder noch klein waren, ging es noch an. Auch das Verhältnis zu Charlotte war gut gewesen. Es hatte sich indessen durch die Unstimmigkeiten zwischen seinen beiden Ältesten ständig verschlechtert. Gewiß, es gab dazwischen Zeiten, in denen die alte Harmonie wiedergekehrt war. Die Eifersucht der Frau schlief dann bisweilen ein, erwachte aber immer wieder und beschwor unangenehme Szenen herauf. Die Wesenszüge seines Jürgen machten ihm Kummer.

Christoph hatte es als Außenseiter schwer, aber auch durch sein auffallendes Äußeres. Er schrieb Hinrich andeutungsweise von seinen anfänglichen Schwierigkeiten, nachdem er die Universität von Greifswald bezogen hatte. Nein, Christoph wollte nicht in Kiel studieren, wo man gerade die unerschrockenen Kämpfer für Schleswig-Holsteins Freiheit ihrer Lehrtätigkeit beraubt hatte. Was für ein Geist mochte an der Christian-Albrechts-Universität eingezogen sein? Damit wollte Christoph nichts zu tun haben, der artete seinem Vater nach. Ja, Hinrich konnte sich vorstellen, wie der Junge in der kleinen pommerschen Stadt neugierig gemustert worden war. Christoph hatte ihm geschrieben, er habe sich eine blaue Brille zugelegt, zusammen mit einem großen Hut, der sein Haar verdecke. Erst wenn er bei seinen Wanderungen die Stadt im Rücken habe, gestatte er sich, diesen Schutz abzulegen. Nun, er war jetzt bereits vier Jahre mit seinem Medizinstudium beschäftigt, und allmählich hatten sich die alten Tanten hinter ihren Fensterspionen wohl über ihn beruhigt samt den Ladeninhabern, bei denen der Student Schreibmaterial und Bücher erstand. Die Kommilitonen betrachteten ihn als Kuriosum und weißen Raben. Er aber lebte ganz seinem unersättlichen Wissensdurst. Zweimal war er inzwischen während der Semesterferien in Moorburg gewesen. Die gewohnten gemeinsamen Morgenritte gehörten zu ihren schönsten Erinnerungen dieser Jahre.

Doch eine neue beklemmende Sorge war in dieser Zeit in Hinrich entstanden: Christoph und Lili! Seine beiden liebsten Kinder verband eine so starke Neigung, die sie sicherlich vor mancher Jugendtorheit bewahren mochte. Indessen . . . Hinrich hoffte, daß es eine unbewußte Geschwisterliebe war. Wenn er aber das eigene Verhältnis zu seiner Schwester Luise damit verglich – nein, bei aller Zuneigung, Luises wegen hätte er sich keine amourösen Abenteuer entgehen lassen. Das war eben der springende Punkt. Und besonders bei Lili war es deutlich. Jedenfalls schrieb Luise ihm aus Potsdam, daß Lili auf Bällen von Verehrern umschwärmt werde wie ein Honigtopf von Bienen, sie amüsiere sich stets vorzüglich, aber ihr Herz sei wohl in festen Händen.

Herr von Rödern war es jedenfalls nicht. Lili schrieb freimütig, daß sie in Rödern einen lieben Freund habe, der mitunter nach Potsdam komme zu Lerschings, um sie zu besuchen. Auch führten sie einen anregenden Briefwechsel. Das war aber alles. Auch mit Christoph wechselte sie Briefe, das wußte er. Nun, in einigen Tagen würde sein Töchterchen bei ihm sein, dann stand ihm zwar eine große Freude bevor . . . immerhin konnte dieses Zusammensein auch sehr Schmerzliches in sich bergen. Lili war nun ein erwachsener Mensch. Sie hatte die Schule und ihre Musikstudien hinter sich und sollte unter der Leitung der Mutter und Mamsell Niemeyers hausfrauliche Kenntnisse erwerben.

Pauls Schulabschluß war ärgerlich, aber um seinen Jüngsten machte er sich keine großen Sorgen. Sein letzter Streich war für Paul nichts weiter gewesen als ein gordischer Knoten, den er zerhauen hatte. Er würde sich durchsetzen, wenngleich er es vorerst im Dienen nicht leicht haben würde.

Im Haus selbst herrschte kein Frohsinn. Didi-Ohm war alt und hinfällig, und seine Schwester, die alte Germaine, litt an Herzbeschwerden. Beauchamp überwachte sie zwar mit rührender Sorgfalt, aber sie verfiel in den letzten Monaten zusehends, obgleich sie tapfer ihre kleinen Gänge durch den geliebten Garten unternahm und wohl nicht ahnte, wie es um sie stand. Charlotte war bedacht, der Mutter möglichst viele kleine Freuden zu verschaffen; aber auch sie litt unter der Sorge und war oft reizbar.

Der Hund, der bisher ruhig geschlafen hatte, stand plötzlich auf. Er zitterte, während Hinrich die Hand auf seinen Kopf legte. Dann winselte er, sprang von der Bank, setzte sich Hinrich zu Füßen und begann mit erhobenem Kopf zu heulen.

«Was ist denn, Hektor?» Sein Herr beugte sich hinab und streichelte ihn. Aber der Hund heulte weiter. Da ging Hinrich dem Garten zu und lockte das Tier. Es kam angeschlichen, als habe es Furcht, und lief mit dem Herrn die Treppe hinauf, um sich vor dessen Bett schlafen zu legen, was er sonst selten tat. Doch in dem Korb in der Halle wollte Hektor nicht bleiben. Es war schon nach Mitternacht.

Madame Germaine war in der letzten Zeit oft im «schönen Erinnerungszimmer» gewesen. Als Charlotte, die ihre Mutter zum Frühstück in die Kaffeestube holen wollte, sie in ihrem Zimmer nicht vorfand und das unberührte Bett sah, wußte sie sogleich, wo die alte Dame war.

«Frau Baronin, was ist Ihnen? Sie sind ja . . .» rief der Sekretär, als Charlotte im Kontor kreidebleich an ihm vorüberrannte. Er folgte ihr erschrocken durch das Nebenzimmer in Georg von Wasmers Gemach. Leise trat er ein. Charlotte lag schluchzend vor ihrer toten Mutter auf den Knien, den Kopf in ihrem Schoß. Er erkannte sofort, daß Madame von Wasmer nicht mehr lebte, und zog die Tür zu. Durch die Fenster sah er den Gutsherrn und Herrn Paul aus dem Pferdestall kommen.

Obgleich Hinrich seit langem wußte, daß das Ende nicht fern war, erschrak er nun doch zutiefst, besonders Charlottes wegen. Er zog die heftig weinende Frau sanft hoch und nahm sie schützend in die Arme. Gemeinsam schauten sie auf die Tote hinab. Sie saß, den Kopf seitwärts gegen das stützende Kissen geneigt, in dem tiefen Sessel, dem großen Gemälde gegenüber, das Georg von Wasmer darstellte. Ihre Hand hielt ein Spitzentüchlein umklammert. Die drei Kerzen des Leuchters auf dem Tisch waren ganz heruntergebrannt. Die Tote trug ihren rüschenbesetzten Morgenrock und eine Spitzenhaube, die etwas verrutscht war. Still und zufrieden wirkte das feingeschnittene Gesicht. Hinrich dachte daran, daß diese Frau ihre zarten Hände oftmals über seine gefährdete Ehe gehalten hatte.

Paul hatte sich traurig auf den Rand der Truhe gesetzt, und die blanken Tränen liefen dem großen Jungen über die Wangen herab. Er hatte seine Großmama geliebt wie keines der anderen Kinder. Sie hatte immer Verständnis gehabt für seine Schelmenstücke, die sie amüsierten. Nachmittags spielte er zu ihren Füßen mit seinen Soldaten, und Großmama spendierte ihm Schokoladenkügelchen als Kanonenfutter. Die schmeckten so herrlich. Wie manches Mal hatte sie ihn vor den Mahlzeiten schnell an ihrem Waschtisch gewaschen und gekämmt, damit es keine Schelte gab, wie oft seine zerschundenen Knie verbunden. Und wie herzlich konnte sie lachen!

Wie ein Lauffeuer verbreitete sich die Nachricht vom Tod der alten Herrin. Zwar hatten die Leute im Dorf kaum Beziehung zu ihr gehabt, aber sie war doch da, fast schon eine legendäre Gestalt.

Tine Krey wanderte im schwarzen Kleid mit blütenweißer Haube und Schürze würdevoll über den Hof, ihres Amtes zu walten. Es war also Wirklichkeit: Die letzte der Wasmers war nicht mehr. Nach alter Moorburger Sitte wurde an einem strahlenden Sommertag nach der Trauerfeier in der Halle der schwere Eichensarg von acht Moorburger Männern aus dem Haus getragen. Hinter dem Pastor schritt die gesamte Familie Pogwisch und dahinter Wulf Powisch mit dem achtzigjährigen Marquis de Beauchamp. Madame Germaine wurde neben ihrem Gatten in der Wasmerschen Gruft auf dem Friedhof bestattet. Der letzte Platz darin war nun besetzt. Hinrich sagte an diesem Begräbnistag zu seinem Sohn Jürgen: «Wir müssen nun zusehen, daß wir einen neuen Platz für die Pogwischs bekommen, Jürgen.»

«Ach, Vater, das hat doch noch Zeit!»

Etienne mischte sich ein: «Na, für mich ist es bald soweit. Doch ich gehöre nicht dazu, ihr Lieben. Da ist ein freier Platz unter einem wilden Rosenstrauch an der Friedhofsmauer, den habe ich mir ausgesucht.

Die hellen, hohen Tage zwischen den beiden Ernten standen im krassen Gegensatz zu den schwarzgekleideten Pogwischs, die im Garten Kaffee tranken. In dieser Woche nach der Beerdigung fehlte ihnen die Großmama sehr. Aber es gab da so viel Schönes im sommerlichen Moorburg. Die drei Kinder waren selig, endlich wieder daheim sein zu dürfen. Besonders Jürgen empfand zum erstenmal, wie sehr er dieses Fleckchen Erde, seine Heimat, liebte. Solange er ständig hier gelebt, hatte er es nicht gewußt. Jetzt aber, nach der pommerschen Zeit, spürte er etwas von dem Zauber des kultivierten Elternhauses und seiner Umgebung.

Mit Genugtuung bemerkte Hinrich diese stille Freude seines Jürgen. Eigentlich sollte dessen Lehrzeit in Pommern bis zum Herbst dauern. Als er aber sah, welchen Trost es der armen Charlotte bedeutete, ihren Ältesten um sich zu haben, sprach er mit Wulf, der noch zwei Wochen Heimatluft atmen wollte. Was der Bruder davon hielte, wenn Jürgen bis zum Abgang ins Studium hierbleiben würde? «Steck ihn doch nach Polzin in den Erntebetrieb zu diesem tüchtigen jungen Schwoon, Hinnerk», meinte Wulf. Das war die Idee! Jürgen konnte dort noch dazulernen und jederzeit nach Moorburg reiten. Er wollte nicht nur Charlotte eine Freude machen, sondern auch Jürgen. Er hatte sich auf Remplin wacker gehalten, wie Wulf versicherte. Dem Herrn von Remplin war es nur recht. Ihm lag Jürgen nicht; Paul, der zweimal während der Ferien bei ihm gewesen war, hatte er gern um sich. So streifte er auch jetzt abends oder morgens mit dem künftigen Artilleristen auf die Jagd durch Moor und Heide. Jürgen blieb lieber in Moorburg und half beim Zureiten der Pferde. Er war begeistert, daß er nicht nach Remplin zurückgehen mußte. Die Polziner waren junge lustige Menschen, dort war es gut sein. Und so zog er fröhlich begrüßt im Juli in Polzin ein. Charlotte war Hinrich von Herzen dankbar für diese Wendung der Dinge.

So hätte trotz des Trauerfalls für den Gutsherrn eine gute Zeit heraufziehen können. Das Getreide auf seinen Feldern stand gut, der alte Busse tat mit Hilfe des jungen Eleven seinen Dienst wie eh und je vorzüglich. Die Pferdezucht florierte. Und seine beiden Lieblingskinder waren um ihn. Eben da jedoch lag der Gram, der Hinrichs Tage und Nächte beschwerte.

Denn als er zwei Tage vor der Beisetzung der Schwiegermutter Lili in Alberg abgeholt hatte, war seine Tochter glückstrahlend aus der Postkutsche gehüpft. Hinter ihr war Christoph ebenso strahlend zum Vorschein gekommen. Es hatte ihn so getroffen, daß er sein Mienenspiel nicht beherrschen konnte, als Lili lachend auf ihn zulief, dann aber verwundert die erhobenen Arme sinken ließ mit dem Ausruf: «Was ist dir,

Vater? Freust du dich denn gar nicht, daß wir beide kommen?»

«Ach, wie sehr, meine Bachstelze!» Er hatte sie und auch Christoph umarmt und sein bekümmertes Aussehen damit entschuldigt, daß ihm der Tod von Großmama immer noch nachgehe. Auf der Heimfahrt hielt er die weinende Lili an sich gedrückt, während Christoph die Zügel führte. Der Freudentag war verdunkelt und die folgenden Tage erst recht. Christoph zog sich ins Fischerhaus zurück in sein Goldstübchen mit dem Nixenschrank. Er blieb auf dem Hof vorerst unsichtbar. Hinrich sah ihn mitunter auf dem See segeln. Im Vorsommer hatte Christoph, gemeinsam mit Mahrt, das alte Moorburger Boot in ein Segelboot umgetrimmt. Ein Schwert war hineingekommen und ein kleiner Mast, Segel und Tauwerk hatte er in Lübeck besorgt. Auch Hinrich war mit ihm in der «Nußschale» auf dem See gesegelt. Aber Lili war nicht dabei gewesen. Die alte Frau von Rödern hatte sie nach Dennewitz eingeladen. Hinrich forderte Christoph nicht auf, morgens mit ihm spazierenzureiten. In dieser Verfassung konnte er das Beisammensein mit dem ahnungslosen Jungen nicht genießen.

Junge! Er war ein Mann mit seinen zweiundzwanzig Jahren, groß und schlank. Und Lili war eine aufgeblühte junge Dame. Sie trug immer noch die Geschenke ihrer beiden Freunde, sogar auf ihrem schwarzen Kleid. Wegen der Trauer hatte sie wohl nicht allzuviel von ihren Vergnügungen in Potsdam erzählt. Überhaupt war sie stiller und nachdenklicher geworden, schien es Hinrich. Es konnte aber auch an der gedämpften Stimmung liegen, die gewöhnlich einem Trauerfall folgt.

Eines Nachmittags sah Hinrich von der Terrasse aus, wo er mit Wulf Zeitung lesend saß, das kleine Segelboot den See überqueren. Jetzt schlug das Segel um, und neben Christophs blauem Hemd entdeckte er Lilis schwarze Gestalt. Er starrte wie gebannt dorthin. Wulf bemerkte es, als er das Zeitungsblatt wendete. Seine Jägeraugen entdeckten die Segler ebenfalls. Nun verschwanden sie hinter einer Schilfecke.

«Sag mal, Hinrich, dein Mündel ist zwar ein sympathischer junger Mensch, aber ist das eine passende Partie für unsere Lili?»

«Eine Kinderfreundschaft», erwiderte Hinrich.

«Mich geht das nichts an», brummte Wulf und knitterte mit der Zeitung, «das ist eure Sache. Aber das ist keine Kinderfreundschaft mehr. Ich muß dir das wohl sagen, denn ich sah sie gestern abend, als ich mit Paul durch die Heide ging, dort Arm in Arm lustwandeln. Und der Junge kicherte und meinte, Lili würde wohl eine Doktorsfrau werden.»

«Nein, das kommt nicht in Frage», sagte Hinrich heftig.

«Meine ich auch! Luise schrieb mir, Lili habe genug Verehrer.» Den Ausschlag zum Handeln gab Charlottes Bericht am kommenden Abend. Sie war in der Gärtnerei gewesen, um Gemüse für den nächsten Tag auszusuchen und mit dem Gärtner über die Bepflanzung eines abgeblühten Beets zu sprechen. Als sie am Seeufer zurückgehen wollte, hörte sie hinter der Hecke leise Stimmen. Näher tretend erkannte sie, daß ihre Tochter Christoph die Arme um den Hals gelegt hatte und daß sie sich küßten. Dann war Christoph zum Fischerhaus gegangen, und Lili nahm den Weg zum Hof. Das alles erzählte sie Hinrich oben in seinem Zimmer, wo er sich eben wusch. Er wollte früh zu Bett gehen, denn er hatte die Nacht zuvor kaum geschlafen.

Er entgegnete zunächst nichts, so tief traf ihn dieser Bericht. Er kehrte seiner Frau den Rücken zu und warf das Handtuch auf den Waschtisch. Dann zog er den Schlafrock an und drehte sich um. «Ist das wahr, Charlotte?»

Sie sah, beunruhigt über seinen Gesichtsausdruck, zu ihm auf. «Ja, Hinrich, das habe ich gesehen und gehört. Ich meine das verliebte Geflüster. Das geht nicht so weiter!» Charlotte war selbst erschrocken über diese Geschehnisse, obschon sie seit Jahren so etwas befürchtet hatte. Um so mehr als sie wußte, wer Christoph war.

«Es wird auch nicht so weitergehen, Charlotte! Morgen werde ich dem ein Ende machen, und das tut mir sehr weh.»

Da saßen sie nun zusammen auf dem Bett, voll Kummer darüber, daß sie der armen Lili ihr Glück nehmen mußten. Denn Charlotte wußte, wie es war, als junges Mädchen einen Mann zu lieben und ihn dann fortgehen zu sehen. Und Hinrich wußte von seinen Qualen, den geliebten Menschen zu verlieren.

«Soll ich mit Lili reden», bot Charlotte an, «und du nimmst dir Christoph vor?»

«Sie würde doch zu mir kommen in ihrer Not, das weiß ich, Charlotte.» Die Mutter verzog das Gesicht. Ja, das wußte sie wohl. Nun, dann sollte Hinrich allein diese traurige Sache ausbaden. Warum auch hatte er Christoph immer wieder nach Moorburg kommen lassen!

«Was hältst du von Rödern?» fragte Hinrich.

Charlotte nickte. «Das wäre der richtige Mann für Lili. Klug, sympathisch, sogar vermögend, wie Luise schrieb, und er liebt Lili. Mir scheint, er wartet immer noch auf sie.» Sie nahm Hinrichs verkrüppelte Hand und strich mit den Lippen darüber hin. «Du Armer!»

«Mein Lottchen!» Hinrich schloß sie in die Arme, und es tröstete ihn ein wenig, seinen kleinen Kompagnon wiederzufinden.

Früh am anderen Morgen schickte Hinrich Pogwisch einen Knecht zum Fischerhaus hinüber. Er wartete bei den gesattelten Pferden. Es dauerte keine Viertelstunde, da kam Christoph, noch an einem Butterbrot kauend, angelaufen: Er freute sich, daß der Ohm ihn endlich wieder einmal mitnahm. Er sagte es ihm, sah aber besorgt in dieses noch immer schöne, sehr ernste Gesicht des Vormunds. Schweigend ritten sie nebeneinander durch den dunkelgrünen Buchenwald, wo das Sommerlaub schon schwer hing. Hinrich bog auf eine Wiese ein, die von Wald umschlossen vor ihnen lag. Ein kleiner Bach murmelte durch abgeblühte wilde Vergißmeinnichtbüschel.

«Steig ab, Christoph!» Hinrich band sein Pferd an einen Eschenstamm.

Verwundert folgte Christoph seinem Beispiel. «Nicht durch die Heide, Ohm?»

«Setz dich her, mein Junge», sagte Hinrich und ließ sich wegen seiner Verwundung etwas mühsam in dem Moos am Waldrand nieder.

Seine Kehle war ihm eng, als er den jungen Mann neben sich ansah und fragte: «Hast du nichts mit mir zu besprechen, Christoph, etwas, was deine Zukunft betrifft?»

«Meinst du wegen des Studiums?»

Hinrich schüttelte den Kopf. «Ich meine das, was dich eben sehr stark bewegt.»

Christoph gewahrte, wie Hinrich die Augen niederschlug und einen Blumenstengel abpflückte, den er zwischen den Fingern drehte.

«Hat Lili dir etwas gesagt, Ohm? Ich meine, das ist noch zu früh.»

«Es ist schon fast zu spät, Christoph. Nun sage mir ganz offen, in welchem Verhältnis stehst du zu Lili?»

«Du weißt doch, daß ich Lili immer schon liebgehabt habe. Seit wir erwachsen sind, ist das Verhältnis natürlich anders und tiefer geworden. Andere Mädchen interessieren mich nicht. Darum weiß ich, daß ich Lili liebe, sehr liebe. Ach, Ohm, das ist unbeschreiblich schön, dieses Glück. Und vor allem, daß meine Lili mich genauso sehr liebt!» Seine roten Augen strahlten Hinrich an. «Wir haben uns all die Jahre geschrieben, und als ich sie nun in Schwerin traf, um mit ihr gemeinsam die Reise fortzusetzen, wußten wir beide, daß wir zusammengehören.» Erschrocken fügte er hinzu: «Oheim, was siehst du mich so finster an?»

«Weil ich todtraurig bin, mein Christoph, daß ich euer Glück zerstören muß.»

Jetzt legte der Vater den Arm um seinen sprachlosen Sohn. «Ihr dürft niemals heiraten, Christoph!» Nun war es heraus.

Hinrich ließ Christoph los und legte sich ins Moos zurück. Über sich sah er einen Mäusebussard mit stillstehenden Schwingen kreisen.

Einen Augenblick saß Christoph wie gelähmt da, die hochgezogenen Knie mit gefalteten Händen umfassend, den Blick starr auf die gegenüberliegende Waldseite gerichtet, dann sprang er auf die Füße und schaute auf den liegenden Mann hinab. «Wir dürfen niemals . . . Aber das ist unfaßlich! Wir lieben uns doch! . . . Ist es wegen meines Pigmentmangels? Das vererbt sich nicht. Oder hast du etwas Vorteilhafteres mit deiner Tochter vor, als sie mit einem Arzt zu verheiraten? Warum? Sag mir doch klipp und klar, warum Lili und ich nicht heiraten dürfen.» Er lief verstört auf und ab. Hinrich antwortete nicht; er erinnerte sich der eigenen Nöte hier am Schwarzsee, und die Trauer des Jungen, sein Liebstes hergeben zu müssen, bereitete ihm großen Schmerz.

Jetzt blieb der Junge vor seinen Füßen stehen. Er öffnete und schloß die Hände vor Erregung und Ratlosigkeit. «Du hast es doch all die Jahre geduldet, daß Lili und ich ein Herz und eine Seele waren. Und jetzt willst du uns brutal auseinanderreißen? Du, den wir beide verehren und lieben? Das ist mir unverständlich, ist paradox. Das kann doch gar nicht stimmen, Oheim. Willst du dieses sensible Mädchen, deine eigene Tochter, todunglücklich machen?» Brüsk wandte er sich ab und rannte wieder hin und her, um seiner Bestürzung Herr zu werden.

«Es ist brutal. Du hast recht, Christoph. Aber ich muß! Zu lange habe ich eure Freundschaft geduldet.» Hinrich versuchte sich aufzurichten, das Knie versagte zunächst. «Hilf mir auf!» bat er. Und Christoph reichte ihm die Rechte. Jetzt standen sie voreinander, diese beiden Männer mit dem Pogwisch-Profil, gleich groß, gleich leidend. Die blauen Augen hielten die roten fest. Zum erstenmal sah der Jüngere den blauflammenden Blick in dem blassen Antlitz des Älteren.

«Du willst den Grund wissen, warum ich mich eurer Vereinigung entgegenstellen muß? Deine angeführten Gründe sind es nicht. Es ist etwas ganz anderes, was eine Ehe zwischen euch unmöglich, ja gesetzwidrig macht.»

Jetzt starrte Christoph mit aufgerissenen Augen in die blauen Flammen, Schwindel überkam ihn, er sah das weiße Gesicht ganz verschwommen vor sich. Erschüttert flüsterte er: «Dann kann es nur . . .» Eine Hand legte sich auf seinen Mund.

«Es gibt Dinge, mein Junge, die man nicht aussprechen soll. Es gibt Schicksalsfügungen, die ein Edelmann zutiefst in seiner Brust verschließt, weil sie noch immer eine Wunde sind, weil sie nicht an die Öffentlichkeit gehören. Du hast mich verstanden? Ein Edelmann bist du, und ich erwarte, daß du als ein solcher handelst. Sage nun deinem . . . Oheim, was du zu tun gedenkst!»

Christoph richtete sich auf, er sah das geliebte Gesicht wieder klar vor sich. «Ich gelobe dir, Oheim, meine große Liebe und alles, was damit im Zusammenhang steht, in mich zu verschließen und meinen Kummer zu überwinden, wie es einem Edelmann ansteht.»

«Ich wußte es, mein Christoph, und ich danke dir von Herzen!» Hinrich nahm seinen Sohn in die Arme. Lange standen sie, die Gesichter aneinander gelehnt, auf der einsamen Waldwiese. Die Grillen zirpten, und die Wipfel am Waldrand rauschten.

«Mein lieber Junge», sagte Hinrich, als sie zu Pferde saßen und im Schritt heimritten, «mir hast du heute ein wundervolles Geschenk gemacht, und ich habe dir etwas Wundervolles aus deinem Leben nehmen müssen. Du bist jung, das Leben liegt in all seiner Vielfalt vor dir. Du wirst dein Dasein mit neuen Eindrücken und Freuden anfüllen, mit Arbeit in deinem Beruf. Blick in die Zukunft, nicht zurück! Vielleicht werden neue Täuschungen und Enttäuschungen an deinem Weg liegen. Reite vorbei und sieh vorwärts!»

«Ich möchte zunächst nach Greifswald zurückkehren, gleich morgen schon, und an der Klinik arbeiten.»

«Tu das! Arbeit ist das Beste gegen Trübsinn. Aber vergiß eines nie: Moorburg ist und bleibt deine Heimat. Für den Winter würde ich dir München empfehlen. Ich habe seinerzeit in Tübingen studiert. Es ist aber das gleiche Spießernest wie Greifswald. Dir möchte ich darum die bekannten Unannehmlichkeiten im Anfang ersparen. In München wird es leichter für dich sein. Ich hätte große Lust, nach der Ernte mit dir nach München zu reisen.»

«Das wäre großartig, Ohm!» Und so wurde es verabredet.

Erst kurz vor Moorburg konnte Christoph sich nicht mehr beherrschen. «Was wird nun mit der armen Lili?»

Sie sahen beide auf die nickenden Pferdeköpfe vor sich nieder.

«Ja», sagte Hinrich leise, «das ist das Allerschlimmste, Lili, meiner kleinen, vertrauensvollen Bachstelze, diesen Schmerz zuzufügen. Junge, ich denke die ganze Zeit mit Sorge daran.»

Ob er es tun solle, fragte Christoph.

«Nein, Christoph, auch das muß ich nun ausbaden. Den wahren Grund darf sie nie erfahren, hörst du? Das Beste ist wohl, auf dein Studium hinzuweisen, das noch einige Jahre dauern wird. Es wird gut sein, wenn sie bald heiratet, in eine andere Umgebung kommt, einen Pflichtenkreis erhält und ausgefüllt ist.»

«Soll sie etwa diesen Preußen heiraten?»

«Sie soll nicht. Kein Mensch wird sie zwingen. Bei Rödern, einem Mann mit anständigem Charakter, wäre unsere Lili in guter Hut.» Hinrich blickte kurz zu Christoph hinüber.

Dieser sah finster vor sich hin und murmelte: «Gräßlich ist das! Ohne Liebe für ein ganzes Leben mit einem Menschen, der einem gleichgültig ist, zusammensein müssen.»

Nun, die richtige Liebe entfalte sich meist erst in der Ehe, meinte Hinrich tröstend. Oder auch nicht, hielt Christoph dagegen.

Im Hufgeklapper durch den Torweg sagte Hinrich, er werde Christoph am anderen Morgen zur Post nach Alberg fahren. Ob er Lili noch einmal sehen dürfe, fragte Christoph verzweifelt. Wenn Lili es wolle, gern. Allerdings würde der Abschied dann alles wieder aufreißen, gab Hinrich zu bedenken.

Der Hund kam Hinrich lustig entgegengesprungen, als er die Halle betrat. Er beugte sich hinunter und klopfte dem Tier die Flanke. Ja, ja, mein Hektor, bei euch Kötern gibt es nicht solche Tragödien wie bei uns zivilisierten Menschen. Erwartungsvoll lief der Hund zum Portal, aber sein Herr hatte andere Dinge im Sinn, als mit ihm spazierenzugehen. Er hängte den Hut an den Haken und ging schweren Schritts in den Gartensaal und durch den Eßsaal in die Kaffeestube.

Charlotte und Lili waren eben mit dem Frühstück fertig. Hinrich küßte beide flüchtig auf die Wangen und setzte sich an seinen Platz. Lili schenkte ihm den Kaffee ein.

«Welch herrlicher Tag ist heute wieder», sagte Lili fröhlich. Sie sah in ihrem schwarzen Kleid rosig und jugendfrisch aus.

Über die Tasse sah Hinrich Charlottes fragenden Blick auf sich gerichtet. Da nickte er ihr traurig zu.

«Bist du spazierengeritten, Vater?» erkundigte sich das Mädchen. Er nickte kauend, hatte gar keinen Appetit. Drei Tassen Kaffee trank er hintereinander, das Brot sollte nicht rutschen.

«Vater, du bist so ernst. Hat es Ärger gegeben?»

«Ja, meine kleine Bachstelze.» Er versuchte zu lächeln. Charlotte sah bedrückt vor sich hin. «Gib mir einen großen Cognac, Lotte!» Sie holte die Flasche aus dem Eckschrank und schenkte sich auch ein Glas ein.

Verwundert sagte Lili: «Was habt ihr nur? Ist etwas Schlimmes geschehen?»

Hinrich stand mit einem Ruck auf, als Adele in die Tür kam, um abzuräumen. Anton, der alte Diener, war im Vorjahr gestorben. «Komm, Lili», sagte Hinrich, «wir beide wollen mal in Großmamas Boudoir gehen.»

Die Tür hinter sich schließend, meinte Hinrich, sie müßten sich einmal über Lilis Zukunft unterhalten. Ob sie irgendwelche Pläne habe? Lili errötete und sah verwirrt zum Vater auf. Sie wolle vorläufig noch in Moorburg bleiben, später vielleicht, wenn die Eltern es gestatteten, in Hamburg Musikstudien betreiben, wie ihr Lehrer in Potsdam es ihr empfohlen habe.

«Du willst doch gewiß die Musik nicht zum Inhalt deines Daseins machen, Kind, wie?»

Nein, natürlich nicht, antwortete sie bekümmert. Mit einemmal wußte sie, was der Vater von ihr wollte.

Da sprach der Vater auch schon weiter. Das Leben einer Frau erfülle sich in der Ehe. «Mutter und ich hatten den Eindruck, daß du Herrn von Rödern sehr schätzt, und hofften, daß du dich mit ihm dort in Potsdam verloben würdest. Hat er sich dir denn nicht erklärt, kleine Bachstelze?»

Lili, die am Fenster gestanden und auf den See hinausgesehen hatte, drehte sich langsam um. «Doch, das hat er, Vater. Er ist mir ein guter Freund, aber ich liebe ihn nicht. Das habe ich ihm natürlich nicht gesagt. Es ist so schwer, einem Menschen, der liebt, so etwas zu sagen.»

Hinrich nickte grimmig. «Herr von Rödern ist ein vorzüglicher Mann, mein Kind. Als Ehepartner für dich könnte ich mir keinen besseren Menschen vorstellen. Ich habe ihn damals in seiner noblen Art kennengelernt und weiß, daß du mit ihm glücklich werden könntest.»

Er nahm die ängstlich zu ihm aufsehende Lili um die Taille und führte sie zum kleinen Sofa hinüber. Als er sie neben sich niederzog, fühlte er, daß sie zitterte. Er legte den Arm um sie und sagte möglichst ruhig zu ihr: «Hast du deinen Vater lieb?» Sie nickte heftig. «Dann weißt du, daß er es gut mit dir meint, nicht wahr? Na also! Dann laß dir von ihm raten: Schreibe Herrn von Rödern eine Einladung nach Moorburg. Das Weitere wird sich dann von selber finden.»

Lili sprang auf und stand blaß und entschlossen vor ihm. «Das kann ich nicht. Denn ich liebe nur Christoph allein.»

«Ich weiß das, meine kleine Lili. Heute morgen habe ich mit unserem Christoph darüber gesprochen. Er sieht ein, daß ihr noch lange warten müßtet, um heiraten zu können. Bis Christoph als Arzt eine Familie ernähren kann, dauert es noch Jahre. Und eine lange Verlobungszeit ist eine Tortur. Das will ich dir ersparen.»

«Ich will aber auf ihn warten, Vater. Ich liebe ihn, habe ihn schon immer geliebt, meinen Christoph. Du kannst doch nicht . . .» Nun weinte sie.

Hinrich nahm seine Tochter wie früher, als sie noch ein Kind war, auf den Schoß, streichelte ihr Haar und ließ sie weinen. Ihm war so jämmerlich zumute, daß er eine Zeitlang schwieg. Behutsam begann er nach einer Weile ihr klarzumachen, daß ein Student erst die Welt ein wenig kennenlernen müsse, um ein Mann zu werden, der einer Familie vorstehen könne. Rödern dagegen sei ein reifer Mann in sehr guten Verhältnissen, der ihr einen angemessenen Lebensstil bieten könne.

«Aber Christoph und ich wollen doch zusammenbleiben, Vater. Wir wollen doch so sehr!»

«Liebling, das ist alles schön und gut. Aber das geht nicht, auf so lange Sicht. Laß dir gesagt sein, Christoph, dieser vernünftige Junge, sieht es auch ein. Er hat schon auf dich verzichtet, meine Kleine.»

«Vater, das ist nicht . . .» Lili verstummte, sie war ohnmächtig geworden. Ungesehen trug der Vater sie hinauf auf ihr Bett. Da kam sie nach einiger Zeit wieder zu sich. Sie wandte sich von dem Vater ab und schloß die Augen. Leise ging Hinrich hinunter. Er fand Charlotte auf der Terrasse und berichtete ihr, vor Schmerz selbst halb betäubt.

Am Nachmittag, als Charlotte am Bett der Tochter saß, verlangte Lili, Christoph zu sehen. Charlotte hatte ihr erzählt, daß er morgen früh abreisen würde. Sie konnte das alles nicht glauben. Er sollte es ihr selber sagen. Die Mutter hatte von Etienne Baldriantropfen geholt. Lili war ruhiger geworden.

Charlotte, die Christoph ihr Haus all die Jahre verwehrt hatte, ging selbst hinüber, um ihn zu holen. Sie hatte den Fischer auf dem See gesehen. Das kleine Segelboot lag am Strand. Er mußte im Fischerhaus sein. Sie stieg die Treppe hinauf und öffnete die Tür. Überrascht blieb sie vor der sonnendurchfluteten gelben Kammer stehen. Da saß Christoph am Fenster; den Kopf in die Hände gestützt, sah er auf den goldflimmernden See hinaus. Beim Knarren der Tür fuhr er herum. «Baronin, Sie!» rief er erstaunt und erhob sich.

«Lili möchte von Ihnen Abschied nehmen, Christoph.»

Stumm, mit hängenden Schultern ging Christoph neben Charlotte her. Im Garten schließlich fragte er, wie es Lili gehe. Traurig sah Charlotte ihn an. «Sie leidet sehr, Christoph. Vielleicht können Sie ihr etwas helfen?» Er antwortete nicht. Oben ließ sie ihn bei Lili eintreten, die schmal und blaß am Fenster saß. Die Mutter trat ins Nebenzimmer, um notfalls zur Hand zu sein. Durch die Verbindungstür hörte sie eine gedämpfte Unterhaltung, von Lilis Schluchzen unterbrochen. Etwas über eine Stunde blieb Christoph bei ihr. Ein lautes Aufweinen ihrer Tochter ließ Charlotte auf den Flur hinaustreten. Sie hörte Christophs tröstende Worte. Dann kam er heraus. Still ging er neben Charlotte die Treppe hinunter. «Ihr armen jungen Menschen!» sagte sie leise, als sie ihn durch den Gartensaal zur Terrassentür geleitete. Er küßte ihr die Hand und schritt langsam, aber aufrecht durch die bunten Sommerbeete.

Charlotte sah ihm nach: Wie hatte sie ihn gefürchtet und gehaßt, diesen Störenfried! Nun ging er fort. Sie empfand keine Genugtuung oder Erleichterung. Sie empfand nur Erbarmen mit den beiden Liebenden.

Mitten im Erntebetrieb kam Rittmeister von Rödern nach Moorburg. Lilis Brief mit der Frage, ob er nicht Lust habe, seinen Urlaub auf Moorburg zu verbringen, hatte ihn veranlaßt, sofort Urlaub zu nehmen. Sie musizierten wieder zusammen, verstanden sich sehr gut. Und vierzehn Tage später fand eine kleine, in Anbetracht des Trauerjahrs nur auf den Familienkreis beschränkte Verlobungsfeier statt.

Jürgen, der auf Polzin Freude in der Landwirtschaft gewonnen und tüchtig in der Ernte mitgearbeitet hatte, rüstete im September zum Aufbruch nach Kopenhagen. Hinrich war es zwar nicht recht, daß er in dieser mit Dänemark spannungsreichen Zeit gerade dorthin wollte. Er hätte ihn lieber an einer deutschen Universität gesehen. Aber da sein Sohn unbedingt mit dem Freund zusammen studieren wollte, ließ er ihn gewähren, nachdem er sich auf Polzin so willig gefügt hatte. Auch wollte er Charlotte nicht wieder gegen sich aufbringen. Charlotte, die sich in seiner Not so treu und verständnisvoll benommen hatte.

Paul war glücklich nach Potsdam abgereist. Charlotte und die junge Braut rüsteten Lilis Aussteuer. Sie kauften in Lübeck ein, wühlten in Stoffen und Bekleidungsstücken, hatten endlose Beratungen mit Näherinnen und Stickerinnen und besorgten alles, was zu einer standesgemäßen Brautausstattung gehörte. Es war eine ganze Menge. Hinrich, der so etwas zum erstenmal, und gottlob zum letztenmal, wie er sagte, erlebte, schüttelte nur den Kopf über die Berge Kartons und Ballen, die Jochen Meier nach diesen Lübeck-Fahrten auslud. Die Rechnungen sah er gar nicht mehr an. Das überließ er lieber dem Sekretär. Die beiden Damen aber blühten geradezu auf.

«So, mein Lottchen», sagte er eines Abends, als er mit seiner Frau in der Bibliothek vor dem Kaminfeuer saß, «jetzt will ich auch einmal meinen Spaß haben und mit dem Geld umherwerfen. Letzte Woche habe ich ein schönes Stück Geld für den Viererzug bekommen. Das werde ich zum größten Teil auf Reisen verjuxen.»

Charlotte, die gerade eine Patience legte, schob die Karten zusammen. Erwartungsvoll sah sie ihn an. «Wohin werden wir denn fahren, Hinrich?»

«Du kannst doch vor lauter Einkäufen gar nicht mit, Mutter», scherzte er. «Nein, dieses Mal fahre ich allein los. Das heißt mit Christoph, der zum Wintersemester nach München will.»

Ihr Gesichtsausdruck war nicht gerade intelligent, als sie Hinrich anstarrte. «Nach München wollt ihr, du und Christoph?»

«Du sagst es. Wir werden uns aber Zeit lassen. Ich will dem Jungen die schönen alten Städte in Süddeutschland zeigen. Das wird ihn aufmuntern, bevor er sich in München dem Studium widmet. Er hat es verdient. Meinst du nicht auch?»

Doch, doch. Charlotte nickte und sagte dann zögernd: «München soll ein recht teures Pflaster sein, wie man hört. Künstlerleben, Residenz, Eleganz, Prunk und was weiß ich alles.»

«Ja, und?»

Sie hob die Schultern. «Wäre es für Christoph nicht billiger, in Greifswald zu bleiben?»

Jetzt wurde er ernst. Ging das schon wieder los? Nun aber drauf: Der Zahn mußte einmal gezogen werden.

«Geht es uns etwas an, was Christoph mit seinem Geld macht?»

«Lieber Hinrich», sagte Charlotte nun scharf. «Ich habe seinerzeit die Summe gesehen, die Christoph geerbt hat. Die muß in den Jahren seines bisherigen Studiums doch recht zusammengeschrumpft sein.»

Hinrichs Grinsen auf diese Bemerkung verwirrte sie, aber was er jetzt sagte, verschlug ihr zunächst die Sprache, denn er erklärte ihr seelenruhig, diese Summe sei noch vollständig. Davon sei keine Mark herunter. Das bleibe Christophs eiserne Reserve.

Nur das Knistern des Feuers war zu hören. Unvermittelt stand Charlotte auf und trat vor ihn hin. Die Spitzen an ihrer Haube bebten. «Dann bezahlst also du sein Studium?»

«Und wenn ich es täte?»

Belustigt sah er, wie sie die Augenbrauen zusammengezogen hatte. «Du kannst dich ruhig wieder hinsetzen, Lotte. Deine ewige Eifersucht muß einmal aufhören, zu deinem eigenen Besten. Denn Eifersucht ist eine Leidenschaft, die mit Eifer sucht, was Leiden schafft. Unsere lieben Kinderchen bekommen alles aufs Reichlichste, wie mir die Summen sagen, die sie überwiesen bekommen. Und nun gar diese fürstliche Aussteuer für Lili!»

Charlotte setzte sich wieder in ihren Stuhl und spielte nervös mit den Patiencekarten auf dem Tisch. Dabei blickte sie ihn durchdringend an. «So, dann hast du mich also damals belogen, als du sagtest, Christoph bezahle sein Studium selber!»

«Den Teufel habe ich dich belogen! Christoph bezahlt sein Studium selber, auch heute noch und weiterhin auch, denn er hat Einnahmen, die ihm das ermöglichen. Bist du nun endlich beruhigt?»

«Und woher hat er diese plötzlichen Einnahmen, wenn ich fragen darf?»

«Du darfst fragen, soviel du willst. Es gibt aber nur eine Antwort: Das geht dich nichts an. Zum Kuckuck noch mal!»

«Du bist vulgär, Hinrich Pogwisch», sagte sie nun spitz.

«Ich kann noch viel vulgärer werden, damit du endlich einmal begreifst, daß dich weder Christophs noch meine Geldangelegenheiten irgend etwas angehen. Ich selbst würde durchaus keinen Einspruch erheben, wenn es dir gefallen sollte, deinem angebeteten Jürgen den Hintersten zu vergolden, mit deinem Gänsegeld.» Er erhob sich und sagte ganz ruhig: «Hoffentlich hast du nun verstanden, daß ich von diesen Einmischungen künftig verschont sein will. Schlafe wohl, Charlotte!» Damit ging er nach oben.

Am anderen Morgen gab er dem Sekretär Anweisung, ihm die Aussteuerrechnungen vorzulegen. Er erschrak, als er die Summe sah. Waren die Frauen denn verrückt geworden? Schluß damit! Erbost ging er in das Zimmer hinter der Kaffeestube, wo sich Lilis Aussteuer türmte. Dort traf er Mutter und Tochter beim Sortieren von Tischwäsche an.

«Glaubt ihr denn, ich sei ein Krösus? Wißt ihr, was ihr für all diesen Plunder hinausgeworfen habt? Hier, seht euch das an!» Er bemerkte, wie sie erschraken. «Nun ist Schluß. Es gibt kein Geld mehr dafür.»

Ein Jammern begann. «Es laufen aber noch Bestellungen . . .»

Abbestellen! Und was bereits in Arbeit sei, müsse vom Gänsegeld bezahlt werden. Er mache das nicht mehr mit.

«Siehst du, Mutter», sagte Lili zu der verzweifelten Charlotte, die vor Zorn fast weinte, «ich habe dir gleich gesagt, daß wir ruhig die Hälfte von allem bestellen können. Auf Dennewitz ist doch alles da. Das kann ich ja nie verbrauchen.»

«Mach du mir auch noch Vorwürfe, wo ich es nur gut gemeint habe! Du sollst nicht wie eine Bettlerin ankommen. Das will ich nicht. Ich weiß gar nicht, was ich jetzt tun soll. Da ist doch noch . . .» Die beiden Damen saßen in der Klemme, es half ihnen nichts.

Sie fuhren anderntags nach Lübeck, und Jochen Meier mußte in einige Geschäfte gehen und die Bestellungen rückgängig machen. Charlotte hatte tatsächlich ihre Gänsekasse geplündert, um die schon in Arbeit befindlichen Sachen zu bezahlen.

«Siehst du!» sagte der Gutsherr, als Lili ihm davon berichtete. «Laß es dir als künftige Hausfrau eine Lehre sein: Immer erst alles mit dem Ehemann beraten, was du vorhast, so kannst du Ärger vermeiden.» Dann nahm er seine Bachstelze in die Arme und sah ihr forschend in die Augen. «Glücklich, mein Mädchen?»

Sie lächelte ihn an.

Die große Reise nach Süddeutschland gestaltete sich für Hinrich und Christoph zu einem wahren Fest. Sie ließen sich Zeit. Mitunter erreichten sie mit der Postkutsche ein kleines verträumtes Nest und blieben dort einige Tage, wenn Schönes oder Interessantes zu sehen war. Die Barockkirchen hatten es dem jungen Mediziner besonders angetan. Die Riemenschneiderschen Schnitzereien entzückten beide. Bisweilen fuhren sie mit der neuen Eisenbahn. Das war ein Ereignis! Christoph, der Gründliche, mußte unbedingt die Lokomotive besichtigen, dieses Wunder der Technik. Der Lokomotivführer erklärte ihm bereitwillig die Funktion der Maschine, die fauchend und dampfend auf der Station hielt.

Ein Erlebnis nach dem anderen brachte die Reise. Die Menschen waren lebhafter und geselliger als in Norddeutschland, sie sprachen eine merkwürdige Sprache und trugen hübsche Trachten. Der Wein beflügelte die Gespräche der Reisenden, und sie bekamen fremde Speisen vorgesetzt. Christoph lernte viel durch die Erzählungen Hinrichs; und wie es dieser einst getan, nahm er sich vor, in sein Studium die Philosophie mit aufzunehmen. Als Hinrich seinen lieben Jungen, dem der Kummer noch tief in den Augen lag, in München ließ und zurückreiste, war er einsam.

Wie es schon oft während Hinrichs Abwesenheit gewesen war, kam Charlotte das Moorburger Haus leer und tot vor. Jetzt fehlte auch noch die alte Herrin darin, und Didi-Ohm verließ kaum sein Zimmer im Seitenflügel. Mutter und Tochter «verloren» sich geradezu in den vielen großen Räumen. Häufig betrachtete Charlotte das Gemälde, das ihre Mutter als junge Frau in Festtoilette darstellte mit dem in der Notzeit verkauften Kollier um den schlanken Hals. Oder sie beugte sich über die Regencekommode, wo eine vor zwei Jahren in Lübeck aufgenommene Daguerreotypie stand, welche Großmama mit ihren drei Enkelkindern zeigte, die alle miteinander starre, vom Entwickler nachträglich eingetragene Punktaugen hatten. Hinrich hatte sie für Charlotte als Weihnachtsüberraschung machen lassen.

Mama wäre sehr ungehalten gewesen, wenn sie die Verstimmung zwischen Hinrich und ihr seit dem Geldstreit noch erlebt hätte. «Sei keine Gans», hatte sie so oft zu Charlotte gesagt, «du weißt anscheinend nicht, welch eine Perle von Mann du hast.»

Charlotte wußte es wohl. Vor Gram darüber, daß sie ihre Eifersucht nicht bezähmen konnte, ging sie also wieder einmal in die Ecke der Kaffeestube und schenkte sich zwei, notfalls auch drei Gläser ein. Dann fühlte sie sich wieder besser. Mitunter fuhr sie auch mit oder ohne Lili nach Karlshöhe zu Gabriele, die schwere Sorgen hatte.

Der alte Karl von Trappen war krank und hinfällig, und wenn Charlotte an seinen Sessel trat, sagte er: «Lange mach ich es nicht mehr, Charlotte. Schick mir deinen Hinrich her, wenn er heimkommt. Den will ich so gern noch einmal sehen!» Seit seine Frau vor drei Jahren gestorben war, brannte auch sein Lebenslicht schnell herunter. Zwar hatte er den Betrieb noch bis nach der Ernte geleitet. Im Herbst, der gefährlichen Übergangszeit, hatte er sich erkältet und konnte sich davon nicht mehr erholen.

Und jetzt fehlte die Zwischengeneration. Sein Sohn war unter den vergeblichen Opfern von Idstedt gewesen, und der Enkel, noch unmündig, machte seine landwirtschaftliche Lehre auf einem Gut in der Propstei. Dazu kam, daß der Verwalter nicht viel getaugt hatte und im Vorjahr eines Tages von dem alten Herrn entlassen wurde. So mußte Gabriele den Betrieb allein leiten. Sie war zwar eine tüchtige Gutsherrin und hatte einen verläßlichen Hofvogt. Ihre Tochter Hildegard stand dem Hauswesen vor, aber jetzt, wo der Schwiegervater ausfiel, lastete doch zuviel auf ihr. Noch konnte sie ihn um Rat fragen, aber das würde bald vorbei sein. «Kannst du nicht einen neuen Verwalter bekommen, Gabriele?» fragte Charlotte, als sie ihr am Teetisch gegenübersaß und das magere Gesicht der Freundin mitleidig musterte.

«Was sich da bisher gemeldet hat, war nicht nach meinem Gusto. Es ist einfach Glückssache, weißt du. Testorp kommt zwar manchmal von Lübeck herüber und hilft mir bei dem Schreibkram, denn der Revisor erscheint nur einmal im Monat.» Seufzend hob sie die Schultern. «Wenn Ludwig nur erst soweit wäre! Ich mag ihn nicht schon jetzt aus der Lehre nehmen. Er hat zuwenig Kenntnisse und Erfahrungen.»

Auf der Heimfahrt nach Moorburg dachte Charlotte darüber nach, wie dankbar sie sein konnte, daß sie ihren Hinrich behalten hatte. Sonst wäre sie seit sechs Jahren in derselben Lage. Gewiß, Busse war noch da, und insofern hätte sie es besser gehabt als Gabriele. Hinrich kam bald darauf von der Reise zurück. Charlotte begrüßte ihn so stürmisch, daß aller Ärger rasch vergessen war.

Gleich am nächsten Tag ritt Hinrich nach Karlshöhe hinüber. Er erschrak, als er den verfallenen alten Herrn begrüßte, der sich sichtlich freute. «Mein lieber Hinrich Pogwisch, du Freund meines Karl Ludwig, daß ich dich noch einmal zu sehen kriege, das ist schön!» Er ließ die Hand des Moorburgers gar nicht los. «Aber leider erlebe ich nun nicht mehr, daß unser liebes Schleswig-Holstein frei sein wird. Das ist schwer, mein Sohn, sehr schwer. Sollte wirklich alles umsonst gewesen sein? Mahnen denn die Opfer von Idstedt und den anderen Schlachten die deutschen Brüder nicht mehr? Sollte das alles schon vergessen sein?»

«Nein, Vater Trappen, es ist nicht umsonst gewesen, glaube mir! Alles braucht seine Zeit.» Und dann erzählte Hinrich, was er in Deutschland auf seiner Reise gesehen und gehört hatte. Er sei zwar nicht in Preußen gewesen, aber man blicke nach Preußen. Das Schicksal Schleswig-Holsteins erfülle alle Deutschen mit warmem Mitgefühl. Sie würden es nicht dulden, daß die Eiderdänen Schleswig an sich rissen, den Abmachungen von Anno zweiundfünfzig zuwiderhandeln.

Der alte Herr wiegte den weißen Kopf. «Sie werden es trotzdem versuchen, Schleswig ins dänische Königreich einzuverleiben, mein Hinrich. Und die Preußen sind hier unbeliebt nach den Erfahrungen, die wir mit ihnen gemacht haben. Das weißt du. Der Augustenburger ist kaltgestellt. Da ist auch nichts zu hoffen. Wer soll uns helfen? Das kann nur noch Gott. Wie sagen die Friesen? ‹Leever duad üs Slav.› Ja, lieber tot als Sklave. So fahr denn ab, Karl Trappen, deine Zeit ist um.»

Acht Tage später betteten sie den aufrechten Schleswig-Holsteiner in die Erde des Moorburger Friedhofs. Der alte Pastor Siemers hielt die Traueransprache. Als der Sarg hinabgelassen wurde, trat Hinrich von

Pogwisch vor und legte einen großen Eichenkranz darauf, mit den blau-weiß-roten Farben geschmückt. Dann hielt er eine bewegende Rede, die er mit den Worten begann: «Diesen edlen deutschen Mann habe ich verehrt wie ein Sohn.»

Der Friedhof war an diesem trüben grauen Novembertag voller Menschen. Nieselregen wehte darüber hin. In der Uniform der alten schleswig-holsteinischen Armee stand der Gutsherr von Moorburg, für alle sichtbar, auf der aufgeworfenen Erde.

Seine Worte hallten über die Menschenmenge hin, als er von dem Leid des Karlshöhers sprach. Er schloß mit den Worten: «Fahr nun hin, du treuer alter Schleswig-Holsteiner!» Der Pastor trat neben ihn und rief: «Wir wollen nun gemeinsam den lieben Verstorbenen ehren durch unsere Hymne!» Und dann brauste es empor: ‹*Schleswig-Holstein meerumschlungen, deutscher Sitte hohe Wacht!*› Nach der verbotenen Melodie von Bellmann.

Wie es in solchen Zeiten der Angeberei und Kriecherei üblich ist, konnte es nicht ausbleiben, daß die Behörden von diesem Vorgang auf dem Moorburger Friedhof erfuhren. Pastor Siemers wurde abberufen. Statt dessen erschien ein Pastor Tychsen aus Jütland. Der konnte zwar Deutsch sprechen, aber er war ein ähnlicher Typ wie weiland Pastor Hoyer. Er wollte auch die dänische Sprache in der Schule als Unterrichtsfach eingeführt sehen, doch Lehrer Piepgras erwiderte lakonisch, er könne kein Dänisch. Wenn der Herr Pastor sich selbst bemühen möchte, bitte! An diese kleine Dorfschule einen dänisch sprechenden Lehrer zu schicken, lohnte nicht. So unterblieb diese Art der Umschulung.

Hinrich Pogwisch wurde wegen des patriotischen Akts, den er auf dem Friedhof inszeniert hatte, zu einer Geldstrafe verdonnert, die er gern bezahlte. Er grübelte nur darüber nach, wo der Angeber sitzen mochte. Es waren allerdings einige auswärtige Trauergäste anwesend gewesen. Sollte unter seinen braven Moorburgern etwa so ein Kriecher sein? Nun, vielleicht hatte es sich herumgesprochen und war an unrechte Ohren gekommen. Um Pastor Siemers tat es ihm leid.

Der Moorburger hatte Gabriele versprochen, ihr mit Rat und Tat zur Seite zu stehen. Ein- bis zweimal die Woche ritt er hinüber, um nach dem Rechten zu sehen. Jetzt zur Winterzeit, wo das Land schlief und das Vieh in den Ställen war, ging die Wirtschaft ihren ruhigen eingefahrenen Gang. Es gab aber Zwischenfälle, wo Gabriele nicht allein zurechtkam und Hinrich wie ein rettender Engel erschien. Da mußte der Kutscher im dicken Schneegestöber nach Gnissen und die weise Frau zu einer Gutsarbeiterin bringen, die es schwer mit der Niederkunft hatte. Gleichzeitig passierte dasselbe im Pferdestall mit einer jungen Stute.

Hinrich, der mit Gabriele über einer Rechnerei im Karlhöher Haus saß, wurde von dem jungen Stallknecht geholt. Die Gutsherrin und er eilten durch das dichte Schneetreiben in den Stall. Gabriele schmierte Hinrichs Arm mit Fett ein. Er richtete die etwas verquer liegenden Beinchen des Fohlens und brachte es heraus.

«Wenn du nun nicht gerade hier gewesen wärest», sagte Gabriele, als sie wieder im Haus waren und Hinrich sich wusch, «ich hätte das nicht machen können. Das ist Mannsarbeit.»

Das Schneetreiben wurde so stark, daß Hinrich erst mit dem Schlitten nach Moorburg fahren konnte, als der Mond kurz vor Mitternacht die Wolken vertrieb.

Einmal kam er nachmittags nach Karlshöhe und fand Gabriele mit hohem Fieber im Bett. Hinrich fuhr gleich wieder los, um den jungen Gnissener Arzt zu holen, denn der Kutscher war mit Hildegard nach Alberg gefahren, und die arme Frau war mit dem ratlosen Personal ganz allein im Haus. Anschließend brachte er noch die liegengebliebene Mühlenrechnung in Ordnung und kam wieder spät von Karlshöhe zurück. Er erzählte der wartenden Charlotte von diesen Vorfällen, aber die angeborene Eifersucht stieg wieder in ihr auf, diesmal noch heftiger. Sie sagte nichts, sie hütete sich, und die Flasche in der Kaffeestube mußte helfen.

Hinrich hatte schon des öfteren Charlottes Alkoholatem bemerkt, sehr zu seinem Mißfallen. Er dachte an ihren Bruder. Es mußte in der Wasmerschen Familie liegen, die beiden Beauchamps tranken höchstens in Gesellschaft gern ein Gläschen. Kurzum, er sprach zunächst mit dem Didi-Ohm in dessen Stube darüber.

«Du vermutest richtig», sagte der alte Herr, «Charlottes Großvater hat getrunken, er ist eines Nachts auf dem Heimweg von einem Gelage tot vom Pferd gefallen. Und mein Schwager Georg, der eine sehr robuste Natur hatte, trank auch gern. Paß auf sie auf!»

«Mein Gott», sagte Hinrich betroffen, «bei Männern läßt man so etwas noch durchgehen. Aber bei Frauen ist das . . .»

«Widerlich, jawohl», vollendete der Marquis. «Hinrich, ich bin nun alt und will mich über solche Unarten nicht aufregen, das hält meine Pumpe nicht mehr aus. Knöpf dir Charlotte einmal vor, es wäre schade um sie.»

Gegen Szenen mit Charlotte hatte Hinrich einen ausgesprochenen Abscheu. Er wendete daher eine andere Methode an, war nett zu ihr, nahm sie mit nach Karlshöhe, wenn er Gabriele helfen wollte. Damit tat er, ohne den Grund von Charlottes Kummer zu ahnen, das Richtige.

Dann kamen die Beratungen wegen Lilis Hochzeit. Hinrich wollte seiner Tochter eine große Hochzeit ausrichten. Charlotte hielt dagegen, daß das Trauerjahr noch nicht vorüber sei und daß man keinen Ball geben könne. Lili wollte natürlich eine «richtige Hochzeit» feiern, da ihr Bräutigam seine Kameraden mitbringen würde und sie gern einige Potsdamer Freundinnen dabei hätte. Charlotte schüttelte den Kopf. Das wäre einfach unmöglich, wo Mama . . .

«Sei nun einmal vernünftig, Lotte», sagte Hinrich, «wir beiden haben auf eine fröhliche Hochzeit verzichten müssen, weil dein Bruder gerade gestorben war. Soll Lili aus demselben Grund ebenfalls darauf verzichten? Rödern wäre gewiß auch enttäuscht. Wenn Mama wüßte, daß wir ein dreiviertel Jahr nach ihrem Tode noch kein großes Fest feiern, würde sie damit gewiß nicht einverstanden sein, wo sie es immer war, die sich am meisten über festlichen Trubel freute!» Ja, meinte Charlotte nun auch, das stimmte. Mama wäre geradezu wütend darüber. Aber sie befragte als letzte Instanz noch Didi-Ohm. «So ein Unsinn», sagte der ärgerlich, «ich zappel mich hier ab, um nicht vorher zu sterben, damit ihr feiern könnt, und du kommst mit solchen Floskeln an!»

Lilis Hochzeit wurde eine Festlichkeit wie zu den Wasmerschen Zeiten. Als Hinrich sich in seine Hauptmannsuniform kleidete, blickte er zu der Supraporte hinauf. Alle waren heute dabei, nur sein Christoph stand wieder abseits. Nun, er hatte ihm Lilis Hochzeitstag nicht mitgeteilt. Das konnte er ihm später mal schreiben. Mit Freuden sah der Vater, wie die mädchenhafte Lili lächelnd zu ihrem eben angetrauten Rittmeister aufschaute. Hinrich eröffnete nach dem Brautpaar mit der distinguierten alten Frau von Rödern den Ball. Ein farbenfrohes Gewoge durch Gartensaal und Halle breitete sich aus. Eine Militärkapelle spielte auf. Das alte Moorburger Haus dröhnte von Pauken und Trompeten. Die Preußen waren ganz vorzügliche Tänzer. Da waren Kavalleristen, Husaren, Ulanen und natürlich die Dragoner aus Röderns Regiment. Der märkische Adel gab sich auf Moorburg ein Stelldichein. Die niedlichen Potsdamer Mädchen mit rauschenden Gewändern und Korkenzieherlokken wirkten in der ernsten Moorburger Halle wie ein Reigen bunter Schmetterlinge. Da Hinrich durch sein halbsteifes Bein beim Tanzen stark behindert war, gab er es bald auf und setzte sich zu Röderns Oheim, einem vermögenden Zuckerfabrikanten aus Magdeburg.

«Gute Mischung, das!» Der alte Herr lächelte. «Holstein und Preußen, lieber Baron.» Er sah den Saal entlang: «Ich hätte in Holstein keine so auserlesene Wohnkultur vermutet, ehrlich gesagt. In Deutschland denkt man sich: Hinter Hamburg ist die Welt zu Ende, da beginnt Skandinavien, wo die Füchse sich gute Nacht sagen . . . jahaha. Durch die Schleswig-Holstein-Frage haben wir eigentlich erst den Blick nach Norden gerichtet. Eine schlimme Geschichte, das!»

Sie unterhielten sich über die politischen Geschehnisse der letzten

Jahre. «Preußen?» sagte der alte Wirtschaftler nachdenklich. «So wie es jetzt ist, wird es euch nicht helfen. Dabei ist kein Geschäft zu machen. Das kostet nur. Auch nicht genügend Grund, Dampf zu geben. Wollen sich nicht in Abenteuer einlassen ohne Notwendigkeit. Wir können nur hoffen, daß von dort eines Tages ein anderer Wind weht.»

«Genau das», sagte Hinrich, «mit dem alten Wind sind wir Schleswig-Holsteiner bisher schlecht gesegelt. Er hat uns auf eine Untiefe getrieben, und darauf sitzen wir noch fest!»

Stud. jur. Winzenberger trat in großem Wichs ins Zimmer. «Los, los, Echterloe! Unsere liebenswürdige Hausfrau schickt mich, Sie zu holen.» Er ging zum Schrank, nahm einen dunkelblauen Frack heraus, während Christoph sich umdrehte. Er hatte am Fenster gestanden und in die Dunkelheit hinausgesehen. Schneeflocken, vom Licht des Zimmers beleuchtet, stoben vorbei.

«Ach, mir liegt die Hopserei gar nicht», sagte er langsam.

«Madame Gramberger hat sich solche Mühe gegeben, Ihnen das Tanzen beizubringen. Mensch, haben Sie doch keine Hemmungen! Die Mädchen fressen Sie schon nicht auf. Los jetzt! Rein in den Staat.»

Energisch zog er dem Widerstrebenden den Rock aus. «Wollen Sie denn hier oben den Altjahrsabend allein vertrauern?»

Nein, das wollte der junge Mediziner eigentlich nicht. Er sehnte sich nach Fröhlichkeit, aber der Absprung war schwer. Ihm bangte nur vor erschrockenen Gesichtern bei seinem Anblick. Versuchen konnte man es immerhin einmal, schon der lustigen Frau Gramberger zuliebe, die sich seiner so freundlich angenommen hatte, seit er hier eingezogen war. Während er nun seine Kleidung wechselte, dachte er daran, welcher Glücksfall ihn in dieses schöne, geräumige Haus geweht, das Herr Gramberger, ein junger Advokat, von einem kinderlosen Oheim geerbt hatte, mit allen Möbeln und Zubehör. Jetzt hatte er seine Mizzi aus Augsburg heiraten können. Da er aber noch im Anfang war, fehlte das Bargeld. So nahmen sie vorerst in die leerstehenden Zimmer Studenten auf. Gerade am Sendlinger Tor traf Christoph den Juristen, den er von den ersten Greifswalder Semestern her als Referendar kannte. Gramberger hatte ihn sofort erkannt und ihn aus seiner bescheidenen Studentenbude hierher gelotst.

«Prächtig, prächtig!» Winzenberger trat zwei Schritte zurück, als Christoph sein weißes Haar eng an den Kopf gebürstet hatte und die Bürste nun hinlegte. «Sie werden Furore machen, mein Lieber!»

Und er behielt recht. Marie Josephine Gramberger klatschte vor Freude in die molligen Hände, als Christoph zu ihr ans Buffet trat, wo sie Leckerbissen an die zahlreichen Gäste verteilte. «Da schau her! Unser Herr Einsiedler kommt daher pfeilgrad als wie a Fürscht.»

Sie griff in ein Körbchen und heftete Christoph einen bunten Orden an den Rockaufschlag: «Trinken S' Eane Muat an, Durchlaucht, und hernach geht's auf!» Sie reichte ihm ein Glas Bowle. In einem weiten Reifrock steckte Christophs reizende Kotillonpartnerin, die über der braunen Lockenfülle ein Schäferinnenhütchen trug.

Musik, Gelächter, schimmernde Frauenschultern, Parfumduft, blitzende Augen. Christoph war wie benebelt in diesem Wirbel der Lebensfreude. Seine Beine erlernten im Nu die Tanzschritte. Eine ganz neue Welt tat sich vor ihm auf, eine Welt der Heiterkeit. Er bewegte sich mittendrin. Und als das Jahr 1858 anbrach, stand er mit Zenzi, der Base der Hausfrau, am offenen Fenster und lauschte dem Glockengeläut der Münchener Kirchen, das von den tiefen Stimmen der Frauenkirche untermalt wurde. Die Zenzi aber sah schelmisch zu ihm auf, legte die Hände auf seine Schultern und spitzte erwartungsvoll das Mäulchen. Erst als die Schneeflocken durch einen Windstoß in ihre Gesichter flogen, ließen sie sich los, schlossen die Fenster und holten sich geschwind ein Glas Champagner vom Buffet. Gläserklingen, Glück- und Segenswünsche vermischten sich mit Walzerklängen. Wie schön waren die Frauen in der Lust des Tanzes! Berauscht fiel der Debütant in den Morgenstunden in sein Bett.

Christoph hatte, um seinen Liebeskummer zu überwinden, das Jahr zuvor nur gearbeitet, mehr als nötig war. Philosophie war dazugekommen, insbesondere weil sein Zimmernachbar Winzenberger sie studierte und sich daraus anregende Debatten ergaben, die oft bis in die späten Nachtstunden andauerten.

Es war Christoph, als sei etwas Hemmendes von ihm abgefallen, etwas, das ihn eingeschnürt hatte. Es mochte von den Schrecknissen seiner Kindheit herrühren, wenn er es recht überlegte. Wie eine Puppe zerbrach es jetzt, und der Schmetterling hob sich frei empor, entfaltete seine Flügel und flog auf sonnige Gärten zu. Die taten sich in diesem Winter vor ihm auf. Und es gab im lebenslustigen München deren viele: Konzerte, Bälle, Theater und Opern, Fastnacht und Mummenschanz! In diesen tollen Tagen nahm Christoph eine schwarze Maske vors Gesicht, ließ sich ein Zöpfchen mit Schleife an sein weißes Haar heften und erlebte als Rokokokavalier seine ersten amourösen Abenteuer. Durch diese Erlebnisse lernte er neugierige Blicke der Mitmenschen ignorieren.

Während im Süden Deutschlands der Frühling schon Blüten und Blumen hervorlockte, bliesen im Norden Europas kalte Nordostwinde. Der Frühling hatte es schwer, nach Norden vorzurücken, und mit ihm die Zugvögel. Auf der Insel Seeland streute der hartnäckige Winter nachts noch Schnee und Eis umher, und die kreischenden Möwen flatterten über dem eisigen Wasser. Nur die Kätzchen hatten sich mit Gewalt aus den Weidenzweigen hervorgearbeitet und standen silbern glänzend über den Gräben.

An einem kalten, aber sonnigen Morgen spazierte der junge Freiherr von Pogwisch durch «des Königs Garten» in Kopenhagen. Über die Zweige von kahlen Bäumen und Büschen ragte das Renaissanceschloß Christians IV. empor, Rosenborg. Um seine Türme kreisten hungrige Dohlen. Hinter den Fenstern blickten nur die gemalten Augen der ehemaligen Bewohner aus den Rahmen herab in die prächtig ausgestatteten Räume. 1801 hatte der geistesgestörte Christian VII. während des englischen Bombardements als letzter der Dänenkönige auf Rosenborg gewohnt.

Mit federnden Schritten wandte sich Jürgen Pogwisch dem Heimweg zu. Er hatte seiner mütterlichen Freundin, der Gräfin Breitenbek, versprochen, sie von der St. Nikolaikirche, in der sie dem Gottesdienst beiwohnte, abzuholen. Die Anfangsgründe der dänischen Sprache hatte er schon in Lübeck von seinem Freund Harald gelernt. Jetzt, nach gut eineinhalb Jahren Aufenthalt in Kopenhagen, sprach er die Landessprache wie ein Däne. Er liebte die königliche Stadt am Sund, in welchem sich Nordmeer und Ostsee trafen. Hier kamen Schiffe aus aller Welt zusammen. Das weitete den Blick, das weckte Sehnsucht nach fernen Ländern.

Jürgen sah zu dem mächtigen runden Turm auf, an dem er eben vorüberging. Was für Mauern! Überhaupt, welch herrliche Schlösser hatten die Dänenkönige auf Seeland errichtet! Im vorigen Sommer war Jürgen mit Harald Breitenbek durch Seeland geritten. Er hatte sie gesehen, die Prunkbauten. Er hatte auch in der romanischen Kirche zu Ringstedt an den schlichten Grabplatten der alten Dänenkönige gestanden, der Waldemars, der Knuds, der Eriks und ihrer Gemahlinnen. Harald und er untersuchten die Geschichte dieser Herrscher. Sie stöberten in Bibliotheken und Archiven, und was da mitunter zutage trat, war grauenhaft. Wieviel Mord und Heimtücke war unter den Mitgliedern dieser riesigen Familie gewesen, die von Gorm dem Alten abstammte! Jürgen hatte bislang nur von der grausigen Geschichte gewußt, die sich zwischen dem König Erik Plogpenning und seinem Bruder Herzog Abel von Schleswig im 13. Jahrhundert in der Stadt Schleswig abgespielt hatte, als Abel den königlichen Bruder auf der Schlei ermorden ließ. Er selber konnte sich nicht lange seiner Königswürde erfreuen. Als er die Dithmarscher überfiel, hatte ihn ein Friese erschlagen. Erst unter den deutschen Oldenburgern hatten die Königsmorde aufgehört. Aber auch sie stammten über Christians I. Mutter Heilwig letztlich von Gorm dem Alten ab. Sie hatten erobert und wieder verloren. Kraftvolle, unternehmende Gestalten waren unter ihnen gewesen, schwächliche und eitle.

Was war Dänemark jetzt? Ein Inselreich, das auf seinem einzigen Festlandszipfel, der Zimbrischen Halbinsel, versuchte, Jütland bis zur Elbe zu erweitern und als dem Gesamtstaat zugehörig einzugliedern. War es recht, oder war es unrecht? Wie oft hatte Jürgen darüber mit den Breitenbeks oder auch Dänen debattiert! Die meisten Dänen bezeichneten die Erhebung der Schleswig-Holsteiner einfach als Rebellion gegen ihren Landesherrn, den König. Die Herzogtümer seien Jahrhunderte von Kopenhagen aus regiert worden und nicht mehr selbständig gewesen wie noch unter den Schauenburgern. Deutsche Kaiser hätten sie mehrfach dem jeweiligen Dänenkönig bestätigt, darum seien sie Dänen, diese Insurgenten, die mit Recht jetzt fest an die Kandare genommen werden müßten, damit sie nicht wieder ausbrechen konnten. Die Deutschen beriefen sich auf das Ripener Privileg. «Geschrieben ist geschrieben», sagten sie. Der alte Vertrag sei oft genug von den Dänen gebrochen worden, aber er bestehe noch, und wenn er noch so alt sei. Sie wollten nur ihr Recht und die ewigen Drangsalierungen der Dänen endlich einmal lossein. Sie seien nun eben Deutsche, fühlten sich als Deutsche und redeten Deutsch und nicht Dänisch, vor allem in Holstein nicht.

Unter seinem pelzgefütterten Mantel hob Jürgen die Schultern; ihm wurde warm in der Sonne und in Gedanken an seinen Vater, der vor knapp zehn Jahren gegen die Dänen gekämpft hatte. Das durfte er hier gar nicht erzählen, dann war er untendurch. Und das wollte er nicht, er wollte im Gegenteil hinauf! Dänemark hatte eben jetzt das Heft in der Hand, und Jürgen hatte gute Beziehungen angebahnt. Er war zufrieden hier in dem eleganten Kopenhagen, im Hause Breitenbek, zufrieden mit sich und der Welt. Was will man noch mehr?

Seine Studien machten gute Fortschritte. Er hatte Pläne für die Zukunft, die er verwirklichen würde. O ja, das würde er, auch wenn es seinem Vater vielleicht nicht gefallen sollte.

Er bog jetzt in eine der krummen alten Straßen ein, sah schon den Turm der Nikolaikirche ragen. Da fiel ihm linker Hand eine besonders schöne Barockhaustür auf. Er trat heran, um sie zu betrachten. Da empfand er einen leichten Schlag auf seiner russischen Pelzmütze, die oben, weil zu hoch, etwas eingedrückt war. Im selben Augenblick hing ihm ein weißer, feiner Wollfaden vor dem Gesicht. Ein paar Kinder auf der anderen Straßenseite lachten laut. Jürgen blickte verblüfft empor.

Zwischen zwei geöffneten Fensterflügeln, geblähten weißen Spitzengardinen und Blumenstöcken sah ein noch kindliches Mädchenantlitz lächelnd auf ihn herab. Der junge Herr, betroffen von diesem Liebreiz, machte ein so verblüfftes Gesicht, daß das Mädchen auflachte. Schneeweiße Zähne kamen hinter den blaßroten Lippen zum Vorschein. Und die Augen erst, dieses unwahrscheinlich intensive Blau. Die aschblonden

Haare waren in dicke Zöpfe geflochten und am Hinterkopf aufgesteckt, aber nur lose, so daß sich die schweren Flechten vor den Ohren nach unten bogen. Dann hörte Jürgen eine zwitschernde Stimme von oben: «Mein Knäuel, es ist in ihren Hut gefallen. Wollen Sie es mir, bitte, heraufwerfen?» Sie hielt aber das Ende des Fadens in der Hand.

Lachend nahm Jürgen die Kopfbedeckung ab, in der friedlich ein kleiner Wollball lag. Er wog ihn in der Hand und rief hinauf: «Nur wenn Sie mir sagen, wie Sie heißen!»

«Ich heiße Pontoppidan!»

«Was? Pon . . . verrückter Name. Ist das Ihr Taufname?»

«Hm . . . und wie heißen Sie?»

«Rumpumpel! Nun sagen Sie mir noch einmal Ihren Namen, sonst bekommen Sie das Knäuel nicht.»

«Pon-top-pi-dan.»

Da rief eine Altstimme im Zimmer dort oben.

Das Mädchen schlug die Fensterflügel zu, der Faden fiel herab, und Jürgen Pogwisch stand da, ganz benommen, und sah zu dem Fenster hinauf, hinter dem die Gardinen zugezogen waren. Er kam in Versuchung, den schönen Messingklopfer an der Tür in Bewegung zu setzen. Da schlug die Uhr von der Nikolaikirche. Die Gräfin würde schon auf ihn warten! Er riß den langen Faden ab, steckte das wollige Ding in die Tasche und warf noch einen Blick auf die Tür. Ein Namensschild war nicht daran. Nun, ein andermal! Dieses süße Gesichtchen mußte er wiedersehen. Aber wer weiß, welcher Drache es da oben behütete??

In den nächsten Tagen wurde es wärmer, der Wind wehte von Südost, und Jürgen hängte seinen Pelzmantel in die Schrankecke. Er machte bei dem sonnigen Frühjahrswetter gemeinsam mit Harald und anderen Freunden und Bekannten Ausflüge. Alle Welt atmete auf, daß der Winter sich hinter die Eisberge im Nordmeer verkrochen hatte. Die Nächte wurden endlich kürzer.

Erst nach drei Wochen, als er ein Notizbuch suchte, griff Jürgen Pogwisch in die Tasche seines Pelzes, wo er das Büchlein und das Wollknäuel fand. Richtig! Das Mädchen Pon . . . na, wie hieß es noch? Pontoppidan. Ja, so war es. Keineswegs hatte er ihr entzückendes Antlitz vergessen. Er hatte alle möglichen Mädchen und jungen Frauen kennengelernt, seit er in Kopenhagen war, Damen und auch bisweilen Dämchen. Aber dieses Gesichtchen! So stieg Hinrich Pogwischs Sohn wie ein Kater im Frühling durch die Straßen Kopenhagens, um vielleicht ein Abenteuer anzubahnen. Wer weiß! Hoffentlich hatte sie nicht kurze, krumme Beine oder war gar ein Dickerchen. Er hatte ja nur den Kopf gesehen.

Lächelnd, voller Spannung ließ er den Klopfer gegen die bewußte Tür fallen. Nach einer Weile hörte er eine Kette rasseln, einen Schlüssel sich im Schloß drehen, und dann öffnete sich die schwere Tür um einen Spalt, zwei Handbreit etwa. Jürgens Lächeln erstarb, als sich ein blasses, faltiges Gesicht, eine spitze Nase mit einer Stahlbrille und eine weiße Leinenhaube hervorschoben. Flinke Mausaugen hinter den Gläsern musterten ihn sauer. «Der Herr wünscht?» flüsterten die schmalen Lippen.

«Ich möchte der Jungfer Pontoppidan etwas überbringen . . .»

«Wem, bitte?»

«Der Jungfer Pontoppidan, die hier wohnt.»

«Ponpotinpan? Die wohnt hier nicht.»

«Aber sie muß hier sein, sie hat ja dort oben aus dem Fenster geschaut.»

«Larifari», sagte die Alte unwirsch, «das ist unser Kater gewesen, der sitzt dort oben mitunter am Fenster.» Rums! Unsanft schloß sie die Tür, drehte den Schlüssel um und legte die Kette vor. Aus! Wie ein begossener Pudel stand Jürgen da. Wütend kniff er in die weiße Wolle in seiner Tasche. Du Gewitterziege, kann ein Kater vielleicht Strümpfe stricken und reden und mit Wollknäueln werfen? Pontoppidan, ein Juxname, natürlich, wie Rumpumpel. Aber sie ist drinnen in diesem stattlichen Haus.

Ärgerlich wandte er sich um und ging spornstreichs zum Breitenbekschen Haus. Manch Frauenauge sah wohlgefällig hinter dem hochgewachsenen jungen Herrn her. Weibergeschichten, dachte Jürgen resigniert, halten bloß von der Arbeit ab. Halt dich ran, Jürgen Pogwisch! Harald war zwei Jahre voraus und steuerte schon auf den Referendar los. Er wollte auf den Rat seines Vaters die Laufbahn eines Kommunalbeamten einschlagen und möglichst in Holstein eingesetzt werden, um seinem künftigen Besitz nahe zu sein. Jürgen hatte andere Ambitionen. Die Welt war ihm weit und lockend. Die Diplomatenlaufbahn reizte ihn. Darüber sprach er indessen nicht mit seinem Vater, als er im Mai des nächsten Jahres zu Hinrichs fünfzigstem Geburtstag auf Moorburg war.

Es war für Hinrich Pogwisch eine große Freude, alle Kinder an diesem Ehrentag um sich versammelt zu sehen. Zu Jürgens Mißfallen war auch Dr. Christoph Echterloe anwesend. Er mußte sich eingestehen, daß der «Weißling» sich herausgemacht hatte. Eine interessante Erscheinung jedenfalls mit tadellosen Manieren und gepflegtem Äußeren. Der Vater hatte ihn auf seinen, Christophs, Wunsch in dem verlassenen Zimmer des alten Marquis einquartiert, da Hinrich darauf bestanden hatte, ihn im Schloß um sich zu haben. Charlotte zuckte nur die Achseln, als Jürgen ihr sein Befremden darüber ausdrückte.

Für Christoph war der Wunsch seines «Vormunds» Befehl und auch gewissermaßen Herzenssache gewesen, einige Wochen nach Moorburg zu reisen. Mit Bangen hatte er der Begegnung mit Lili entgegengesehen.

Aber die junge Frau kam ihm bei seiner Ankunft im Gartensaal so unbefangen mit ihrem Söhnchen auf dem Arm entgegen, daß er seine Scheu rasch überwand und sie freudig begrüßte. Christoph sah mit einem schnellen Blick, daß sie weder seine Kette noch Röderns Ring mehr trug. Er sah auch, daß Lili wieder ein Kind erwartete.

Der Geburtstag wurde von ganz Moorburg festlich begangen. Sie alle, die auf dem Gut beschäftigt waren, hatte der Gutsherr zum Abendessen in die große Scheune eingeladen. Wie ein Patriarch saß Hinrich an der Stirnseite einer langen Tafel im Kreis seiner Familie und nötigte die Männer und Frauen zuzulangen. Zwei Fässer Bier waren angezapft, und witzige Trinksprüche der Männer riefen schallendes Gelächter hervor. Nur der alte Beauchamp fehlte in der Runde. Er war kurz nach Lilis Hochzeit gestorben und hatte seine letzte Bleibe unter dem wilden Rosenstrauch gefunden.

In seiner Stube im Seitenflügel machte Christoph sich in den nächsten Tagen über die naturwissenschaftlichen Aufzeichnungen des Marquis her, die ihm sehr interessant waren in ihrer schlichten Klarheit. Ein Jammer, daß dieser gescheite Kopf hier in der Moorburger Einsamkeit ganz auf sich allein angewiesen gewesen war. Was hätte er an einem wissenschaftlichen Institut leisten können! Andererseits, Christoph hob den Kopf und sah aus dem Fenster über die Heide hin, hier in der unberührten Landschaft hatte er seine Studien an Pflanzen und Tieren machen können, hatte in Ruhe Versuche angestellt, um diese und jene biologischen Abläufe zu beobachten und sie mit den primitiven Hilfsmitteln zu analysieren, die ihm zur Verfügung standen. Was hatte dieser sonderbare Pfarrer Kneipp in Wörishofen mit seinen Kaltwasserkuren für ein Aufsehen erregt! Dieser alte Mann hier hatte sich selbst mit Moorbädern von seinem Rheuma geheilt. Hier war die Abhandlung darüber. Die würde er mitnehmen. Das war besser als diese Kalte-Füße-Methode, von der Christoph gar nichts hielt.

Die Tür öffnete sich, und Hinrichs lachendes Gesicht erschien darin. «Habe ich es nicht gesagt, Lili, daß unser Christoph über Didi-Ohms Schriften sitzt? Raus mit dir, mein Junge! Dieses Mädchen hier will mir den zweiten Enkel bescheren und kann nicht mehr reiten. Gehen wir also per pedes in die Heide!»

Seine beiden Lieblingskinder rechts und links eingehakt, schritt Hinrich Pogwisch in die sonnenwarme Landschaft hinein.

«Ach, Christoph», sagte Lili begeistert, «gibt es denn so etwas Herrliches auf der Welt wie Moorburg?»

«Nein, Lili!» Das klang völlig überzeugt. «Wir sind hier aufgewachsen, und unsere Wurzeln stecken hier und bleiben auch in diesem Boden.»

Glücklich schritten sie zu der Bank unter den Birken und blickten über den Schwarzsee.

«Wie wunderschön ist es doch, daß wir wieder beisammen sind!» sagte Hinrich. «Vergrab dich nur nicht zu sehr in die Wissenschaft, Christoph, damit wir auch was von dir haben.» Er genoß es richtig, der Fünfzigjährige, daß sein Ältester nicht mehr abseitsstehen mußte. Charlotte hatte ihn freundlich aufgenommen. Was sie sich dabei dachte, wußte Hinrich nicht, es war ihm auch gleichgültig. Sie waren nun alle erwachsen, seine Kinder, und benahmen sich untereinander wie gesittete Menschen. Paul, der Fahnenjunker, gab in seiner Uniform eine prächtige Figur ab. Er war mit Lerschings gekommen. Nur Wulf, sein lieber Bruder, war leider verhindert. Er mußte das Bett hüten mit einem verknacksten Fußgelenk, das er sich auf der Jagd zugezogen hatte, kündigte aber seinen Besuch zwischen Heu- und Kornernte an.

Nach einer Woche, als alle anderen abgereist waren, fanden Hinrich und Christoph sich wieder auf den geliebten Morgenritten zusammen. Eine Harmonie, noch tiefer als früher, verband sie. Christoph erzählte von seiner Tätigkeit an der Münchener Universität, von seinem Studium in Italien und sonstigen Erlebnissen.

Auch Jürgen hatte sich während dieser Woche in der Heimat mit seinem Vater gut verstanden. Fröhlich reiste er per Schiff von Lübeck nach Seeland zurück. Auf die Fragen seines Vaters, was die Eiderdänen vorhätten, hatte Jürgen die Achseln gezuckt, aber freimütig erklärt, er habe den Eindruck, sie hätten ihre Pläne, insbesondere, was Schleswig betreffe, wohl nicht aufgegeben. «Halte dich nur heraus, Jürgen», hatte der Vater eindringlich gewarnt. Ja, ja, er saß aber mittendrin, und das war gar nicht ungünstig. Stud. jur. Pogwisch lächelte vor sich hin und blickte der dänischen Küste entgegen. In Holstein saßen sie schließlich auch mittendrin! Vier Wochen später an einem warmen Juniabend trug der sanfte Sommerwind die Klänge eines Konzerts aus einem großen Garten mit Rasenflächen und alten Bäumen über den Strand und den Sund hin. Windlichter beleuchteten die Notenhefte der Musikanten, und die Creme der Kopenhagener Gesellschaft lauschte unter den Bäumen. Drüben wurde die schwedische Küste von der nordischen Nacht verhüllt. Das geräumige Haus des Gastgebers lag am Strand auf dem Weg nach Helsingör. Helle Kleider belebten das Dunkel unter den Bäumen. Nach dem Konzert gab es im Saal des Hauses einen Ball.

Der junge Herr von Pogwisch stand noch vor dem hellerleuchteten Haus im Gespräch mit Bekannten, die sich nun langsam ins Haus begaben, denn im Saal stimmten die Musiker schon wieder die Geigen. Er konnte sich schwer von dem Blick aufs Meer lösen, auf dem einzelne mit Lampions beleuchtete Boote schwammen. Plötzlich merkte er, daß jemand hinter ihm stand, ein weiter Rock streifte seine Waden, und eine Stimme zwitscherte leise neben ihm: *«God aften, Rumpumpel, hvorledes gaar det?»*

Es riß Jürgen den Kopf herum. «Pontoppidan! Mein Gott, Pontoppidan, wie kommen Sie denn her?»

«Das habe ich mich auch gefragt, als ich Sie eben hier vor dem Haus erkannte», gab sie lachend zurück. Darauf kramte sie in ihrem Pompadour und hielt ihm ihre Tanzkarte hin. «Möchten Sie etwa mit mir tanzen, Rumpumpel?»

Und ob er mochte!

«Nein», sagte sie, «das ist zu unverschämt. Sie belegen ja alle Tänze. Das geht nicht!»

Doch, beharrte er, das ginge außerordentlich gut, sie müsse schon aus Buße die ganze Nacht mit ihm tanzen, weil sie ihm die Wolle auf den Hut geworfen habe . . .

«Das ist ja gar nicht wahr», protestierte sie, «das Knäuel ist aus dem Fenster gerollt.»

«Diese Lüge müssen Sie auch noch abbüßen. Es ist genau in meine Mütze gerollt! Und dann habe ich es Ihnen bringen wollen, und eine alte Hexe hat mir erzählt, Sie seien ein alter Kater, der aus dem . . .»

«Was? Ich ein Kater? Das ist doch . . .»

«Wo bleibst du denn?» Ein breitschultriger Herr faßte das Mädchen am Arm. «Und wie benimmst du dich wieder! Verzeihung, mein Herr.» Er verbeugte sich vor Jürgen und murmelte Namen, der wie Braren klang.

«Pogwisch», stellte Jürgen sich vor.

«Stell dich bloß nicht an», gab Pontoppidan zurück, «wir streiten uns bloß. Rumpumpel, das ist nur mein Bruder, der soll auf mich aufpassen.»

«Ich sehe schon, daß das nötig ist, wie immer», sagte der Herr und wandte sich dann lächelnd an Pogwisch. «Um was geht es denn, vielleicht kann ich den Schiedsrichter machen?» Er musterte Jürgen von Kopf bis Fuß.

«Dieser Herr schreibt mir erst die ganze Tanzkarte voll, und dann behauptet er, ich sei ein Kater. Soll ich mir das gefallen lassen?»

«Ich habe das nicht behauptet, sondern das alte Mädchen, das die Tür öffnete, als ich Ihnen Ihr Eigentum zurückbringen wollte.»

«Jenny, der alte Hausdrachen.»

«Geh du nun erst einmal ins Haus zu Großmama», gebot ihr der große Bruder.

«Aber ich soll ja mit dem Rumpumpel, oder wie der nun heißen mag, tanzen.»

«Melde dich erst bei Großmama, wir kommen gleich nach.»

Pontoppidan hüpfte hinweg, so daß der weite Rock wippte. Jürgen sah ihr bewundernd nach, und der Bruder bemerkte es.

Die beiden Herren machten sich kurz miteinander bekannt. Jürgen teilte mit, daß er Gast der Familie Breitenbek sei. Das genügte Baron von Braren. Amüsiert erkundigte er sich nach der Katergeschichte und erfuhr, daß seine Schwester ihr Strickmaterial aus dem Fenster verloren hatte und die Folgen. «Was dieses Mädchen auch immer anstellt. Pontoppidan! Welch eine Idee», sagte er kopfschüttelnd.

Sie kamen eben zurecht, als eine Chopinsche Polonaise ihren Anfang nahm. Jens von Braren stellte Jürgen seiner würdigen Großmutter vor, die neben der Gastgeberin auf einem Sofa thronte, und dann durfte Jürgen die mit züchtig niedergeschlagenen Augen dabeisitzende Pontoppidan entführen.

Sein Blick ließ die zierliche Mädchengestalt an seiner Hand nicht los. Sie trug über dem Mittelscheitel die Flechten wie eine Krone aufgesteckt, ein kokettes blaues Schleifchen bildete hinten den Abschluß, Löckchen tanzten vor den Ohren. Ein engtailliertes weißes Musselinkleid ließ die Schultern frei. Es war übersät mit gestickten Vergißmeinnicht, die das Blau der Mädchenaugen wiedergaben.

«Wenn Sie wirklich gern mit anderen Herrn tanzen möchten, Baronesse, will ich nicht im Wege stehen», sagte Jürgen, als die Polonaise vorbei war.

Die Musik ging in einen Lanner-Walzer über.

Das Mädchen schaute ihn aus den Vergißmeinichtaugen schelmisch an und schüttelte den Kopf. «Möchten Sie jetzt lieber mit anderen Mädchen tanzen, Rumpumpel?»

Statt einer Antwort legte er den Arm um ihre schmale Taille und tanzte mit ihr über das blitzblanke Parkett. Sie sah in das schöne Beauchampsche Männergesicht, in die nußbraunen, sprechenden Augen von Mutter Charlotte. Und was die sprachen, verstand die kleine Baronesse Braren. Auch andere verstanden die Augensprache der beiden Glücklichen, die unentwegt zusammen tanzten. Als ein Imbiß gereicht wurde, waren sie im Garten verschwunden.

Großmutter Braren nahm ihre Lorgnette vor die Augen und reckte den Hals. Zu Jens, der mit seiner Tanzpartnerin zu ihr kam, sagte sie besorgt: «Deine Schwester tut wieder einmal etwas Schockierendes, mein Lieber, sie ist mit ihrem Partner verschwunden. Bitte, sieh nach, wo die stecken!»

Seufzend begab sich Jens in den Garten. Es wäre gut, wenn dieses Mädchen unter die Haube käme, dachte er, aber nicht bei einem deutschen Studenten wie diesem! Wer von Pogwisch war, hatte er inzwischen von Breitenbeks gehört.

Das Pärchen hatte in den zehn Minuten der Ungestörtheit genügend Zeit gefunden, im hintersten Gartenwinkel das zu tun, was eine junge Liebe fordert. Sie hatten ihre Vornamen erfahren, und Tove hatte die ersten Männerküsse auf ihren Lippen empfangen. Und dann hatte sie zurückgeküßt. Jürgen sah in seinem Taumel aber trotzdem die Männergestalt in der erleuchteten Terrassentür und nahm sein Mädchen flugs an die Hand. So fand Jens die beiden harmlos miteinander unter den Bäumen einherwandeln.

«Es war so heiß drinnen, Jens», sagte das Mädchen Tove. Den nächsten Tanz mußte sie mit ihrem Bruder tanzen. Noch einmal lag sie während einer Polka in Jürgens Armen, dann mahnte die Großmutter zum Aufbruch.

«Komm morgen nachmittag um vier Uhr in des Königs Garten», flüsterte Jürgen ihr zu, als er sie noch vor dem Portal erwischte. Er tanzte danach nicht mehr, und sein Freund Harald puffte ihn auf der Rückfahrt nach Kopenhagen in die Seite. «Na, dich hat es aber erwischt!»

Es hatte ihn wirklich erwischt. Der sonst so nüchterne Jürgen von Pogwisch kam sich selbst wie umgekrempelt vor. Er konnte nichts anderes denken als «Tove». In dieser Nacht erfüllte ihn seine junge Liebe so sehr, daß er keinen Schlaf fand. Anderntags zählte er die Stunden bis zum Stelldichein.

Sie kam mit einem Hündchen an der Leine, das sie angeblich ausführen mußte. Sie war tieftraurig. Großmama und Jens hatten bestimmt, daß sie am kommenden Morgen früh in Jens' Begleitung nach Hause, nach Jütland auf das Gut ihres Vaters, zurückkehren sollte. Den Winter über hatten die Eltern sie zur Großmutter nach Kopenhagen geschickt, damit sie den nötigen Schliff bekomme, wie Jens sich ausdrückte. Sie hatte alles mögliche lernen müssen. Jens, Offizier der Armee, lebte mit Großmama in dem Haus mit der schönen Tür. Doch ihre Mutter hatte schon im Mai geschrieben, Tove möge nun zurückkehren. Und jetzt war es soweit.

«Sie wollen uns trennen, Jürgen. Du bist erst Student, und dann noch aus Holstein, aus Tyskland!»

«Aber es ist doch gar nicht Deutschland», erwiderte Jürgen unwillig, «es wird doch von Dänemark regiert.»

«Aber Jens ist dänischer Offizier und hat gegen euch gekämpft.»

«Gegen die Preußen!»

«Nein, Anno fünfzig gegen die Schleswig-Holsteiner bei Idstedt. Er sagte, sie wollen los von Dänemark und zu Deutschland gehören. Jens war damals erst Fahnenjunker, aber er sagte, sie hätten wie die Wilden gekämpft, sie seien Rebellen gegen unseren König. Aber mir ist das ganz egal, ob du Deutscher oder Franzose oder Eskimo bist. Ich, ach, Jürgen!» Weinend lehnte sie sich an ihn.

Er zog sie hinter einen Busch und küßte sie, bis sie mit ihren nassen Vergißmeinnichtaugen wieder lächelte.

«Ich habe dich schon liebgehabt, als du da die Straße herunterkamst mit deiner eingedrückten Pelzmütze, in die mein Knäuel so schön paßte, und da habe ich dann geworfen.»

«Liebste, ich weiß! Ich habe dasselbe empfunden, als ich dich da oben sah. Wir wollen um unser Glück kämpfen, meine Pontoppidan!» Jürgen wußte, daß er die künftige Herrin von Moorburg gefunden hatte. Die oder gar keine! «Willst du auf mich warten?»

«Oh, mein Jürgen. Es wird keinen anderen Mann für mich geben. Ich will nur dich. Paß auf!» Sie suchte einen Zettel hervor. «Hier steht die Adresse meiner besten Freundin in Viborg, unser Besitz ist ganz in der Nähe. Dorthin kannst du mir schreiben; denn ich fahre jede Woche nach Viborg. Im Sommer reite ich. Zu Hause wird Jens etwas über uns erzählen, dahin kannst du nicht schreiben. Aber Selma ist verschwiegen.»

12

Der Dienst in der Münchener Klinik hatte dem Dr. Echterloe gar nicht gelegen. Er hatte sich selbständig gemacht und die Praxis eines alten Arztes übernommen. Es gab viel Arbeit. Zu dem alten Patientenstamm des Münchner Vororts kamen in Scharen die jungen Frauen aus den neuen Villen, um sich von dem jungen, interessant aussehenden Arzt beraten zu lassen. Als der Sommer 1863 heraufzog, hatte Christoph das dringende Bedürfnis nach Erholung, fand einen Vertreter und fuhr nach Moorburg.

Die ersten Tage gab er sich ganz der Ruhe hin, bummelte allein durch Wald und Heide. Mitunter begleitete er Hinrich zu Pferde. «Christoph, ich habe das Gefühl, daß du dich mit der Praxis aufreibst. Ist das auch das Richtige? Gewiß, du verdienst gut.»

Christoph beobachtete einen heftig pochenden Buntspecht am Stamm einer Föhre. «Wirklich kranken und leidenden Menschen zu helfen ist mir ein Bedürfnis. Aber von denen, die in meine Praxis kommen, sind ein Großteil Hypochonder, Simulanten, gelangweilte Damen. Und mit so was muß man seine Zeit vertrödeln, Oheim. Das geht mir manchmal an die Nerven.»

Er war nicht allzuviel im Schloß, wo er wieder im Seitenflügel wohnte, denn er fühlte, daß die Hausfrau trotz ihres freundlichen Wesens seine Gegenwart nicht schätzte. Daher zog er sich bei dem nun einsetzenden kühlen, regnerischen Wetter in die Rentei zurück und saß über den alten dicken Büchern, die Wulf von Grevenslund mitgebracht und die hier in den großen Schränken ihren Platz gefunden hatten. Einen wahren Schatz fand Christoph vor. Zum Teil waren sie Dänisch geschrieben oder in Niederdeutsch. Hinrich, der sie zwar schon einmal flüchtig durchgeblättert hatte, gewann nun auch Interesse an den uralten Schriften, die einst sein Großvater sammelte. Die meisten behandelten die schleswig-holsteinischen Geschichtsabläufe, Chroniken, Familienaufzeichnungen berühmter Geschlechter, Betrachtungen und so weiter, vielfach mit Kupferstichen ausgeschmückt.

Sie saßen eben über dem dicken in Schweinsleder gebundenen Band, den Caspar Danckwerth im 17. Jahrhundert als erstes schleswig-holsteinisches Kartenwerk herausgebracht hatte, und bewunderten die schön verzierten Landkarten, als der Pastor Tychsen eintrat.

«Die Frau Baronin schickt mich hierher, Herr Baron. Ich hätte da eine Kleinigkeit mit Ihnen zu . . . Aber was ist das denn? Das ist ja höchst interessant!» Er beugte sich über eine Darstellung der Stadt Eckernförde.

«Was wünschen Sie, Herr Pastor?» Hinrich klappte das Buch zu und erhob sich.

Die Augen des Pfarrers überflogen die Bücher, die den Tisch bedeckten, und blieben an einem Band mit dänischer Aufschrift hängen. Er war brüchig und trug das Königswappen. «Aber das ist ja großartig. Welch ein Schatz alter Werke! Für so etwas interessiere ich mich ungemein, lieber Herr Baron. Woher haben Sie denn nur diese Herrlichkeiten?»

Hinrichs Blick wurde eisig. «Die hat dieser junge Herr hier mitgebracht, um als Kulturhistoriker hier in Ruhe seine Studien zu betreiben. Aber kommen wir zur Sache. Vielleicht gehen wir dort hinein, damit Dr. Echterloe ungestört ist.» Er schob den Geistlichen einfach ins Nebenzimmer.

Dort bat der Pastor den Gutsherrn, gegen die Ausschreitungen der Moorburger etwas zu unternehmen. «Sie singen, wenn ich arbeite, vor dem Pastorat laut das verbotene Schleswig-Holstein-Lied. Wenn ich das Fenster öffne und um Ruhe bitte, rufen diese Kerle: Komm herut, du leege Spion! Das geht nun wirklich zuweit.»

«Was soll ich denn dabei machen? Hier auf Moorburg kann jeder singen, was er will. Hier ist kein Polizeistaat, Herr Pastor. Auch weiß ich nicht, was die Leute gegen Sie aufgebracht hat. Das werden Sie selbst am besten wissen. Meine Moorburger sind friedliche Leute. Ich habe keinen

Ärger mit ihnen. Trachten Sie danach, mit ihnen auszukommen, dann hört das von selber auf.» Er begleitete den Pastor auf den Hof und ging in den Pferdestall.

Sobald der Pastor hinter dem Torhaus verschwunden war, eilte Hinrich in die Rentei zurück.

«Christoph, diese Bücher müssen noch heute abend in Sicherheit gebracht werden», sagte Hinrich böse, «dieser falsche Priester wird uns höchstwahrscheinlich eine Haussuchung auf den Hals schicken. Bei meinem Freund Höve haben sie die Bibliothek durchgekämmt, der hatte auch solche alten Werke. Die beschlagnahmen sie mit der Erklärung, es seien dänenfeindliche Schriften und verlogene Landesgeschichten. Das geht dann in die Kopenhagener Archive auf Nimmerwiedersehen.»

«Aber das ist ja Diebstahl, es ist doch Privateigentum. Ich habe mich schon gewundert, daß du dem Pastor etwas vorlogst.»

«Auf einen groben Klotz gehört ein grober Keil, mein Junge. Nein, dieser Spion kann sich mit solcher Angabe einen weißen Fuß machen bei seinen Vorgesetzten, und das wird der Kerl tun. Aber wohin damit?» Daß die Werke vom Hof fort mußten, war ihnen klar.

«Wie wäre es mit der Wassermühle, Oheim? Das sind doch ordentliche Leute dort?» sagte Christoph.

«Ja, das ist eine Lösung. Dort werden sie bestimmt nicht umherschnüffeln. Du mußt ein paar Tage verschwinden, ich werde den Hannemanns schon eine Geschichte auftischen.»

Hinrich ließ sich gleich darauf sein Pferd satteln und ritt zum Wassermüller. Im Mühlenkeller fanden sie einen passenden Verschlag, räumten einige alte Gerätschaften hinaus, die Müllerin säuberte das Gelaß, und der Müller meinte, ein alter Mühlstein davor würde die kleine Tür gut bewachen.

Auf der Rücktour sah der Gutsherr, wie der Stellmacher im Dorf sein Pferdchen vor den kleinen Wagen spannte. «Na, Untied, wollen Sie bei dem Regenwetter spazierenfahren?» sagte Hinrich und erwiderte des Mannes Gruß.

«Ik nich, Herr Baron, man de Preester mutt na Alberg. Dat bringt so 'n beeten.» Er rieb Daumen und Zeigefinger aneinander.

Lachend ritt der Gutsherr weiter. Der hatte es mächtig eilig, de leege Spion!

Wollte Hinrich nun seine Frau nicht mit Lügengeschichten belasten oder traute er ihr nicht ganz? Kurzum, er fuhr am Nachmittag mit ihr nach Karlshöhe zu Gabriele hinüber, deren Sohn Ludwig schon seit fünf Jahren die Wirtschaft führte. Währenddessen packte Christoph alle alten Bücher, auch die aus der Bibliothek, in zwei große Kisten und wuchtete sie mit Hilfe zweier Knechte auf einen Kastenwagen. Spätabends in der Dunkelheit fuhr er sie zur Mühle. Nachdem sie im Keller verstaut waren, luden die Müllersleute ihn nach der Anstrengung zu einem Schnaps ein.

Christoph fand es in dem großen Wohnzimmer urgemütlich. Die Müllerin hatte, da es kühl war, auf dem offenen Herd ein Feuer entzündet, das prasselte und knackte, und der Müller erzählte von seinen Wanderjahren als Geselle. Ja, dachte Christoph, so etwas müßte man machen: Unbeschwert durch die Lande ziehen, hier und dort ein wenig arbeiten, um sein Auskommen zu haben.

Er sah sich den wackeren Müller und seinen Gesellen an, der Lehrling war schon zu Bett. Diese Männer hatten ihm also das Geld für seine Ausbildung erarbeitet! Er wußte es schon seit langem, daß die Mühlenpacht seine Einnahme war. Sie waren wohlhabend, er sah es an ihren Kleidern und der Einrichtung; so eine Mühle mußte doch allerhand abwerfen, wenn die Pacht so hoch war.

«Ja», sagte der Müller behäbig auf eine dahinzielende Äußerung Christophs, «unser Gutsherr hat die Pacht auch vor Jahren erhöht, als nämlich die alte Bockmühle in Gnissen zu Bruch ging; seither muß der ganze Bezirk dort oben bei uns mahlen.»

«Muß?» fragte der junge Arzt.

«Ja, muß, Herr. Die Landleute werden zum Mahlen für eine bestimmte Mühle aufgeteilt, da geht kein Weg drum herum. Wir dürfen zufrieden sein.»

Christoph ließ sich den Geschäftsgang einer Mühle erklären. Als er im Nieselregen zurückfuhr, überdachte er, welch geruhsames Leben in Unabhängigkeit diese Müllersleute doch führten.

Am anderen Morgen ritten Hinrich und Christoph nach Polzin zu Schwoons, die Christoph gern für einige Tage beherbergten.

Wie vorausgesehen, erschienen nach drei Tagen drei Herren, von zwei Gendarmen begleitet, auf Moorburg.

Der Gutsherr empfing sie freundlich und unbefangen auf dem Hof. Die Herren brachten ihr Anliegen vor.

«Bücher? Was soll ich für Bücher haben?»

Ein bebrillter Herr, der den typisch dänischen Akzent sprach, erklärte ihm, daß es in den Herzogtümern immer noch Schriften gebe, die man als historisch bezeichnen könnte, die aber den Geschichtsablauf dieser Länder wie auch den des Königreichs Dänemark, zu dem die Herzogtümer ja gehörten, ungenau, ja meist sogar unrichtig schilderten. Sie seien nun beauftragt, diese Geschichtsverfälschungen, wenn nicht gar Verunglimpfungen in diesen Büchern endlich auszurotten. Also Beschlagnahme.

«Ah, ich verstehe! Daher die Gendarmen! Ich fürchte aber, meine

Herren, daß Sie vergebens hergereist sind. Ich besitze solche Schriften nicht.»

«Sie sind aber mit Sicherheit hier gesehen worden, Herr Baron. Nicht im Schloß, sondern in einem dieser Nebengebäude.» Der Sprecher zeigte zum Verwalterhaus hinüber.

Hinrich schlug sich vor die Stirn. «Ah, jetzt fällt mir ein: Unser Pastor hat einen jungen Kulturhistoriker dort drüben in der Rentei bei seiner Arbeit angetroffen. Der hat vierzehn Tage drüben gewohnt und gearbeitet, ist aber vorgestern mit seinen Büchern nach Hamburg zurückgefahren, weil er fertig war. Das tut mir außerordentlich leid, daß Sie sich aus diesem Grunde herbemühten!» Die drei blickten sich an. Der Älteste nickte. «Wir müssen aber trotzdem nachsehen, Herr Baron.»

«Bitte, ganz nach Ihrem Belieben. Sehen Sie nach, wo Sie es für nötig halten!» Damit ging er zum Pferdestall.

Eine halbe Stunde blieben die drei Herren in der Rentei, während die Gendarmen vor der Tür standen und sich unterhielten. Mit leeren Händen kamen sie heraus. Hinrich ging ihnen entgegen. «Wir müssen leider noch eine Haussuchung in Ihrem Haus durchführen, Herr Baron.»

Hinrich begleitete sie in die Bibliothek. Auch die Moorburger Chronik hatte er verschwinden lassen. Aber sogar die der Familie Pogwisch erregte Verdacht, weil sie alt war.

Hinrich lachte. «Meinen Sie, diese Daten von Geburten, Hochzeiten und Sterbefällen sind Geschichtsverfälschungen? Die stimmen ganz genau, dafür verbürge ich mich.»

Mit geübten Fingern stöberten sie eine Stunde darin umher. Dann kamen die anderen Räume an die Reihe. Mamsell Niemeyer begleitete sie, schloß Türen und Schränke auf. Als sie in den Eßsaal kamen, saß Charlotte mit Hinrich bei einem appetitlich duftenden Mittagsmahl. Hinrich «högte» sich, als er die gierigen Blicke der gewiß recht hungrigen Männer sah. Sie krochen auch noch im Keller herum. Der arme Niemeyer war völlig erledigt, als sie schließlich nach stundenlangem Suchen verschwanden.

Charlotte hatte er gesagt, sie suchten nach Hetzschriften gegen Dänemark. «Sieh mal nach, wo sie hingehen», gebot er dem Hausmädchen. Sie erschien wieder und berichtete, ins Pastorat seien sie gegangen. Hinrich nickte und rieb sich die Hände. Dem Priester war sicherlich nicht wohl zumute. Dem würde noch unwohler werden! Am Sonntag war kein Mensch in der Kirche.

Nach vier Tagen kam Christoph auf einem der Moorburger Füchse durch die Heide zurück, eine kleine Reisetasche hing am Sattel. Kurz vor dem Dorfplatz ritt er grüßend an dem Lehrer, der dem Dorf zuging, vorbei. Herr Piepgras erwiderte den Gruß mit einem freundlichen Wort.

Hinter dem Zaun des Pastoratsgartens stand Pastor Tychsen und sah wie gebannt dem Reiter nach, der eben in die Allee zum Torhaus einbog. Er hatte ihn vom Heideweg herkommen sehen und den Grußaustausch mit dem Kantor beobachtet. Als dieser nun herankam, rief er ihn an. Der sah überrascht aus. «Herr Pastor?»

«Wer war denn der Reiter, Herr Piepgras?»

Der Lehrer unterdrückte ein Grinsen. «Der? Das weiß ich nicht, Herr Pastor.»

«Aber Sie haben ihn doch gegrüßt und ihm etwas zugerufen!»

«Na, wie das eben an einem so schönen Sommertag ist. Da ruft man schon mal einem Fremden zu: Schön Wetter heute! Den jungen Mann habe ich zuvor nie gesehen, wohl Besuch auf dem Schloß. Mojn, Herr Pastor!» Und der Lehrer ging weiter.

Christoph hatte sich kurz vor der Toreinfahrt umgeschaut. So! Der Spion hatte den Piepgras angehalten. Er erzählte es Hinrich, der ärgerlich dreinblickte. Aber am Nachmittag lachten beide vor Schadenfreude, als Jochen Meier berichtete, der Spion hätte vom Stellmacher wieder den Wagen haben wollen. Untied sagte ihm, der sei leider entzwei, und sein Pferd habe zudem Spat, da müsse der Herr Pastor wohl zu Fuß nach Alberg gehen. Die Moorburger hatten sich vorgenommen, ihn hinauszuekeln. Aber das gelang ihnen nicht. Herr Tychsen hatte ein dickes Fell und nichts zu tun. Die Kirchenglocken läuteten zwar am Sonntagmorgen, der Kantor saß vor der Orgel, die inzwischen auch nicht besser geworden war. Der Pastor saß auf einer Chorbank und las die dänische Zeitung. Ja, und dann gingen sie wieder nach Hause, da sich niemand einfand. Nicht einmal Kalli, der Dorftrottel, weil der inzwischen gestorben war.

Nein, es gab für den Pastor einfach nichts zu tun. Sie starben nicht, diese sturen Moorburger, aus purer Bosheit, wie der Pfarrer zu seiner säuerlichen Frau sagte. Die Kinder erschienen nicht zum Konfirmandenunterricht. Neue Kinder kamen nicht auf die Welt, seltsamerweise. Und geheiratet wurde auch nicht, höchstens im geheimen. Die Bewohner der anderen zum Kirchspiel gehörigen Dörfer gingen nach Gnissen zur Kirche.

Der Ausschlag für diese Entwicklung hatte die Haussuchung im Schloß ergeben. Jochen Meier und der junge Holländer hatten das Gespräch ihres Gutsherrn mit der Untersuchungskommission auf dem Hof gehört. Die beiden waren nachher zu ihrem Herrn gegangen und hatten ihm auf den Kopf zugesagt, dahinter stecke der Pastor. Sie hatten ihn dann gefragt, ob er ihnen freie Hand zugestehe, gegen seinen Willen wollten sie nichts unternehmen. Der Spion müsse einfach kaltgestellt werden. «Aber keine Gewaltmaßnahmen», hatte Hinrich geboten, «keine Singerei mehr vor dem Pastorat und so weiter!» Nein, das ging auch anders. Sie würden noch die Karlshöher verständigen und die anderen Dörfer.

«Gut», hatte Hinrich erwidert, «tut das.» Und er hatte dem Wirt zwei Faß Bier für die Gemeindeversammlung am Abend bezahlt. Er selbst hatte sich herausgehalten.

Die unerfreuliche Lage in Schleswig-Holstein spitzte sich immer mehr zu. Die Gewaltmaßnahmen der Dänen mehrten sich, wodurch die Bewohner der Herzogtümer immer verbitterter wurden. Sie wollten den Nacken nicht beugen. Für Hinrich Pogwisch aber war der größte Kummer, daß sein eigener Sohn und Erbe auf der anderen Seite stand.

Jürgen Pogwisch war in den dänischen Staatsdienst eingetreten. Das hatten zwar viele Schleswig-Holsteiner, besonders Adlige, in den vergangenen Jahrhunderten auch getan. Jedoch war das Verhältnis der Herzogtümer zum dänischen Königreich damals ein anderes gewesen als jetzt. Selbst Graf Breitenbek und seine Familie waren nach Holstein zurückgekehrt.

Die holsteinische Ständeversammlung hatte schon im Januar des Jahres einen scharfen Protest gegen das dänische Gewaltsystem an den Deutschen Bundestag und an den dänischen König gerichtet. Daraufhin löste die national-liberale Regierung in Kopenhagen, in der die Eiderdänen die absolute Mehrheit hatten, die Gesamtstaatsverfassung für Holstein und Lauenburg auf und bereitete so der Einführung der eiderdänischen Verfassung den Weg.

In all diese Unruhen und Sorgen platzte zwei Tage, bevor Christoph nach München zurückkehren wollte, Jürgens Botschaft, daß er sich mit einer Dänin verlobt hatte!

Sie waren gerade bei der Nachspeise, als das Mädchen die Post in den Eßsaal brachte. Meist schrieb Jürgen an seine Mutter. Diesmal war das Schreiben an den Vater gerichtet. Er hatte nie zuvor von den Schwierigkeiten, seine Tove zu gewinnen, berichtet. Jetzt erzählte er ausführlich davon, wie er Jahre hindurch vergeblich um sein Mädchen geworben habe. Wie er manche Demütigung hatte hinnehmen müssen, weil er aus Holstein war. Nun endlich, nachdem er eine angesehene Position erreicht, habe er die Einwilligung der Brarens gewonnen. Im Februar solle die Hochzeit sein, und er hoffe sehr, daß seine Eltern und Geschwister zu diesem Fest nach Jütland kämen.

Weiß im Gesicht ließ Hinrich den Brief sinken. Christoph schenkte ihm schnell ein Glas Rotwein ein, das Hinrich hastig leertrank.

Mit den Worten «Die nächste Herrin von Moorburg wird zur Abwechslung mal eine Dänin sein», warf er Charlotte, die ihn beobachtet hatte, den Brief zu, und dann fügte er mit drohend zusammengezogenen Augenbrauen hinzu: «Vielleicht wird sie es auch nicht!»

Charlotte, die den Brief entfaltete, sah auf. «Wie meinst du das, Hinrich?»

Er legte bedächtig eine Serviette zusammen. «Noch bin ich da, und ich habe gottlob noch mehr Nachkommen. Christoph, willst du mich in die Heide hinausgegleiten?»

Wie betäubt starrte Charlotte den beiden hohen Gestalten nach. Das war . . . mein Gott . . . ihr Jürgen, ihr Stolz, enterbt? Nein, dafür würde sie sorgen, daß er als Ältester sein Recht bekam. Ältester? Nein, das war dieser Albino, mit dem der Vater ein Herz und eine Seele war. Wenngleich er illegitim war. Was hinderte Hinrich aber, sich zu diesem Sohn zu bekennen und ihn als Erben einzusetzen? Paul, der eingefleischte Soldat, kam doch dafür nicht in Frage. Und Lili? Nein, nein, er meinte Christoph! Sie konnte vor Aufregung den Brief kaum halten, den sie mit schwimmenden Augen las. Ihr armer Junge mit seiner großen Liebe, was hatte er wohl leiden müssen?

Charlotte tat jetzt, was ihr immer half. Sie trank in der ungestörten Kaffeestunde mehrere Gläser Cognac. Dann ging sie beruhigter nach oben in ihr Zimmer und schrieb an ihren geliebten Sohn einen langen Brief. Sie beschwor ihn, diese Verbindung rückgängig zu machen, um Moorburg nicht zu verlieren. Tränen tropften auf die Schrift und verschmierten sie.

Abends suchte sie eine Unterredung mit Hinrich herbeizuführen, aber der hielt absichtlich Christoph in der Bibliothek fest. Zusammen verließen sie den Raum. Charlotte eilte nach einer Weile in Hinrichs Zimmer hinauf. Es war leer. Hinrich saß am Bett seines treuen Christian Jensen, der nun alt und hinfällig war und das Gnadenbrot bekam, das er sich reichlich verdient hatte. Tagsüber saß Tische oft auf einem Hocker im Pferdestall. «Schon von wegen dem Duft da», pflegte er zu sagen, «den brauch ich zum Leben.» Dann erhob er sich wohl, humpelte an einen Stand und strich einer der Stuten über die Nase. Mirza war auch schon vor Jahren gestorben, fast dreißig Jahre alt. Tische hatte geweint, als er sie gemeinsam mit Jochen Meier am Zaun der Fohlenkoppel eingrub.

«Wat schall dat noch, Herr?» sagte Tische jetzt aus seinem Bett. «Ik glöw, de leeve Gott hett mi vergeten, dat ik hier noch ümmer ümherhumpeln mutt. De goden olen Tieden sünd vörbi, wi hebbt de Däns up 'n Hals. Dat ward jo ümmer leeger!»

«Das magst du wohl sagen, mein alter Tische. Nun schlaf man gut und träum von Grevenslund!» Hinrich drückte ihm die Hand und ging hinaus.

In seinem Zimmer stand er vor der Supraporte und sah die spielenden

Putten an. Sollte er ewig dort im Hintergrund stehen, sein Ältester? Er prallte erschrocken zurück, als sich die Tür öffnete, und Charlotte im Morgenrock eintrat. Mit einem Blick wußte sie, was Hinrich überdacht hatte, dort vor dem Kinderbild.

Charlotte redete allein. Sie sprudelte ihren Kummer nur so heraus. Hinrich entkleidete sich derweil und antwortete gar nicht. Er saß auf der Bettkante, als sie sagte: «Ich habe Jürgen schon geschrieben, Hinrich. Ich habe ihn dringend gebeten, diese Verlobung rückgängig zu machen.»

Hinrich stand auf. «Das hast du gut gemacht, dann brauch ich ihm das nicht erst nahezulegen. Der Bengel muß unter Druck gesetzt werden, eher wird der nicht vernünftig. Schlaf nun gut, Lotte, und reg dich nicht auf.»

Zehn Tage später, es war einer der letzten, strahlenden Augusttage, saßen Hinrich und Charlotte auf der Terrasse und tranken den Nachmittagskaffee. Der Gutsherrr war eben von den Feldern gekommen, wo man den Hafer auf die Leiterwagen lud. Als Charlotte ihm eine neue Tasse Kaffee einschenkte, sprang Hinrich unversehens auf. «Wer kommt denn da?»

«Jürgen», rief Charlotte, «mit seiner Braut!»

«Verflixt! Wußtest du das, Lotte?»

«Aber nein, keine Ahnung!» Sie sah so überrascht aus, daß er ihr glaubte, «nette Bescherung!» murmelte und sich sich wieder setzte. Die junge Dänin stand da unten vor den Blumenbeeten mit ausgebreiteten Armen, gerade so, als wollte sie dieses ganze, herrlich von der Sonne beschienene Bild umarmen. Sie hörten ihre zwitschernde Stimme und sahen, daß Jürgen wie schützend den Arm um sie legte. Er trug einen elegant geschnittenen rauchgrauen Frack und einen passenden Zylinder. Ein junger Weltmann. Tove, die zierliche Tove, trug ein leuchtend blaues Kleid mit weißen Blümchen. Auf den blonden Haaren thronte ein Schutenhütchen mit wehenden blauen Bändern. Nun schritt sie am Arm ihres Bräutigams mit wippendem, bauschigem Rock durch die Beete dem Haus zu.

Charlotte wollte sich erheben, aber Hinrich zischte: «Bleib gefälligst sitzen!» Er selber saß mit finsterer Miene und blickte dem Paar entgegen. Jürgens Gruß, als sie die Treppe emporstiegen, erwiderte er nicht, sondern brummte nur: «Wo kommst du denn plötzlich her? Hast du Mutters Brief nicht erhalten?»

Aber Jürgen war damit beschäftigt, seine nun doch stehende Mutter an sich zu drücken. Dann sah er seinem Vater lächelnd in die zornigen Augen. «Doch, Vater. Bevor ich aber das tue, was Mutter verlangte, wollte ich euch meine getreue Tove vorstellen, die jahrelang auf mich gewartet hat!» Er legte den Arm um die Schulter des Mädchens, das ängstlich in Hinrichs blauflammende Augen schaute. Dann wandte sich ihr Blick hilfesuchend Charlotte zu. Die konnte nicht anders, sie mußte diesem süßen Mädchen zulächeln. Auch Hinrich erhob sich zögernd und sah ernst auf Tove von Braren herab. Welch offenen, kindlichen Blick hatte diese kleine Dänin! Und dann streckte dieses Mädchen die Hand aus. Es widerstrebte Hinrich, so unhöflich zu sein und die bittende Hand zu übersehen. Er ergriff sie, und die kleine Tove hielt die Männerhand fest. «Ich kann doch nichts dafür, daß ich Dänin bin», sagte sie zwitschernd, «und mein Jürgen kann auch nichts dafür, daß er Deutscher ist. Sie müssen nicht böse sein, daß wir uns so sehr lieben. Auch dafür können wir nichts.» Sie sprach Dänisch, war ganz ernst und fügte noch leise hinzu: «Daß Deutsche und Dänen sich streiten, dafür können wir auch nichts.» Dann gab sie Hinrichs Hand frei und bat Jürgen, seinem Vater das zu übersetzen.

«Ist nicht nötig», sagte Hinrich, «ich habe alles verstanden. Wir sprechen uns nachher. Ich muß jetzt aufs Feld.» Er wandte sich um und ging ins Haus.

Charlotte konnte kein Wort Dänisch, und Jürgen mußte dolmetschen. Sie ließ gleich zwei Schlafzimmer zurechtmachen, damit die Verlobten sich waschen konnten. Dann saßen sie wieder mit Charlotte im Abendsonnenschein draußen. Tove war begeistert von Jürgens Heimat. Einige Sätze hatte sie schon gelernt. «Ich will ganz snell lernen dein Sprach», sagte sie mühsam.

Welch munteres Persönchen, dachte Charlotte entzückt. Sie konnte ihren Sohn verstehen. Er hatte sich durch diese Liebe offenbar zu seinem Vorteil verändert.

Als Tove die Treppen zum Garten hinuntersprang, um diesen näher zu betrachten, sagte Jürgen: «Mutter, ein Leben ohne sie ist mir unmöglich.» Er erzählte, welche Schwierigkeiten sie zusammen überstanden hatten. Allein schon diese Reise hatte bei den Brarens Entsetzen hervorgerufen. Verlobte und allein reisen! Dabei waren sie per Schiff nach Lübeck gefahren und immer unter Menschen gewesen. «Die sind so konservativ wie Orientalen», sagte er, «wo ein Mann seine junge Frau erst am Hochzeitstag zu sehen bekommt.» Er sah seine Mutter eindringlich an. «Mutter, du mußt uns helfen! Jetzt am Ziel, kann Vater uns doch keinen Strich durch die Rechnung machen. Das ist ja unmenschlich! Und wenn er mich enterben will, soll er das tun. Meinetwegen kann er seinen Liebling Christoph auf Moorburg setzen. Mich seid ihr dann los, ich komm auch ohne Moorburg aus, darauf kannst du dich verlassen. In Dänemark kann ich auch mein Glück machen, und dann mit Tove!»

Charlotte paßte in der Bibliothek auf, bis Hinrich in den Hof ritt. Als er das Haus betrat, zog sie den Widerstrebenden in die Bibliothek und wiederholte, was Jürgen geäußert hatte. «Wenn du mit Jürgen brechen willst, ich tu es nicht, Hinrich», sagte sie zum Schluß energisch, «ich will meinen Jungen nicht verlieren, nur weil dieses liebe junge Mädchen eine Dänin ist. Dann geh ich auch von Moorburg fort zu den Kindern, dann magst du Christoph hier . . .» Sie kam vor Tränen nicht weiter.

«Hör bloß auf!» Hinrich war verstaubt und müde. «Ich werde mir Jürgen nachher vorknöpfen, dann wollen wir sehen.»

Bei Tisch saß die kleine Baronesse neben dem Hausherrn.

«Ich will snell dein Sprach lern», zwitscherte sie neben ihm, dann dänisch fortfahrend: «Aber nun bitte ich Sie, mit mir meine Sprache zu sprechen.» Bittend sah sie ihn mit ihren Vergißmeinnichtaugen an. Dann blickte sie auf seine verkrüppelte linke Hand, die sich mühte, das Hühnchen auf seinem Teller zu zerlegen.

«Oh», sagte sie bedauernd, «was ist das mit Ihrer armen Hand?»

«Das haben Ihre Landsleute mit einer Gewehrkugel angerichtet», erwiderte Hinrich in fließendem Dänisch.

Entschlossen nahm sie ihm den Teller fort, auf den er das Besteck niedergelegt hatte. «Wenn die Ihnen so Böses getan haben, dann will ich Ihnen helfen.» Im Nu hatte sie das Hühnchen appetitlich von seinen Knochen gelöst. «Bitte», sagte sie und strahlte ihn an.

«*Tak!*» antwortete Hinrich verblüfft lächelnd. Sein Blick ging immer wieder seitlich auf die kleinen, geschickten Hände, die sich nun mit dem eigenen Essen beschäftigten.

«Sind Sie mit der Ernte zufrieden, Baron?» fragte sie. Und dann ging auf dänisch ein Fachgespräch über landwirtschaftliche Fragen los. Mein Gott, dachte Hinrich, das Mädchen versteht eine ganze Menge.

«Darf ich morgen mit Ihnen in die Ernte hinausreiten?» fragte sie schließlich. «Mich interessiert, wie man das hier in Holstein betreibt.»

«Du hast ja kein Reitzeug hier», gab Jürgen zu bedenken, als Hinrich es erlaubt hatte.

Hinrich schützte Müdigkeit vor und verabschiedete sich bald nach dem Abendessen. Das Mädchen hatte ihm den Wind aus den Segeln genommen. Sollte er den Sohn abkanzeln, weil er in der Wahl seiner Braut einen guten Geschmack bewiesen hatte?

Am nächsten Morgen schickte Jürgen sich an, mit auf die Felder zu reiten. Aber Charlotte hielt ihn zurück. «Laß die beiden mal allein!»

Tove steckte in einem etwas zu großen Reitkostüm von Lili, als sie auf einer jungen Fuchsstute, die sie sich ausgesucht hatte, neben Hinrich einherritt. Er schielte seitwärts auf die Baronesse herab und erkannte bald, daß sie eine perfekte Reiterin war; sie saß locker, aber wie festgewachsen in ihrem Damensattel. Schweigend ritten sie durch den sonnigen Morgen.

Auf dem Weizenschlag angelangt, stellte Hinrich seiner Begleiterin Inspektor Busse vor. Der weißhaarige Beamte blickte lächelnd zu der jungen Dame auf. «Tag!» sagte Tove und reichte ihm die Hand. Aufmerksam sah sie umher, wie die Leute die Hocken aufstellten. Langsam ritt sie über das Feld, während der Gutsherr sich mit Herrn Busse besprach. An dem Haferschlag, wo noch aufgeladen wurde, holte Hinrich sie im Galopp ein. Er untersuchte mit dem Hofvogt den Huf eines der Kaltblutpferde vor einem Wagen. Als Hinrich wieder zu Pferde saß, entspann sich zwischen ihnen ein Gespräch über Pferdekrankheiten.

«Nun wollen wir mal einen schönen Galoppweg reiten», forderte Hinrich sie auf. Zwischen Fichten und Föhren ritten sie einen Sandweg entlang der Heide zu. Tove war von der Landschaft sehr beeindruckt, und ihr Begleiter staunte über ihre Reitkunst, mit der sie kleine und breite Gräben, Wälle und sonstige Hindernisse nahm. Donnerwetter! So konnte nur Christoph reiten.

Er bat sie, von ihrer jütischen Heimat zu erzählen. Was er hörte, gefiel ihm sehr.

Kurzum, die Unterredung, die er am Nachmittag mit Jürgen hatte, verlief einigermaßen friedlich. «Das ist das Verdienst deiner kleinen Braut, Jürgen», sagte Hinrich zum Schluß. «Deine dänische Karriere mißfällt mir nach wie vor, wenn du mir auch weismachen willst, daß du sie Toves wegen eingeschlagen hast. Das ist Tünkram. Spiegelberg, ich kenne dich. Du sollst dieses tüchtige Mädchen haben, aber eine Bedingung knüpfe ich daran: Wenn dein Vater dich heimruft, dann bist du hier auf Moorburg nötig, dann hast du zu folgen! Gilt das?»

«Wenn ich nicht gerade als *Chargé d'affaires* oder Ähnliches im Ausland bin, steh ich dir jederzeit zur Verfügung, Vater. Das verspreche ich dir!» Sie reichten sich fest die Hände.

Über dem politischen Horizont zogen die Wolken immer dicker und schwärzer herauf. Die Blicke richteten sich wieder einmal auf die Zimbrische Halbinsel.

Ende September wurde dem Kopenhagener Reichsrat ein für Dänemark und das Herzogtum Schleswig gemeinsam geltendes Grundgesetz vorgelegt. Das bedeutete die völlige Trennung Schleswigs von Holstein und Einverleibung in den dänischen Gesamtstaat entgegen den Abmachungen von 1852. Falls das Gesetz in Kraft treten würde!

König Frederik VII., der letzte Oldenburger, der in drei Ehen kinderlos geblieben war, entzog sich den Kopenhagener Machenschaften, indem er mit seiner morganatisch angetrauten Gemahlin Gräfin Danner, alias Louise Rassmussen, auf Reisen ging. Im Oktober traf er in der kleinen schleswigschen Stadt Kappeln an der Schlei ein. Die Bevölkerung war verständlicherweise in Verlegenheit, wie sie sich dem unerwarteten Besuch gegenüber in dieser spannungsreichen Zeit verhalten sollte. Es galt zu erkunden, ob der gutmütige und an sich beliebte König als Herrscher von Dänemark oder als Herzog kam. Frederik ließ die braven Kappeler nicht lange im Zweifel. Gendarmen, die ihnen das Geleit geben wollten, denn er hatte nur einige Zivilpersonen bei sich, wies der König mit der Begründung zurück, daß er hier keinen Schutz brauche.

Vor der kleinen Stadt hatte sich eine Menschenmenge versammelt. Der König ließ halten und hielt eine kurze Ansprache, in der er betonte, daß er nicht als König von Dänemark komme, sondern als ihr Herzog, der, ihrer Treue vertrauend, um freundliche Aufnahme bitte, er wolle einige Tage bei ihnen und mit ihnen verleben.

Ein donnerndes «Hurra, unser Herzog Friedrich!» antwortete ihm. Und der Monarch wurde mit Illumination und sonstigen Ehren in die Stadt geleitet. Täglich lud er Bürger der Stadt und die Gutsbesitzer der Umgebung zu kleinen Festlichkeiten zu sich ein. Es schien so, als ob Frederik seine Sorgen vergessen wollte.

Sehr betroffen waren daher die Kappeler, als der König kurze Zeit nach seiner Abreise auf seinem Schloß Glücksburg starb. Seltsame Gerüchte über die Ursache seines Todes verbreiteten sich. Zwei Tage vor dem Ableben Frederiks war jenes Grundgesetz vom Reichsrat angenommen worden.

Jetzt stand die Erbfolgefrage im Vordergrund. Sollte der im Londoner Protokoll vorgesehene Christian von Glücksburg, der «Protokoll-Prinz», oder der Herzog Friedrich von Augustenburg dänischer König werden? Beide stammten aus Nebenlinien der Oldenburger. Die Schleswig-Holsteiner wollten den Augustenburger als Herzog, aber der Glücksburger bestieg den dänischen Thron. Eine seiner ersten Amtshandlungen war, daß er, wenn auch zögernd, dem Drängen der Eiderdänen nachgab und die Inkorporierungsakte unterzeichnete. Ein Stoß mitten ins Mark der alten Doppeleiche!

Jetzt trat nicht nur der Deutsche Bundestag auf den Plan, sondern auch der preußische Ministerpräsident von Bismarck, der zur Enttäuschung vieler Deutscher den «Protokoll-Prinzen» sowohl als König Christian IX. von Dänemark anerkannte wie auch als rechtmäßigen Herzog von Schleswig-Holstein. Der Augustenburger wurde übergangen. Wohin Bismarcks großangelegte Politik zielte, wurde nun offenbar, als er gemeinsam mit Österreich den Dänen ein achtundvierzigstündiges Ultimatum stellte: Sie sollten ihr neues Grundgesetz auflösen und somit Schleswig-Holstein freigeben. Das war in dieser kurzen Zeit praktisch nicht möglich, weswegen Dänemark die Forderung ablehnte. Damit hatte Bismarck gerechnet.

Zuvor schon hatten die Dänen mächtig aufgerüstet, die uralten Danewerke bei Schleswig verstärkt, die Düppeler Schanzen weiter befestigt und ihre Armee vergrößert, vielfach durch schleswig-holsteinische Rekruten, die sich, als der Krieg losbrach, weigerten, gegen Deutsche zu kämpfen, und entlassen werden mußten. Die Dänen hatten die südlichen Grenzen Holsteins und Lauenburgs mit Truppen besetzt; als aber zu Weihnachten die deutschen Exekutionstruppen, Sachsen und Hannoveraner, in Holstein einrückten, zogen sich die Dänen bis zur Eider zurück.

Das Jahr 1864 kam mit Eis, Schnee und großer Kälte herauf. Am 21. Januar brachen die Preußen und Österreicher die diplomatischen Beziehungen zu Dänemark ab. Anfang Februar überschritten die verbündeten Armeen die Eider und drangen in Schleswig ein.

Die Österreicher warfen die Dänen in einigen kleinen Gefechten im Vorfeld der Danewerke zurück. Mit einer List gelang es den Dänen, sich von dort abzusetzen, um Vorsprung zu den Düppeler Schanzen zu erlangen. Als die Österreicher den Trug bemerkten, waren die Dänen bereits aus Schleswig heraus und nach Norden unterwegs. Die dänische Nachhut wurde von den Österreichern aber noch bei Översee geschlagen.

Der geniale Plan des preußischen Generalstabschefs von Moltke, das dänische Heer zu umgehen und einzukesseln, wurde durch das Zögern des Oberbefehlshabers der verbündeten Truppen, «Papa Wrangel», vereitelt. Die Preußen überschritten die Schlei und drangen ebenfalls nach Norden vor. Jubelnd wurden die Verbündeten überall empfangen.

Ein Aufatmen ging durch die Herzogtümer, als die Dänen abrückten. Bei starkem Frost und eisigem Wind entließen die dahinjagenden Wolken ungeheure Schneemassen. Als die Preußen von Schwansen nach Angeln über die Schlei setzten, war es Nacht. Die schlafenden kleinen Ortschaften wurden in den ersten Morgenstunden vom preußischen Einmarsch aufgescheucht. Freudig öffneten die Bewohner den frierenden Soldaten, bewirteten sie und schafften ihnen in völlig überfüllten Häusern Schlafgelegenheit. Es war eine Massenabfütterung in jeder Hütte, in jedem Haus. Jeder Hausvater tat, was er konnte, um den Soldaten ein gutes Frühstück mitzugeben auf den beschwerlichen Vormarsch durch die Unbilden des Winters. Der Schnee lag stellenweise meterhoch. Das erste preußische Armeekorps unter Prinz Friedrich Karl belagerte Düppel, dessen verstärkte Schanzen für uneinnehmbar galten. Das zweite österreichische Korps war gemeinsam mit dem dritten, wiederum preußischen Korps beauftragt, Jütland zu besetzen. Bevor sie die Grenze überschritten, kam eine Depesche vom preußischen König, der den Übergang zunächst untersagte, da man in Wien wegen diplomatischer Schwierigkeiten Bedenken hatte. Am 5. März gelang es Bismarck schließlich, Österreichs Genehmigung zur Okkupation Jütlands zu erlangen.

Das dritte Korps kämpfte vor der Festung Fredericia, wo die Dänen nach einem Verlust von 900 Mann zurückgeschlagen wurden. Die Österreicher eroberten einen Ort nach dem anderen, während das erste Korps vor Düppel lag, um die Festung für den Sturm reif zu machen. Die Schleswig-Holsteiner begeisterten sich mehr für die Österreicher, die die Dänen vor sich herjagten. Überhaupt gefielen ihnen die Österreicher in ihrer liebenswürdigen Umgangsart besser als die förmlichen, etwas steifen Preußen, die bislang noch nicht viel Erfolge gezeigt hatten. Man «töwte» ab. Zunächst einmal war man die Dänen los. Das war die Hauptsache.

Der preußische Adler hatte seit Fridericus Rex ziemlich lahme Flügel gehabt. 1861 hatte Königin Luises zweiter Sohn seinen Bruder auf dem preußischen Thron abgelöst. Der greise Feldherr Wrangel drückte das aus, was man nunmehr von Preußen erwartete. Die altgewordene Wirtin des Hotels «Stadt Hamburg», Frau Esselbach, die er von 1848 her kannte, begrüßte ihn mit den Worten, ehe sie ihn in Schleswig willkommen heiße, solle er ihr sagen, ob er diesmal ernst würde, oder ob es wieder so eine Komödie abgäbe wie Anno achtundvierzig. Darauf hatte Wrangel ihr lächelnd erwidert, es werde nun wirklich ernst, sie pfiffen jetzt aus einem anderen Loch.

Das bewiesen die Preußen vor Düppel. Die Dänen machten am 17. März einen Ausfall, um die umliegenden Dörfer in Brand zu stecken. Mit einem Verlust von 12 Offizieren und 664 Mann wurden sie zurückgeschlagen, während die Preußen 16 Offiziere und 122 Mann verloren. Die Dänen hatten längst die Überlegenheit des Zündnadelgewehrs der Preußen erkannt und sahen von weiteren Angriffen ab. Auch hatten sie nicht erwartet, daß die preußische Artillerie vier Kilometer weit schießen konnte. Die Schanzen hatten unter den 118 schweren preußischen Geschützen stark gelitten. So standen sich am Morgen des 18. April 23000 Dänen und 37000 Preußen gegenüber: Nachts um vier begann das Artilleriefeuer auf die beschädigten Schanzen, sie donnerten ohne Unterbrechung bis zehn Uhr morgens 7900 Geschosse hinein. Dann verstummten sie. Der Sturm auf die Befestigungen begann. Mit «Hurra» stürmten die Preußen los, angefeuert durch den «Düppeler Sturmmarsch», den sein Komponist Piefke dirigierte. Um zwölf Uhr wehte die preußische Fahne auf allen Festungswerken. Danach tobte der Kampf um den Brückenkopf nach Sonderburg auf der Insel Alsen. Er endete mit der Flucht der Dänen.

Am 29. April besetzten die Österreicher die Festung Fredericia; die Dänen wollten dort kein zweites Düppel erleben und hatten sich nach der Insel Fünen abgesetzt.

Der Kampf war beendet, die Truppen zogen sich vorläufig in ihre Quartiere zurück.

«So, min Hinnerk», sagte Wulf Pogwisch. «Nun geht der Kuhhandel um Schleswig-Holstein in London weiter. Nun wollen sie anscheinend Schleswig auch noch teilen. Was nicht noch alles?»

«Hauptsache, daß wir die Dänen los sind! Bismarck hat jedenfalls das Londoner Protokoll von 1852 als nichtig erklärt. Aber wahrscheinlich will der Glücksburger noch irgend etwas aus den Trümmern seiner Niederlage für Gammel-Danmark retten.»

Die Brüder saßen in Wulfs Zimmer im Rempliner Haus, das die Grevenslunder Einrichtung übernommen hatte. Von der Decke leuchtete das alte Weiblein herab. Die Gemälde ihrer Eltern sahen von der Wand auf die beiden Söhne, deren Haupthaar weiße Fäden durchzogen. Im Garten schlug die Nachtigall.

Hinrich hatte in seinem Brief, der seinen Besuch ankündigte, den Bruder gefragt, ob er nun heimkommen wolle. Aber er sah jetzt ein, daß Wulf hier einen geruhsamen Lebensabend in Sicherheit und Behaglichkeit verbringen konnte.

«Hat dein dänischer Jürgen eigentlich seine Tove geheiratet?» erkundigte sich Wulf. Heftig an seiner Pfeife ziehend, schüttelte Hinrich den Kopf, der hinter Rauchwolken verschwand. Dann erzählte er, daß der harte Winter und der Krieg die im Februar angesetzte Hochzeit verhindert hatte. Jürgen sei in Kopenhagen festgesessen und Tove in Jütland, wo die Hochzeit stattfinden sollte. Hinzu kam noch, daß zwei Söhne der Brarens gefallen waren. Und nun sei Jürgen ins Ausland geschickt worden; er habe nicht geschrieben wohin.

«Na, vielleicht wird aus dieser Verbindung nichts», meinte Wulf. «Es sieht fast so aus, als ob die beiden nicht zusammenkommen sollen», Hinrich sah nachdenklich in den verdämmernden Abend hinaus, «doch wie ich Jürgen kenne, erreicht er sein Ziel. Der ist zäh wie Lappleder und das Mädchen anscheinend auch. Jedenfalls wünsche ich ihnen, daß sie bald den Lohn erhalten, den ihr treues Zusammenhalten verdient.»

Sie sprachen von Paul, der die Kämpfe als preußischer Leutnant in Schleswig gut überstanden hatte. Er lag eben noch an der Schlei im Quartier und war, wie er an Wulf geschrieben hatte, an einem Sonntag nach Grevenslund geritten und hatte freudiges Wiedersehen mit frühen

Kindheitserinnerungen gefeiert. Überhaupt hätten sie eine gute Zeit, da die Bevölkerung so glücklich sei, den dänischen Druck loszusein. Er selbst könne sich als Soldat keine schönere Aufgabe denken, als die Heimat mitbefreien zu helfen. Noch jedoch war sie nicht frei. Zwar forderten die Sieger die völlige Unabhängigkeit der Herzogtümer von Dänemark. Die Dänen lehnten diese Lösung als unannehmbar ab, noch immer im Glauben an englische und russische Hilfe. Trotz der großen Opfer ließen die Dänen es auf die Fortsetzung des Krieges ankommen. Das war das Ende der Londoner Verhandlungen.

Der Krieg ging also weiter. Der Oberbefehl der deutschen Streitkräfte wurde dem Sieger von Düppel übertragen, Prinz Friedrich Karl. Unter sehr schwierigen Bedingungen besetzten die Preußen am 29. Juni die Insel Alsen. Die Österreicher führten die Besetzung Jütlands bis nach Skagen hinauf durch. Zuvor hatten sie unter dem Kommodore Tegethoff ein Seegefecht mit dänischen Schiffen bei Helgoland gehabt, in dem die Dänen überlegen waren. Doch war es den Österreichern zu verdanken, daß die Inselfriesen von ihrem Quälgeist befreit wurden, dem dänischen Kapitän Hammer, der mit seiner kleinen Flotte das Wattenmeer beherrschte und die Insel drangsalierte.

Im Frieden zu Wien am 30. Oktober mußte Dänemark die Herzogtümer Schleswig, Holstein und Lauenburg sowie einige Kirchspiele in Jütland an Preußen und Österreich abtreten.

«Wat nu?» sagten die Schleswig-Holsteiner. Sie wurden nicht gefragt. Der preußische Aar hatte sich in diesen Kämpfen gemausert, erhob stolz sein Haupt und rührte die mächtigen Schwingen. Beklommen sah die Welt zu, wie er sich aufschwang. Wohin und wie hoch würde er fliegen?

Ab 1865 regierten Österreich und Preußen gemeinsam die Herzogtümer. In Schleswig residierte der preußische Generalleutnant von Manteuffel. In Kiel bemühte sich der österreichische Feldmarschalleutnant von Gablenz als Statthalter, die Holsteiner mit viel Verständnis zu regieren.

Der Keim der Zwietracht lag in diesem gemeinsamen Unternehmen. So blieb die Auseinandersetzung ein Jahr später nicht aus. Wieder war Schleswig-Holstein der Anlaß zu einem neuen Krieg. Auf dem Schlachtfeld von Königgrätz entbrannte ein erbitterter Bruderkampf, in dem Preußen der Sieg zufiel. Otto von Bismarcks Pläne nahmen feste Formen an: 1867 wurde Schleswig-Holstein-Lauenburg preußische Provinz.

«Is doch man gediegen», sagten die ehemals dänischen Schleswig-Holsteiner, «daß wir immer was sein müssen, was wir gar nich sein wollen.»

13

Wie schnell ein Jahr doch das andere ablöst, dachte der Gutsherr von Moorburg, als er, begleitet von seinem Terrier, langsamen Schritts den Weg zur Kirche hinaufging. Die Spätsommersonne lag noch warm über den Gräberreihen, auch ein paar Schmetterlinge tanzten in der windstillen Luft umher. Hinrich zog einen großen Schlüssel aus der Tasche und öffnete die Tür zu dem Anbau an der Nordseite der Kirche. Es war ihm gelungen, diese alte Sakristei, die längst nicht mehr benutzt wurde, von der Kirchenbehörde als Gruft zur Vergügung gestellt zu bekommen. Das lag schon viele Jahre zurück.

Kalt schlug es ihm entgegen. Mit dem Hut in der Hand trat er ein. Ein schwerer Eichensarg stand dort an der Kirchenwand neben der kleinen Tür, die zum Chor führte. Ein verwelkter bunter Sommerstrauß lag darauf. Tove, den hatte sicher Tove darauf gelegt! Sinnend stand Hinrich vor dem Sarg seiner Charlotte und überdachte ihr gemeinsames Leben. Vierunddreißig Jahre waren sie verheiratet gewesen, und nun war sie schon vier Jahre tot. Du könntest noch bei mir sein, Lotte, wenn du mehr auf deine Gesundheit geachtet hättest. Er machte sich Vorwürfe, daß er selbst nicht genug um sie besorgt gewesen war. Erst als ihr Leiden begann, worauf Christoph ihn aufmerksam gemacht, hatten sie sich wieder enger zusammengeschlossen wie in den ersten glücklichen Jahren ihrer Ehe. Aber da war es schon zu spät gewesen. Die Erbschaft der Wasmers war auch Lotte zum Verhängnis geworden. Er sah sich in dem kahlen Raum um. Der war weiß getüncht, und durch ein kleines Fenster fiel spärliches Licht herein. Wie lange würde er noch auf seinen zwei Beinen im Sonnenschein auf dieser schönen Erde wandern? Wie kurz war ein Menschenleben! Lotte hatte es schon hinter sich.

Er ging hinaus, schloß die Tür ab und rief seinen Hund, der hinter einem Karnickel über die Gräber rannte. Weiter spazierte Hinrich über den Friedhof. Da war Christian Jensens Grab. Sein alter Tische hatte die Vertreibung der Dänen noch miterlebt. Anscheinend hatte ihn diese große Freude aber umgebracht. Wenige Tage nachdem Düppel gefallen war, lag er morgens tot in seinem Bett. In der gegenüberliegenden Reihe trat Hinrich an das Grab des treuen Inspektors Busse. Er selbst war allein übriggeblieben von der alten Generation auf dem Moorburger Hof. Sein blondes Haar hatte sich inzwischen weiß gefärbt.

Vom Pastoratsgarten her hörte Hinrich frohes Kinderlachen. Eine junge Pastorenfamilie war dort vor vielen Jahren eingezogen, und die Moorburger Kirche war an Sonn- und Feiertagen wieder voll. Auch Peter-Ohm und Tante Caroline stattete Hinrich einen Besuch ab an ihren schön bepflanzten Gräbern. Ja, ja, min olen Peter-Ohm, wer hätte das geahnt, als du mich auf die Freite schicktest, daß sich nochmals, wie einst bei meiner Mutter, die von Motzsche Familie mit den Pogwisch mischen würde! Während er jetzt seinem Hof zuschritt, dachte er an die Komödie, die dieser Verbindung vorausgegangen war, und mußte vor sich hinlachen. Er hatte mitunter zu Charlotte gesagt, er möchte gern wissen, wie die Frau beschaffen sein müßte, die mit dem Unband Paul zurechtkomme. Lotte hatte dann geantwortet: «Kein Topf ist zu schief, es paßt schon ein Deckel darauf.» Daß dieser «Deckel» in nächster Nähe wohnte, darauf waren sie nicht gekommen.

Der Premierleutnant Freiherr von Pogwisch hatte den Feldzug gegen die Österreicher Anno sechsundsechzig – bis auf einen harmlosen Streifschuß – gut durchgehalten und war anschließend nach Moorburg gekommen. In den letzten Urlaubstagen war Caroline von Schwoon von Polzin herübergeritten, um Charlotte ein versprochenes Strickmuster zu bringen. Paul hatte sie, die auf den Hof geprescht kam, vor den Ställen in Empfang genommen. Von da an war er nicht von ihrer Seite gewichen.

Caroline hatte nicht nur den Namen von der Urgroßmutter geerbt, sondern auch viel von dem munteren und tüchtigen Wesen dieser gütigen Frau. Paul hatte Caroline, wenn er sie in früheren Jahren traf, überhaupt nicht beachtet, weil sie fast zehn Jahre jünger war als er. Jetzt war sie ein vollerblühtes siebzehnjähriges Mädchen, kräftig im Wuchs, frisch und immer fröhlich. Als er seinen Vater beim Kaffee im Gartensaal fragte, wie er eigentlich mit Caroline verwandt sei, kam heraus, daß Paul etwa im Verwandtschaftsgrad eines Onkels zu ihr stand. Nun konnte Caroline diese Anrede gar nicht genug benutzen, worüber Paul sich sehr giftete. Es gab einen lustigen Krieg, bis Paul schließlich rief, gut, wenn er schon ihr Onkel sei, dann habe er auch das Recht, ihre Ungezogenheiten auszutreiben, indem er sie über das Knie legen und ordentlich durchhauen könne. Caroline entfloh ob solcher Brutalität in den Garten, Paul ihr nach. Hinter dem alten Turm waren sie dann verschwunden und erst nach zwanzig Minuten – Charlotte sah auf die Uhr – etwas atemlos wieder erschienen. Darauf hatte Caroline sich verabschiedet und war davongeritten.

Paul konnte gar nicht so schnell aus seinem Sessel aufstehen, wie sie aus der Tür fegte. Er rannte zwar in die Halle, aber da war das Mädchen schon auf dem noch gesattelten Pferd und galoppierte, als wäre der Teufel hinter ihr her, zum Torhaus. Kaum saß er wieder bei seinen Eltern, fuhr sein Vater ihn an, was ihm einfiele, das Mädchen so zu erschrekken. Paul sah ihn ganz abwesend an, und Hinrich bemerkte in den grauen Augen seines Jüngsten ein Glimmen, wie er es bei ihm noch nie beobachtet hatte.

Charlotte hatte dann dem Sohn mitgeteilt, daß Caroline die heimliche Braut eines jungen Hamburger Juristen sei. «Waas?» rief Paul. «Sie ist verlobt? Das kommt überhaupt nicht in Frage!» Er sprang so heftig vom Sessel hoch, daß der hinter ihm umkrachte, und jagte durch Saal und Halle hinaus. Hinrich konnte ihm nicht so rasch folgen. Erst im Stall, wo Paul ein Pferd sattelte, rief der Vater warnend, er solle keinen Unfug anstellen. «Unfug? Nee, Vater, keine Sorge, das bring ich schon in Ordnung.» Er sprang auf das Pferd und galoppierte vom Hof. Hinrich hatte ihm verblüfft nachgesehen.

Was Paul mit «in Ordnung bringen» gemeint hatte, erfuhren sie nicht von ihm, der erst spätabends nach Moorburg zurückkehrte. Sie erfuhren es nur teilweise von Caroline, die Paul anderntags als seine Verlobte vorstellte. Paul hatte das Mädchen auf Polzin jedenfalls gezwungen, in seiner Gegenwart einen Absagebrief an ihren Juristen zu schreiben. «Was willst du bloß mit so 'nem Advokaten!» hielt Paul ihr vor, und sie erwiderte: «Was soll ich denn mit einem Onkel, der mich bloß verhaut?»

Paul Pogwisch hatte so manche Attacke geritten und manchen Gegner besiegt. Wie diese, seine großartigste Attacke ausgesehen hat, blieb das Geheimnis des glücklichen Paars.

Hinrich lachte noch immer vor sich hin und stieg die Stufen zum Portal seines Hauses hinauf. Bei Paul war alles unkompliziert und gerade. Bei seinen drei anderen Kindern dagegen . . .

In der Halle kam Tove aus dem Kontor auf ihn zugehumpelt, sie überreichte ihm einen Brief. «Von Paul; er ist eben angekommen.»

Die zierliche Frau ging mit ihm in den Gartensaal, wo er hastig den Brief aufriß. Tove setzte sich ihm gegenüber und verfolgte neugierig das Mienenspiel des Schwiegervaters, das immer heller und lebhafter wurde. Sie konnte es nicht mehr aushalten. «*Hvorledes staae det til, Far?*» Vor Aufregung fiel sie ins Dänische.

Mit strahlendem Gesicht rief Hinrich: «Das zweite Kind ist ein Junge, Tove. Ein Pogwisch-Junge!» Er sprang auf, zog sie an sich und küßte sie auf die Stirn. «Ich habe eine Freude! Und alles ist gut abgelaufen. Mutter und Kind sind wohlauf.»

«Far, ich gratuliere dich von all mein Herzen! Und ich freu mich soo.» Dann sank ihr Kopf an Hinrichs Schulter, und sie weinte. Erschrocken strich Hinrich ihr über das aschblonde Haar. «Verzeih mir, Tove, in meiner Freude habe ich an deinen Kummer nicht gedacht.»

Sie hob den Kopf. Unter Tränen lächelnd, löste sie sich von ihm und begab sich in die Zimmer, die ehemals Germaine Wasmer bewohnt hatte. Wegen ihrer Gehbehinderung lebte Tove von Pogwisch im Erdgeschoß. Wenn Jürgen in Moorburg weilte, logierte er im Zimmer daneben, das an den Seitenflügel stieß. Hinrich hatte wegen seines halbsteifen Knies das «Andenkenzimmer» des alten Georg von Wasmer bezogen. Im ersten Stock des Hauses wurden Gäste untergebracht; oft stand er leer bis auf das Zimmer der Mamsell Henkel. Fräulein Niemeyer war nicht mehr da, sie lebte bei ihrem alten Bruder in Kiel.

Hinrich setzte sich in seinem Zimmer ans Fenster und sah über den Hof hin, wo die Knechte eben mit den Gespannen zur Mittagspause einritten. Der Sommer neigte sich dem Ende zu. Die Stoppeln wurden untergepflügt. Der glückliche Großvater las Pauls Brief noch einmal durch. Wie schön, daß nun ein Junge da war! Das erste Kind ihrer jungen Ehe hatten sie nach seiner Patentante, die eigentlich Mathilde hieß, Lili genannt. Ihn, Hinrich, freute das besonders. Der kleine Junge sollte den Namen von Hinrichs Vater bekommen, Otto, dieser Urenkel des Grevenslunders, und als zweiten Taufnamen Peter nach Carolines Urgroßvater von Motz, aber auch nach ihrem Großvater Peter von Schwoon.

Seufzend wurde es Hinrich wieder bewußt, daß hier auf Moorburg kein Enkelkind aufwachsen würde. Es wunderte ihn nur, daß sich die Unglücksraben vor der Tragödie, die sich hier abgespielt, nicht hatten blicken lassen. Er hatte sie jedenfalls nicht gesehen. Vielleicht tauchten die nur auf, wenn es sich um Moorburg selber handelte?

Sechs Jahre war der Unglückstag schon her. Im Sommer war es gewesen. Jürgen und er waren am Nachmittag nach Alberg zur Behörde geritten, wo es etwas zu erledigen gab. Auf der Rücktour kam ihnen Jochen Meier im vollen Galopp entgegen, Roß und Reiter in Schweiß gebadet. Tove, die gern allein durch Wald und Feld ritt, war verunglückt. Das Pferd war bei einem Sprung über ein Hindernis gestürzt und hatte Tove schwer verletzt. Knechte, die den Unfall beobachtet hatten, fanden sie blutend halb unter dem Pferd liegen. Jetzt sei Herr Christoph, den sie erst hätten suchen müssen, bei ihr. Aber die Frau Baronin habe ihm, Jochen geboten, die Herren sofort aus Alberg zu holen. Sie und Herr Christoph hätten die bewußtlose junge Baronin behandelt, und Herr Christoph habe ihm einen Zettel für die Apotheke mitgegeben, den müsse er schleunigst besorgen. Es sei sehr dringend, habe Herr Christoph gesagt, er müsse reiten wie der Teufel. Damit ritt er wieder an. Der kreideweiße Herr Jürgen hatte ihm nachgerufen: «Einen Arzt, Jochen! Einen Arzt aus Alberg mußt du bestellen.» Dann waren die beiden wie der Teufel nach Moorburg geritten. Hinrich, selbst sehr beunruhigt, ärgerte sich damals über Jürgen. Sollte Jochen sich aufhalten, einen Arzt zu suchen, wo doch schon einer da war, der Jochen Eile geboten hatte? Das rief er Jürgen auch zu. Der hatte nur böse geknurrt. Wenn das Leben seiner Tove auf dem Spiel stehe, sei ihm Christoph nicht gut genug.

Christoph hatte alles getan, was im Moment getan werden konnte.

Tove war, wie Christoph sofort erkannte, schwanger gewesen und hatte unter großem Blutverlust eine Fehlgeburt erlitten. Sie hatte es nicht einmal gewußt, wie sich später zeigte, da sie mitunter Unregelmäßigkeiten gehabt und keinerlei Schwangerschaftsanzeichen festgestellt hatte. Dazu kamen ein Beckenbruch und noch eine Fraktur der Hüftgelenkpfanne. Und nun war die arme Tove zudem unfruchtbar. Jürgen beschuldigte Christoph einer falschen Behandlung, und es gab eine gräßliche Szene zwischen seinen beiden ältesten Kindern. Diesmal aber nahm Charlotte, schon schwerkrank, Christoph vor ihrem in rasendem Schmerz tobenden Sohn in Schutz. Der Arzt, der abends erschienen war, hatte Christophs Maßnahmen als richtig befunden. Nur hatte Tove durch Jürgens zeitraubenden Auftrag, einen Arzt zu bestellen, das Medikament zu spät bekommen und dadurch so viel Blut verloren, daß sie tagelang in Lebensgefahr schwebte.

Ja, der Herr Kammerjunker von Pogwisch! Hinrich schüttelte seinen weißen Kopf. Konnte dieser Jürgen nun nicht endlich mal bei seiner leidenden Frau bleiben? Zwei Ehejahre war Tove mit ihm auf Reisen gewesen. Nun blieb sie auf Moorburg. Ein Glück für ihn selber zwar, besonders nachdem Charlotte nicht mehr war! Er hatte diese kleine Frau wie eine Tochter liebgewonnen. Sie war eine vorzügliche Gutsherrin. Trotz ihrer Gehbehinderung kümmerte sie sich um alles, was im Bereich ihrer Tätigkeit lag. Die Leute hingen an ihr und hatten Respekt vor der jungen Tove. Reiten allerdings konnte sie nicht mehr, und das war für eine passionierte Reiterin ein großer Verzicht. Hinrich hatte ihr einen kleinen Wagen bauen lassen; damit kutschierte sie überall umher.

Nach dem Essen, bei dem er und Tove ein Glas auf das Wohlergehen des kleinen Otto getrunken hatten, setzte sich Hinrich in die Bibliothek und holte die Pogwisch-Chronik aus dem Schrank. Bedächtig trug er das neueste Familienereignis ein. Würden unter Pauls Namen noch mehr Enkel verzeichnet werden? Er blätterte eine Seite zurück. Da waren vier Rödern-Enkel eingetragen; zwei Jungen und zwei Mädchen. Die arme Lili! Rödern war schwer verwundet aus dem Deutsch-Französischen Krieg nach Dennewitz zurückgekommen. Er hatte seinen Abschied genommen, und Lili pflegte ihn nun schon zwei Jahre. Aus der Schlacht bei Mars la Tour hatte er innere Verletzungen davongetragen, die schlecht heilten. Paul dagegen war als Ausbilder, sehr zu seinem Leidwesen, gar nicht an die Front gekommen. Und Lersching lebte gottlob schon im Ruhestand. Aber einige seiner alten Kameraden der jüngeren Jahrgänge aus der schleswig-holsteinischen Armee waren in Frankreich gefallen. Im allgemeinen waren die Schleswig-Holsteiner zu der Ansicht gelangt, daß es besser sei, geborgen unter den kraftvollen Fittichen des preußischen Adels zu leben als in der Unsicherheit eines Kleinstaates unter einem unbedeutenden Herzog, in Sorge vor neuen Aggressionen.

Ein Jahr reihte sich an das andere. Stürme tobten gegen die festen Mauern des Moorburger Hauses, Wolken warfen ihre Schatten auf sein Dach, Schnee hüllte es ein, und die Sonne spiegelte sich in seinen Fenstern. Drinnen war es meistens still. Es wurde nicht mehr musiziert. Es gab keinen Streit. Nur im Sommer, wenn die Enkel zu Besuch kamen, war Kinderlachen in den alten Räumen, und durch den Garten liefen wieder kleine Füße zum See hinab. An einem Herbsttag brachte Jürgen Kopenhagener Gäste mit, gewichtige Herren, die er für einige Tage eingeladen hatte. Im Verlauf dieses Besuchs kam es zwischen dem alten Hinrich Pogwisch und seinem Sohn zu einem unangenehmen Auftritt, der den Vater veranlaßte, an Christoph folgendes zu schreiben:

«Du wunderst Dich gewiß, daß ich die alten Bücher noch nicht wieder aus der Mühle habe holen lassen. Was ich Dir seinerzeit verschwieg, war ein Mißtrauen gegen Jürgen, da mir nach einem seiner Besuche, noch vor jener Haussuchung, ein sehr schönes und wertvolles Werk mit Stichen der alten Schleswiger Herrenhäuser aus dem 16. Jahrhundert fehlte. Als er nun mit den Dänen hier war, fragte er mich nach jenen Büchern, da die Herren sie sich gern einmal ansehen wollten und besonders sein Vorgesetzter ein großes Interesse für derartige Schriften bekundete. Nebenbei bemerkt, ich halte Jürgen nicht für den Anstifter jener Haussuchung; das war, wie Du selbst weißt, der dänische Pastor. Nun, ich schlug ihm das rundweg ab, schilderte den damaligen Vorgang und sagte, die Bücher seien in Sicherheit. Natürlich nicht wo. Es gab eine unerfreuliche Szene, in deren Verlauf ich ihn fragte, wem er jenes abhanden gekommene Buch eigentlich geschenkt habe? Darauf verließ er wütend das Zimmer. Bevor sie anderntags abreisten, sah ich Jürgen am frühen Morgen aus der Rentei kommen, wo er wohl nach den Büchern gesucht hatte.

Mein lieber Junge, ich möchte nicht, daß diese von meinem Großvater gesammelten Kostbarkeiten der Familie verlorengehen. Darum bitte ich Dich, bewahre Du sie davor, nach Dänemark abzuwandern. In ihrem Versteck sind sie sicher. Der Müller überzeugt sich ab und zu, daß sie dort trocken liegen. Du sollst sie behalten und dereinst, wenn Du selbst abtreten mußt, einem hoffentlich noch auf Moorburg lebenden Mitglied der Familie, das ihrer würdig ist, vererben!

Ich weiß nicht, wie lange ich noch zu leben habe, darum schreibe ich Dir an die angegebene Anschrift und hoffe, daß Du, aus England zurück, diesen Brief bald in Händen hast. Wann sehen wir uns? Ich freue mich schon auf Deine Berichte von Deinen Abenteuern als Leibarzt dieser gescheiten Lady. Deinen letzten Brief aus London habe ich erhalten. Der vorletzte war aus Monte Carlo. Stimmt das?»

Als Christoph sich damals in der Moorburger Wassermühle das freie Leben eines Handwerksburschen wünschte, hätte er es sich nicht träumen lassen, daß dieser Wunsch, wenn auch in völlig anderer Inszenierung, durch einige Zufälle in Erfüllung ging. Ein wenig simuliert hatte diese schwerreiche und hochgebildete Engländerin freilich anfangs, bis sie ihn so weit hatte, daß er ihr Angebot akzeptierte. Als er jedoch diese kleinen Übertreibungen entdeckte, verband die beiden ungleichen Menschen bereits eine so herzliche Freundschaft, daß der Arzt lächelnd darüber hinwegsah. Immerhin war bei ihr eine gewisse Herzinsuffienz vorhanden, die auch der eigentliche Grund ihrer Bekanntschaft war.

An der Seite dieser charmanten, großmütigen Witwe bummelte Christoph zwei Jahre lang durch Europa bis zu den Mittelmeerländern und genoß mit ihr die vielen Sehenswürdigkeiten. Sie waren frei wie die Zugvögel, verweilten, wo es ihnen gefiel, reisten schnell weiter, wenn es uninteressant war. Als er die Dame wohlbehalten in England abgeliefert hatte und über den Ärmelkanal heimwärts fuhr, fragte sich der jetzt fünfundvierzig Jahre alte Christoph, welche Art Verhältnis ihn eigentlich mit Lady Gwendolyn verbunden hatte? Die Beziehungen der Menschen untereinander waren doch recht verwickelt. Egoist von Natur, wie jedes Lebewesen, hatte der Mensch sich durch Dressur und Umweltbeeinflussung – im Gegensatz zum Tier – so etwas wie einen konventionellen Partner zugelegt, um seine wahren Absichten zu verbergen. Als Student hatte er aus Angst vor erschrockenen Frauenaugen eine Maske vor sein merkwürdiges Gesicht gelegt. Inzwischen hatte er erfahren, daß es Frauen gab, die von diesem Gesicht und von seiner Erscheinung angezogen wurden. Sie würden sich wahrscheinlich genauso brennend für einen farbigen Mann begeistern, diese Damen. Der Arzt und Philosoph hatte viel Gelegenheit gehabt, hinter die menschlichen Panzer zu schauen. Er dachte zum Beispiel an die jungen Mädchen mitsamt ihren Eltern. Streng wurden die Töchter erzogen, bis an den Hals zugeknöpft; alles, was natürlich war, hielt man ihnen fern. Eines Tages waren sie heiratsfähig, und man steckte sie abrupt in tiefdekolletierte Ballkleider, damit sie Männerblicke auf sich zogen. Wie Ware wurden sie nun der Männerwelt angeboten, von der sie nur wenig wußten. Und dann wurden sie von ihren Eltern mit einem Interessenten verheiratet und erst nach der Trauung allein gelassen, allein mit einem fremden Menschen. Lady Gwendolyn hatte ihm von ihrer qualvollen Ehe erzählt. War es da ein Wunder, daß sie ihre Freiheit jetzt auskostete?

Christoph lehnte an der Reling und sah zur holländischen Küste hinüber. Wie war es nun mit der Engländerin und ihm, war er ihr Geliebter oder sie seine Geliebte gewesen? Er war geneigt, das letztere anzunehmen. Er würde sie nie wiedersehen, entgegen ihrem Wunsch, im kommenden Jahr eine gemeinsame Amerika-Reise zu machen. Wieder auf ihre Kosten und als bezahlter Arzt? Nein, niemals. Christoph würde diese beiden herrlichen Reisejahre in guter Erinnerung behalten, und Gwen auch. Nun aber wollte er sein eigenes Leben gestalten, und zwar nach seiner ursprünglichen Veranlagung. Er würde diesen lästigen Panzer abwerfen, einfach nur der Mensch Christoph sein, nichts weiter.

Mit vier Wochen Verspätung fand er in München Hinrichs Brief vor. Und da lag auch ein vor einer Woche datiertes Telegramm: Komme bald! Bin erkrankt. H. P.

Er packte gar nicht aus und bestieg den nächsten Zug nach Hamburg.

Der Gutsherr von Moorburg lag im Sterben. Er hatte gebeten, ihn in sein altes Zimmer nach oben zu bringen, da er doch nicht wieder herunterkäme. Christoph traf bei seiner Ankunft den Gnissener Arzt Dr. Sähn, der eben fortfahren wollte. Die Herren machten sich miteinander bekannt, und der Hausarzt rief: «Das ist ja vorzüglich, Herr Kollege, daß Sie da sind!» Er hatte es eilig, zu einer Entbindung zurechtzukommen, und informierte Christoph über die hoffnungslose Verfassung seines Patienten. Sie besprachen, wie ihm das Ende erleichtert werden könne. Der junge Dr. Sähn versprach, noch abends das Medikament, daß Christoph vorgeschlagen, herüberzubringen.

«Herr Christoph», flüsterte Tove von Pogwisch, «Gott sei Dank, daß Sie da sind!» Sie erhob sich aus dem Sessel vor dem Bett des Schwiegervaters und reichte Christoph die Hand. «Er hat oft nach Ihnen gefragt.» Sie sah übermüdet aus. Auf Christophs Weisung legte sie sich nun schlafen.

Er setzte sich in ihren Sessel und sah in das geliebte Antlitz. Die Wangen waren eingefallen, die Nase trat scharf hervor, und die Augen waren geschlossen. Embolie! So mußte er ihn wiedersehen, seinen liebsten Menschen. Es würgte Christoph in der Kehle, als er den einst kraftvollen Mann so verfallen daliegen sah. Er nahm die verkrüppelte Linke, die auf der Decke ruhte, und fühlte den matten Puls. Traurig schüttelte er den Kopf. Hoffentlich war der Sterbende bald erlöst.

Gegen Abend kam Dr. Sähn wieder. Der Patient war unruhig und litt sehr. Christoph, selbst zum Umfallen müde, stützte den sich Aufbäumenden, während der Arzt am Waschtisch das Medikament fertig machte.

Hinrichs Augen waren plötzlich klar auf Christoph gerichtet. «Du bist da!» stieß er hervor.

Trotz seiner Müdigkeit konnte Christoph nicht schlafen. Gegen Mitternacht holte ihn Dr. Sähn. «Herr von Pogwisch ist nun ruhig. Ich bleibe hier im Nebenzimmer. Rufen Sie mich, wenn Sie mich benötigen. Nehme ein Auge voll Schlaf.»

Als Christoph eintrat und zu dem Bett hinübersah, dachte er, es sei schon vorüber. Er beugte sich über das veränderte Antlitz in den Kissen. In dem Augenblick, in dem Christophs lebendiger Atem über sein Gesicht strich, öffnete Hinrich von Pogwisch zum letztenmal die großen blauen Augen. «Mein lieber Sohn!» flüsterte er. Da nahm Christoph ihn zart in seine Arme. Als er den Kopf an seines Vaters Brust legte, war die Stille des Todes eingezogen.

Am nächsten Morgen traf Christoph in der Halle auf Lili, die gerade mit ihren beiden Söhnen angekommen war. Tove kam heraus und führte die Jungen ins Frühstückszimmer.

«Christoph . . . ist Vater . . .?» Lili blickte zu dem elend aussehenden Christoph auf.

Erschöpft nickte er und sagte: «Komm, Lili.»

In ihren Reisekleidern stieg Lili von Rödern hinter ihm empor. Das tote Antlitz war jetzt friedlich und wie aus Marmor geformt. So lag Hinrich von Pogwisch zum letztenmal auf seinem Bett. Die Figuren aus dem Rundbild sahen lächelnd auf ihn herab, Amor und Psyche. Seine beiden Lieblingskinder hielten sich weinend umschlungen.

Jürgen war auf Toves Telegramm hin vor drei Tagen sofort von Petersburg aufgebrochen. Am Nachmittag kam er an. Er trauerte ehrlich um seinen Vater. Am nächsten Tag traf Paul mit seiner Familie ein. Er war im Manöver in Schlesien schwer zu erreichen gewesen.

Christoph war, bevor Jürgen auftauchte, gegen Toves Einspruch in das leerstehende Fischerhaus gezogen. Seine Mahlzeiten nahm er in der Wirtschaft ein. Lili kam herüber und protestierte.

«Soll ich vielleicht eine Taktlosigkeit von Jürgen heraufbeschwören? In diesen traurigen Tagen? Ich bleibe bis zur Beisetzung.»

Sie sah ihn mit geröteten Augen an. «Was hast du vor, Christoph?»

«Ich muß meine Angelegenheiten ordnen, und dann werde ich zurückkommen, hierher, wohin denn sonst? Vielleicht bau ich mir hier am Schwarzsee ein Haus, etwa auf der Karlshöher Seite. Es ist doch unsere Heimat, Lili.»

«Ja, Christoph. Wir werden woanders nie ganz heimisch werden, wir beiden richtigen Moorburger. Meine Kinder habe ich nun bald auf den Lebensweg gebracht. Dann will ich auch ausruhen», sagte Lili müde. Sie war schon seit sechs Jahren Witwe.

Die Versendung der schwarzumränderten Traueranzeigen, die Lili verfaßt hatte, übernahm Paul Pogwisch. Sekretär Ramke hatte ihm das

Adressenverzeichnis seines Vaters ausgehändigt. Als Jürgen dazukam und die Anschriften überflog, meinte er kopfschüttelnd: «Was soll denn das, Paul? Lauter ehemalige Kriegskameraden von Vater. Willst du hier vielleicht ein Militärbegräbnis arrangieren?»

«Genau das», erwiderte Paul.

«Du, das paßt mir aber gar nicht. Das ist heutzutage nicht mehr angebracht.»

Die ruckhafte Bewegung, mit der Major Paul von Pogwisch die Feder hinwarf und in die Höhe schoß, glich aufs Haar den Gesten seines Oheims Wulf. Empört funkelte der Jüngere den Bruder mit seinen grauen Augen an. «Ob es dir paßt, ist mir völlig wurscht. Was verstehst denn du als ausländischer Zivilist davon, was einem alten deutschen Soldaten an Ehre gebührt?»

«Bist du Gutsherr auf Moorburg, daß du hier bestimmen kannst? Was hier zu geschehen hat, entscheide ich.»

«Ach nee! Eben bist du es glücklicherweise noch nicht. Nicht eher, als der Advokat mit Vaters Letztem Willen hiergewesen ist. Du bist genau wie Lili und ich sein Kind, weiter nichts. Zwei gegen einen, denn Lili als Offizierswitwe weiß auch, was hier angebracht ist.»

Auf dem Sarg lagen nur zwei Kränze, ein großer Kranz aus weißen Lilien mit kornblumenblauer Schleife, den Pogwisch-Farben weiß-blau entsprechend, den der nicht mehr reisefähige Wulf seinem Hinnerkbruder als letzten Gruß geschickt hatte, und ein Eichenlaubkranz mit den schleswig-holsteinischen Farben. Dazu der Degen und der Offiziershut des Hauptmanns von Pogwisch, dessen Federn sich leicht bewegten, als der Sarg von acht Moorburger Männern aus dem Haus getragen wurde. Sie trugen ihren Herrn durch das Spalier der Bewohner Moorburgs – die Männer steif aufgerichtet, die Kopfbedeckung vor die Brust gedrückt, die Frauen weinend. Bis zum Torhaus stand die schweigende Doppelreihe.

Hinter dem Sarg führte Jochen Meier Mirza III., die den Gutsherrn die letzten zehn Jahre durch Wald und Flur getragen hatte. Dann kamen der Pastor und der lange Zug der Leidtragenden. Lili von Rödern hatte am Fuß der Treppe am Hof die Hand des abseits stehenden Christoph ergriffen und reihte sich mit ihm nach Paul und Caroline in den Zug ein. Dahinter schritten die beiden alten Lerschings und die Enkelkinder des Toten. Die Polziner, die Karlshöher und andere Nachbarn und Freunde des Verstorbenen folgten. Den Schluß bildeten die Kameraden in den alten Uniformen. Nun schlossen sich die Moorburger an.

Nach der kirchlichen Trauerfeier wurde der Sarg um die Kirche vor die Gruft getragen und dort abgesetzt. Eine Militärkapelle spielte einen Trauermarsch. Oberst Lersching sprach über dem Sarg seines Schwagers

Abschiedsworte, die von Herzen kamen. Hinrichs Freund Major Höve ergriff das Wort, das sich an den Vorkämpfer für Schleswig-Holsteins Freiheit richtete, an jenen Hauptmann von Pogwisch, der sich unermüdlich dafür eingesetzt hatte. Und dann donnerten drei Salven über den sommerhellen Moorburger Friedhof hin. Die Träger nahmen den Sarg auf, um ihn in die Gruft zu tragen. Inzwischen wurde der preußische Große Zapfenstreich gespielt, wobei ein Trompeter von der Wiese hinter dem Friedhof wie ein Echo blies.

Die Türen der Gruft schlossen sich hinter Hinrich Pogwisch.

Als Christoph sich auf dem Dorfplatz mit stummem Händedruck von Lili verabschiedete und nach der Gärtnerei abbiegen wollte, um in sein Goldstübchen zu gelangen, trat der Justizrat Overbek rasch auf ihn zu. Es war der nun auch schon grauhaarige Sohn des alten Overbek aus Alberg.

Er lüftete den Zylinder. «Herr Dr. Echterloe, auf ein Wort!» Christoph sah erstaunt auf.

«Bitte, Herr Justizrat?»

«Wollte mich nur bei Ihnen erkundigen, wie lange Sie noch auf Moorburg anzutreffen sind?»

«Eigentlich wollte ich morgen früh abreisen. Gibt es etwas Besonderes?»

«Allerdings. Ich muß Sie bitten, übermorgen zu der Testamentseröffnung im Schloß zu sein. Ich werde herüberkommen.»

«Ich?» fragte Christoph überrascht.

«Jawohl, Verehrtester, Sie auch. Deswegen habe ich Sie eben noch angesprochen, ehe Sie entwischen. Das vereinfacht die Sache, da ich annehme, daß Sie nach München abreisen wollen.»

Christoph nickte, und die Herren schüttelten sich die Hände. «Übermorgen um drei Uhr, Doktor!»

Just als Christoph um diese Zeit die Halle betrat, kamen der Kammerherr von Pogwisch und der Sekretär Ramke aus dem Kontor, um sich in die Bibliothek zu begeben.

«Nanu!» Der elegant in Schwarz gekleidete Jürgen Pogwisch blieb betroffen stehen. «Was verschafft uns die Ehre? Herr Physikus, handelt es sich um . . .»

Ehe er beleidigend über die Arztrechnung sprechen konnte, verstummte er vor dem Blick, den Christoph ihm zuwarf. Christoph ging, Jürgen den Rücken zuwendend, in die Bibliothek. Die beiden anderen folgten in einigem Abstand.

Dort saßen schon Lili und Paul an dem großen Tisch und grüßten Christoph freundlich. Vor der Schmalseite raschelte der Justizrat mit Papieren. Ramke setzte sich mit einer Mappe neben ihn, und Jürgen nahm an der anderen Schmalseite des Tisches Platz.

Als der Justizrat das Dokument entfaltete, war es so still, daß man den Rechen hörte, mit dem der Gärtnerbursche die Auffahrt harkte.

Langsam und deutlich verlas der Jurist den Letzten Willen des verstorbenen Besitzers von Moorburg.

Wie erwartet, erbte Jürgen das Gut und Dorf Moorburg mit allem, was dazugehörte. Seiner Tochter Mathilde hatte der Vater die Fischerkate mitsamt einer Summe Geld zu deren Instandsetzung vermacht, damit sie einen Sommersitz habe. Selbstverständlich war die Kate nicht zu veräußern und fiel nach dem Ableben der Erbin an das Fideikommißgut zurück. Zu der Kate gehörten ein Garten und der Strandstreifen.

Hinrich von Pogwisch hatte vor zwölf Jahren den Dabelsteinschen Hof von den Enkeln des alten Dabelstein zurückgekauft, der ihn einstmals aus dem Moorburger Konkurs erworben hatte. Ein junges bäuerliches Ehepaar führte dort die Wirtschaft. Der Besitzer hatte bestimmt, daß seinem Sohn Paul die Einnahmen dieses Meierhofs zuflossen. Allerdings mußten die dortigen Arbeitskräfte von Paul von Pogwisch entlohnt werden, was indessen seine Anwesenheit nicht erforderte, da der Wirtschaftsführer absolut verläßlich sei.

Eine kleine Pause folgte nach dem letzten Zusatz des Anwalts. Herr Overbek schenkte sich ein Glas Wasser ein. Christoph sah mit ausdruckslosem Gesicht vor sich hin, Paul grinste kurz Lili an, und die blinzelte zurück. Jürgen räusperte sich und sagte dann: «Herr Justizrat, ich hätte da eine Frage.»

«Später, Herr Baron, am Schluß können wir uns unterhalten. Ich bin nämlich noch nicht fertig.»

Paul streckte die Beine lang aus, kreuzte die Arme vor der breiten Brust und sah einer Brummfliege nach, die sich zu der schönen Stuckdecke emporkreiselte. Seine Mundwinkel zuckten.

Und dann kam es: Herrn Dr. Echterloe hatte der Verstorbene die Wassermühle mit dem vier Hektor großen Weide- und Gartenland vermacht – als befreitem Erbe. «Das heißt», erläuterte der Justizrat, «daß Sie, Herr Doktor, völlig frei über Ihren Besitz verfügen, ihn veräußern, verpachten oder auch als Wohnung nehmen können.»

Ein heller Schein huschte über Christophs bleiches Gesicht. Jürgens Augenbrauen zogen sich kurz zusammen, aber der Diplomat hatte sein Mienenspiel gleich wieder in der Gewalt. Paul holte schnell sein Taschentuch hervor und schnäuzte sich laut. Lili legte ihre Hand auf die Christophs und nickte ihm zu.

Herr Overbek nahm ein neues Blatt zur Hand. Sein Vermögen hinterließ der Erblasser zu gleichen Teilen seinen drei Kindern und Herrn Dr. Echterloe.

Das Testament schloß mit der Bitte an seinen Sohn und Haupterben

Jürgen, daß dieser seinen Geschwistern, falls sie den Wunsch nach kleinen Andenken aus dem Elternhaus haben sollten, die Mitnahme derselben gestatten möge.

Lächelnd ließ der Anwalt das Blatt sinken. «Ich hoffe sehr, daß Sie, meine Herrschaften, alle mit den Verfügungen Ihres Herrn Vaters bzw. Vormunds zufrieden sind. Ich wünsche Ihnen viel Freude an Ihrem Erbe.»

«Herr Justizrat, es gibt da einige Punkte, die mir nicht verständlich sind», sagte Jürgen und richtete sich in seinem Stuhl steif auf.

«Bitte, fragen Sie nur», erwiderte Herr Overbek und blickte Ramke kurz an.

«Moorburg ist Fideikommiß, wie mein Vater auch in diesem Dokument, meiner Schwester Erbe betreffend, bestätigt. Wie verhält es sich nun aber mit dem Meierhof Dabelstein, dessen Einnahmen meinem Bruder Paul gehören sollen? Hat er damit auch das Verfügungsrecht über den Hof?»

«Nein, Baron; wie ich verlesen habe, hat Ihr Herr Bruder nur auf Lebenszeit das Recht, über die Einnahmen des Meierhofs zu verfügen. Danach fällt der Hof wieder an Moorburg zurück, vielmehr, er gehört weiterhin zum Stammgut. Ihr Herr Vater hat ihn beim Ankauf in das Fideikommiß des Guts einbezogen. Herr Ramke kann Ihnen den Kaufvertrag und die dazugehörigen Dokumente vorlegen.»

«Ist nicht nötig.» Jürgen winkte ab, dann musterte er Christoph. «Aber die Sache mit der Wassermühle, die, soviel ich weiß, doch seit alten Zeiten zum Moorburger Gutsareal gehörte, ist mir unklar. Mein Vater hat sie Herrn Echterloe, einem Außenstehenden, vererbt. Wie ist das möglich? Sie untersteht somit doch ebenso wie der Meierhof dem Fideikommiß!»

Justizrat Overbek rückte an seiner Brille, durch die er dann gleichsam amüsiert den neuen Gutsherrn betrachtete. «Das ist ein Irrtum. Die Wassermühle gehört seit dem Moorburger Konkurs nicht mehr zu Moorburg. Herr Ramke, geben Sie doch bitte mal den Akt heraus, der die Mühle betrifft.»

Herr Ramke hatte ihn schon parat. Jürgen sah ärgerlich seinen Bruder an, der sich offensichtlich belustigte.

«Hier ist es schon. Der Müllermeister Theodor Adolph Ruge erwarb die Mühle 1818 aus der Konkursmasse des Gutes Moorburg. Er veräußerte die Mühle mit den dazugehörigen Ländereien 1838 an Hinrich Freiherrn von Pogwisch auf Moorburg.»

«Na, sehen Sie», warf Jürgen triumphierend ein.

Herr Overbek beugte sich über das Schriftstück. «Ihr Herr Vater kaufte die Mühle zwar, Baron», er blickte rasch auf, «bezog sie aber nicht in den Gutsbereich ein. Er ließ sie auf seinen Namen eintragen, also ganz privat, gerade so, als ob er sich eine Privatvilla gekauft hätte, die mit seinem Gut gar nichts zu tun hat. Sie untersteht somit nicht dem Fideikommiß, das seinerzeit Ihr Herr Großvater, Herr von Wasmer, auf das Gut legte.»

Der Diplomat konnte bei aller Selbstbeherrschung nicht verhindern, daß ihm die Röte ins Gesicht stieg. «Sie unterstand aber doch ehemals unter meinem Großvater dem Fideikommiß.»

«Niemals! Das Fideikommiß legte Herr von Wasmer erst nach dem Konkurs und dem Verkauf der Mühle auf das Gut Moorburg.»

«So! Sie war der Privatbesitz meines Vaters. Das war ja schließlich ganz Moorburg auch, nicht wahr?»

«Natürlich, Baron, mit Einschränkungen. Das ist aber Nebensache in dieser Angelegenheit. Nur soviel: Ihr Herr Vater konnte das Gut nicht an Außenstehende verkaufen oder gar teilen. Mit der Mühle durfte er nach seinem Belieben verfahren. Und das hat er getan, wie Sie sehen. Daß Herr Dr. Echterloe sie bekommen hat und auch mit ihr machen kann, was ihm beliebt, ist nicht weiter verwunderlich. Soviel ich weiß, hat er immer gewisse Anrechte auf sie gehabt. Es hat da irgendeine Vereinbarung zwischen dem Müller Ruge und Ihrem Herrn Vater bestanden. Vielleicht können Sie uns etwas darüber sagen, Herr Doktor?»

Christoph lächelte den Advokaten an, der dieses Lächeln verständnisvoll erwiderte. Dann sagte Christoph: «Das will ich gern. Der Müller Ruge war mein Pflegevater. Ich habe die ersten Jahre meines Lebens in der Wassermühle verbracht. Welcher Art die Vereinbarung war, die mein Pflegevater mit meinem späteren Vormund traf, ist mir nicht bekannt. Bekannt ist mir, daß meine gesamte Ausbildung von der Pacht der Wassermühle bestritten wurde. Vielleicht war das die Bedingung, unter der der Müller die Mühle verkaufte.»

«Mein Himmel», Paul lachte nun schallend los, «Christoph, du kannst richtig witzig sein. Was für ein sonderbarer Handel! Willst du uns verulken?»

Ihn anblinzelnd, sagte Christoph: «Bitte, ich bin gefragt worden und habe eine Antwort gegeben. Herr Justizrat, ich glaube, Sie sind da weit besser im Bilde als ich, da Ihr Herr Vater diesen sonderbaren Handel zustande gebracht hat, soviel ich weiß. Lassen wir es darauf beruhen!»

Der Justizrat nickte ihm lachend zu. Alle hatten ihren Spaß bei dieser Debatte gehabt, nur Jürgen nicht. Er mußte sich beherrschen, um seinen unbändigen Zorn niederzuhalten. Als er sich eine Zigarre anzündete, zitterte das Streichholz.

Nachdem alles erledigt und Herr Overbek nach einem von Baronin Tove kredenzten Erholungstrank abgefahren war, verließ Christoph das

Haus seines Vaters. Er sah noch einmal die große Barockhalle an, die Jagdtrophäen, den Bären, die Treppe.

Lili kam von oben herunter. «Ich geh mit dir hinüber», rief sie, «habe nur noch etwas für dich geholt.» Unten überreichte sie Christoph einen Briefumschlag, den er auf dem Weg zum Fischerhaus öffnete.

Eine Fotografie seines Vaters lag darin, ein Brustbild; mit dem typischen Lächeln sah er den Betrachter an.

«Du hast mir eine ganz große Freude gemacht, Lili. Noch nie habe ich ein Bild von ihm gehabt. Dank dir, Liebe!»

Auf dem Weg an der Gärtnerei entlang sagte Lili traurig: «Ach, Christoph, Moorburg ohne Vater ist so entsetzlich leer. Wie gut er für uns beide gesorgt hat. Bei Jürgen im Haus möchte ich nicht wohnen. Du hast es ja eben wieder erlebt. Glaub mir, Vater hat das alles kommen sehen und uns ein Heim in Moorburg geben wollen. Übrigens hat die Szene vorhin Paul aus seiner Trauer um Vater richtig aufgerüttelt. Ich hörte, wie er oben auf dem Flur zu Caroline sagte: ‹Wie großartig Vater es fertiggebracht hat, Jürgen ordentlich Federn auszurupfen! Du hättest erleben sollen, wie der Herr Kammerherr krampfhaft versuchte, die Federn wieder zu ergattern und sich an den Hut zu stecken.›»

«Nun, Jürgen ist immer neidisch gewesen. Das haben wir von klein auf erlebt. Mich wundert nur, daß er so eine feine und warmherzige Frau gewonnen hat.»

«Er ist zwiespältig veranlagt, Christoph. Im Beisammensein mit seiner Tove ist er sanft und zuvorkommend. Eine wirklich gute Ehe, obgleich er viel auf Reisen ist. Doch will er in ein paar Jahren hier auf Moorburg bleiben. Er hat wohl allerhand Geld zusammenverdient, denn er sagte vorhin zu Paul, daß wir uns allmählich zu einer kapitalistischen Familie auswüchsen.»

Sie plauderten noch eine Weile im Goldstübchen des Fischerhauses, während Christoph seine Sachen zusammenpackte und Lili auf der Fensterbank saß und zu dem golden überglänzten See hinschaute. Hier würde sie ungestört sein. Es war ihr Eigentum. Bescheiden für die vermögende Frau, aber Heimat!

Das Haus sah verwahrlost aus. Fischer Mahrt war schon sieben Jahre tot.

«Was macht eigentlich deine Sparbüchse für die Kirchenorgel?» Christoph blickte lächelnd von seiner Reisetasche auf. Gerade war es ihm eingefallen.

«Daran habe ich während Vaters Beisetzung auch gedacht, als die arme alte Orgel gequält wurde. Nein, das geht nicht mehr! Sobald ich mich hier zur Ruhe setze, stifte ich eine neue. Aber die werde ich selber aussuchen und ausprobieren. Auch der Prospekt ist zu erneuern und zu vergrößern. Es soll eine vollwertige Orgel in unsere schöne Kirche hineingebaut werden. Das Gewölbe ist hoch genug für eine weit größere Anlage mit größeren Pfeifen.»

«Ich staune, Lili», sagte Christoph. «Welch ein Paradox. In einer Fischerkate hausen und dann eine solch fürstliche Stiftung.»

«Zucker, Christoph, das ist das Zauberwort, das diesen Kindheitswunsch verwirklichen wird.»

Sie verabredeten, am folgenden Tag gemeinsam mit Lilis Söhnen nach Hamburg zu reisen. Jochen Meier sollte sie nach Alberg bringen.

Gegen Abend, als die Sonne schon tief über dem See stand, saß Christoph auf dem alten halb verrotteten Fischerkahn am Ufer und nahm das geliebte Bild neu in sich auf. Wie ihm der Vater jetzt fehlte, dieser gütige Mann, der zeitlebens Hand über ihn gehalten hatte. Wie mochte er oftmals gelitten haben unter seinen gebundenen Händen! Außer Lili hatte Christoph zwischen den vielen Menschen, die seinen Lebensweg gekreuzt, nie einen gefunden, mit dem er sich so im innersten verbunden fühlte wie mit dem Vater. Eben jetzt hatte er die Empfindung, daß sein «Ohm» ihm ganz nahe war. Er wandte sich um und sah zum Haus hinüber. Rot in der untergehenden Sonne erhob es sich über dem Garten, stolz und steinern mit seinen weißen Pilastern unter den zart hingetuschten Wolkenschiffchen.

Christoph kehrte sich wieder dem See zu. Die neue Generation würde nun Moorburgs Geschick lenken. Auch sie würde vergehen, wie so viele vor ihnen vergangen waren und nach ihnen eingehen würden in das Unbekannte. Auch Schloß Moorburgs Mauern würden einmal in einer noch fernen Zeit fallen. Aber dieser dunkle, oft so unheimliche See würde sie alle überdauern, Menschen und Mauern, Bäume und Tiere. Er lockte und stieß ab. Er konnte wunderschön sein wie eben, als ob er von unten her glühte, und er konnte schmutziggrau und häßlich sein. Christoph wollte in der Dämmerung noch hinausschwimmen unter den matten Sternen. Da hörte er Schritte vom Garten her kommen. Lili?

Nein, es war der neue Gutsherr. Was er wollte, ahnte Christoph. Hier zusammengekauert sollte dieser Alptraum seiner Jugendzeit ihn nicht finden. Er warf ein Bein über den Steven und glitt hinab. So stand er am Seeufer und sah in die rote Sonne über die Karlshöher Waldungen, als Jürgen Pogwisch an ihn herantrat.

«Echterloe! Es ist nun an der Zeit, daß endlich einmal ein scharfer Trennungsstrich zwischen Ihnen und der Familie Pogwisch gezogen wird.»

«Warum redest du eigentlich so gespreizt daher? Du willst mich mit Genuß hinauswerfen, nicht wahr?»

«Wenn Sie das wissen, dann wundert es mich, daß ich Sie hier noch antreffe. Ich will Sie hier nicht mehr sehen. Verstehen Sie? Ein für allemal. Nehmen Sie Ihre Sachen und verschwinden Sie sofort!»

Christoph sah den vor Zorn bebenden Mann an, und die Sonne spiegelte sich in seinen Augen.

Jürgen trat einen Schritt zurück. «Haben Sie mich nicht verstanden? Ich weise Sie aus Moorburg für alle Zeiten. Hinaus mit Ihnen!»

«Du erbärmlicher Neidling! Du kannst mich hier gar nicht hinauswerfen. Du hast wohl vergessen, daß dieses Terrain und das Haus nicht dir gehören, sondern deiner Schwester, deren Gast ich bin.»

Der Kammerherr von Pogwisch wich vor diesem wie versteinerten Gesicht noch weiter zurück. Mein Gott! Was war das? Diese großen Augen flammten, nicht blau, sondern rot, glutrot. Die Lippen zogen sich von den Zähnen zurück, die Nase trat scharf und schmal hervor.

Vater, im höchsten Zorn! Vaters Gesicht erschien ihm in diesem Halbschatten. Vaters . . . Jürgen wußte plötzlich die Wahrheit. Als hätte er einen Schlag erhalten, taumelte er zurück.

«Du brauchst keine Angst zu haben, du Wicht. Ich habe gar kein Verlangen danach, dich jemals wiederzusehen. Pack dich jetzt!» Damit ging Christoph zum Haus hinauf.

Mechanisch setzte Jürgen auf dem Rückweg die Füße. Nun konnte er sich alles erklären. Der Schmerz fiel ihn an. Sein Vater hatte diesen Weißling mehr geliebt als ihn. Er, Jürgen, war nur sein Erbe geworden, weil er den Namen trug und es die Sitte so verlangte. Christoph aber war der Ältere, der Liebling seines Vaters, gewesen. Echterloe, alter Siegelring, den dieser Stiefbruder trug. Wie hing das zusammen? Kein Mensch sollte es je erfahren, was er wußte. Um Gottes willen! Das war ja geradezu eine Schande. Die letzte Phase der Testamentsvorlesung fiel ihm ein. Sie hatten ihn alle miteinander verspottet. Sie hatten sich nicht offen, aber heimlich über ihn lustig gemacht. Wußten sie etwa alle von diesem Fehltritt seines Vaters? Es schüttelte Jürgen bei dem Gedanken.

Lange saß der neue Herr von Moorburg auf der Bank auf der kleinen Halbinsel am See. Tintenschwarz schwappte der See an das Ufer. Qualen litt der Freiherr von Pogwisch bei dem Gedanken, Christoph wisse von seiner Herkunft und könne darüber reden. Konnte man diesen Menschen nicht doch irgendwie aus der Schwarzseelandschaft entfernen?

Aufmerksam schaute er auf einen Punkt des Sees hinaus. Da war doch etwas im Wasser? Ein heller Kopf und helle Arme glitten über den schwarzen See.

Ja, da schwamm dieser entsetzliche Mensch splitternackt wahrscheinlich in seinem See umher. Der Wassermann soll ihn holen! Jürgen stieß einen dänischen Fluch aus, erhob sich schwerfällig und ging langsam zum erleuchteten Haus hinauf. Er blickte sich nicht mehr um, bis er die Terrasse oben erreicht hatte. Eine urweltliche Ruhe lag über dem See. Kein Laut war zu hören. Dunkel und unergründlich lag das Gewässer unter ihm.

Da trat Tove heraus und legte ihre Hand auf seine Schulter. Jürgen ergriff sie und spürte, wie ein Bann von ihm abfiel. Er war nicht allein. Tove, seine Tove, hielt unverbrüchlich zu ihm. Es ging eine Kraft von ihr aus, die stärker war als alles, was gegen ihn stand. Mit ihrer Hilfe wollte er das Erbe gut verwalten, der neue Herr auf Moorburg.

Erklärungen plattdeutscher Ausdrücke

achter fallt de Oss aff	hinten fällt der Ochse ab; Redensart, die besagt, daß eine Sache, die gut anfängt, manchmal schlecht ausgeht oder im Sande verläuft
Baaskerl	Mordskerl
Blangdör	Nebentür
Flunk	Flügel (eines Vogels)
Grapen	großer, bauchiger Metalltopf, der an einem Haken über dem Feuer hängt
Heben	der hohe Himmel
Heinerich	ältere Form von Heinrich, die aber schon Mitte des 19. Jahrhunderts nur noch von älteren Menschen gebraucht wurde
högen	sich freuen
Jan Klepperbeen	Tod
Kark	Kirche
kleien	kratzen, zusammenscharren
Klöntür	waagerecht in zwei Hälften geteilte Tür, deren Ober- und Unterteil sich getrennt öffnen lassen (Klöntür oft zugleich Blangdör)
Kninken	Kaninchen
krellen	Weidenzweige werden gekrellt, das heißt geschmeidig gemacht, indem man sie im Wasser weicht und klopft
leeg	schlecht
Machangel	Wacholder
in de Möt	in die Quere, verquer
Pogg, Pogge	Frosch, Kröte
Rook	Rauch
Schapp	Schrank
Schick, to Schick bringen	in Ordnung bringen
Schinner	Schinder, Quälgeist
Soot	Brunnen
Sott	Ruß
staatsch	stattlich, ansehnlich
Stößer	Jägerausdruck für Habicht
tofot kreegen	kriegen, fangen
Trankrüsel	mit Tran gespeistes Lämpchen

Eine kurze Darstellung der historischen Ereignisse in den schleswig-holsteinisch-dänischen Beziehungen vor dem Vertrag von Ripen (Ribe) 1460

Im 8. Jahrhundert bemächtigt sich Göttrik von Südschweden aus Jütlands und der Inseln am Kattegat. Er vereinigt mehrere Germanenstämme unter dem Namen «Dänen» und wird ihr erster König. Zu dieser Zeit gibt es weder ein deutsches noch ein dänisches Reich. Angeln, Jüten, Holsten leben friedlich mit- und nebeneinander. Mit Besorgnis beobachtet der nordische König die Unternehmungen des Frankenkaisers Karl, der, bewaffnet mit Kreuz und Schwert, schon über die Elbe heranzieht. Um die Franken aufzuhalten, läßt Göttrik auf der Landenge zwischen Schlei und Eider einen Grenzwall, das Danewerk, errichten.

In den folgenden Jahrhunderten kämpfen die Holsten im Süden erbittert gegen die heidnischen Slaven, die sich an der Ostküste Holsteins eingenistet haben. Der deutsche Kaiser Lothar setzt deshalb 1110 sehr zum Mißfallen der Holsteiner den Schauenburger Grafen Adolf I. als Lehnsgrafen in Holstein ein. Der Dänenkönig Niels ernennt darauf seinen Neffen Knud Laward zum Herzog von Schleswig. Magnus, einer der Thronanwärter, dem der ehrgeizige Herzog zu gefährlich wird, ermordet Knud. In die nachfolgende Rangelei um den dänischen Thron mischt sich auch Heinrich der Löwe, Herzog von Bayern und Sachsen, ein, besetzt Schleswig und übt Lehnshoheit über Dänemark aus. Aus den Thronkämpfen geht schließlich Waldemar als Sieger hervor, wird König und sucht Schutz bei Kaiser Barbarossa. Jetzt ist es dem Löwen nicht mehr möglich, Schleswig und Holstein unter seiner Herrschaft zu vereinigen. Mit dem Sturz Heinrichs kommen auch die Dänen wieder zum Zug. Graf Adolf III. von Holstein wird auf seine Burg an der Weser verbannt. Ein Neffe König Waldemars II. wird sein Nachfolger.

1214 tritt der junge deutsche Kaiser Friedrich II. im Vertrag von Metz «alle seine Grenzlande jenseits der Elde und Elbe» ohne Not an Waldemar II. ab. (Sein Interesse galt mehr dem Gebiet südlich der Alpen als dem nördlich der Elbe.)

Am 22. Juli 1227 wird Waldemar II. bei Bornhöved in Holstein von den Holsteinern vernichtend geschlagen. Die Fremdherrschaft war nun für Holstein vorbei und Lübeck fortan führend im Ostseehandel. Graf Adolf IV., der Sieger von Bornhöved, aber stirbt als Franziskanermönch in Hamburg. Seine Söhne teilen Holstein unter sich auf.

Zur selben Zeit regiert in Dänemark Erik Plogpennig, Waldemars Sohn. Sein Bruder Abel, Herzog von Schleswig, heiratet Adolfs Tochter. Sieben Jahre führen die Brüder Krieg miteinander, dann fällt Schleswig in die Hände des Königs, Abel wird Lehnsherr seines Bruders. Als die Holsteiner sich weigern, dem immer geldknappen Erik den «Pflugpfennig» in Form von Steuern zu entrichten, zieht er gegen sie zu Felde. Er kommt jedoch nur bis Schleswig, wo Abel ihn nach einem Wortwechsel gefangennimmt und von Eriks Erzfeind Gudmunson ermorden läßt.

Mit 24 Rittern als Eideshelfer beschwört Abel seine Unschuld und wird 1250 zum König gekrönt. Später, nach einer verlorenen Schlacht gegen die Friesen, wird er auf der Flucht von einem Pellwormer erschlagen.

Im 13. Jahrhundert bilden sich aus den Märkten in Schleswig und Holstein Städte mit städtischen Privilegien. Auch die Bauern kämpfen um ihre Freiheit. Die Angeln, deren Siedlungsbereich sich damals noch von der Eckernförder Bucht bis nach Südjütland erstreckt, wehren sich gegen den Einbruch der Dänen und – wie andernorts die Landbevölkerung – auch gegen die Übergriffe des Adels. In Schleswig und Jütland saß der Heermannen-Adel, in Holstein bemächtigten sich die Ritterfamilien großer Landflächen und trachteten danach, ihre Besitzungen zu erweitern. Allmählich rücken diese Uradelsgeschlechter auch gen Norden vor. Viele Bauernfamilien ziehen sich auf die Geest – wenig ertragreicher Boden – zurück, um der Hörigkeit zu entgehen. So werden viele der damals bestehenden Bauerndörfer und -höfe niedergelegt und das Land in den Großgrundbesitz eingereiht. In den nachfolgenden Jahrhunderten wird der Adel immer mächtiger und einflußreicher, auch in der Politik.

Blenden wir nach Dänemark zurück:

König der Dänen ist nun Christoph, der dritte Sohn Waldemars II., sein Feind der Erzbischof von Lund. Nachdem er den Kirchenfürsten gefangengenommen und gedemütigt hat, stirbt auch dieser König wie seine Brüder durch Mörderhand. Sein Sohn und Nachfolger Erik Glipping wird ebenfalls unter Beihilfe seines eigenen Sohns Christoph ermordet. König wird 1286 Christophs Bruder Erik Menved. Er läßt sich vom deutschen Kaiser Albrecht abermals die Lehnsoberhoheit über Schleswig und Holstein bestätigen. 1319 stirbt Erik Menved, ausnahmsweise eines natürlichen Todes. Ihm folgt sein Bruder Christoph auf den Thron, charakterlich minderwertig und daher überall unbeliebt.

1325 stirbt der Herzog von Schleswig, er hinterläßt einen zwölfjährigen Sohn – Waldemar. Christoph II. nimmt die Gelegenheit wahr, über Schleswig herzufallen und das sich wehrende Gottorp zu belagern. Verzweifelt wendet sich die Witwe des verstorbenen Herzogs an ihren Bruder Gerhard III., der den größten Teil Holsteins beherrscht, und bittet ihn um Hilfe. «De grote Geerd», wie ihn seine Untertanen nennen, ein Nachkomme Adolfs IV. von Schauenburg aus der Rendsburger Linie, besiegt die Dänen in der Schlacht auf dem Hesterberg, der Adel schlägt sich auf die Seite Gerhards, und Christoph flieht nach Mecklenburg. Die Stände wählen den Grafen Gerhard III. zum Reichsverweser, zugleich wird Gerhard Vormund seines Neffen Waldemar. Ein Jahr später, 1326, bestimmen die Großen des dänischen Reichs den Knaben zum König. Der «grote Geerd» aber wird der eigentliche Herr Dänemarks. Der kleine König muß die Constitutio Waldemariana ausstellen, die besagt, «daß das Herzogtum Schleswig niemals mit dem Reich und der Krone Dänemarks so vereinigt sein solle, daß ein Herr über beide sei». Waldemar überträgt seinem Oheim ganz Schleswig als freies und erbliches Fahnenlehen nebst allen Regalien. Im August 1326 wird Schleswig und Holstein unter einem Herrscher vereint. Wieder ein deutscher Kaiser, Ludwig von Bayern, erkennt die Ansprüche des vertriebenen Christoph II. auf den dänischen Thron an. Gerhard muß sich dem Willen des Kaisers fügen, stellt aber für die Dänen harte Bedingungen: Erbliche Belehnung mit Fünen, ganz Nordjütland und Schleswig. 1340 wird Gerhard von dem Dänen Ebbesen in Randers hinterrücks ermordet.

Von 1340 bis 1375 ist Waldemar IV., Sohn Christophs II., König in Dänemark. Seine Tochter, Margarethe I., Königin von Dänemark, Norwegen und Schweden, bestätigt auf dem Reichstag zu Nyborg 1386 in einem feierlichen Akt dem Schauenburger Enkel des «groten Geerd», Gerhard VI., das Fahnenlehen Schleswig. Margarethe, die Witwe König Haakons von Norwegen, war Reichsverweserin der drei nordischen Reiche und regierte für ihren Großneffen und Nachfolger, den jungen Erik von Pommern, mit Umsicht.

Als die Schauenburger Dithmarschen überfallen, verliert Herzog Gerhard VI. sein Leben. Die dänische Regentin eilt herbei und tröstet die um ihre Söhne besorgte Herzogin Elisabeth. Dabei überläßt die unerfahrene Herzogin der Königin große Teile ihres Besitzes. Der Bischof von Bremen, ein Schwager Elisabeths, gebietet dem sofort Einhalt, als er davon erfährt. Darauf fällt Erik von Pommern über Schleswig her, um sich zu nehmen, was er nicht bekommen konnte. Erik von Pommern, ein wilder Recke, bringt als König den Norden Europas gehörig in Aufruhr. Schließlich zwingt ihn der Adel der drei nordischen Reiche, der Krone zu entsagen. Sein Schwestersohn, der Wittelsbacher Christoph von Bayern, wird zum König gewählt. Der letzte Schauenburger, Graf Adolf VIII. von Holstein, wird von dem neuen Herrscher wieder mit Schleswig belehnt.

1448 stirbt Christoph III. kinderlos. Der Reichsrat bietet dem Grafen Adolf VIII. die Königswürde an. Dieser lehnt ab, schlägt aber seinen Neffen, Christian Graf von Oldenburg und Delmenhorst, als Thronfolger vor. Im Oktober 1448 wird der Sohn Dietrichs des Glücklichen und der Heilwig von Holstein als Christian I. zum dänischen König gekrönt.

Mit dem Tod Adolf VIII. 1459 erlöscht die männliche Nachkommenschaft des «grote Geerd». Zuvor hatte Graf Adolf seinen Neffen Christian als seinen Erben vorgestellt. Es gilt, noch einige Hindernisse zu überwinden. König Christian muß sich bereit erklären, den Schleswig-Holsteinern mancherlei Vorteile einzuräumen und ihre Rechte zu schützen. Im März 1460 wird Christian I. in Ripen von den anwesenden Prälaten der Kirche und der Ritterschaft zum Herzog von Schleswig und Grafen von Holstein gewählt. Hier im «Ripener Privileg» verspricht der König durch seinen Namenszug die Unteilbarkeit Schleswig-Holsteins: «dat se blieven ewich tosamende ungedelt».

Dänische Könige aus dem Hause Oldenburg

Christian I.	König 1448–1481	Dorothea von Brandenburg
Johann	König 1481–1513	Christine von Sachsen
Christian II.	König 1513–1523	Isabelle, Schwester Karls V.
Frederik I. 2. Sohn Chr. I.	König 1523–1533	Anna von Brandenburg
Christian III.	König 1534–1559	Dorothea von Sachsen-Lauenburg
Frederik II.	König 1559–1588	Sophie von Mecklenburg
Christian IV.	König 1588–1648	Anna Cath. von Brandenburg
Frederik III.	König 1648–1670	Sophie Amalie von Brandenburg
Christian V.	König 1670–1699	Charlotte Amalie von Hessen-Kassel
Frederik IV.	König 1699–1730	Louise von Mecklenburg
Christian VI.	König 1730–1746	Sophie Magdalene von Brandenburg-Kulmbach-Bayreuth
Frederik V.	König 1746–1766	Louise von England
Christian VII.	König 1766–1808	Caroline Mathilde von England
Frederik VI.	König 1808–1839	Marie Sophie Frederikke von Hessen-Kassel
Christian VIII. Vetter Frederiks VI.	König 1839–1848	Charlotte Frederikke von Mecklenburg-Schwerin
Frederik VII.	König 1848–1863	starb nach drei Ehen kinderlos
Christian IX. «Protokollprinz» aus dem Hause Schleswig-Holstein-Sonderburg-Glücksburg	König 1863–1906	Louise von Hessen-Kassel

Und deren Nachkommen

Quellennachweis des historischen Teils der Erhebung

Geschichte Schleswig-Holsteins
Otto Brandt, V. Aufl. Mühlau, Kiel

Geschichte Schleswig-Holsteins
Olaf Klose/Chr. Degn 1960, Wachholz, Neumünster

Festschrift der schleswig-holsteinischen Ritterschaft
Henning von Ruhmor 1960, Wachholz, Neumünster

Deutschland deine Schleswig-Holsteiner
Ernst von Salomon 1971, Hoffmann und Campe, Hamburg

Heimatbuch des Kreises Eckernförde
Willers Jessen/Chr. Kock, 1928 Schwensen, Eckernförde

Aus meinem Leben I.
Hermann Petersen-Möhlhorst 1907, Hartung, Hamburg

Trittau I. Pastor Jessen, 1969 Scherbarth, Trittau

rororo

GEORGETTE HEYER

Die bezaubernde Arabella [357]
Die Vernunftehe [477]
Die drei Ehen der Grand Sophy [531]
Geliebte Hasardeurin [569]
Der Page und die Herzogin [643]
Die spanische Braut [698]
Venetia und der Wüstling [728]
Penelope und der Dandy [736]
Die widerspenstige Witwe [757]
Frühlingsluft [790]
April Lady [854]
Falsches Spiel [881]
Serena und das Ungeheuer [892]
Lord «Sherry» [910]
Ehevertrag [949]
Liebe unverzollt [979]
Barbara und die Schlacht von Waterloo [1003]
Der schweigsame Gentleman [1053]
Heiratsmarkt [1104]
Die galante Entführung [1170]
Verführung zur Ehe [1212]
Die Jungfernfalle [1289]
Brautjagd [1370]
Verlobung zu dritt [1416]
Damenwahl [1480]
Die Liebesschule [1515]
Skandal im Ballsaal [1618]
Mord mit stumpfer Waffe [1627]
Der schwarze Falter [1689]
Ein Mädchen ohne Mitgift [1727]
Der Mörder von nebenan [1752]
Eskapaden [1800]
Findelkind [1837]
Mord ohne Mörder [1859]
Lord Ajax [1900]
Der Tip des Toten [1919]
Herzdame [1954]
Der Tote am Pranger [1971]
Junggesellentage [4009]
Mord vor dem Dinner [4026]
Der Trumpf des Toten [4069]
Zärtliches Duell [4125]
... und sie fanden einen Toten [4162]
Warum den Butler erschießen? Detektivroman [4217]
Mord beim Bridge Detektivroman [4325]

66/34

Das Haus am Eaton Place

Porträt einer englischen Familie

die Romane zu der erfolgreichen Familienserie

Bis jetzt erschienen:

Porträt einer Familie
John Hawkesworth · rororo Band 1937

Die Frauen der Bellamys
John Hawkesworth · rororo Band 1938

Die Zeiten ändern sich
Mollie Hardwick · rororo Band 1939

Für König und Vaterland
Mollie Hardwick · rororo Band 1952

Dornen im Siegerkranz
Michael Hardwick · rororo Band 4160

Ende und neues Beginnen
Michael Hardwick · rororo Band 4194

901/2

989/1